Mujeres, las Nuevas Arquitectas de la Sociedad:

Cuando los Mundos Paralelos Coexistían
(Libro 1)

Novela-Trilogía

Ambrose Goikoetxea, Ph.D. *(Laguardia, 1952)*

Mujeres, las Nuevas Arquitectas de la Sociedad, es su primera
novela-trilogía. En la pagina Web **www.euskalherriasiglo21.org** el
autor ofrece información sobre esta trilogía y otros libros que ha
publicado en Inglés, Euskera, y Castellano. Como *Vasco-
Americano*, comparte sus experiencias de décadas en el mundo
Anglo-Sajón, particularmente en los EE.UU., en el País Vasco, y en
España con amigos, vecinos, y estudiantes interesados en conocer
las similitudes y diferencias entre estas tres sociedades con metas a
conocer y entender mejor nuestro entorno actual. Ese conocimiento
ofrece la promesa, cree el autor, de un cambio en nuestras
sociedades, esta vez liderado por las mujeres, nuestras mujeres,
hacia un futuro donde destaque el respeto y *la IGUALDAD* entre
mujeres y hombres.

Una Novela-Trilogía
Políticamente y Religiosamente Incorrecta

Mujeres, las Nuevas Arquitectas de la Sociedad:
Cuando los Mundos Paralelos Coexistían
(Libro 1)

Ambrose Goikoetxea, Ph.D.

Editorial Euskal Herria Siglo 21
www.euskalherriasiglo21.org
Arrasate-Mondragón, Gipuzkoa
Biasteri-Laguardia, Alava, y
Boston, Massachusetts, EE.UU.

Publicado por:
Editorial Euskal Herria Siglo 21
La Rioja 15, Laguardia 01300, Alava, País Vasco
Tel: 628 70 36 16
www.euskalherriasiglo21.org

Serie: Mujeres, las Nuevas Arquitectas de la Sociedad

Libro 1: Cuando los Mundos Paralelos Coexistían
Novela-Trilogía
Copyright © de Ambrose Goikoetxea, 2011

ISBN: 978-84-614-7554-4
Deposito Legal: VI-153/2011
Printed by CreateSpace, USA (www.createspace.com)

*Para **Aloña** que comparte mis sueños, con mi amor y pasión.*

***Todas las mujeres**, a través de los siglos por la marginación que sufrieron perseguidas, torturadas, exiliadas, y ejecutadas por la Inquisición, a través de las sociedades que les negaron educación, un lugar en la mesa de decisiones, oficina publica alguna, que negaron sus mentes y utilizaron sus cuerpos como maquinas de procreación, objeto sexual, e instrumento de trabajo y producción de bienes.*

***Esperanza**, Sofía, Marta, Ava, Andrea, Nancy, Eli, Mari Karmen, Nerea, Belén, Maria Angeles, Maite, Joanne, Pino, Veronique, Fatima, Begoña, Roda, Yolanda, Eva, Koro, y Asun.*

*Mis padres, **Teresa y Eusebio**, que partieron para las Americas en busca de cambio y una vida mejor para sus hijos, como tantas miles de familias en la Diáspora Vasca.*

*Mis hijos, Charles y Miguel, que saben de **Euskal Herria**, de sus montes verdes, campos de uva y trigo, y contribuyen a la comunidad Vasca en las Americas (EE.UU.) con su trabajo y solidaridad.*

***Lucien Duckstein**, Wayne Wymore, Istvan Bogardi, y Ferenc Szidarovszky, mis maestros, tutores, y seres dotados de conocimiento, disciplina, y justicia social de la Universidad de Arizona, mi alma mater.*

*Mi gente de **Biasteri-Laguardia**, Alava, su canto, dignidad, música, ética de trabajo, y hospitalidad al caminante.*

*Mi gente de **Zugarramurdi**, las mujeres y hombres que fueron ejecutados en el Auto de Fe de 1610, sus mujeres y hombres de hoy que les recuerdan y honran cada año.*

Las victimas de violencia, todas.

*Mi gente de **Arrasate-Mondragon**, su monte Udalaitz, atalaya de la independencia, sus hijas, hijos, presos políticos (mujeres y hombres), su amor al trabajo y sacrificio por la libertad, independencia, y futuro de Euskal Herria.*

Ambrose Goikoetxea

Prólogo

Este es el primer libro de una *Novela-Trilogía* en la *cual las mujeres son las protagonistas* en una historia contemporánea, con caracteres reales abordando retos en las sociedades dominadas por hombres en el País Vasco, España, y EE.UU. hoy dia.

Durante años contemplaba yo la oportunidad de repasar periodos especificos de la historia para echar un segundo vistazo a las razones y circunstancias por las cuales se marginó a las mujeres, no se les permitió participar en la mesa de decisiones, se les relegó a procrear, y en muy numerosas ocasiones se les ejecutó acusadas de ser brujas y diabolicas, para así, a continuacion, escribir un libro con mis impresiones, preguntas, y algunas respuestas sobre los hechos. No tenía sentido, me decía yo, que esos seres queridos en nuestro alrededor que nos daban vida en un principio, que cultivaban nuestros campos, que nos daban nuestros primeros alimentos, y que curaban nuestros cuerpos rotos y destrozados por las guerras de los hombres, de repente se conviertieran en seres malignos y despreciables, seres que habia que torturar, domar, y marginar. Fue así, buscando razones y respuestas, que me aventuré en este viaje de investigacion llegando a encontrar amplio testimonio de mujeres y hombres para llenar un libro, seguido por un segundo libro, y un tercero. Por los temas tratados, y las conclusiones derivadas, esta novela es muy posiblemente *politicamente y religiosamente incorrecta*, lo cual entiendo y accepto. Este viaje ha sido revelador y fascinante para mi, espero tambien lo sea para el lector(a).

Una trilogía que probablemente cambiará, espero, la perspectiva del lector(a) en varios ámbitos, despues de lograr ver a *la mujer como protagonista* en la nueva sociedad, despues de adentrarnos en *la vida secreta de los políticos*, despues de desenmascarar el *fraude sobre el origen del Cristianismo*, a medida que la trilogía revela las maquinacions de la Iglesia en su creacion aquí en la tierra del Jesucristo *Frankensteino*, a medida que la trilogia aborda el tema del *conflicto politico* en el Pais Vasco y revela como esta realidad, artimaña, y fraude por parte del Estado Español y sus colaboradores en el Pais Vasco se ha repetido anteriormente en la historia de España y de otros países. La historia se repite cuando no se aprende, efectivamente. Tambien, si aun existe duda alguna sobre la abundante *capacidad sexual de la mujer* (por no decir superior) y su habilidad para liderar nuestras sociedades en este Siglo 21, esta trilogía invita al lector(a) a conocer una realidad más abundante, colorida, y fabulosa de las mujeres, nuestras mujeres. Podrá el lector(a) optar por no creer las revelaciones de esta trilogía, tacharla de irreverentes, irresponsables, y oportunistas, y más. Dejarle indiferente, sin embargo, *no será una opción*, espero.

En esta trilogía me propongo tambien hablar de lo que he visto, oido, y palpado con mis sentidos, como un *Vasco-Americano* que regresa a su pais y su gente despues de una larga caminata de decadas por las Americas, por los EE.UU. y su *mundo anglo-sajón* en particular, para compartir mi experiencia con mi gente, para invitar a mi gente a entender la realidad de su sociedad hoy dia, con sus virtudes y sus inequidades, para invitar a mi gente a volver a soñar, a desear el cambio, y asi contemplar un futuro en el que la gente recupera la gestion y destino de su propia sociedad, una gestión y destino que hasta ahora han sido usurpados por la Iglesia y la clase politica, en simbiosis y conspiracion total.

Para ello, opté por crear dos caracteres principales y una casta variada y multi-cultural, con los cuales emprender y realizar este largo viaje de descubrimiento. *Xabier Elurmendi* es un joven *Ertzaiña* (policía Vasca) que participa en la vida social y política agitada del País Vasco de hoy día, incluida su actividad contra-disturbios en manisfestaciones anti-AHT (Tren de Alta Velocidad), y decide entrar en un seminario tras un accidente, y lucha por mantener su nueva fe en esa sociedad politizada. *Kathy Thompson* es una joven *Americana Judía* que busca su propia identidad en una sociedad dominada por hombres, predominantemente. Se encuentran, y juntos afrontan retos en un entorno de intriga, romance, asesinatos, rituales, *príncipes pedofilos del Vaticano*, y políticos corruptos, en lugares dispares como Arrasate (País Vasco), Arizona (USA), Oñate (Gipuzkoa), Madrid, Roma, Istambul (Turquía), Tel-Aviv (Israel), y Lhasa (Tibet).

Son cuatro los fondos sobre los que se desarrollan los tres libros de la trilogía. El primer fondo esta caracterizado por *el mosaico social y político de la sociedad vasca hoy dia*, con sus variantes de independentismo, *autonomía*, nacionalismo, izquierda abertzale, *socialismo*, y monarquía es analizado contrastado desde un punto de vista del mundo *Anglo-Sajón*. Los intereses personales y partidarios de representantes políticos son expuestos, revelando *una casta política sagaz e inepta* que se nutre de una sociedad "*reserva india*", ocasionalmente vibrante, pero generalmente complaciente (ya la iremos cambiando).

En su segundo fondo vemos *la herencia absolutista de las Monarquías de España* de los últimos cinco siglos en su interés de aniquilar docenas de culturas vibrantes en Latino América, su intolerancia religiosa contra Judíos, Musulmanes, y Protestantes. Se contrastan *dos vertientes principales* en la sociedad de la España de hoy dia: (1) una sociedad conservadora que insiste en un orden social derivado de *los poderes entrelazados de la Iglesia y el Estado*, y (2) una sociedad que exige *un modelo nuevo de separación de esos dos poderes*.

En un tercer fondo las *bases fundamentales del Cristianismo* en general, y la trayectoria histórica de la *Iglesia Católica en España, los Estados Unidos, y países en Latino América* en particular son re-examinadas logrando así una nueva perspectiva y critica de su herencia social y política. Los *"concordatos" del Vaticano* con los Gobiernos de esos países, la intolerancia religiosa, y el trato arcaico de *los derechos de la mujer*, juntos, suponen una amenaza al control de la natalidad, la estabilidad ecológica, y el desarrollo social en el planeta, proponemos.

Finalmente, un cuarto fondo nos permite observar los nuevos roles de la mujer en medio de una *crisis financiera global*, el éxito inicial y la mediocridad actual de una *Union Europea* que pretende orquestar una recuperación económica tras numerosos casos de abuso, corrupcion, e incompetencia por parte de algunos de sus representantes. *Gobiernos de los 27 estado-naciones* son participantes en excesos de gasto público, deuda externa, y corrupción financiera interna. Una casta política privilegiada que es incapaz de liderar reformas estructurales en los *ámbitos laboral, financiero, e industrial (Productividad)*. ¿Es este el principio del fin del experimento llamado "Union Europea", o un cambio en su trayectoria hacia la mejoría y prosperidad? Podremos observar en esta trilogia como la mujer ejerce una variedad de roles decisivos en ese cambio en la Unión Europea y la Comunidad Global.

Por fin, en este Siglo 21, *la mujer emerge en nuestra sociedad*, reivindicada y creativa, después de siglos de abuso, discriminación, *marginada como "bruja",* considerada intelectualmente inferior, lasciva, y la causa de todos los males y desgracias del hombre. Observamos esta transformacion de la sociedad en los eventos y noticias de la Radio, Television, la Internet, y otros medios de comunicación. Hoy las mujeres surgen en la sociedad como *las nuevas líderes y arquitectas* en industria, educación, las artes, finanzas, la política, y el mundo de negocios. Veinte siglos quedan atrás de historia y un mundo dominados por los hombres, una cadena de guerras sin fin, mil civilizaciones destruidas, un planeta en peligro mortal. Las mujeres y los hombres ahora piden un cambio en sus vidas y destino. Este es el amanecer de una nueva sociedad, creemos muchas y muchos, y lo contamos en esta novela-trilogía.

PERSONAJES Y LUGARES

■ **Kathy Thompson**, una joven Americana de Tucson, Arizona, EE.UU., de 26 años, mitad Anglo, mitad Judía, y cien-por-ciento inteligente y hermosa, es una investigadora de códigos *Gnósticos* en una universidad cuando Xabier Elurmendi aparece en una reunión de estudiantes al comienzo del curso universitario. Kathy es independiente y segura de sí misma, pero Xabier es diferente, enigmático, e imaginativo, cualidades que ella valora, especialmente de noche.

■ **Xabier Elurmendi,** un joven del pueblo de Bergara, Gipuzkoa, País Vasco, 32 años de edad, que empieza su carrera en una unidad contra-disturbios de la *Ertzaintza*, "policía Vasca", sufre un accidente al deslizarse la furgoneta de su unidad por una montaña, mueren compañeros, y decide ingresar en un seminario de Franciscanos en Arantzazu para cumplir una promesa y hacerse sacerdote un día. Su interés en el estudio de los "primeros Cristianos" le lleva a los EE.UU. donde conoce a Kathy Thompson. La fe, el amor, y el deseo carnal compiten por el alma y la fe de Xabier.

■ **Dr. Eugene Finley,** es el profesor y mentor de Kathy Thompson en la Universidad de Arizona, y jefe de un grupo de investigadores que tratan de descifrar unos códigos *gnósticos* del Siglo III que se sospecha han sido extraídos clandestinamente de los *Archivos Secretos del Vaticano*.

■ **Nerea Arana,** una joven maestra de Euskera del San Prudencio, un vecindario de Bergara, 28 años, amiga de infancia de Xabier, atractiva en sus atributos, temperamental en su manera de ser. Su intelecto es agudo, y su interés indomable por recuperar la cultura e identidad del pueblo Vasco preocupa a su familia. Nerea siempre ha sentido una

11

atracción por Xabier, pero no ha logrado comunicárselo, aún cuando se integran juntos en la temida *Ertzaintza*.

■ *Andoni Arana,* hermano de Nerea.

■ *Dorothy Larson,* mujer de negocios de 33 años y madre de David, de nueve años, en viaje sabático de un año desde Bruselas, Bélgica, para añadirse como voluntaria al movimiento Anti-TAV en el pueblo de Arrasate-Mondragon, Gipuzkoa. Dorothy presta su experiencia y lista de contactos en la comunidad internacional para atraer a otras personas e invitarles a participar en manifestaciones contra el proyecto "Tren-de-Alta-Velocidad" (TAV) financiado desde Madrid.

■ *Padre Muxika,* Superior y abad en el Seminario Franciscano de Arantzazu en Oñati, Gipuzkoa, donde Xabier Elurmendi se ha integrado como seminarista. Una serie de eventos en el Seminario conducen a Padre Muxika a pedir a Xabier que viaje a los EE.UU. para entregar un sobre con documentos a Padre Altuna, un Jesuita anciano, con instrucciones sobre como proceder en una misión que debe permanecer fuera de conocimiento del Vaticano.

■ *Padre Altuna,* es un anciano Jesuita que trabaja en la reserva India *Hopi* en Cuatro Rincones ("*Four Corners Area*"), en Arizona y Nuevo México, EE.UU. Un hombre que oculta un pasado de guerrillero en El Salvador y otros países en América Central, dicen algunas lenguas. Se sospecha también que pertenece a una organización secreta ultra conservadora, las "Águilas del Vaticano", que protege la vida del *Papa Benedicto XVI*.

■ *Padre Walter Altuna,* sobrino de Padre Altuna, y también trabaja en la comunidad de Hopis y Navajos en Arizona, EE.UU.

■ *Iñaki Issasa*, líder del grupo Anti-TAV/AHT establecido en Aramaio, otro pueblo en las proximidades de Arrasate-Mondragon

■ *Helen Odriozola*, una joven portavoz del grupo anti-TAV/AHT.

- *Olaia Salegi*, es una mujer joven, esbelta, e independiente, además de ser la novia de Iñaki, el líder del grupo Anti-TAV/AHT de Aramaio; ocasionalmente, Olaia protagoniza una relación lesbiana con otra mujer en esta lista de personajes (¿quien?).

- *Sergio Balboa*, es un teniente de la *Guardia Civil* con cuartel en Oñati, Gipuzkoa, que sigue incansablemente el rastro de Xabier Elurmendi a quien sospecha de ser un colaborador de *ETA*, la organización terrorista, y que está operando dentro del seminario de Arantzazu.

- *Teniente Galindo Sanz,* teniente de la *Ertzaintza*, "policía Vasca", al mando de una unidad especial de antidisturbios en Donosti-San Sebastián.

- *Walter Belluci*, es un ex-soldado de Kosobo reciclado, y convertido en agente de INTERPOL, la Organización Internacional de Policía Criminal, con oficinas y jurisdicción en Washington, Distrito de Columbia (D.C.), EE.UU.

- *Joxe Elosetegi,* es primo carnal de Xabier Elurmendi en el pueblo de Bergara, y el también se integra inicialmente a una unidad de la Ertzaintza, policía Vasca.

- *Emilio Beistegi*, estudiante de 24 años, de una familia de carpinteros de Laguardia-Biasteri, Alava, País Vasco; con beca para un año de estancia y estudio en los EE.UU. para lograr un Master; llega a conocer y entabla una amistad con Kathy Thompson y Xabier Elurmendi durante esa estancia.

- *Itziar Beistegi,* estudiante de 24 años, de Bakersfield, California, EE.UU., 3ra. generación Vasca-Americana de visita en Logroño, La Rioja, España.

- *Dr. Emilia Abhayawansa*, una experta en códigos del *Canon Budista Pali* en el *Tipitaka*, así como miembro del equipo de investigación del Dr. Finley.

- *Dr. Fuad Fahim,* un experto y traductor de códigos *cópticos*, y miembro del equipo de investigación del Dr. Finley.

- ***Giovanni Bruni***, un Franciscano *Observante* y director del proyecto "Leonardo" en los *Archivos Secretos del Vaticano*, responsable de la digitalización de documentos, particularmente la sección de documentos gnósticos, incluidos los códigos de *Nag Hammadi*.

- ***Luis Mendez,*** es un sacerdote joven de Río de Janeiro y miembro de la organización clandestina "Águilas del Vaticano."

- ***Emily Connely***, bibliotecaria en la Universidad de Arizona, y miembro de la "Hermandad de Mujeres Sabias de Jerusalén", una organización secreta y milenaria fundada por las mujeres en el entorno de *Jesucristo*, y guardianes de "Los Tres Mandamientos de Gethsemani."

- ***Juan Jose Mudanca,*** arquitecto, trabaja para el Ayuntamiento de Logroño, jefe del equipo de arqueología.

LUGARES EN ESTA NOVELA:

- *Arrasate-Mondragon*, un pueblo de Gipuzkoa con 23.000 habitantes, País Vasco; centro sede de Mondragon Unibertsitatea (MU) y del complejo industrial Mondragon Corporación Cooperativa (MCC).
- *Bergara,* una pequeña ciudad en Gipuzkoa, de mucha participación e historia sobre batallas entre las Coronas de Castilla, Reino de Navarra, Carlistas y Liberales. Población: 15.000 habitantes. Lugar de origen de Xabier Elurmendi.
- *Tucson City*, ciudad en el estado de Arizona, EE.UU., población de 1.020.200 habitantes, 35% Hispanos, la segunda ciudad mas grande de ese estado, hogar de la Universidad de Arizona (UdeA). Lugar de origen de Kathy Thompson.
- *Oñati,* un pueblo vecino de Bergara, Gipuzkoa, con una población de 10.750 habitantes, lugar de origen (Araoz) de Lope de Aguirre y sede municipal de la Basílica y Seminario de Arantzazu. Un pueblo que contribuyó muchos hombres soldados (mercenarios), conquistadores, fundadores de nuevas ciudades en las Americas, y descubridores de renombre mundial a las Coronas en siglos pasados. Hoy dia su gente busca su propio destino.
- *Boise City,* capital del estado de Idaho, EE.UU., con una comunidad Vasco-Americana numerosa y vibrante, y sede de la Fiesta Vasca cada cinco años. Población: 205.345 habitantes.
- *Los Angeles,* la ciudad más poblada y extensa del estado de California y la segunda en EE.UU. con una población de 4,1 millones de habitantes concentrada en cinco condados. Uno de los mayores centros culturales, económicos, científicos, y de entretenimiento (ej., la industria del cine) del mundo.

Ambrose Goikoetxea

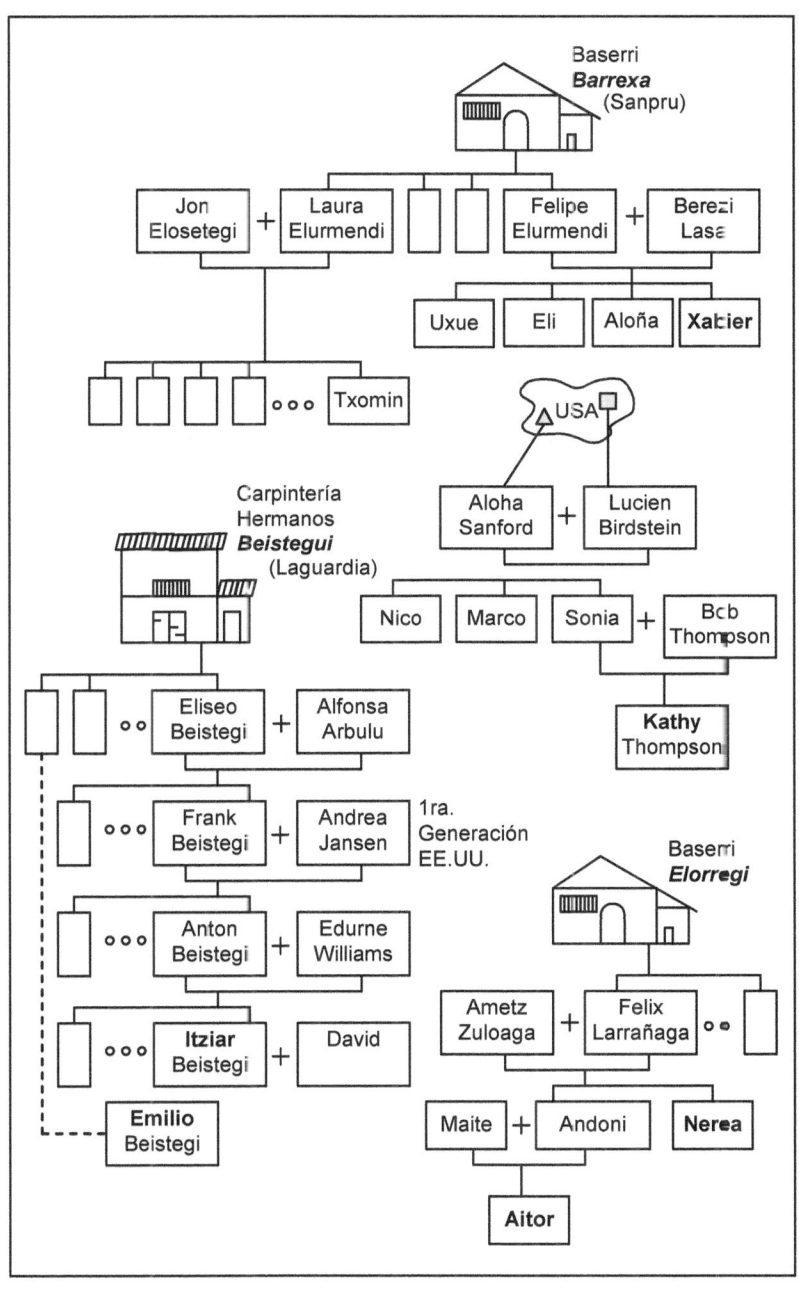

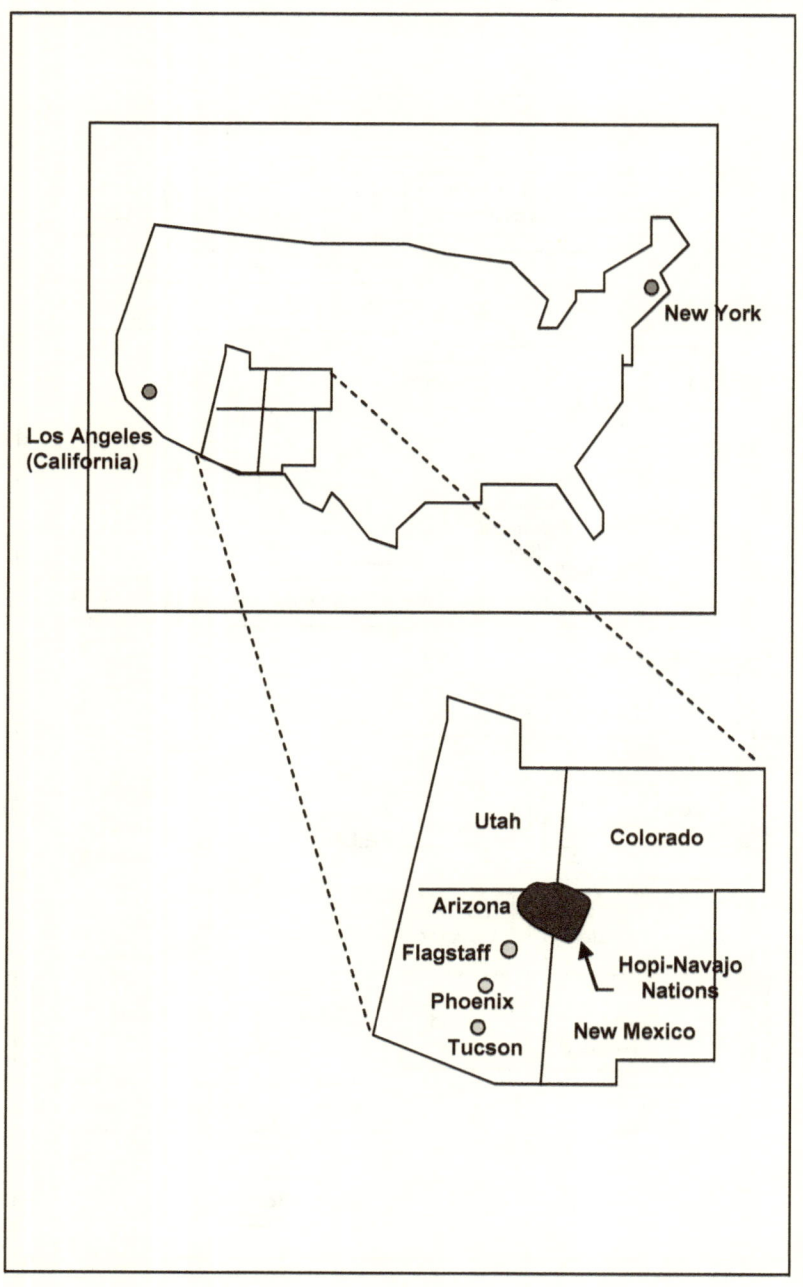

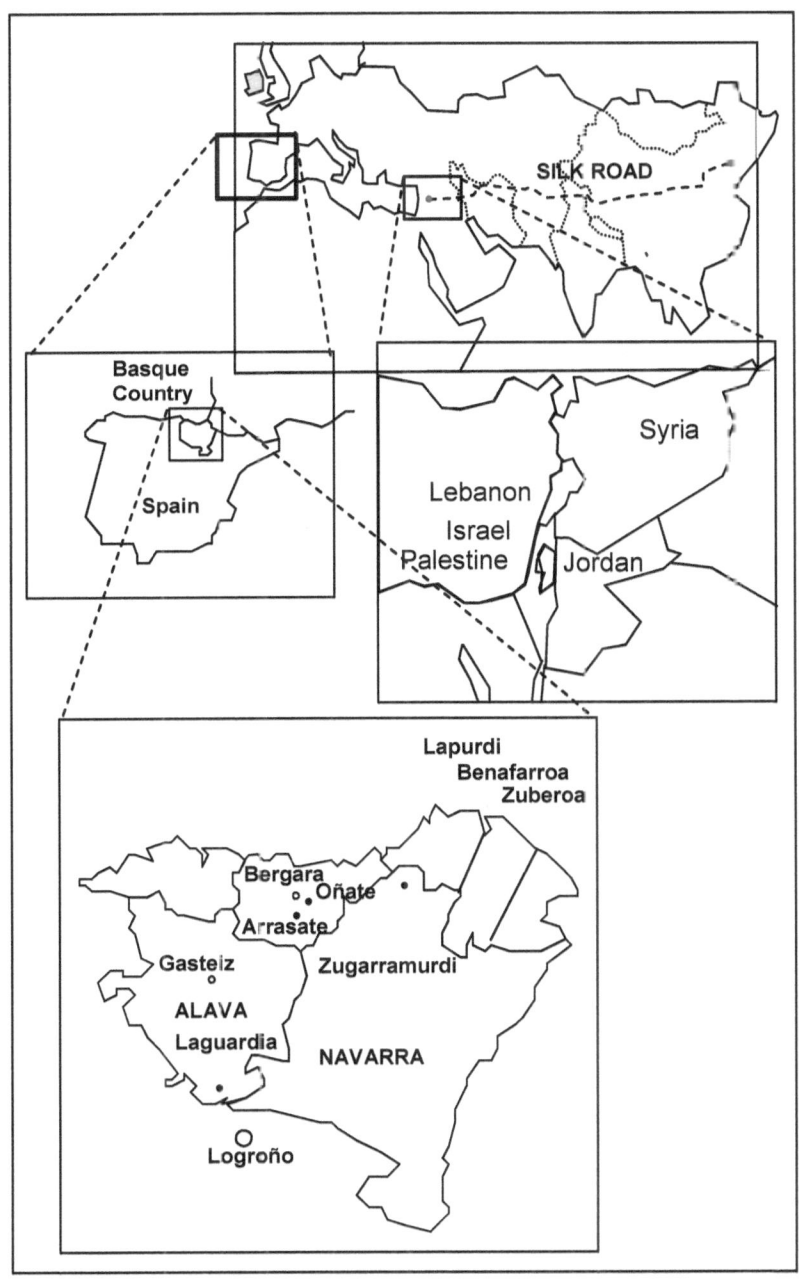

Ambrose Goikoetxea

Índice

Capítulo

1

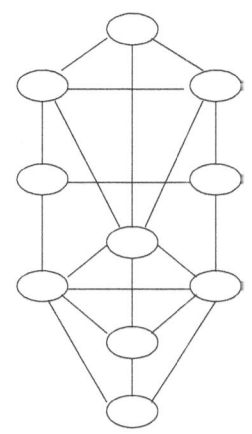

*"Es verdad que esta propuesta [**AHT**, Tren de Alta Velocidad] **al Gobierno español se hace desde el Gobierno vasco**, y se puede entender que es una visión parcial desde los intereses del País Vasco... Hay que realizar a toda prisa proyectos constructivos. Yo creo que es una baza negociadora que hemos manejado bien... ya discutiremos de pesetas, pero inmediatamente que se empiecen los proyectos; si es necesario que el Gobierno vasco pague el cien-por-cien de los proyectos, que los pague, pero esa es una baza importante en nuestra mano."*
--**Enrique Antolin**, Consejero de Transportes y Obras Públicas, Gobierno Vasco, 1989.

Punto de Ebullición, Pais Vasco

Era una tarde de nubes grises y aire bochornoso, preludio a una lluvia de verano, en el pueblo de *Arrasate*, dentro e incrustado en el verde y boscoso valle del *Alto Deba*, en el centro de Gipuzkoa, *País Vasco*. Con sus altas murallas de piedra, sus tres arcos y puertas medievales, una iglesia de piedra de la misma cantera, edificio de ayuntamiento, tabernas, y tiendas de comercio que delimitan una plaza cuadrada y esbelta, testigo de danzas y procesiones, hubiera podido ser un pueblo encantado y ancestral, escena de hechos y mitos en un cuento de hadas en uno y mil pueblos de la Europa milenaria. Hubiera podido ser, decimos, pues los botes de aluminio de *coca-cola* en los contenedores desbordados de basura, y el bullicio de sus gentes en "mini faldas", pantalones vaqueros, y música "rock" le delatan como uno de muchos pueblos y comunidades del Siglo 21, envuelto en su propia historia y azotado por una crisis financiera e industrial global, aunque aun no indiferente totalmente a discursos y vientos políticos, de uno y otro bando.

En esa tarde de verano, una mujer y dos hombres jóvenes están

Jóvenes de 12-14 años en el pueblo de **Arrasate-Mondragon**, Gipuzkoa, País Vasco, participando en una competición escolar de diseño de "posters" con temas variados. Población: 23.255 habitantes. Cortesía: Ayuntamiento de Arrasate, 2008.

reunidos en la plaza de ese pueblo, así representando una coalición de grupos activistas a punto de comunicar a los medios locales de comunicación los preparativos para una manifestación pacifica en contra del **Abiadura Handiko Trena (AHT)** (o *Tren de Alta Velocidad, TAV*), un proyecto patrocinado y empujado por el Gobierno central de Madrid, una manifestación que se llevaría a cabo ese próximo Sábado en la ciudad de Donosti-San Sebastián, a unos cien kilómetros al noreste de ese pueblo de Arrasate. Las preparaciones para esa ronda de prensa y la manifestación han estado en marcha desde el fin de la semana anterior, y en espera de todos los participantes relevantes: un equipo de TV de Euskal Telebista (ETB), otro equipo de radio y TV propiedad del Gobierno Vasco, y un tercer equipo de Televisión Española (TVE), propiedad del Gobierno Español, GOITB, la pequeña estación de radio y TV de la villa, un fotógrafo del periódico Diario Vasco que publica en Castellano, un segundo fotógrafo del Egunkaria que publica en Euskera y, posiblemente, otros fotógrafos y reporteros de periódicos de otros países como Francia, Alemania, Italia, y Bélgica. Mientras tanto 25-30 jóvenes, mujeres y hombres han estado preparando una mesa larga con tres sillas en el centro de la plaza, en frente del Ayuntamiento, muchos de ellas y ellos con cintas verdes alrededor de sus mangas de camisa, estirando y colocando metros de cable eléctrico para conectar tres micrófonos ya instalados sobre la mesa larga, unas 50-60 sillas a desplegar en frente de la mesa larga, y cuatro altavoces a instalar encima de cajas negras de madera de dos metros de altura y posicionadas en cada una de las cuatro esquinas de la plaza. La tarde había avanzado y tres horas mas tarde todo el equipo, los medios de comunicación, y los concurrentes parecían estar listos para aquel comunicado, finalmente. Sin embargo, muchos meses han pasado para los organizadores de los varios grupos anti-AHT, asistiendo a reuniones sin fin, escuchando discursos breves y eternos, hablando con concejales en el Ayuntamiento sobre los objetivos de la manifestación, hasta con representantes de la *Ertzaintza*, la temida y generalmente represiva fuerza policial del Gobierno Vasco, sobre la logística de la manifestación, sus puntos de salida, travesía, y llegada por la vía principal en San Sebastián, así como para entregarles copia del texto a anunciar a los medios de comunicación esa tarde. Las reuniones, pláticas, y el proceso mismo se habían complicado por el hecho de que tan solamente tres meses atrás un concejal del Ayuntamiento de Arrasate había sido asesinado por *ETA* (*Euskadi eta Askatasuna*, *"Euskadi y Libertad"*), la organización nacionalista y terrorista Vasca que opera en el País Vasco, y la alcaldesa de Arrasate había sido reclamada y obligada a viajar a Madrid "para rendir cuentas a las autoridades." No importaba que la alcaldesa, una mujer elegida democráticamente por la gente de Arrasate, fuese inocente ante aquel crimen, pues las autoridades de Madrid prosiguieron a detenerla y privarle de su libertad. El hecho de que ella, *Ino Armentia*, y su partido político, *ANV*, *Acción Nacional Vasca*, fuesen pro-independencia era razón suficiente para que las autoridades civiles de Madrid procediesen y la metieran en la cárcel por varios meses.

Parar el AHT

Durante todos esos meses las autoridades del Gobierno Español no pudieron o no quisieron pronunciar cargos contra *Ino Armentia*, la alcaldesa del pueblo de Arrasate, una mujer de 54 años, frágil de apariencia física pero fuerte en sus convicciones sociales y políticas, y su gente se sentía frustrada y dolorida por variedad de razones en ambos lados del espectro socio-político. Y ahora, para ponerle la nata al pastel, estos representantes de grupos anti-AHT de todas las siete regiones del País Vasco quieren dar un comunicado a la prensa en el mismo pueblo de Arrasate. *"Parar el TAV Ahora!"*, *"Gelditu AHT Orain!"*, y *"Que no Destruyan nuestras Montañas!"* aparecían en pancartas de 8-10 metros de largo y acarreadas por las calles por una muchedumbre de gente joven, principalmente, o atadas y desplegadas en muros y paredes. Simultáneamente, a tan solamente dos calles de distancia, estaban ya estacionados tres furgonetas anti-disturbios de la Ertzaintza, cada una con cinco ventanillas a cada lado y cargadas con 10-12 *Ertzaiñak*, hombres y mujeres, en uniformes de asalto y botas negras, mascaras "pasa montañas" también negras que cubrían toda la cara menos los ojos, cascos de metal con viseras de plástico duro de oreja a oreja, y manipulando escopetas con balas de goma de gran velocidad e impacto. Una ambulancia podía verse en el fondo, más allá de las furgonetas anti-disturbios. La escena estaba lista, y las varias posibilidades anticipadas.

Mas de mil personas, todas las edades, se congregan en una manifestación pacifica contra el Tren de Alta Velocidad (TAV) cerca de la comunidad de Urbina, Alava, País Vasco, organizada por la asociación AHT Gelditu! (Stop el TAV!), 2008. [1]

-*Ongi etorri eta mila esker hemen egoteagatik* -Dijo la joven mujer que estaba ya sentada en su silla detrás de la mesa larga en su *Euskera*, su lengua materna, y procedía a continuación a traducir sus primeras palabras al Castellano para beneficio de todas las personas allí congregadas.

-Bienvenidos todos y todas y gracias por estar aquí esta tarde.

Uno de sus compañeros, el que estaba sentado a su izquierda, con gafas de marco negro y cristal grueso, estaba apoyando sus codos en la mesa y trataba de mantener una cara serena y una compostura relajada, mientras que el segundo joven al otro extremo de la mesa ajustaba una pequeña grabadora de cinta.

-El proyecto del tren AHT esta siendo dirigido desde Madrid, como todos y todas ya sabéis --continuó la joven mujer acercándose al micrófono-- sin consultar y sin el consentimiento de la gente de esta nación, Euskal Herria, aunque eso si, contando con el apoyo de los políticos y funcionarios del Gobierno Vasco, un gobierno que desde hace años se ha vendido al Gobierno de Madrid, al Estado Español, para su beneficio personal y partidista a costa de nuestra propia identidad y libertad como pueblo y nación. -Sus palabras fluían fácilmente, sin prisa, en un volumen de energía moderado, sin altos ni bajos, con gestos de manos que ocasionalmente cortaban el aire dando énfasis a sus palabras, al mismo tiempo que sus ojos se elevaban del texto que estaba leyendo para hacer contacto visual con las gentes allí congregadas, de todas edades, tres-cuatrocientas personas, posiblemente.

-Estamos aquí para invitar a todas personas, todos los ciudadanos y ciudadanas interesadas y preocupadas, hombres y mujeres de todas las orientaciones políticas, de todas profesiones, de todas partes de Euskal Herria, España, y Francia, así como de pueblos y ciudades de la comunidad global, para reunirse con nosotros este próximo Sábado en San Sebastián, a partir de las 4:00 horas de la tarde. Nos reuniremos en el ***Parque Zubimusu*** como punto de partida, en las cercanías de la *Universidad del País Vasco (UPV)*, y marcharemos pacíficamente hasta llegar al Ayuntamiento de San Sebastián. "Pacíficamente", como ya os digo, es clave y esencial. Una vez que lleguemos al Ayuntamiento nuestros gente del comité ***AHT Gelditu!*** presentarán a los representantes de cada uno de los nueve grupos anti-AHT que participaran en esa marcha quienes hablaran por 5-10 minutos solamente. Hemos organizado y coordinado esta marcha con las autoridades civiles para poder tener una plataforma con mesa y sillas enfrente del Ayuntamiento de San Sebastián y allí presentar nuestras ponencias, nuestra queja, nuestra solidaridad con el pueblo. Queremos e insistimos en que sea una manifestación pacifica, como lo hemos pensado y organizado desde un principio. Cada uno de los grupos y asociaciones participantes tendrá su propio grupo de voluntarios y coordinadores para proveer información básica sobre servicio de autobuses, fuentes públicas de agua, servicio de baños, y un mapa de la ciudad. También, y sumamente importante, se requiere que esta marcha sea pacifica desde el principio hasta el final. Si hay preguntas, cualquier tipo de preguntas, mis dos coordinadores y yo trataremos ahora de responder con todo el detalle posible.

Silencio.

Un silencio total en la plaza. Por fin, al cabo de unos segundos interminables, una voz empezó a escucharse entre la multitud.

-¿Que actividades se han organizado para las gentes y familias que participen en la marcha una vez que ésta concluya y el resto de la tarde, por ejemplo?

Unos momentos de consulta entre los tres y finalmente el joven que había estado ajustando la grabadora de cinta se acercó a su micrófono.

-Al final de los discursos en frente del Ayuntamiento, caminaremos hasta llegar al *Parque Zumardia*, a unos 200 metros del Ayuntamiento, y allí habrá puestos y pequeñas tiendas de campaña para comprar refrescos, camisetas, y chuchearías, aunque la mayoría de la gente se congregara para descansar y socializar. A continuación, de las 16:00 horas a las 20:00 horas tendremos conciertos de música por parte de cuatro bandas sonoras. Por último, a partir de las 20:00 horas la gente empezara a volver a sus automóviles y casas, tal que para las 21:00 horas el parque deberá quedar vacío y libre. Si algunas personas también optaran por pasar un par de horas en el parque que esta detrás del Ayuntamiento mismo, con su propio kiosco y numerosos bancos.

Silencio nuevamente.

-¿Y que pasará si la *Ertzaintza* decide cargar contra nuestras gentes con palos, mangueras de agua a presión, escopetas y balas de goma, y toda esa mierda que nos echan encima cada vez que pueden,...Que es lo que hacemos entonces,...Simplemente quedarnos quietos y recibir toda esa mierda!?

A continuación de esa pregunta una ola de cuchicheos y cejas levantadas podían oírse y verse entre los públicos participantes, mientras los medios de comunicación grababan todas las preguntas y caras por ser vistas. Alguien tenia que dar respuestas, y pronto.

-¡Exactamente!

-No se puede negociar con esos Ertzaintzas hijos de puta!

-¡Trataran de machacar nuestras cabezas,...esos cabrones!

Esta vez el coordinador con las gafas de marco negro y cristales gruesos se acercó a su micrófono y habló.

-Como ya dijimos anteriormente, la gente en nuestro comité ya se ha reunido con las autoridades civiles y representantes del Gobierno Vasco, ya tenemos los permisos necesarios, y su palabra de que las unidades de Ertzaintza estarán presentes a lo largo de la ruta de la marcha ese día para observar, mantener la seguridad publica, y nada más. -Ese coordinador hizo una pausa en su respuesta para ver si había más preguntas y, segundos mas tarde, giraba su cabeza hacia la joven mujer en el centro de la mesa.

Todo este tiempo los equipos de radio y TV, cinco equipos en total, estaban concentrados en la tarea de grabar aquella sesión de preguntas y respuestas.

-Una vez mas, quiero dar las gracias a todas las personas y medios de comunicación aquí reunidos esta tarde, y contamos con veros a todos y todas en esa marcha en San Sebastián este Sábado,...*Denok, ikusiko gara datorren larumbatean Donostian!* -Decía la joven coordinadora al mismo tiempo que se apartaba de la mesa y se ponía en pie para saludar y estrechar las manos de personas en la audiencia y muchedumbre.

A medida que los hombres, mujeres y sus niños se dispersaban, una joven con un micrófono en su mano y un joven que llevaba un cámara de TV apoyada en su hombre, y siendo ambos de un mismo equipo de radio y TV, se acercaron a la muchedumbre en busca de comentarios.

-¿Qu opina Ud., Sr., del Tren de Alta Velocidad, este proyecto TAV, y participara Ud. en la marcha este Sábado? -Le preguntó la joven a ese espectador en sus treinta-y-pico años que llevaba una mochila en sus espaldas y lo que parecía un bastón de aluminio pasa-montañas.

-Es todo una travestía, realmente, una imposición por parte del Gobierno de Madrid y sus lacayos en el Gobierno y Parlamento Vascos, los lideres del

DENOK TERRORISTAK??!!

Ertzaintzak agindu du terrorismotzat jotzeko AHTren aurrako ekintzak

KRIMINALIZAZIOARI

AHTri STOP

Poster diseñado por la organización Gelditu AHT! (Parar el AHT!) denunciando a PNV y Ertzaintza, policía Vasca. [2]

Partido Nacionalista Vasco (PNV),...Estamos hablando de un proyecto de gran magnitud económica e impacto ambiental,...un proyecto que pretende atravesar 450 kilómetros de valles y montañas fértiles, pueblos y ciudades, con tecnología importada de Alemania y Francia, y sin estudios económicos y ambientales que puedan alertan a la ciudadanía sobre el daño que repercutirá a docenas de lagos y sus ecosistemas, bosques, acuíferos de agua potable, la agricultura, ganadería, y estilo de vida de cientos de caseríos y sus familias,...¡Leche, si todavía no han decidido que van a hacer con las 396.632 toneladas de tierra que van a tener que desplazar y amontonar en aún más valles y terrenos privados! Sí, mis planes son de participar en la marcha, aunque todavía tengo que averiguar como podré volver a mi pueblo de *Aretxabaleta* ese mismo Sábado por la noche. -Se expresaba así ese hombre mientras golpeaba ligeramente el suelo de la plaza con su bastón pasa-montañas de aluminio.

En otro rincón de la plaza otro equipo de TV estaba empezando a entrevistar a dos mujeres jóvenes que posiblemente eran estudiantes en la *Universidad de Mondragón*, allí mismo en el pueblo de *Arrasate-Mondragón*.

-El Estado Español quiere presumir con sus socios en la Unión Europea de que también puede tener trenes de alta velocidad,...Sin ningún análisis económico, sin ningún análisis de impacto ambiental, claro,...Las empresas contratadas simplemente van a arrasar con docenas de valles, lagos, y montañas con sus maquinas gigantes buldózer de excavación,...Esos bastardos! -Esa estudiante de ojos verdes y pelo negro acababa su comentario cuando su amiga, un poquillo más alta y con lunares en la cara añadía:

-Eso es, la elite del PNV recibe los contratos jugosos de construcción y, a cambio, hace el trabajo sucio para los chicos del Gobierno de Madrid,...Cada vez que el Gobierno de Madrid le pide al PNV que venda parte del País Vasco lo hacen con mucho gusto pues están ahí para recibir su dinero de sangre, como lo han estado haciendo por los últimos 30-35 años,...Todo o parte del País Vasco está en venta,...Esos políticos bastardos del PNV,...Y pretenden ser Vascos los muy cabrones de ellos!

Un tercer equipo de TV también iniciaba su entrevista con un hombre de unos cincuenta años que había estado escuchando y mirando, ya mostrando algunas canas, portando un anillo de oro con una piedra de rubí en un dedo de su mano izquierda, y de nombre Anton Beistegi.

-Me gustaría comentar, pero lo tendré que hacer en Inglés o en Euskera pues mi Castellano no es muy bueno,...Soy un *Vasco-Americano* de California, EE.UU., visitando a parientes y amigos aquí en Arrasate. -Sugería este hombre mientras esperaba a la reportera a escoger el idioma de su agrado o capacidad.

-Pues mi Euskera no es muy bueno tampoco, y nuestro equipo procede de una estación de TV en Helsinki, Finlandia. ¿Usamos Ingles? -Añadió, mostrando entendimiento y un aire de buen humor.

-¡Helsinki! ¿Y ya podrá emitir los comentarios de un Vasco-Americano en Helsinki?

-¡Trataremos!...Mi compañero y yo hacemos las entrevistas primero, y luego nuestro jefe decide que cortar y que emitir, claro.

-Entonces, ¿que le trae por aquí, al País Vasco, y que opina de esta marcha este Sábado para tratar de parar el proyecto AHT?

-Bueno, mi mujer y yo estamos de vacaciones y venimos de *Bakersfield, California*, para visitar parientes y amigos por un par de semanas. En realidad, la familia de mi mujer Edurne viene de un **baserri** del barrio de San Prudencio, "Sanpru", entre Arrasate y Bergara, y yo nací en Bakersfield, California, de padre y madre Vasco-Americanos de primera generación, aunque nuestra gente orignalmente viene de **Laguardia-Biasteri**, Pais Vasco. Nuestros dos hijos y una hija, **Itziar**, han nacido y crecido en Bakersfield toda su vida, por lo que ellos ya son **Vasco-Americanos de "segunda generación."**

-¿Y esta convocatoria para la marcha para este Sábado?

-Ah, sí,...es verdad,...Bueno, pues esta convocatoria y esta reunión de hoy han sido algo muy especial, algo muy revelador para mi y mi mujer. Quiero decir que todos estos años en los EE.UU., en Bakersfield, San francisco, y muchas otras comunidades Euskaldunas nuestras gentes recibían a esos políticos del PNV y del Gobierno Vasco como si fueran héroes,...Esos políticos nos hablaban de las maravillas que ellos y ellas estaban logrando para el "país viejo", para "nuestra Euskal Herria", cómo ellos tenían que batallar cada día con los políticos y funcionarios del Gobierno de Madrid para mantener nuestras costumbres, identidad, nuestro Euskera, y forma de vivir, etc. Embaucados escuchábamos sus discursos, uno tras otro. A continuación nuestros grupos de **dantzariak** de 14-16 años les rendían homenaje con bailes nuestros,...Juegos de *Jai Alai pilota*, concursos de corte de troncos de árboles con hacha, levantamiento de piedras,...Es decir, todo el espectáculo con comida y cena en nuestros **Eusko Etxeak**, y gastos de hotel pagados a los muy cabrones. A continuación, pasábamos la bandeja para recoger dineros de nuestras familias, algunos años más que otros, para donar esos dineros al partido del PNV. Este año, por fin, hemos podido viajar a nuestro segundo y querido país de Euskal Herria, finalmente, pero ahora nos encontramos con la realidad brutal, una realidad que nos revela que nuestros "héroes" del PNV han estado en la misma cama con los políticos y funcionarios del Gobierno Español desde 1977 y anteriormente, posiblemente, que se dan salarios astronómicos ellos mismos en sus oficinas opulentas, que cada uno de ellos tiene casas e hipotecas múltiples y, peor aun, que para estas fechas, 30-35 años después, ya son lacayos del Estado Español! ¿Que mas te puedo comentar? ¡Un fraude, una decepción grande, a *damn shame*!

-¿Quiere decir algo a parientes y amigos en Bakersfield, California? -Esta vez su mujer se adelantó y agarrando el micrófono añadió su parte:

-¡Seguro que sí!...No dejéis a esos políticos comprados-y-vendidos del PNV entrar en vuestras casas, en nuestros Eusko Etxeak en los Estados Unidos,...Necesitamos reconstruir Euskal Herria con gente que no se venda a Madrid!...Ah, sí, otra cosita más, estaremos los dos en esa marcha en San Sebastián este Sábado, con *Ikurriñas* y banderitas *Americanas* juntas!

Desde Bruselas a Aramaio

Es un mediodía de Martes, del día siguiente, y un mar de furgonetas VW destartaladas y viejas, autobuses de escuelas reconstruidos, motocicletas, furgonetas Peugeot, y aun mas motocicletas han estado llegando y congregándose en el pueblo de *Aramaio*, un pequeño pueblo entre tres montañas a 20 kilómetros y el noroeste de Arrasate, nuestro punto de referencia inicial. Un pueblo hermoso de "cuatro casas", de entornos verdes, atravesado por un río tranquilo y juguetón pero, eso si, con una gran edificio de ayuntamiento en el medio de su pequeña plaza que ostenta dos tabernas bien suministrada con vinos de La Rioja, ni muy buenos ni muy malos. Unas veinte casas de piedra (vale, son mas de "cuatro casas"), una plaza con seis-ocho árboles de sombra, una vieja iglesia a la derecha, y un edificio de Ayuntamiento con paredes de piedra, una de las cuales da hueco y hogar a un enorme escudo también de piedra, un frontón de pelota, y al lado de la montaña un almacén de frutas, vegetales, quesos, y tiestos de flores que esperan su venta ese próximo Viernes hasta el mediodía. Y para que no se diga que la "economía y boom del ladrillo" no ha pasado y dejado atrás a este pueblo añadiremos que están en construcción dos hileras largas de casas y apartamentos nuevos en las afueras del pueblo de Aramaio. Un total de unas 120 viviendas nuevas, todas ellas con sus letreros *"Salgai"* esperando compradores adinerados.

Las 100-120 gentes jóvenes que se están congregando en este pueblo de Aramaio tienen ya sus veinte y treinta años, aunque algunos ya llegan a los cuarenta, como en el caso de *Iñaki*. Flaco, alto, de voz modulada, en sus treintas, y miembro del comité Geiditu AHT! Su compañera, *Olaia*, esbelta, alta y delgada, pelo negro y ojos verdes, vestía una blusa violeta oscuro con pantalones vaqueros, y sandalias. Las uñas de los dedos de sus pies estaban pintadas de rojo y destacaban exquisitamente. Recién llegada de Bruselas es *Dorothy Larson*, de 33 años, conduce una de las furgonetas Peugeot con cocina, baño y ducha, tres camas abatibles, y ha traído a su hijo David de 9 años. Madre e hijo hablan Francés e Ingles perfectamente, Castellano fluido, y Euskera principiante; como directora de marketing de una pequeña empresa en Bruselas, Dorothy habla de los riesgos de la globalización de la económica mundial, la "perdida de pequeñas empresas" y valores culturales de las sociedades. Destaca también *Jesse*, de 23 años de edad, nacido en Boise, Idaho, de padre pastor Vasco de Lesaka, Navarra, y madre Americana, Laura. Su padre murió de cáncer en Boise cuando Jesse tenia cinco años solamente, y fue entonces que la madre decidió llevarlo a Lesaka para que conociera a sus abuelo y abuela paternos cada dos-tres años; eventualmente Laura conoció a un hombre amigo de su difunto marido, aprendió Euskera básico, y se quedó a vivir en Lesaka. Ese día Jesse hacia de cocinero voluntario frente a unas parrillas de metal improvisadas en el frontón de Aramaio y cortando zanahorias en una mesa larga de madera donde se iban depositando cajas de cartón rellenas con manzanas, peras, melones, lechuga y tomates que la gente del pueblo estaba donando a sus visitantes. La primera comida había sido anunciada para las 2:00 horas de ese día. En otra mesa larga varios otros jóvenes estaban cortando vegetales para cocer en una hoya colocada sobre las parrillas, al mismo tiempo que otro grupo de jóvenes cortaba melones blancos, naranjas, y plátanos en trozos para servir mas tarde como postre en "bowls" grandes de plástico. La mayoría de la gente congregada también habían traído por cuenta propia sándwiches, botellas de agua, botas de vino, y latas de cerveza. En medio de toda esta actividad culinaria también se ocupaban otros grupos del diseño y construcción de pancartas para la marcha del día siguiente.

-Se nos están acabando las cartulinas y los rotuladores, no solamente los de color negro, sino los demás colores también! -Adelanto *Olaia*, de pie y trabajando al lado de una mesa con otros compañeras, subiendo la voz para atraer la atención de *Iñaki*.

-Ya lo se,...Deberían estar llegando los nuevos materiales esta mañana,...Les volveré a llamar a Arrasate en unos minutos más,...¿Ya les hemos dado la lista de materiales a traer?

-Sí, ya la tienen.

-Quiero decir, ¿hemos tenido en cuenta la perdida de papel y cartulinas a causa de la lluvia de estos próximos días?

-Sí, así es,...hemos pedido 250 hojas grandes de cartón, metro cuadrado cada una, 5 galones de pintura negra, 2 galones de pintura roja, otros dos galones de pintura verde, y un galón de pintura blanca, toda pintura soluble en agua. Suficiente para completar las 200 pancartas que hemos prometido al comité. -A *Olaia* le pareció haber presentado la lista completa de materiales y una sonrisa empezaba a delatar su satisfacción.

-¿Y los listones de dos metros para las pancartas?

-Oh, mierda! Me olvidaba, lo siento!

-No hay problema, toma mi móvil y llama a **Rafa**,...el puede hacer esos listones en la carpintería de su padre, asegúrate de que lo localizas esta misma tarde,...estará arreglando alguna ventana o puerta en alguna casa de Bergara, muy posiblemente.

En ambos lados de una mesa larga unos 8-10 niños, varias edades, usaban rótulos para llenar las letras grandes que los adultos ya habían dibujado en las cartulinas, hojas de cartón, sabanas de tela y plástico para las pancartas. Por su parte los adultos dibujaban y pintaban las varias figuras que adornarían las pancartas,...una locomotora, una excavadora gigante abriendo túneles y penetrando montañas, mapa del País Vasco,...y texto, texto por todos lados,..."Parar el TAV!", "Gelditu AHT! Orain!", "PNV y PSOE land thieves!", "This land is not for sale!", y "Motherland Defend Yourself!"

-A propósito, Dorothy, en que trabajas en,...¿Bruselas?

-Trabajo para una pequeña fundación, *Corporate Watch Tower*, muy pequeña, tres mujeres y dos hombres solamente. Somos voluntarios, en realidad.

-¿Y cual es vuestro rollo, como os las arregláis para pagar los gastos, vivir, etc.?, es lo que quiero decir.

-Tenemos una página Web donde hacemos publicidad sobre eventos y productos que son de interés y utilidad a la comunidad, así como también presentamos artículos para alertar a la comunidad acerca de planes de grandes corporaciones que van a recibir contratos de gobiernos para construir incineradoras gigantes que no respetan el medio ambiente, artículos para delatar las malas condiciones de vida de familias emigrantes, ya sea de Latino América, el Este de Europa, o África,...También distribuimos una "newsletter" por correo electrónico y en papel con estas alertas....Al mismo tiempo hacemos publicidad sobre servicios sociales de varios ayuntamientos en Bruselas y sus pueblos satélites,...hacemos servicios de publicidad, básicamente.

-Te entiendo, sí, te entiendo,...pero uno diría que tenéis en esa operación más gastos que ingresos, ¿no?

-Bueno, si, pero también tenemos exhibiciones de "madre tierra" y "green earth" en librerías publicas y museos con trabajos de artistas locales que son gratis al publico en general, pero donde aceptamos donaciones. También organizamos un par de conciertos de rock cada año, y cobramos unas pequeñas cantidades por la venta de comida, cerveza, y artesanías. Todas estas cositas ayudan mucho a pagar los gastos a final de mes. -En ese momento Dorothy pensó que ya había respondido satisfactoriamente a esa pregunta y se preparaba para volver a la tarea de dibujar el contorno de letras grandes para las pancartas.

-Sí, eso es muy "cool", pero qué es lo que le atrae a venir al País Vasco desde Bruselas para estar aquí en Aramaio, un lugar que no es exactamente el centro del universo,...Quiero decir, no hay dinero aquí, no hay dinero en esta marcha y, por si ello no fuera poco, existe la posibilidad de que los Ertzaiñak cabrones nos partan la cabeza a unos cuantos!

-Bueno, no todo tiene que ser dinero en la vida, ¿no le parece? -
-Dijo Dorothy, haciendo una pausa-- Mi marido *Steve* y yo, por
ejemplo, creemos que existen gentes trabajadoras, normales y
corrientes, en toda Europa que no están recibiendo una buena partida
y oportunidad en la sociedad,...Quiero decir, son principalmente los
políticos, la "casta política", y las compañías grandes, las multi-
nacionales, los que dirigen nuestras vidas y destinos,...multi-
nacionales como *Eli Lilly*, y sus oficinas en Génova, son
corporaciones farmacéuticas y agro-químicas gigantes que generan
cantidades exorbitantes de dineros traficando y vendiendo drogas y
medicinas a precios altos a hospitales e infraestructuras de salud en
cada rincón del planeta,...*Dupont*, otra multi-nacional, trafica y
vende "productos de nutrición global a través de cultivos de alto
rendimiento y alimentos mas sanos" mientras mantienen sus
"lobbies" en puntos estratégicos del *Parlamento Europeo* para
impedir la importación de productos agrícolas básicos, como
naranjas, plátanos, tomates, maíz, y polvo de pimentón de países
pobres y tercer-mundistas en África donde solo pueden producir
esos productos básicos,...o corporaciones como *Eusko Tren*, creadas
y financiadas por el *Gobierno Vasco* para despistar y engañar a la
ciudadanía acerca de "las maravillas del proyecto TAV", un
proyecto que carece de tecnologías propias, que no ofrece un estudio
económico para poder demostrar su viabilidad económica, y que no
quiere generar un estudio ambiental para considerar la gravedad de
sus impactos a los entornos ecológicos de docenas de pueblos y
ciudades en el País Vasco. No ignoremos, tampoco, multi-
nacionales como *Reppsol, BVA*, y *Telefónica* que han invertido
miles de millones de euros en Latino América, firmando contratos
con gobiernos déspotas y sectores industriales corruptos,
financiando indirectamente organizaciones mafiosas locales,
desplazando comunidades Indígenas enteras que atasquen o
entorpezcan proyectos multi-nacionales, dañando tierras forestales y
ríos por décadas y generaciones, creando así enormes deudas
nacionales externas para los países involucrados,...Y, encima de
todo ello, los políticos en el Estado Español defienden estas multi-
nacionales en el "interés" de la ciudadanía Española,...bueno, algo
así, parecido.
Silencio.

-¿Que estas diciendo, entonces, qué son los políticos corruptos y las multi-nacionales sagaces que están sueltos por todo el planeta haciendo lo que les da la gana y llenándose los bolsillos? No, lo puedo creer, no estoy de acuerdo. -Respondía Olaia, incrédula y defensiva.

-En realidad, yo, personalmente --añadía Dorothy-- pienso que ojala fuesen solamente los políticos corruptos y las multi-nacionales los que están llenándose sus bolsillos, porque así la gente, la ciudadanía, eventualmente se organizaría para cambiar las leyes nacionales e internacionales que permiten tales abusos. No digo que seria fácil lograr ese cambio, no, pero eventualmente lograríamos un cambio paulatino, gradual, y a largo alcance, creo. Afortunadamente existe esa tercera dimensión: la ciudadanía, la gente. -En ese momento Dorothy levantó sus ojos para observar si la gente a su alrededor seguía o no su tema.

-Tenemos otro reto muy grande. Me explico ahora. Las gentes en España, Francia, Bruselas, Alemania, y en otras comunidades en la Unión Europea son gentes trabajadoras, con culturas e historias impresionantes generalmente, y llegada la semana de elecciones votan por los candidatos que los partidos han elegido, esos candidatos son elegidos, y el ciudadano y ciudadana se van a casa. Punto. De ese momento en adelante, por los próximos 4-6 años el ciudadano no cuenta para nada en la vida política de su país, y eso es un gran error. ¿Porqué un gran error? Porque los políticos y sus funcionarios a nivel de alcaldías en pueblos y ciudades, a nivel de diputaciones, ministerios, y parlamentos deciden y hacen lo que se les antoja abusando de presupuestos, negando la transparencia, e ignorando a sus ciudadanos cada vez que estos hacen una petición para reclamar un cambio o pedir explicación por esas decisiones. En nuestras escuelas no se enseña a nuestros niños y niñas a cuestionar el sistema político, a velar por sus intereses como ciudadanos y ciudadanas, cada mes y cada día del año. No se inculca el sentido de responsabilidad cívica en el individuo, en el ciudadano. Al contrario, se le niega y arrebata esa responsabilidad cívica al ciudadano y se la entregamos a los políticos, a la casta de políticos.

Como consecuencia el individuo y la ciudadanía en general se vuelven indiferentes, se bañan en un mar de apatía total y completa. Sin embargo, reivindicamos, la responsabilidad por el bienestar y destino de una sociedad corresponde a los ciudadanos y ciudadanas, y no a sus políticos, en cada momento y siempre, y no al revés. Actualmente, en la Unión Europea, son los políticos y su casta los que dirigen el destino de sus países, y no la ciudadanía, un error que puede llegar a tener grandes consecuencias y costo.

-Entonces, ¿cómo propones que deberíamos monitorizar a la clase política? -Esta vez la pregunta venia de *Iñaki.*

-Ya estamos monitorizando las acciones de los políticos, ya estamos haciendo preguntas y cuestionando el sistema, pero somos unas pocas personas, nada más, una muy pequeña porción de la población en el País Vasco y en España, aun después de considerar los 150 grupos que van a participar en esta marcha en San Sebastián. Una gran mayoría de nuestras gentes en el País Vasco, por ejemplo, trabajan duro, ya sea en su turno de día, de tarde, o de noche, eso está claro y vale mucho. Es cuando termina ese turno de trabajo y la persona vuelve a casa, se da una ducha, se cambia de ropa, y se va a la taberna, al restaurante, o se reúne con la cuadrilla día tras día, y no se involucra en la vida de su vecindario, no participa en los plenos de su ayuntamiento, no participa en la firma de peticiones para pedir reclamaciones a esos políticos y funcionarios que empezamos a perder nuestro derecho a nuestro propio bienestar social y destino de nuestras vidas, diría yo. Mientras tanto los políticos se dan sus mega salarios de 4.000-6.000 euros cada mes como funcionarios electos, además de bonos e ingresos múltiples que reciben por aparecer en las listas de cuerpos de directores de bancos, como consejeros y representantes en sus propios partidos políticos y, aun más, de ahí en adelante trabajan con presupuestos deficitarios con poca o ninguna consideración por la opinión y bienestar de la ciudadanía. ¿Sabéis cual es la deuda externa de España hoy día, por ejemplo?

Silencio.

-¡Pues es en el orden de 43.000 € por cada habitante en el país! Divide la deuda externa total de España por su número de habitantes y te sale ese número.

Silencio.

-Y a propósito, este problema de abusos de la casta política y la apatía de nuestras gentes por lo que pueda ocurrir en la vida política no ocurre en España solamente, pues existe también en varios otros países en la Unión Europea y en la comunidad global.

-Bien, pero,... ¿no ha sido siempre así?

-Pues no, quiero decir...

-Siempre es el caso de los políticos con sus promesas y halagos a la ciudadanía dos semanas antes de la elecciones, pero una vez elegidos hacen ellos y ellas lo que les da la gana, ¿o no es así?

-Vale, pero lo que estoy tratando de decir es que no tienen que ser las cosas así, y que todas y todos podemos cambiar las cosas.

-¿Cómo?

-Bueno,...la gente en el mundo Anglo-Sajón --EE.UU., Reino Unido, Canadá, etc.-- generalmente son mas activas en la vida política de sus comunidades, y cuando se enteran de que sus ayuntamientos van a abordar proyectos que sobrepasan los presupuestos e ingresos, o bien que no son de beneficio social, cultural, y económico para la comunidad, se organizan y pelean contra ese proyecto. La ciudadanía se presenta en masa en los plenos de los ayuntamientos para exigir estudios económicos y de impacto ambiental, por ejemplo, que justifiquen ese proyecto. Muchas veces la ciudadanía ya ha preparado esos estudios con la ayuda de arquitectos, abogados, ingenieros, y de otras personas, y presentan esos estudios en los plenos de los ayuntamientos para exigir formas alternativas de proceder en un proyecto de tratamiento de aguas, de zona de aparcamientos, parques de uso publico, nuevas carreteras, etc.

-¿Sabes de un ejemplo o caso de estudio?

-Sí, varios,... -*Dorothy* hizo una pausa antes de proseguir.

-Hace unos doce años mi marido Steve y yo estábamos en Washington, D.C., EE.UU., de luna de miel, visitando museos en esa gran capital y lugares históricos en los pueblos de alrededor. Uno de esos pueblos es Manassas, a unos 45 minutos al oeste de Washington D.C tomando la ruta 66, toda una línea recta. Un pueblo de gran valor histórico, aprendimos, pues resulta que en sus cercanías tuvo lugar en 1861 una de las mayores y mas decisivas batallas de la Guerra Civil Americana, la batalla de Bull Run. Un ejército de los Conferedados avanzaba desde el Sur, entrando en Virginia con la idea de atacar y entrar en la capital entrando por el lado de Manassas, mientras un ejército de la Unión, que ya estaba estacionado en la capital, se movilizó para enfrentarse a ese ejército de los Conferedados. Muchas familias, jóvenes, y parejas en la capital estaban convencidos de que los soldados de La Unión iban a ganar la batalla fácilmente, así que se apresuraron, montaron a caballo y carruajes tirados por uno y dos caballos --como en las película "*Lo que el Viento se Llevó*"-- salieron y llegaron a Manassas en cuestión de dos horas para ver a los soldados de los dos ejércitos batallar. La gente se había acomodado en dos colinas alrededor de punto de encuentro de los dos ejércitos, sacaron bocadillos, botellas de vino, y jarras de refresco de limón de sus cajas de "picnic", y allí se prepararon a presenciar el espectáculo. Bueno, una hora mas tarde era evidente que el ejercito Conferederado estaba ganando la contienda, así que todo el mundo empezó a meter los bocadillos y botellas de vino en las bolsas y, nuevamente apresurados, montaron en sus carruajes para salir corriendo y de vuelta a la capital, Washington D.C., formandose varias columnas y entrelazándose civiles con los soldados y equipo del ejercito de La Unión.

-¿Y que ocurrió finalmente?

-Ah, sí, lo siento, me fui por una tangente! -Respondió Dorothy, molesta consigo misma por salirse del camino principal de su relato.

-Lo que os quería comentar es que durante nuestra estancia en Manassas, allá en el año 2000, la gente de esa comunidad estaban organizando una marcha y protesta en frente del Ayuntamiento de Manassas para tratar de evitar la construcción de "un parque de recreo y entretenimiento" que **Walt Disney Industries** quería construir en las afueras de Manassas y precisamente en unos terrenos donde tuvo lugar la batalla de Bull Run en 1861. Claro, los políticos y burócratas --allí a los funcionarios les llaman burócratas-- estaban a favor de la construcción de aquel enorme parque porque los representantes de Walt Disney Industries se habían comprometido a pagar al Ayuntamiento "millones y millones de dólares" a cambio de aquella concesión y licencia de construcción. El alcalde de Manassas y sus concejales se habían "vendido" a los directivos de Walt Disney Industries, era muy evidente, y estaban ya iniciando una campaña para comprar nuevas computadoras para sus oficinas, hacer viajes a otras ciudades a quienes invitarían a ser "ciudades hermanas", y cambiar las leyes de rezonificacion para construir mas viviendas que, a su vez, traerían mas ingresos al ayuntamiento. La ciudadanía, afortunadamente, se espabilo y se dio cuenta que aquel proyecto requeriría una nueva red de carreteras, fuera y dentro de la ciudad, para acomodar el aumento de trafico que se estaba proyectando, la infraestructura de servicios básicos como agua potable, electricidad, gas, transporte publico, y hospitales tendría que ser ampliada sustancialmente, todo ello requiriendo aumentos grandes en los presupuestos del ayuntamiento cada año en aquella comunidad de unos 25.000 habitantes. Un aumento en el presupuesto del Ayuntamiento se traduciría en un aumento en los impuestos que cada ciudadano tendría que pagar, claro. Bueno, el caso es que la gente veía venir las consecuencias negativas de aquel proyecto y decidieron hacerle frente. Mujeres de casa, mujeres de todas las profesiones, abogados, arquitecto, ingenieros, estudiantes, maestros de High Schools,... gran parte de la ciudadanía se volcó para organizar la marcha por un lado, y pagar los costos de un estudio económico y de un segundo estudio de impacto ambiental. Esos estudios demostraban que sobre un "horizonte" de los próximos 20 años los costos del proyecto serian tres veces mayores que los beneficios a la comunidad. La ciudadanía estaba unida, demostraron en los estudios realizados que los beneficios serian menores que los costos, y las manifestaciones pacificas así lo comunicaron a la legislatura del estado de Virginia. El proyecto fue derrotado por la ciudadanía. Fin de esa historia.

-Hora de comer! *Bazkaria prest dago*! Alguien anunció desde el otro lado de la mesa. Rápidamente colocaron un mantel de papel "reciclado" sobre dos mesas largas y una pequeña armada de manos empezó a traer barras de pan, jarras de te, botellas de agua, vasos de plástico, bowls enormes de ensalada de lechuga, tomate, y cebolla, platos de papel, cucharas y tenedores de plástico. En cuestión de unos minutos unas 45-50 personas se habían acomodado alrededor de las dos mesas. A continuación se pusieron sobre la mesa platos grandes de vegetales pasados por una parrilla, como pimientos rojos y verdes, legumbres, cebolla, y zanahoria donados por los habitantes de Aramaio. Seis mujeres que hace unos minutos estaban rellenando las pancartas con texto y graficas traían ahora a la mesa cacuelas con albóndigas de carne molida y perejil. Otra hoya repleta con huevos ya hervidos pero todavía con cáscara apareció en una de las mesas como por arte de magia. La gente llenaba sus platos de una forma ordenada, mas o menos, pasando las barras de pan, jarras de te, y botellas de agua de un lado de aquella mesa larga al otro, y vuelta.

Lo que había sido una escena de mesas, hojas de papel y cartón, brochas y botes de pintura de varios colores, niños y niñas cortando papel y pegando cintas de color a las pancartas, de actividad frenética pero relativamente coordinada, se había convertido en una ruidosa comida al aire libre donde las palabras competían con música de rock por la atención de los participantes. No importaba que la mayoría de la gente no entendiera la letra en Ingles de la música, en absoluto, pues ya sabían esas canciones de memoria y podían cantar o escuchar y disfrutar el momento sin importar el idioma. Sabían también los nombres de los "rockeros" y sus parejas, quien de ellos y ellas estaba divorciado o no, vivo o muerto, y donde cada una de las bandas había dado su ultimo concierto ese mismo año. Esa tarde Dorothy aprendería que un gran número de bandas del mundo Anglo-Sajón regularmente hacen sus tours en el País Vasco, donde su música y estilos de vida son apreciados.

Territorio Ertzaintza

El lugar era el *polideportivo Anoeta* en San Sebastián, hogar y base del equipo de fútbol **Real Sociedad** de San Sebastián, con capacidad para 32.000 de sus miembros y entusiastas. Construido en 1993 con gran lujo y sin reparo de gastos para proveer as sus miembros "todo el esplendor de este noble deporte embellecido con las ultimas tecnologías en una atmósfera de comodidad máxima y total", como así proclamo el alcalde de la ciudad, **Odon Elorza**, un hombre conocido por su predilección por construcciones faraónicas de centros culturales, sistemas de trasporte urbano, y conciertos internacionales de música, todo ello con dinero publico, por supuesto. *Las ideas eran suyas, los dineros eran de la gente*. Ciudad capital de Gipuzkoa, una de las siete regiones históricas que integran Euskal Herria, como es conocido el País Vasco en las mas de 150 Eusko Etxeak distribuidas por los EE.UU. y países en Latino América. Pero en aquel día, una mañana de Jueves, tan solo dos días antes de la marcha **Gelditu AHT!** (*Parar el TAV!*), no había jugadores practicando y machacando el campo verde de Anoeta. En su lugar, muy al contrario, se habían reunido 655 Ertzaiñak, hombres y mujeres, "para entrenar y coordinar estrategias contra-disturbios, así como medidas de seguridad" como el comandante-teniente *Joseba Laskibar* comunicaba a los medios de comunicación. Durante los últimos tres días Ertzaiñak y unidades especiales procedentes de varios centros de la Ertzaintza en Gipuzkoa habían llegado a Anoeta.

En un lado del verde de Anoeta estaba ya integrada una unidad de 55 hombres y mujeres, cada uno portando una escopeta X322 con sus pelotas de goma para "controlar y limitar disturbio alguno hubiese la necesidad." Balas o pelotas de goma que pueden causar gran daño corporal, incluso la muerte si el impacto resulta en la cara o cabeza de la victima. Esta unidad especial seria desplegada en puntos estratégicos a lo largo de la ruta de la marcha dentro de la ciudad de San Sebastián, en tres filas de 20 Ertzaiñak cada una, de un lado al otro de calle o avenida y mirando de frente a la columna de la marcha y manteniendo una distancia de 150-200 metros. Cada uno de estos 60 hombres y mujeres lleva un uniforme azul oscuro fuertemente acolchonado, botas negras, mascaras "pasa-montañas" negras de lana, cascos rojos con visores de plástico de impacto alto, guates negros de piel, sus escopetas X322, y una bolsa de tela apretada al pecho o cintura con 18-20 balas de goma.

Manifestación contra el uso de la *tortura* por parte de la *Ertzaintza* (Policía Vasca). Cortesía GARA, 15 Noviembre 2007.

Una furgoneta de la Ertzaintza acaba de llegar a Puerta B del estadio Anoeta, y doce hombres y una mujer ya vestidos en su uniformes se apean del vehiculo acarreando sus equipos individuales en grandes bolsas negras de tela y cuero.

-¡Tarjetas de identificación, por favor! -Exigía en voz alta una guarda, proyectando su voz detrás de una ventana y dentro de una caseta o taquilla.

Uno por uno cada uno de los 12 hombres y la mujer mostraron sus tarjetas de identificación en color rojo y azul. El guarda procedía a ojear la fotografía en la tarjeta, miraba al portador, y gritaba "siguiente!" Atravesaba esa entrada hacia el interior del estadio *Xabier Elurmendi*, un hombre alto, delgado, musculoso, de unos treinta años, claro de piel, y pelo liso negro. Tenía un aire de maestro o instructor de educación física, aunque también pudiera ser un carpintero, un fontanero, o un escalador de montañas juzgando por sus dedos largos y cayos en la palma de sus manos. Junto con el venia ***Txomin Elosotegi***, también un hombre alto, aunque posiblemente uno o dos centímetros menos de estatura, de piel clara, ojos verde oscuros, menos atlético, pero con una muy amplia sonrisa y, sí, era muy aparente que eran amigos por sus manierismos y forma de tratarse, y del mismo pueblo posiblemente. A continuación entraba la única mujer en aquel grupo, de pelo rubio oscuro, ojos marrones, esbelta y atlética, y por lo menos de 1 metro 68 centímetros de altura, el requisito para mujeres en la Ertzaintza. Se veía segura de si misma, una persona que podía mirar a los ojos de otra persona sin tener que parpadear, de ser necesario, y por sus atributos y proporciones una mujer, definitivamente. En cuestión de unos minutos el resto de aquella unidad estaba ya dentro del estadio.

-Nadie miró dentro de nuestras bolsas. -Comentó Xabier a Txomin y Nerea. ***Nerea Arana*** era el nombre de aquella mujer.

-***Bai***, a mi también me sorprendió, es como si tuvieran mucha prisa en meternos al estadio,...tal vez porque nuestra furgoneta-caravana llegaba atrasada de tiempo. -Sugirió Nerea al tiempo que los tres caminaban juntos y atravesando un túnel largo hacia la entrada del campo verde del estadio.

-Bueno, sugiero que los tres tratemos de ser asignados a la misma unidad, de ser posible,...no estamos aquí para hacer grandes dineros, y seguro que no queremos dejar nuestros pellejos en el pavimento en la marcha este Sábado. -Ofreció Xabier a punto de entrar en el campo.

-¡Tu lo has dicho! --Confirmo Txomin con entusiasmo-- Simplemente porque no quiero trabajar en la tienda de deportes de mi padre en Bergara,...No veo razón para romperme algún hueso en esta marcha,...es mas, prefiero romperle los huesos a alguien que se me ponga enfrente, si es necesario.

-¡Daros prisa, partida de analfabetos, y presentaros al oficial en la segunda mesa! -Les gritó un guarda con una banda blanca en la manga derecha de su camisa.

Al lado de la mesa estaba sentada una mujer Ertzaiña trabajando en su computadora portátil, revisando una lista de nombres en una base de datos. Nombre de la persona, tarjeta de identificación, oficial a cargo, ***auzoa***, y unidad asignada para el día de la marcha. Un joven a su derecha miraba a un diagrama, una especie de mapa sobre la mesa. Cada vez que un joven Ertzaiña daba su nombre y numero de identificación esa joven localizaba su nombre en una fila de la base de datos y en esa misma fila encontraba una posición en el estadio.

-¡Elurmendi, cuadro C-5! -Anunciaba la joven de la ordenadora.

A continuación el otro joven Ertzaiña localizaba el cuadro C-5 en su mapa de papel sobre la mesa, y apuntaba a Xabier Elurmendi en la dirección apropiada en el campo de fútbol.

Unidad C, cuadro 5, Ángel Peralta es el oficial al mando,.... ¡Muévete!

-Fernandez, cuadro C-5, ¡muévete!...

-Elosetegi, cuadro C-5, ¡muevete!...

-Arbulu, cuadro C-5, ¡muevete!...

-Markiegi, cuadro C-5, ¡muévete!...

Tal como ocurrió, Xabier, Txomin, Nerea, y dos jóvenes más fueron asignados a la misma unidad C-5, la unidad de escopetas X322 y balas de goma. Una unidad elite para aquel o aquella joven que fuese asignada a esa unidad, así como una unidad temida por ciudadanos en general. Estos cinco últimos jóvenes se añadían al grupo de 55 que ya estaban formados en el estadio de Anoeta, la unidad de 60 Ertzaiñak estaba ahora completa y lista a completar su entrenamiento ese día y los próximos dos días.

Capitulo
2

Bergara, La Ciudad

Con una población de 15.200 habitantes, la pequeña pero históricamente importante *ciudad de Bergara*, Gipuzkoa, se encuentra centrada en el *Valle Deba* y atravesada por un río del mismo nombre en su curso hacia el norte, hacia la Bahía de Bizkaia. Anclada a unos diez kilómetros al norte de Arrasate, y cuarenta-y-cinco al sur-oeste de Donosti-San Sebastián. La agricultura, industria ligera, y cantidades menores de producción de hierro representaban sus ingresos al principio del Siglo 20, pero ello cambio después de la Guerra Civil cuando el gobierno de Franco empezó a promocionar y financiar fuertemente el sector industrial. Partes de automóviles, electrodomésticos (refrigeradores, lava-vajillas, lava-ropas, aspiradoras, etc.), y equipo pesado de construcción son ahora algunos de los muchos productos en la red industrial denominada *Mondragón Cooperativas Corporación (MCC)*. Bergara, sin embargo, tiene su propia rica y violenta historia también, una historia que nos habla de la Primera Guerra Carlista (1833-1839) y un pueblo hirviendo con sentimiento Vasco con dos vertientes opuestas: los *Carlistas* que luchaban a favor de *Don Carlos Maria Isidro Benito de Borbón y Parma (1788-1855)*, pretendiente a la Corona de España, y los *Liberales*, que defendían las ideas modernas heredadas de la *Revolución Francesa (1788-1799)*. Los Carlistas eran "de derechas", conservadores, se oponían a representación parlamentaria, en favor de la monarquía absoluta, en favor de latifundios de la clase rica, defensores de la Iglesia Católica, sus muchas posesiones y su Vaticano, y en contra de la libertad de expresión religiosa. Muchos Vascos se unieron a las fuerzas Carlistas, incluidos gran parte de la población de Bizkaia, toda Alava, parte de Gipuzkoa aunque no incluida San Sebastián, así como mucha gente de Navarra, aunque no incluyendo Iruñea-Pamplona. Países como Prusia, Austria, y Rusia apoyaban a los Carlistas quienes marchaban a hacer batalla cantando himnos y canciones a Ignatius de Loyola[1], fundador de la Compañía de Jesús.

¿Que hacían los Vascos luchando por una causa que no era en su propio interés, luchando contra otros Vascos y aventurándose en territorio Español para defender la Iglesia Católica y una monarquía absolutista? Esta es una de muchas preguntas que escritores e historiadores (*Kurlansky, 1999*) se han hecho respecto a esa guerra fratricida de los Vascos. Cuatro años ya en esa guerra fratricida Jose Antonio Muñagorri, un escritor que se metió a general de tropas Carlistas, empezaba a cuestionar la racionalidad de unos Vascos matando a otros Vascos para promocionar la causa de Don Carlos, una causa Española y su corona, y llegó a proponer un tratado con Madrid que respetaría Los Fueros en el País Vasco. Ambos, Carlistas y Liberales, fueron sangrientos en su comportamiento con hombres, mujeres, e instituciones "del otro lado."

"Los prisioneros eran generalmente fusilados. Espoz y Mina, el héroe de la División de Navarra, en su furia arraso y quemo la villa Navarra de Lecaroz y ejecutó a uno de cada cinco hombres. Los Carlistas, siempre mal aprovisionados porque no controlaban los puertos principales como San Sebastián, capturaban funcionarios de pueblos y los torturaban para localizar suministros y dinero. Como resulta frecuente en guerras, las mujeres eran atropelladas por su colaboración. Cuando los Carlistas tomaban un pueblo, untaban a las mujeres acusadas de simpatizar con los Liberales con brea y plumas. Dado que el general Carlista Ramón Cabrera era brutalmente infame, las fuerzas Liberales capturaron y asesinaron a su propia madre. El 29 de Agosto de 1839 se firmo el final de las hostilidades en Bergara. Para demostrar que las hostilidades habían cesado realmente, los generales de ambos lados se abrazaron, un evento que se le recordó como "el Abrazo de Bergara", y que para muchos Vascos de ahí en adelante fue un sinónimo de traición. Las tropas de Alava y Navarra no se presentaron a la ceremonia. Después de su derrota, miles de Vascos emigraron a las Americas. Una nota curiosa es que Muñagorri, el reacio Carlista que no quería luchar por Don

Carlos, fue mas tarde asesinado en 1841, no por un Carlista enfadado, sino por un Liberal."[11]

Bergara entonces, dividida entre Carlistas y Liberales. Bergara hoy día, dividida entre seguidores de los derechistas del PNV y los izquierdistas nacionalistas de *ezkerra-abertzaleak*. Y común a ambos lados son las *jaiak*, las fiestas de Bergara, como la Erramu Zapatua Jaiak, unas fiestas que se celebran hacia finales de Pascua, en Mayo o Junio de cada año. Durante esa fiesta, generalmente en un Sábado, el pueblo de Bergara se viste de sus mejores colores y presenta una feria de sus mejores ejemplares de caballos, ovejas, conejos, patos, y muchos otros animales domésticos traídos a la plaza del pueblo desde docenas y centenares de *baserriak*, los caseríos tradicionales vascos de piedra y ladrillo rojo que están esparcidos por todas las colinas y valles de los alrededores. Un recinto o espacio delimitado por un cerco de madera es asignado a cada grupo de animales domésticos, en una forma muy similar a como se hace en las ferias de ganadería en los EE.UU, curiosamente. Cada ganadero permanece al lado de sus

ejemplares domésticos mientras niños, niñas, y adultos se acercan para admirar y posiblemente tocar los animales. Desafortunadamente, cada año los espacios para animales domésticos de granja disminuyen en la feria de Bergara y otras ciudades y pueblos, mientras que los espacios para tractores y tecnologías de granja y cultivo aumentan en el País Vasco.

Ciudad de **Bergara**, la Torre de Monzón, familia **Monzón**, a la derecha, y el edificio Batzoki de piedra con la Ikurriña en el centro. Cortesía: Ayuntamiento de Bergara, 2009.

A pocos metros de distancia, en la misma plaza, se pueden encontrar las mesas repletas con quesos de caserío, txorixo, jarras y botes de mermelada de fresas, arándonos, melocotón, y manzana, en mesa tras mesa en largas hileras, cada una atendida por su dueño o dueña y ayudante vestidos todos en trajes tradicionales y típicos de Bergara y sus entornos. Pimientos verdes, largos, dulces, picantes, cortos, y redondos, de todo tipo y tamaño. Veinte variedades de de manzanas y vegetales de todos los colores, tamaños, y precios abundan. Artesanía de cerámica, cuero, y madera se puede apreciar en muchas mesas en forma de utensilios de cocina, relojes de pared, mascaretas, cinturones, jarras y botellas de cristal de formas caprichosas, y muñecas de brujas. Si, muñecas de "brujas", todos tamaños y colores, como para recordar a la gente del pueblo, visitantes y turistas, que este territorio ha sido siempre "tierra de brujas", como así atestiguan las constantes referencias a "cazas de brujas" y "autos-de-fe" realizados por la Inquisición Española en los siglos 16, 17, y 18. Es un día de sol y cielo azul, música vasca popular y olores de frutas y verduras frescas inundan los sentidos mientras cantidades voluminosas de txorixo, costillas de puerco, y sartas de *tipula-odolkia*, la morcilla de cebolla muy apreciada en esta región, son trabajadas en parrillas grandes en otro espacio cercado por un grupo de unas 15-20 personas, mujeres y hombres. Cinco euros procuran dos pedazos suculentos de costilla de puerco encima de una generosa rebanada de pan, sujetados por un palillo, y una ración de vino o cerveza en un vaso blanco de plástico. Dentro de una tienda de campaña otro grupo de mujeres y hombres están asando pedazos grandes de ternera donados por uno de los carniceros del pueblo, y con su venta obtener ingresos que serán donados a las familias de los ***presos políticos Vascos (PPV)*** haciendo tiempo en las cárceles Españolas. Bergara tiene su propio grupo de familias de PPV, como la mayoría de otros pueblos en el País Vasco. Una variedad grande de hombres y mujeres entran en la categoría de PPV, desde estudiantes de universidad detenidos por participar en manifestaciones pacificas para protestar contra lideres y actividades del PNV o autoridades Españolas, jóvenes que se presentan a funerales para dar su ultimo adiós a activistas y miembros de ETA muertos en contiendas con las autoridades Españolas, personas sospechadas de pertenecer a organizaciones sociales y políticas con metas pro-independencia, hasta miembros de ETA, hombres y mujeres, condenados por actos de violencia, terrorismo, y asesinato. Tan significantes son las ***victimas de la violencia de ETA***, también representadas en numerosas organizaciones de victimas en pueblos y ciudades del País Vasco. Evidencia dura y recordatorios todos de la violencia política que forma parte de la vida cotidiana de la sociedad Vasca hoy día.

Durante horas de la mañana y tarde grupos de jóvenes adolescentes, mujeres y hombres, en varias categorías de edad, representan la atracción principal con bailes en estas ferias, bailes como la **Zinta Dantza**, donde cada uno de diez jóvenes vestidos en rojo, blanco, y verde estira de una cinta que cuelga de lo alto de un poste de madera mientras baila y entrelaza su cinta con la de los otros bailarines en un deslumbre de color, música, y movimiento. Esta ahí también la *Makila Dantza* donde cada uno de los bailarines usa dos palos para golpear con los palos de los otros bailarines y así producir una gran variedad de sonidos y movimientos a la música de los *txistulariak*, cada uno tocando su flauta de cuatro agujeros con su mano izquierda, mientras usan su mano derecha para tocar un tamboril que cuelga con una banda de tela o cuero de esa mano izquierda. No nos queremos olvidar tampoco de los **Arin-Arin dantzariak**, con seis parejas de adolescentes o adultos, ejecutando complicadas maniobras con sus pies, brazos extendidos al alto, y bailando rítmicamente. Cada unos cuantos minutos cohetes son lanzados desde el balcón del ayuntamiento llenando el aire de color, humo, y estruendoso ruido, un gesto de honor generalmente reservado para la alcaldesa, sus concejales, civiles y autoridades invitadas. Hacia las 9:00 horas de la tarde hasta las 2:00 horas de la mañana el ambiente cambia, aunque no las caras, y la plaza se transforma en una plataforma gigante de baile para toda la gente del pueblo y visitantes, al sonido y cacofonía de 4-6 bandas de música contratadas por el ayuntamiento. La música y su letra son fácilmente reconocidas, pues proceden de bandas sonoras regionales e internacionales, tal como *LUHATZ, Police, Panda, Mexican Cafe, EGAN*, y otras, la mayoría en Euskera, la lengua Vasca. ¿Alguien ha escuchado ya la música y letra de **Amy Winehouse** en Euskera?

La Zanahoria y el Palo

Los dos, Xabier y Txomin, nacieron en una comunidad de tres colinas cerca de Bergara de nombre **San Prudencio** ("Sanpru"), en el caserío **Barrexa**, en la falda de una colina sobre el río Deva que atraviesa y forma el valle, en el municipio de Bergara. Una familia de carpinteros por el lado del padre, los **Elurmendi**, de medios modestos, propietarios de un taller de carpintería con herrería, y de maestras y trabajadoras sociales por parte de la madre, los **Lasa**. Con tres hijas hermosas también nacidas en ese caserío, los Elurmendi Lasa eran bien conocidos en las colinas de Sanpru y en Bergara mismo. "*Hay caminan las tres hijas hermosas de Felipe Elurmendi*", decían y suspiraban transeúntes y camioneros al pasar y ver a las tres adolescentes en su camino al Instituto de Bergara, paralelo al Rió Deva, a unos cinco kilómetros de distancia. Su madre, *Berezi* andrea, les recordaba a las tres adolescentes "agarraros de las manos y caminar calladas y apresuradas" al llegar al punto en el camino por donde tenían que pasar enfrente del cuartel de la **Guardia Civil** a un lado del Instituto. Temidos aun hoy día por la gente de Sanpru, aunque su cuartel ya no existe junto al Instituto, la gente recuerda las rondas que la Guardia Civil hacia visitando e inspeccionando cada caserío y colina de Sanpru durante los años de la dictadura de **Franco**, como Berezi andrea suele contar:

-*Buenos días, Señora Berezi*!" -La pareja de Guardia Civiles -- siempre trabajaban de dos en dos-- saludaba para anunciar su visita y paso en frente del caserío Barrexa.

-¡*Solamente una pequeña visita, como siempre, para ver si todo va bien*!"

A continuación Berezi andrea abría la ventana a un lado de la puerta principal del caserío y les ofrecía trozos de pan casero, rebanadas de queso, o fruta del día como manzanas, cerezas, o peras. Unos minutos mas tarde Berezi andrea ponía su firma en una libreta que uno de los Guardia Civiles llevaba consigo, como evidencia de que habían realizado su visita, y después de unas palabras mas de saludo y cortesía los dos *Guardia Civiles* se despedían para proseguir al siguiente caserío.

Una vez despejada la costa, las tres adolescentes salían de sus habitaciones para reunirse con su madre en la cocina y así asegurarse de que el caserío había regresado a su normalidad, siendo este el caso en la mayoría de aquellas ocasiones. En otras ocasiones, sin embargo, los dos Guardia Civiles tenían ordenes precisas de entrar en los caseríos para localizar y confiscar posters denunciando a Franco y su gobierno de Fascistas, posters con graficas y texto simpatizantes de ETA, *ikurriñas*, y cualquier otro material que pudiera ser interpretado como "vasco" o "independentista." Las tres adolescentes generalmente recogían y guardaban "recuerdos" en forma de carteles y botones de bandas sonoras y grupos de baile que llegaban a Sanpru, sin pensar mucho de sus contenidos o mensajes, para guardarlos en cajas de zapatos y cambiar por otros recuerdos entre amigos. Cuando el saludo de los Guardias Civiles se escuchaba por las ventanas abiertas del caserío era tiempo de recoger con mucha prisa esas cajas de zapatos repletas de pitos y flautas, algún poster que quedaba colgado en la pared, todo periódico local, y esconderlo todo detrás de armarios y en el caos de muebles viejos, tinajas rotas, y sacos de patatas del granero o pajar del caserío. La mayoría del tiempo Xabier y su padre, Félix, estaban trabajando en sus cien hectáreas de monte de robles, pinos, y manzanos, o en la herrería cortando sus propios troncos y madera para venta a empresas de construcción en el entorno. Los sentimientos de Félix encontraban eco en las aspiraciones políticas del movimiento

PNV, el ***Partido Nacionalista Vasco*** creado por ***Sabino Arana*** en 1895, un partido que se había aliado con el Gobierno y la ciudadanía de la Segunda Republica Española. Franco, sus generales, y su Guardia Civil propician el golpe de estado en 1936 y se inicia una larga y sangrienta Guerra Civil (1936-1939) que culmina con la derrota de las fuerzas Republicanas y sus aliados, incluido en ejército Vasco y su gobierno liderado por el PNV. La Guardia Civil se convertiría en el instrumento represivo, sangriento, y controlador de Franco y su régimen Fascista para subyugar al pueblo Vasco, y para *"¡hacerlos Españoles como todo el mundo!"*

Un grupo de mujeres jóvenes bailando el *Makila Txikiak*, un baile de Iruña, País Vasco.

Eventualmente, los tiempos cambiarían, aunque lentamente, y dos años después de la muerte de Franco en 1975 los líderes del PNV y el Estado Español entrarían en un acuerdo de beneficio mutuo. El Estado Español dejaba la dictadura de Franco atrás, y atravesaba una transición hacia una monarquía con constitución dentro de un marco en gran parte democrático, y proponía la condición jurídica de "autonomía" en un formato denominado *Estatuto de Autonomía del País Vasco* ("Estatuto Vasco") para la ciudadanía y partidos políticos del País Vasco, así como similares estatutos para Catalunya y otros pueblos y naciones de la Peninsula Ibérica. Al principio los Vascos estaban dispuestos a considerar las de una nueva constitución y su estatuto. Decidió entonces el Estado Español tratar de dividir los cuatro territorios Vascos en el "lado Español" en dos regiones autónomas: (1) los tres territorios históricos de Alaba, Bizkaia, y Gipuzkoa a formar una región con el nombre de *Euskadi*, y (2) Navarra, el hogar ancestral de la nación Vasca, con el nombre de *Comunidad Foral de Navarra*. Por varios meses en 1977 el proceso propuesto por el Estado Español no avanzaba, permanecía inmovible, dado que todos los partidos organizaciones políticas en el País Vasco se negaban a adoptar esa propuesta. Dirigentes y seguidores de *PNV*, organizaciones emergentes de izquierda como *Herri Batasuna (HB)*, y el mismo *ETA* rehusaban tragar el anzuelo del estatuto. Herri Batasuna estaba logrando reunir las aspiraciones de una parte de la población Vasca que optaba por declararse en favor de la soberanía e independencia de una nación que llamaba *Euskal Herria*. Si, el estatuto proponía "autonomía" para el País Vasco, pero el 98% de sus contenidos sobre materia económica, de finanzas, jurídica, seguro social, obrera, judicial, administrativa, y militar dependerían directamente en su funcionamiento de artículos y clausas en la Constitución Española en forma de "competencias", como serian llamadas en el estatuto, y que gradualmente serian transferidas desde el Estado Español al Gobierno Vasco de Euskadi y su ciudadanía. Un análisis de ese "estatuto Vasco" revela, aun hoy día, que cada artículo del estatuto empieza diciendo que "tal y tal" función será la responsabilidad del Gobierno Vasco y, a continuación, se añade el texto: *"...sin perjuicio a las provisiones del articulo tal-y-tal de la Constitución Española."* Los siguientes ejemplos servirán para ilustrar este punto clave:

Articulo 10. La Comunidad Autónoma del País Vasco tiene competencia exclusiva en las siguientes materias:

4. Régimen Local y Estatuto de los Funcionarios del País Vasco y de su Administración Local, sin perjuicio de lo establecido en el articulo 149.1.18 de la Constitución [Española].

8. Montes, *aprovechamientos y servicios forestales, vias pecuarias y pastos*, **sin perjuicio de lo dispuesto en el articulo 149.1.23 de la Constitución [Española].**

11. Aprovechamientos hidráulicos, *canales y regadíos cuando las aguan discurran integramente dentro del País Vasco, instalaciones de produccion, distribución y transporte de energía,...aguas minerales y subterráneas. Todo ello sin perjuicio de lo establecido en el articulo 149.1.25 de la Constitución [Española].*

30. Industria, *con exclusión de la instalación, ampliación y traslado de industrias sujetas a normas especiales por razones de seguridad,* **interés militar** *y sanitario y aquellas que precisen legislación especifica para estas funciones, y las que requieran de contratos previos de transferencia de tecnología extranjera. En al reestructuración de sectores industriales* **corresponde al País Vasco el desarrollo y ejecución de los planes establecidos por el Estado [Español].**

32. Ferrocarriles, *transportes terrestres, marítimos, fluviales y por cable, puertos, helipuertos,* **aeropuertos** *y Servicio Metereológico del País Vasco,* **sin perjuicio de lo dispuesto en el articulo 149.1.20 de la Constitución [Española].**

Como es detallado, el Estado Español se reserva para si mismo el control de todo lo que existe o pueda funcionar en el País Vasco. El Estatuto, además, se diseñó para dar la impresión de que estaba dando al País Vasco la gestión y control de su propia fuerza de policía, la *Ertzaintza*, cuando en realidad se reservaba para si mismo la autoridad de intervenir en cualquier momento, por cualquier razón:

Articulo 17. Mediante el proceso de actualización del régimen foral previsto en la disposición adicional primera de la Constitución, corresponderá a las instituciones del País Vasco, en la forma que se determina en este Estatuto, el régimen de la **Policía Autónoma** *para la protección de las personas y bienes y el mantenimiento del orden publico dentro del territorio autónomo,* **quedando reservados en todo caso a las Fuerzas y Cuerpos de Seguridad del Estado [Español] los servicios de** *carácter extracomunitario y supracomunitario, como la vigilancia de puertos, aeropuertos, costas y fronteras, aduanas, control de entrada y salida en territorio nacional de españoles y extranjeros, régimen general de extranjería, extradición y expulsión, emigración e inmigración, pasaportes y documento nacional de identidad, armas y explosivos, resguardo fiscal del Estado, contrabando y fraude fiscal al Estado.*

6. No obstante lo dispuesto en los números anteriores, los Cuerpos y Fuerzas de Seguridad del Estado [Español] podrán intervenir en los siguientes casos:

a) Al requerimiento del Gobierno del País Vasco.

b) Por propia iniciativa [del Estado Español], cuando estimen que el interés general del Estado [Español] esta gravemente comprometido...

7. En los casos de declaración del estado de alarma, excepción o sitio, todas las fuerzas policiales del País Vasco quedaran a las ordenes directas de la autoridad civil o militar [Españolas] que en su caso corresponda...

Concerniente a la administración de la justicia en el País Vasco, el Estado Español igualmente impone sus propias reglas y mandatos:

Articulo 34. -1. La organización de la Administración de Justicia en el País Vasco, que culminara en un Tribunal Supremo con competencia en todo el territorio de la Comunidad Autónoma [País Vasco] y ante el que se agotaran las sucesivas instancias procesales, se estructura con lo previsto en la Ley Orgánica del Poder Judicial [del Estado Español].

2. El Presidente del Tribunal Superior de Justicia del País Vasco será nombrado por el Rey [Español].

Articulo 35. -1. El nombramiento de los Magistrados, Jueces y Secretarios se efectuara en la forma prevista en las Leyes Orgánicas del Poder Judicial y del Consejo General del Poder Judicial [del Estado Español]...

Articulo 36. La Policía Autónoma Vasca [Ertzaintza], en cuanto actúe como Policía Judicial, estará al servicio y bajo la dependencia de la Administración de Justicia [del Estado Español]...

Finalmente, el Estatuto habla de dineros, como lo hace en los artículos 40-45, y es en esos artículos donde los lideres políticos del PNV encontraron provecho y razón para canjear sus aspiraciones de soberanía e independencia, así como cualquier escrúpulo que pudieran haber tenido en colaborar con un gobierno ajeno, por una cosa: dinero. Cantidades desbordantes de dinero. Es en esos artículos que se les permite al Gobierno Vasco recoger impuestos de sus propias gentes, enviar una buena parte de esos dineros a Madrid en la forma de un "Cupo", y después quedarse con el resto de esos dineros para ser distribuidos en forma de presupuestos entre los territorios de Alava, Bizkaia, y Gipuzkoa. El Estado Español ofrecía, claramente, *"la zanahoria de oro"* como anzuelo para romper la hegemonía Vasca que se pretendía construir y retener a partir de lo muerte de Franco en 1975 y la llamada a elecciones por parte del Estado Español en 1977. Fue ese el anzuelo que los líderes del PNV mordieron y tragaron, votando en las elecciones, decidiendo romper filas con el resto de las fuerzas políticas y ciudadanía nacionalista Vasca que optaron por no votar:

Articulo 40. Para el adecuado ejercicio y financiación de sus competencias, el País Vasco dispondrá de su propia Hacienda Autónoma.

Articulo 41. -1. Las relaciones de orden tributario ente el Estado [Español] y el País Vasco vendrán reguladas mediante el sistema foral tradicional d Concierto Económico o Convenios.

2. El contenido del régimen del Concierto respetara y se acomodara a los siguientes principios y bases:

*a) Las Instituciones competentes de los Territorios Históricos podrán mantener, establecer regular, dentro de su territorio, el régimen tributario, **atendiendo a la estructura general impositiva del Estado [Español]**, a las normas que para la coordinación, armonización fiscal y colaboración con el Estado se contengan en el propio Concierto...*

*b) La exacción, gestión, liquidación, **recaudación** e inspección de todos los impuestos...*

*d) La aportación del País Vasco al Estado [Español] consistirá en un **cupo** global, integrado por los correspondientes a cada uno de sus territorios...*

Bingo! El anzuelo del dinero a recaudar tuvo su éxito. Los líderes del PNV optaron por asistir y votar en las elecciones, rompiendo filas con las otras entidades nacionalitas Vascas, *izquierda abertzale* particularmente, sabiendo que de ser electos se convertirían en los dirigentes del nuevo Gobierno Vasco, o sea los recaudadores y administradores de esos dineros. Efectivamente, los líderes del PNV aceptaron el ***Estatuto de Autonomía del País Vasco*** firmando el acuerdo con el Gobierno de Madrid y el Rey Español, *Juan Carlos de Borbón*[3], el 18 de Diciembre de 1979. Navarra, la tierra ancestral del Pueblo Vasco, quedó fuera del Estatuto y es hoy día conocida como la Comunidad Foral de Navarra, tal como el Estado Español quería, un Pueblo Vasco y su territorio divididos y bajo el control del Estado Español. Desde entonces ha existido esa ruptura en el País Vasco, esa grieta en el espectro político nacionalista del Pueblo Vasco, con los lideres del PNV en un lado de ese espectro, que llegaron a constituirse en el partido mayoritario así como en los integrantes del Gobierno Vasco, y los ***izquierda abertzale***, o nacionalistas vascos de izquierda, unas 300,000 personas y votos, en el otro lado de ese espectro político. Estos son los orígenes del "conflicto político Vasco", o simplemente el "conflicto político" en el País Vasco. Los lideres --y no necesariamente los ciudadanos-- del PNV pactaron con Madrid, y por ello la izquierda abertzale que apostaba por la unión de todas las fuerzas nacionalistas Vascas en la espera de una soberanía e independencia no les perdonaría esa decisión. Ni olvidarían, y posblemente no perdonarían, tampoco. Consecuentemente, la izquierda abertzale sigue manifestándose hoy día contra los dirigentes del PNV y los integrantes del Gobierno Vasco, un gobierno que acata las ordenes del gobierno central de Madrid, generalmente, sin solicitar consenso de la ciudadanía Vasca como la izquierda abertzale estima es el caso del proyecto del ***Tren de Alta Velocidad (TAV)***, o ***Abiadura Handiko Trena (AHT)***.

Una Mujer Independiente

Nerea es de otro *baserri* en "Sanpru", el baserri *Elorregi*, pero desde que se graduó como maestra de *Euskera* ha trabajado en el pueblo de Arrasate, a tan solo kilómetros al sur de Bergara. Antes de graduarse de la Universidad de Mondragón, sin embargo, ella, sus dos hermanos mayores, y sus padres trabajaban cincuenta hectáreas fértiles en el baserri cosechando alfalfa para las vacas, alubias, patata, manzanas y una colección de vegetales para consumo propio así como para venta en Arrasate cada viernes. Solicito un trabajo y pronto encontró empleo como *irakaslea* o maestra de Euskera en el Euskaltegi del pueblo para adultos y emigrantes. Aunque fue prohibido su uso durante los años largos del Franquismo, el Euskera ha sobrevivido y desde 1979 está creciendo su uso como lengua co-oficial en los territorios de Alava, Bizkaia, y Gipuzkoa ahora integrados dentro de una misma comunidad llamada *la Comunidad Autonomma Vasca (CAV)* o *Euskadi*. En Navarra el Euskera también es lengua co-oficial desde 1982. En total, unas 700,000 personas hablan Euskera hoy en los siete territorios que integran Euskal Herria: Alava, Bizkaia, Gipuzkoa, Navarra, Lapurdi, Benafarroa, and Zuberoa, estos tres ultimos territorios ubicados en el "lado Francés."

-Entonces, te gusta enseñar Euskera en el Euskaltegi? -Le pregunta a Nerea su hermano *Andoni*, sabiendo lo impaciente y crítica que suele ser Nerea con horarios y funcionarios.

-Bueno, no me va mal,...

-Tú siempre querías una persona profesional, y ahora tienes tu oportunidad, ¿no es así? -Le interrumpe y pincha Andoni un poquillo, aunque no quiere ser muy sarcástico pues sabe que Nerea tiene un temperamento fuerte.

-Me gustan mis estudiantes y la gente con la que trabajo en la oficina del Euskaltegi, además de la idea de trabajar de Lunes a Viernes solamente, el no tener que trabajar los Sábados también como ocurre en muchos trabajos. Sí, ésta parte está bien. El sueldo de 1.200 euros al mes, después de pagar los impuestos, tampoco esta mal, sí, pero...

-¿Pero qué? Nerea, venga, dílo. -Le preguntaba Andoni, habiendo decidido pincharle un poquillo más para ver como saltaba su hermana.

-Bueno, el caso es que cada día, casi cada día, las mismas ocho horas de clase, usamos los mismos materiales, los mismos ejercicios, y las oportunidades de avanzar en esa escalera profesional son mínimas,...

-Te entiendo --Andoni casi le interrumpió-- Pero estoy seguro de que algún día encontraras un trabajo mejor, algo que motive completamente tu cerebro, tu intelecto y forma de ser, algo que no sea tan mediocre como tener que trabajar la tierra y campo aquí en el caserío...

-*¡Mierda!* No seas tan condescendiente conmigo, *Andoni*, ya sé lo que tengo que hacer, no hace falta que tu o nadie más,... -Y ella misma se interrumpió, recordándose a si misma que no quería entra en otra disputa y riña con su hermano, como ya lo había hecho tantas veces mientras los dos crecían en aquel caserío de Sanpru.

Exactamente. Nerea era ya una persona adulta, una mujer de 26 años, y ella podía llevar su propia vida, cómodamente, sin la tutela de sus hermanos, se decía a si misma. Era ahora una mujer y muchos años habían pasado desde que su abuela, como muchas otras mujeres en el pueblo, se había casado y parido a ocho hijos e hijas, trabajando en el caserío y en el campo desde las primeras horas de la mañana hasta la caída de sol, hasta que un día se desangró en el ultimo parto y murió, aun joven todavía con ganas de vivir. Preferible esa existencia, decían muchas gentes, a la vida de algunas mujeres que nunca se casaron, porque no quisieron o por mil otras razones, y algunas de ellas

Arnaldo Otegi, en el centro, y otros lideres de la comunidad *Izquierda Abertzale*, mujeres y hombres, dan una ronda de prensa para promocionar el cambio social y político en el País Vasco. Cortesia: **GARA**, 3 May 2009.

fueron marcadas por la misma gente del pueblo como "brujas" y lamias. Al fin y al cabo, este territorio Vasco siempre ha sido "tierra de brujas", buenas brujas y malas brujas, como Nerea recuerda haber oído, y como su abuela le contaba. En algunos casos excepcionales una mujer se convertiría en una buena bruja, como en el caso de "*Mari de Anboto*"[4], una hermosa entidad femenina que vivía en una cueva, en lo alto de la montaña Anboto cerca del pueblo de Arrasate. Algunas. Mari se aparecía a la gente del pueblo que necesitaba comida, ropa, consejo o remedio sobre alguna desdicha; otras veces la diosa Mari salvaba marineros y barcos a punto de estrellarse contra rocas a lo largo de la costa de Bizkaia donde hubieran perdido su propiedad y vida, segurísimo.

Ambos, Nerea y su hermano mayor Andoni, tenian sangre y lava de volcan corriendo por sus venas, pero cada uno usaba esa energia de forma diferente. Asi como Nerea decidió ser maestra de Euskera, **Andoni** decidio militar con grupos de jovenes en la **kale borroka** de Oñati, Bergara, y Arrasate. Se rumoreaba en Oñati que Andoni habia participado con un comando de **ETA** en la extorsion de dineros de un colectivo de empresarios, pero este tema nunca salió en conversación alguna en el baserri de Sanpru. Sí, una vez, de niña, Nerea escuchó de su madre Antonia decir que Andoni vivía en Iparralde, y que allí trabajaba de cocinero en un hotel. Quince años pasaron antes de que Andoni regresara al caserio, delgado, con canas en su pelo rubio, y acarreando una maleta. Durante aquel primer año en casa, Andoni recuperó buena parte de su aspecto fisico, y decidió dedicarse al cuidado de la huerta y de las vacas en casa, haciendo visitas a Arrasate y otros pueblos del alrededor para vender los productos del caserio. Si Andoni habia pasado esos quince años en alguna carcel, nadie en el caserio hablaba de ello.

Hablando del pueblo de Arrasate, es ahí donde encontramos a **Txomin Elosetegi**, el joven de piel clara con pelo negro, veintitrés años, y ojos verdes claros. Se crió Txomin en una familia de cuatro hermanos y tres hermanas, una familia económicamente cómoda, hablando Euskera en casa y en la escuela, así como hablando Castellano en la calle con amigos y vecinos. Su madre, Laura, es una mujer hermosa, de imponente figura y brío, aunque prefiere ella una forma familiar y generosa de tratar con todo el mundo, de voz modulada y sonrisa fácil.

-Laura, tu eres otra *Elurmendi*, como tu hermano Felipe! -Amigos y vecinos le dicen a Laura, queriendole comunicar que ella es hermosa, grande, y facil de tratar, como su hermano.

Pues sí, toda la gente de Arrasate sabia que Laura y Felipe eran hermana y hermano, lo cual hacia a Xabier Elurmendi y Txomin Elosetegi primos carnales, de la misma cepa. El padre de Txomin, *Jon*, es un hombre energético, y aunque de estatura menor a la de su mujer Laura, es imaginativo y dispuesto a poner nuevos proyectos en marcha. A la fecha, ya ha puesto en marcha varias empresas en el pueblo de Arrasate, cada una de ellas relacionada al uso del hierro o acero. Eso es, hierro. Esa predilección por el uso del hierro en las empresas de Jon no es un mero accidente de su imaginación, sin embargo, pues desde tiempos inmemoriales ha habido hierro en esas colinas, grietas, y cuevas en las cercanías de Arrasate. Hierro, fundiciones, y talleres de hierro. Muchos son las grietas en esas colinas donde el agua brota con un color marrón rojizo, o marrón y amarillo, pintando piedras y plantas con esos colores "oxidados." Tampoco fue un accidente de la estrategia de algún capitán de ejército de las *Coronas de España* que muchas de las lanzas y "picas" de los soldados fueran hechas con hierro de Arrasate. Fue así que grandes cantidades de espadas, picas de acero, cañones, bolas de cañón, ejes de carruajes, y muchos otros artefactos fueron comisionados por las Coronas de España durante los largos años de la *Guerra de Sucesión* con los 17 territorios *Flamencos*, que eventualmente ganarían esa guerra y su independencia para llegar a constituirse en la *Holanda* de hoy día. Arrasate y pueblos cercanos como *Bergara, Aramaio, Arexabaleta, Oñati, Kanpatzar,* y *Eibar* surtían hombres, mujeres, hierro y acero para la conquista Española de los territorios Flamencos, pero la deficiente gestión militar y la incompetente administración de gentes y recursos proveían de Madrid, de las Coronas de España. Durante 80 años (1568-1648) los territorios Flamencos se resistieron y lucharon contra las incompetentes Coronas de España, sus mal-pagados ejércitos, y sangrienta *Santa Inquisición*, logrando la victoria finalmente, surgiendo así Holanda, un estimable poder militar y comercial, y llegando a constituirse como un centro importante de actividad económica y cultural en la Europa de los siglos 17 y 18. Las Coronas de España habían insistido en métodos y tecnologías de guerra anticuados, en desacuerdo con el consejo de sus propios capitanes y aliados, desangrando así un país de sus mejores soldados y capitanes, gastando la tesorería de las Coronas, llevando sus instituciones de ciencia, arte, e industria a la ruina misma. Las toneladas de oro y plata que habían llegado a las Españas procedentes de las Americas, el resultado de muchas empresas marítimas, esfuerzos financieros, y descubrimientos de "nuevas" gentes y tierras, pero que también habían sido el producto del saqueo de las minas de plata de *Taxco*, México, y tantas otras colonias en el continente Americano, a costo de miles de vidas Europeas y millones de vidas

Indígenas en el curso de 156 años (1492-1648) fueron abusadas, malgastadas, y desperdiciadas por las Coronas de España en aquella guerra insensata, sangrienta, irresponsable, y desastrosa de 80 años. ¿Alguna lección a aprender de aquel episodio nefasto? No hay lección a aprender de aquel episodio nefasto en los libros de historia de la España de hoy día, ni en la historia del Pueblo Vasco tampoco, ya que la historia del Pueblo Vasco y su relación con las Coronas de España se ha escrito y sigue siendo escrita desde Madrid, con la supervisión y aprobación de los poderes de Madrid. Algunos notables historiadores y valientes escritores, afortunadamente, han arriesgado censura estatal y han escrito sobre los abusos y la estupidez amplia de figuras prominentes en las Coronas de España durante aquel periodo de historia, como ha sido detallado brutal y creativamente en películas como *Capitán Alatriste*.[6]

Escalando Montañas

Colinas, valles, ríos, y altas montañas por todos los lados. No debería ser sorpresa, entonces, el saber que existen muchos clubs de alpinismo en el País Vasco, en general, y en Bergara en particular. *Pol-Pol Club de Montaña* es uno de esos clubs de alpinismo, y es ahí donde podemos encontrar a Xabier, Nerea, y Txomin casi cualquier primer y ultimo Viernes por la noche de cada mes, a partir de las 19:00 horas, dos horas antes de la cena, el evento estrella de ese club. Dos horas para hacer los preparativos para eventos del día siguiente, sábados, pero también una oportunidad para relajarse y ponerse al tanto de amigos y eventos. Pero no subestimemos este grupo de escaladores, dado que varios de sus miembros pertenecen a la *International Federation of Sport Climbing (IFSC)*, la organización oficial que gobierna el alpinismo competitivo en todo el mundo, también reconocido por el *International International World Games Association (IWGA)*, en sus tres categorías: "líder", "obstáculos", y "tiempo." Para los alpinistas amateurs, por otro lado, existen expediciones de un solo día y actividades de senderismo en sábados y Domingos. Xabier, Nerea, y Txomin pertenecen a ese grupo de alpinistas amateurs, y en ese día les encontramos sentados a lo largo de una mesa con otros 35-40 compañeros y amigos en otras cinco mesas.

Mapas, cuerdas, cascos, y pitones sobre esta mesa; no son cuerdas cualquieras, sino de nylon, y de 10.5 milímetros de grueso por 50 metros de largo cada una. Hacha-picos para el hielo, martillos ligeros para posicionar los pitones, y arneses de seguridad sobre otra mesa. Botas rígidas de cuero y material sintético, zapatos de goma y tela para trepar roca, protectores de tobillos, calcetines de lana, ropa interior, pantalones para la lluvia, chaquetas de invierno y de varios pesos, camisas contra vientos, y guantes de cuero acolchonados sobre otra mesa. Todo ello equipo y material recién recibido en el club la semana anterior, y ese Viernes las personas allí congregadas esperan inspeccionar ese equipo y material para así asegurarse de que los tamaños, colores, materiales, y especificaciones cumplen con el texto de los pedidos. El canjeo de nuevos y usados artículos siempre esta presente y se aprecia en estas reuniones.

-¿Has recibido todos artículos en tu lista? -Pregunta Nerea mirando a Txomin que está sentado enfrente de ella en la misma mesa.

-**Bai,** una docena de pitones --de aluminio, claro-- una chaqueta azul contra lluvia, y un par de guantes baratos de piel y material sintético. Estoy bien. -Le responde.

-Y tu, qué tal?

-Pues me ha llegado un par de zapatos Lagun con laterales perforados para que respiren los pies fácilmente, así que también estoy bien para esta temporada. -Nerea se sentía satisfecha con sus preparativos, y con este nuevo par de zapatos ella esperaba evitar las ampollas dolorosas que le habían salido en las plantillas de sus pies la temporada anterior.

La escaladora de clase mundial **Pasaban Lizarribar** es una de las mujeres que ha escalado ocho de los picos mas altos, incluido el monte Everest. [13]

-A mi me llegó el juego de compás con su caja de cuero,...muy básico, pero tiene su pantalla con mira y declinación ajustable,...simple y muy fiable. -Ofreció Xabier, queriendo contribuir a la conversación.

-Así es, primo, tu siempre quieres saber donde estas en cada momento, si estas muy al Oeste, o lejos en el Sur,...¡Pero yo solamente quiero saber si estoy abajo ó si estoy arriba! -Añadió Txomin rompiendo la formalidad del momento con una carcajada. Nerea y Xabier contagiados por aquel humor de amigos de siempre reían también.

-¿Sabéis algo de *Unai* y su novia *Gotzone*? -Xabier hizo una pausa para captar la atención de Nerea y Txomin mientras cambiaba el tema de la conversación.

-Pues se han metido en la Ertzaintza,...hace un par de meses.

-¡Por eso es que no les hemos visto en el Club recientemente! - Dijo Txomin.

-¿Pero porqué y para qué? No tiene sentido,...ellos saben bien que es lo que hace la Ertzaintza, como palean a la gente,...que no son mas que unos "cipayos"[7] y esbirros para los políticos del PNV y sus dirigentes en el Gobierno Vasco...

-Tal vez,...pero pagan bien, muy bien, en realidad,... -*Xabier* se sorprendió el mismo al ofrecer ese comentario.

-No puedo creer lo que estas diciendo, Xabier,...estas hablando de dinero,...¿es eso lo que es importante para ti? Estamos hablando de gente que sale a la calle a hacer manifestaciones pacificas --la mayoría de las veces, por lo menos-- y a menudo son apaleados por los energúmenos de los Ertzaintza,...ojos hinchados, cabezas sangrando, y costillas rotas,...Y tu estas hablando de lo bien que paga la Ertzaintza!?

Una pausa.

-Vale, un momento,...consideremos lo siguiente --añadió Xabier-- Durante los tres primeros años en la Ertzaintza te ponen a hacer toda esa salvajada usando los cascos rojos y visera de plástico, los palos de goma dura, los botes de gas lacrimógeno, y todo ese equipo,...pero después de esos tres años te asignan a trabajos de oficina donde trabajas rellenando formularios e informes, haciendo llamadas de teléfono, y mirando a la pantalla de una ordenadora,...fuera de la calle, y ganando buen dinero también,...tanto como 1.500 euros al mes! - Compartía Xabier con entusiasmo anticipando la sorpresa en las caras de Nerea y Txomin.

-En realidad, 1.500 euros al mes es buen dinero, ya sea en Bergara o en cualquier otra localidad en el País Vasco.

-Yo también he oído que la Ertzaintza está aceptando a hombres y mujeres,... y que una vez que entras te ponen en un régimen de formación que puede durar hasta seis meses o mas,...todo ese tiempo alojado en cuarteles y centros con toda clase de comodidades, buen ropa, buena comida, todo lo último en tecnologías de equipo y, sobre todo --Es aquí donde Txomin hizo otra pausa para asegurarse de que tenia toda la atención por parte de Xabier y Nerea-- sobre todo, al completar tu primer año en la Ertzaintza puedes solicitar un préstamo de hipoteca para comprar un piso o casa con garantía absoluta de conseguir ese préstamo, algo que es prácticamente imposible para gente joven y soltera en el País Vasco hoy día, como ya sabéis.

-Se de tres tíos que se metieron en la Ertzaintza durante un par de años, obtuvieron todos los beneficios, recibieron cada uno un préstamo de hipoteca por parte de los bancos, compraron pisos, y después se salieron de la Erzaintza alegando "que no podían seguir con el programa, que tenían los nervios hechos trizas, que estaban teniendo problemas psicológicos", algo así. Pusieron dos años en el sistema, y salieron con pisos. ¿Y qué tiene eso de malo? -Preguntaba Xabier.

Esta vez no hubo respuesta.

Después de unos segundos Xabier dijo que tenia que regresar a su casa a completar un recado, y que no podía quedarse para estar en al cena del Club esa noche. Nerea y Txomin decidieron quedarse y asistir a la cena.

Dos semanas mas tarde Xabier, Nerea, y Txomin se alistaron en la misma unidad de Etzaintza en Bergara. Eso ocurrió hace dos años ya.

Capítulo
3

Quítate la Toalla!

Las luces de neón en el centro de San Sebastián, dentro del recinto histórico, brillaban esa noche de un Viernes mientras automóviles de todos modelos y colores se paseaban "de arriba a abajo" de la calzada principal, unos automóviles llevando mujeres solamente, otros automóviles llevando hombres solamente. Todos ellos y ellas jóvenes, en los 22-26 años. Brazos salían en ambos lados de cada automóvil, meciéndose, atrayendo la atención de pasajeros en otros vehículos. Parejas caminaban también por las aceras, así como cuadrillas de 6-8 jóvenes entraban y salían libremente de las numerosas tabernas salpicadas a lo largo de aquella calzada para saborear *pintxos* y cerveza o vino tinto. A unas pocas cuadras de distancia, en el lado de la playa brotan cien hoteles a lo largo de **La Concha**, una explanada de cemento, árboles, bancos, y faroles que se extiende en forma circular por donde termina la ciudad y comienza la arena del mar, por uno, dos, y cinco kilómetros para dar refugio al transeúnte famoso, la pareja enamorada y envuelta en la neblina de su propio mundo, el emigrante, paria, y grupo de turistas que por fin realizan su sueño de ver su horizonte azul y rojo y sentir su playa de arenas calidas. Y, no muy lejos de esa playa, se encuentra la taberna *Sharamela*, otra realidad, no tan bella e idealizada, posiblemente, pero un refugio también para jóvenes sedientos de aventura, buscando compañía, y tratando de encontrar sentido a la vida, la vida de la noche, especialmente.

-¡Dos años! ¡Brindemos por estos dos primeros años! -Propone Txomin, levantando su botella de cerveza al aire, invitando a Nerea y Xabier a beber con el para celebrar dos años de buena fortuna.

-¡**Hori da**, dos años, tres días, y diez horas han quedado atrás desde que nos alistamos a "la fuerza", para ser exactos! -Añadió Nerea, elevando su voz por encima de la música estruendosa y la cacofonía de las voces alrededor, envueltos en humo y destellos de luz emitidos por una bola de cristal que colgaba del techo y giraba en el centro de aquella taberna con su propio espacio para una banda sonora y plataforma de actuaciones.

-No está mal para dos tíos y una *neska* de Bergara y el Alto Deba, ¿no os parece?

-No está mal, y todo ese entrenamiento en la Ertzaintza parece haber mejorado tu gusto por la cerveza de calidad, Txomin, que ahora puedes beber abundantemente, dejando atrás, en el pasado, ¡esa porquería de **Kalimotxos** que le gusta a la gente en tu vecindario! ¡Bebe y disfruta! -Por su parte Xabier alzaba su voz y su jarra de cerveza.

La risa era contagiosa, especialmente aquella noche, y los tres estrechaban sus brazos para formar un pequeño circulo, para celebrar la experiencia de esos dos últimos años, el estar vivos, el tener un trabajo que pagaba bien asistiendo a clases de entrenamiento tres días a la semana, y permaneciendo los otros dos días en la unidad de "reservas" respondiendo a llamadas de teléfono y llenando formularios en la academia de la Ertzaintza. Si, claro, el tercer año seria diferente, y los tres tendrían que ser "regulares" en la unidad de control de disturbios donde se vestirían con todo el equipo, disponibles y dispuestos a participar en el control de manifestaciones organizadas por la *izquierda abertzale*, golpear y romper brazos, caderas, y piernas, cosa ligera como eso, pensaban. Interesantemente, la manifestación anti-AHT que se había estado organizando para ese próximo

La cantante y compositora **Amy Winehouse** (1983-), de voz rica, suave como la seda, talento desbordado. [40]

Viernes en San Sebastián seria la primera manifestación en la cual servirían en la unidad de "regulares" de la Ertzaintza. Una manifestación pacifica, como había sido calificada por el grupo anti-AHT en los medios de comunicación en las ultimas tres semanas. Y, al completar el tercer año de servicio, podrían salirse de la Ertzantza como ya habían planificado desde el primer momento. ¿Los prestamos de hipoteca? Ya habían sido aprobados, tal como el programa de reclutamiento de la Ertzaintza prometía.

Unas cervezas mas tarde Txomin y Nerea estaban ya intercambiando miradas, ocasionalmente propinándose besitos en las orejas, cuellos, y cejas. Xabier miraba a su primo Txomin y Nerea y sonreía, sonreía abiertamente en el calor y tranquilidad del momento, recordando como los dos crecieron en el pueblo, colinas y montes de Bergara, cortando y recogiendo la entresaca de los bosques de pino en la casa de *Barrexa*. Txomin, que había sido un adolescente delgado, alto y de pocas carnes, se quejaba de que no tenía mucho éxito con las chicas del pueblo, pese a su esfuerzo de ganar su interés con chistes que relataba con ánimo pero torpemente. Había tenido sus peripecias creciendo, pero ahora ya era un hombre, y Xabier se alegraba por el. Mientras tanto, en el tablado de la banda sonora, tres chicas estaban haciendo sus contorneos de ***striptease***, subiendo y deslizándose por postes de metal, apretando sus muslos y caderas contra el acero inoxidable al ritmo de música de *rock* y *country*. Una de ellas, "Tanya" demostraba su talento subiéndose a un poste de metal enredándolo entre sus piernas, y una vez arriba soltaba sus brazos y manos, arqueaba su espalda y cuerpo, con su cabeza y cabello apuntando al suelo, brazos y pechos extendidos, sonriendo, para dejarse deslizar hacia abajo, lenta y gloriosamente. Una vez que sus manos tocaban la tarima del tablado, ella desenrollaba sus piernas del poste, y con un movimiento preciso hacia una voltereta hacia atrás para caer en sus pies. ***Sin dejar de sonreír y ya erguida, apartaba sus piernas musculosas***, resbalando las plantillas de sus pies sobre la tarima del tablado y así lentamente descendía hasta tocar el suelo con sus glúteos esbeltos, piernas y brazos extendidos, pechos salientes, y sonrisa radiante.

Debieron pasar un par de horas, ya adentrada la noche, pues todos los espacios de aquella taberna estaban llenos se humo, y las camareras y camareros apenas podían responder y satisfacer la gran demanda de bebidas y pintxos, cuando una voz broto de los altavoces reemplazando momentáneamente la música rockera.

-Un saludo a todas y todos, señoritas y caballeros, es noche de Viernes, ¡bienvenidos a la noche de las damas y señoritas! -Era una voz que tenia un cuerpo, en realidad, pues un hombre en traje blanco, camisa rosada y sin corbata, zapatos blancos, con bigote y pelo rubio largo, había aparecido sobre el tablado con micrófono en mano izquierda.

-Levantó su voz una fracción más de un decibel, y extendió su brazo izquierdo hacia el publico en frente de el, como para recoger con su micrófono la respuesta de aquel publico entusiasta.

-Bai!

-¡Sí!

-¡Yeah!

-¡De puta madre!

-Como ya sabéis, esta noche las mujeres son nuestras invitadas especiales y queremos desearles suerte y éxito en la competición de baile *striptease* en este tablado,...cada una de ellas escoge su música,...cada una decide si quieren quitarse la ropa o no, ..y ellas deciden hasta donde quieren ir esta noche,...¡la noche es de ellas!

Aplausos y gritos de energúmenos.

-¿Os importa si las chicas se quitan un guante, una camiseta, o sus zapatos de tacones altos?

-¡Ezzzz!

-¡Nooo!

-¡¿Estáis seguros y seguras?!

-¡Baiii!

-¡Siiii!

-¡Yeaaah!

-En ese caso, todas las chicas interesadas pueden ahora dirigirse a la derecha de este tablado para hablar con Silvia,... ella les dará un numero y les ayudara con cualquier pregunta que tengan,... ¡Y empezaremos en media hora! -Concluía el hombre del traje blanco y pelo rubio largo, mientras dirigía su mirada y brazo derecho extendido hacia Silvia, una joven en sus 20-22 años, en mini falda negra. medias blancas y zapatos de tacón alto.

En cuestión de segundos seis chicas se aproximaron y formaron un circulo alrededor de Silvia.

-¡Eh, Nerea, aquí está tu oportunidad para lucir tu pasta! -Txomin soltó de manera inesperada, queriendo sorprender y alarmar a Nerea, mientras Xabier observaba, seguro de que Nerea echaría a un lado esa oferta sin inmutarse.

-Bueno, dadme unos minutos más para pensarlo y tal vez salga ahí al tablado,...solamente para ti, mi Txomintxu,... ¡para celebrar nuestros dos primeros años en "la fuerza"! -Dejó ella salir una carcajada y, tras un par de segundos de silencio y estupefacción, irrumpieron Txomin y Xabier en risa y canto.

Cuando le llegó su turno, cuarenta y cinco minutos después, Nerea estaba lista.

-¡Luces! -Gritó Nerea a alguien detrás del tablado.

Cascadas de luz teñida de colores rosa, verde, y violeta descargaban en la persona de Nerea, allí de pie en el tablado, desde varios focos de luz de fondo colocados en una estructura metálica que colgaba del techo y manipulados desde una mesa de control electrónico. De pie junto a una silla, de espaldas a aquel público desbordado, su mano izquierda sobre la espalda de la silla, y su brazo derecho extendido horizontalmente con la palma de la mano y dedos apuntando al suelo. Había elegido la canción *"Rehab"* de *Amy Winemore*, una de las diez canciones sugeridas por Silvia. Lucia un sombrero negro vaquero, camisa de manga larga, también de color negro, de falda algo que se parecía a una toalla de playa o a una cortina de ventana, y unos zapatos de tacón alto, también negros. Su pelo largo y castaño flotaba libremente sobre sus hombros y espalda, sin tapar su cintura estrecha, una cintura que pronto dar lugar a unas caderas amplias y abundantes. Un par de largas, firmes, y bien torneadas piernas se podían percibir dentro de su falda a manera de toalla de playa.

-¡Tío, eso es un culo! -Alguien gritó en aquel enjambre de jóvenes.

-¡Callaros! -Otro joven insistió.

A continuación, Nerea se sentó en la silla, todavía con su espalda al público, y empezó a separar sus muslos con sus brazos, mirando a la izquierda por unos segundos, para después empezar a juntar sus muslos, girando su cabeza para mirar enfrente de ella. Nuevamente, ella empezó a separar sus muslos con sus brazos, esta vez mirando a la derecha por unos segundos, para después nuevamente empezar a juntar sus muslos, girando su cabeza para mirar enfrente de ella. Repitió esos pasos tres veces al ritmo de la música rockera, manteniendo su espalda derecha y esbelta, aunque asegurándose de que su torso arqueaba hacia atrás para que la luces destacasen la amplitud, simetría, y escultura de su culo hermoso. Parece que algo estaba haciendo bien Nerea, pues aquella multitud permanecía callada, observando cada uno de sus movimientos, y solamente las ordenes de las camareras a los chicos detrás de la barra podían escucharse. Su brazo izquierdo se extendió a su lado, y con su mano estiró de un lado de la toalla, seguido por su brazo derecho que se extendía para sujetar el otro lado de la toalla. Su cabeza giró a la izquierda manteniendo su barbilla alta por unos segundos, y a continuación giraba su cabeza para mirar a su brazo derecho, y es entonces que su mano derecha soltó su lado de la toalla, permitiendo a aquellos ojos en la muchedumbre observar con codicia y lujuria sus dotes de mujer, la redondez y simetría de sus curvas desnudas, el perfil pincelado de sus muslos generosos, la exquisita y mínima sutilidad de sus rodillas, sus exuberantes y bien torneadas pantorrillas,...prueba toda ella del misterio y prodigio de la evolución. Sí, y aun no se había quitado su camisa.

-¡Joder, mira a esas piernas!

-¡Eso es lo que yo llamo piernas y culo de diosa!

Mientras se balaceaba al vaivén de la música rockera, Nerea repasaba en su mente una sucesión de movimientos y sus posibilidades. Nadie hubiera adivinado que ella no tenía una coreografía definida y exacta, y que simplemente estaba improvisado de un movimiento al siguiente. A continuación, recogió la toalla que todavía estaba sujetando con su mano izquierda para proceder a volver a cubrir su cintura y piernas, para cubrir su desnudez, y para empezar a levantarse y permanecer erguida en un lado de la silla. Flexionó una pierna lentamente y con un pequeño golpe de su pie aparto la silla a un lado y, mientras ella permanecía de espalda al público, empezó a soltar los botones de su camisa, uno por uno, lenta y calculadamente, de arriba a abajo. Debió ser una camisa barata y frágil, pues cada vez que desataba un botón este se desprendía y caía a la tarima del tablado, saltando varias veces y finalmente rodando en dirección propia. *El sonido de cada botón al caer y pegar contra la tarima era mínimo pero se podía escuchar desde el lugar más remoto de aquella sala de baile, aquella noche.* Uno, dos,...y cinco. Sus dos codos se alzaron y con un pequeño movimiento de muñeca echaron la camisa detrás de sus hombros. Y, sí, eran unos hombros espectaculares, bien contorneados y hermosos, no eran poderosos pero tampoco frágiles, y definitivamente femeninos. Alguien en aquella muchedumbre dijo que le recordaban a la estatua de una diosa Griega que había visto en algún lugar, en alguna película, o póster. Sonriendo Nerea giró su cabeza a un lado y después al otro lado y, de alguna forma, todo individuo allí presente esa noche se dio cuenta en ese preciso momento de que aquella mujer estaba a punto de darse la vuelta completa y mostrarse a su publico, un publico que ella se había ganado, un público que ahora estaba a sus pies. Ella alzó sus brazos y se dio la vuelta,...Por un instante, una fracción de segundo, sus pechos de diosa aparecieron desnudos por primera vez, palpitantes, exhibiendo sus pezones cual cerezas que coronan cucharadas de helado en sus copas de cristal en una tarde de verano, a la merced de labios sedientos. Al concluir esa fracción de segundo Nerea cubrió sus pechos con su sombrero negro.

Un estruendo de voces y silbidos en la muchedumbre.

-¡¿Viste ese par de tetas?!

-¡Una vez más, date la vuelta *neskatxa*!

-¡Quítate la toalla!

-¡Ponte el sombrero y date otra vuelta!

Nerea se puso el sombrero y se dio otra vuelta en el tablado girando sobre sus pies, espero tres segundos, y se volvió a cubrir los pechos con el sombrero, sin dejar de sonreír. Pero para entonces ya se habían acercado al tablado ochos chicos jóvenes y una chica, alentando a Nerea a continuar, seguir adelante con su rutina. Nerea, sin embargo, no tenia idea de como extender aquella rutina, así que decidió dar una tercera vuelta y entonces ocurrió. Uno de esos chicos ya bastante embriagado se acercó hacia Nerea agarrando y tratando de quitarle la toalla que permanecía sujeta alrededor de su cintura.

-Venga, *neskatxa*, quítate la toalla,... ¡no la necesitas!

Sorprendida, Nerea reaccionó sujetando la toalla con ambas manos, dejando caer el sombrero al suelo, forcejando y tratando de escurrirse a un lado del tablado, mientras sus pechos desnudos flotaban y se balanceaban libremente.

-¡Suéltala, cabrón! -Era Txomin que estaba a unos pasos de distancia, y que había permanecido inmóvil y sorprendido los últimos 15-20 minutos, como muchos otros jóvenes en la taberna, mientras Nerea ejecutaba su rutina de *striptease*. Un puñetazo rápido y certero a la mandíbula del joven borracho y este soltó la toalla al mismo tiempo que su cuerpo se arqueaba e iniciaba su descenso al suelo de la taberna. Txomin agarró a Nerea por un brazo para sacarla del tablado pero se paró en sus pies al sentir un dolor agudo en un lado de su mandíbula, seguido por un fuerte puñetazo a su estomago y otro a la cabeza que procedían de dos jóvenes, muy posiblemente compañeros del que ya yacía en el suelo. Fue entonces que Xabier se añadió al evento, propinando un puñetazo a la nariz de uno de los dos atacantes y una patada a la rodilla del otro. Dos tíos en el suelo, heridos levemente pero escupiendo sangre, un tercero todavía en pie pero agarrando su mandíbula con las dos manos y jurando despiadadamente, y dos camareros con móvil en la oreja tratando de llamar a la Ertzaintza. Había llegado el momento de salir corriendo de aquella taberna (*joint*). Una vez fuera de la taberna y en el área de aparcamiento, los tres buscaron el *Seat* que Xabier había estacionado al lado de una caravana cuatro horas antes. Había ahora media docena de caravanas y se oía la sirena de la Ertaintza en la distancia. Una vez dentro del Seat, Xabier se encargó del volante y Txomin ayudó a Nerea e entrar en el asiento de atrás, cubriéndole su torso y pecho con una chaqueta. En cuestión de minutos habían dejado la taberna Xaramela unos kilómetros atrás, y Xabier decidió parar en un espacio frente a la playa. Encontrándose seguros, Xabier miró por el espejo interior para cerciorarse de que Nerea y Txomin estaban tranquilos y bien, pero lo que vio fue a los dos abrazados, y aunque los dos gemían esta vez no era en dolor, por lo que el sonrió, decidió abrir su puerta lentamente, salir del Seat y cerrar la puerta silenciosamente. Caminó unos metros y creo una pequeña distancia para dar a Nerea y Txomin espacio y privacidad, mientras el se sentaba en un banco bajo un farol para contemplar el mar y su horizonte. La música rockera cesaba atención a las olas del mar aquella noche, una noche y eventos que quedarían grabados en las memorias de estas tres personas, estrechando un círculo de amistad ya indisoluble.

Un Toque Teutónico

-Soy el ***Teniente Galindo Sanz***, vuestro teniente en-mando. Seré vuestro teniente en-mando por los siguientes tres días, Jueves, Viernes, y Sábado, el día de la manifestación. Me llamareis *Teniente Galindo* cuando os dirijáis a mí, y me informareis de toda persona y todo evento durante este ejercicio. -El oficial de la ***Ertzaintza***, en sus cuarenta-y-pico años, continuó mirando a los ojos de los hombres y mujeres en la primera fila de su grupo de 60 ***Ertzainak***, todos vestidos en el uniforme de azul oscuro, bien acolchonado, botas negras, pasamontañas negros de lana en el cinturón, cascos rojos con visera de plástico, guantes negros, sus escopetas X322 con bolsa de bolas de goma, y cartucho de "spray" de pimienta ajustado al cinturón.

"Este *spray* de esencia de pimienta causa inflamación de los capilares de los ojos y membranas mucosas, produciendo una ceguera temporal, dificultad en el respiro, tos, sensación de ahogo, estornudo, una sensación de ardor intenso en los ojos, nariz, garganta y piel en general, nauseas, y una sensación general de molestia y dolor que dura unos 45 minutos. Al mismo tiempo este spray no produce un daño permanente,...Eso, sí, mientras el cabrón esta frotándose los ojos para clarear su vista, pégale en la cabeza,...en los hombros, en los brazos y piernas,... ¡donde se pueda!"

Sin duda alguna, la Ertzaintza había evolucionado considerablemente desde que fue creada como "*la policía del pueblo*" en los principios de la *Guerra Civil Española* (1936-1939), cuando el País Vasco y su gobierno estaban tratando de obtener la condición de "región autónoma" negociando con el Estado Español en aquel tiempo, y constituido en una *Segunda Republica* desde 1931. El *Lehendakari* (Presidente) del Gobierno Vasco, ***Jose Antonio Aguirre***, decide deshacerse de la ***Guardia Civil*** y de la *Guardia de Asalto*, que entonces operaban en el País Vasco, bajo la excusa de que esas fuerzas no inspiran la confianza de la gente, y respondiendo también al deseo de tener una "fuerza policial autónoma", una fuerza policial de cosecha propia. O por lo menos eso parece que fuese la intención original. Para ello, una fuerza de policía fue creada con el nombre de *Ertzaña*, con responsabilidades de mantener la disciplina en el frente de ***gudaris***, las unidades militares constituidas principalmente por Vascos voluntarios que se habían aliado con las fuerzas militares Republicanas para luchar contra las fuerzas militares de Franco, quien había dirigido un *golpe-de-estado* contra la Republica en aquel año de 1936. En aquel entonces el Gobierno Vasco estaba dirigido por Aguirre y otros líderes del *Partido Nacionalista Vasco* (PNV), hasta entonces un partido del pueblo, un partido que aspiraba a la soberanía e independencia del Pueblo Vasco. Como ya sabemos, la oferta de un Estatuto de Autonomía por parte del Estado Español al PNV, y a otros partidos políticos y organizaciones en 1977, cambiaría el curso político del PNV y lo convertiría en un esbirro, un partido político vendido a los intereses del Estado Español de allí en adelante, opinamos. Nos estamos adelantando un poco, sin embargo. Fue en 1936 cuando a *Telesforo de Monzón Ortiz de Urruela* del Gobierno Vasco se le asignó la tarea de organizar la Ertzaña con una fuerza inicial de 1.700 hombres bajo la dirección de *Saturnino Bengoa*. Hacia el final de la

Guerra Civil, sin embargo, el verdadero carácter de la Ertzaña se estaba revelando mas claramente como una fuerza al servic_o de la jerarquía propia del PNV, de sus dirigentes políticos, y nc de los seguidores del PNV o de la ciudadanía en general. Cientos de historias personales y testimonios relatan como hacia el fin de la guerra la unidades de la Ertzaña fueron requeridas a reprimir a las fuerzas *izquierda-abertzales*, ya declaradas en favor de la soberanía e independencia, y a proteger tiendas de joyería, centros industriales de maquinaria pesada, fabricas de producción de armas, y puntos estratégicos de infraestructura (puentes, depósitos de agua potable, estaciones de electricidad, otros) que los lideres del PNV querían proteger y entregar intactos a las fuerzas de Franco que ya penetraban las defensas Vascas, en la espera de salvar sus propias vidas e intereses personales. Mientras tanto, cientos y miles de *gudaris* morían en el campo de batalla defendiendo la tierra, sus familias, y forma de vida. La Ertzaña había sido usada por los líderes del PNV para orquestar una estrategia de rendición a las fuerzas Fascistas de Franco, incluida la liberación de 753 prisioneros Fascistas en las cárceles de *Santoña*, y el rendimiento de unidades gudari del ejército Vasco en los pueblos de Laredo y Santoña, en la costa de la Bahía de Bizkaia.[11] Las represalias de Franco fueron inmediatas, y resultaron en la ejecución y fusilamiento de 321 gudaris. Tal fue el rol eventual de la "policía del pueblo", diseñada y organizada por dos lideres

Una unidad de la *Ertzaintza*, policía Vasca, para y carga contra una manifestación pacifica en el pueblo de Zornotza-Amorebieta, Bizkaia, en apoyo a Joxé Mari Sagardui, un prisionero político Vasco. Después de 28 años en la cárcel, se conoce a Sagardui como el "*Nelson Mandela de Europa*. Periódico *GARA*, 13 Julio 2008.

del PNV: *Aguirre* y *Monzón*. Ambos líderes continuarian, sin embargo, su resistencia contra el régimen dictatorial de Franco, cada uno desde su propia esfera de influencia en el exilio y en Iparralde.

Cuando la guerra en el frente Vasco concluyo, la Ertzaña fue disuelta y ***el gobierno Fascista de Franco*** se comportó como si esa institución nunca hubiera existido, en prime lugar. Habiéndose aliado con el lado derrotado, *la Republica*, los territorios de Bizkaia y Gipuzkoa eran considerados "provincias traidoras" y la mayoría de sus elementos de autonomía fueron anulados. Alava y Navarra, por otro lado, se habían aliado con los Nacionales de Franco, por lo que entidades propias como los Miñones y Miqueletes siguieron sirviendo en control de tráfico y en capacidad de cuidado de instituciones en esos dos territorios. El reino de terror de Franco y sus secuaces continuaría, aunque las atrocidades de guerra ocurrieron en ambos lados. Por lo menos 50.000 personas fueron ejecutadas durante la guerra civil. En su historia de la Guerra Civil Española, *Antony Beevor (1982)* estima que el "terror blanco" de Franco causo la muerte de 200.000 vidas, mientras que el "terror rojo" de la Republica se llevó otras 38.000 vidas. *Julius Ruiz (2007)* concluye que "aunque los números aun están en tela de disputa, un mínimo de 37.843 ejecuciones fueron llevadas a cabo in la zona Republicana, contrastadas con un máximo de 150.000 ejecuciones (incluidas 50.000 ejecuciones después de la guerra) que tuvieron lugar en la España Nacionalista." Un tercer autor, Payne (2007), sugiere que "es posible que la magnitud de la tragedia humana nunca sea conocida con exactitud alguna. Los de *izquierda* (Republicanos) mataron a más gente en los primeros meses de la guerra, pero la represión de los Nacionalistas probablemente alcanzó su punto más alto y sangriento después del final de la guerra, cuando la venganza sobre los vencidos se desbordó. El gobierno de Franco llegó a dar los nombres de 61.000 victimas del terror rojo, aunque sin documentación definitiva. En *Checas de Madrid* (ISBN 84-9763-168-8), *Cesar Vidal (2004)* estima un total de 110.965 victimas de la represión Republicana, de las cuales 11,705 murieron en Madrid. Las atrocidades del Bando Nacional eran comunes y ocurrían con frecuencia, dirigidas por las autoridades para tratar de irradicar vestigio alguno de Izquierdistas, militares, políticos, o ciudadanos. En estas atrocidades se incluyen las ejecuciones de maestras y maestros a quienes se les veía como defensores de un laicismo que la Republica promocionaba para quitar a la *Iglesia Católica* del seno del sistema educativo y la clausura de escuelas dirigidas por la Iglesia; la ejecución de personas acusadas de ser anti-clericas, anti-Iglesia; la matanza de ciudadanos por rencillas políticas y sociales; y la ejecución de lideres de sindicatos y grupos de acción laboral, así como simpatizantes de la Republica en general.

Las fuerzas militares y Fascistas de Franco también llevaron a cabo bombardeos de ciudades en territorio Republicano, principalmente a manos de alemanes voluntarios en la fuerza aérea, Luftwaffe, parte integral de la *Legion Condor Alemana*, y a mano de Italianos voluntarios en el *Corpo Truppe Volontarie* de la fuerza aérea Italiana, y que ocupaban territorios en Madrid, Barcelona, Valencia, Gernika, y otras ciudades del País Vasco. Posiblemente el más infame bombardeo fue el de las ciudades de Durango y Gernika.[12] No nos olvidemos tampoco de las atrocidades cometidas en el lado Republicano, incluidos los 7.000 clérigos, mayoritariamente, y las monjas asesinadas, así como los cientos de conventos, iglesias, y monasterios que fueron vandalizados y quemados.[13]

¿Y que hicieron los dirigentes del PNV, una vez formado el Gobierno Vasco-en-el-exilio en 1939 y hasta la muerte de Franco en 1975? Nada, o prácticamente nada. Básicamente, el Lehendakari *Aguirre* y su grupo de exiliados se establecieron en los EE.UU. y ofrecieron sus servicios de espionaje a la *Central Intelligence Agency* (CIA), dándoles la información que podían sobre las posiciones de la flota Nazi y sus cómplices (poderes del *Eje*) en el mar Atlántico, posiciones que capitanes Vascos en barcos bajo la bandera de los Nacionalistas de Franco pudieran descubrir, en la esperanza de que eventualmente el Gobierno de los EE.UU. rompería su alianza con Franco y reconociera al Gobierno Vasco en el exilio. El mismo Lehendakari Aguirre se vio reducido y conforme a enseñar clases de Castellano e Historia Europea, en Castellano, en Columbia University, ciudad de Nueva York. Finalmente, catorce años mas tarde, en 1953, el Presidente Eisenhower y su gobierno reconocen el régimen de Franco, a cambio de la presencia autorizada de un par de bases navales Americanas en la península, y la estrategia del PNV de "hacer poco, esperar, y ver que ocurre" se derrumba. El mismo Eisenhower le dio más importancia estratégica al régimen de Franco, como un régimen declarado anti-comunista y por su autorización de la instalación de bases Americanas en un pedazo de suelo Europeo para contrarrestar la influencia de la Unión Soviética en el continente, que en el sueño de Aguirre de un pequeño, democrático, e independiente País Vasco. *"Franco es un hijo de puta, sí, pero es uno de nuestros hijos de puta"*, como *Eisenhower* solía decir para humorear a sus amigos y enemigos. Tan solo un años después, el 22 de Marzo de 1960, Aguirre muere en Paris de un ataque cardiaco y, muchos creen, congojado y descorazonado. Cinco años mas tarde su cuerpo en enterrado en *Donibane Lohizune* (Saint-Jean-de-Luz) in *Lapurdi*, uno de los territorios Vascos (Egane, 1998). Franco muere en 1975, después de una trayectoria de 49 años de asesinatos de civiles que estaban en el "otro lado", escuadras de fusilamientos, represalias políticas, y el abarrotamiento de cárceles con miles de ciudadanos Españoles y Vascos, una historia ya documentada en miles de artículos de periódicos y libros. En referencia a los últimos cuatro años del régimen Fascista de Franco (1971-1975), el numero de personas en la "resistencia Vasca" ejecutados por las autoridades militares, la Guardia Civil, y otras fuerzas de policía ascendieron a 31 muertes, cerca de 1.000 heridos por bala, 396 encarcelados en 1970, y 632 encarcelados en 1975, con sentencias de 5 a 30 años y mas.

Llega 1977, y los dirigentes del PNV rompen filas con la *Izquierda Abertzale*, como ya hemos notado anteriormente, para aceptar el anzuelo del Estatuto de Autonomía que ofrecía un Estado Español al principio de la transición al prometido marco democrático de la nueva Unión Europea. Una nueva fuerza policial es iniciada bajo el nombre de Ertzaintza y la supervisión de Luís *Maria Retolaza* y *Ajuriagerra*, su superior inmediato. Estos dos hombres desempeñaran un papel importante en el diseño y desarrollo de la nueva Ertzaintza en los próximos 20-25 años, los llamados "años de la transición." El nuevo gobierno democrático del Estado Español vació sus cárceles, efectivamente, y tantos como 556 prisioneros políticos Vascos (PPV) lograron la libertad, debe decirse. La prometida democracia y reforma venían a España, pero los Vascos de la Izquierda Abertzale rápidamente se vieron envueltos en otra trayectoria larga de represión, esta vez por parte de las fuerzas combinadas del Estado Español y el nuevo Gobierno Vasco liderado por dirigentes del PNV:

*Por lo que se refiere al grado de **presencia policial** [en el País Vasco; este detalle añadido], la opacidad gubernamental siempre ha sido la tónica general, pero, entonces como ahora, el ratio policial por habitante era el mas alto de Europa. Según los cálculos realizados por la organización **Askatasuna** en 2006, el ratio de policías o agentes armados por 1.000 habitantes es de 11,23 en Euskal Herria. Por establecer alguna comparación, es interesante decir que en el Estado [Español] el ratio es cinco* *por cada mil habitantes, mientras que la ONU recomierda que nunca sobrepase un ratio de tres por cada mil.*

Aunque ilegalizada, *Askatasuna* continúo denunciando la falta de derechos humanos en el País Vasco y sus miembros organizaron manifestaciones de protesta:

Fernando Etxegarai, un ex-prisionero político Vasco en fuga, dio una rueda de prensa ayer para reivindicar su derecho a vivir en Euskal Herria. Este ciudadano de Plentziar recobro su libertad en Enero de 2008 después de servir 20 años y 9 meses en cárceles Españoias. Dos meses mas tarde, sin embargo, la Audiencia Nacional Española apelo a la nueva ley 197/2006 del Tribunal Supremo para reclamar la extensión de la condena de cárcel. En su opinión, grandes "atrocidades" se están cometiendo contra la comunidad de Prisioneros políticos Vascos [PPV], y añadió que dicha ley del Tribunal Supremo ha sido aplicada a 26 PPV hasta ahora. El ha cumplido su condena completamente y ahora el Estado Español quiere meterlo en la cárcel otra vez, indefinidamente, añadió. Etxegarai estaba acompañado por una docena de parientes de otros PP7 y por Asier Birunbrales, portavoz de Askatasuna...Birunbrales esta estrategia por tener dos objetivos: (1) romper y acabar con la comunidad de Prisioneros políticos Vascos (PPV), y (2) hacerles pagar con creces, que se pudrieran en las cárceles, por su compromiso por Euskal Herria,...Se expreso críticamente también de PNV, EA, y NABai dado que, en su opinión, estos agentes "venden los derechos humanos de los ciudadanos Vascos por beneficio de sus propios partidos políticos",...Askatasuna, añadió, no olvida y siempre denunciara el grupo político liderado por Urkullu [PNV] que participo y contribuyo activamente en el diseño de la ley penal [anti-terrorista], y la estrategia de dispersión de los Prisioneros políticos Vascos.

En el periodo 1977-1981 ocurrieron unas 200 detenciones cada mes llevadas a cabo por la Ertzaintza por motivaciones políticas, lo que equivaldría a unas 10.000 detenciones de Vascos, hombres y mujeres, según *Gestoras pro-Amnistía*. Incluidas en ese periodo 86 muertes y 973 heridos por balas de goma y explosivos, mientras el numero de manifestaciones disueltas por la policía Española aumentó a 747, causando 807 heridos, un promedio de 24 agresiones por semana. Y si en Junio de 1977 las cárceles Españolas se vaciaron de Prisioneros políticos Vascos, en cuestión de catorce años, en 1991, ya había 400 de ellos de vuelta en las cárceles. El número de Vascos exiliados --gente que prefería huir del país para no ser detenidos y puestos en cárcel-- debió aumentar a un número de 1.500.[17]

La violencia política se desbordaba por todos los entornos de la sociedad Vasca, en forma de secuestros, tortura, y asesinatos en sus muchas variables. Es imprescindible notar y recordar, por lo tanto, que la violencia causada por *ETA* alcanzó la figure de 62 victimas mortales en el periodo 1968-1976, 291 victimas mortales en el periodo 1977-1981, y otras 557 victimas mortales en el periodo 1981-2010. Una tragedia humana de sangrientas, dolorosas, y grotescas proporciones, en cualquier marco de criterios y estándares.

Llega 1980, y la *Izquierda Abertzale*, una comunidad de unos 250.000 Vascos Nacionalistas, hombres y mujeres, se oponen al Estatuto Vasco de Autonomía, como ya habíamos comentado, y denuncian a los dirigentes del PNV en el nuevo Gobierno Vasco como esbirros del Estado Español que, aunque elegido democráticamente por una mayoría de los ciudadanos Españoles, es heredero de muchos de las ideas y practica de una España histórica, tradicional, y absolutista que quiere "*una España grade y libre.*" Este Estado Español, alega la Izquierda Abertzale, no tolera discordia y aspiraciones de soberanía en los varios grupos étnicos, tal como los *Vascos, Catalanes, y Gallegos.* Al mismo tiempo la *Unión Europea (UE)* esta consolidando sus poderes integrando muchas de las estadonaciones en el continente Europeo dentro de un marco y membrecia que pretende poner en primer plano los intereses económicos y políticos de sus miembros, relegando a un segundo plano valores de identidad cultural, derechos humanos, y derecho a representación política propia de las minorías étnicas y naciones minoritarias. Todo parece propicio para el oportunismo político y partidario. El Gobierno de Madrid y los lideres del PNV entienden que el momento apropiado a llegado y acuerdan en la forma de "cortar y dividir el bacalao", por un lado, así como colaborar en la represión de la Izquierda Abertzale, por otro lado. ¿Una conclusion precipitada? Posiblemente. Históricamente, sin embargo, el seno de los dirigentes del PNV ha estado integrado por elites de familias "acomodadas", de medios económicos por encima de la media en su sociedad, dirigentes del poderoso complejo industrial Vasco que se desarrolló bajo los auspicios y dirección del *Ministerio de Trabajo* del Estado Español durante los largos años de la dictadura de Franco, familias privilegiadas y Católicas bien representadas dentro del propio seno de la Iglesia Católica y que se beneficiaron de los privilegios detallados en los varios *concordatos*[18] de los últimos dos siglos entre el Vaticano y el Estado Español. Entonces, los dirigentes del PNV han sido, históricamente, de familias pudientes, católicas, con educación, y amplios contactos, por favor. En contraste, la comunidad *Izquierda Abertzale* ha estado integrada mayoritariamente por hijos e hijas de obreros, trabajadores de las tierras de sus caseríos, de limitado acceso a universidades, por un lado, aunque de una apreciación básica, esencial, e innegociable de su patrimonio social y cultural, y su destino propio como nación, se ha alegado.

Propuesto y hecho. Es en Julio de 1980 cuando 25 "pioneros" seleccionados de entre las filas del PNV se reúnen en una residencia privada en el pueblo de *Berrozi*, Alava, para empezar un entrenamiento de tácticas de orden policial baja la dirección y supervisión de SAS, una fuerza elite Británica. De ahí en adelante, en momentos de confrontación social y política, el PNV usara el lema de la SAS: "Quien se Atreve Gana" (*Who Dares Win*). Luis Maria Retolaza continua pidiendo y recibiendo financiación para el diseño y organización del modelo de la Ertzaintza de aliados como *Juan Jose Roson* del Ministerio del Interior del Estado Español en Madrid, principalmente, y no tanto del nuevo líder del PNV, el Lehendakari *Carlos Garaikoetxea*, interesantemente, quien repetidamente le hacia recordar a Retolaza la necesidad de considerar los retos económicos y legales del proyecto y modelo de la Ertzaintza. Instituido como primer director de la Academia de la Ertzaintza y primer punto de enlace y coordinación entre la jerarquía del PNV y sus homólogos en Madrid, Retolaza puso manos y dinero a la obra de construir la Ertzaintza a la imagen del *Articulo 17* del Estatuto de Autonomía del País Vasco que, como ya hemos visto en el texto de paginas anteriores, deposita la ultima palabra y autoridad en el Estado Español. Por su parte, el Estado Español no permitiría tolerancia alguna a las aspiraciones de soberanía e independencia del Pueblo Vasco, o a las de cualquier otro pueblo o nación, e insistiría en un Estatuto como instrumento de "guerra total al terrorismo", que diera legitimidad a "toda actividad anti-terrorista" contra ETA, y que insistiera en la comunicación de toda actividad política y actividad terrorista a la *Audiencia Nacional* del Estado Español.

Aquí entra Arzalluz. El que una vez fuera un cura *Jesuita*, **Xabier Arzalluz**, es ahora presidente del PNV (1980-2004), un hombre que recuerda sus años jóvenes trabajando en la compañía y disciplina de Jesuitas en Alemania. Sugiere él invitar a *Hans Josef Horchem*, un *Nazi* rehabilitado con un titulo de doctorado en derecho y jefe de Servicios para la Defensa de la Constitución en el estado de Hamsburg, Alemania, para visitar el País Vasco y dar consejo sobre el desarrollo de la nueva Ertzaintza. Retolaza expresa acuerdo:

> *El modelo Británico es atractivo: No requiere armas, esta cercano al pueblo, e inspira seguridad y confianza,...buenos argumentos, pero nuestra gente, y aquellos a su alrededor, no pueden compararse con la gente Inglesa, ciertamente no en su formación cívica, y no en su habilidad y experiencia para vivir en un entorno civilizado..."*

Convencidos de que la formación de un fuerza policial en el País Vasco requería un *"toque Teutónico"* en vez de un "toque Británico", Arzalluz y Retolaza propusieron la creación de una *Comision Internacional Contra la Violencia en el País Vasco*. Basado en esta propuesta, el Gobierno Vasco recluto a cinco expertos como *Clive Rose*, del Reino Unido, ex-Embajador a la OTAN, para actuar como presidente de la comisión; *Hans Josef Horchem*, de Alemania; *Jacques Leauté*, Francia, profesor de ley penal; *Franco Ferracutti,*Italia, profesor de psiquiatría en Roma y, finalmente, *Peter Janke* del Reino Unido, historiador asociado con el Royal College para Estudios de Defensa. Un elemento en común en el curriculum vita de cada uno de los cinco expertos era previa experiencia en la CIA. La tarea de orquestar reuniones con representantes del Estado Español para obtener autorización y continuar organizando la nueva Ertzaintza fue asignada al equipo de Retolaza, *Elias("Eli") Galdos Zubia*, y *Joseba Elosegi*. Sus puntos de contacto en el Estado Español eran *Juan Jose Roson* y *Martin Villa*, ambos *Franquistas* reciclados. La nueva Ertzaintza estaba ya en marcha.

Capitulo
4

Un Círculo Vicioso

Llegó ese Sábado, finalmente, y mujeres y hombres de ːodas las edades acudian a las calles previamente designadas para la manifestación anti-AHT en San Sebastián, procedentes de muːtitud de pueblos y ciudades del entorno. Se veían también adolescentes y niños en bicicletas con mochilas en la espalda y acompañados de aːultos. El informe metereológico de los últimos tres días había estado pronosticando altas temperaturas, en los 30-35 grados Fahrenheit, "con lloviznas ligeras durante el medio día y cielos despejados por la tarde." La gente llegaba a la ciudad en autobuses contratados para ese evento. Desde **Biasteri-Laguardia**, un pequeño pueblo de unos 1.500 habitantes en el territorio de Alava, conocido por sus variados y apreciados vinos y por ser la cuna de Don Félix de Samariego, el fabulista del siglo 19. Desde el *auzoa* de San Martin en Gasteiz-Vitoria, destacado por sus restaurantes de precio moderado y la calidad de sus platos de "comida de casa." Desde Oñati y sus pintorescos *baserriak* en la falda de su montaña **Aloña**, sin faltar los vecinos del valle y pueblo de *Araotz,* cuna del mal logrado conquistador *Lope de Aguirre*, mercenario al servicio de los ejércitos Españoles en la conquista de las Americas. **Iñaki Issasa**, nuestro delgaducho amigo del pueblo de Aramaio y **Helen Odriozola**, la joven portavoz del grupo anti-AHT, estaban allí también recibiendo al un conjunto de 26-28 lideres de auzoa, cada uno de los cuales representando a otros 4-6 lideres de grupo. A su vez, cada líder de grupo era responsable de coordinar las actividades y movimientos de unos 25-35 participantes. Esa era la "estructura de mando y control" de los organizadores de la manifestación, podemos resumir, simple y sin complicaciones, pero supuestamente efectiva. Contando las personas que estaban congregando ese día y las que ya habían llegado en los dos-ːres días anteriores, se esperaban unas 7.500 personas. Ninguna arma de ningún tipo era permitida, ni palos, ni piedras, nada, y solo botellas de plástico serian permitidas, tal como los lideres de grupo habían estado recordando a todos durante semanas, incluido ese ultimo día antes de abordar los autobuses. Eso si, en las mochilas se recomendaba llevar bocadillos, fruta, y botellas de agua, además de colchonetas de goma y bolsas de dormir, para casos de emergencia solamente. Al fin y al cabo, los permisos para la marcha obtenidos del ayuntamiento de Laguardia y del Gobierno Vasco tenían en cuenta que la gran mayoría de los participantes regresarían a sus pueblos y ciudades después de la manifestación, ese mismo día, pero que "algunas docenas" de familias y personas no pudieran hacerlo y se quedarían a dormir en sus bolsas de dormir en parques de la ciudad de San Sebastián. La gran mayoría de los participantes, posiblemente hasta un 85%, serian de de la *Izquierda Abertzale*, como ya lo sabían los organizadores de la marcha y las autoridades, con el complemento de otras personas procedentes de los varios partidos políticos y ciudadanía en general. En esta ocasión personas de diversas orientaciones políticas podían estar de acuerdo en su oposición a ese tren de alta velocidad que el gobierno central de Madrid quería imponer a lo largo de valles y montañas del País Vasco. Acudían también "amigos de otros países", una colección de individuos y grupos de gentes que procedían de organizaciones como *Green Peace, Mother Earth, Not Against Our Will,* y *Futuro Sostenible* de lugares tan diversos como Bruselas, Toulouse, Rome, y Frankfurt en la Unión Europea, así como también de Pomona, Tucson, Stillwater, Fairfax, y Manassas en los EE.UU. Esa participación tan diversa no ocurría por accidente, sin embargo, pues **Dorothy**, la joven de Bruselas con la que nos habíamos encontrado anteriormente en Aramaio, se había encargado de invitar a sus muchos contactos, sus "amigos de cuello azul y marrón", como le gustaba decir.

Tal como ya estaba planificado, los participantes empezaron a reunirse en el *Parque Zubimusu* para iniciar una marcha que les llevaría por varias calles en el centro de la ciudad hasta el Ayuntamiento. Allí la manifestación se detendría por una hora aproximadamente para escuchar discursos, y a continuación emprendería la marcha para regresar al mismo parque por calles predeterminadas. Eran ya las 11:30 horas de la mañana y unas 3.500 personas habían llegado al parque donde se podían ver una multitud de tiendas de campaña desplegadas de todos los colores y tamaños, así como "estaciones de agua" en las que voluntarios dispensaban botellas de agua gratis, cortesía de organizaciones de ciudadanos en aquella comunidad. Se podían ver también a adolescentes y niños que llevaban sus perros sujetados con correas y custodiados por adultos, mientras ayudaban a desplegar las tiendas de campaña en aquellos alrededores. Varias cometas de diversos diseños y colores se podían ver flotando en el aire, y grupos de 6-8 personas se reunían en círculos "pegándole a la pelota." Hacia el centro de ese parque un grupo estaba erigiendo una plataforma de dos metros de altura, de unos veinte-por-veinte metros de superficie, y con un fondo y techo de tela azul, mientras un segundo grupo desplegaba sillas de madera y aluminio enfrente de la plataforma en hileras de diez sillas a ambos lados de un pasillo. Varios líderes de auzoa con bandas de tela verde en sus brazos izquierdos estaban reunidos con Iñaki alrededor de una mesa, sobre la cual se había desplegado un mapa de papel, y procedían a marcar con un rotulador la ruta de la marcha. Un teléfono móvil sonó. Era el teléfono de Iñaki, y la voz en el otro lado de la línea telefónica era la de Helen.

-¿Iñaki?

-¿*Bai*? ¿Eres tu, Helen?

-Tengo malas noticias,...el ***Departamento de Interior*** del Gobierno Vasco ha llamado al Ayuntamiento de San Sebastián para decirles que quieren cambiar las reglas para la marcha de hoy! -Su voz estaba alterada, se notaba fácilmente.

-¿Qué? No pueden hacer eso, esos cabrones!...Tenemos todos los permisos requeridos,...se aprobaron todos los términos con el Interior en Gasteiz y con el ayuntamiento de Donosti,... ¿Qué es lo que quieren esos bastardos?!

-Ya lo sé, lo sabemos todos,...Bueno, salgo del ayuntamiento ahora mismo,...acabo de hablar con la Alcaldesa,...estaré en el Parque Zubimusu en quince minutos. -Añadió Helen y descolgó.

Ella tenía los detalles sobre los desacuerdos, pero no quería discutir estos por teléfono. Se reuniría con Iñaki y los dos repasarían las lista de cambios antes de comunicarlos a los líderes de barrios y grupos. Se subió a la furgoneta blanca y verde que los voluntarios de *Aretxabaleta* conducían esa mañana en dirección al Parque Zubimusu el punto de partida de la marcha, para reunirse con Iñaki. Al llegar observó inmediatamente que todos los líderes de la marcha estaban allí, esperando. Alguien tenía que decirles que las cosas estaban cambiando, y ese alguien era Iñaki o ella misma.

-¡Por fin has llegado! ¿Que es lo que ha ocurrido allí en el ayuntamiento? -Le pregunto Iñaki, tratando de ocultar su ansiedad.

-*Amy Otxandiano*, la alcaldesa, recibió una llamada las 10:00 horas de esta mañana de *Antonio Ardanza*,...ese cabrón hijo de su madre en el Interior,...la marcha puede empezar a las 17:30 horas, tal como acordamos, pero no podemos llevar pancartas que critican al Gobierno de Madrid y en lugar de una hora de discursos tenemos media hora enfrente del ayuntamiento solamente...

-¿Que?! Esta es una manifestación nacional para criticar a esos bastardos en la administración, los de Madrid muy especialmente, para denunciar el abuso de poder, y para tratar de parar el daño catastrófico a nuestros valles y montañas!... -Iñaki mismo limito su momento de arrebato, dándose cuenta que faltaban unas pocas horas antes de la marcha, y había mucho trabajo por delante.

-Vale, tenemos que actuar rápidamente,...Encargate, por favor, de hablar con los líderes ahora e informales de los cambios en la marcha,...cuanto antes abordemos estos cambios mejor. -Todavía alterado pero también mas resignado, posiblemente, Iñaki le sugirió a Helen.

-Lo mejor sería que tu les hables primero, los primeros minutos, y así después yo les doy detalles de los cambio en los contenidos de las pancartas, si te parece bien. -Sugirió Helen.

Para entonces varios de los líderes habían detectado que algo no iba bien, que algo estaba sucediendo, simplemente al mirar las caras de Iñaki y Helen. No habían escuchado su conversación, pero ahora veían sus caras serias. Había una cierta ansiedad en sus ojos, algunos notaron, en el momento en que los dos subían a la plataforma y se aproximaban al micrófono.

-Egun on, denoi. Buenos días a todos. En primer lugar Helen y yo queremos agradeceros a todos y todas por estar aquí esta mañana para llevar a cabo esta marcha y manifestación contra el proyecto AHT/TAV, algo que todos hemos estado preparando durante los últimos meses. Los informes que nos llegan de vosotros, los líderes de grupo, indican que algo así como 3.500 personas ya han llegado y ya están aquí en Donosti esta mañana,... ¡así que a este paso llegaremos a tener unas 7.000 personas, esperamos!

Aplausos y vivas.

-Sin embargo, hay algunos cambios que tenemos que considerar realizar en el plan original de la marcha. --Iñaki hizo una pausa mientras miraba a aquel grupo de organizadores, de izquierda a derecha y a continuación de frente, para asegurarse de que tenia la atención de todos-- Helen, aquí a mi derecha, ha estado en el ayuntamiento de Donosti esta mañana hablando la alcaldesa, y esta le ha dicho que *Departamento del Interior* del Gobierno Vasco no quiere que las pancartas critiquen la administración de Madrid,...y que los discursos deben concentrarse en las dimensiones del AHT, de la economía, del entorno,...lo que queramos, pero no en la política de Madrid.

Voces bajas y murmullo en el grupo.

-Y ahora Helen os va a dar máfs detalles sobre esa reunión en el

Miles de personas participan en una manifestación pacifica contra el *Tren de Alta Velocidad (TAV)* en Donosti-San-Sebastián. Cortesía: **GARA**, 30 May 2008.

Ayuntamiento esta mañana, detalles sobre cambios que tenemos que hacer, e instrucciones que debemos comunicar a todos los participantes en la marcha. Por favor escuchar atentamente.

-La marcha empezará a las 17:30 horas exactamente, esa parte del plan no cambia,...Saldremos de este punto, de este *Parque Zubimusu*, a lo largo del *Paseo de la Concha*, hacia el centro de la ciudad y el ayuntamiento,...todos tenemos ya la ruta acordada,...Una vez enfrente del ayuntamiento tendremos unos cuarenta-y-cinco minutos y no la hora entera para nuestros discursos y presentaciones, tal como se había acordado desde un principio. Las autoridades no quieren que estemos enfrente del ayuntamiento mucho tiempo para que de esa forma no nos unamos a la gente que vendrá a la *fiesta del Alderdi Eder*, que también tendrá lugar enfrente del ayuntamiento y que se celebra cada año al principio del *Aste Nagusia*, la Semana Grande. Además, el Interior insiste que no debe haber ningún homenaje a personas caídas en la causa, "sin alabanzas y elogios al terrorismo", como dice el Interior --hizo una pausa y prosiguió-- No quieren que hagamos referencia alguna a nuestras gentes caídas, ni en las pancartas ni en los discursos.

-¡Cabrones!

-¡Bastardos!

-¡Excepción! ¡Este es otro *estado-de-excepción* impuesto sobre nuestra gente!

-¿Porqué no dejan las apariencias a un lado y meten a todo el pueblo en la cárcel? ¡Esos hijos-de-puta!

-También,...también las autoridades temen que nuestra marcha contra el AHT se amplíe y sea usada por personas que quieran demostrar en favor de los derechos humanos de los prisioneros políticos Vascos (PPV), así como también como una plataforma de apoyo a *ETA*.

Silencio.

Se había pronunciado la palabra prohibida, ETA. La palabra que desata aun hoy día todas las emociones por sentir e imaginar, la palabra que mata, la palabra que inspira temor y medidas represivas por parte de las autoridades, la palabra que trae dolor a las familias de las victimas de la organización terrorista. Violencia por parte de ETA y medidas de seguridad por parte de la Ertzaintza. Actividad social y política por parte de la Izquierda Abertzale y medidas de represión por parte de la Ertzaintza. Similarmente, esas medidas de seguridad o represión por parte de la Ertzaintza pueden llegar a incitar actividad terrorista por parte de ETA, se alega. *Un círculo vicioso* y potencialmente mortal. Una espiral de lucha por la libertad de expresión, por la libertad e independencia de un pueblo, pero una espiral también de violencia, crimen, tortura, encarcelamientos, secuestros, y asesinatos en ambos lados del conflicto político en el País Vasco. *Una minoría de los Vascos, parece, no ha descubierto todavía la ventaja estratégica y el apoyo global que su causa pudiera recibir dejando atrás y en el pasado toda forma de violencia y, en contraste, asumiendo actividad social y política dentro de un marco estrictamente democrático como vehiculo de transformación y cambio de su condición humana.*

-En la reunión de esta mañana en el Ayuntamiento también nos hemos enterado de que el *Partido Popular* (PP), la asociación *Dignidad y Libertad*, y *España y Justicia* han solicitado la suspensión de la marcha. El PP ha insistido que "la Ertzaintza tiene la responsabilidad de parar el fraude de esta marcha, una marcha ilegal, y sobre todo de salvaguardar la seguridad de los ciudadanos que tienen el derecho de disfrutar de la temporada de vacaciones." Similarmente, la plataforma España y Justicia ha afirmado que esta marcha no es solamente contra el TAV sino que también pretende mostrar apoyo a *Iñaki de Juana Chaos* que, como todos sabemos, salió de la cárcel después de servir enteramente su sentencia, pero que esa plataforma y otras organizaciones presionan al gobierno de Madrid para mantenerlo en la cárcel permanentemente. También, *Dignidad y Libertad* ha hablado contra esta marcha alegando que la marcha es una tapadera de *Herri Batasuna*. -Ahí hizo una pausa Helen para dar espacio a preguntas.

-¡Son las mismas tácticas de siempre del Gobierno de Madrid y sus aliados bastardos en el Gobierno Vasco!

-Eso es, siempre terminan capitulando a las demandas de los *franquistas* en esas organizaciones pro-Madrid,...les importa un culo todo,... ¡solo quieren comerse el País Vasco pedazo a pedazo como pirañas, todo para ellos, y echar al mar el resto de nosotros!

-Pretenden pasarse como las "victimas", las únicas victimas, y así calificarnos a los demás de "agresores" y pocilga del universo,...además tienen los medios de comunicación comprados,... ¡es siempre la misma historia!

-Vale, vale,...Quiero que todos los lideres de vecindarios se reúnan con Helen y conmigo durante los siguientes treinta minutos para recorrer los cambios que tenemos que hacer. A continuación vamos a necesitar que cada uno de vosotros y vosotras, los lideres de vecindarios, comuniquéis estos cambios a cada uno de los lideres de grupos. Cada una de las 7.000-7.500 personas en esta marcha deber saber de estos cambios y como los vamos a tratar de implementar. Esta es una manifestación pacifica contra el AHT y la vamos a mantener así, pacífica, ¡a todo coste! -Iñaki añadía énfasis a sus últimas palabras. Eran las 11:30 horas del día.

Mientras tanto, en el *Estadio Anoeta*, varias de las unidades de la Ertzaintza estaban ya reunidas, la mayoría lideres *berrozi* repasando los cambios que sus jefes en el Interior habían dictado. El teniente Galindo Sanz, los lideres berrozi, la unidad especial de 60 hombres y mujeres con sus escopetas y balas de goma, y una unidad de mando-y-control estaban ya reunidas y esperando ordenes. También dentro del estadio se encontraban disponibles veinte "mulas", en referencia a las furgonetas de la Ertzaintza habilitadas para transportar hasta veinte personas cada una, Ertzaiñak o personas detenidas. Durante las siguientes cinco horas la gran mayoría de una fuerza de 600 Ertzainak, hombres y mujeres, se congregaría en aquel estadio y esperaría instrucciones de intervención en la marcha. A las 15:30 horas unos 300 Ertzainak serian desplegados en puntos estratégicos en la ruta de la marcha, incluidos puntos a lo largo de la calle *Easo*, perpendicular a la calle *San Martin* por donde pasaria la manifestación, y para las 18:30 horas los otros 300 Ertzainak se presentarían en las proximidades del quiosco en el *Parque Zumardia*, a lado del Ayuntamiento, para esperar la llegada de las primeras filas de la manifestación. Las unidades berrozi, unos 200 en numero, esperarían a la manifestación enfrente del Ayuntamiento y permanecerían allí durante la sesión de discursos. Si todo el mundo se comportara como las autoridades habían dictado, todo saldría bien. Esa era la teoría. Quedaba por ver la práctica de todo ello.

Cambios Menores en el Plan

Tal como el pronóstico meteorológico advertía, la lloviznas llegaron a medio dia complicando la labor de crear y construir nuevas pancartas y letreros, aunque para las 14:00 horas los cielos estaban clareados. Aun así, las lluvias fueron bienvenidas por todas las gentes en la ciudad de San Sebastián que esperaban las cosas se refrescasen y calmasen en parte. De esa forma la manifestación pudiera avanzar pacíficamente, con algunos momentos de tensión aquí y allá, posiblemente, pero sin grandes e inesperadas complicaciones, de principio a final. Después de todo era un Agosto, y la gente estaba ya preparada a tomar sus vacaciones durante ese mes entero como es la costumbre en la Union Europea, a diferencia de la costumbre en el mundo Anglo-sajón donde un maximo de dos semanas de vacaciones existen. Hasta la misma Ertzaintza esperaba las vacaciones de Agosto con esa misma ansiedad. Finalmente, eran las 17:15 horas y una multitud de unas 6.500-7.000 participantes estaba lista para iniciar la marcha con Iñaki, Helen, Dorothy y unas dos docenas de personas formando la primera fila, todos sujetando con las manos y portando una pancarta de plástico de unos 30 metros con el titulo: *Geldiu AHT / Stop the AHT /Paremos el TAV*. Letras rojas grandes de un metro de altura en fondo blanco. Iñaki

acababa de completar varias llamadas en su móvil para dar las ultimas instrucciones a los lideres de vecindarios y grupos.

-¿Dorothy, se han presentado todas tus gentes y están ya listas para empezar? -Iñaki le preguntaba a Dorothy y ella sabia exactamente a que se refería su pregunta.

-Las cámaras de radio y televisión están listas,...cuatro participantes de *Green Peace*, siete de *Mother Earth*, tres periodistas y una estación de TV de Bruselas, dos estaciones de radio y una de

La *Ertzaintza* (policía Vasca) carga contra participantes en una manifestación pacifica organizada por el movimiento *Pro-Amnistia* y la comunicad *Izquierda Abertzale* cerca del Estadio Anoeta, San Sebastián. Cortesía: *El Mundo*, 6 Enero 2007.

TV de *Toulouse*, tres estudiantes de la Universidad de Arizona en *Tucson*, EE.UU., otro equipo de TV de *Palermo*,...Un total de 23 personas de medios internacionales de comunicación, mas sus familias y amigos, tres perros y un gato. -Ella sabia que había hecho su parte bien.

-*Oso ondo, aurrera*! Muy bien, ahora adelante! -Iñaki dio la señal de avance y la primera línea de participantes empezó a caminar, seguida por las otras líneas de 20-25 personas cada una, de lado a lado.

Cientos de *ikurriñas* ondeaban en aquel río de participantes que empezó a moverse por las calles de la ruta acordada, y cada cera de las calles abarrotadas con hombres, mujeres y sus familias que habían venido a presenciar la manifestación aquel Sábado. Los balcones estaban llenos de gente y por las ventanas de edificios en ambos lados de las calles se asomaba la gente para no perder detalle alguno. Las unidades de la Ertzaintza también estaban ya estacionadas en puntos estratégicos a lo largo de la ruta con la indumentaria contra-disturbios completa, incluidas las mascaras pasa-montañas de lana negra, palos, y escopetas, aunque quietas y estacionados, mientras los oficiales de mando se desplazaban a lo largo de cada calzada, detrás de sus unidades respectivas, dando ordenes. Dos kilómetros mas adelante, unas 200 unidades de Ertzaintza estaban ya posicionados, incluidas las unidades berrozi de las cuales formaban parte Xabier, Nerea, y Txomin, con ocho furgonetas "mula" detrás de los edificios de ese segmento de la ruta.

-Mierda, ya estamos en la boca del lobo,...esta es la manifestación mas grande en la que hemos participado hasta ahora! -Decía *Txomin* en voz baja a *Nerea* y su primo *Xabier* que estaban a ambos lados. Un circulo pequeño de pintura blanca, de un centímetro de diámetro, podía verse en cada uno de los cascos rojos de Xabier, Nerea, y Txomin, tal como los tres habían acordado la noche anterior.

-Estamos bien, O.K., pero no me gustó la sesión de coordinación que tuvimos esta mañana en el estadio,...No se explicó claramente que es lo que la gente de *Interior* quería, si dejar la marcha pasar tranquilamente o no,...¿Que va a pasar si alguien en Interior o uno de nuestros oficiales ve un *contenedor* en llamas, una pelea en una calle, o simplemente muchos equipos de TV a lo largo de la ruta,...algo parecido,...y deciden que quieren cambiar la ruta o, peor aun, dispersarla? -Nerea estaba preocupada, y con buena razón, posiblemente.

-No pueden parar la marcha ahora,...es muy tarde para eso,...mucha gente en las calles,...tranquilos todo el mundo y disfrutar de este viaje de montaña rusa! -Sugirió Xabier.

Hacia las 18:30 horas, una hora mas tarde, el frente de la marcha empezaba a entrar en la plaza enfrente del Ayuntamiento. Iñaki, Helen y unos 350-400 participantes en las primeras filas empezaban a llenar el espacio en aquella plaza. Unos cincuenta Ertzaiñak formados en dos filas esperaban ya enfrente del edificio del Ayuntamiento, con sus espaldas contra el edificio, y mirando a los manifestantes que sujetaban aquella larga pancarta, cara a cara. La *bandera Española* ondeaba en el centro del balcón del Ayuntamiento, mientras a su derecha, a unos tres metros ondeaba la *Ikurriña*, así como la bandera de San Sebastián ondeaba a la izquierda e equidistante. Todas las ventanas y puertas de balcón estaban cerradas, y no se observaba persona alguna detrás de aquellas ventanas. Fotógrafos y equipos de TV se habían posicionado enfrente de la primera línea de la manifestación, en aquel "espacio de nadie", entre los manifestantes y la Ertzaintza, y habían empezado a grabar el momento. Es entonces cuando ocurrió. Un oficial de mando en uniforme, sin casco rojo y pasa-montañas, pero con pistola en su funda de cinturón y un Ertzaiña en cada lado, empezó a caminar hacia los dirigentes de la marcha. Era el teniente *Galindo Sanz*.

-Han habido cambios menores en el plan, necesitamos hablar,... ¿Quién es el portavoz de la marcha? -Pregunto el oficial Galindo, sabiendo de antemano muy bien que eran Iñaki y Helen. Con anterioridad, y durante meses, el teniente Galindo sabia todo lo que había que saber sobre Iñaki, Helen, y otros 20-25 participantes: de que pueblos y ciudades venían, fechas de nacimiento, novias, novios, divorciados,...si tenían ya parientes en las cárceles, prisioneros políticos o no, cuentas de banco, matricula de automóvil,...todo.

-¿Qué cambios menores? Yo soy *Iñaki Issasa* y esta es *Helen Odriozola*, y somos los organizadores de la marcha. -Respondió Iñaki, mientras participantes en las dos primeras filas se acercaban mas entre si y detrás de Iñaki y Helen.

-Voy al grano,...*Interior* está preocupado por la seguridad de ciudadanos y ciudadanas, mujeres y niños en primer lugar,...también algunas de los contenidos de las pancartas son de naturaleza política y van mas allá de la cuestión del proyecto TAV, por lo que se ha determinado que la sesión de discursos deber ser reducida a 30 minutos, máximo, y a continuación la manifestación deber ser dispersada. -Anunciaba el teniente Galindo a Iñaki sin reconocer con gesto alguno la presencia de Helen.

-Eso no es lo que se acordó, teniente Galindo, y Ud. lo sabe muy bien,...Los permisos garantizan una hora entera enfrente del Ayuntamiento para los discursos de los dirigentes de esta marcha y personas de otros países,...También, se acordó que terminaríamos la marcha en el quiosco del Parque Zubimusu,...Todos acordamos en esos términos. -Respondió Iñaki, plantado a medio metro del teniente Galindo, y ambos haciendo contacto de ojo. Se podía notar irritación en la persona de Iñaki, pero el permanecía calmado y en control de sus sentidos. Su respiro era normal, y no se notaban cambios en el volumen de su voz. Al fin y al cabo, este enfrentamiento de cara a cara se había anticipado desde el primer momento, meses atrás.

-Bien, ¿y qué?

-Tenemos todos los permisos requeridos, y vamos a seguir el plan original, ¡como todos habíamos acordado! -Varias voces entre los participantes irrumpieron, no desbordadas, sino firmes y controladas.

-Estoy pasando instrucciones a Ud. y su gente. ¿Piensa Ud. y su gente seguir estas instrucciones o rehúsa a seguirlas? -Salieron las palabras abruptas del teniente Galindo.

-Un momento, por favor!...Tenemos aquí entre 6.000 y 7.000 personas,...hombres, mujeres, y niños,...mis coordinadores y yo tenemos que hablar con ellos,...Esta mañana en el Ayuntamiento hablamos todos y se nos comunico que teníamos que modificar los planes, y ahora nos dice Ud. que tenemos que cortar el recorrido de la marcha,...No es justo esto, ¡necesitamos tiempo! -Fue una buena respuesta, Iñaki pensó, y ahora necesitaba que Helen y los otros coordinadores reaccionasen inteligentemente a la nueva situación.

-Helen, ponte en contacto con todos los lideres de vecindarios posibles y pídeles que acaten y comuniquen los nuevos cambios,...Y recuérdales que esta es una marcha pacifica. -Dijo Iñaki, girando su cabeza a la derecha para dirigirse a Helen.

-Tienes 15 minutos para darme tu respuesta, ¿entendido? ¿Esta Claro? -El tono y volumen en la voz del teniente Galindo estaba empezando a cambiar, se notaba, al mismo tiempo que giraba para empezar a caminar hacia su grupo de Ertzaiñak enfrente del Ayuntamiento.

-¡Bastardos estos! Nos quieren parar y dar palos, ¡lo veo muy claramente! -Comunicó Iñaki a los coordinadores a su alrededor.

Mientras tanto Helen continuaba llamando a coordinadores con su teléfono móvil. Durante todos esos intensos 15 minutos los fotógrafos y equipos de TV habían estado grabando la conversación entre Iñaki y el teniente Galindo, o por lo menos parte de esa conversación.

-Me he podido poner en contacto con una docena de lideres de vecindario y comunicarles lo que esta pasando,...Ellos y ellas entienden bien que el *Interior* esta tratando de causar problemas,...Están ahora hablando con los lideres de grupos. -Comentó Helen dirigiéndose a Iñaki.

-Tiene que salir todo bien, nada de violencia por nuestra parte, tal como acordamos desde un principio,...No pedemos permitir que esos bastardos del Interior y su Ertzaintza nos saquen de quicio, que cometamos alguna estupidez, y después nos apaleen... -Iñaki sentía que tenia que repetirlo.

-De acuerdo,...

Helen continuaba hablando cuando vio que el teniente **Galindo** y dos de sus Ertzaiñak se les aproximaban.

-Ha decidido que va a hacer finalmente, Sr. Issasa?

-Haremos los que el **Interior** está pidiendo,...Estamos aun tratando de comunicarnos con el resto de los organizadores y coordinadores de la marcha,...Al mismo tiempo mucha de nuestra gente esta muy disgustada por no poder completar la marcha ya de vuelta hasta el Parque Zubimusu,...Sus tiendas de campaña, cosas, otros familiares están allí esperando,...Muy disgustados...

-Le pregunté otra vez si están dispuestos a cumplir con los cambios del Interior? -Insistió una vez mas el teniente Galindo.

-Si, vamos a cumplir, estamos de acuerdo, no nos queda otro remedio. -Respondió Iñaki con los brazos extendidos, en resignación.

Los discursos ocurrieron a continuación, sin problemas. Ni la alcaldesa, ni concejal alguno en el Ayuntamiento salieron a encontrarse con los organizadores de la marcha y, consecuentemente, ninguna persona del Ayuntamiento estaba disponible para tener comentario o entrevista alguna con los equipos de radio y TV. Iñaki, Helen, y Dorothy, sin embargo participaron y dieron entrevistas. Además, esperaban que en esas entrevistas ellos y ellas pudieran contar su historia y proposito de la marcha a audiencias locales, si, pero también a audiencias fuera del país, en otros países, pues sabían bien que el 85% de los medios de comunicación en el País Vasco son propiedad del Gobierno Vasco o del Gobierno de Madrid, que no eran medios independientes.

Al final de los discursos y entrevistas la manifestación empezaba a desalojar la plaza enfrente del Ayuntamiento.

-La situación se está complicando, Iñaki,...Muchos de los coordinadores creen que no importa lo que hagamos la Ertzaintza tiene ordenes de parar el resto de la marcha a todo coste y causar problemas,...quieren causar un descontento general para que alguien en la marcha haga algo estúpido y entonces tengan excusa para darnos en la madre a todos,...No quieren que los participantes de esta marcha logren reunirse con la gente de la ciudad que están congregados en el Parque Zubimuso y alrededores como el **Parque Miramar**, para celebrar la fiesta de *Alderdi Eder*.

-Lo se, lo se,...aun así tenemos que asegurarnos que nuestra gente se disperse lo antes posible.

-Y si la gente continua marchando hacia el Parque Zubimusu, simplemente dando media vuelta, y no quieren dispersarse?

-Esperemos que la cosa no llegue a esa situación,...hemos dicho que vamos a seguir las ordenes del Interior.

No tuvieron que esperar mucho. Las unidades de Ertzaiñak, posiblemente unas 200 unidades, estaban ya posicionados en las ceras de la ruta de la marcha, y pronto llegarían también las unidades berrozi del teniente Galindo con sus escopetas y balas de goma que hasta ahora habían permanecido dentro des sus furgonetas, las "mulas". Dentro de una de esas mulas esperaban Xabier, Nerea, y Txomin.

-Lo veo ya, va a ocurrir,...el teniente Galindo y los otros oficiales no lo están diciendo todavía, pero en cualquier momento nos van a decir que es hora de romper cabezas! -Comento Txomin.

-Cálmate, Txomin, todo va a salir bien, no va a ocurrir nada, ya veras. -Le respondió Nerea, queriendo creer sus propias palabras.

-Tres cuadras de distancia, dos cuadras, una cuadra. El teniente Galindo y sus 60 berrozi, así como los otros 200 Ertzaiñak, estaban esperando a los manifestantes en el medio de la ruta, interceptando la marcha en la *intersección* de la calle San Martín y la calle Easo. Otros Ertzaiñak estaban a punto de llegar desde otros puntos de la ruta.

-La marcha termina aquí!...Este es un aviso,...Tienen 15 minutos para dispersarse completamente,...las personas que se resistan serán detenidas!

Iñaki, Helen, Dorothy y el resto de los manifestantes en la filas delanteras llevando la pancarta larga se pararon. Un largo río de gentes con Ikurriñas estaba detrás de ellos, todavía moviéndose, todavía avanzando. *Y entonces ocurrió. Se escucharon tres disparos de escopeta* y tres pelotas de goma volaron sobre las cabezas de los manifestantes en las primeras filas. Los manifestantes no se estaban dispersando. Se escucharon tres disparos mas de escopeta, y esta vez unos 100 ertzaiñak se aproximaron desde ambos lados de la punta de la columna de manifestantes con mascaras pasa-montañas negras, cascos rojos y visores de plástico en posición, palos y escudos. Corriendo, todo el mundo empezó a correr en todas direcciones. Los gritos de los participantes venían de todas direcciones. Algunas personas reaccionaban instantáneamente mientras que otras no podían y se quedaban inmóviles, mirando a otros y otras correr tratando de encontrar abrigo y seguridad. Algunos de los manifestantes empezaron a tirar botellas de agua a los Ertzaiñak. En el suelo se veía a un joven tirado y siendo golpeado en los brazos y piernas por tres Ertzaiñak. Una joven estaba tirando de la chaqueta de un Ertzaiña para evitar que este y otro Ertzaiña detuviesen y arrastrasen a otro joven hacia una de las furgonetas "mula". Para entonces aquella calzada en la ruta de la marcha estaba casi vacía, con grupos de manifestantes en el suelo, algunos ya heridos, otros agachados y estirados sobre el suelo protegiendo sus cabezas con sus manos, mientras unidades de la Ertzaintza perseguían a otros manifestantes y les empujaban fuera de la calzada. Ambulancias y sus equipos de emergencia empezaron a llegar a aquel mar de caos para recoger a manifestantes y sus numerosas heridas: golpes de palo en las piernas, brazos, y cabezas, trauma por golpe de bala de goma en diversas partes del cuerpo, e incapacidad temporal a causa del gas lacrimógeno dispersado. Era como si las unidades de la Ertzaintza y sus oficiales de mando ya sabían de antemano quienes eran los organizadores de la marcha, pues se encontraban entre las 40-60 personas detenidas, incluidas Helen, Iñaki, y Dorothy.

-¡No puedo creerlo!, se supone que íbamos a estar observando y nada más,...¡el teniente Galindo y los otros *berrozi* ni siquiera les dieron tiempo para dispersarse! -Era Nerea, ella misma con Xabier y Txomin ya de vuelta en una misma mula, con dos Ertzaiñak más, llevándose a ocho manifestantes a un centro de detención en la base de Ertzaintza en Gasteiz-Vitoria.

La Promesa

Húmedo, sofocante, y casi oscuro. Apenas se podían ver caras dentro de aquella furgoneta mula, con unas pequeñas luces en el techo y en el suelo. Después de unos minutos los ojos se fueron acostumbrando a aquella semi-oscuridad y las ocho personas detenidas empezaron a notas sus caras y, algunos de ellos, a reconocerse. Cada una de las ocho personas tenia las manos atadas con cordón de nylon, a la altura de las muñecas, el tipo de cordón que se usa para atar y sujetar cables en instalaciones eléctricas. Estaba anocheciendo ya, y el viaje duraría una hora desde de Donosti hasta Arrasate, y de ahí por unos cuarenta-y-cinco minutos por la ruta empinada pero corta de *Leintz-Gatzaga*, serpenteando de izquierda a derecha y elevándose gradualmente sobre el valle, hasta Gasteiz. En el lado izquierdo un barranco profundo, en el lado derecho la seguridad relativa de la ladera de la montaña. En un año mas estaría lista una autopista que llevaba cinco años ya en construcción, y que hubiera permitido hacer ese viaje en treinta minutos. El conductor de la furgoneta mula también podía haber tomado una segunda ruta en el otro lado del valle, a unos cinco kilómetros antes de llegar *Leintz-Gatzaga*, que hubiera sido menos peligroso aunque mas largo. Debió ese conductor tener mucha prisa, o estaba cansado, porque a mitad de camino, ascendiendo y saliendo del valle, perdió control de su furgoneta mula, pego contra la valla de metal y postes de madera a la izquierda de su vehiculo causando a este rebotar y torcer hacia la derecha hasta llegar a pegar a la ladera de la montaña, a su vez enviando la furgoneta contra la valla de hierro. Esta segunda vez la furgoneta saltó la valla de hierro y empezó a precipitarse por el barranco. La furgoneta se deslizaba sin control entre la maleza, rompiendo árboles pequeños, hasta que su lado derecho golpeo a un árbol ya grande, rompiendo este y volcándose sobre su lado izquierdo una, dos, y tres veces mientras descendía. Afortunadamente, se pudiera decir, la furgoneta quedo atrapada en un nido de pinos, volcado y ruedas arriba, con su puerta trasera abierta, arrojando a varios de sus pasajeros a los matorrales de alrededor. Las luces dentro y fuera de la furgoneta seguían prendidas, de alguna forma. Xabier aterrizó sobre un matorral y lo primero que hizo fue tratar de mover sus piernas. Se movían, estaban bien. También se dio cuenta de que sus ojos se estaban acostumbrando a la oscuridad de la noche y que podía distinguir objetos a su alrededor. Se oían ruidos a su alrededor, aunque mas que ruido parecían gemidos. A continuación trató de mover su brazo derecho pero nada, este no se movía. Y es entonces que vio la figura de un hombre y una segunda figura, posiblemente la de una mujer, que le ayudaban a salir del matorral y, juntos los tres, empezaron a buscar otros cuerpos, otros supervivientes. El conductor yacía muerto, sangrando profusamente por los oídos y nariz, y todavía en su asiento. Tres de los detenidos permanecían dentro de la furgoneta, aunque sin poder moverse, muy posiblemente con fracturas múltiples. Otro Ertzaiña yacía en el lado de la montaña a unos diez metros de distancia, con su casco rojo todavía puesto, y a medida que se acercaban a ese cuerpo Xabier notó un pequeño circulo blanco pintado en el casco rojo. Tenia que ser Nerea o Txomin, pensó, y al quitarle ese casco le reconoció. Era Txomin, y yacía inmóvil.

¡Santo Dios, eres tu, Txomin, di algo! -No había respuesta. El cuerpo no tenía pulso.

-¡Venga, hombre, di algo, soy yo, soy tu primo Xabier! -No había respuesta.

Iglesia de San Prudencio ("*Sanpru*") en el pequeño pueblo de *Elorregi*, en las afueras de Bergara, Gipuzkoa. Poblacior 98. Cortesia: Ayuntamiento de Bergara.

Las dos otras personas, una mujer y un hombre, todavía con las manos atadas, levantaban sus brazos para tratar de abrazar a Xabier que estaba llorando y arrodillado al lado de su primo Txomin, moviendo sus hombres y todavía acariciando su cara, ahora con los parpados cerrados.

-Por favor, venga, ven con nosotros, tenemos que encontrar a las otras personas, ...deben estar cerca.

Efectivamente, a unos quince metros encontraron a otra persona sentada en el suelo, desorientada, gimiendo, y con las manos atadas pero viva. Más gemidos, estos procedían del otro lado de la furgoneta, así que se acercaron en esa dirección. Era un Ertzaiña, esta vez con la mascara pasamontañas negra todavía puesta pero sin el casco rojo, y con las piernas atrapadas debajo de la furgoneta. Apresuradamente le quitaron la mascara para ayudarle a respirar libremente. Era una mujer. Era Nerea.

-¡Nerea, te hemos encontrado, despierta! ¡¿Nos escuchas?! -Xabier le suplicaba.

-Debemos tener mucho cuidado,...la furgoneta puede moverse y caer sobre ella aplastándole completamente,...necesitamos encontrar y colocar unas piedras bajo la furgoneta, en ambos lados de esta mujer...

-Lo importante es que está respirando,...esta inconsciente pero respirando, y la furgoneta no está sobre su pecho,...pero no debemos moverla... -Dijo la otra mujer con cierta autoridad, como si fuera una enfermera o medico.

Sujetando su brazo derecho con la otra mano Xabier no podía creer sus ojos y oídos. Txomin estaba muerto y Nerea estaba muriendo, o al menos malamente herida. Fue entonces que Xabier notó algo que brillaba en la luz de luna de aquella noche, algo que colgaba del cuello de Nerea,...¿una cruz de metal?... Si, algo que daba un brillo intenso. Noto también que segundos mas tarde su dolor intenso de cabeza perdía fuerza hasta desaparecer por completo, y en su mente veía unas imágenes,...algo así como una película que rodaba dentro de su cabeza. Las imágenes correspondían a las de una mujer y su pequeño hijo caminando cuesta arriba, al lado de una gran montaña, hacia la ermita de Arantzazu, en una mañana de Domingo. Se estaba acordando de cómo su madre *Berezi* rezaba a la virgen Maritxu, la Virgen de Arantzazu, para que su marido saliera de la cárcel un día y regresara al pueblo de **Sanpru** (*Elorregi*, in Euskera), con sus 45-50 baserriak y familias, entre Oñate y Arrasate. "El había sido un soldado,...tu padre Felipe fue un **gudari**,...no se ha olvidado de nosotras y va a regresar a casa un día, ya verás"... Recuperando sus sentidos, y ya pensando en los eventos trágicos de esa noche, Xabier veía a su primo Txomin muerto, a Nerea oscilando entre la vida y la muerte, dos personas extrañas, que antes trataba de llevar a un centro de detención de la Ertzaintza, ahora estaban tratando de reanimar a Nerea, y él,...él estaba aun vivo. ¿Un diseño del cielo, para que propósito, y porqué él? Xabier estaba empezando a rezar y a hacer una promesa a esa Señora de Arantzazu cuando escuchó el sonido de un helicóptero que se acercaba en la distancia. De salvarse Nerea, Xabier cumpliría aquella promesa, se dijo a si mismo.

Dos meses mas tarde Nerea salía de su estado de coma en el hospital Txagorritxu de Gasteiz, y Xabier entraba en el **seminario de Arantzazu**, tal como él había prometido a aquella Señora. Xabier también llegó a enterarse de los nombres de las dos personas extrañas que en aquella noche del accidente le ayudaron a él y a su amiga Nerea en la ladera del monte: **Iñaki** y **Dorothy**.

Capitulo
5

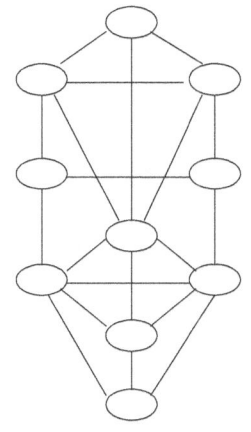

*"Si de alguna forma pudiéramos añadir todo el capital de casas, palacios, seminarios, haciendas, y acciones de todas las Ordenes Religiosas [de la **Iglesia Católica** en los Estados Unidos], ese capital llegaría a los 750 millones de dólares. Muy posiblemente 150 millones de ellos serian en efectivo y seguridades. Entonces, la cantidad total de todos estos valores, de acuerdo con mis cálculos, es de unos 8,2 miles de millones de dólares."*

--**Gollin, James,** *Riqueza y Poder de la Iglesia Católica de los Estados Unidos, el Vaticano, y los Hombres que controlan el Dinero,* 531 paginas, New York, Random House, primera edición, 1971.

[Content: Cap 5, Cap 6, Cap 7]

Un Lugar de Nombre Arantzazu

-No vas a morir, no puedes morir, háblame **Txomin**,...¡habla!...¡Que alguien llame a una ambulancia!...La camioneta está encima de él,...debemos conseguir ayuda,...¡debemos conseguir ayuda ahora mismo!...debemos hacer... -Un hombre joven está gritando a golpe de pulmón mientras yace y suda profusamente en una cama.

-¡Cálmate, **Xabier**, es solo una pesadilla! Ya todo eso pasó, estás a salvo,...todo está bien,...cálmate, cálmate. -Un hombre que viste un hábito está sentado en esa cama, y con una toalla mojada está quitando el sudor de la frente de Xabier. Es el **Padre Muxika**, el Abad del *Seminario de Arantzazu*, ese complejo Franciscano tan imponente que se alza en lo alto de una montaña en el pueblo de

Oñati, a unos diez kilómetros al noreste de *Arrasate-Mondragon*, Gipuzkoa, País Vasco.

-¿Qué ha ocurrido,...donde estoy?...Nos estamos cayendo por la montaña,...la furgoneta con toda la gente se está cayendo por la montaña,...todos los cuerpos están cayendo por la montaña!...

-Estás soñando otra vez, estás teniendo la misma pesadilla, Xabier. –El Padre Muxika insistía, tratando de aliviar la mente atormentada de Xabier que continuaba sudando copiosamente, esta vez ya sentado en la cama.

-Sí,...sí, ahora recuerdo,...estoy bien, ¿verdad?...Gracias. Todo lo veo tan claro todavía,... ¡Si tan solamente hubiéramos tomado el otro camino para salir del valle con menos precipicios, vueltas y mas vueltas de carretera! Estoy bien, creo,...Perdone Ud., Padre.

-No hay nada que perdonar, tranquilo, Xabier,...Vas a estar bien. Descansa unos minutes más y cuando estés bien baja al comedor para desayunar con nuestros Hermanos. -Eran las 7:05 horas de la mañana, como así las marcaba un reloj circular que colgaba en la pared, junto a un crucifijo de madera, y los Hermanos pronto se reunirían para desayunar en la cafetería del edificio adjunto, el Hotel Arantzazu. Si, el antiguo edificio que servía para hospedar a miembros de la Orden y viajeros en general, *Franciscanos* y no Franciscanos, había sido rehabilitado completamente en los últimos años, y ahora este nuevo edificio cuenta con 48 camas, una sala grande para conferencias, seis otras habitaciones grandes para sesiones individuales de conferencias, una cocina que podía suministrar las necesidades de unos 200 huéspedes, una cafetería para unas 55 personas, y un lobby amplio de ventanales enormes que invitan al transeúnte a acercarse y a admirar el esplendor del valle verde y profundo de Arantzazu.

Un año ha pasado ya desde aquel dia del accidente, cuando Xabier y su unidad de la Ertzaintza viajaban en una furgoneta cargada con jóvenes detenidos ese mismo dia durante el curso de una manifestación en contra del *Tren de Alta Velocidad (TAV/AHT)* que se descarrillo esparciendo cuerpos por la ladera de una montaña en las cercanías de Salinas-Gatzaga.

Los cuerpos de Nerea, Joxe, y varios de los manifestantes se habían deslizado por aquella ladera rompiendo carne y hueso. Nerea eventualmente salio de su estado de coma, y Xabier se metió de

La *Basílica de Arantzazu* en la izquierda, y el Seminario y su Hotel a la derecha, ubicados en un alto rocoso del municipio del pueblo de Cñati, construidos en 1950. Centro de oración para la comunidad de creyentes, y un centro cultural de gran atracción turística. Gestionado por la *Crden de Franciscanos*. Cortesía: *Seminario de Arantzazu*.

seminarista en Arantzazu para hacerse cura un dia, tal como había prometido a su Dios si Nerea lograba salir con vida de aquella experiencia, un deseo de hacerse cura que había estado latente en su cuerpo por un tiempo, de alguna u otra manera, si saber exactamente para que propósito o meta. Tal como ocurrió, seis semanas después del accidente, Nerea se recuperó totalmente y Xabier se unió a la comunidad de Arantzazu, el seminario de la Orden de los Franciscanos cumpliendo así su promesa. Desde entonces meses han pasado en los que Xabier ha caminado los pasillos de Arantzazu cientos de veces, aprendiendo la forma de vivir de su comunidad religiosa, visitando frecuentemente su Basílica de fama y renombre internacional, tratando de encontrar razón a su nueva existencia, cuestionando todo en lo que él había creído hasta entonces, buscando arduamente vestigio alguno de lo que pudiera ser su alma en las profundidades de su ser.

Ubicado en la cima de una montaña en el municipio de Oñati, el complejo de Arantzazu es de un gran significado religioso para muchos de los creyentes en el pueblo de Oñati, otros pueblos en sus alrededores como Arrasate, Aretxabaleta, y Bergara, así como Bilbao, San Sebastián, y otras ciudades en el País Vasco sin olvidarnos de docenas de comunidades Vascas en los Estados Unidos y Latino América. Arquitecturalmente también tiene su valor, pues rompe con modelos tradicionales con su arte "sacro moderno" que ofrece una variedad única de conceptos modernos de diseño, materiales de construcción, y obras de arte contribuidas por artistas Vascos y Españoles contemporáneos. *Saenz de Oiza* y *Luis Laorga* del Colegio de Arquitectos de Madrid son los diseñadores, el escultor *Jorge Oteiza* contribuyó las estatuas y otras obras que son visibles en la fachada principal de la basílica; otro escultor, *Eduardo Chillida* diseño y construyo las puertas gigantescas en la entrada principal, mientras que *Fry Javier Maria de Eulate* diseño y construyó las vidrieras de colores en las ventanas monumentales, sin olvidarnos del gran escultor y pintor *Nestor Basterretxea* que decoro el altar y proyecto un mundo a la vez místico, extra terrestre, y psicodélico en los murales en la cripta de la basílica. Todas ellas obras impresionantes por cualquier criterio y estándar.

También, en los alrededores, a la distancia de un tiro de piedra, están los **Altos de Urbia**, un parque nacional hoy dia rodeado por una cadena de precipicios, montañas rocosas, y un verde y profundo valle por el que corren varios riachuelos. En realidad, son varios los sistemas de sierra que convergen en Arantzazu además el Urbia, incluidos Elguea, Aitzkorri, la masiva montaña de Aloña, y los picos de Aitzabal, Beitollotsa, y Gazteluaitz. Desde el pueblo de Oñate uno puede llegar a Arantzazu a través de un camino espectacular de diez kilómetros, y a 400 metros de altura, bordeando el valle de Urrejola, y pasando por el pueblo de Araoz, cuna del mal-parado conquistador **Lope de Aguirre**.[1] También, a mitad de camino y en el lado derecho, esta ubicado el restaurante Zelaizabal, gestionado por Iosu y Susana Elorza, dueños de este local de 100 años de existencia y servicio, que ofrece platos suculentos de carnes frías, rape cocinado con semillas de sésamo, bacalao en salsa verde, una gran variedad de quesos y jamón Ibérico, postres, y una lista larga de vinos para seducir los gustos mas exigentes, todo ello en un espacio amplio con vistas al valle. En varios tramos del camino se puede observar la antigua senda de peregrinos en su trayectoria al santuario de Santiago de Compostela en la ciudad del mismo nombre en Galicia. Unos cientos de metros mas y la imponente basílica surge de la roca a un lado de una amplia plaza que sirve a la vez de área de "parking" de automóviles y de balcón al precipicio y su valle. Una enorme fachada tiene como centinelas dos torres rectangulares de piedra diseñadas y construidas por Oteiza. Otra estructura rectangular, de unos ocho por ocho metros en su base y de unos ochenta metros de altura oficia como reloj a la izquierda del la basílica, mirando a la basílica de frente. Una escalera de piedra de unos 40-50 peldaños guía al visitante hacia las puertas gigantes de la basílica diseñadas por Chillida. Las piezas grandes de roca caliza en forma de diamantes que edifican las torres tienen como objetivo representar las espinas del arbusto donde la Virgen de Arantzazu se apareció en la montaña Aloña a mediados del Siglo 15, de acuerdo con la leyenda.

Tal como los libros de los Franciscanos cuentan esa leyenda, en aquel entonces existían dos bandos de familias intransigentes y guerreras: la *familia Oñate* y la *familia Gamboa*, que "estaban llevando el país a la ruina", y fue en aquel entonces crucial que una estatua de la Virgen Maria fue hallada en un arbusto espinoso. Como la leyenda detalla, Dios había desatado una sequía en toda la región como castigo por las guerras continuas de esas familias, y fue un pastor de nombre "Rodrigo" quien encontró la pequeña estatua. El joven pastor comunicó a la gente y el cura del pueblo de Oñati que había encontrado una estatua de la virgen, y todos respondieron acudiendo al lugar del hallazgo, donde empezó a llover torrencialmente y de tal manera que acabo con la sequía! ¡Un milagro había ocurrido! Y ese milagro hizo recordar a la gente de la presencia de Dios una vez más y, aun mas importante, de la presencia y poder de la Iglesia sobre la naturaleza, la miseria, y el mal. Lo que los libros de historia escritos y publicados en Madrid no cuentan es un escenario más plausible: *Fernando II "El Católico"*, rey de Castilla y Aragón, estaba intensamente inmerso en una campaña de expansión política y territorial en la península Ibérica, reconquistando pueblos, ciudades, y territorios de sus señores

Musulmanes, así como deseando continuar dominando los territorios históricos Vascos de Alava, Bizkaia, Navarra, y Gipuzkoa, siendo en este ultimo territorio donde las dos familias residían y se peleaban en las cercanías de Oñate. Bajo la excusa de sofocar las guerrillas de estas dos familias, los ejércitos de Fernando II invadieron el territorio de Gipuzkoa contando con la complicidad de la Iglesia Católica y su "milagro de la Virgen de Arantzazu" en la continua y ardua tarea de imponer el Cristianismo y seguir sometiendo a los Vascos. Una vez más, *el Estado y la Iglesia* trabajaron juntos para obtener el beneficio mutuo, para distribuirse el botín de guerra y conquista entre ellos, estas dos entidades formidables y en simbiosis total.

Unos años mas tarde, hacia 1493, una *Comunidad Mercedaria* se establece en Arantzazu, una comunidad de monjes que quieren encargarse de cuidar el santuario, y Pedro de Arriaran, uno de los monjes, recibe autorización y financiación del *Conde de Oñate*[2] para construir un monasterio. Sin embargo, los monjes Mercedarios pronto abandonan aquel primer monasterio, y Pedro de Arriaran opto por solicitar a la Orden de Franciscanos que se hicieran cargo del monasterio, lo que hubiera resultado en la incorporación de Arantzazu a Castilla. Esta transacción traía consigo sus complicaciones y no llego a ser completada. Una vez mas, la documentación histórica esta llena de agujeros alrededor de este periodo, pero en 1508 la Orden de Dominicos aparece en el mapa administrando un monasterio y su santuario en Arantzazu, siendo prior un tal Fray Domingo de Córdoba Montemayor. Los Franciscanos, sin embargo, se oponen a esa administración y pronto entran en conflicto con los Dominicanos para disputarles la propiedad y administración del monasterio y su santuario llegando a recibir un veredicto favorable por parte del *Tribunal de Rota*[3] en 1512, así que dos años mas tarde, el 22 de Abril de 1514, el monasterio y sus instalaciones pasan a manos de los Franciscanos. En el curso de los siguientes cuatrocientos años el monasterio y su santuario van a atravesar muchos cambios, como veremos. En 1553, por ejemplo, un fuego destruye completamente el monasterio pero se libra la estructura de su santuario. El ayuntamiento de Oñate añade 300 ducados de oro a otras sumas contribuidas por familias nobles adineradas y un nuevo monasterio es construido en 1567, catorce años mas tarde, y esa vez la construcción de una iglesia se puso en marcha hasta lograr su construcción el 22 de Julio de 1622. No sabemos el porqué, pero en aquel mismo año otro fuego arraso con gran parte de las instalaciones:

"Las palabras no son suficientes para explicar la angustia en nuestros corazones por el dolor al espíritu causado por lo que vimos, dejándonos a todos, unos 80 monjes, llenos de temor, sin descanso y sin albergue, esparcidos aquella noche por las montañas de los alrededores, aunque la mayoria de nosotros logro reunirse y rezamos por la santa Virgen."

Una vez mas, donaciones fueron solicitadas y recibidas de las gentes del pueblo y de las autoridades civiles, lo que hizo posible construir unas instalaciones aun mas grandes para el monasterio y su iglesia: "El altar y la estructura para el coro fueron bien construidas." Un nuevo órgano fue construido por Juan de Telleria, un monje que ya era bien conocido por su habilidad y arte en ese genero. Un hospicio o casa de huéspedes del convento con varias habitaciones y aulas de enseñanza fueron añadidas al complejo. Nuevamente, y perniciosamente, para el principio del Siglo 19 la vida en el complejo de Arantzazu da otra vuelta. Así fue que el 9 de Agosto de 1809 *Jose Bonaparte*, el hermano de *Napoleón Bonaparte*, invade España y el País Vasco (1808-1814) e impone una ley que da por abolidas todas las ordenes religiosas e incauta todos sus propiedades. El ayuntamiento de Oñati se somete a la ley y ordena el desalojo de los monjes y la incautación de bienes, permitiendo a un grupo de 15 monjes permanecer bajo la supervisión de *Fray Jose Manuel de Uralde*. Ocho años mas tarde, después de la retirada de los Franceses el 11 de Septiembre de 1822, un capitán en la naval Española prende fuego a las instalaciones del monasterio causando varios daños; una vez mas la comunidad de monjes deja atrás a Arantzazu, y toma refugio en otra propiedad Franciscana en las cercanías de Bidaurreta, Municipio de Oñati. El pensamiento liberal traido por los Franceses tomaría raíz en España y el País Vasco, contribuyendo al estallido de la **Primera Guerra Carlista (1833-1840)** con el general *Jose Ramón Rodil* liderando las fuerzas liberales contra el absolutismo de *Fernando VII*; los Franciscanos, así como todos los monjes de las otras ordenes religiosas y la curia de las varias instrucciones de la Iglesia Católica, eran considerados defensores de los poderes absolutos del Rey y serian detenidos y hechos prisioneros por el ejercito de Rodil. Finalmente, el 13 de Diciembre de 1840 una nueva ley es promulgada, esta vez disolviendo la Orden de Franciscanos de Arantzazu. El curso de la guerra cambia. Es 1844, los Carlistas han perdido la guerra, Fernando VII de la casa de Bourbon y su jerarquía absolutista han recuperado el poder (el rey de España hoy dia, *Juan Carlos de Borbón*, desciende del mismo linaje y casa; animosidad contra esa casa permanece a un nivel alto en el Alto Deba, incrustado en el País Vasco, y pintado en las calles de algunos pueblos se puede leer: "*Borbón, borracho y ladrón*") y el trabajo de restaurar el complejo de Arantzazu empieza una vez más. En 1878 se gana la autorización para solicitar y recaudar fondos y cuatro años mas tarde, en el 10 de Agosto de 1884, el nuevo complejo del monasterio es inaugurado.

Un nuevo órgano es comisionado y construido en 1902, aunque los cambios estructurales mayores y adiciones a Arantzazu están a la espera. En Abril de 1950, tan solo once años después de la *Guerra Civil Española (1936-1939)*, la dictadura de Franco está en pleno apogeo y el *Padre Pablo de Lete*, ministro provincial de todos los Franciscanos, echa al ruedo la idea de construir una nueva basílica, una estructura de proporciones monumentales y con pretensiones artísticas. Un total de 40 arquitectos se adelantan y registran un interés en ese proyecto, y hasta ocho de ellos preparan y entregan propuestas con diseños preliminares. El diseño entregado por los arquitectos *Saenz de Oiza* y *Luis Laorga* del Colegio de Arquitectos de Madrid resulta ser el ganador de la competición y recibe financiación para llevar a cabo el proyecto. La construcción y dirección del proyecto fue otorgada a la empresa *Hermanos Uriarte* con base en *Araoz*. Ese diseño, sin embargo, no sigue líneas tradicionales de forma y contenido dentro de la iglesia, y el *Vaticano* interviene:

"Esta Comisión Pontificial ha examinado cuidadosamente el proyecto de la nueva Basílica de Arantzazu, habiendo interrogado a expertos en liturgia, arquitectura, y artes decorativas. Esta Comisión, que resguarda y protege la gestion del Arte Sagrado siguiendo las directrices de la Santa Sed, dolorosamente debe rechazar esta propuesta de

proyecto. Las buenas intenciones de los arquitectos no son puestas en tela de juicio, pero concluimos que han sido influenciados por ideas modernistas que no toman en consideración las reglas de la Santa Iglesia en el ámbito de Arte Sagrado."

Al Vaticano, simplemente, no le gustaba la estructura propuesta que "parecía la de un castillo", se rumoraba. También, al Vaticano no le hacia ninguna gracia la colección de estatuas de piedra diseñadas por Oteiza y que hubieran permanecido afuera, en la fachada de la basílica. Tanto así, que durante quince años las estatuas de piedra quedaron tiradas en la cuneta de un camino que conduce a Arantzazu, y el proyecto entero quedó suspendido como resultado de aquella decisión negativa del Vaticano.

¿De donde venía todo ese Dinero?

¿Cómo fue financiada la Basílica de Arantzazu, detalladamente, cual fue su costo total, y cual es la lista de fuentes de esa financiación? Esa es una pregunta en la mente de nuestro joven protagonista, Xabier Elurmendi, a medida que se familiariza con la historia de la Orden de Franciscanos, y a medida que trata de encontrar razón y propósito a su nueva vida en el complejo y Seminario de Arantzazu. Conversaciones que Xabier ha tenido con varios de sus Hermanos en el seminario están ya produciendo resultados, y una reconstrucción de la las varias fuentes de financiación y sus aportaciones respectivas están saliendo a la luz. Entre 1950 y 1994, por ejemplo, se realizaron la mayoria de las nuevas instalaciones, tales como la estructura del altar, las dos torres y la fachada principal de piedra, rehabilitación de la presbiterio, nuevo sistema de alumbrado, rehabilitación de la cripta, cementerio, y la capilla penitencial, a un costo subtotal de 60 millones de pesetas, aproximadamente. A esta figura deben añadirse el costo de las pinturas de Oteiza y las pinturas de **Basterretxea** de 4,7 y 4,8 millones de pesetas, respectivamente, para producir un costo total de 69,5 millones de Ptas. Las estimaciones de Xabier traducen esa cantidad a 6,7 millones de euros en 2010, aproximadamente.

Por otra parte, esa misma investigación también produce un abanico colorido e interesante de fuentes de financiación y dineros acumulados. La Diputación de Gipuzkoa, por ejemplo, contribuyó un millón de pesetas; cinco mil pesetas por parte de varios ayuntamientos en el entorno de Oñati; un regalo de 1,35 millones de pesetas y prestamos en total de 4,5 millones por parte de varias entidades bancarias; otro regalo de 2,7 millones, esta vez por parte de la familia de **Patricio Etxeberria y sus industrias de acero** en Zumarraga; así como dos millones mas en forma de donativos por parte de personas in entidades privadas. ¿Fueron contribuidas cantidades algunas por personas y entidades en otros municipios y en el extranjero? Efectivamente, sí las hubo. La Diputación de Bizkaia se apuntó a contribuir la cantidad de ciento-setenta-y-siete mil pesetas, y entidades del Gobierno de Navarra contribuyeron otros 1,2 millones de pesetas. Muy interesantemente una cantidad de 5,8 millones procedía de **Cuba**, setenta mil de Madrid, y sesenta-y-un mil de **Venezuela**.[4] Pues bien, estos ingresos producen un total de 19,6 millones de pesetas que se traducen a 2,4 millones de "euros de 2010", aproximadamente. Una diferencia de 4,3 millones de euros entre costos e ingresos. Es decir, solamente una tercera parte del costo total de la Basílica de Arantzazu y su entorno de viviendas provee de fuentes reconocidas y documentadas.

Entonces, unas preguntas clave que se hacen Xabier y sus Hermanos son: ¿de donde proveían esos 4,3 millones de euros, la diferencia entre costo e ingresos? ¿Existieron, acaso, otras fuentes de financiación no documentadas, quienes fueron esas personas dentro de la Orden de Franciscanos en Arantzazu que aceptaron esos dineros con un equivalente de 4,3 millones de Euros hoy dia, y sabían o no sabían esas personas de donde proveían esos "otros dineros"?

Desayuno y Algo Más

Para las 7:55 horas de ese día nublado y lluvioso Xabier salía de su cuarto y ya estaba en camino para reunirse con **Padre Muxika** y sus hermanos seminaristas en la comunidad Franciscana de **Arantzazu**. Le tomaría tan solo cinco minutos el bajar las escaleras desde su pequeña habitación en la parte alta del edificio de la *Rectoría* donde los aposentos de los seminaristas se encuentran, caminar unos veinte metros por un corredor hasta el edificio adyacente, un edificio de tres años, el nuevamente renovado Hotel Arantzazu, atravesar el área del lobby, y finalmente entrar en la cafetería. El atravesar el área del lobby en dirección a la cafetería solía ser una experiencia agradable pensaba Xabier muchas veces, ya que generalmente seria saludado por un cordial *"egun un"* por el personal docente vestido en uniformes de un azul oscuro y camisas blancas, frecuentemente una mujer joven y un hombre joven que estarían trabajando sus dos computadoras y teléfonos, o bien por Aloña la gerente del hotel, también una mujer joven y atractiva en sus cuarentas, vistiendo un traje azul marino, una sonrisa, y un aire amigable aunque profesional. Eran *paisanos*, no eran Franciscanos, empleados de *Hotel Management Systems*, una corporación ubicada en *Bergara* que provee servicios de gestion de hoteles, recepción, y catering a los varios hoteles y restaurantes en el área, así como también al Hotel Arantzazu. Durante unos treinta minutos cada mañana, Xabier podía atravesar aquel lobby, oír ese saludo, y recordar cosas y formas del mundo que el había conocido tan bien y que el había dejado atrás tan solo hacia un año.

-¡*Egun on! ¡Good morning to you*! -Los saludos venían de cinco personas sentadas en una mesa al lado de una de las varias ventanas grandes en cafetería que permitían una vista periférica del valle a unos doscientos metros de profundidad. Eran el *Padre Muxika* con otros tres hermanos Franciscanos que Xabier ya conocía bastante bien, mas un hombre en sus cuarentas que pudiera ser un hermano o un *Padre Superior* de otro seminario.

-¡Buenos días a todos Uds.! -Contestó Xabier, mientras se acercaba al grupo con mano extendida y portando una sonrisa amplia.

-Xabier, ya conoces a los *Hermanos Eduardo, Gerardo*, y *Juan*,...y este es *Padre Iñaki Pagola*, *Rector* del *Seminario de San Sebastián*. Padre Muxika hizo una pausa en su introducción para que Xabier pudiera dar un apretón de manos a sus tres compañeros de seminario. A continuación un apretón firme y caluroso entre Xabier y Padre Pagola hizo posible que todos se sentaran en la mesa para empezar el desayuno de aquel dia. Ya servidos en la mesa había una ensaladera grande de huevos revueltos, *bacon* y salchichas, una jarra generosa de jugo de naranja, y aun otra ensaladera con un surtido de quesos, mermeladas, y rodajas de salchichón, y una cesta de bolillos de pan. En unos minutos una camarera joven apareció para pedir a cada persona su taza de café preferida. Lo sentimos, pero no hay jarras altas de vidrio con café aquí en el País Vasco, como un turista o forastero hubiera observado.

-Café con leche, por favor. -Pidió el Padre Muxika.

-Café *cortado*, por favor. -Añadió el Hermano Eduardo.

-Para mi café negro *descafeinado*, por favor. -Y así sucesivamente, hasta que cada persona en la mesa había pedido su propia mezcla y zumo de café. Todo ocurría rápidamente y sin ceremonia alguna, tal que en unos minutos la mesa estaba repleta de aquellos surtidos, jugos y tazas de café, habiendo una multitud de manos en un trafico delicadamente coordinado sirviendo platos, y siendo la cortesía el ingrediente común y bienvenido. De momento todo iba bien, pensó Xabier y, en realidad, ese desayuno sólido le hacia recordar los desayunos en la academia de la *Ertzaintza* durante sus dos años como cadete de la misma, aunque el ruido estremecedor de aquella academia no estaba allí en la mesa ese dia, y ello le era sumamente agradable.

-Como ya sabemos todos, nuestros seminarios están casi completamente vacíos hoy dia, teniendo solo un pequeño grupo de personas mayores y jóvenes para oficiar como sacerdotes. Estamos viviendo unos tiempos muy difíciles en nuestra Orden en todo el País Vasco y en España. Tal es la situación, que en los últimos 5-8 años la Orden ha tenido que cerrar unos 25 seminarios y solamente tres seminarios permanecen abiertos, incluido el seminario mayor de San Sebastián donde Padre Pagola --aquí con nosotros-- es Padre Superior y *Abad*. El ha venido a reunirse con nosotros porque quiere darnos una presentación corta y compartir detalles de un programa que nuestra Orden quiere poner en marcha para tratar de alcanzar nuevas vidas, para lograr nuevos seminaristas, por decirlos así claramente. -Habiendo dicho eso, Padre Muxika giró su cabeza y mirada hacia Padre Pagola sabiendo que su huésped quería hablar con los cuatro seminaristas sentados en la mesa.

-Estos son unos tiempos muy difíciles que atraviesa nuestra santa Iglesia, mis queridos hermanos, y no solamente en el País Vasco y España, Canadá, las Américas, en muchos países de Europa y, en realidad, en casi todo el mundo occidental, aunque no tanto en los Estados Unidos (EE.UU.), queramos creerlo o no.

Padre Pagola hizo una pausa en su emotiva presentación para mirar directamente a los Hermanos y cerciorarse de que sus palabras encontraban recepción en cada uno de ellos. Él sabía que todavía no había comunicado su punto principal, y decir que "la Iglesia está atravesando tiempos difíciles" era algo que los seminaristas y todo el mundo había escuchado muchas veces ya, anteriormente. Sí, estaban escuchando, determinó. Al mismo tiempo, estaban en plena faena de desayuno, pasando ensaladeras y jarras alrededor de la mesa, aunque silenciosamente, sí, como si alguien hubiera hecho la coreografía de movimientos para aquel desayuno, sin ruido de tenedores y cucharas golpeando platos, sin cucharillas revolviendo café y azúcar en sus tazas, y sin perder contacto de ojos con Padre Pagola. Ya convencido de que contaba con la atencion de todos los presentes Padre Pagola continuó.

-Como os comentaba, nuestros seminarios no están casi vacíos, sino completamente vacíos, en todas las latitudes del planeta, con algunas excepciones, y aunque el Cristianismo ha crecido en el mundo hasta llegar a tener 1.100 millones de fieles --por lo menos en teoría y principio-- el numero de sacerdotes, monjes (frailes), y monjas ha caído drásticamente en los últimos 25-30 años.[6]

Algunos de los presentes desistían ya de mover platos y tazas, por lo cual Padre Pagola continuó su ponencia aún con mas entusiasmo.

-En un informe nuestro querido **Papa Benedicto XVI** (*Joseph Ratzinger*) nos comunica que se ha estado reuniendo con sacerdotes, frailes, y monjas de todo el mundo en la Basílica de San Pedro en Roma, y que el numero total de personas religiosas decreció otros 94.790 hasta llegar al total actual de 945.210, es decir otro 10% en un solo año, entre 2005 y 2006. Si, es de notar, esas personas eran mujeres en su mayoria que estaban integradas en trabajos como maestras, enfermeras, y misioneras. -Dándose cuenta que había dicho "eran mujeres en su mayoria" mientras mostraba un cierto alivio, posiblemente una indiscreción por parte suya en los ojos de los presentes, se apresuró a llegar a las estadísticas antes de que esa indiscreción cobrase un matiz machista.

-De esas 945.210 personas religiosas, unas 753.400 son mujeres, afortunadamente --añadió con entusiasmo-- mientras que unas 192.000 personas son hombres, incluidos 136.000 sacerdotes y 532 diáconos. Estas estadísticas son muy alarmantes, pues parece que nuestra Iglesia Católica se está reduciendo un 10% cada año en la comunidad global. El informe continua diciendo que el numero de monjas globalmente bajo un 25% durante el papado de nuestro querido *Juan Pablo II* (*Karol Wojtyla*), de 1978 a 2005. Simplemente dicho, las nuevas mujeres que se integran a las Ordenes religiosas son pocas y no suficientes para reemplazar a las que mueren o deciden abandonar sus votos. -Añadió y a continuación hizo pausa, como esperando para ver si había algún tipo de reacción o, mejor dicho, señal de vida, por parte de los presentes en la mesa.

Finalmente, alguien dijo algo.

-Padre Pagola, estas son unas estadísticas alarmantes, sin duda alguna, como Ud. ha dicho, y posiblemente reflejan un gran numero de razones y causas, me aventuraría a decir --preguntaba el Hermano Gerardo-- incluidas los cambios en nuestras sociedades con las nuevas tecnologías, junto a mejores condiciones económicas en algunos países, así como peores condiciones económicas en otros países debido a guerras y la corrupción de sus clases políticas,...¿Qué es lo que sabemos, quiero decir cuales cree Ud. deben ser las razones por este declive tan alarmante en el numero de nuevas vocaciones, de hombres y mujeres, en el mundo hoy dia?

-Muy posiblemente son válidos cada uno y todos los cambios que Ud. ha mencionado, *Hermano Gerardo*, pero no podemos poner el dedo en uno de ellos en particular,...es una situación muy frustrante y que tiene a muchos de nuestros obispos, cardinales, teólogos, y mucha gente sabia en el Vaticano pensando, tratando de crear soluciones y dándoles a estas muchas vueltas a sus cabezas, en la esperanza de concretar soluciones practicas y de largo alcance. Dentro de nuestra propia Orden, por ejemplo, hemos dedicado muchos meses últimamente recogiendo ideas para preparar un par de proyectos que esperamos enviar al Vaticano para solicitar consejo y eventualmente permiso para llevar a cabo esos proyectos. Algo tenemos que hacer, y pronto, en mi opinión. -Ya mas sosegado, y creyendo que finalmente sus palabras estaban llegando a los jóvenes seminaristas, Padre Pagola se permitió el lujo y discreción de poner un par mas de cucharadas de huevos revueltos con bacon en su plato. Otras preguntas surgirían también, seguramente, pensó.

-Si me permite, ¿cual es la situación de las nuevas vocaciones en otros países hoy dia, digamos en los *EE.UU.*, por ejemplo, donde nuestra orden ha tenido bastante éxito durante varios años, si es correcta mi información? -Esta vez era el **Hermano Eduardo** quien hacia la pregunta con suavidad y diplomacia. Diplomacia si, pero existía también un elemento de curiosidad en su mente respecto a que tan bien informado pudiera estar Padre Pagola sobre estos asuntos en los EE.UU. Después de todo, habían pasado solamente cinco años desde que el Hermano Eduardo había estado un año escolástico entero en la *Franciscan Unversity de Steubenville*, cerca del pueblo del mismo nombre, en el estado de *Ohio*. Esa estancia en "old Steuben" le había sido posible gracias en parte a una beca que había recibido mientras completaba un "business degree' en la *Universidad de Navarra*, País Vasco, y gracias en parte a la ayuda economía que recibió de la *Unidad Cristiana de Navarra*, una organización gestionada por voluntarios de *Opus Dei* en esa región. El Hermano Eduardo había sido bien recibido como un estudiante internacional por una de los "*households*" de Steubenville en la que también participaban otros 10-15 estudiantes con ideas e intereses similares. La idea de un "household", una especie de "agrupación de familia", fue la idea pionera del *Padre Michael Scanlan* en 1974, siendo el mismo un "Third Order Regular" o T.O.R. primero, y a continuación Presidente de esa universidad. Los *households* ofrecían una atmósfera de familia y sentido de pertenencia a esos nuevos estudiantes y personas interesadas en practicar la filosofía y vida de los Franciscanos. Esa atmósfera de familia, y su participación en el equipo de fútbol (*soccer*) de la universidad como jugador *central lateral izquierdo* hicieron de ese año uno muy memorable para el joven Eduardo.

-Vale,...Pues sí, tenemos las estadísticas también preocupantes sobre la condición actual de la Iglesia Católica en los EE.UU., efectivamente. Si nos os importa, podemos echar un vistazo rápido a un par de paginas en nuestra copia del informe del Vaticano, la misma copia que he estado compartiendo con Padre Muxika. -En ese momento Padre Muxika extendió su brazo izquierdo hacia una silla donde el había dejado la copia al principio del desayuno, bajo su libro de agenda, lo recogió y se lo entregó a Padre Pagola.

-A ver,...aquí está,...y leeré tan solo unas cifras,...*Sacerdotes*, por ejemplo,...este numero creció hasta 58.000 entre 1930 y 1965, pero desde entonces esa cifra ha caído a los 45.000, y para el año 2020 esa misma cifra se cree caerá a los 31.000 sacerdotes, la mitad de los cuales tendrá una edad por encima de los 70 años,...un declive total del 46%. *Ordenaciones*,...aquí esta otra estadistica preocupante para todos. En 1965 unos 1.575 nuevos sacerdotes fueron ordenados en los EE.UU., pero para 2002 ese numero caía ya a los 450, por lo que hoy dia existen unas 3.000 parroquias que no tienen sacerdote, es decir un 15% de todas las parroquias en los EE.UU. carecen de sacerdotes suyos. *Seminaristas*,...echemos un vistazo. Entre 1965 y 2002 el numero total de seminaristas cayo de 49.000 a tan solo 4.700, un declive del 90%, devastador. Dos tercios de los 600 seminarios que estaban abiertos y funcionaban en 1965 están ahora cerrados. *Hermanas/Monjas*,...vamos a ver,...en 1965 había unas 180.000 monjas Católicas en los EE.UU., pero para el año 2002 ese numero ya había caído a los 75.000, menos de la mitad, y la edad promedio de las monjas Católicas hoy dia es 68 años. En ese mismo año 104.000 de las 180.000 monjas eran maestras, y hoy ese numero se ha reducido a tan solo 8.200, una caída del 94% desde el final del *Vaticano II*.[7]

"*Vaticano II*." Dos palabras que Eduardo había oído repetidamente como estudiante, y cada vez el imaginaba un teatro grande o enorme campo de fútbol en los alrededores de la Basílica de San Pedro en Roma, asistido por cientos de obispos y cardenales, viejos y gibosos, tosiendo, disciplinando sus huesos calcificados ya, y hablando en todos los idiomas del mundo, rodeados de una multitud de seminaristas como el mismo, corriendo arriba y debajo de los pasillos de cemento de las gradas de aquel campo de fútbol distribuyendo documentos y notas, mientras un ejercito de cocineros y camareros trabajaban y sudaban en las cocinas y catacumbas del Vaticano, preparando comidas de dietas individuales para cada uno de aquellos *viejos, calvos, decrépitos, mimados, y obesos príncipes de la Iglesia.* ¿O fueron aquellas miles de comidas preparadas, en realidad, por un ejercito de pequeños y grandes negocios de "catering" esparcidos por el ancho de la ciudad de Roma y sus alrededores?

-Peor aun,...Para las ordenes religiosas en los EE.UU. el fin está a la vista, de acuerdo con ese informe. Sin bien en 1965 había 3.559 jóvenes estudiando para ser sacerdotes *Jesuitas*, en el año 2000 había 389 solamente. En el caso de los *Christian Brothers* la situación es aun peor, con 912 seminaristas en 1965 y 7 solamente en el año 2000. Y, escuchad esto,...el numero de jóvenes estudiando para ser sacerdotes *Franciscanos* y *Redemptoristas* cayo de 3.379 candidatos en 1965 a tan solo 84 en 2000. -Todos en aquella mesa de desayuno habían cesado de comer, para ese entonces. Padre Pagola había comunicado los puntos principales que se había propuesto, finalmente.

-La cosa se pone aun peor. -No pudo resistir Padre Pagola en añadir.

-El cincuenta-y-tres por ciento (53%) de las personas Católicas creen que se puede tener un aborto y continuar como persona Católica; el 65% cree que los Católicos puede divorciarse y volver casarse dentro de la Iglesia; el 77% cree que uno(a) puede ser un buen Católico sin tener que ir a misa todos los Domingos; etc., etc., unas estadísticas en ese informe también muy alarmantes, en mi opinión. -Para ese entonces, Padre Pagola hizo otra pausa en su "corta presentación", con sus cejas alzadas, buscando miradas ansiosas, y moviendo su cabeza de arriba-a-abajo ligeramente indicando que estaba listo para recibir comentarios, responder a otras preguntas, o bien concluir su presentación por el dia.

En ese momento el Hermano Juan pensó que él debía decir algo, hacer alguna pregunta, para así contribuir a aquella reunion, pero pronto se retractó. Aun así, se dijo a si mismo que era curioso que Padre Pagola hubiese descrito a Católicos en los EE.UU. como "grandes creyentes" porque seguían considerándose Católicos aunque fuesen algunas de sus creencias no bien fundadas.

-¿Y que nos puede decir de España y el País Vasco? -- Increíblemente las palabras salieron de la boca del *Hermano Juan*, y nadie estaba mas sorprendido de ello que él mismo-- Quiero decir ¿qué sabemos de la situación en España y en el País Vasco?...Es decir,... nosotros somos un país más Católico que los EE.UU., ¿no es así? -Esta vez hasta al mismo Padre Pagola le había sorprendido la pregunta.

-Bueno,...sí y no. Quiero decir que aunque España ha sido un país históricamente Católico durante siglos, su sociedad ha estado cambiando drásticamente también, sobre todo en los últimos 20-30 años. -Esta vez Padre Pagola sabia las estadísticas de corazón, no necesitaba leer ningún informe.

-De un total de 1.997 seminaristas en España en 1990 ese numero ha caído a los 1.387 en 2006, una caída del 30% en menos de una década. Relevante al numero de sacerdotes en España, puedo compartir con vosotros en esta mesa que tenemos unos 19.000, aproximadamente, de los cuales 9.000 están ya jubilados, así que estamos hablando de unos 10.000 sacerdotes para toda España,...con un promedio de edad de 51 años. Ese es un numero de sacerdotes en su servicio realmente pequeño cuando consideramos que tenemos unos 35 millones de Católicos en España,...eso llega a un sacerdote por cada 3.500 Católicos, comparado con un sacerdote por cada 1.700 Católicos en los EE.UU., por ejemplo.[9] [11]

Tan solo unos segundos habían pasado después de escuchar esas ultimas estadísticas, y fue entonces que Padre Muxika dirigió su mirada a Xabier quien había estado escuchando toda la mañana, pero que había optado por permanecer en silencio. No era tanto que Padre Muxika anticipaba que Xabier dijera algo, sino que quería enviarle un saludo desde su lado en la mesa, y para comunicarle que su silencio también tenia merito. Tal vez Xabier se sintió animado, o no, el caso es que Xabier decidió decir algo, después de todo.

-Espero me perdone, Padre Pagola, pero si uno fuera a mirar en mas detalle en el tema de vocaciones de sacerdotes, ¿cual es la situación en el País Vasco hoy dia?

-Desoladora, absolutamente desoladora y terrible,...en todos nuestros seminarios. Las estadísticas son tan abrumadoras y espantosas que duele el recapacitar sobre donde estamos hoy dia, que tan bajo en barril estamos raspando. Si por lo menos en 1966 teníamos 400 jóvenes en el seminario de Gasteiz-Vitoria, hoy dia tenemos justo un seminarista. No tres o dos, sino uno, exactamente. En el seminario de Bilbao ese mismo año teníamos 550 seminaristas, y hoy tenemos 3 seminaristas. Y si en el seminario de Donosti-San Sebastián teníamos 450 seminaristas en ese año de 1966, hoy no tenemos mas que los que estáis aquí, vosotros los Hermanos Eduardo, Gerardo, y Juan, como bien sabéis.[8] Padre

Pagola mostró tres dedos de su mano derecha para dar énfasis a su testimonio.

-Ha sido importante que pudierais escuchar estas estadísticas sobre la triste situación que nuestra Iglesia Católica esta atravesando estos días de parte de Padre Pagola. -Esta vez era el Padre Muxika quien hablo, habiendo esperado unos segundos por si hubiera otras preguntas o comentario. Ahora podía llegar a la razón de ser de aquella reunión esa mañana.

-Podemos hablar ahora de la razón principal por la que Padre Pagola esta aquí con nosotros esta mañana. -Los cuatro seminaristas allí presentes se miraron el uno al otro como si quisieran prepararse para el anuncio o pedido que veían venir, volviendo a dirigir la mirada y atencion al Padre Pagola. Iba a ser un invitación, en realidad.

-Gracias, Padre Muxika. Como ya os comentaba, los hermanos superiores en nuestra Orden Franciscana han deliberado durante meses sobre posibles formas y medios para revitalizar nuestro propósito en España y el País Vasco. Un concepto que esta empezando a tomar forma con apoyo considerable dentro de la Orden es el de un intercambio de seminaristas entre nuestros Hermanos en los EE.UU. y en el País Vasco. Un programa de intercambio de estudiantes, como le podemos llamar, y estamos invitando a cada uno de vosotros a viajar a los EE.UU en los próximos meses para asistir a 2-3 conferencias organizadas por varias universidades gestionadas por Franciscanos, escuchar a los varios ponentes, hacer amistades con otros Hermanos y estudiantes en general, y finalmente regresar a Arantzazu para compartir esas nuevas ideas y perspectivas sobre como promocionar y atraer nuevas vocaciones en nuestros seminarios en España y el País Vasco.

-¿Alguien quiere otra taza de café o un vaso de jugo de naranja?

Vaticano II

Tan solamente tres meses después de ser elegido **Papa Juan XXIII** el 5 de Enero de 1959, *Angelo Roncalli* comunicó su interés y voluntad de reunir el "Concilio", un evento de la jerarquía de la iglesia que seria conocido como el *Segundo Concilio Ecuménico del*

Vaticano, o simplemente ***Vaticano II***. La curia de la comunidad global fue sorprendida por esta noticia. Si, habían pasado casi cien años desde la celebración de Vaticano I, y eventos de gran impacto catastrófico en la 1ra. y 2da. Guerra Mundial habían ocurrido, pero no se había anticipado que un hombre afable, gordete, y bonachón como parecía serlo Ángelo Roncalli, "un hombre y un Papa que todo el mundo amaba" pidiera la convocatoria de un evento tan trascendente. Otras personas si, pero no aquel príncipe bonachón de la iglesia. Durante una de sus entrevistas con periodistas, se ha comentado, Juan XXIII abrió una de las ventanas de us estudio para anunciar su decisión de convocar el concilio y así sugerir que se necesitaba aire fresco en los "corredores sofocantes" de la Iglesia Católica y Romana.[13] A medida de sumario, algunos historiadores, escritores, y observadores son de la opinión de que Vaticano II ha sido directamente responsable del abandono de principios ancestrales de la Iglesia Católica, la relajación de ley canónica, el vaciado de seminarios y conventos de hombres y mujeres que querían reintegrarse en la sociedad, y la sustitución del Latín en la misa y la liturgia por la lengua vernácula y propia de las gentes en sus países de origen, por un lado. Similarmente, ese Vaticano II fue también responsable, opinan y no lo celebran, de la reconciliación de la Iglesia Católica con las religiones Judía y Ortodoxa Cristiana. "*No hemos nacido para guardar museos*", dijo una vez John XXIII a la curia, "*sino para cultivar y enriquecer el jardín de la vida.*" Esa revolución social que fue iniciado por Juan XIII, aquel hombre Papa "afable y tranquilo de setenta-y-dos años, fue responsable del derrumbe del trabajo llevado a cabo por la iglesia durante siglos: "*Cuatrocientos años de historia --todos los logros del Concilio de Trento-- han sido destruidos en cuatro años,*" se lamentan algunos principales de la curia Católica. ¿Entonces, quien era aquel "hombre de la gente", el Papa Juan XXIII?

Hacia finales de la Segunda Guerra Mundial, *Roncalli* fue asignado a Paris en calidad de *nuncio papal*. Allí gano amigos entre las figuras prominentes políticas y obreras, incluidos el Presidente Francés Vincent Auriol, Maurice Thorez, lider de los Comunistas Franceses, y Edouard Herriot, líder del Partido Radical. Tal era su influencia que cuando Pío XII condenó y expulsó a curas que simpatizaban con la causa comunista, Roncalli compartió sus preocupaciones en audiencia privada con el Papa, y mas tarde pudo convencer a trabadores-curas de continuar su actividad social y política "no muy abiertamente." En 1948 *Pío XII*, el hombre que había firmado un ***concordato*** con Hitler al principio de la 2da. Guerra Mundial, logrando así dineros y riqueza para el Vaticano a cambio de la bendición del Vaticano que Hitler y su maquina de guerra querían en los ojos de la ciudadanía, amenazaba a sacerdotes y clérigos que diesen cualquier tipo de apoyo a la causa Comunista. Mientras tanto Roncalli servia como enviado del Vaticano en las Naciones Unidas, ganándose amigos como *Palmi Togliatti* y otros miembros del Partido Comunista Italiano. Los intereses de Roncalli encontraban eco, y se dice que fue Togliatti quien comentó que Roncalli podría ser la persona ideal para establecer un "acuerdo de trabajo y confianza" entre el sistema comunista y la Iglesia. ¡Un momento! ¿Un acuerdo y etiqueta de trabajo entre el sistema Comunista y la Iglesia, dos entidades antagonistas,...pero como seria semejante entendimiento posible? ¿Y porque no? ¿No estuvieron el Vaticano y los Soviéticos en pleno pie de guerra, el uno contra el otro, durante la 2da. Guerra Mundial, y acaso no fue Pío XII una figura sumamente y visiblemente en contra del Comunismo? Si, por un lado Pío XII hizo poco o nada para parar el genocidio de Judíos a manos de Hitler y su maquina de guerra como muchos han observado, y por otro lado hizo mucho para combatir el avance del Comunismo, como muchas personas en el Departamento de Estado de los EE.UU., del FBI, y de la CIA avalarían. Entonces, ¿porque no un acuerdo de relaciones entre el sistema Comunista y el Vaticano poniendo a Roncalli en el medio? El Departamento de Estado, sin embargo, no lo veía así y trató de sacar a Roncalli de su esfera de influencia. A iniciativa del Secretario de Estado, John Foster Dulles, y el Director de la CIA, Allan Dulles --ninguna relación de familia entre estos dos Dulles-- el Cardinal Francis Spellman de la arquidiócesis de Nueva York se reunió con Pío XII para "dejar pasar" información confidencial y sugerir la extirpación de Roncalli de los rangos altos del Vaticano. Obedientemente, Pío XII accedió a esos deseos y traslado Roncalli a Venecia en 1953, en la esperanza de que allí el bonachón de Roncalli viviese y sirviese calladamente al rebaño de creyentes. Oficialmente, el fue elevado a Patriarca de Venecia y, de forma correspondiente, se le dio el sombrero rojo elevándole también al rango de Cardenal de Santa

Prisca. Ante el riesgo del olvido nos recordamos mutuamente que muy posiblemente una expresión moderna de un "acuerdo de etiqueta de trabajo" (*working compromise*, en Ingles) ha ocurrido ya en tiempos modernos, y tan recientemente como en los últimos días de Noviembre de 2008, cuando el régimen Comunista de *Cuba y la Iglesia Católica* se reunieron y acordaron darse mutuamente "espacio y latitud" en una ceremonia de beatificación en Cuba. Los tiempos están cambiando finalmente, posiblemente. O bien, ¿podría ser el caso de dos imperios en decadencia, uno grande y el otro pequeño, dándose una mano mutuamente en un esfuerzo por sobrevivir los tiempos difíciles?

En el tercer día del proceso de votación, y después de la cuarta boleta electoral, Ángelo Roncalli recibió el apoyo necesario de la curia congregada para convertirse en *Papa Juan XXIII*, el 28 de Octubre de 1958, ante la sorpresa de todo el mundo. Ángelo Roncalli no solo había sobrevivido las preferencias de Pío XII y del Departamento de Estado de los EE.UU., sino que se había transformado en el nuevo Papa. A este nuevo Papa de setenta-y-ocho años, sin embargo, se le creía ya mayor en edad como para tratar de llevar a cabo algo de sustancia alguna en el Vaticano o, aun peor, amenazar de forma alguna la forma tradicional y privilegiada de hacer cosas en el Vaticano y, por lo tanto optaría por servir su turno de "Papa interino" y servicial hasta que llegase la nueva cónclave. Los viejos Cardenales estaban equivocados. Una de las primeras medidas de Juan XXIII fue la de nombrar 23 nuevos cardenales de su preferencia para evitar que la antigua guarda de cardenales pudiera recuperar su control del Vaticano. Algunos de los nuevos cardenales eran ya conocidos por sus simpatías "izquierdistas", mientras que otros de los nuevos cardenales venían de nuevos, emergentes naciones. La vieja guarda no ocultaba o disimulaba su poco respeto por las credenciales de Roncalli. "*Este hombre no es un Papa. Debería estar vendiendo plátanos*", se le escucho decir al *Cardenal Spellman* ya de regreso a su arquidiócesis de Nueva York. A continuación, Juan XXIII procedió a establecer y abrir canales de comunicación con Socialistas y Comunistas, asegurándoles de su apoyo en reformas sociales. Con la publicación de una encíclica de 40-paginas en 1961, *Mater et Registra*, colocó a la iglesia al lado de los reformadores izquierdistas, insistiendo que la iglesia debía estar en el lado de la reforma social y económica:

*13. **Una riqueza** enorme acumulada en las manos de unos pocos, mientras un gran numero de trabajadores se encontraron en condiciones de durísima privación. Los salarios eran insuficientes hasta el punto de alcanzar niveles sueldos de miseria, y las condiciones de trabajo frecuentemente representaban un peligro a la salud la moralidad, y la fe religiosa. Especialmente inhumanas eran las condiciones humanas a las que mujeres y niños eran sometidos. Existía también el fantasma constante del desempleo y la corrupción continua de la vida de familia.*

La encíclica continuaba insistiendo que el Estado, en particular, tenia gran responsabilidad en el bienestar de los trabajadores:

*21. Además, es responsabilidad del Estado garantizar que los términos de empleo son regulados de acuerdo con la justicia y la equidad, y proteger la dignidad de los trabajadores asegurando que no trabajen en un entorno dañino a sus intereses materiales y espirituales. Fue por estas razones que la encíclica de León anunciaba estos principios generales de **justicia y equidad,** los cuales han sido asimilados e integrados en la legislación social de muchos de los Estados modernos y, como el Papa Pío XI declaró en su encíclica Quadragesimo Anno, han contribuido enormemente al nacimiento y desarrollo de esa nueva rama de la jurisprudencia llamada **ley laboral**.*

La encíclica cede y da crédito al desarrollo científico y técnico en el avance de la condición humana:

*94. Y aunque muchos desequilibrios sociales y económicos injustos existen hoy dia, y aunque existen todavía muchos errores que afectan la actividad, propósito, estructura y operación de muchas economías en el mundo, no se puede negar que gracias al impulso del **avance científico y técnico los sistemas productivos** se están modernizando y haciéndose eficientes hoy dia, mas que nunca. Por lo tanto, una habilidad* *técnica mayor es requerida de los trabajadores, así como una formación profesional mayor. Lo cual quiere decir que a los trabajadores se les debe dar más asistencia y tiempo libre para completar su formación profesional, así como para poder realizar una mejor educación cultural, moral, y religiosa.*

163. Por si misma, sin embargo, estas ayudas de emergencia no iran tan lejos como para eliminar el hambre y la necesidad cuando estas son causadas --como frecuentemente son causada-- por el estado primitivo de la economía de una nación. El único remedio permanente consiste en proveer a los ciudadanos de todos los medios posibles de acceso a la formación científica, técnica, y profesional que necesitan, y poner a su disposición el capital necesario para acelerar su desarrollo económico con la ayuda de métodos modernos.

164. Entendemos bien como la conciencia publica ha sido impactado en años recientes por la necesidad urgente de apoyar el desarrollo económico y progreso social en aquellos países que todavía están luchando contra la pobreza y carencias económicas.

Ciertamente, abogamos, el deseo de construir un nuevo orden en la sociedad "basado en una relación mas humana entre las comunidades políticas a niveles nacional e internacional" esta ahí presente en la encíclica. No solamente eso, sino que propone que ese nuevo orden social debe reflejar los beneficios y riesgos de los desarrollos tecnológicos de los últimos cincuenta años.

Más controversial, aun, observadores como *Herder (2000)* y *Williams (2003)* han notado, fue la decisión de John XXIII de no financiar el *Partido de la Democracia Cristiana (PDC)*, causando así cambios en la trayectoria y fortunas políticas del gobierno Italiano de ahí en adelante. Para cuando llegamos a 1963, por ejemplo, el nuevo líder del PDC, **Aldo Moro**, se vio obligado a crear alianzas con *Luigi Longo*, el líder de los Comunistas Italianos y como resultado, en parte, el poder y control de la Iglesia Católica sobre el gobierno Italiano sufrieron una erosión notable. Inmediatamente, los términos del *concordato* entre la Iglesia y

Musssolini se vieron sometidos al escrutinio y examen, al mismo tiempo que el gobierno Italiano se involucraba mas en discurso abierto con los "izquierdistas".

¿Y que sabemos de los aspectos adversos de Vaticano II dentro de la misma Iglesia Católica? ¿Qué voces existen que proclaman mala jugada, daños, y perdidas para la Iglesia como resultado directo de Vaticano II? Para empezar a responder a estas preguntas, hagamos un repaso breve de los actores principales de Vaticano II, proponemos. Cuatro futuros Papas, por ejemplo, participaron en la primera sesión de aquel concilio: *Cardenal Giovanni Battista Montini*, quien una vez que sucedió al *Papa Juan XXIII* tomo el nombre de **Papa Pablo VI**. El *obispo Albino Luciani*, el futuro **Papa Juan Pablo I**. El *obispo Karol Wojtyla*, el futuro **Papa Juan Pablo II**. Y el padre *Joseph Ratzinger*, de treinta-y-cinco años, que asistió como "consultante teológico", y que cuarenta años mas tarde se convertiría en **Papa Benedicto XVI**. Ahora estamos mejor preparados, en principio, para empezar a responder a esas preguntas. Entre los críticos mas ardientes de Vaticano II, por ejemplo, se encuentra **Donald J. Sanborn**, un *obispo Tradicionalista Cristiano* y "sede privacionista", quien es de la creencia de que Roncalli, Montini, Luciani, Wojtyla, y **Rantzinger** "*pasaran todos a la historia como los Papas falsos del Gran Cisma Occidental, junto con el resto de los charlatanes eclesiásticos que triunfaron en lo absurdo tratando de ser Papas cuando en realidad no lo eran.*" Eso dicho para empezar. Sanborn es muy critico especialmente de Benedicto XVI, de sus actuaciones, y su visión del rol de la iglesia moderna:

> "*...Y puede decirse que tres círculos de preguntas se habían formado que en aquel entonces, durante el Concilio del Vaticano II, esperaban respuestas. Primero, la relación entre la fe y el mundo moderno tenia que ser redefinida. Además, esto no solo concernía a las ciencias naturales sino que también a la ciencia histórica ya que, en una escuela, el método histórico-critico alega tener la ultima palabra sobre la interpretación del la Biblia y, exigiendo la exclusividad total sobre la interpretación de las Sagradas Escrituras, se oponía a puntos importantes en la interpretación elaborada por la fe de la Iglesia.*

*Segundo, era necesario dar **una nueva definición a la relación entre la Iglesia y el Estado moderno** que diera espacio y latitud a ciudadanos de las varias religiones e ideologías, simplemente asumiendo responsabilidad por una existencia tolerante entre ellas y por la libertad de practicar su propia religión.*

Tercero, el problema de la tolerancia religiosa, una cuestión que requería una nueva definición de la relación entre la fe Cristiana y las religiones del mundo actual. En particular, antes de los crímenes recientes del régimen Nazi y, en general, con la vista retrospectiva a una larga y difícil historia, era necesario evaluar y definir de una forma y manera nueva la relación entre la Iglesia y la fe de Israel.

Hasta ahí, pudiera decirse que entendemos por donde va esa visión. Sin embargo, la encíclica continua:

*Estos son temas de gran importancia, eran los temas grandes de la segunda parte del Concilio, sobre lo que es imposible reflejar mas ampliamente en este contexto. Esta claro que en todos estos sectores una discontinuidad surge. Efectivamente, una discontinuidad había sido revelada...Es en este proceso de **innovación** en continuidad y discontinuidad [histórica] a diferentes niveles en que consiste la naturaleza de la reforma verdadera. En este proceso de innovación en la continuidad debemos entender ahora mejor que nunca que las decisiones de la Iglesia en materias contingentes --por ejemplo, ciertas formas practicas de liberalismo o una interpretación libre de la Biblia-- deben ser necesariamente contingentes por si mismas, precisamente porque se refieren a una realidad especifica que puede cambiar por si misma.* [Benedicto XVI, 22 Diciembre de 2005]

"¡Estas son jerigonzas y nadie lo entiende!" ("*This is gobbledygook!*")," responde el **Reverendo Sanborn**, y añade este:

"Esto quiere decir que las decisiones de la Iglesia en el pasado fueron basadas en circunstancias del momento. A medida que las circunstancias cambian, así cambian también

*las decisiones de la Iglesia. El cita la muy negativa reacción de Papa Pío IX [1846-1878] al **liberalismo**. Esa reacción era justificada, dice Ratzinger, porque los principios de la Revolución Francesa eran tan radicales que no daban espacio a la practica de la religión, ...**Ratzinger con tan solo una pluma y tinta relativiza cada una de las decisiones de la Iglesia en el pasado.** No hace decisiones doctrinales del pasado, no condena ningún error, una decisión permanente, pero una can puede y debe cambiar a medida que las circunstancias históricas cambian. Este ultimo estamento da a los **Modernistas** licencia para alterar cualquier declaración que la Iglesia hizo en el pasado. Ello condena las enseñanzas de la Iglesia a una evolución constante y perpetua."* ["Salvando a la Criatura", en *Herejías y Errores de Benedicto XVI*, articulo de **Sanborn**, 2005).[24]

Benedicto XVI continúa inalterado:

*"Los mártires de la Iglesia principiante murieron por su fe, siendo Dios que fue revelado en Jesucristo, y que por esa misma razón también murieron por la libertad de conciencia y la libertad de profesar la fe de uno --una profesión que ningún **Estado** puede imponer pero que, en cambio, solo puede ser reclamada con la gracia de Dios y en libertad de conciencia."*

A lo cual Sanborn contesta: *"**¡Blasfemia contra los Mártires"!**,* y añade:

*"A Ratzinger le gustaría que todos creyésemos que la libertad de conciencia para adherirnos a **la única, verdadera fe, la Fe Católica y Romana**, y la libertad de profesarla, algo que los mártires pedían y exigían, es la misma libertad de conciencia y libertad de profesión que pedía el Vaticano II. De esta forma el "salva" el Vaticano II, asociándolo a los primeros mártires. ¿Suena fabuloso, no? **¡Todo eso es un barril de jilipoyeces!** [It is all a crock of baloney] Vaticano II no reivindica el derecho a la libertad religiosa para la Fe Católica solamente, sino para todas las religiones...Ratzinger y otros apologistas*

*de Vaticano II tratan de justificar las doctrinas heréticas de ese Concilio intentando confundir el derecho a la libertad de profesar la única y verdadera fe con el derecho a profesar cualquier otra religión. Es **una mentira astuta y maliciosa**, y ellos lo saben.*" [Sanborn 2005][24]

Sanborn alega, además, de que existe una correlación directa entre Vaticano II y la caída en el numero de vocaciones de monjes y monjas en los EE.UU. "Miremos una vez mas a los frutos de Vaticano II", dice a la vez que procede a citar estadísticas recogidas por *McClosky (2006)*:

*Miremos a los números en los EE.UU., primero. En 1965, al concluir el Concilio, había 58,000 sacerdotes. Ahora [2006] son 41,000. Para 2020, si la tendencia actual continua (y no hay signo de una subida dramática en el numero de vocaciones), habrá solamente 31,000 sacerdotes, y **la mitad de ellos serán mayores de los 70 años**. Para ofrecer una experiencia personal del efecto de estas demográficas, yo fui ordenado a sacerdote en 1981 a la edad de 27. Hoy dia, a la edad de 52, todavía puedo asistir a reuniones de sacerdotes y ser uno de los sacerdotes mas jóvenes reunidos. En 1965, 1.575 sacerdotes nuevos fueron ordenados. En 2005, el numero fue de 454, una caída de mas de dos tercios, y recordemos que la población Católica en los EE.UU. aumentó durante esos años de 45,6 millones en 1965 a 64,8 millones en 2005, un aumento de casi el 50%.*

*El venerable John Henry Newman una vez dijo: "El crecimiento es la única evidencia de vida." De acuerdo con esta definición, **la Iglesia en los Estados Unidos ha estado y continua en un declive continuo**. Claramente, ha ocurrido una caída grande en el numero de seminaristas en los últimos tres años. Entre 1965 y 2005, el numero de seminaristas cayo de 50.000 (de los cuales 42.000 eran de edad de High School y principiantes de universidad, mientras que otros 8.000 eran seminaristas ya graduados) al numero actual de 5.000, aproximadamente, un declive del 90%. La creciente* *prosperidad e integración de los Católicos Americanos a su sociedad son responsables en parte de este cambio, a medida que ingreso en el sacerdocio se convierte en una de las muchas avenidas a estado profesional.* (McClosky 2006).

"Tales son los frutos de Vaticano II", afirma **Sanborn** y concluye:

*"Por lo tanto, **nosotros los Católicos miramos al Vaticano II con disgusto,** y maldecimos el dia en que fue concebido en la mente modernista de Juan XXIII. Nuestras vidas han sido miserables desde entonces. Lo que **Ratzinger y sus secuaces** han hecho es tirar una "llave Inglesa" a una maquina bien-aceitada de la verdad, para romper y hacer añicos el jarrón de la decencia y rectitud, profanar el cáliz de oro de la belleza supernatural con la inmoralidad de sus herejías. **Ellos han destruido nuestro mundo Católico y nuestras vidas Católicas.** Y después de cuarenta años, a medida que el mundo Católico se desmorona a sus alrededores, no tienen nada mejor que decirnos que todo va bien, fabulosamente. Nos revuelve el estomago y nos enferma el escuchar tal cosa."* (Sanborn 2005).

Dejamos a Sanborn convaleciendo de su dolor de estómago, momentáneamente, y proseguimos con nuestro recorrido.

Capítulo
6

En la Oficina del Padre Muxika

-Perdone, Padre,...El Hermano *Xabier* está aquí y quiere verle. -Un Hermano Franciscano en sus cuarentas ha abierto la puerta de la oficina del *Padre Muxika* para anunciarle la llegada de Xabier mientras mantiene la puerta medio abierta con su brazo izquierdo.

-Por favor, pídale que entre, *Hermano Juan*. -El Padre Muxika termina de escribir, descansa su pluma sobre su ancho escritorio, echa su silla para atrás, se levanta y camina hacia la puerta para recibir a Xabier.

-*Arrastsalde on, Aita.*

-*!Arratsalde on*, Xabier, gracias por venir! -El Padre Muxika invita a Xabier a sentarse en una de las dos amplias sillas que estaban ya colocadas delante del escritorio. Xabier escoge la silla en el lado izquierdo, mirando hacia el escritorio.

-La razón por la que quería verte esta tarde, Xabier, es para hacer un pequeño repaso de las cosas que compartió con nosotros el Padre Pagola esta mañana durante el desayuno. Bueno, dos razones, en realidad, una para hablar de su presentación, por supuesto, pero también para preguntarte si estarías interesado en hacer una visita a los EE.UU. durante unas semanas, o posiblemente durante varios meses, para dar apoyo al proyecto de "alcance comunitario" que nuestra Orden quiere promover para encontrar nuevas vocaciones, nuevos seminaristas, como nos explicaba el Padre Pagola.

-Bueno, no he pensado mucho sobre ello,... -Xabier empezó a hablar, mientras su brazo derecho y mano trazaban un pequeño movimiento hacia delante, como si tratase de abrir un espacio para que sus palabras pudiesen salir de su boca, de su ser.

-Oh, lo sé, lo entiendo,...esta es una pequeña reunión, solamente, para hacer un repaso de puntos salientes, nada más, y tu no tienes que tomar ninguna decisión, por supuesto. -Las dos manos de Padre Muxika se abrían y extendían, haciendo pausa en su invitación.

-La idea de *visitar los EE.UU.* por un tiempo para hablar con otros Hermanos Franciscanos, asistir a un par de conferencias, viajar a otras ciudades en es país tan inmenso es muy atractiva, claro.

-Entonces?

-Bueno, es que no sé como esa visita a los EE.UU. pudiera afectar mi marco de tiempo para completar mi tesis de Masters y mis clases en el seminario,...en San Sebastián, por ejemplo.

-Bueno, eso no sería un problema, aquí todos somos flexibles, especialmente en estos tiempos difíciles. Además, este tipo de visita a los EE.UU. para conocer a otros Hermanos pudiera ser útil en tu trabajo de investigación para el Masters, seguro. ¿Cómo dijiste que sería el titulo de tu tesis de Masters?

-*"Los Arquitectos de la Iglesia: Los Primeros 300 Años"*.

-Sí, ¡ahora recuerdo! -Hizo una pausa breve, dándose cuenta de que recordaba muy brevemente el titulo, solamente, y que detalles principales de la propuesta de investigación se le escapaban, aunque algo en aquel titulo le intrigaba e interesaba, se admitía a si mismo.

-Bien, pues ahí está. Durante tu visita a los EE.UU. vas a tener la oportunidad de visitar universidades y sus extensas bibliotecas, hablar con maestros y estudiantes, y consultar con otros Hermanos Franciscanos sobre ese tema,...Una excelente oportunidad, muy posiblemente. --Añadió, hizo una pausa, y continuó-- Pero cómo propones encontrar documentos y libros sobre ese primer periodo tan remoto de la historia de la Iglesia?...Quiero decir, conocemos relativamente poco sobre personajes y eventos durante esos primeros 2-3 siglos,...es mas, es con el *Emperador Romano Constantino* a principios del tercer siglo que se referencia a los primeros Cristianos en los edictos Romanos y campañas de guerra entre los mismos ejércitos Romanos, por ejemplo. Fue hacia el año 312, creo, en el que Constantino se convirtió al Cristianismo y, como resultado, de ahí en adelante los archivos Romanos citan detalle sobre los primeros Cristianos. ¿Has pensado sobre la posibilidad de cambiar parte del titulo de tu tesis, digamos, para hablar de los primeros cinco siglos y no solamente de los primeros tres siglos, por ejemplo?

-Sí,...en realidad lo he pensado, sí, y podría hacer ese pequeño cambio, sí. Lo que pasa es que en mi mente esos primeros trescientos años debieron ser muy importantes debido a las decisiones tan trascendentales tomadas por esos primeros Cristianos, decisiones que marcaban ya el curso de la Iglesia Cristiana por muchos de los próximos siglos, diría yo,…Es en ese sentido que pienso yo de aquellos primeros cristianos como "los primeros arquitectos de la Iglesia."

-Sí, te entiendo, sigo tu forma de pensar.

-Estoy pensando de hombres como **Ireneo, Obispo de Lyon**, circa año 180, creo, y su decisión de reconocer cuatro evangelios solamente, los evangelios que llamamos *canónicos*, y su orden de quemar los otros 35-40 evangelios que habían llegado a su disposición, algunos o varios de ellos de carácter Gnóstico. En su libro *Adversus Haereses*, o *En Contra de las Herejías*, detallo un ataque contra las herejías de aquellos tiempos: "*Pero no es posible que los Evangelios puedan ser mayores o menores en numero de lo que son. Pues existen cuatro zonas principales en el mundo en que vivimos, y cuatro vientos principales…*" -Suavemente relato Xabier.

-Así es, y además: "*… y como el pilar y suelo de la Iglesia es el Evangelio, tiene sentido que tengamos cuatro pilares,…cuatro evangelios solamente…*" -Contribuyó Padre Muxika, delicadamente y también recitando de memoria, no queriendo herir el entusiasmo de Xabier.

-Eso es, exactamente. -Dijo Xabier, con diplomacia pero también con firmeza, en la creencia de que se había relatado un punto importante, y continuó hablando.

-No es tanto que yo esté cuestionando o dudando en forma alguna la selección que el Santo *Ireneo* hizo de los evangelios de *Mateo, Marco, Lucas*, y *Juan* para que fuesen los evangelios canónicos de la Iglesia, claro que no. Simplemente, me limito a sugerir que dicha persona y su trabajo, inspirado o no, sirvió para navegar la barca de la Iglesia Cristiana en la dirección a seguir durante los siguientes 17 siglos, hasta llegar a hacer de la Iglesia lo que es hoy dia, en forma y contenido. De la forma que lo veo ahora, la perspectiva que quisiera presentar en mi tesis es la de un ingeniero que mira a aquella multitud de gentes, los primeros Cristianos, todos ellos y ellas participando en "el diseño, construcción, y arquitectura" de lo que la Iglesia es hoy día. También, me gustaría identificar aquellas pocas personas dentro de esa multitud que tuvieron un impacto mayor en la construcción de ese edificio que llamamos la Iglesia. Es todo lo que tenía en mente, nada más. -Instintivamente Xabier sintió que debía hacer una pausa y dejar que Padre Muxika dijera algo, cualquier cosa, pero algo.

-Sí, ya sé que eres un ingeniero, después de todo, y que piensas como un ingeniero, nada tiene de malo ello, por supuesto que no. El hecho de que recibiste un titulo de ingeniería industrial y de sistemas de la **Universidad de Mondragon** en la ciudad de Arrasate-Mondragon, como así ya aparecía en tu solicitud para ingresar en nuestra Orden de Franciscanos, entre otras experiencias y habilidades en tu CV, fue un determinante en nuestra decisión de invitarte a ingresar en nuestra Orden. En los tiempos de antaño, y a través de los siglos, necesitábamos panaderos, carpinteros, artesanos de la piedra, y traductores del Griego y Latín, por ejemplo. En estos tiempos modernos, en contraste, necesitamos trabajadores sociales, enfermeras y doctores, maestros, **plomeros**, bibliotecarios, y escritores. Mas importante todavía, necesitamos un puñado de hombres que están dispuestos a servir a nuestro Señor, nuestra Santa Iglesia, a la gente, y a *San Francisco de Asís*, nuestro fundador.

Xabier pudo sentir como toda una sensación de alivio inundaba su cuerpo y mente. Esa era la primera oportunidad que había tenido con Padre Muxika para hablar en detalle alguno sobre su tesis, y para que este pudiera darle una señal clara e inequívoca de aprobación, y se la dio, Xabier se percató. En su silla Xabier seguía escuchando.

-Sí, nuestra Santa Iglesia,...Lo cual me lleva a un segundo tema. Dentro de este sobre de manila --mientras pronunciaba estas palabras Padre Muxika cogió un sobre de manila que estaba sobre su escritorio y se lo dio a Xabier-- encontrarás varias cartas, unas fotografías, y 5-6 artículos de periódicos extranjeros, el **Washington Post**, de los EE.UU., y **La Repubblica**, de Italia, para ser exacto. Durante los próximos días por favor examina estos materiales, memoriza nombres, fechas, y eventos, y dime si tienes alguna pregunta o preguntas. Personalmente, he reunido estos materiales a petición de un amigo mío de muchos años, **Padre Altuna**, un viejo **Jesuita** que lleva ya un tiempo viviendo en la *reserva India* de los **Hopi** --los Americanos Nativos, como ellos prefieren que se les llame-- en **Tucson, Arizona, EE.UU.** También en mi posesión tengo un segundo sobre de manila que te daré mas adelante con mas documentación e instrucciones que tengo en mente darte durante nuestra segunda reunión en un par de semanas, espero, y también para entregar a Padre Altuna. Comparto con Padre Altuna su creencia de que existe un grupo de personas, una hermandad internacional de "ultras" de algún tipo, todavía no definido, que quiere hacer daño al Vaticano y, muy específicamente, a nuestro querido Papa Benedicto XVI. Gentes que oponen las enseñanzas de Vaticano II están involucradas en esa hermandad, posiblemente. Esto es todo lo que te puedo decir de momento --Hizo una pausa breve y continuó-- Respecto a lugar para esa segunda reunión, mi sugerencia es...

-Perdonad, Padre Muxika,...nuestros Hermanos Gerardo, Juan, y Eduardo acaban de llegar.

-Por favor pídales que entren para que se reúnan con nosotros,...por favor. -Padre Muxika y Xabier se miraron una vez más indicando que habían logrado un entendimiento en su conversación.

-*Arratsalde on*, Buenas tardes,...por favor tomen una silla,...y gracias por venir esta tarde. Ya se que esta tarde algunos de Uds. regresaran al seminario en San Sebastián, así que mayor razón para que yo les este agradecido por esta visita, una "reunión informal" como le llamaría yo. -Padre Muxika completaba estas palabras al mismo tiempo que caminaba alrededor del escritorio para sentarse en su silla.

-En realidad, tenia la esperanza de que nosotros cinco pudiésemos tener una charla sobre los temas que el Padre Pagola trajo a la reunión de desayuno esta mañana, ...por ejemplo, preguntas sobre las estadísticas que el cito, también sobre la invitación para visitar los EE.UU. en los próximos meses,...o simplemente comentar sobre los retos tan grandes que la Iglesia tiene estos días. ¿Les sorprende o no esas estadísticas sobre la caída tan dramática de vocaciones, y el cierre de conventos y monasterios Católicos en todo el mundo,...les sorprende a algunos de Uds.?

Los cuatro Hermanos se miraron entre si, como para ver quien quería responder primero.

-¡América Central!

-Perdona,...¿Hermano Juan?

-Quiero decir,...¿estaba el Padre Pagola hablando de América Central solamente, o estaba hablando de toda Latino América cuando el dijo "estos son unos tiempos muy difíciles que atraviesa nuestra santa Iglesia..."?

-Yo diría que Padre Pagola se refería a toda la América Latina, y no solamente América Central. -Le respondió Padre Muxika, satisfecho con la pregunta.

-Es que es precisamente eso... --continuó el Hermano Juan-- muchos países y regiones en Latino América han estado atravesando, digiriendo, grandes cambios sociales y económicos, así como gran agitación y transformación política en los últimos 50-60 años. Familias enteras, pueblos, pequeñas ciudades han tenido que huir de sus lugares y encontrar albergue en otras localidades y ciudades, hasta tener que atravesar fronteras de un país a otro, para tratar de huir de las guerrillas y las milicias de los varios gobiernos que están destruyendo todo aquello, vida y propiedad, que encuentran en su camino. Quiero decir que existe una gran tragedia humana en la forma en que se están destruyendo campos de maíz, ganado, infraestructuras, las escuelas de la Iglesia y de los gobiernos,...cada día estas gentes desarraigadas carecen de servicios básicos como donde dormir cada noche, agua potable, medicinas y tratamientos,...Entonces, mi pregunta es: ¿Cómo esta la Iglesia hoy dia involucrada en esas sociedades para tratar de aliviar el sufrimiento humano, como esta ayudando la Iglesia a esta gente a sobrevivir la violencia de la guerrillas por un lado, y los abusos de las fuerzas mercenarias de los gobiernos, por otro lado? Y, mientras que estamos ya sobre el tema, ¿Cuál debía ser la posición de la Iglesia en esos países y áreas que están sumergidos hoy dia en cambio social, económico, y político? *¿Debería estar involucrada la Iglesia en el cambio social?* Tal vez todos estos cambios, y la participación o no participación de la Iglesia, tengan algo que ver con la caída drástica de vocaciones,...estoy pensando en alto, aquí entre nosotros, nada más.

Silencio.

-Bien, ¿alguien quiere responder a esas preguntas? Por fin, Padre Muxika interrumpió ese silencio.

-Bueno,...me ha gustado que nuestro Hermano Juan haya hecho esos comentarios y preguntas, porque también soy de la opinión de que la Iglesia debe estar más involucrada en los grandes cambios que afectas la condición humana en nuestras sociedades,...ciertamente mas involucrada en aliviar la pobreza y el hambre, por ejemplo. Afortunadamente nuestra Orden ha estado involucrada a traves de los siglos, creo, pero la Iglesia no ha puesto todos los recursos que podía poner para aliviar ese sufrimiento y para ser parte de gran cambio social que ha estado ocurriendo, diría yo. Sí, nuestra Madre Iglesia siempre ha estado inmersa en la gran tarea de salvar almas para el cielo, sí,...eso sí, pero no suficientemente involucrada y volcada en la tarea de ayudar a la gente propia, con sus necesidades físicas aquí en la tierra, en mi opinión.

-Escucho, Hermano Eduardo,...entiendo. ¿Y es entonces ese interés de la Iglesia por el alma, principalmente, y un interés mucho menor por las necesidades de la sociedad aquí en la tierra que es responsable por esa carencia de vocaciones?

-Sí, muy posiblemente,...Lo que digo es que ese argumento puede ser valido, muy posiblemente, pues lo he oído muchas veces de parte de amistades y turistas de otros países, y no solamente de Latino América.

-¿Y Vaticano II? -Ese era Hermano Gerardo. Tímido y reservado, pero capaz de sacar temas a relucir cuando la ocasión, en su opinión, lo requiere.

-¿Qué tiene que ver Vaticano II con todo esto? ¿Es que existe alguna conexión entre Vaticano II y el argumento que estamos explorando en estos momentos? -Una vez más, Padre Muxika estaba invitando a todos a participar en la conversación.

-Bueno, he oído que durante esos meses de actividad de Vaticano II en los 60s era un interés muy especial de la Iglesia el de involucrarse en el cambio social,...precisamente eso,...así que estoy un poco confundido, creo yo. -Volvía a comentar Hermano Gerardo en su voz chirriante y cautelosa.

Silencio, nuevamente.

-Lo que yo tengo entendido --y Padre por favor me corrige si estoy equivocado-- es que el Papa Juan XXIII y sus Cardenales, como *Karol Wojtyla* de Polonia y *Joseph Ratzinger* de Alemania, querían abrir las puertas de la Iglesia a la gente, así como orientar la atencion y los recursos de la Iglesia hacia la gente necesitada, y mucho mas. Vaticano II pretendía actualizar la imagen de la Iglesia para reflejar mas correctamente la realidad de la comunidad Cristiana y de la sociedad moderna hoy dia, una sociedad con sus cambios científicos y tecnológicos de los últimos 50-70 años. Ese es mi entendimiento de lo que Vaticano II representaba o quería representar, por lo menos. Por otro lado, tampoco estoy muy enterado de cómo decisiones y acuerdos pronunciados en Vaticano II fueron implementadas mas tarde dentro o fuera de la Iglesia...Quiero decir que no he notado mucho cambio como resultado de aquellas decisiones y acuerdos en Vaticano II.

-Si, *Hermano Juan*, ¡ya sabemos que si tu no puedes "ver y tocar", entonces tu no lo crees! -Le pinchó Hermano Eduardo, bromeando abiertamente.

Todos pudieron reír, entre dientes posiblemente, pero todos se sintieron mejor al soltar aquella tensión, energía extra que se había acumulado en el despacho de Padre Muxika.

-Puede ser que tengas razón, Hermano Juan. Ese concilio de Vaticano II duró cuatro años, y fue asistido por cientos de cardenales de todo el mundo, muchos de los cuales estaban sorprendidos por la decisión de Juan XXIII de convocar el concilio. Algunos cardenales, sino muchos, eran de la opinión de que el Papa estaba revolviendo muchas cosas, sin necesidad, que la Iglesia iba bien por donde iba, en su doctrina, su practica, y la forma de asociarse con lideres políticos del mundo. Otros cardenales, al contrario, estaban convencidos de que el concilio era necesario porque la Iglesia no estaba en contacto con la realidad, desconectada de la condición humana, de las gentes y sociedades en la comunidad global. Desde que concluyo Vaticano II en 1965 han ocurrido muchos cambios y nuevas voces se oyen dentro y fuera de la Iglesia, le puedo asegurar Hermano Juan.

-Ohio.

Esta vez los ojos se dirigieron a *Hermano Eduardo*.

-Hace cinco años yo asistía a una escuela en *Ohio*, EE.UU., con una beca de un año de la *Universidad de Navarra*, y fue allí mismo, en Ohio, donde empecé a oír del *Reverendo Donald Sanborn*, un obispo Católico Tradicionalista, rector del seminario MST Olí Trinita en Brooksville, *Florida*. Ese hombre hablaba apasionadamente en contra del Vaticano II, del Papa Juan XXIII, y sus seguidores. Muy especialmente, a Sanborn le gusta pegar a Juan XXIII contra la pared y tirarle dardos, uno tras otro, con gusto e irreverencia. Mis colegas y yo no podíamos creer, por ejemplo, las cosas que el obispo Sanborn decía de nuestro Papa Benedicto XVI, alegando que era un blasfemo, un hombre que decía cosas absurdas e incomprensibles en sus encíclicas, y que era responsable personalmente de la caída y perdida desastrosa de vocaciones, así como responsable de todo crimen habido y por haber en el mundo.

-¡*Obispos Americanos, metiendose por todos lados*! -Exclamó Hermano Juan.

-No solamente los obispos Americanos --le corrigió Hermano Eduardo-- todo este cisma dentro y fuera de la Iglesia comenzó con **Marcel Lefebvre**, un arzobispo Francés de Turcoing, Departamento del Norte, inmediatamente después de la clausura de Vaticano II. Este obispo se oponía a los acuerdos y recomendaciones de Vaticano II, en contra del debate sobre la libertad y pluralidad de religiones, alegando que la fe Católica es la verdadera y la única en el mundo entero, en contra de la reconciliación de la Iglesia Católica con **Judaísmo, Islam**, o cualquier otra religión.

-Nadie puede hacer eso. La libertad religiosa es reconocida internacionalmente hoy dia como un derecho fundamental, y toda persona tiene derecho a escoger aquella religión de su preferencia, o ninguna religión... -Propuso Xabier, quien había estado escuchando calladamente hasta aquel momento.

Aita Pedro Arrupe, Superior General de la Compañía de Jesus, y el **Papa Juan Pablo II** no siempre veían las cosas de la Iglesia de la misma manera. Cortesía: **Diario Vasco**, 11 Nov 2007.

-Bien dicho, lo sabemos, pero eso es los que Lefebvre y sus seguidores predican,...Es más, ese obispo es el fundador de la *Sociedad de San Pio X (SSPX)* con base y seminario en Econe, **Suiza**. Ahí les tenemos: Por un lado Lefebvre, Sanborn, y otros representando a los "tradicionalistas" dentro de la Iglesia Católica y por otro lado, a Papa Juan XXIII, Juan Pablo II, y Benedicto XVI representando a los "modernistas" dentro de la misma Iglesia Católica hoy dia. -Sugirió Hermano Eduardo, a manera de sumario sobre el celebrado, o mal celebrado, obispo Lefebvre.

-¿Y a cual de estos dos grupos pertenecemos los Franciscanos? -Esta vez era Hermano Juan, una vez mas demostrando su baja prioridad por sutileza en la escala de valores humanos.

-Sí, esa perspectiva puede ser interesante, pero nos llevaría a otra esfera diferente a la que empezábamos a trazar,...-Era Padre Muxika tratando de mantener el rumbo iniciado.

-Respecto a Vaticano II y el declive de las vocaciones de sacerdotes... --observó Hermano Gerardo en su voz baja y chirriante, tratando de seguir la dirección indicada por Padre Muxika-- Me parece muy interesante que el cardenal *Wojtyla* de Polonia fuese un participante activo en Vaticano II, y un colaborador entusiasta con Papa Juan XXIII y, sin embargo, después de ser elegido Papa Juan Pablo II, se pronunciase en la practica en contra de "la proximidad y comunión con la gente" tan altamente valoradas por Vaticano II. Tal vez esa particularidad de Juan Pablo II no ayudo a ganar nuevas vocaciones,…posiblemente, digo, solo estoy haciendo conversación.

-¿Que estás insinuando, Hermano Gerardo?

-Bueno, recuerdo haber leído un articulo en el *Diario Vasco* hace un par de años, mas o menos, que mostraba un fotografía del Papa Juan Pablo II y de *Padre Arrupe*, Superior General de la *Compañía de Jesucristo*, juntos, uno enfrente del otro. Una fotografía intrigante, pues el Padre Arrupe se veía de estatura menor, con sotana negra, sonriendo cautelosamente, con brazos caídos y manos cruzadas, mientras que a Juan Pablo II se le veía muy serio, severo, sin sonreír, todo vestido de blanco, como si estuviera diciendo: "*¿Quien dejó entrar aquí, en el Vaticano, a este pájaro?*" El texto del articulo hablaba sobre como Padre Arrupe llevaba a su Compañía a adoptar reformas fundamentales de sus propios estatutos, para que estos fuesen mas relevantes a la condición human, la justicia como un atributo básico del comportamiento humano, algo que ya se reconocía en Latino América como "*la teología de la liberación*" --Nuevamente, Padre Muxika, corríjame Ud. si estoy diciendo algo equivocado-- En otro articulo (*Tamayo 2005*) se revela que Juan Pablo II prohibió al Padre Arrupe la convocatoria de la Congregación General de 1981 con estas palabras: "*No quiero que convoque esta Congregación y le pido que dimita, por el bien de la Iglesia y el bien de su propia Orden.*" Quiero decir, esas son unas palabras muy duras…Entonces, aquí esta el Papa Juan Pablo II, un Papa que apoyo a Juan XXIII y participo en Vaticano II, diciendo estas palabras tajantes al Padre Arrupe, un hombre que anima a su Orden a encontrar un nuevo camino, esta vez para mejorar la condición humana en Latino América, reflejando también una gran sensibilidad y preferencia por la justicia dentro y fuera de la teología Jesuita. ¿Qué es lo que pasa aquí entre estas dos figuras prominentes de la Iglesia? Quiero decir, estoy un poco confundido aquí, …una parte de la Iglesia quiere tirar en una dirección, y otra parte de la Iglesia quiere tirar en otra dirección, aparentemente…

-Muy bien, veo ahora que los cuatro de vosotros estáis listos, finalmente. -Padre Muxika sonreía abiertamente, demostrando su satisfacción, estando a punto de finalizar aquella "sesión informal", como él la llamaba.

Silencio.

-Estoy muy orgulloso de cada uno de vosotros, Hermanos, estáis al corriente de los temas de hoy dia, de los retos de nuestra Iglesia en estos tiempos difíciles, y tenéis buenas cabezas para defender vuestras ideas y convicciones y, por lo tanto, voy a recomendar a nuestros padres superiores en la Orden que aquellos de vosotros que queráis visitar nuestros Hermanos Franciscanos en los EE.UU. puedan hacerlo, y que se os de la oportunidad de visitar durante un año el seminario o universidad de vuestro agrado y preferencia.

-¿Todos los gastos pagados?

-¡Por supuesto que sí!

La Orden de Los Franciscanos

"Francisco, Francisco, vete y reconstruye Mi casa, que como ves, está en ruinas," se dice que **San Francisco de Asis** escuchó esto de Dios en una visión mística y, a partir de aquel momento en 1209, se dedicó a crear la Orden Franciscana, una de las ordenes mas numerosas en España, los EE.UU., y en toda la comunidad global. Nacido *Giovanni Francesco Bernardone* en 1182 en el pueblo de *Assisi*, Italia, fue uno de siete hijos de un comerciante rico de telas y de su mujer Pica Boulemont, ella originalmente de Francia. Francisco hablaba eufóricamente de aquellas personas que se integraban a su forma de vivir:

"Oh, que felices y benditos son estos hombres y mujeres cuando hacen estas cosas y perseveran en hacerlas ya que el Espíritu del Señor descansara sobre ellos y El hará Su casa entre ellos. Ellos son criaturas del Padre cuyos trabajos hacen, y ellos son esposas, hermanas, y madres de nuestro Señor Jesucristo."

Mas tarde, esa forma de ver las cosas fue escrita y convertida en una "regla primitiva" que seria aprobada por Papa Honorius III en 1221 dentro de la *Memoriale Propositi:*

Regla: Para observar y seguir el evangelio de nuestro Señor Jesucristo siguiendo el ejemplo de San Francisco de Asís, quien hizo de Jesucristo la inspiración y el centro de su vida con Dios y la gente. "Jesucristo, el regalo del amor del Padre, es el camino a el, la Verdad hacia la cual el Espíritu Santo nos lleva, y la vida que el ha dado tan abundantemente. Franciscanos seculares deberán dedicarse especialmente a leer el evangelio, yendo del evangelio a la vida, y de la vida al evangelio.

Para principios del siglo dieciséis, los Franciscanos se habían convertido grandes en numero e influencia tanto como para ser considerados altamente, estando "allí" en el "momento justo." Tanto así que jugaron un papel importante en la lucha de la Iglesia Católica y Romana contra las reformas exigidas por gentes y eventos en toda Europa. Su celo y dedicación solo encontraban rival en los *Jesuitas*, y muchos de aquellos Franciscanos fueron exiliados y sentenciados al exilio por su fe y actividad en Inglaterra, los Países Bajos, Alemania, y España. Aunque no siempre fue la fe la razón principal por la que los Franciscanos fueron obligados a huir a otros países. En 1568, por ejemplo, el **Cardenal Jiménez Cisneros** era al mismo tiempo *regente* de las coronas de Castilla, **Gran Inquisidor, y Franciscano *Observante*** de la Orden de Frailes Menores (OFM), una entidad poderosa sin duda alguna, y fue la decisión de Cisneros de ordenar a todos aquellos Franciscanos involucrados en la practica de tener "esposas" o concubinas, aunque fuera esta una practica de Franciscanos *Conventuales* y de otras ordenes principalmente, de abstenerse y de entregar todos bienes y propiedad a los Franciscanos Observantes. Cientos, si

Una vista del pueblo de **Assissi** en el centro de **Italia**, y su escudo de armas.[44]

no miles, de Observantes prefirieron ir al exilio con sus mujeres a países Musulmanes e integrarse al **Islam**. Como resultado, los Franciscanos Conventuales permanecieron en exilio fuera de España por los próximos 336 años hasta 1904 cuando ya regresaron a España. La participación del Papa León X en 1517 jugo un papel importante en aquel fondo de reformas y contra reformas religiosas, resultando en el hecho de que muchas casas Conventuales se unieron a la rama de los Observantes con sus reglas de casa mas estrictas. En Francia, con la excepción de cuarenta-y-ocho casas, todas las casas Conventuales se unieron a las casas Observantes, en Alemania la mayoria de las casas, y en España prácticamente todas. Nuevas ramas y sus reglas también aparecían, creciendo en numero e influencia a través de los siglos, como repasamos a continuación.

Orden de Frailes Menores (OFM). 1.500 casas, constituidos en 100 provincias y *Custodiae*, con unos 16,000 miembros. En 1897 las distinciones entre *Observantes, Descalzos, Recoletos*, y *Reformados* fueron anuladas y disueltas por *Papa León XIII*, y las casas fueron integradas bajo varias constituciones. A pesar de las tensiones causadas por esa union forzada, la Orden siguió creciendo y alcanzo su numero maximo de 26,000 miembros en 1960 y años posteriores, siendo ya en 1970 cuando su numero total entraba ya en declive. *Jose Rodriguez Carballo* es Ministro General de esta Orden desde 2003.

Orden de Frailes Menores *Conventual*. Los Franciscanos Conventuales hoy dia cuentan con 290 casas en el mundo con un total de 5.000 miembros. Están localizados en Italia, EE.UU., Canadá, Australia, Latino América, y África. Es en Polonia, sin embargo, donde tienen el mayor numero de miembros debido al trabajo e inspiración de San Maximiliano Kolbe, de acuerdo con portavoces en la misma orden.

Orden de Frailes Menores *Capuchinos*. Esta orden de Franciscanos es la más joven, encontrándose sus orígenes en 1525 cuando sus miembros mostraron un interés en seguir una vida más estricta de oración y votos de pobreza. Gracias al apoyo de la Corte Papal esta nueva rama de Franciscanos recibió reconocimiento y empezó a crecer, primero en Italia y después en el resto de Europa. Hoy dia esta orden vive y trabaja en 99 países con sus 1.800 comunidades, y cuenta con 11.000 miembros.

La *Orden Tercera de Regulares* (TOR). Esta orden tiene su base o sede en los EE.UU., con un total de 16 casas en Bélgica, los Países Bajos, Alemania, y Brasil. El reto de estos Franciscanos es la oración, trabajo de ayuda a la comunidad, celibato, y obediencia total. Son maestros, trabajadores sociales, educadores, administradores de escuelas y universidades. Estos Terciarios siguen la regla establecida por León X, llegando a alcanzar unas 8.000 casas en la Edad Media, y un total de 70.000 miembros en el siglo diecisiete esparcidos sobre 150 provincias por muchos países y territorios.

Orden Franciscana Secular. Conocida como la Tercera Orden Secular de San Francisco, data de 1212, y es tal que sus hermanos y hermanas no trabajan en comunidades religiosas de monasterios y conventos, y pueden casarse. Tan solamente en los EE.UU. esta orden cuenta con 17.000 miembros.

¿Y donde están las mujeres, las Hermanas Clarisas?

Efectivamente, la rama femenina de la Orden de los Hermanos Menores fue creada en 1211 por la joven *Clara de Asís* y Francisco de Asís. Hoy dia esta rama cuenta con unas 15.000 *"hijas pobres de Santa Clara"* en 800 casas y conventos distribuidos sobre 76 países. Mas tarde, en 1529 *Maria Lorenza Longo* inicia la rama de *Hermanas Franciscanas de la Tercera Orden*, también conocidas como "Capuchinas". Ya en 2005 esta orden contaba con 2.200 monjas distribuidas en 160 monasterios en varios países.

La Visita de Nerea

Son las 7:30 horas de la mañana, y aunque es un día a mediados de Marzo en esa montaña rocosa de Arantzazu, el nuevo pasto verde está ansioso de crecer para teñir el valle y montañas del alrededor en tonos verde-amarillos y verde-azules. Como lo ha estado haciendo cada dia, Xabier sale de la Rectoría para subir a los campos de **Urbia** a otros mil metros mas de altura, una caminata agradable de hora-y-media, ida y vuelta. Botas de montaña, una mochila ligera con impermeable, guantes, botella de agua, un librillo con mapas de esa área, y un bastón de aluminio. Ligero y práctico. En menos de doscientos metros por el sendero, Xabier se topa con el *jatetxea Sindika* de la familia *Otzoa*, un restaurante de tres estrellas con capacidad para 40-45 personas, una sección de bar, y ocho habitaciones que mantienen a Amaia, la *etxeko andrea* de setenta años, su marido Aitor, y sus dos hijas robustas, Gotzone y Mila, atareados de mañana a noche, seis días a la semana.

-¿**Son esos buitres o águilas**? -Pregunta Xabier.

-No, ¡que va, solamente Franciscanos! -Le responde Aitor, el casero, mientras extrae cajas de vino de *La Rioja* de su furgoneta, y trata de sacar su teléfono móvil de uno de los bolsillos de su pantalón. Grita un par de instrucciones, mete el móvil en su bolsillo, y gira hacia Xabier quien parece un poco sorprendido por la soltura y buen humor del casero.

-Lo siento, ¿que me preguntaba?

-Me refiero a esos pájaros grandes que vuelan y rastrean el valle, y que vemos desde aquí arriba.

Unos cinco-seis buitres o águilas volaban en círculos sobre el valle de Arantzazu.

-Ah, esos,…esos son cuervos negros,…aunque unos cuervos muy grandes como puede observar,…les gusta volar en círculos todas las mañanas buscando comida y calentando sus cuerpos con los primeros rayos del sol.

El sol empezaba a salir por detrás de las montañas del noroeste, calentando el aire de la mañana, y los cuervos con sus alas anchas empezaban a aprovechar las capas termales para elevarse en su vuelo. Mas adelante en su camino Xabier llega a una reja de metal y una pequeña puerta que se abre para dejar atrás un núcleo de *baserriak* y empezar a entrar un pequeño bosque de robles y hayas. A un lado de este sendero el pasajero puede hacer una pausa para leer un mapa con su lamina protectora de plástico mostrando el parque *Aizkorri-Aratz*, nombres de pueblos, valles, y montañas del alrededor. El sendero se hace mas rocoso y la pendiente mas pronunciada, hasta llegar a una bifurcación que lleva al pico de *Enaitz*, por la izquierda, y al pico de *Zabalaitz*, por la derecha. Xabier decide tomar la ruta hacia Zabalaitz y al llegar a la base de esta montaña inicia un descenso progresivo que le llevará hasta las llanuras de Urbia que se extienden por unos ocho kilómetros hacia el Este. Xabier, sin embargo, se detiene a mitad de camino para entrar en una taberna y jatetxea, la del caserío de *Mendierdian*, para disfrutar de un vaso de *xagardoa*, la sidra del área, hablar por unos minutos con el camarero y otras personas en la barra del bar, e iniciar su regreso al complejo de Arantzazu.

Ya de regreso a Arantzazu.

-*Egun on*, xabier tiene Ud. una visita esta mañana. -Es *Urtzi*, uno de los dos jóvenes en uniforme de traje azul oscuro, con corbata azul claro, que trabaja en el área de recepción de la Rectoría.

-¿Ah, sí… y quién es?

-Es una joven, se llama *Nerea*, y esta esperando en el lobby.

Su primer pensamiento fue subir a su cuarto, tomar una pequeña y rápida ducha, ponerse unas ropas limpias, y bajar a lobby para reunirse con Nerea. No, eso tomaría mucho tiempo, y además no se veía tan mal, pensó Xabier, ya que era aun temprano esa mañana, así que se dirigió al baño mas cercano al final del pasillo, se lavó las manos y la cara, y procedió a bajar las escaleras. Había pasado un poco mas de un año desde que se habían visto la última vez.

¡*Egun on*, Nerea! ¿Cómo estás?

Abrazos y besos.

¡*Egun on*, Xabier! Bien, ¿cómo estás tu...? Mi intención fue llamarte hace unos días para ver si te podía ver por unos minutos...y después esta mañana... -Nerea empezó a explicar como esa mañana Nerea se acordó de que el Euskaltegi donde ella trabaja en Bergara tendría un "open house" todo el día, por lo que ella podía escaparse por unas horas.

-A cualquier hora,...tu no necesitas ninguna cita para verme, tu lo sabes bien,... -Xabier y Nerea se abrazaron una vez más, como amigos de niñez, de siempre, lo hacen. En realidad un año había pasado, por lo menos, desde que Xabier había abrazado a una mujer, cualquier mujer. Casi se había olvidado de cómo una mujer huele, como su olor es diferente, y como sus manos pueden ser suaves y cálidas. Además, no fue solo un abrazo, sino un abrazo y dos besos, uno en cada lado de la cara.

-Entonces, ¿que tal si tomamos un café...*kafe eta eznea*, si recuerdo bien? -Xabier se apresuró a decir.

¡Fabuloso!

Los dos caminaron hacia el jardín, a unos pasos del lobby. Se encontraban en ese jardín unas mesas redondas de cristal grueso sobre unas estructuras de hierro, con sillas acolchonadas, y pronto un camarero aparecería. Tenían muchas cosas que contar para ponerse al corriente, de seguro. La conversación continuaba con facilidad, aunque con cierta ansiedad por ambos lados.

-Entonces, ¿Cómo te está tratando la vida, Nerea,...todo normal?

-Bueno...

-¿Tu también sueles tener pesadillas acerca del accidente? -Xabier se arriesgo a preguntar.

-Sí, todavía…pero no tanto como en un principio,…ahora solamente de vez en cuando.

-Yo también. -Añadió Xabier, mientras extendía su brazo y mano izquierda para tocar y apretar la mano de Nerea sobre la mesa de jardín. Se miraron a los ojos directamente por unos segundos, sin hablar, y los dos comprendieron que fue muy difícil en el principio, después del accidente, pero que ahora podían tramitar aquella pesadilla en la mitad de la noche.

-¿Has visitado a los padres de *Joxe*, mis tíos, últimamente? - Preguntó Xabier, por dos buenas razones. Sí, quería saber de sus tíos ya entrados en años pero, además, quería saber de cómo recordaba Nerea a Joxe, su Txomin, aquel joven que fue su amor hasta el dia del accidente.

-Sí, les he visitado muchas veces, aunque no muy a menudo últimamente…Así como en un principio sentía la urgencia de visitarles para hablar de Joxe, de su forma de pensar, su humor y bromas de niño, su torpe pero cariñosa forma de ser,… Para pretender que podía estar cerca de Txomin una vez más,…Ahora ya no puedo hacer esas visitas,…estoy tratando de atravesar otra fase de aquel episodio, creo yo.

-Por supuesto, debe ser difícil, muy difícil. Mi madre y su hermana, la madre de Txomin se reúnen y hablan de Txomin todo el tiempo,… Recuerdo muy bien aquel primo mío, aun… delgaducho, alto como un palo, loquillo, siempre bromeando, cariñoso y leal de pies a cabeza,… Siempre le recordare…

-¿Y que hay de tu trabajo,… has vuelto a enseñar Euskera en el *Euskaltegi* de Bergara, no es así?

-Pues sí, en realidad he tenido mucha suerte en poder volver a mi primer trabajo después de aquellos dos-años-y-medio en la Ertzaintza. Algunas veces todavía pienso de cómo los tres pudimos hacer semejante cosa, salir a parar manifestaciones… ¡y partir las cabezas de nuestra propia gente!

-No te sigas castigando,… lo importante es que aquello ya quedó atrás, que tu has vuelto a enseñar nuestro Euskera a la gente joven,…que estás ayudando a reconstruir nuestra Euskal Herria,… piénsalo de esta forma: la vida te está dando una segunda oportunidad…

Xabier debió notar un aire de angustia en la cara de Nerea.

-¿Que te ocurre Nerea, que te pasa?

-*Ha desaparecido Andoni*... mi hermano Andoni... no sabemos donde está...

-¡Qué me dices!

-Hace cinco dias que no sabemos de él... Salió para Donosti hace cinco dias para entregar un pedido de la huerta y no ha vuelto a casa... estamos todos en casa muy preocupados...

-Claro que estais preocupados... ¿Habeis notificado a la --Xabier vacilo por unos instantes antes de pronunciar las palabras-- a la *Guardia Civil* en Oñati?

-Sí.

-¿Y qué han dicho?

-No saben nada de *Andoni*,... no saben de ninguna detención o desaparición... Nos han recomendado que sigamos llamando a parientes y amigos que puedan saber algo... tal vez haya tenido un accidente, algo.

-¿Y estais en ello todos en casa...? ¿Estais llamando a parientes, a su mujer Maite, a amigos de Andoni?

-Si.

-Bueno, tranquilizate, Nerea... Debe haber una explicacion... todo saldrá bien, confía en ti misma.

Con su brazo derecho sobre los hombros de Nerea caminaron los dos en silencio unos minutos.

-¿Y que me cuentas de ti, Xabier, que haces estos días?

-¿Quieres decir cómo es que llegué a meterme en el seminario de Arantzazu para hacerme cura un dia?

-Pues sí, eso... ¿y como logras mantener tus ganas, tu rumbo?

-Yo mismo me hago esa pregunta muchas veces, pero caminemos un poco y trataré de darte mi perspectiva, o por lo menos compartir contigo algunas cosas que están ocurriendo en mi vida, hasta ahora. - Era la forma de Xabier de invitar a Nerea a caminar mientras organizaba sus pensamientos.

-Tal vez estoy aquí por alguna razón, una razón aun desconocida,... Quiero decir, no creo en eso del "pre-destino",...nada como eso,...pero a veces cosas ocurren y es solamente meses o años después que logras entender el porqué de ello. Estos últimos cinco años de mi vida han sido como una montaña rusa,... arriba y abajo, continuamente,... ahora me doy cuenta,... y especialmente esos tres años en la *Ertzaintza*,... yo podía haber matado o haber herido gravemente a personas. Yo no ponía en tela de juicio el "sistema" en mi entorno, y no pedía razones o legitimidad acerca de las cosas que ocurrían... Ahora tengo muchas preguntas y pocas respuestas en mi cabeza,...Esta vez siento cómo...

-Sí, comprendo, ¿pero por qué quieres hacerte cura? Un momento,...eso no es lo que quería decir,...lo que yo quería decir es...

-Vale, no te preocupes, Nerea, es una buena pregunta, y la respuesta es que no se el porqué, no se exactamente. Parte de ello tiene que ver con la promesa que hice a ese Señor de las alturas cuando las cosas iban tan mal para todos nosotros el dia del accidente,... y por otra parte es el miedo, sí, el miedo. Miedo de no saber por donde quiero ir, miedo de no saber lo que me espera en el otro lado del camino, y la frustración de siempre tener que depender de otros para obtener respuestas,...miedo de fracasar. Así que estos días me tomo mi tiempo y leo,...leo libros y cosas, y continuamente me pregunto ¿por qué esto y aquello es así, y no puede ser de otra manera? --Xabier notó que Nerea entendía su necesidad de pensar en voz alta, y continuó-- Hace seis meses, por ejemplo, empecé a leer la Biblia por primera vez en mi vida. ¡Imagínate! Quedé sorprendido por las cosas que leía,...me sentí frustrado tratando de comprender y reconciliar las cosas que la Biblia dice, por un lado, y las cosas que nuestra Iglesia dice y hace, por otro lado,... pueden ser dos categorías de cosas diametralmente opuestas muchas veces,... Entonces, decidí reunir unas pocas preguntas y hallar respuesta a esas preguntas en el proceso de escribir una tesis, una tesis de Master, como le llamamos en el seminario. Así que hablé con mi Superior, Padre Muxika, y el aprobó mi proyecto de tesis desde el primer momento,...El solamente pedía saber el titulo de la tesis. "Anímate y hazlo,... empieza con una idea y un titulo, y los detalles aparecerán después, uno por uno."

-¿Y que titulo tienes en mente para tu tesis?

-"*Los Arquitectos de la Iglesia: Los Primeros 300 Años*." Bien los primeros 300 años, los primeros 500 años, o los primeros 2000 años,... No lo he decidido todavía.

-¿Y que tienen que ver los arquitectos con la Iglesia?

-No hablo de "arquitectos" en el sentido de diseñar y construir cosas físicas como puentes, caminos, casas, castillos, o catedrales,...no en ese sentido,...sino en el sentido de diseñar y construir una forma de entender el universo, todo lo que está a nuestro alrededor, en el sentido de entender lo que Dios quería comunicar al hombre a través de su

palabra escrita en el *Antiguo Testamento* y en el *Nuevo Testamento*,...
En realidad, quiero decir lo que Él quería comunicar a ambos, el
hombre y la mujer, pues el tenía en mente un rol muy especial para la
mujer, creo yo.

Percibiendo que Xabier quería hablar mas, Nerea asintió con la
cabeza y continuó escuchando. Le conocía desde que eran niños los
dos, jugando en las calles de Bergara, y sabia que él prefería escuchar
hasta que lograba organizar sus pensamientos, y entonces empezaba a
hablar, y a hablar con ganas. Sí, pero una cosa es hablar de planes para
asistir a un concierto de rock un fin de semana, o hablar de comprar
una barca con motor para hacer carreras en algún embalses en el
parque de Aizkorri-Aratz, por ejemplo,...y otra cosa es hablar de
"arquitectos de la Iglesia", Dios, el hombre, y la mujer, todo ello en
una frase larga, pensó Nerea.

-Bien, pero ¿Por qué dices "comunicar a ambos, el hombre y la
mujer"? No es la Biblia para ambos el hombre y la mujer? Esta vez,
Nerea daba énfasis a esas dos ultimas palabras, esas dos entidades,
hombre y mujer.

-Sí, pero la Iglesia hoy dia está dirigida por hombres,
primordialmente y exclusivamente,... Quiero decir, tengo curiosidad,
y cierta incredulidad, sobre si ello ha sido siempre así desde un
principio y, después, a través de los siglos, ...aunque estoy interesado
en ese principio, en particular. -Xabier para en su caminar para
cerciorarse y, efectivamente, todavía están los dos dentro del perímetro
del jardín.

-¿Te gustaría caminar hasta el *jatetxea* Otzoa, un poquillo mas
adelante?

-Sí, encantada.

-Quiero decir, encuentro interesante saber que los primeros
Cristianos emergieron después de la caída del Templo de Jerusalén,
entre el primer y segundo siglo, creyendo que Jesucristo era un hombre
muy especial, un hombre que creía en la necesidad de tener cambio en
nuestra sociedad,...un *cambio social* grande,... y que el se expresaba
con gran respeto y afección hacia las mujeres en su entorno,... y eran
muchas las mujeres Judías discípulas en su entorno, mujeres como
Maria Magdalena, Joanna, y *Susana* acompañaban a Jesucristo
durante sus sermones, además de darle de comer y beber con sus
propios medios, en bodas, bautizos, y funerales. Algunas de aquellas

mujeres también hablaban a las multitudes de Jesucristo y su misión en la tierra. Se dice que Magdalena y otras mujeres fueron de los primeros testigos el dia de su resurrección,... y, aun más, a ella le llamaban la "mensajera del Cristo resucitado." Las mujeres parecen haber tenido un papel muy importante en el ministerio de Jesucristo, y así lo dicen los evangelios. Pues bien, por otro lado, la institución del Cristianismo no ha sido favorable a la causa de la mujer, creo yo, negándole oficina eclesiástica alguna, dentro de ambas iglesias Cristianas, la Católica y la Ortodoxa del Este,... y me pregunto porqué ha sido así. -Xabier miró a su alrededor y se dio cuenta de que se habían pasado, que habían caminado mas allá del jatetxea Otzoa.

-Lo siento, Nerea, a veces me pongo a hablar...

-No te preocupes, continúa, por favor.

-Y, además, está ahí el tema de la ***bisexualidad de Jesucristo***...

-¿El qué de Jesucristo? -Esta vez Nerea agarró a Xabier de su brazo izquierdo para que parase de caminar y hablase, y le mirase en los ojos.

-Sí, eso es... dije la bisexualidad de Jesucristo...

-Eso es lo que creía que dijiste, pero no estaba segura... ¡Ahora sí que nos estamos metiendo en problemas!

-Vale, pero sígueme el hilo por unos minutos más, si no te importa... A medida que leía hoja tras hoja en los muchos libros y epístolas del Antiguo Testamento y del Nuevo Testamento, pero especialmente en este último, empecé a darme cuenta de que Jesucristo hablaba en términos de humanidad y de amor, un amor que no tenia sexo, que no mostraba preferencia por el hombre sobre la mujer o viceversa, si me explico correctamente. Quiero decir que las cosas que él decía eran de interés para muchos a su alrededor, y no tanto porque las decía un hombre, sino porque esas cosas hablaban de esperanza, de un cambio social hacia la paz, de justicia para remediar el sufrimiento de las masas sin tierras y propiedad, así como también del perdón como fuerza redentora,...¿me sigues? Esas palabras y ese mensaje no tienen una cara, sea esta de hombre o de mujer. Ese mensaje de amor y redención tiene significado para las multitudes, independientemente de si el mensaje venia de un hombre o de una mujer...es decir, el mensaje era "independiente del sexo" de la persona que lo traía y que lo escuchaba,...***el mensaje era independiente del mensajero, fuera este hombre o mujer***,...es en ese sentido que la naturaleza de Jesucristo era y es asexual, opino yo. ¿Me sigues?

Esta vez Xabier hizo una pausa para ver como Nerea reaccionaría. Le interesaba saber de su reacción, pues hasta ese momento Xabier no había hablado con nadie sobre ese tema,...ni con sus amigos, ni con sus Hermanos en el seminario.

-Pero si el mensajero no tiene un sexo en su naturaleza, si es asexual en su forma de comunicar y proceder, entonces... entonces no es hombre ni mujer,... ¿es una maquina u objeto solamente?

-Sí y no, y es ahí donde el dilema o problema continua, porque la Iglesia ha insistido siempre que Jesucristo tenía que ser ambos, Dios y hombre,...las dos entidades juntas,... no solamente Dios y "objeto." Y, precisamente por ello, porque la Iglesia ha insistido en la dicotomía de Jesucristo como Dios y como "ser humano", y no un objeto, la Iglesia debe haber sentido la necesidad de elegir entre hombre y mujer en esa naturaleza y, aparentemente, decidió a favor del hombre en esa dicotomía. Alternativamente, sugiero que la entidad "hombre" en la Biblia tiene mayor correspondencia a la de una persona bisexual, o hermafrodita, capaz de ser, pensar, y actuar como hombre, cuando así lo desea, y capaz de ser, pensar, y actuar como mujer a su gusto, en mi opinión. No se si me explico bien.

-Bueno, sí, diría...pero no creo que la Iglesia lo ve así como tu lo explicas y, por el contrario, la Iglesia quiere que ese mensaje de amor y esperanza venga de un hombre, y no de una mujer, diría yo. Es decir, la Iglesia quiere las dos cosas juntas, *"el mensaje y el mensajero."* Punto. -Afirmó Nerea, sorprendiéndose a si misma de que ella también estaba participando en ese tipo de razonamiento, o peor aun, ¿era ese un ejercicio en herejía?

-¡Exactamente!

-Entonces, ¿hacia donde vamos, Xabier? Porque propones la idea y dicotomía de Jesucristo como Dios y ser humano, tal que la parte humana pueda corresponder igualmente a hombre, a mujer, o a ambos?

-Porque entonces, dos cosas pueden ocurrir que tienen mejor sentido de ser. Una, *el Jesucristo bisexual*, el Jesucristo hombre-y-mujer, si prefieres, se reconcilia mejor con el Jesucristo del Nuevo Testamento que habla bien de las mujeres, que busca y acepta su compañía y sustento, y que encomienda a una de esas mujeres, a Magdalena, la tarea de ser "la mensajera del Cristo resucitado." Y dos, la Iglesia entonces tendría mayor razón para considerar a la mujer como un socio en igual, en igualdad, en las oficinas eclesiásticas.

-Pero eso equivaldría a un nuevo juego, una nueva realidad, ¿no seria ese el caso? -Fue la pregunta retórica de Nerea.

-Bueno, sí. Pero ese juego traería con ello un remedio a grandes problemas y retos que la Iglesia ha tenido últimamente, como el problema del declive de las vocaciones en todo el mundo... los sacerdotes hoy día son "una especie en peligro de extinción." ¿Porque no permitir a *las mujeres* hacerse sacerdotes tambien? Y, por otro lado, la Iglesia entonces podría dar a los "tradicionalistas" ¡algo realmente serio en que pensar y actuar! -Propuso Xabier con cierta satisfacción.

-Sí, seguro... a ver... examinemos lo que estás diciendo... ahora Jesucristo es bisexual, las mujeres pueden competir con los hombres dentro de la jerarquía de la Iglesia, pueden hacerse sacerdotes, y posiblemente llegar a ser Papas. ¡Ahora sí que la has liado bien! -Exclamó Nerea, no pudiendo resistir su sentimiento de sorpresa.

Para esas fechas Xabier y Nerea estaban adentrados en el pequeño bosque del sendero, inmersos en conversación y saboreando el momento. También se encontraban solos. A continuación, Nerea le miró a Xabier en los ojos por unos segundos sin pronunciar palabra alguna. Ella quería decir algo, pero opto por acercarse y beso a Xabier en su mejilla derecha, ligeramente pero sin prisa.

-¿En realidad quieres seguir y hacerte cura un día...? Quiero decir, tu todavía piensas y hablas como un ingeniero, ¿te das cuenta de ello?

Xabier vaciló por un instante. Parte de él estaba seguro de las cosas que quería hacer. Pero otra parte de él también albergaba la duda. Nerea abrazó a Xabier, y él compartió en la emoción y la intimidad del momento. Por otro breve instante sus sentimientos como hombre se desprendían de lo profundo de su ser y flotaban libres a la superficie, a cada poro de su piel. Esos sentimientos siempre estuvieron allí, Xabier lo sabía. Nerea también lo sabía bien. Juntos caminaron de regreso a la Rectoria.

-En unos días saldré para los EE.UU., por un año... --Xabier logró soltar esas palabras de su garganta-- te llamaré a tu movil mañana para averiguar si sabes algo más de tu hermano *Andoni*.

Xabier y Nerea se abrazaron una vez más.

Capitulo
7

Los Ustashi y Los Franciscanos

En algunas noches de verano el viajero afortunado que visita la *Isla Visovac* en el Parque Nacional Krka en *Croacia* puede oler las aromas deliciosas que se escapan de caseríos donde la gente cocina *Istarska yota*, también conocida como *cocido Istrian*. Sus principales ingredientes son berza, alubias, costillas de cerdo, patatas, y trozos de tocino, siendo ajo su condimento habitual. Muchos de esos viajeros y turistas llegan a Croacia para disfrutar de su costa larga con sus pueblos bien conservados del periodo del Renacimiento. En 2005, por ejemplo, Croacia tuvo diez millones de turistas. Cuando llega el tiempo de Navidad, por ejemplo, el turista también puede disfrutar de variedades de bakalar, recetas de *bacalao* con un gran surtido de otros pescados y carnes, sin olvidarnos de los platos de *fritule*, una especie de rosquilla de pan dulce muy popular. Si a lo largo de su costa yace una gran variedad de playas, formaciones de roca, y vistas espectaculares, el interior ofrece una plétora de castillos medievales en ciudades como Zagreb, su capital, Virovitica, y Zadar. Ocho áreas en el país han sido designadas parques nacionales, y varias compañías operan flotillas de veleros y yates a lo largo de esta costa que también atrae a muchos submarinistas. Agencias de viaje describen Croacia como "*el Mediterráneo hoy dia como lo fue en un principio.*"

En Navidades los **Croatas** tradicionalmente comen **bacalao** (Cod), pescado, mostrado aquí secándose en huertas.

Croatas y Eslavos colonizaron el Este de la costa del Mar Adriático y las tierras Pannonias al principio del siglo siete, formando dos principados, *Dalmacia* y *Pannonia*. El establecimiento de la dinastía Trpimirovic hacia el año 850 consiguió el fortalecimiento de enclave Dalmaciano Croata que se convirtió en reinado en 925. En 1102 ese reinado se integra a una union con el Reino de Hungría, y es en 1526, después de la Batalla de Mohács, que el "*Reliquiae reliquiarum olim inclyti Regni Croatiae*" (los restos del Reino de Croacia) se hicieron parte de la Monarquía de los *Habsburgos*. Llega 1918 y Croacia se ha convertido en parte del *Reino de SHS*, es decir, Reino de Serbia, Croacia (*Hrvata* en Croata), y Eslovenia, llamándose finalmente el *Reino de Yugoslavia*. Hoy dia unos cinco millones de Croatas viven el esa región del centro sur de Europa, a lo largo de la costa del Este del Mar Adriático, principalmente en Croacia, Bosnia, y Herzegovina, así como en otros países, por un total de nueve millones esparcidos por el mundo. Debido a varias razones sociales, económicas, y políticas muchos Croatas han emigrado a otros países como Argentina, los EE.UU., Australia, Alemania, Chile, Nueva Zelanda, y Sudáfrica, creando una **Diáspora Croata** reconocida internacionalmente. A los Croatas se les conoce por su cultura, influenciada a través de los siglos por el mundo Occidental y Oriental, su lenguaje Croata, y por ser *Católicos*, predominantemente.

¿Y qué sabemos de **Serbia**? Serbia es el país vecino de Croacia, también un país rico en historia, geográficamente en la encrucijada de grandes imperios que dejarían una huella indeleble en su rica cultura. Primero porque se encontró entre los dominios del *Imperio Romano de Occidente,* con Roma como sede, y después entre el Imperio Otomano y el Imperio Austriaco-Húngaro, tal que se dice que la parte norte de Bosnia es mas de carácter de Europa Central, mientras que la parte sur tiene mas sabores y matices orientales. Posiblemente su herencia mas notable del Imperio Romano Oriental es su religión Cristiana Ortodoxa, tal que a través de su historia moderna los Serbios son *Cristianos Ortodoxos* y tienen su propia Iglesia, llamada Iglesia Serbia Ortodoxa. También parte de su herencia es el alfabeto cirílico con el que se escribe su propio idioma: Serbio. La multitud de castillos y fortalezas en el país es otro recuerdo de su rica herencia del Imperio Bizantino. El turista sin prisa disfrutaría de un desayuno Bosniano que puede incluir un buen surtido de salchichones, salami, huevos revueltos, y pastelitos servidos con yogur, mantequilla, y quesos acompañados de te o café fuerte con leche.

Hoy Serbia esta organizado en 25 distritos además de la ciudad de *Belgrado*. Algunos de estos distritos están integrados y forman provincias autónomas, de las cuales Serbia tiene dos: *Vojvodina* en el norte con siete distritos, y *Kosovo-y-Metohija*. Kosovo declaro su independencia el 17 Febrero de 2008 ante la oposición de Belgrado, y las negociaciones continúan hoy dia bajo la administración de las Naciones Unidas y su misión en Kosovo. La parte de Serbia que no se declara como Kosovo o Vojvodina se auto denomina "Serbia Central", sin división administrativa o gobierno propio.

E, indudablemente, el tema de la religión es fundamental para empezar a entender la idiosincracia de este país. La *Iglesia Católica* tiene una presencia en Vojvodina, en la parte norte de Bosnia donde hasta el 20% de la población es Católica, una población que integra minorías de Húngaros, Eslovacos, Croatas, Bunjevci, y Checos. Los *Protestantes* alcanzan el 1.5% de la población; *Cristianos Serbios Ortodoxos* el 82%, aunque no en Kosovo, un equivalente de 6,2 millones de creyentes; Belgrado propio es 90% Cristiano Ortodoxo. *Islam* tiene una presencia significante en Kosovo, también, donde el 90% son Musulmanes, al igual que unos 140.000 Bosnios de Serbia y una minoría de 1% de Albaneses, Turcos, y Árabes. Interesantemente, fue durante los tiempos de la infame *Inquisición Española* cuando miles de personas y familias *Judías* fueron perseguidas, detenidas, torturadas, sentenciadas, robadas de toda propiedad y, finalmente, arrojadas fuera de España para vagar por la Europa hasta encontrar refugio en algunas regiones y países. Muchas

Pastelitos **Serbios** relleros de queso y puré de patata, horneados o fritos, de nombre **burek**.

de esas personas encontraron albergue en Serbia donde algunas fueron asimiladas e integradas en la población general. Mas tarde, en tiempos recientes, guerras sucesivas internas motivaron a una porción de la población Judía a escapar nuevamente, esta vez a Yugoslavia y la región Austro-Húngara.

El siglo veinte, sin embargo, traería consigo una serie de guerras desastrosas in la región de los *Balcanes* donde dos fuerzas apocalípticas convergieron para sembrar devastación, terror, y el aniquilamiento de muchas gentes en esa región a partir de 1941: *Fascismo del Estado*, y la *Iglesia Católica*. Una de esas fuerzas requirió tan solamente los últimos cincuenta años para consolidar su vasto poder, mientras que la otra fuerza evoluciono sobre el periodo de los últimos 2000 años de historia. *Musolini* y su movimiento Fascista alcanzaron el poder en Italia, *Hitler* y su movimiento Nazi dominaban Alemania ya gran parte del resto de Europa, mientras *Franco* y su régimen Fascista daban un golpe de estado derrocando a la *Segunda Republica* elegida democráticamente en España y país Vasco. Al mismo tiempo, el Vaticano firma tres *concordatos*, uno con cada uno de esos tres lideres Fascistas recibiendo así grandes cantidades de dinero y poder en cada uno de esos países a cambio de la bendición del Vaticano para esos lideres, sus maquinas de guerra, y sus programas de asesinato y "limpieza étnica" en sus sociedades. El Estado y la Iglesia una vez mas combinaron fuerzas para llevar a cabo políticas paralelas y complementarias: la exterminación racial de Serbios, y la exterminación religiosa de los Cristianos Ortodoxos. *Williams (2003, página 63)* describe ese episodio así:

> *Viendo como esas fortunas podían ser extraídas de los Fascistas,* **Pio XII** *vio también en el* **Eje** *una nueva forma de expandir su dominio espiritual en el Oriente. El 6 de Abril de 1941* **Hitler** *invadió Yugoslavia en coordinación con el asalto a Grecia, bombardeando la ciudad de Belgrado y matando a cinco mil personas en la población civil. Cuando la Wermacht ["maquina de guerra" en Alemán] entro en Zagreb en triunfo el 10 de Abril, Hitler ordeno la partición de ese país. La Croacia Católica fue sacada del control de la Serbia Ortodoxa. Al nuevo país se le concedió el status de "Ario", y fue establecido como una nueva e independiente nación bajo la mano de* **Ante Pavelic**[28]*y su banda de Fascistas criminales conocidos por el nombre de* **Ustashi**, *una palabra que proviene del verbo" ustati" que significa "surgir", "levantarse."*

Una semana después de la invasión Nazi de Yugoslavia, el 14 de Abril de ese mismo año, 1941, el *Arzobispo Alojzije Stepinac*[27], el nuncio del Vaticano en Croacia, salio a saludar personalmente a Pavelic y sus tenientes Fascistas en Zagreb y ofrecer sus felicitaciones mientras las campanas redoblaban en las iglesias Católicas de la nueva nación:

*Dios que dirige el destino de las naciones y controla el corazón de reyes nos ha dado **Ante Pavelic**, y ha inspirado al líder de una gente amistosa y aliada, Adolfo Hitler, a usar sus ejércitos victoriosos para dispersar nuestros opresores, y a ayudarnos a crear el Estado Independiente de Croacia. Gloria al Señor, nuestra gratitud a Adolfo Hitler, y nuestra lealtad infinita a nuestro líder Ante Pavelic.* [**Archbishop Stepinac**, citado por *Avro Manhattan*, 1958]

Un monje **Franciscano** convirtiendo a la fuerza a Cristianos **Ortodoxos** en el pueblo de Mikleus, cerca de Kutina, **Croacia**. Circa 1941. (Fuente: *Vatican Holocaust*, de A. Manhattan, 1988)

El duque de *Spoleto* es "coronado" rey títere *Tomislav II* de la nueva Croacia, después de tener audiencia con Pío XII el dia anterior acompañado de su delegación Ustashi. Tres semanas después de la invasión de Yugoslavia por los ejércitos de Hitler, Pavelic se siente seguro de tener al arzobispo y el Vaticano a su lado y lanza una campaña para "limpiar" la nueva nación de "impurezas genéticas y religiosas", decretando que todas obras en alfabeto Cirílico sean prohibidas. Los Judíos son descritos en términos racistas, casamientos entre Judíos y Croatas Católicos son prohibidos, y la deportación de los Judíos de Zagreb al campo de concentración de *Danica* es puesta en marcha. A los Serbios Ortodoxos se les prohíbe los trabajos públicos, no pueden enseñar en las escuelas o trabajar en empresas y, por si el mensaje nos es suficientemente claro, el Ministro de Justicia *Milovan Zanitch*[34] comunica:

*Este Estado, nuestro país, es **solo para Croatas**, y no para nadie mas. No existen formas y maneras a las que no recurriremos los Croatas para recuperar nuestro país, y limpiarlo de los Serbios Ortodoxos. Todos aquellos que vinieron a nuestro país hace 300 años deben desaparecer. Nosotros no ocultamos nuestra intención. Es la política de nuestro Estado, y durante su desarrollo nosotros seguiremos los principios de los **Ustashi**.*

El Arzobispo de Sarajevo, **Dr. L. Saric**, un **Ustashi** desde 1934, dando el saludo "Heil Hitler" con un grupo de paisanos Ustashi y oficiales **Nazis** en el aeropuerto de Butmir, en 1943. (*Holocausto del Vaticano*, de A. Manhattan, 1988).

Las atrocidades pronto se iniciaron, tanto que el General Alemán *Edmund Glaise von Horstenau* informe a su Alto Cuartel Alemán:

Nuestras soldados deben ser testigos mudos de tales eventos; esto no habla bien de sus altas reputaciones... Se me comunica frecuentemente de que nuestras fuerzas de ocupación deben intervenir para parar la ola de crímenes por parte de los Ustashi.

Otro informe, éste dirigido a las oficinas de la Gestapo de *Heinrich Himmler*, con fecha 17 de Febrero de 1942:

*El aumento de actividad de las bandas [resistencia de Serbios] es en respuesta principalmente a las atrocidades cometidas por las unidades de **Ustashi** contra la población Ortodoxa. Los Ustashi cometen sus crímenes in forma **bestial** no solamente contra hombres de edad de reclutas, sino especialmente contra gente mayor e indefensa, mujeres y niños. El numero de Ortodoxos que los Croatas han matado es cerca **de tres-cientos-mil**.*

Mientras los Ustashi y sus aliados Nazis conducían sus campañas militares, de "limpieza étnica", y de terror la Iglesia Católica permanecía en silencio, al mismo tiempo que alentaba la conversión forzosa de los Cristianos Ortodoxos:

Las iglesias Ortodoxas fueron convertidas en espacios de venta y compra, tabernas, etc. Otras fueron transformadas en iglesias Católicas, o derrumbadas totalmente, como en las provincias de Lika, Banija, y Kordun donde 172 iglesias fueron destruidas. Los monasterios Ortodoxos siguieron la misma suerte. En Fruska Gora quince monasterio e iglesias Ortodoxas fueron entregadas a entidades de la **Orden Franciscana**, *como así ocurrió con las propiedades de las iglesias en Orahovica, Pakrac, y Leapvina... En poco tiempo* **un total de 250 iglesias Ortodoxas fueron saqueadas o destruidas,** *...Cientos de sacerdotes y obispos murieron, simplemente porque eran hostiles a la "verdadera Iglesia"* [la Católica]. (*Vatican Holocaust*, A. Manhattan, 1988).

El *monje Franciscano*, **Padre Miroslav Filipovic**, a la izquierda vistiendo su sotana de *sacerdote*. A la derecha, en uniforme **Ustashi**. Padre Filipovic era el Comandante en el terrible **campo de concentracion de Jasenovac**, 1941. (*Vatican Holocaust*, A. Manhattan, 1988).

Para promocionar la conversión sistemática y en masa de los Cristianos Ortodoxos que se habían librado de los campos de concentración, un ministerio de gobierno fue creado y **D. Juric**, un **Franciscano**, fue comisionado para dirigir ese nuevo ministerio. Entre los mas notablemente infames está el caso de **Miroslav Filipovic**, **Ustashi** y **monje Franciscano** al mismo tiempo, posiblemente la mente mas criminal de este episodio sórdido de terror y asesinatos, capellán y comandante en el nefasto campo de concentración de Jasenovac donde se le llamaba "el sotánas". Este campo de concentración era el mas grande en la nueva Croacia durante la 2da.

Guerra Mundial, establecida por los Ustashi en 1941 y desmantelada por los Aliados y los Soviéticos en 1945. Un complejo vasto que se extendía sobre 240 kilómetros cuadrados y a lo largo del Río Sava, y abarcaba cinco campamentos. Al llegar a estos campamentos a los prisioneros se le marcaba con dos colores: azul para los Serbios y rojo para los comunistas. La mayoria de las victimas fueron asesinadas en áreas de ejecución próximas a los campamentos, como Granik y Gradina. Se alega que Filipovic fue mas tarde expulsado de la Orden de Franciscanos aunque cuando fue sentenciado y ahorcado por sus crímenes de guerra vestía su sotana de Franciscano. Una vez terminada la 2da Guerra Mundial, los Ustashi que lograron escapar de Yugoslavia a la entrada de los Aliados huyeron a Sur América con pasaportes expedidos por el Vaticano. Esa huida fue posible gracias a las *"líneas de ratas"* dirigidas por sacerdotes Católicos con contactos en el Vaticano.

El Oro Nazi de los Ustashi

¿Que ocurrió con las propiedades, oro, y dineros robados a los Serbios Ortodoxos? Se ha documentado que el régimen Ustashi envió a bancos Suizos grandes cantidades de oro que robó y exprimió de sus victimas, Serbios y Judíos. De **un total de 350 millones de Francos Suizos**, unos 150 millones fueron confiscados por las tropas Británicas, y los restantes 200 millones, con un equivalente de 47 millones de Dólares, ingresaron en el Vaticano, como fue documentado y comunicado la *Strategic Services Unit (SSU)* en 1946, la agencia Americana de inteligencia. Se alega que mucho de ese oro continúa hoy dia en manos del Vaticano. En las ultimas décadas, por ejemplo, varias acciones legales han sido iniciadas contra el **Banco del Vaticano** y la Orden de Franciscanos en la Corte Federal de los EE.UU., como es el caso de **Alperin vs. Banco Vaticano** de 1999, para tratar de recuperar esos dineros a favor de familiares y descendientes de aquellas victimas de los Ustashi y sus colaboradores.

¿Que disposición legal se hizo de Stepinac? El **Arzobispo Stepinac de Zagreb** fue acusado de apoyar a los Ustashi y de exonerar de responsabilidad a muchos principales en la Iglesia Católica y Romana que colaboraron con los Ustashi. Por otro lado, también se ha documentado su ayuda a otras personas Judías, Serbias, y Roma, también victimas del terror de los Ustashi. Los príncipes de la Iglesia, no sorprendentemente, saben participar en ambos lados de un conflicto si el beneficio propio a derivar existe en ambos lados. Tal estrategia debió dar buen resultado, pues Stepinac fue beatificado por el *Papa Juan Pablo II* en 2003.

Muerte en Arantzazu

-Buenos días a todos,... Es mi privilegio el darles la bienvenida a este *Séptimo Congreso Inter-Denominacional de Conferencias para la Paz* que celebramos este año aquí en Arantzazu. En este año particularmente tenemos la buena fortuna de contar con nosotros representantes del Gobierno Vasco, la Conferencia Episcopal de Obispos (COPE), el Ministerio Español de Cultura, la Organización Nacional de Juventud Cristiana, la División Española del Congreso Judío Mundial (*World Jewish Congress, WJC*), la Delegación de Hermanos Marianistas del Colegio de Dayton, EE.UU., y la Delegación de Obispos de Ortodoxos Canónicos de las Americas (SCOBA), así como nuestras invitadas especiales, las Hermanas de la Caridad, de Plymouth, Inglaterra. -Fue una introducción larga y detallada, pero el Padre Muxika fue capaz de nombrar a todas las entidades allí representadas. Un par de reconocimientos mas y se quedaría "libre" el resto del día.

-Y, así como en esta ocasión, nuestro humilde complejo Franciscano de Arantzazu es el anfitrión de este congreso, tengo el privilegio de recordarles que el siguiente Congreso-para-la-Paz se llevara a cabo en la ***Universidad Franciscana de Steubenville***, cerca del pueblo del mismo nombre, en Ohio, EE.UU. Entonces, sin mayor demora, declaro abierta esta sesión del Séptimo Congreso. Que disfruten...

Allá atrás en el auditorio estaban Xabier, y los Hermanos seminaristas Juan y Gerardo, esta vez asistiendo al congreso, escuchando, familiarizándose con los varios temas, y a invitación de Padre Muxika. Si esos seminaristas van a convertirse en lideres dentro de sus propias comunidades, deberán estar al corriente de asuntos y temas de actualidad, razonaba el Padre Muxika.

-Me encanta esto, no puedo creer que estamos aquí en Arantzazu nuevamente, tan solo cuatro meses después de nuestra reunión con Padre Muxika y Padre Pagola,...todas las comidas pagadas... ¡y sin tener que trabajar en nuestras tesis por los tres días siguientes! -Exclamó Hermano Juan.

-Bueno, tal vez vosotros lo tenéis todo ya bien machacado en vuestras mentes, pero yo todavía no entiendo cómo es que Padre Pagola y los otros padres superiores en la Orden han podido atraer a tanta gente importante a nuestra conferencia,... sí, esto es Arantzazu, pero aun así... -Añadió Juan.

-Paz, la gente quiere paz, por eso... -Esta vez era el Hermano Gerardo, quien lo veía claro.

-Dinero, la gente quiere dinero! -Propuso Xabier ante la sorpresa que relucía en las caras de Juan y Gerardo.

-Dinero,...¿Qué quieres decir con eso?

-Bueno, os habéis dado cuenta de que esta en una reunión de "viejos amigos", y habéis visto la lista de topics en el programa de la conferencia?... "Normalización e Iniciativas de Paz en el país Vasco", "Estrategias para Recaudar Donaciones para Nuestras Diócesis"... "La Union Europea y Apoyo a la Financiación de la Educación Privada",...etc.,... Bueno, entonces os dais cuenta de palabras como "estrategias", "paz", "ayuda", "financiación", y otras... no solamente palabras, sino palabras clave, palabras en código diría también.

-Bien, y ¿que tienen de raro o extraordinario esas palabras? Quiero decir... son palabras que se oyen en todas las conferencias, diría yo... ¿Cuál es la diferencia esta vez? -Sugirió Gerardo.

-Sí, pero esta vez algunos de los participantes en la conferencia son especiales, peces gordos.

-*¿Qué peces especiales y gordos*?

-Bueno, gentes de organizaciones internacionales de mucho renombre, de *Cristianos Ortodoxos* y de comunidades *Judías*, para empezar,... -Esta vez Xabier hizo una pausa para observar como Juan y Gerardo pudieran reaccionar a su observación.

Silencio.

-Bueno, puede que yo este equivocado, pero en los últimos meses he visto varios artículos en la Internet sobre el paradero del "Oro Nazi", oro y dineros que los Nazis de Hitler y sus colaboradores

Fascistas en la 2da. Guerra Mundial robaron a los Serbios Ortodoxos y a las familias Judías,…Quiero decir, estamos hablando de toneladas de oro robado a esas familias que huían del terror y la guerra en sus países, obras de arte y objetos de oro y plata robados a iglesias Ortodoxas, a Sinagogas, y cientos de monasterios,… Me tropecé con muchos de estos artículos durante mi investigación y tesis de Masters aquí en el seminario…

-Bien,…yo también he oído algunas historias acerca de ese "oro Nazi", pero no tengo idea de si esas historias son reales o imaginadas, …en realidad. -Juan sintió que tenia que decir algo, y no es que supiera mucho sobre el tema, pero tampoco quería ser interpretado como totalmente ignorante sobre ese tema.

Gerardo optó por seguir escuchando.

-Vale, pues resulta que algunos historiadores y escritores son de la opinión de que el Vaticano recibió mucho o bastante de ese oro Nazi, oro que el Vaticano ha estado invirtiendo y "lavando" en estas dos ultimas décadas, pero que aun guarda parte de esos dineros en su banco, el Banco del Vaticano… Es más, se alega que hay varios pleitos legales, denuncias --cómo les queramos llamar-- registrados en las Cortes de los EE.UU. contra el *Banco del Vaticano* para tratar de recuperar esos dineros para familiares de las victimas Serbias y Judías, y contra los

Reunión del Papa **Benedicto XVI**, derecha, y el arzobispo Chrysostomos II de Chipre, Junio 16, 1977. El arzobispo se ofreció para mediar entre el Papa y el **Patriarca Ortodoxo** de Moscu, Alexy II. (Fuente: Periódico *L'Osservatore Romano* del Vaticano).

Archivos Secretos del Vaticano los cuales guardan información sobre el paradero de esos dineros, se alega.

-Pero,… sacar ese dinero del Banco del Vaticano,… y para dárselo a quien? -Preguntó el Hermano Gerardo sin ocultar su incredulidad.

-El oro, o mejor dicho los dineros, serian entregados a familias y personas hoy dia que tienen algún parentesco con aquellas victimas de los Ustashi y los Nazis en Yugoslavia y Croacia durante la 2do. Guerra Mundial, allá por 1942,... me imagino. Pero --y aquí es donde Xabier hizo otra pausa pronunciada-- pero si esos parientes han fallecido, no se les puede encontrar, por una razón o por otra, una buena parte de esos dineros e intereses acumulados podrían ir a organizaciones religiosas, asociaciones caritativas, etc.,... y esa es la razón por la cual todo el mundo esta aquí, en esta conferencia en Arantzazu,... posiblemente.

-¿Y vosotros creéis --no pudo evitar Gerardo hacer esta otra pregunta-- que todos esos crímenes y atrocidades ocurrieron de verdad, que cientos de miles de personas fueron llevados a campos de concentración en Croacia para ser metódicamente exterminados?...

-Algo o mucho de ello debe ser verdad,...Quiero decir, recuerdo a uno de mis tíos, *Eustaquio*, hablar de historias y relatos que el escuchó durante la **Guerra Civil** aquí en país Vasco y en España, estando de voluntario en las **brigadas de voluntarios del ejercito de Franco,...¡bueno en su pueblo o te metías de voluntario en el ejercito de Franco o tenías que salir corriendo para las Americas!**... entonces, él y sus amigos se metieron de voluntarios como carpinteros para construir "portones" de madera, que luego las tropas de Franco usaban para cruzar el *Río Ebro* a sus anchas en Alava y Navarra, con equipo pesado, para pelear contra el ejercito Vasco en Bilbao y en otros lugares,... Bueno, el caso es que hacia el final de la guerra su unidad recibió varios voluntarios extranjeros, soldados ya endurecidos, de lugares como Zagreb y Belgrado,...Esos nuevos voluntarios hablaban del genocidio que estaba ocurriendo en los territorios ocupados por los Nazis y los Croatas, o "Croatos", como les llamaban en la unidad de mi tío, tanto así que él y sus amigos pensaban que hablaban en broma, para asustarles por un rato y despúes reírse de ellos, algo...

Una ola de grandes aplausos se extiende desde las islas delanteras del auditorio hasta las ultimas filas del mismo donde se encontraban Xabier, Juan, y Gerardo en su propio mundo y temas. Todos los discursos de apertura de la conferencia habían transcurrido, y las seis puertas del auditorio se abrieron para dar lugar a un "intermedio" de café, té, botellas de agua, y pastelillos, como preludio a la primera hora de ponencias en las salas contiguas, cada una capaz de acomodar a 25-30 personas.

Durante los siguientes dos días los ponentes presentan sus "papers" y temas, suscitando entretenidas sesiones de preguntas-y-respuestas.

Llega el tercer dia del "Congreso-para-la-Paz. Un tal **Emilio Santoña**, secretario del Cardinal Manuel Monteiro de Malaga, nuncio papal en España, ha completado su charla de veinticinco minutos sobre *"El Rol de la Iglesia en la Union Europea: La Década Siguiente"*, en una sala asistida por unas cuarenta-y-cinco personas sentadas, mas otras veinticinco-treinta personas que están de pie y reclinados contra tres de las paredes en aquella sala.

-Padre Santoña, Ud. ha dicho en su presentación que "no sabremos detalles esenciales de la relación entre *Ante Pavelic*, el líder de los **Ustashi**, y los lideres de la **Orden de Franciscanos** de Croacia en 1941 hasta que el Vaticano abra al público una nueva sección de sus Archivos Secretos, y que esa apertura no ocurrirá por otros 6-7 años"...En su opinión,... ¿hay alguna razón por la que el Vaticano insiste en retrasar una vez mas la apertura al publico de importantes documentos de la 2da. Guerra Mundial?... De hecho, personas como el *Rabí David Rosen* del *International Jewish Committee (IJC) for Interreligious Consultation* se han reunido con el **Papa Benedicto XVI** para reclamar la apertura de los Archivos Secretos. -Era una mujer periodista en la audiencia, de la oficina del *Washington Post* en Madrid, preguntando en una voz suave y disciplinada.

Se podía palpar el silencio en la sala.

-Bueno, debemos recordar, sugiero, que con respecto a ese periodo de 1939-1945 estamos hablando de unos 16 millones de papeles, fotografías, y documentos de varios tipos que necesitan ser documentados y catalogados, una tarea voluminosa y formidable. Es por esta razón que el jefe de los Archivos Secretos, *Monseñor Sergio Pagano*, ha anunciado a los medios de comunicación en varias ocasiones que el actual equipo de trabajo asignado a esa tarea se necesitaran "un mínimo de 6-7 años."

-Gracias, Padre Santoña.

-¡Arantzazu!

-¿Perdone?

-Lo siento, Padre Santoña --Una persona de aspecto frágil, que mas tarde compartió ser una periodista, hacia este comentario y pregunta-- pero se rumorea en la comunidad internacional que parte de aquel "Oro Nazi" robado y acumulado por los Ustashi de Croacia, contó con la colaboración de algunos sacerdotes Franciscanos que operaban desde varios monasterios en el país en aquel entonces, y que después de esa 2da. Guerra Mundial llegó a este seminario Franciscano,... aquí en Arantzazu y, específicamente, que ese dinero fue *usado en la construcción de la Basílica* misma en este magnifico complejo... ¿Hay algo de verdad en esos rumores?

-¡Absolutamento no! ¡Son rumores, como Ud. ha dicho bien, y no existe ni pizca de verdad en ellos! La Basílica de Nuestra Señora de Arantzazu fue construida con la ayuda de donaciones privadas por parte de individuos y algunas corporaciones, además de contar con la ayuda de agencias del Gobierno Vasco y otras...

-Sí, Padre Santoña, pero esos dineros que Ud. menciona reflejan, estimamos, tan solo el 20-30 por ciento del costo total de la Basílica, como ha sido documentado en varios libros... ¿Sabe Ud. si todas las fuentes de ingresos y dineros invertidos en la construcción están documentadas en algún lugar y, específicamente, está esa información disponible al publico en general?

-Todas las fuentes de ingresos han sido documentadas, tengo la seguridad. Le agradeceré se ponga Ud. en contacto con mi oficina en Madrid a continuación de este congreso, y recibirá esa documentación.

-Una vez más, gracias, Padre Santoña.

Varias manos están alzadas en la sala.

-¡Padre Santoña!...

-Por favor...

-Este pasado mes de Octubre, Padre Santoña, un grupo de escritores, académicos, y estudiantes enviaron una carta al *The Times* para expresar su "preocupación profunda" por los planes del Vaticano de beatificar a *Pío XII*, ese paso antes de otorgar la santidad... Se expresaron diciendo que aunque Pío XII reconoció el sufrimiento y daño causado por la guerra a millones de victimas, el Papa "no hizo esfuerzo por mencionar explícitamente la persecución y programa de exterminio de los Judíos por parte de los Nazis, ni antes, durante, o después del holocausto...¿Podría Ud. comentar sobre estos planes de beatificación?... -La pregunta venia de una bibliotecaria de la *Universidad de George Washington*, en Washington, Distrito de Colombia, EE.UU., que asistía al congreso en categoría de ponente.

-Le entiendo, *señorita Stenveson*, pero como ya comenté anteriormente, durante mi pequeño discurso de apertura de este congreso, no tengo información sobre la intención del Vaticano respecto a la beatificación de Pío XII. Sí puedo decir, sin embargo, que...

-Atencion todo el mundo, por favor,... Ha ocurrido un incidente, algo terriblemente penoso...Nuestro querido Padre Muxika ha sido encontrado **muerto en su celda** hace una hora... No hay detalles en este momento... Tengo aquí, a mi lado derecho, el **Teniente Sergio Balboa** del cuartel general de la **Guardia Civil** en Oñati con instrucciones. -A continuación el Padre Pagola giro a su derecha a manera de ceder el micrófono al teniente.

-Soy el teniente Balboa,...Tengo que pedir a todas personas están asistiendo a este congreso, así como a todas las personas que trabajan en este complejo de Arantzazu, que permanezcan en sus lugares y no salir de este complejo...Miembros de mi equipo de investigación se reunirán con cada uno de Uds. para hacer unas preguntas de rutina. Gracias por su cooperación.

Un susurro y hormigueo de palabras inunda la sala.

Varias horas después, Xabier, Juan, y Gerardo están reunidos en la celda de Xabier, una de las ocho celdas de la Rectoría.

-Joder!...¡lo siento! ¿Quiero decir, que ha ocurrido hoy? No puedo creer lo que esta ocurriendo. ¿Sabemos algo sobre como ha muerto el Padre Muxika,...cuales son las circunstancias? -El Hermano Juan fue el primero en decir algo, como siempre.

-Fue encontrado colgando de una cuerda, de su propio cordón de tres nudos, dentro de su celda...acabo de oírlo de uno de las personas en el equipo de la Guardia Civil, el equipo de medicina forense, como le llaman... --Contribuyó Xabier al mismo tiempo que colocaba una silla y se sentaba en ella contra la pared-- El cuarto estaba patas arriba, como si alguien hubiera entrado buscando algo en particular,...papeles, ropa, y cajones tirados por todo el suelo... alguien buscaba algo importante. Se conjetura que ha sido un acto criminal, por parte de una o varias personas, y que fue cometido anche mismo, en las primeras horas de la mañana, posiblemente.

-¿Y alguien escuchó algo,...algún ruido?

-Su celda, como ya sabemos, esta al final del pasillo, junto al ascensor, un espacio un poco ruidoso y bastante concurrido.

-¿Pero quien pudo haber hecho una cosa tan villana, y especialmente a un buen hombre como el Padre Muxika?... ¿Quién y porqué? -El Hermano Juan todavía no se sentaba y caminaba de un lado a otro de aquel pequeño cuarto con sus manos alzadas haciéndose esas preguntas.

Silencio.

-No sabremos nada por un tiempo… horas, días, o hasta meses,… mientras tanto solo podemos hacer conjeturas. Pero cualquiera que cometió ese crimen puede venir de varias direcciones y por diferentes motivos. -Sugirió Xabier.

-Motivos…¿Qué motivos? -Preguntó el Hermano Juan.

-Bueno, quiero decir que todos escuchamos las varias ponencias de los últimos dos días de conferencia sobre las cosas terribles e infames que ocurrieron durante esa 2da. Guerra Mundial y, particularmente, en esa guerra de Croatas contra Serbios… todas esas atrocidades que se cometieron en ambos lados del conflicto… todos esos miles de hombres, mujeres, y niños que fueron violados y asesinados… y la Iglesia Católica y el Vaticano estaban en el medio de todo ello, de una forma u otra…

-¿Estás insinuando, Xabier, que la Iglesia y el Vaticano estaban colaborando con los Nazis y los Croatas como algunos de los ponentes han estado afirmando?

-No estoy insinuando nada, Hermano Juan, simplemente estoy indicando que mucha gente murió en aquella guerra que se extendió por toda Europa, y que aun hoy dia se alberga mucho dolor, frustración, resentimiento, y odio --cómo le queramos llamar-- en muchos de los sobrevivientes y familiares de aquellas víctimas de genocidio. Digo sobrevivientes y familiares, como individuos, pero podrían ser también organizaciones de gentes que quieren venganza, por un lado… o que están buscando parte de ese oro robado, ese "*oro Nazi*" del que se ha hablado tanto estos últimos dos días, y *que algunas personas creen que haya podido llegar hasta este complejo Franciscano de Arantzazu y usado en su construccion…* Eso pudiera ser, deben existir suficiente odio y oro por ahí --o la creencia de ello, por lo menos-- como para revolver lo mejor y lo peor de las emociones humanas.

-Bueno, tal vez… ¿Pero porqué matar al Padre Muxika? El era solamente una buena persona, muy alejado de aquel conflicto, creemos todos… -Juan empezaba a considerar las posibilidades, aunque todavía le repugnaban.

-Recordemos que todavía no sabemos si Padre Muxika fue asesinado, o --Xabier hizo una pausa y dirigió su mirada a Juan y Gerardo-- o si se ahorcó el mismo por razones que no conocemos. Prefiero pensar en este momento que ha sido víctima de alguien que acusa injustamente a los *Franciscanos* de haber colaborado con el régimen de los *Ustashi* en Croacia,... a todos los Franciscanos... Una mayoria de Serbios Ortodoxos habrán ya perdonado aquellos crímenes, después de tantos años, pero puede que algunos de ellos todavía guarden rencor y odio, posiblemente.

¡Eso es absurdo! Quiero decir es absurdo que puedan existir individuos u organizaciones que piensen que el Padre Muxika tuvo algo que ver con aquellas atrocidades. -Una vez más las emociones de Juan eran más fuertes que cualquier otro mecanismo de defensa o razonamiento en su cuerpo.

-También, gentes en las *comunidades Judías* esparcidas por todo el mundo han tenido mucha moderación y compostura después del *holocausto*, y ninguno de sus lideres aprobarían actividad alguna de represalia y venganza, estoy seguro. Pero también existen individuos que deciden actuar por cuenta propia e ignorar la ley y consejo de esos lideres... Habiendo dicho eso, son muchos también los militares y políticos que han dirigido y participado en el genocidio de miles de personas en *guerras civiles* pasadas, y que viven hoy dia en impunidad total en nuestras propias sociedades...

Silencio.

-Y, después de todo, ese oro Nazi, o parte de ello, está por ahí en algún lugar, de acuerdo con personas en ambos lado del conflicto -- Xabier añadió-- personas a las que le importa un pito "quién hizo el qué", y que solo desean seguir el rastro que les lleve a ese oro, ese dinero, cueste lo que cueste.

-¿Pero porqué aquí en Arantzazu? -Xabier y Juan sabían que el Hermano Gerardo tenia mérito en su pregunta.

-Tal vez el asesino, o asesinos, creyeron que el Padre Muxika tenía información útil para localizar y seguir ese rastro,...o bien, que parte de ese oro Nazi llegó a Arantzazu en su tiempo, y que parte de ello *se gastó en la construcción de la Basílica*, pero que una cantidad restante de ese oro quedaba escondida en el complejo, en algún lugar secreto... -Añadió Xabier, como una posibilidad plausible, sí, pero remota.

Fue entonces, en ese momento, que Xabier recordó la reunión que él tuvo con Padre Muxika, el sobre que recibió de él, y sus instrucciones para hacer una visita al Padre Altuna, el Jesuita anciano que vive y trabaja en la *reserva India de los Hopi* en *Tucson*, Arizona, EE.UU. Dejaría ese tema para otra reunión con sus Hermanos, pensó Xabier.

Acordaron los tres en concluir aquella reunión y de seguir en contacto durante las siguientes horas en el complejo.

Una hora más tarde, Xabier se encontró con el *teniente Balboa* en uno de los pasillos, cuando regresaba de la sala de conferencias tras recoger algunas copias de ponencias que quedaron sobre una silla.

-Vió Ud., … Sr. Lurramendi…

-Elurmendi… Hermano Xabier Elurmendi…

-¿Vio, Ud., Sr. Elurmendi, a alguien hablar con el Padre Muxika el día anterior a su muerte?

-No…Bueno, sé que el Padre Muxika estaba muy atareado por semanas y meses haciendo preparativos para la conferencia, hablando por teléfono y reuniéndose con gente, pero yo mismo no llegue a reunirme con ninguna de esas personas. -Contestó Xabier al lado de la puerta de su celda y con las llaves en su mano.

-Mencionó el Padre Muxika nombres a Ud. o a sus Hermanos, nombres de personas que le eran de especial importancia, por ejemplo?

-No, no creo… estoy seguro.

-Le pregunto a Ud. porque de acuerdo con unas notas en el diario del Padre Muxika, Ud. iba a tener una reunión con él una semana antes de la conferencia…Tal vez él estaba preocupado por algo y quería hablar y confiar en Ud.

-Ah, esa reunión… era para hablar de mi tesis de Master, y de vocaciones en el seminario…Hablamos los dos un rato en su oficina sobre la tesis, y a continuación se integraron los Hermanos Gerardo, Juan, y Eduardo para seguir hablando de estadísticas y posibles razones por la falta de vocaciones en nuestros seminarios en los últimos años… -Respondió Xabier de forma casual. Estaba mintiendo, o al menos no diciendo toda la verdad, se dio cuenta. Podía haber mencionado que el Padre Muxika quería que él, Xabier, visitara los EE.UU. para entregar un sobre con fotografías y documentos al Padre Altuna, el Jesuita anciano… algo que le pidió hacer en confianza y secreto… y optó por no divulgar esa información confidencial. ¿Se estaba convirtiendo en un Franciscano verdadero, con su código de confidencialidad y secreto, después de todo? Pensó Xabier momentáneamente, aunque esa posibilidad no le entusiasmaba particularmente.

-Muy bien, estas son unas preguntas de rutina, simplemente,...Por favor permanezca dentro del complejo durante mi investigación de hoy y mañana, y dentro de Oñati durante los próximos días... Es probable que tenga que verle nuevamente con otras preguntas.

A la siguiente semana el **Padre Pagola** recibió el informe forense por parte del *teniente Balboa* sobre la causa de la muerte del Padre Muxika, procedente del *Hospital Donostia* de San Sebastián donde realizaron el examen y autopsia del cadáver:

> *Muerte por estrangulación, "por privación de oxigeno",* **usando la cuerda de tres nudos de su hábito** *Franciscano y colgando a la victima por el cuello... Contusiones múltiples en la cabeza, quemaduras de cigarrillo en áreas de los genitales,... se denota la ausencia de la mitad delantera de la lengua de la víctima.*

Capitulo
8

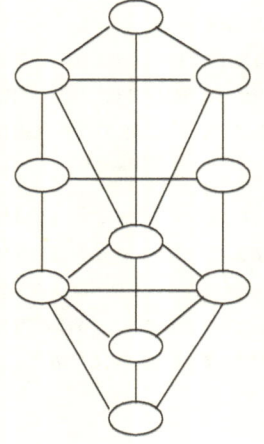

"Cuando vendimos el agua, rompimos el pacto con nuestros antepasados. Vendimos algo sagrado.

*--**Vernon Masayesva**, portavoz de los Hopi, representante del Black Mesa Trust, y antiguo Jefe de la Tribu Hopi (1990-1994), sobre la venta de agua de los acuíferos de **la reserva India Hopi**, en Arizona, EE.UU., a la multinacional de energía de carbón **Peabody Coal Company.***

[Cap 8, Cap 9, Cap 10]

El Águila y el Conejo

*"Hola, Kathy, soy **Sunrise**, una nota para decirte que estaremos esperándote en la taberna Montaña Pima a las seis...Tenemos los billetes para **el rodeo de Tucson** esta tarde... ¡Nos veremos allí!"* Esa era la nota recibida por **Kathy Tompson** aquella tarde soleada, aunque fresca de mediados de Febrero en la ciudad de **Tucson**[1] (se pronuncia "Tuson"), Arizona, EE.UU. Esperándole esa tarde estarían *Desert Sunrise (Amanecer en el Desierto)*, su amiga y compañera de estudios de la Universidad de Arizona (UdeA) quien prefería acortar su nombre **Hopi** a **Sunrise**, así como **Cricket** *(Grillo)*, su novio, el **Dr. Eugene Finley**, director de disertación de Kathy en *UdeA*, y **Elena**, la hija de 14 años del Dr. Finley.

Esa mañana Kathy había terminado de enseñar su sesión de "variedades de creencias religiosas" en el taller de la Escuela Elemental Hopi de *Flagstaff*, y se disponía a subirse a su automóvil para regresar a Tucson cuando recibió ese mensaje en su móvil. Fue una sesión atareada y larga de dos horas, como de costumbre, tratando de explicar conceptos básicos y tradicionales de la vida espiritual de los *Hopi* (se pronuncia "Jopi") y de lo Navajos, Americanos Nativos, a un grupo de muchachos y muchachas de dieciséis años, cuando lo único que querían saber eran más detalles de la vida fuera de sus comunidades, la *Reserva India de los Hopi*, y *la Reserva India de los Navajos* en el noreste de Arizona.

Un bosque de fo **Saguaro** cactus, la flor oficial del Estado de **Arizona**, EE.UU. Tronco de hasta 40-50 cms. de diametro con varias ramas. La piel es lisa aunque con espinas de 6-8 cms. Cuando absorbe agua aumenta el diámetro del tronco y cada saguaro puede llegar a pesar 1.000 kgs.

La vida dentro de esas dos reservas ha cambiado considerablemente en los últimos sesenta años, sí, y los roles tradicionales de jóvenes mujeres y hombres están cambiando y adaptándose a los tiempos modernos, despacio, pero cambiando. Pastoreo de ovejas, crianza de ganado, y la granjería van quedando atrás dando espacio a nuevos quehaceres y oficios como reparación de automóviles, carpintería, construcción de cercos y vallas en ranchos, venta de automóviles usados, la enseñanza, enfermería, y hasta reparación de radios, televisoras, y ordenadoras, aunque el oficio de "mano de rodeo" se niega a quedarse atrás en el pasado y sigue vivo y coleando en Tucson.

Kathy se crió entre esos dos mundos. Por parte de sus padres heredó "valores occidentales y Europeos", siendo sus padres Americanos de "primera generación", nacidos en los EE UU. Su abuelo, **Lucien Birdstein**, era un hombre joven cuando llegó a Tucson desde *Hungría* al concluir la 2da. Guerra Mundial, después de pasar dos años en un campo de concentración **Vichy-Nazi** para **Judíos** y combatientes de la resistencia en Francia. Durante esos dos años el joven Lucien vio y sufrió el peor trato posible entre seres humanos, incluidos el hambre, el frío, la intimidación, y la tortura. Su mente joven, sin embargo, se benefició inmensamente de las conversaciones, ejercicios mentales, y juegos de matemáticas que compartía con el *Dr. Tendler*, un viejo Judío y antiguo profesor de la Universidad Sorbonne de Paris que también estaba preso en aquel campo de concentración. Escuchaba los historias de matemáticos, filósofos, y músicos famosos, tal que finalmente podía recitar sus nombres y apellidos, pueblos y ciudades de origen, con quienes estuvieron casados y divorciados, que si eran diestros o zurdos, hiperactivos, tristones o sociables, tardíos o precoces, si murieron jóvenes o ya de ancianos, que enfermedades tenían, y cuales eran sus *hobbies*. ¿Y porqué no? Todo ello ayudada al joven Lucien a sobrevivir aquella hambre atroz, el frío, los olores fétidos de su barraca, la barraca A-129, la humedad, y la muerte a su alrededor. Y, en ese entorno, un dia su querido Dr. Tedler desapareció, se lo llevaron para nunca mas volver. Años mas tarde, esa curiosidad y conocimiento de las matemáticas ayudarían al joven Lucien a convertirse en un ingeniero y académico en los EE.UU., su nuevo país y hogar. Con el tiempo llegó a integrarse en la Universidad de Arizona, se casó y tuvo cuatro hijos y una hija con su hermosa y joven esposa, *Aloha Sanford*, una activista ambiental de renombre, bien conocida, en Arizona. Esa hija, ya una Americana de "primera generación", se llamaba *Sonia* y creció dentro de esa familia **Judía Ortodoxa**, de valores de la Europa Central, con un gran instinto para sobrevivir, heredando también por parte de su madre un espíritu rebelde y luchador, así como su amor por potros y caballos. **Sonia Birdstein Sanford** llegó a convertirse en una abogada, no cualquier abogada, sino una abogada versada en cuestiones ambientales, capaz de enfrentarse a corporaciones multinacionales que en su opinión estaban despojando la tierra de sus recursos y explotando a trabajadores. Su propio entusiasmo por los caballos tuvo algo que ver con su atracción por el hijo de un ranchero de nombre Robert Thompson, "Baby Bob", como ella le llamaba, y con quien se casó. Baby Bob era un chico grande, alegre, y bien parecido, un "Anglo" guapo, al que le gustaba participar y competir en rodeos, tanto así que había ganado varios premios y dineros en ese tipo de competición y los había invertido en un negocio de reses; no sabia nada, por otro lado, de los prejuicios de la "vieja Europa", sus *ghetos*, guerras, hambrunas, persecuciones, y más guerras. Y esa personalidad de Baby Bob le gustaba a Sonia, le caía bien. Tuvieron una hija solamente y le dieron el nombre de Kathy, **Kathy thompson Birdsein Sanford Nielsen**, una niña Americana de "segunda generación."

En las palabras de la joven Kathy, le encantaban los temas de vaqueros e Indios o, mejor dicho, el mundo de rodeo de los vaqueros, **las corporaciones multinacionales**, y de los Americanos Nativos traicionados, comprados y vendidos. Sabia ella bien que nos les gusta ser llamados 'Indios', sino "**Americanos Nativos**", y ella respetaba esa preferencia. Así, que fue entre esos dos mundos en los que Kathy creció, por un lado llevando un equipaje de valores, glorias, tragedias, y prejuicios de "*la vieja Europa*" y, por otro lado, acarreando otras maletas, estas repletas de recursos de supervivencia en el Oeste, capaz de imaginar nuevos roles para la mujer del futuro, y dispuesta a afrontar nuevos retos, con talento y gracia sin igual. ¿Y porqué no? Después de todo, ella era una mujer, mitad Judía, inteligente, hermosa, y adoraba a los caballos, caballos salvajes, especialmente.

-¡Por aquí, Kathy... estamos aquí! -Era **Sunrise** saludando, gesticulando, y alzando su voz para llamar la atencion de Kathy al entrar a la Taberna Pima en la calle Speedway, enfrente de la universidad, en el viejo pueblo de Tucson. Sentados alrededor de una mesa estaban Sunrise, su novio Cricket, el Dr. Finley y su hija **Elena** de 14 años, tal como decía el mensaje de móvil. Sobre la mesa se hallaban las sobras de dos "perritos calientes" con frijoles picantes, dos *hamburguesas* de gallina con salsa de *mezquite*, tres platos de patatas fritas, dos coca-colas, un *7-Up*, y una botella medio vacía de cerveza *Tecate*.

-¡Hola, os he encontrado, por fin...lo siento me tardé tanto en regresar al pueblo, pero aquí estoy!..¡No quisiera perderme ese rodeo esta tarde por nada en las montañas Catalinas de aquí al lado! -Sin duda alguna, Kathy estaba contenta de estar ya de vuelta en el pueblo ese Martes por la tarde, especialmente después de un día largo, levantándose a las 6:45 horas para conducir hasta la reserva India de los *Hopi* en el pueblo de Wapi, población 1.124, en First Mesa, a unos 85 kilómetros al norte de Winslow, Arizona, todo derecho, hacia el norte, por la Autopista 87. Cada Martes por la mañana, ella se reúne con 16 niños Hopi, 12-14 años, como voluntaria para enseñarles conceptos en "ecología básica y alternativas en creencias religiosas." Es curioso, como dice Kathy: "Tiene su ironía,... los Hopis siempre han sido muy conscientes de la tierra, sus animales, y recursos naturales en su alrededor, y el sistema educacional pone a alguien como yo, una persona que no es "Nativa Americana", a enseñar a estos niños cosas de su cultura propia,... ¡algo que ya saben de corazón! En realidad, cualquier persona con un grado universitario y un certificado de enseñanza, Anglo o Nativo, estaría cualificado para ese trabajo, pero esa posición permanecía vacante y Kathy hizo la solicitud como voluntaria, a tiempo y salario parcial. Le dieron el trabajo a ella.

-Entonces,... ¿que vas a comer? -Le preguntó Elena. Ella había terminado su hamburguesa de gallina con patatas fritas y una Cola, y no quería llegar tarde a la fiesta de rodeo, la cual no empezaría por otra hora, por lo menos.

-Bueno... comeré unos trozos de gallina en salsa de *barbacoa*, y una Cola,... Gracias.

Kathy ya conocía a Elena y le agradaba su compañía. Hacia ya tres años que la conocía, desde que tenia once años y se sentaba en las piernas de su padre en la oficina de la universidad, mientras éste y Kathy examinaban diagramas, estadísticas, y texto en "papers" que mas tarde enviarían a revistas científicas para solicitar su publicación. Era parte del ritual de aquella universidad: "Publica o perece." Le gustaba y entretenía ver a Elena, aquella niña pecosa y de pelo rojizo, entrando en la oficina de su padre, el Dr. Finley, y haciendo preguntas a Kathy sobre "brujas." Unos minutos mas tarde Kathy y Elena solían ir a la cafetería de los estudiantes a comer una hamburguesa seguida de un cucurucho de helado, y pronto empezarían a hablar...de "brujas", claro.

-Me cuenta Sunrise de que este semestre tienes un grupo de estudiantes muy interesados y activos en la Escuela Elemental Hopi... -Era Dr. Finley, tratando de que Kathy hablase de su trabajo como maestra a tiempo parcial, pensando de que le ayudaría a relajarse un poquillo.

-Pues sí, es un buen grupo de niños,…sin duda,… pero uno de los administradores, el jefe *Águila Azul*, a veces me da dolor de estómago.

-¿Cómo es eso?

-Bueno, los niños, muchachitos ya, vienen de varios pueblecitos del alrededor. Tengo, por ejemplo, tres niños que vienen desde el pueblo de *Sichumovi* en *Primera Mesa* (*First Mesa*), nueve niños de los pueblos de Oraibi y Pakavi en *Segunda Mesa*, y cinco niñas mas de las ranchería y pueblo de Shungbi en Tercera Mesa,… un grupito animado y divertido. Estoy ahora empezando a conocer a sus padres y madres, muchos de los cuales vienen a recogerles los Martes, al completar las clases. Me han invitado y he asistido ya a un par de fiestas de cumpleaños, dentro de sus casas, por lo que he tenido la oportunidad de conocer a otros miembros de sus familias, ver el interior de sus casas, jugar con sus gatos y perros,… ¡mucho gatos y perros!… Muy agradable, de verdad.

-¿Entonces, por donde viene ese dolor de estomago?

-Bueno, como decía, los niños son muy divertidos y atentos, están aprendiendo cosas de otras culturas, en particular culturas en Tailandia, Vietnam, y Camboya este semestre, por lo menos. Ideas básicas del Budismo, como sus personajes principales, el balance entre las fuerzas del bien y el mal en esa religión, el equilibrio entre el hombre y la naturaleza,… todas esas

Edificio *Union de Estudiantes*, centro de reunión de estudiantes, *Universidad de Arizona*, Tucson, EE.UU., 2008.

cosas, y esos niños enseguida lo entienden todo… como los dioses y espíritus unas veces son hombres y otras veces pueden ser mujeres, y que esos dioses y espíritus también hablan con hombres y mujeres, ambos, en sus pueblos y ranchos.

-¡Yeah, eso es "cool"! -Contribuyó Elena mientras se apresuraba a untar otra patata frita en salsa de tomate.

-Total, esta semana pasada *Águila Azul* --él insiste en que le llame *Jefe Águila Azul*-- me llamó a su oficina para decirme que en la cultura Hopi solamente niños y hombres pueden hablar con los espíritus,... que niñas y mujeres no poseen ese poder, y que así ha sido siempre en la cultura Hopi.

-¡Que Jilipoyas!

-Además, ese viejo *zopilote* me dijo que dos de los niños están ahora confundidos porque yo digo en clase que las niñas pueden oír al Gran Espíritu cuando los vientos soplan fuertemente en las praderas, pegan contra las laderas de las Mesas, y rugen subiendo a

Bebidas de jugos de melón, *tamarindo*, y horchata son populares en el "booth" Los Chiquilines en *ferias de Tucson, Arizona*. *Comida mexicana* que incluye tacos, quacamole, quesadillas, y carnitas es una atracción principal en estas ferias todo el tiempo del año.

los cielos,... ¡Una mierda! No creo que ninguno de esos niños se ha quejado de lo que hablamos en clase, pero le fastidia que yo coloque a las niñas a la misma altura de los niños,... Tiene que ser eso. Le fastidia y patea que yo soy de la opinión de que las niñas tienen los mismos talentos y habilidades para triunfar en todo lo que ellas se propongan hacer, si así lo desean. Es solamente cuestión de oportunidad, dedicación, y fuerza de voluntad. ¡Tan simple como eso!

-¡Eso es,... un dia yo voy a ser una astronauta! -Dijo Elena comiendo la última patata frita en la mesa.

-El viejo Jefe te está probando, Kathy,... nada más,... Puede que él esté preocupado por la manera en que las "viejas costumbres" se están quedando atrás,...y de que la gente de su clan o tribu no vayan a él a pedirle consejo y protección,... que le están ignorando... Yo no me preocuparía mucho por el Sr. Águila Azul,... es inofensivo y se siente solo. -Ese era Cricket, tratando de animar a Kathy, y su novia Sunrise sonreía mostrando acuerdo.

-Sí, eso es... tu a lo tuyo, sigue, estás haciendo un buen trabajo con esos niños.

-Bueno, hay más...

-¿Cómo el qué?

-Cómo la semana pasada. En cuanto terminé mi trabajo con los niños en Mesa, me subí a mi *furgoneta 4x4* y me puse a conducir de regreso a Tucson. Entonces, estoy saliendo de **Walpi** y llevo unos veinticinco kilómetros en la *Ruta 87* cuando veo una águila blanca en el cielo, volando en círculos. Volando en círculos, digo yo, tratando de encontrar "una termal" que le llevase mas alto en aquel cielo azul turquesa. Una vista hermosa, pensé yo. A continuación, unos veinte segundos después, oigo un ruido estruendoso en mi furgoneta, y el parabrisas queda todo salpicado de pintura roja,... ¡No podía ver nada!...Pensé, tengo que parar la furgoneta antes de que me salga del camino a esa velocidad, o peor, ¡antes de chocar contra otro automóvil!... Bueno, por fin pude parar la furgoneta en la cuneta de la carretera, en la mitad del desierto, salgo, camino hacia la delantera de la furgoneta, y allí lo vi todo... un conejo blanco grande, todo salpicado y hecho trizas contra el capote de la furgoneta, ¡con la mitad de sus entrañas todavía enredadas en los limpiaparabrisas! A continuación pude escuchar un chillido en lo alto de aquel cielo azul,...alcé la vista y allí estaba aquella águila blanca, chirriando y batiendo sus alas para ganar altura, hasta que desapareció en el horizonte.

-Es solo una coincidencia, Kathy --sugirió Sunrise-- esa águila probablemente estaba tratando de llegar a su nido con su presa del día, un conejo blanco, se le desprendió accidentalmente, y cayó sobre tu furgoneta. Es todo. Tiene que ser eso y nada más.

-Estoy de acuerdo con Sunrise -- dijo el Dr. Finley y pronto añadió-- A proposito, Kathy, ha llegado a nuestra oficina un sobre grande de correos,... pudieran ser las copias de los documentos de **La Inquisición Española** que tu solicitaste de los archivos nacionales de *Madrid*, en España... digo eso porque el paquete tiene un sello del *Ministerio de Cultura de Madrid*. También ha llegado un pequeño paquete de algún lugar de Roma, Italia... parece tener un par de CDs... hiciste algún pedido de CDs de música?

-No, no recuerdo.

-De todas formas, todo ello está en la oficina...Parece que tienes ya tu tarea para esta semana.

-La compostura de Kathy cambió rápidamente, ya no se veía preocupada por el incidente de "la águila y el conejo", y lucia una pequeña pero hermosa sonrisa. Había esperado ansiosamente la llegada de esos documentos sobre *la Inquisición* como parte de su investigación y disertación doctoral con titulo: *La Brujería en los EE.UU. en el Siglo 17: Una Nueva Perspectiva Socio-Política.* Se sentía afortunada sabiendo hasta donde había llegado en su esfuerzo personal, habiendo completado su tesis de Master en el *Departamento de Antropología y Estudios Sociales*, y después consiguiendo que el Dr. Finley accediera a ser el director de su disertación de doctorado, un proeza, indudablemente. Kathy sabia de amigos y compañeros de universidad, que después de haber trabajado por años en el "mundo real" de empresas, oficinas de gobierno, bancos, y escuelas decidieron matricularse en la universidad para "sacar un doctorado", estudiaron por otros tres-cuatro años, y por fin tuvieron que abandonar la universidad porque no lograron encontrar un profesor que estuviera interesado en su tópico de investigación, por ejemplo. En otros casos encontraron un profesor interesado, pero ese profesor o profesora no contaba con fondos de investigación. Aun, en otros casos, un profesor y los dineros de investigación estaban disponibles, pero el estudiante, él o ella, se vieron involucrados en separación y divorcio, y tuvo que abandonar la universidad. Sí, Kathy ya tenía un Master de la Universidad de Arizona, pero eso no le iba a llevar muy lejos en el mundo académico, tal como su madre Sonia le solía comentar: "*Bueno, Kathy, como **mujer** vas a tener que sacar algo más que un Master...porque eso solo te consigue un billete para una tarde de Rodeo en Tucson o en cualquier otro lugar... Los chicos grandes no te van a dejar entrar en sus círculos altos... ¡a menos que consigas credenciales tan altas o mas altas que las de ellos!* Kathy tenia 27 años solamente, estaba en el "lugar apropiado, en el momento oportuno", y lo sabía bien. Primero el doctorado, después ella participaría en conferencias y congresos, publicaría una montaña de artículos, y después... ¡después cambiaría el mundo!, se dijo a si misma.

Indudablemente, pensó Kathy, las mujeres son capaces de sobresalir en cualquier ámbito, actividad creativa, física o mental, si así lo desean, como su madre le aseguraba una y otra vez. La mujer ha sufrido discriminación, represión, desdén, ignorancia, e intolerancia por parte de hombre en todas las sociedades, en todas las edades. Relegada a hacer trabajos domésticos, sin acceso a fuentes de conocimiento, amenazada, humillada, y sujeta a daño físico "si se sale de su lugar", desobedece, o no muestra conformidad con normas sociales, creencias religiosas y, en general, si no observa la forma de pensar del hombre, del establecimiento.

El cambio en la vida de la mujer era necesario, y el momento de promocionar ese cambio había llegado, Kathy se dijo a si misma, y sabia que no era la primera mujer en pensar así. *Susan B. Anthony* se distinguió como líder de derechos civiles en la América del Siglo 19; *Elizabeth C. Stanton* organizó las primeras manifestaciones de mujeres en los EE.UU. para conseguir y adoptar el sufragio universal; *Marie Curie*, la primera mujer en ganar un Premio Nobel en 1903 por su trabajo pionero en física, consiguió un segundo Premio Nobel por su trabajo en el campo de la radiación; *Gabriela Mistral*, Premio Nobel en 1945 por su poesía sobre la vida en Latino América. *Grace Hopper* y su desarrollo pionero de los primeros compiladores y ordenadores en los EE.UU.; *Betty Brawczyk* y su activismo en el entorno ambiental en la Colombia Británica; *Clara Campoamor* y su ardiente campaña por los derechos de la mujer en las Cortes de la Segunda Republica en España logra el voto para la mujer en 1931; *Maria J. Urruzola Zabalza*, también defensora infatigable de los derechos de la mujer en el País Vasco en los tiempos del dictador Franco; la lista se extiende indefinidamente.

Kathy siempre pensó que fue el miedo por parte de muchos hombres de construir y compartir mundos donde ambos, hombres y mujeres, pudieran desemplear roles igualmente importantes, y explorar las posibilidades de esa simbiosis en esos *mundos y universos paralelos*. La incapacidad, aparente o real, por parte de algunos hombres de aceptar el hecho de que el cerebro de la mujer es diferente --ni mejor, ni peor, *simplemente y gloriosamente diferente*-- y la falta de voluntad en querer entender y apreciar ese cerebro diferente, con sus propias sensibilidades, habilidades creativas, preferencias y valores, sus temores, inquietudes, debilidades, y aspiraciones. No, no podía ser así. Era mas fácil para el hombre imponer su propia perspectiva sobre la naturaleza y el porqué del universo, y por la fuerza, de ser necesario. Fue desde un principio, entonces, que el hombre creó a Dios y la religión para ponerse en primera fila, y relegar a la mujer a un segundo plano. Y por si ese Dios no fuera suficiente, el hombre en ese principio también creo al Demonio para pintar, oscurecer, y deformar la imagen de la mujer, para convertirla en una "*bruja*", un objeto y fuente de desconfianza, de conducta reprochable, de lujuria, traición, y vergüenza. Y cuando la mujer no aceptase esa condición impuesta, u optase por otros comportamientos y otras representaciones del universo,   entonces el hombre con sus propias instituciones y su Dios utilizarían formas de ridicularizarla, condenarla, castigarla, ahorcarla, y quemarla. Mujer extirpada, competición eliminada.

"Brujas" de Salem, "sortilegios", "encantamientos y maldiciones", "mujeres en coito sexual con el diablo", "brujas de Zugarramurdi", "magia negra" y más. El hombre y su buena religion. La mujer y la brujería. Estaba muy claro en la mente de Kathy que el hombre a través de los tiempos había creado y usado la religión para asegurarse un lugar privilegiado en la sociedad, y para arrojar las formas de pensar de la mujer, sus interpretaciones y manera de entender el universo, al lado oscuro de las cosas, al dominio de las tinieblas.

-¡Venga, todo el mundo… tenemos veinte minutos para llegar al estadio y encontrar nuestros asientos, el rodeo de la *Fiesta de los Vaqueros de Tucson* va a comenzar a las seis de la tarde en punto! - Era Sunrise, agitando y desbaratando la pirámide de ideas, propuestas, y desafíos que Kathy se estaba liando en su cabeza, así como poniendo fin a aquel pequeño festín, por llamarlo de alguna manera, de hamburguesas, perros calientes, patatas fritas, y Coca-Cola.

La Nación de los Hopi

Una gente sumamente emprendedora e ingeniosa, por cualquier criterio o sistema de medida, los *Hopis* han vivido en las "Mesas" del desierto de Arizona por los últimos 12.000 años. Durante todo esa larga estancia, su existencia alternó entre periodos de paz y guerra con sus vecinos, los *Navajos*, colonización y esclavitud a manos de los conquistadores Españoles en la mitad del Siglo 16, y las "guerras Indias" con ejércitos de México y los EE.UU. en los últimos dos siglos. Sobrevivieron, y hoy la Nación Hopi constituye una comunidad vibrante de 7.500 sobre un territorio de 12.635 kilómetros cuadrados en el noreste de Arizona, con sus propios retos y aspiraciones. Una región de nombre "Cuatro Rincones", ya que está anclada en la intersección de cuatro estados: Arizona, Nuevo México, Utah, y Colorado. Ha sido un camino largo y duro para los Hopis, sin duda alguna. *Hopi* o *Hopitu* significa "la gente pacifica" en su dialecto *Ute-Azteca* que se extiende desde el sur de Idaho, en el norte, hasta la Ciudad de México, en el sur.

Es el otoño de 1537 y el vicerey de España en México, ***Antonio de Mendoza***, decide organizar y financiar una expedición para explorar Nuevo México, a unos 2.500 kilómetros al norte de la Ciudad de México, para buscar y encontrar las "ciudades de oro de Cibola." Once años antes, en 1528, ***Alvar Núñez Cabeza de Vaca*** había naufragado en Florida con su flotilla, se había aventurado a través del inmenso

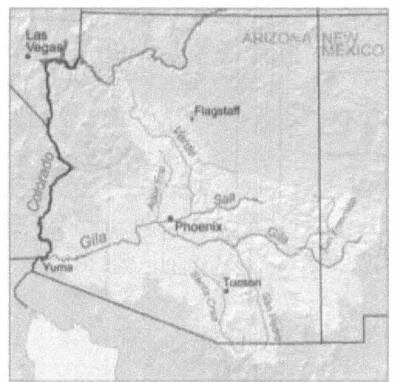

Confluencia del ***Río San Pedro***, el ***Río Gila***, y el ***Río Colorado*** en Arizona, EE.UU.

suroeste de los EE.UU., incluidos Texas y Nuevo México, y durante ocho años vagó por aquellas latitudes, después de haber vivido entre las muchas tribus de esos territorios, hasta ser rescatado en 1936, y fue entonces que habló de la existencia de ciudades ricas en oro basado en historias que escucho de los Indios (Americanos Nativos). Mendoza no pierde tiempo en organizar su expedición, especialmente porque un tal ***Fray Marcos de Niza***, un Franciscano, afirma que un jefe Indio le había asegurado de la existencia de dichas ciudades de oro. Contando tan solamente con ese rumor, pero con sueños y ambición de encontrar cantidades prodigiosas de oro, Mendoza y su teniente, ***Francisco Coronado***[8], ambos financian una costosa expedición. Coronado invirtió 70.000 pesos que logró después de hipotecar gran parte de su hacienda, una hacienda que adquirió casándose con *Beatriz de Estrada*, la hija de una familia terrateniente rica de México. Formaban aquella expedición cerca de 300 Españoles, 1.300 Indios, docenas de esclavos, cuatro monjes Franciscanos, caballos, rebaños de ovejas, cerdos y ganado, además de dos barcos con su propia tripulación que navegarían por el Golfo de California rumbo norte hasta llegar al delta de un río que bautizarían con el nombre de *Río Colorado*. No lo sabían en aquel entonces, pero aquel rió llegaría a ser uno de los mas largos y caudalosos ríos en los EE.UU., encontrándose su delta en la frontera noroeste de México con los EE.UU., entre los estados de Baja California y Sonora, cerca del pueblo de *Mexicali*.

La estrategia general de esa expedición consistía en tener dos brazos de hombres y recursos, un brazo avanzando por tierra, y el otro brazo avanzando "cuesta arriba" por el Río Colorado, hasta ambos llegar a encontrarse en el interior del vasto suroeste de los EE.UU., cerca de las ciudades doradas del Cibola, de salir todo bien. Por lo menos ese era el final deseado. *Hernando de Alarcón*, jefe de la flotilla, y su tripulación siguieron el cauce del Río Colorado durante semanas, hasta llegar a descubrir la boca del mismo en el estado de Kansas el 26 de Agosto de 1540. El brazo de la expedición que avanzaba por tierra estaba liderado por el mismo Coronado, y partió en Febrero de ese mismo año desde el pueblo de Compostela (hoy en el estado de Nayarit, México), atravesando parte del desierto de Sonora y finalmente llegando al pueblo de Culiacán, hoy en el estado de Sinaloa, en la actual frontera con los EE.UU., en una orilla del *Río San Pedro en Arizona*, a tan solo 35 kilómetros del pueblo Indio que mas tarde se llamaría *Tucson*, Arizona. Hoy dia el Río San Pedro constituye un valioso recurso de agua potable para docenas de pueblos y comunidades de "Anglos" y Nativos Americanos a lo largo de su curso hacia el norte donde se encuentra con el *Río Gila*, este siendo más caudaloso. Es interesante notar que el Río San Pedro es uno de los dos ríos principales que fluye de sur, en México, al norte, en los EE.UU., y uno de los pocos grandes ríos en el suroeste que permanece sin ser embalsado. Su extensa área fluvial (*watershed*) tiene una longitud de 160 kilómetros, extendiéndose a lo largo de las colinas de la Sierra La Mariquíta, Sierra San Jose, y Sierra de los Ajos en el norte de Sonora, México, atravesando las zonas semi-áridas del Desierto de Chihuahua y del Desierto de Sonora en Arizona, conocidas como las *Montañas*

Huachúca, con diversa y abundante vegetación ribereña (*Goikoetxea et al., 1976*).

Siguiendo el curso del Río San Pedro en su cauce al norte, Coronado y su brazo de la expedición cruzaron el Río Gila, siguieron el Mogollón Rim en su dirección noreste, y finalmente alcanzaron el Río Little Colorado que desemboca en el Río Colorado a unas 95 kilómetros al norte de Flagstaff. A continuación, la expedición se encuentra con el Río Zuni, un tributario del Río Little Colorado, y esta vez le siguen curso arriba hasta llegar a su boca en lo que es hoy dia el condado de Cibola en Nuevo México. Desilusión y decepción. Después de viajar 1.200 kilómetros a pie, a través de terreno montañoso, con áreas extensas de desierto en Arizona y Nuevo México, la expedición no encuentra ciudades de oro, sino una red de pequeños pueblos Zuni, en ***Hawikuh***, en el oeste de Nuevo México. Dos emociones principales se apoderan de los Españoles sedientos de oro: Rabia y hambre. Rabia hacia el monje Franciscano, Fray Marcos de Niza, por su imaginación irresponsable y por llevarles a una caza de un oro no existía. Los decepcionados soldados Españoles querían matar al monje Franciscano, y fue la intervención de Coronado que salvó su vida, enviándole de regreso a la Ciudad de México en desgracia y desdeño. Hambre porque en esa fase de la expedición hombres y animales estaban cansados, sedientos, y cortos de paciencia, exigiendo a los

Tres muñecas **Kachina** de as 250-300 representaciones reconocidas por los **Hopi**, Nativos Americanos de Arizona, EE.UU.

Zuni que les recibieran en su pueblos. Los Zuni no se dejaron intimidar, y no les gustó la arrogancia de los otros tres monjes Franciscanos que exigían que los Zuni "reconociesen la Iglesia como la autoridad suprema del mundo, y su gran sacerdote llamado Papa."

Los Zuni se negaron y rehusaron a los Españoles entrada y acogida en sus pueblos. Coronado y sus hombres atacaron y el mayor pueblo Zuni cayó, aunque resultando el mismo Coronado herido, por lo que tuvo que permanecer en el pueblo por un tiempo para curar sus heridas. Desde esa base Coronado envió varias expediciones pequeñas de sondeo y exploración. Una de esas pequeñas expediciones desde la base Zuni, al mando de **Pedro de Tovar**, descubrió una red de pueblos en la cima de tres mesas en el norte de Arizona, las tierras ancestrales de los **Hopi**. Igualmente, los Españoles trataron de invitarse ellos mismos en los pueblos de los Hopi, pero estos se negaron, y los Españoles optaron por medios de violencia y guerra para imponer sus condiciones. Después de unos intercambios bélicos, los Hopi decidieron no seguir peleando dada la superioridad tecnológica de los Españoles. Ese fue el primer encuentro de los Hopi con los Españoles, los primeros Europeos en territorio Hopi, resultando en un daño físico limitado, aunque su mundo cambiaría drásticamente de ahí en adelante, para siempre. Tovar regresó al territorio Zuni e informó a Coronado de su hallazgo y altercado con los Hopi. En el transcurso, los Españoles se enteraron de la existencia de un gran río en las cercanías, el que sería el potente y majestuoso **Río Colorado**. Una segunda expedición exploratoria fue llevada a cabo por otro teniente de Coronado, **Garcia Lopez de Cárdenas**, esta vez contando con guías Hopi, alcanzando el **Gran Cañón** por el sur, por el South Rim, y llegando así también al Río Colorado. De esa manera Cárdenas y sus hombres se convirtieron en los primeros Europeos en ver el colosal y espectacular Gran Cañón. ¿Y que puede hacer una persona al ver un enorme río que corre estruendosamente por un cañón geológico a un kilómetro de profundidad, entre paredes perpendiculares? Mirar y maravillarse, sin moverse mucho por peligro de caerse a ese abismo. Coronado y sus hombres no pudieron descender las paredes del cañón para llegar al Río Colorado y tocar sus aguas.

Muchas crónicas fueron escritas sobre aquellas dos expediciones y el esfuerzo de Coronado usando el Río Colorado, de alguna forma, para enlazar con Hernando de Alarcón y su flotilla de dos barcos que navegaban un río que salio de su desembocadura en Mexicali, Baja California, México, rumbo norte. Lo que las crónicas no decían, porque no tenían forma de saberlo, es que el río que Alarcón navegaba rumbo norte, y el río que Coronado navegaba rumbo sur era el mismo Río Colorado.

¿Qué ocurrió con Alarcón, sus dos barcos cargados con hombres y provisiones? ¿Llegó a enlazar con Coronado y sus hombres en algún tramo del Río Colorado, ya adentrado en el suroeste de los EE.UU.? Increíblemente, Alarcón llegó a remar unos 110 kilómetros contra corriente, la parte navegable del Río Colorado, en la parte noroeste de Arizona, aun muy lejos de la región de Cibola y los Zuni en la parte noreste de Arizona colindante con la región noroeste de Nuevo México, por lo que hizo algo curioso: espero unos días y, ya desalentado, enterró un cargamento de provisiones con una nota en una botella en un punto de confluencia del Río Gila con el Río Colorado, en lo que hoy se llama la ciudad de Yuma, Arizona, y comunicó esta información a los indígenas de esa área, muy posiblemente los Indios Coco Maricopas (*Seynor, 2008*). Mientras tanto Coronado había enviado a su otro teniente, **Melchior Diaz**, a la Ciudad de México con el odiado y desacreditado monje Franciscano, Fray Marcos de Niza, con instrucciones de regresar por tierra a la cabeza de Baja California para enlazarse con Alarcón a lo largo del Río Colorado. En ese ultimo tramo del río, en la confluencia con el Río Gila, los Indios Coco Maricopas ayudaron a Melchior Diaz a encontrar el cargamento enterrado de provisiones y la botella con la nota donde Alarcón explicaba cómo después de remar los 110 kilómetros navegables del río, esperaron unos días, y después tuvieron que optar por regresar río abajo porque "los gusanos están haciendo agujeros por todos lados en nuestros dos barcos."

Poco después del invierno de 1542, Coronado, sus 100 hombres, y parte de su contingente de esclavos decidieron dejar atrás su base con los pueblos Zuni, en el noroeste de Nuevo México, y volver a la Ciudad de México siguiendo la ruta original, otra increíble odisea de trabajo, dificultades, y percances, a lo largo de unos 2.800 kilómetros, a caballo y pie. La magnitud del fracaso en los términos originalmente contemplados, como nos podemos imaginar, fue enorme. Coronado regresaba con las "manos vacias", sin oro, con todos los recursos gastados, perdida de hombres, esclavos, y ganado, algo que no fue del agrado de su mentor, el vicerey Antonio de Mendoza. La expedición duro dos años largos, entre 1540 y 1542, increíblemente caminó por tierra un total de unos 4.500 kilómetros, y regresó con 100 de los 340 Españoles y un numero no documentado de Indios esclavos del contingente original. Aun así, a Coronado se le permitió continuar como gobernador de

Nueva Galicia por otros dos años, hasta 1544, tiempo en que fue acusado, juzgado, y encontrado culpable de corrupción, negligencia, y de atrocidades contra Americanos Nativos bajo su autoridad. Finalmente, Francisco Coronado se retiro a la Ciudad de México donde murió el 22 de Septiembre de 1554. Notamos que sus "descubrimientos", contactos con las muchas tribus de Americanos Nativos, y los lugares "bautizados" con nuevos nombres Españoles sirvieron a las coronas de España como "base legal" para proclamar como suyos los territorios de California, Arizona, y Nuevo México. Por supuesto, esta es la historia escrita por los Españoles, los primeros Europeos, en las tierras de los Hopi. Posiblemente algún dia lleguemos a saber también de la historia escrita por los Hopi y otros Americanos Nativos de lo que ocurrió durante aquella expedición (1540-1542) y después, hasta nuestros días, esperamos muchos.

La *espada* y la *cruz*, esa formidable alianza que destruyó antiguos imperios y creó nuevos imperios en las Americas, no abandonarían fácilmente esos nuevos imperios, y así resultó que los soldados Españoles y sus aliados, los monjes Franciscanos, regresaron a las tierras de los Hopi y sus vecinos años mas tarde en varias oleadas. La convivencia entre colonizadores Españoles y los Americanos Nativos del suroeste de los EE.UU. durante los siguientes 100 años fue esporádica y frágil, caracterizada por intercambios de productos agrícolas y ganaderos, actividad de guerrilla, unos años de respeto y tranquilidad, y más represalias. Así fue que hacia mediados del Siglo 17 una combinación de sequía y la arrogancia de la religión de los Fanciscanos --en obediencia a los diseños de las Coronas-- provocó una *revuelta de los Pueblos* y sus naciones (*Hopi, Zuñi, Taos, y Acoma*, principalmente). La sequía causó intensas hombrunas entre las gentes de los Pueblos y desequilibró la economía del suroeste durante largos años. Por otro lado, la Iglesia Católica insistía en imponer su religión sobre los Pueblos con la ayuda de los soldados Españoles y los Franciscanos, algo que los Pueblos llegaron a aborrecer y a resistir. Encima de estas dos realidades, otras tribus nomádicas orquestaban redadas contra los Pueblos y sus gentes, algo que los soldados Españoles no pudieron o no quisieron contrarrestar desde sus "fuertes" y "presidios" en los territorios.

Juan Francisco Treviño, el entonces gobernador de Nuevo México (1675-1677), ordenó la detención de 47 "*curanderos*" Pueblo acusados de practicar "brujería", a petición de la Iglesia Católica Española y sus aquiescentes misioneros Franciscanos. En la sociedad Pueblo, como en la de muchas otras sociedades de las Americas, el "curandero" era una persona que generalmente tenía conocimiento de hiervas con propiedades medicinales y, por lo tanto, ocupaba una posición de autoridad y respeto en la sociedad Pueblo. ¿Una extensión de la *Inquisición Española* en las Americas? Es interesante observar que en aquellos mismos años, las Coronas de España y de otros poderes Europeos se hallaban altamente involucrados en la utilización de la Santa Oficina de la Inquisición y sus recursos criminales en la represión de cualquier actividad religiosa contraria a la doctrina del Vaticano y que pudiese resultar en beneficio económico a las coronas tras el robo y expropiación de bienes de las personas acusadas de "brujería" en el continente Europeo. Aunque no se hizo referencia en las "crónicas" a la participación de la Inquisición Española en la vida de las naciones Pueblo, aquel evento orquestado por Juan Francisco Treviño bien pudo haber respondido a una excursión de la Inquisición Española en el suroeste de la America del Norte,

Estatua de **Po'pay** (Popé, 1630-1688), líder de los Indios Pueblo, **Americanos Nativos**, en Ohkay, Nuevo México, EE.UU.

opinamos. Cuatro de los curanderos fueron sentenciados a muerte, siendo tres ahorcados y del cuarto se dice que cometió suicidio en su celda de cárcel, mientras que los otros 43 curanderos fueron azotados públicamente y sentenciados a condenas de prisión. Ello desbordó la copa. En cuanto las gentes de los Pueblos se enteraron de lo ocurrido, se reunieron y se desplazaron en gran numero a Santa Fe, entonces y hoy la capital de Nuevo México, para exigir que los curanderos presos fuesen puestos en libertad. En aquellos momentos el gobernador Treviño tenía la mayor parte de guarnición de soldados Españoles fuera de la ciudad, persiguiendo y batallando a bandas de Apaches, por lo que acordó en dar libertad a todos los curanderos presos. Entre esos presos se encontraba *Po'pay*, un líder religioso Tao (Tewa) de Ohkay Owingeh (anteriormente renombrado San Juan por los Españoles), y fugitivo de las autoridades Españolas por presunta complicidad en varios crímenes. Reunía el perfil de Po'pay atributos que permitiría a los poderes Europeos hoy dia caracterizarle como un *"terrorista"*, conjeturamos. Desde el poblado de Taos conspiró con otros lideres Indios para organizar una revuelta general contra los Españoles y, hacia ese proposito, envió varios corredores a los Pueblos llevando cuerdas con nudos en ellas, cada cuerda con el mismo numero de nudos, un nudo por cada dia que faltaba para el surgimiento de la revuelta que debía ocurrir el 11 de Agosto de 1680.

El complot fue descubierto, sin embargo, cuando los Españoles detuvieron a dos Indios adolescentes que llevaban varias de las cuerdas con nudos. Po'pay, entonces, adelantó la revuelta un dia, liderando los nativos de Taos y Picuris principalmente. Entre los colonos y terratenientes resultaron muertos 21 de los 40 Franciscanos y 280 Españoles, contando hombres, mujeres, y niños. El resto de los Españoles colonos huyeron a Santa Fe y a Isleta, uno de los pocos Pueblos que no participó en la revuelta. El líder Po'pay ordenó a sus seguidores destruir y quemar todas las cruces y artefactos religiosos --estatuas, pinturas, mesas y sillas, iglesias, etc.-- que fueran representativos del la Iglesia Católica y de la cultura Española, incluidos ganado y árboles frutales. Po'pay sirvió a su gente por ocho años más hasta su muerte en 1688. Aquella revuelta de 1680 tuvo como meta estratégica expulsar a los colonos Españoles de Nuevo México, su forma de gobierno "por la fuerza", y la iglesia con el objetivo de salvaguardar la vida tradicional de las naciones Pueblo, una revuelta que logró su meta durante los siguientes cuatro años, hasta 1692, el año en el que el nuevo gobernador *Diego de Vargas Zapata Lujan Ponce de León* (periodo de 1691-1696) aparece en Santa Fe con un ejercito. El nuevo gobernador ofrece clemencia e invita a los Pueblos a rendirse. Los lideres de los Pueblos consideran las circunstancias y deciden los términos de paz ofrecidos, en principio: lealtad a las Coronas de España y regreso a la Iglesia Católica, en lo que fue llamado "la reconquista sin sangre."

Por su parte, las Coronas vieron el merito y necesidad de reformas en su administración, y concedieron extensiones sustanciosas de tierras a cada Pueblo --Muchos dijeron que los Españoles devolvieron tierras que habían sido robadas a los Pueblos, en primer lugar-- y designaron a defensores públicos para defender los derechos de los Indios Pueblo ante las cortes Españolas en los territorios del suroeste y de la Península. Sí, los Indios Pueblo recuerdan hoy dia a su líder *Po'pay* y los años de libertad y dominación extranjera, aunque fuese por un corto periodo de 12 años y, junto con el resto de la población de Nuevo Mexico, le honran erigiendo una estatua suya en Washington, D.C.

Como resultado de aquella "primera visita" de los Españoles en 1542, los Hopi trasladaron sus poblaciones desde sus lugares originales en la base y faldas de las mesas a sus cumbres donde las poblaciones pudieran ser defendidas mas fácilmente. Un total de nueve poblaciones existían en el momento de aquella "primera visita": *Awatovi, Kisakovi, Koechaptevela, Mishongnovi, Oraibi, Sikyatki, Sichumovi, Shipaulovi, y Shungopavi.* Tres mesas de nombres Primera Mesa, Segunda Mesa, y Tercera Mesa. En la parte este de la Primera Mesa se encuentran las poblaciones de *Walpi, Sichumovi,* y *Hano*; esta ultima no es Hopi, sino integrada por inmigrantes de lengua Tewa del Río Grande que, de acuerdo con la tradición oral, acudieron a defender a los Hopi de Walpi de enemigos, y se les concedió tierras como recompensa. En la Segunda Mesa se encuentran las poblaciones de *Mishongnovi, Shipaulovi, y Shungopavi.* Finalmente, en la Tercera Mesa se encuentran *Oraibi, Pakavi, y Hotevila.*

La sociedad Hopi está organizada en clanes matrilineales, por lo que cuando un hombre contrae matrimonio con una mujer, sus hijos automáticamente se convierten en miembros del clan de su mujer, aunque son las mujeres en el clan del marido quienes dan nombres a esos hijos. Se puede entender entonces que típicamente un clan no está centrado en una sola población, sino que se extiende a varias poblaciones. Después de veinte días del nacimiento, las mujeres del clan del padre se reúnen y cada una da un nombre al niño/niña, pero son los padres los que finalmente deciden los nombres, incluidos nombres Hopi, Anglo, y Españoles. ¿Cómo es la religión de los Hopi? Poseen una vida espiritual, como ya sospecharíamos, siendo central la condición de seres humanos en armonía con el mundo a su alrededor, incluidos muy especialmente los espíritus de antepasados, hombres y mujeres, de animales, rocas, y árboles, como es evidente en las ceremonias *Kachina*. Las Kachinas son poderosos espíritus de antepasados, a los que se llama para traer la lluvia, cuidar a parientes, y lograr actividades diversas. Unas 300 Kachinas son reconocidas por los Hopi, por lo menos. En el preludio de una ceremonia Kachina, el centro de una población se llena de gente al sonido de los tambores de los Hopi. De repente 20-25 bailarines aparecen con mascaras y vestimentas coloridas representando una variedad de espíritus en rojo, blanco, y negro, con componentes de turquesa, plumas, y conchas de mar en brazos y piernas, bailando y emitiendo sonidos de variada cacofonía. Los sonidos son producidos por sonajeros de serpientes, así como por cascabeles de metal atados a las piernas de los bailarines. Harina de maíz es esparcida sobre el suelo de la plaza entre los cantos de los ancianos, adultos, y niños. Los bailes siguen una coreografía de pasos y movimientos diseñados para crear una atmósfera de "espiritualidad" que hasta visitantes pueden percibir. Un baile en particular, el *Baile de la Serpiente*, atrae la atencion de los "Anglos" ya que consiste en capturar y manejar serpientes venenosas y no-venenosas durante los 16 días que dura el baile y su ceremonia. Los primeros cuatro días son dedicados a buscar y reunir serpientes en el alrededor de una población --todo su entorno de 360 grados-- mientras los hombres de la Sociedad de la Serpiente se agrupan en pares, un bailarín llevando una serpiente en su boca, y un segundo bailarín distrayendo a la serpiente con una pluma. Finalmente, todas las serpientes llegan a participar en la ceremonia, y en el décimo-sexto dia la población camina hasta llegar a la base de la mesa para rezar, llamar a los espíritus, y pedirles que traigan las lluvias a sus tierras de cultivos. ¿Qué les ocurre finalmente a las serpientes? ¿Las asan y se las comen? No. Las devuelven a los lugares, entre rocas y piedras, donde las habían capturado anteriormente.

Soldados Españoles, misioneros Franciscanos, soldados Mexicanos, y después soldados del ejercito de lo EE.UU. no fueron los únicos peligros para la vida y cultura de los Hopi, como si esos no hubieran sido más que suficientes para aniquilar muchas otras culturas y sociedades. El siguiente peligro vino en la forma del *Bureau of Indian Affairs* (BIA) --Oficina de Asuntos Indios--

agentes del Departamento de Estado de los EE.UU., abogados, políticos, agentes de la empresa Peabody Western Coal, y "anglos", todos ellos en busca de **gas, carbón, agua**, y otros recursos naturales en las tierras de los Hopi. Como la suerte --ó mala suerte en este caso-- puede llegar a decidir, grandes depósitos de esos recursos se encontraban en las praderas de Mesa Negra y, particularmente, en las tierras áridas de "Cuatro Rincones" en el noreste de Arizona y noroeste de Nuevo México, donde se encuentran los tribus de los Hopi y sus vecinos los Navajos. Básicamente, a mediados del siglo pasado una multi-nacional con sede en Londres, Inglaterra, y de nombre Peabody Western Coal apareció en esas tierras del suroeste y empezó a tratar de convencer a los Hopi de firmar contratos para vender grandes cantidades de carbón, en vetas de 25-75 metros de grosor en la superficie de la tierra, y hacer uso de millones de metros cúbicos de agua clara de acuíferos para transportar el carbón extraído a lo largo de red de tuberías 400 kilómetros para alimentar una enorme planta de electricidad en Laghlin, Nevada. Una ocasión y propuesta fabulosa para la gente Hopi, ¿o no? En cuestión de semanas los lideres Hopi contrataron a un abogado para que representase sus intereses en la preparación de **un contrato**, un contrato que ambos lados firmaron en 1964, y que produciría ingresos económicos para los Hopi. ¿Entonces, cual es el problema, si existe alguno? El problema fue --y existía uno gordo-- que el abogado contratado por los Hopi, un tal **John Sterling Boyden**, había sido contratado también por Peabody, dando lugar a una situación atroz de "**conflicto de intereses**", carente de moralidad alguna por parte del abogado y de Peabody, y carente de legitimidad jurídica en el sistema de leyes de los EE.UU., como investigaciones posteriores revelaron y la opinión pública alegó.[11] Los hechos salieron a la luz en los años 90 gracias al trabajo de investigación de **Charles F. Wilkinson**, un profesor de leyes de la Universidad de Colorado. Ese trabajo reveló que en 1950 Boyden fue contratado por un grupo de Hopi que se llamaba a si mismo el **Concilio Tribal Hopi** para representar la tribu ante la Comisión de Títulos Indios (*Indian Claims Commission*), una organización del Gobierno de los EE.UU. que se suponía protegía los derechos de los Indios, incluida la compensación económica cada vez que ese Gobierno tomaba tierras (otra vez) de tribus Indias.

Boyden llegó a ganar y recibir sumas de $500.000 equivalente al 10% de un acuerdo de $5 millones que el Gobierno ofreció a los Hopis por las tierras tomadas. Por iniciativa propia Boyden logró acuerdos con lideres de siete de las doce poblaciones Hopi y miembros de ese Concilio Tribal Hopi, un concilio que no tenía base legal alguna porque un concilio anterior había sido disuelto por el Gobierno al no ser reconocido por la mayoria de los Hopi en 1943. Efectivamente, los Hopi no eran una sociedad unida en esos años, especialmente cuando se trataba de vender o no vender derechos para la explotación de recursos naturales, y el dinero ofrecido por el Gobierno y corporaciones dividía a familias y poblaciones enteras. Era un contrato malo, un pésimo contrato para los Hopi. Dicho contrato fue firmado el 16 de Mayo de 1966, permitiendo la minería de carbón de superficie en 16.000 hectáreas (40.000 acres), más allá de las 1.000 hectáreas que las leyes federales permitían por una sola operación minera en tierras Indias. En términos de dineros, los Hopi recibirían tan solamente 3,3% de las ventas, aproximadamente la mitad de otras actividades mineras. Peor aun, el contrato no contenía previsiones para su renegociación a iniciativa de los Hopi. Con la "ayuda" de Boyden las extensiones del contrato empeoraban el retorno económico de los Hopi. En Octubre de 1966, por ejemplo, el contrato fue modificado para permitir a Peabody sacar 6,5 millones de metros cúbicos (4.000 *acre-foot*) de agua perfectamente potable del acuífero de Mesa Negra cada año, por lo cual los Hopi recibirían $1 por 1.000 metros cúbicos, comparado con $18-$30 por metro cúbico en otras industrias.

¿Se hizo algún esfuerzo por **reclamar las tierras** después de la extracción del carbón? Peabody Western Coal invirtió dineros durante décadas en la reclamación de tierras debe ser dicho, y es reconocido. Las medidas de reclamación oscilaban entre un tratamiento básico y simple que consistía en rellenar las profundas grietas y cicatrices hechas en la superficie del desierto con tierra abonada, plantar semilla, y regar para motivar el crecimiento de plantas, a la creación de bosques, lagos, y caminos. En la región de Mesa Negra, concretamente, Peabody concedió dineros a la Universidad de Arizona para investigar métodos alternativos de reclamación (*Goikoetxea 1977*). Años mas tarde, en 1998, la oficina de Gobierno US Office of Surface Mining reconoció ese trabajo y concedió a Peabody un premio "por las practicas excelentes de reclamación de tierras en las minas de Mesa Negra y Kayenta de Arizona."[13] Mas recientemente, en 2005 Peabody cesó sus operaciones mineras y cerró las minas de Mesa Negra.

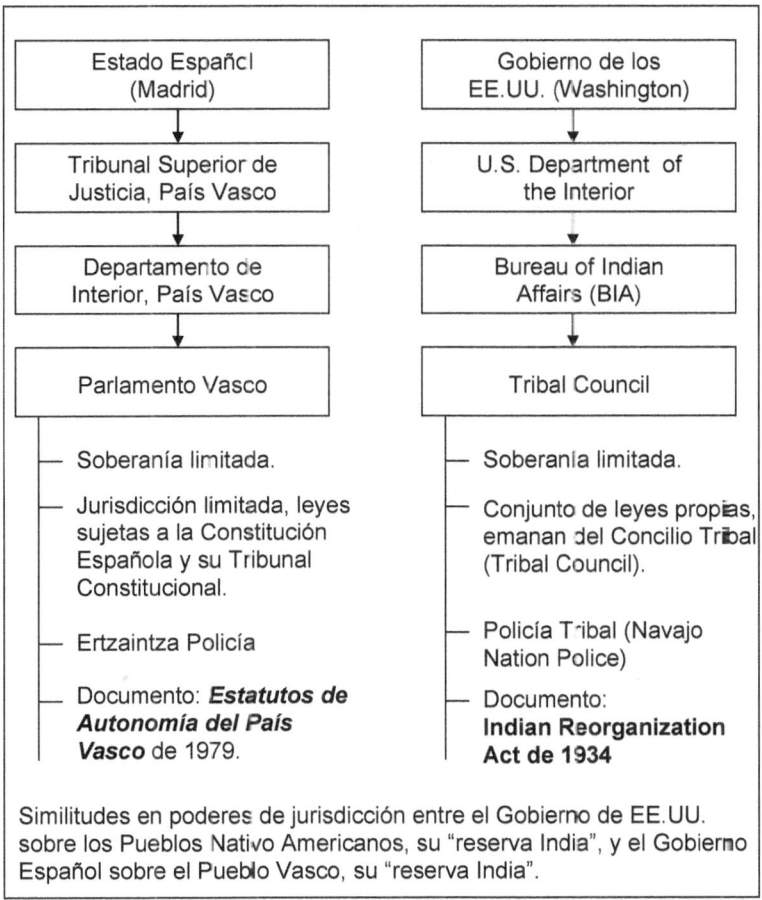

Estado Español (Madrid) → Tribunal Superior de Justicia, País Vasco → Departamento de Interior, País Vasco → Parlamento Vasco

Gobierno de los EE.UU. (Washington) → U.S. Department of the Interior → Bureau of Indian Affairs (BIA) → Tribal Council

- Soberanía limitada.
- Jurisdicción limitada, leyes sujetas a la Constitución Española y su Tribunal Constitucional.
- Ertzaintza Policía
- Documento: **Estatutos de Autonomía del País Vasco** de 1979.

- Soberanía limitada.
- Conjunto de leyes propias, emanan del Concilio Tribal (Tribal Council).
- Policía Tribal (Navajo Nation Police)
- Documento: **Indian Reorganization Act de 1934**

Similitudes en poderes de jurisdicción entre el Gobierno de EE.UU. sobre los Pueblos Nativo Americanos, su "reserva India", y el Gobierno Español sobre el Pueblo Vasco, su "reserva India".

Derechos de autonomía también llegaron a los Hopi como parte del Acto de Reorganización de Gentes Indias de 1934, también conocido con el nombre *Nuevo Acuerdo Indio* (Indian New Deal), que reconocía la *inherente soberanía* de todas las tribus Indias, corrigió algunos abusos anteriores respecto a la privatización ilegal de tierras Indias, y reconocía abiertamente el derecho a auto gobierno y la gestión de tierras por las tribus de Americanos Nativos.

Además, ese acuerdo reconoce que las tierras Indias, también llamadas *reservas Indias*, "están guardadas en confianza (*in trust*) por los EE.UU.", aunque ese Gobierno todavía insiste en regular los derechos políticos y económicos dentro y entre los gobiernos tribales.[15] El acuerdo dice que la tierra será devuelta a los Americanos Nativos en un futuro, aunque no estipula exactamente cuando ello ocurrirá. Mientras tanto, en virtud de ese acuerdo, las tribus Indias tienen jurisdicción sobre sus propias gentes, pero no sobre personas no-Indias que lleguen a cometer crímenes en las reservas Indias.

La analogía no se escapa, y es interesante contemplar la situación socio-política del pueblo Vasco en Europa y llegar a percatarse en que sus gentes también viven en una "reserva India para Vascos y Vascas" ó, mejor dicho, en "dos reservas Indias para Vascos y Vascas", una gestionada por el Estado Español, y la otra gestionada por el Estado Francés. Las similitudes entre los pueblos Americano-Nativos y el pueblo Vasco están ahí: soberanía limitada, estructuras dictadas de impuestos, una propia jurisdicción limitada, una policía subordinada a los poderes de un estado mayor, y un comercio con otros pueblos, autonomías, y estado-naciones también limitado por un estado mayor (Washington, D.C, y Madrid).

Capítulo
9

Oro Negro y Agua Clara

Esta vez era el turno de Kathy de esperar a sus amigos enfrente del edificio *Union de Estudiantes*, como punto de encuentro, antes de salir para el **Rancho Tres Catalinas**, quince kilómetros al noroeste de Tucson, para celebrar el principio del año escolar en la *Universidad de Arizona*. Tradicionalmente ese evento se celebra en la tarde-noche del segundo dia de la **Fiesta de los Vaqueros** en el mes de Febrero. El otro evento especial en el departamento de Kathy es la **Noche de Desierto** que se celebra en la segunda semana de Septiembre. Si todo sale bien, Sunrise, su novio Cricket, y **Emilio Etxeberria**, un estudiante del País Vasco llegaran a las 17:30 horas, quita o pon unos veinte minutos, una practica usual en el entorno de desierto de Tucson y sus alrededores. Emilio es de Laguardia-Biasteri, Alava, País Vasco, y esta completando su segundo año en el Departamento de Economía hacia un Master. *"La micro economía le permite a la persona una mirada de águila, a tres kilómetros de altura, para ver y entender que es lo que ocurre en una sociedad,* **ver quien produce cosas, y ver quien vive del cuento"**, como lo gusta a Emilio comentar entre amigos. Una perspectiva un poco peculiar sobre una disciplina tradicional y respetada, pero se pudiera comprender esa actitud, posiblemente, dado el hecho de que Emilio es todavía un joven de veinti-seis años, algo irreverente, escéptico de casi todo lo que escucha de sus mayores y de la clase política, aunque amigable, y enamorado de la historia y las lecciones que puedan derivarse de esta, muy incluida la "historia del Oeste", una afinidad que comparte con Kathy.

-¡Hola, Kathy!

-¡Hola, Sunrise y Cricket… me alegro de veros!

-¿Llevas mucho tiempo esperando?

-No, en realidad no… unos diez minutos solamente.

-¿Y quien mas viene con nosotros? -Pregunto Sunrise.

-*Elena*, la hija del Dr. Finley... ella y Emilio, un amigo de Nancy quien ya se encuentra en el rancho ayudando con los preparativos y nos pidió si le podíamos traer con nosotros. Este chico tenia que llevar su destartalado Pontiac Lemans de 1965 al taller mecánico esta tarde misma. ***Es un Vasco... un bicho un poco raro, diferente,... de uno de esos países en la vieja Europa***, y que un día Nancy lo trajo al grupo nuestro del departamento para que conociera gente con quien hablar... En un principio pensé que seria uno de esos chicos de familia rica de Europa que nos visitan en los EE.UU. de vez en cuando, por un par de años, sacan un titulo, y después desaparecen... pero este no es así... es de una familia de carpinteros. -Comentó Kathy.

-Vale, pudiera ser un chico interesante, aunque debe sentirse triste y abandonado. -Sugirió Sunrise, al mismo tiempo que miraba a Kathy, primero, y a Cricket a continuación, sonriendo estos dos últimos. Sunrise y Cricket sabían que Kathy no tenia novio, o por lo menos no sabían de uno. Kathy, por su parte, no prestó mucha atencion a la posibilidad, ni se molestó al notar el momento de diversión entre Sunrise y su novio Cricket.

-¿Alguien quiere una Coca-Cola y patatas fritas mientras esperamos a Emilio?.. Quiero decir, tenemos una sala reservada y una hora a esperar, por lo menos.

-Estamos bien, OK,.. bebimos una botella de agua antes de venir... ¿Entonces, cuanta gente vendrá a la fiesta del rancho esta tarde?

En ese preciso momento se abre la puerta de la pequeña sala y entra Emilio. De estatura mediana, ojos marrones y pelo negro, ancho de hombros, con una camiseta blanca que porta las palabras "*Tucson es para amantes del Rodeo*", pantalones Levys, botas, unas gafas de sol colgando del cuello de su camiseta, y sonriendo.

-Hola, soy ***Emilio***... Nancy me dijo que podía reunirme con vosotros para ir al rancho esta tarde.

-¡Hola Emilio!... Yo soy Kathy,.. esta es Sunrise,.. y este es su novio, Cricket.

Durante unos minutos todos en la pequeña sala dieron la bienvenida a Emilio, preguntándole por sus estancia en Tucson, su programa de estudios, sus "hobbies", etc. Su Ingles era entre "bueno" y "avanzado", aunque con un pequeño acento que unas veces parecía ser "Italiano" y otras veces "Ruso". En realidad, Kathy nunca había conocido a un estudiante que fuera "Vasco" por lo que no tenia idea alguna de lo que pudiera ser un *"acento Vasco."* Agradablemente sorprendida, Kathy pensó que podían disfrutar de una pequeña conversación mientras esperan la llegada de Elena.

-¿Entonces, cuantas personas vendrán esta tarde, y que es lo que se esta cocinando?

-Esperamos entre unas 30 y 35 personas, contando estudiantes, profesores, Jennifer --nuestra secretaria en el departamento-- y nosotros. Tengo entendido que vamos a tener carne de res y cordero en "cocina subterránea", ensalada, patatas dulces, un surtido de nueces, vino barato, y cerveza aun mas barata. -Contribuyó Cricket.

-¿Ah, sí? ¿Y que es eso de "*cocina subterránea*" que he oído en los últimos dos-tres días?

-Bueno, creemos que se trata del método tradicional *Hopi-Navajo* de cocinar grandes cantidades de carne para grupos de 20-30 personas --les comunicó Cricket-- aunque este tipo de cocina también ocurre en otras culturas. La gente de Hawaii, por ejemplo, también utiliza este método tradicional para cocinar sus cerdos "*Kalua*" en ceremonias tribales, así como para turistas hoy día... Básicamente, se hace un agujero grande en un patio o terreno de un rancho, digamos un metro de profundidad, otro metros de ancho, y dos metros de largo. Se saca toda la tierra de agujero y se coloca esta a un lado. Se traen tres sacos de tronco y ramas de *mezquite*, ese arbusto que crece en el desierto de Tucson, cortado en piezas de 30-40 centímetros, y se colocan estas piezas en el suelo del agujero a manera de una primera alfombra o capa. A continuación, y sobre la capa de mezquite, se deposita una capa de piedras redondas de río, de tamaño menor al de una pelota de fútbol. Encima, una segunda capa de madera de mezquite, y esta vez se prende y se deja arder libremente por unos 45 minutos hasta que el mesquite se convierte en trozos de carbón al rojo-vivo que se encajan entre los espacios de las piedras ya también muy calientes. Como ya sabéis la madera de mezquite arde rápidamente con llamas altas y mucho "chisporroteo", proporcionando un calor muy intenso... A continuación se colocan los trozos de carne --de 4-5 kilos cada uno-- directamente sobre las piedras calientes y el carbón de mezquite. Una ultima capa de ramas y hojas de mezquite, y se cubre el agujero con la propia tierra. Finalmente, la parte difícil: esperar 4-5 horas bebiendo cerveza entre amigos. Al cabo de ese tiempo, se desentierra la carne y se pone esta en bandejas grandes. De estar bien cocida la carne, esta se desprende del hueso con simplemente tocarla con un cuchillo entre el vapor y olor fabuloso del mezquite...

Un largo silencio.

-¿Bueno, que os parece este método?

Kathy ya sabia de este método de cocinar, claro, después de dos años como maestra a tiempo parcial con la comunidad Hopi-Navajo en las Mesas de Arizona. Aun así, pudo apreciar la forma de Cricket de narrar el proceso con detalle añadido, posiblemente, para beneficio de Emilio. Los ojos se dirigieron a Emilio.

-Sí, había oído de este método de cocinar, pero solo en películas y libros, por lo que tengo mucho interés en poder asistir a la fiesta de esta tarde en el rancho.

-¿Conoces ya algunas de las costumbres y forma de vida de los Hopi, Emilio? -Era la manera de Kathy de invitar a Emilio a introducirse en la conversación, de ayudarle a ser parte de la experiencia.

-Sé un poquillo de la historia de los **Hopi en Arizona**, no tanto como debía saber... Espero llegar a saber más de su historia y conocer algo sobre su forma de vida ahora que estoy en Tucson.

Buena respuesta. Este hombre tiene mucho tacto, puede que encaje en nuestro grupo, pensó Kathy.

-Afortunadamente, estarán con nosotros esta tarde y noche **Sandra** y **Esteban** de Mesa Negra. Los dos son Hopi, estudiantes en el Departamento de Aguas y Cuencas, aquí en U-de-A (Universidad de Arizona), y trabajan de voluntarios en **KUYI**, la radio Hopi del Condado de Coconino. Son amigos de Sunrise y Cricket, así que vas a estar entre amigos. Si te interesa, esta puede ser una oportunidad para hacer cualquier pregunta sobre su idioma, historia, forma de vida en la reserva... lo que tu quieras. ¿No es así? -Hizo la pregunta Kathy dirigiéndose a Sunrise y Cricket.

-A ver, a ver... claro que trataremos de responder a tus preguntas, Emilio, pero lo que ocurre es que no tenemos un buen conocimiento de nuestra propia historia... Quiero decir, sabemos de varios eventos y fechas principales, historias que nos cuentan los mayores en nuestra tribu, y como hemos tenido que emigrar de una reserva a otra, generalmente... pero la verdad es que nosotros estamos ahora empezando a conocer nuestra propia historia.

Eso es... --comentó Sunrise-- nosotros dos ayudaremos con algunas respuestas y perspectivas, pero será algo especial el que puedas conocer a Sandra y Esteban de Mesa Negra. Ellos quieren compartir con los estudiantes aquí en el campus los últimos acontecimientos, incluidas las manifestaciones que se están llevando a cabo para protestar contra las **Minas de Carbon de Peabody**, enfrente de la administración de la universidad.

No fue la intención de Sunrise de sacar a relucir el tema de los "administradores de la universidad" por lo menos no tan pronto en la conversación, por lo que trato de retroceder en sus palabras.

-Lo que yo quería decir es que algunas veces...

-Vas bien --le interrumpió Kathy-- Nuestros administradores en la universidad siempre han estado muy dispuestos a recibir dineros de la empresa **Peabody** durante años, unos 40 años, mientras que sus maquinas gigantes saqueaban las tierras de los Hopi buscando y sacando **carbón, ese maldito oro negro**. Todo ese carbón extraído a flor de tierra y la devastación causada en mas de 40.000 acres de tierra no les era suficiente, no, tenían que robar también billones de litros de agua clara y potable de los acuíferos de esas tierras. Por esas razones se han organizado las manifestaciones en contra de la multi-nacional Peabody. -Las palabras de Kathy brotaban fácilmente, no con rabia, sino con convicción y proposito.

Era una causa que le recordaba a Kathy del activismo social de su madre, cuando las multi-nacionales aparecían en estos poblados del centro y oeste de los EE.UU., para saquear la tierra de sus recursos naturales, dando unos dineros a unas cuantas familias privilegiadas, y después de extraer esos recursos desaparecían. Simplemente desaparecían, dejando a la tierra y sus gentes patas arriba, despojados y en peores condiciones económicas. La misma historia, el mismo *modus operandi*, una y otra vez. En el caso de los Hopi se trata de la multi-nacional Peabody, con base en **Londres**, que durante décadas ha estado estafando a los Indios **Hopi y Navajo** y robándoles sus recursos de gas natural, carbón, y agua a cambio de cacahuates a unos cuantos caciques, mediante dinero de soborno a agentes del gobierno federal de los EE.UU., y la financiación de un numero de proyectos en universidades para investigar métodos y practicas de reclamación de tierras. "*Una vez que aceptas esos* *dineros de investigación, eres ya una persona comprada y vendida...*", solía decir su madre.

-Pero los Hopi y la multi-nacional Peabody primero firmaron un contrato, y los Hopi estaban recibiendo sus pagos por la extracción del carbón y el agua, creo que leí eso en un articulo. -Dijo *Emilio*, tratando de hacerlo de una forma diplomática, no queriendo herir los sentimientos de los presentes, por lo menos de momento.

"Una persona no puede considerar la situación del pueblo Vasco en Europa, incluidas las dimensiones sociales y políticas de su sociedad, y no darse cuenta de que *el pueblo Vasco vive en una "reserva India para Vascos y Vascas"*, o mejor dicho dos reservas Vascas, una gestionada por un Gobierno Español y la otra gestionada por un Gobierno Francés."
--*Macadio Namoki,* radio Hopi K.U.Y.I., Arizona, EE.UU.

-Bueno, si, algo parecido a un "contrato"... Como suelen ocurrir en estas estafas, los Hopi contrataron a un abogado de nombre *John Sterling Boyden* para representarles y negociar con Peabody, un hombre que también prestaba sus servicios a Peabody, al mismo tiempo, simultáneamente, a ambos lados, como llegó a descubrirse años mas tarde. Un elefante de conflictos de interés, como os podéis imaginar. Este caso huele aun peor a medida que uno profundiza en ello. Meses y años antes de firmar ese "contrato" en 1966, resulta que este Boyden trató de convencer a la tribu Hopi de vender el gas, carbón, y agua de sus tierras en la reserva a varias otras multi-nacionales, pero el Concilio Tribal y la gente Hopi rehusó la idea de meterse en este tipo de aventura de larga escala. ¿Qué es entonces lo que este tipo Boyden hizo? Este tipo circunvaló el Concilio Tribal y la gente Hopi y se fue a hablar con unos pocos individuos en las aldeas Hopi, una aldea seguida de otra, hasta reunir un grupo de renegados con el que formar otro concilio tribal, uno que nunca fue reconocido por la mayoria de los Hopi. A continuación, Boyden consiguió que el Departamento de Estado de los *EE.UU.* reconociese al nuevo "concilio de los renegados", y fue este concilio el que finalmente firmo el contrato con Peabody, la multi-nacional. Esa es la historia corta de todo ello.

-Sí, esta historia es increíble... sobre cómo unos pocos individuos, un "concilio de renegados" de los mismos Hopi circunvaló la mayoria del pueblo Hopi, sus tradiciones ancestrales, y firmo un "contrato" --por llamarlo de alguna manera-- con la poderosa multi-nacional Peabody, para de esa forma empezar a chupar el dinero que Peabody les estaba prometiendo. -Emilio repitió, todavía recuperándose del impacto de esta historia, mientras decía en voz baja y a si mismo: "¡*PNV, Euskal Herriak ez dizu barkatuko!*"

-Lo siento, no te hemos entendido...

-Oh, no es nada... Es solamente que esta historia me hace recordar otra historia muy similar en mi país, el País Vasco, donde también tenemos un "*concilio de renegados*", pero que allí le llamamos *Partido Nacionalista Vasco (PNV)*. En alguna otra ocasión os podría contar esta otra historia si es que os fuese de interés.

El joven Emilio recuerda los años cuando su padre le hablaba de cómo los Vascos se encontraban unidos después de la muerte de *Franco*, el dictador Español, en 1975, y de cómo el Gobierno de Madrid trató una y otra vez de dividir políticamente y geográficamente a los Vascos ofreciéndoles un tratado diferente para cada uno de los territorios históricos Vascos al sur de los Pirineos: Araba, Bizkaia, Gipuzkoa, y Nafarroa. El gobierno de Madrid ofreció reunirse para negociar con los Vascos de Gipuzkoa en una ciudad, con los Vascos de Araba en una ciudad diferente, y así con los otros dos territorios. Los Vascos no quisieron morder el anzuelo, e insistieron en que el gobierno de Madrid tendría que reunirse y negociar con los representantes de todos los Vascos, que el País Vasco no seria roto en parcelas múltiples, y que un acuerdo tendría que ser votado por todos los Vascos y no solamente por sus representantes políticos. Las semanas se convirtieron en meses, y los Vascos seguían insistiendo en negociar como una nación frente al gobierno de Madrid. Representados entre los Vascos estaban partidos políticos como el *PNV*, un partido de la "derecha" abertzale, representando los intereses de una elite de familias Vascas y Católicas, los intereses de corporaciones, y sus intereses partidistas; *Herri Batasuna*, un movimiento popular, representando intereses y estilo de vida tradicionales, en el lado "izquierdo" abertzale, de familias obreras, campesinos, negocios pequeños, y gente joven, es decir, mucha gente de la *Izquierda Abertzale*. El cortejo de los Vascos de la derecha por parte del gobierno de Madrid finalmente pagó sus dividendos, y los lideres del PNV anunciaron unilateralmente que saldrían a votar, por su propia cuenta, en las elecciones propuestas por el gobierno de Madrid "no importase que es decidido en las reuniones que están ocurriendo entre Españoles y Vascos en el pueblo de Txiberta." Efectivamente, las elecciones de 1979 llegaron, los Españoles votaron, los lideres del PNV y sus seguidores rompieron filas con el izquierda abertzale y votaron, y la izquierda abertzale decidió no votar porque se oponía a una constitución Española que insistía en romper la nación Vasca en cuatro parcelas (Araba, Bizkaia, Gipuzkoa, y Nafarroa). A continuación, en el 18 de Diciembre de 1979, el PNV firmó el "contrato" con el Gobierno de Madrid, un contrato que se llamaría *Estatuto Vasco de Autonomía*. Estos son los orígenes del llamado *conflicto político* en el País Vasco, un país gobernado por medio de un "contrato" que una mayoria de los Vascos no quería tener. Unos 250.000 Vascos --Izquierda Abertzale y otras organizaciones políticas-- no votaron por ese contrato, ese estatuto, y consideran a esos lideres del PNV los "Vascos renegados", "el Concilio de los Vascos renegados." El PNV se alió con los de Madrid por dinero y migas de poder, y la izquierda abertzale continua insistiendo hoy dia en la soberanía e independencia para el pueblo Vasco, le decía a Emilio su padre.

-Oye, Emilio --le sugirió Cricket-- si estás interesado, esta tarde en el rancho tal vez puedas reunirte con la gente el la radio KUYI para hacer una pequeña entrevista e intercambiar ideas, lecciones aprendidas, puntos de vista...

-Sí, pudiera ser interesante escucharles... durante 40 años Peabody explotó a la gente Hopi y sus tierras, y fue tan solo hace unos años, en 2005, que la multi-nacional decidió terminar sus operaciones mineras... Una victoria para los Hopi, después de tantos años de conflicto, pero claro...

¿Pero qué?

-Bueno... *Peabody Energía* finalmente ha terminado sus operaciones de extracción de carbón en territorio Hopi, pero ahora hace ese saqueo de tierras en Nuevo México, EE.UU., y en otros países... continúa siendo una multinacional grande y poderosa...

Además, continuamos batallando en las cortes para conseguir que el **Bureau of Indian Affairs** (BIA) y el **Departamento de Estado** escuchen a nuestras reclamaciones de dineros que se nos debe por la perdida de recursos naturales... Quedan más años por correr. -Se podía notar el aire de resignación en las palabras de Sunrise.

-¡Aquí estáis todos... os he estado buscando por todo el edificio! -Era Elena, con pantalones de Levys, botas y sombrero de vaquero.

Veinte minutos más tarde, los cinco llegaron al **Rancho Tres Catalinas**, con Kathy al volante de su furgoneta. Atrás quedaba la gravilla del camino a lo largo del desierto, para ceder espacio a la tierra arenosa del rancho y su entorno. "Bienvenidos a Rancho Tres Catalinas" se podía leer en un letrero grande de madera sobre dos postes a la entrada del rancho. Veinte-veinticinco automóviles y furgonetas se veían estacionados en ambos lados de la estructura principal del rancho, una casa imponente madera de dos pisos con un porche y postes que la rodeaban completamente. Seis largas mesas con sillas esta ban ya colocadas en el patio y enfrente de esa estructura principal, docenas de estudiantes y maestros bebiendo cerveza en vasos de plástico, unos hablando en grupos de 4-6 personas, y otros alrededor de un agujero en un lado de ese patio, cuadrado y enorme como si fuera una tumba hecha a pico-y-pala, excepto que de ese agujero salía un humo blanco que lo delataba como un horno bajo-tierra Hopi. En el fondo del rancho empezaba a dibujarse una puesta de sol, y no era cualquier puesta de sol, sino una de brillantes franjas horizontales de color naranja, otras franjas de azul turquesa, azul cobalto, y mas franjas color naranja .. todo ello detrás de las siluetas de colinas gris-azul cobalto y árboles **suguarus** típicos del desierto de Arizona. **Exactamente el diseño de una manta de lana Hopi.** En menos de una hora mas, un sol de color naranja y rojo desaparecería detrás de esas colinas dejando atrás las franjas de color naranja y azul cobalto, así como un cielo azul marino salpicado de miles de estrellas compitiendo luminosa e intermitentemente entre ellas por la atencion de meros mortales en el Rancho Tres Catalinas.

-**¡Mezquite!**... ¡Puedo oler la aroma exquisita de las ramas de mezquite ardiendo... debe venir del horno Hopi, exactamente como Cricket lo describió! -Exclamo Kathy.

-Esta es tu oportunidad, Emilio, de ver cómo funciona ese horno... acércate al horno ahora que los estudiantes están a punto de quitar la capa superior de tierra... en unos minutos podremos ver toda una capa de trozos de ternera y cordero con... -Kathy no pudo completar sus palabras

-¡Lo siento chicos! --era Cricket que salía de la casa del rancho-- pero los estudiantes voluntarios de la estación de radio Hopi K.U.Y.I. quieren conocer a Emilio... creo que están interesados en una entrevista de 15-20 minutos, dijeron...

¿Ah, sí?.. ¿Quieres hacer la entrevista, Emilio?.. estos compañeros que están quitando la capa de tierra del horno van a necesitar otros veinte minutos, así que no te vas a peder nada.

-Pero... ¿de que voy a hablar?

Estación de Radio *Hopi*, en el Condado de Coconino, Arizona, EE.UU. Cortesía: *Kuyi Hopi Radio*, www.kuyi.net

-No te preocupes, ellos te harán las preguntas... preguntas fáciles... ya saben que eres un estudiante del País Vasco, así que te harán un par de preguntas sobre tu visita a Tucson, cuanto tiempo vas a estar por aquí, que es lo que mas te gusta de Arizona... algo así.

Con su brazo sobre el hombro de Emilio, Cricket se lo llevó, caminando hacia la casa del rancho, atravesando un salón principal con una área de bar, subiendo unas escaleras, caminando por un pasillo largo, y entrado a una habitación a manera de cabina de radio...

-Hola chicos, este es Emilio, es un Vasco...

-Encantado, Emilio... soy **Macadio Namoki**,.. esta es **Romalita Laban**, **Cara Dukepoo**... **Sandra** y **Esteban** somos voluntarios en esta estación de radio.

-Despacio y fácil con las preguntas para mi amigo Emilio... le dejo aquí con vosotros, tengo que regresar y ayudar a preparar las mesas en el patio... Volveré en 15-20 minutos para recoger a Emilio, ¿OK?

Las mesas se estaban preparando con manteles de cuadros de colores rojo y blanco, vasos de plástico y cartón, cuchillos, tenedores, y cucharas de plástico, platos de cartón blanco y unos cuantos cuchillos de acero estratégicamente distribuidos a lo largo de las mesas. Cuatro barriles de acero inoxidable y llenos de cerveza se encontraban a lado de las mesas, con estudiantes, profesores, y empleados del rancho en dos filas, hablando y esperando su turno para llenar sus vasos de cerveza. El grupo junto al horno Hopi continuaba quitando la capa de tierra y empezando a sacar trozos grandes de carne y depositándolos sobre bandejas largas de aluminio. A unos pocos metros de distancia se hallaba otro grupo de estudiantes alrededor de un fuego alimentado con leña de junípero, pino, y raíces de matorrales traídos en gavillas desde *Flagstaff*, un fuego a utilizar para preparar *piki*, el pan preferido de los Hopi. Bandas sonoras como las de Bruce Hamana, Casper, Sidney Poolheco, Monty Sinquah, y Los Gavilanes inundaban los espacios y sentidos cortesía de KUYI radio.

-¡Mejor que alguien vaya a recoger a Emilio de esa entrevista con los chicos de KUYI para que no se pierda este *pow-wow*! -Dijo Kathy dirigiendo su mirado a Cricket.

Al regresar Cricket a la cabina de radio para recoger a Emilio, *Macadio* estaba completando la entrevista.

-Ha sido una entrevista muy entretenida y reveladora, Emilio... Entonces, como sumario para nuestros radio oyentes, quiero decir que no teníamos idea de la situación actual en el País Vasco, tal como la has descrito... es decir, una gente que esta subordinada a un poder, el Estado Español, con un idioma propio que os fue prohibido hablar durante muchos años por una lista larga de gobiernos de Madrid, el poder central, y un parlamento que hace sus leyes sujeto a un... un "estatuto" de autonomía Vasca, como creo que le llamáis... por lo que estoy pensando que vosotros los Vascos también vivís vuestras vidas dentro de una "reserva"... "*una reserva India Vasca*", si me permites utilizar esta expresión o, mejor dicho dos reservas Indias Vascas: una reserva Vasca gestionada por un Estado Español, y otra reserva Vasca gestionada por un Estado

Francés... algo muy parecido a nuestras gentes Hopi y Navajo viviendo en reservas en los EE.UU...

-Bueno, no se me había ocurrido ese paralelo, no de esa forma exacta... pero puedo ver tu punto de vista, Macadio.

-Quiero decir, es interesante notar que esas dos sociedades representan **mundos paralelos** en muchos respectos... Nosotros los Hopi y los Navajo, somos gobernados por los EE.UU. a través de un "contrato" llamado el *Acto Indio de Reorganización de 1934*, también conocido como el Nuevo Contrato Indio (*Indian New Deal*), y vosotros los Vascos tenéis el ***Estatuto Vasco de Autonomía de 1978***... Nosotros, los Hopi y Navajo, debemos tramitar todas nuestras quejas y propuestas a través del Bureau of Indian Affairs (Bureau de Asuntos Indios; BIA), y vosotros los Vascos debéis tramitar vuestras quejas y propuestas a través de un ***Parlamento Vasco*** y un ***Departamento del Interior Vasco***, si te he oído bien...

-Esa es una buena analogía... -Comentó Emilio.

-¡Cricket y Emilio! --Gritaron Kathy y Sunrise desde el patio-- ¿Ternera o cordero?

Capítulo
10

Un Pequeño Paquete

Ya de vuelta en su oficina Kathy está abriendo su correo del día, incluido un pequeño paquete procedente de **Roma**, Italia. Sin nombre o dirección de origen, solamente sus sellos y su estampado de correos en negro de alguna oficina del servicio postal en Roma. Kathy abre el paquete y aparecen dos CDs --discos compactos-- sin etiquetas o diseño que comuniquen una casa editorial, solamente dos títulos escritos a mano con tinta negra: "Vaticano 1" y "Vaticano ". Tampoco son CDs de música. A continuación inserta uno de los CDs en su ordenadora portátil para examinar los contenidos. Aparecen en la pantalla 25-30 ficheros, cada uno con una fotografía de un texto antiguo, Griego, posiblemente.

Pasan unos minutos.

-¿*Dr. Finley*... puede venir a ver estos contenidos, por favor?

Durante unos minutos Kathy y el Dr. Finley, su director de tesis, están mirando y estudiando los contenidos de los dos CDs sobre la pantalla del ordenador.

-Parece ser Griego escrito sobre pergamino en estado avanzado de descomposición --Comentó el Dr. Finley-- Si te parece bien, podemos enviar estos contenidos a colegas en el Departamento de Idiomas, aquí en el campus, para ver que pueden averiguar ellos.

-Me parece una buena idea.

-Dijiste que vino una nota con los dos CDs?

-Si, es solamente un pedazo de papel adhesivo pegado a uno de los CDs con la nota:

> "Es dentro de la quinta bóveda de la Cúpula donde se podrá encontrar el Mandato, dentro del vientre del León, el "fuego que consume desde dentro."

Kathy y el Dr. Finley se miraron mutuamente, estupefactos, cada uno esperando a que la otra persona pudiese sugerir un comentario, algo que ayudase a entender un posible significado o mensaje en aquella nota.

Al siguiente dia Kathy recibió un correo electrónico de parte de uno de los colegas del Dr. Finley.

-Es texto en Griego antiguo, posiblemente **Etíope** o **Akadiaco** antiguo.

-¿Antiguo qué?

-Antiguo Griego Etiope o Akadiaco. -Repitió Kathy.

-¿Ah, sí... y que es eso? Quiero decir, han logrado traducir y averiguar algo del texto... qué tema trata?

-Solamente una conjetura... creen que el texto pueda ser parte de uno de **los cuatro evangelios originales**, una versión anterior o posterior, posiblemente... y que en cuanto logren traducir al Ingles un par de "paginas" de ese texto se pondrán en contacto con nosotros.

-¿Y cual es el remite del paquete... pueden establecer un lugar de origen por el estampado negro sobre los sellos?

-*Vía Giuseppe Mazzini*, en el vecindario *Monterotondo*, en las afueras de **Roma**.

Plumas Rotas

-¡**Kathy**, rápido, pon la TV, rápido...! -Era el **Dr. Finley**, el director de la tésis doctoral de Kathy, llamándole por teléfono esa mañana y esperando encontrarle en su casa antes de que ella saliera para correr cinco kilómetros alrededor de la base de las Montañas Catalinas, en las afueras de la Ciudad de **Tucon**.

-"Se cree que la huelga de **estudiantes** en el Flagstaff High School (Instituto), en Flagstaff, Arizona, es en apoyo de otra huelga y "sentada" que está ocurriendo enfrente del *Bureau of Indian Affairs* (BIA; Administración de Asuntos Indios) en Washington, D.C., y que está organizada por miembros y simpatizantes del American Indian Movement, también conocido como AIM... precisamente un dia antes de la apertura de sesiones sobre el nuevo role del BIA en la nueva **administración de Obama**... Y ahora pasamos el micrófono a nuestra compañera, **Pino Lopez**, quien ya está en la escena del Instituto Flagstaff... ¿Pino?" -La cámara de televisión giró para enfocar a una atractiva joven vestida con un traje color crema, camisa blanca, un pañuelo azul de seda, sujetando un micrófono, y mirando de frente a la cámara de TV.

-"Gracias, Pablo... Estamos a unos treinta metros enfrente del edificio del Instituto Flagstaff, afuera de la cinta amarilla que la policía a colocado a lo largo del perímetro del Instituto... Un total de 14 estudiantes, creemos, entre los 16 y 18 años, están llevando a cabo una "sentada" para apoyar a otra manifestación y "sentada" mayor que está ocurriendo en Washington, D.C., como tu ya mencionaste, Pablo,... No tenemos una lista de nombres todavía, pero se cree que la mayoria de estos estudiantes son de esta área, estudiantes del Instituto Flagstaff y de otros condados del alrededor... En estos momentos nuestras cámaras están dirigidas a las ventanas del edificio principal, y aunque algunas caras aparecen en esas ventanas ninguna persona ha sido identificada... La portavoz de la policía local, *Oficial Vallejo*, dice que se desconoce si hay adultos dentro del edificio, si tienen armas o no, y cuales son sus demandas... Solamente podemos ver algunas caras en esas ventanas."

-¡Mierda santa! Veo a **Ramón** y **Catori** (Hopi nombre que significa "espíritu")... y a Niiyol (Navajo: "viento")... ¿Pero que están haciendo en esa "sentada"? ¡Pero si apenas tienen dieciséis años, leches! -Gritó Kathy, enfrente de la TV, mientras mantenía su teléfono móvil apretado a su oreja.

-Vale, cálmate un poco... Sospeche que pudiera haber estudiantes tuyos en esa *sentada* y esa es la razón de mi llamada,... y aunque ninguno de tus estudiantes esté participando entiendo que quieras conducir hasta Flagstaff para estar con los padres de los estudiantes... Lo único que te pido es que tengas mucho cuidado, es todo lo que estoy diciendo, ¿OK?

-En realidad, Dr. Finley, tiene Ud. toda la razón, necesito estar allí con los padres... Me voy a cambiar de ropa en unos minutos, y estaré conduciendo mi furgoneta en quince minutos... Ya le llamaré una vez que llegue a Flagstaff en un par de horas, gracias, Dr. Finley.

Kathy cierra el teléfono móvil, lo mete en un bolsillo de su pantalón, y permanece inmóvil por unos instantes, mientras una mezcla de emociones invade su cabeza. Sorpresa, preocupación, desilusión, furia, curiosidad, y más preocupación. ¿Porqué han hecho eso sus estudiantes del Instituto Flagstaff... y porqué casi al final del semestre, un par de semanas antes de ir a las colonias de verano? Reacciona y empieza a caminar hacia el dormitorio en su apartamento en Ciudad Cristóbal, un desarrollo urbano en las afueras de Tucson, a lado del **Río Rillito**. A ver, chaqueta de montaña, botas, gafas de sol, un par de calcetines de algodón, su bolso, y cartera con su licencia de conducir y cincuenta dólares en billetes de diez. Llaves de la furgoneta... ¡¿Dónde están las llaves, sapos voladores?! Las encuentra finalmente y Kathy se dirige a su vieja furgoneta 4x4 rumbo a Flagstaff, un camino que recorre dos veces a la semana. **Será un pedazo de pastel, fácil.** Una hora conduciendo al norte desde Tucson a Phoenix por el I-17, continuar alrededor de Phoenix sin entrar en la ciudad, seguir norte por el I-17 otra hora-y-media hasta llegar a Flagstaff.

Ambulancias, furgonetas con equipos de radio y TV, coches de la policía local, y trafico de gente regresando a casa después de la jornada del dia. Tiene que haber una entrada menos complicada para llegar al Instituto. Kathy decide entrar a la ciudad por la calle N. Humphrey St., tres cuadras más y llega a la calle Navajo Road, exactamente detrás del Instituto, en el área de aparcamiento del mismo. Lo consiguió. Se podía escuchar el "tomp-tomp" de las hélices de dos helicópteros de la cadena de TV local que se aproximaban al Instituto.

-¡Perdone, oficial, señorita...! --gritó Kathy tratando de atraer la atencion de uno de los policías a un par de metros de distancia-- Soy la maestra de tres de los estudiantes dentro del edificio... ¿Hay una persona dentro de la unidad de policías con la que puedo hablar acerca de esta situación?

-¿Ve Ud. esa furgoneta blanca con una bandera azul y cuatro policías a su alrededor? Vaya Ud. allí y pregunte si le pueden ayudar... ¡Todo el mundo, por favor, échense para atrás, detrás de la cinta amarilla!

Poco a poco Kathy se abrió camino entre la multitud hacia la furgoneta. Ella sabía que posiblemente ella encontraría alguien en la unidad de policías con experiencia en "inter-mediación", alguien con quien hablar y enterarse de la situación de sus tres estudiantes en la **sentada**, incluido si hubieran rehenes y armas dentro del edificio.

-Perdone, me llamo Kathy Thompson y creo que tres de mis estudiantes están dentro del edificio, en la **sentada**...

-Sí, un momento por favor --uno de los policías le respondió, y girando su cabeza apunto con el brazo a una mujer policía a unos metros de distancia-- Miss Jennifer, esta persona quiere hablar con Ud.

-Hola, soy **Nancy Crawford**... ¿Decía Ud. que es la maestra de varios de los estudiantes que están dentro del edificio? Por favor venga conmigo dentro de esta furgoneta auto-caravana.

Las dos mujeres entraron en la auto-caravana azul de la unidad de policías. Una mesa con seis sillas a su alrededor.

-Bueno, por las caras que he visto en el reportaje de la televisión hace unas horas creo que haber reconocido a tres de mis estudiantes en la elementa de Mesa Negra... Ramón, Catori, y Niiyol... los tres son Americanos Nativos con buenas familias en nuestra comunidad... Me gustaría ayudar saber cómo puedo ayudar en esta situación.

-Sí, ya sabemos esa parte.

-¿Entonces ya han visto a esos tres estudiantes dentro del edificio?

-Lo que quiero decir es que ya me he reunido con algunos de los padres que han llegado desde Mesa Negra, y ellos nos han comunicado que algunos de sus hijos adolescentes les dejaron notas en casa diciendo que iban al Instituto Flagstaff para participar en la sentada con otros estudiantes...Esa parte sabemos... También, los estudiantes han colgado una sabana blanca de dos de las ventanas con las palabras: "**Derechos Civiles para los Americanos Nativos -- El BIA debe cambiar o IRSE!**"... lo pueden ver desde aquí... Pero no hemos podido hacer contacto con ninguno de ellos y ellas, y nos preocupa si puede haber armas dentro del edificio, sí --Añadió la oficial Crawford.

-¡Pero si estos estudiantes son niños todavía!

-Así parece ser, espero, pero todavía no sabemos si podemos descartar la posibilidad de armas dentro del edificio.

-¿Entonces que proponen hacer? ¿Están tratando de encontrar alguna forma de comunicarse con los estudiantes?

-Sí, estamos tratando... estamos pensando de formar un "grupo intermediario", posiblemente integrado por un administrador del Instituto, un padre, y un maestro o una maestra... Un momento, por favor, no se mueva, regreso enseguida.

Habiendo dicho eso la oficial Crawford salió de la auto-caravana y se dirigió hacia otro oficial de la policía en ropas de paisano. Después de unos minutos el oficial habló sobre su teléfono por unos segundos, lo cerro y lo metió en su bolsillo.

-¡Mierda! Me están investigando... tiene que ser eso! -Kathy pensó viendo a los dos policías desde la ventanilla dentro de la caravana.

Un tercer oficial estaba sentado en un rincón dentro de la caravana trabajando en su ordenadora, enviando correos electrónicos, y sonriendo a Kathy de vez en cuando. Entonces se dio cuenta de una fotografía del **Presidente Obama** colgado de la pared y Kathy sonrío también. Volvió a mirar por la ventanilla y vio al policía vestido de paisano sacar su teléfono del bolsillo, escuchar por unos segundos, y a continuación dirigir unas palabras a la oficial Crawford, nada más, quien dio la vuelta para regresar a la auto-caravana de Kathy.

-Srta. Thompson...

-¿Si...?

-¿Podríamos contar con su participación en nuestro equipo de intermediación?

-¡Sí, por supuesto! --dijo Kathy, sintiéndose aliviada-- ¿Qué tengo que hacer?

-Bueno, le vamos a pedir que siga nuestras instrucciones... Creemos que Ud., como maestra, es exactamente la persona que buscábamos para nuestro equipo... En unos minutos el Sr. Jon Middleton, director del Instituto Flagstaff, se reunirá con nosotras para...

-Perdone Srta. Crawford, este hombre dice que es el Sr. Middleton...

-Hola, Sr. Middleton... Un saludo, gracias por presentarse como voluntario para esta labor... Esta es la Srta. Thompson, Kathy Thopson, una maestra, y ella cree que tres de sus estudiantes de Mesa Negra, de 15 y 16 años, están dentro...

Kathy y el Sr. Middelton se dieron la mano.

-En realidad --la oficial Crawford continuó-- ya llevamos un par de horas hablando con nuestra gente en la estación de policía de Flagstaff, con la alcaldesa de la ciudad, y con el Sr. Middleton aquí con nosotros, y creemos que ya tenemos una buena idea de cómo actuar.

-Bien, ¿entonces qué podemos hacer ahora?

-Bueno, vamos a pedir a tres de los estudiantes dentro del edificio que bajen a la sala de recepción a las 15:30 horas --La Srta. Crawford echó un vistazo a su reloj-- en los próximos 17 minutos. Y, sí, uno de los estudiantes es *Niiyol*, su estudiante, Srta. Kathy... ese estudiante simplemente ya venía en la lista. Entonces, el Sr. Middleton, Ud., Srta. Thompson, y yo tendremos este primer contacto bajo condiciones seguras... ¿Estamos todos listos?

-"... bajo condiciones seguras", ¿Qué quiere decir eso? -preguntó Kathy.

-A medida que los tres estudiantes entren en la sala de recepción se les registrará para asegurarnos todos de que no traen consigo navajas o armas de fuego... simplemente... A continuación todos nos sentaremos en una mesa con seis sillas, los estudiantes en un lado de la mesa y nosotros en el otro lado. Todos estaremos un poco nerviosos, pero en un par de minutos sabremos si quieren hablar o simplemente quieren *presentar una lista de demandas* como suele ser el caso frecuentemente.

Cinco minutos mas tarde en la sala de recepción del Instituto.

-¡Hola, nombres por favor, y aparten los brazos para registrarles en busca de armas, por favor...!

-*Catori* (nombre Hopi de chica, significa "espíritu")

-*Naalnish* (nombre Navajo de chico, significa "él trabaja")

-¿Y su nombre, por favor...?

-*Niiyol* (nombre Navajo de chico, significa "viento")

-OK, sentémonos, por favor. Soy la oficial Nancy Crawford, y he hablado anteriormente con Niiyol durante unos minutos... Me acompañan el Sr. Middleton, el Director del Instituto, que dos de vosotros ya conocéis, y la Srta. Kathy Thompson que es vuestra maestra y que ya la reconocéis ahora. --Kathy miró y sonrió a los estudiantes-- Entonces, estamos aquí para ver como podemos resolver todos esta sentada, para escucharos, ver como podemos ayudar, e irnos todos a casa lo antes posible, claro.

Una pausa.

-Bueno --era *Naalnish* quien empezó a hablar-- estamos aquí para mostrar nuestro apoyo a nuestros hermanos y hermanas quienes están haciendo una manifestación y sentada enfrente del edificio Capitol en Washington, D.C., mientras el Senado se reune para investigar la corrupción y practicas de mala gestión en la ***Administración de Asuntos Indios*** (*Bureau of Indian Affairs, BIA*), eso es... Creemos que la gente en todos los EE.UU. no se enterará de esa manifestación porque los medios de comunicación no cubrirá ese evento... No darán importancia a ese evento... Por lo tanto, tenemos aquí con nosotros una lista de las cosas que AIM quiere presentar al Congreso...

-¡Eso es el ***Movimiento Americano Indio*** (*American Indian Movement, AIM*)! -Interrumpió Catori en su voz delgada, sentada al lado izquierdo de Naalnish.

-...AIM quiere que el Senado considere una lista de demandas... Por lo que pedimos que se nos ayude... que la comunidad de Flagstaff nos ayude con dos cosas: Una, que los medios de comunicación en nuestra comunidad, TV y Radio, emitan un estamento nuestro de una pagina solamente y, dos, enviar una carta con nuestras firmas al Presidente Obama... al Presidente Barack Obama en la Casa Blanca. -A continuación Naalnish entregó un sobre cerrado y una hoja de papel doblada a la mitad a la Srta. Crawford con los contenidos:

Petición
Los estudiantes del Instituto Flafstaff
en apoyo de las Peticiones de AIM ante el Senado
contra la Corrupción en el BIA

1. *Restauración del derecho a establecer tratados (Limitado por el Congreso en 1871).*
2. *Establecimiento de una Comisión de Tratados para hacer acuerdos con otras Naciones Nativas.*
3. *Lideres Indios (Americanos Nativos) tendrán derecho a hablar delante del Congreso de los EE.UU.*
4. *Actualización de compromisos y violaciones de tratados (con los EE.UU.).*
5. *Restitución a las Naciones Nativas por violaciones de derechos de tratados.*
6. *Reconocimiento de los derechos de Indios para interpretar tratados.*

7. *Restauración de 110 millones de acres de tierra arrebatados de las Naciones Nativas por los EE.UU.*

8. *Actualizar la protección Federal por ofensas y crímenes contra Indios.*

9. *Abolición del Bureau of Indian Affairs (BIA), y creación de una nueva oficina de Relaciones Indias Federales.*

10. *Impuestos y regulación de comercio entre los Estados no serán aplicables a las Naciones Nativas.*

11. *La libertad religiosa y la integridad cultural de Indios será protegida.*

12. *Establecimiento de derechos Indios de voto con organizaciones Indias libres de control por parte de los EE.UU.*

13. *Promoción y financiación de hospitales, viviendas, empleo, desarrollo económico, y la educación de todas las gentes Indias.*

Firman: *Dieci-seis firmas de estudiantes participantes en la sentada del Instituto Falgstaff.*

-Pues trataremos de hacer todo lo posible... Acordamos anteriormente de que nuestro equipo daría una copia de esta petición a los medios de comunicación, pero que estos decidirían o no de emitirlos... Dos días y concluye la *sentada* ¿No es así?

-Hay más... -Esta vez era *Catori*, en su voz suave, aunque para esa fechas no existía duda en las mentes de la Srta. Crawford y el Sr. Middleton de que Catori sabía llevar su presencia, frenos de dientes o no.

-También queremos pedir que dos jóvenes Navajos sean puestos en libertad en el condado de Coconino, encarcelados hace dos semanas con cargos de *quemar contenedores*, romper escaparates, uso de alcohol y drogas... *Ashkii* (nombre Navajo de chico, significa "muchacho") *Menendez*, 18 años, y *Ara'halne* (nombre Navajo, significa "él interrumpe") *Starbird*, 19 años... Ellos habían participado en una ceremonia Navajo religiosa una noche, y la policía de Flagstaff los detuvo en las primeras horas de la mañana. Creemos que no se respetaron la libertad religiosa y los valores culturales de nuestra gente.

-Vale, como ya dijimos anteriormente, trataremos de hacer todo lo que se pueda... ¿Alguna otra cosa?

Una pausa y finalmente *Niiyol* habló.

-Sí... También apreciaríamos mucho si al chiringuito de hamburguesas y sándwiches de la esquina se les permitiera traernos unas bolsas de comida... con patatas fritas, Pepsi-Cola y botellas de agua a este edificio a las 13:00 horas y 20:00 horas durante los siguientes dos días... Sí, eso es lo que quería decir. Gracias.

Kathy sonrió primero, después los demás.

Al concluir la sesión de negociación, los tres estudiantes regresaron a las salas ocupadas en el segundo piso del edificio, y el grupo intermediario salió al frente del edificio donde les esperaba una multitud de padres, madres, reporteros de TV y radio.

-¿Están los estudiantes bien?

-¿Qué es lo que quieren?

-¿Cuándo van a salir? Etc.

-En primer lugar --por fin habló la Srta. Crawford-- todos los chicos y chicas están bien, en buena salud... Les escuchamos y hablamos durante unos minutos, y al final de la reunión nos dieron una petición para dársela a los medios de comunicación y que es lo que vamos a hacer ahora... Mientras tanto todos Uds., los padres y madres, pueden reunirse con el Sr. Middleton, el director del Instituto de Flagstaff, y la Srta. Thompson, una de las maestras de Mesa Negra. Una vez más, gracias a todos por la paciencia y cooperación prestadas.

-Tenemos una sala reservada --perdonen la expresión-- en la Biblioteca Publica del Condado, en la calle Aspen (Flagstaff, condado de Coconino, 300 W. Aspen Ave, Arizona)... todos los padres y madres serán bienvenidos... La Srta. Thompson y yo esperamos verles en esa reunión esta noche a partir de la 20:00 horas, ¿OK?

Kathy se dio cuenta de que tenía hambre. No había comido nada desde que recibió la llamada del Dr. Finley ese mismo dia por la mañana.

Son las 20:15 horas en la librería pública del condado, y el Sr. Middelton y Kathy están sentados detrás de una mesa, de cara a una multitud de 70-80 personas, madres y padres principalmente, tratando de responder a sus preguntas. El Sr. Middleton trata de dar su interpretación de las causas de la manifestación, pero muchos de las personas allí presentes no están muy interesadas en la perspectiva del "*establecimiento*."

-Sr. Middleton --empezó a decir una madre joven rodeada de dos niñas de 4-6 años-- las condiciones generales en *las reservas Navajo y Hopi* no son tan optimas y no están tan bien coordinadas con las autoridades locales como Ud. las describe... Si, es verdad, nuestras familias reciben algunas ayudas económicas para aliviar la situación inadecuada de autobuses que llevan a nuestros niños y niñas a las escuelas, y estos niños y niñas hacen sus tareas, pero una vez que se gradúan de los institutos no pueden encontrar trabajo dentro de las reservas, o en pueblos y ciudades fuera de las reservas... Esta es una situación grave y triste, creemos... Se estima que un 30% de todos los estudiantes en los EE.UU. nunca completan el nivel de instituto (High School), pero ese porcentaje es el doble, ¡el 60% en nuestras reservas Navajo y Hopi!

-Le escucho --el Sr. Middleton respondió-- y por eso es que la gente en mi administración y yo estamos haciendo todo a nuestro alcance para atraer la atencion de otros administradores, maestras, padres y madres...

-Para empezar --intervino otra madre desde el fondo de la sala-- no hay suficientes maestros y maestras... son muchos los estudiantes asignados al mismo maestro... Creo que *tenemos un problema serio* en nuestras manos, el ratio de estudiantes a maestro es muy alto en estos momentos.

-Tiene Ud. razón --dijo Kathy entrando en la conversación-- aunque ese ha sido un problema por muchos años, como creo que todas sabemos. En los 70, por ejemplo, mi madre enseñaba matemáticas y ciencias a 160 estudiantes Navajo en el Instituto *Chinle Junior* cada dia. Un numero muy alto, claro. Unos años mas tarde ella menciona esta experiencia a otra maestra en una conferencia en British Columbia, y esa otra maestra le comunicó que ella estaba dando clases a 180-190 estudiantes cada dia. Bueno, eso por un lado. Afortunadamente, en mi caso, yo tengo una situación muy diferente en Walpi, en una reserva Hopi, donde enseño a 16-18 estudiantes al dia, solamente. Sí, es difícil para los estudiantes y para las maestras.

Otra mano se alzó en el fondo de la sala.

-Entonces, ¿Qué están haciendo los administradores de las escuelas elementales y de los institutos para combatir el absentismo en nuestras escuelas hoy dia? Sabemos todos que el absentismo en nuestros estudiantes es una buena indicación de que no van a terminar la escuela...

-Algunas cosas ya están en marcha... Hemos podido reducir el absentismo, por ejemplo, instruyendo a los conductores de los autobuses de escuelas a volver una segunda vez a los puntos de recogida de los estudiantes cada mañana para recoger a aquellos que llegaron tarde... La verdad es que fue una sorpresa muy agradable para muchos maestros y para...

Entendido, Sr. Middleton, pero no nos estamos acercando al corazón de la situación, en mi opinión y en la opinión de otras personas aquí presentes... Los estudiantes que dejan de asistir a las clases dicen que se les da mucha rienda suelta para no asistir, que a las administraciones no les concierne mucho cuando el absentismo ocurre en las escuelas de las reservas, y que las tareas asignadas a los estudiantes son "trabajo-de-caballo" solamente --ejercicios de libro, llenar formularios, visitas a las bibliotecas una y otra vez, etc.-- sin involucrar a los estudiantes en problemas de la vida real... Por lo menos, eso es lo que oímos de nuestros hijos e hijas estos días.

-Le escucho y le entiendo. Vamos a ver, si otras personas aquí presentes tienen otras preguntas o comentarios. -Dijo el Sr. Middleton apuntando su dedo a un hombre en sus cuarentas, posiblemente un maestro también.

-Mucha **Ritalina**, demasiada.

-Perdone, no le entendí bien... Hable más alto por favor.

-Dije que hay mucha ***droga Ritalina*** que se está dando a nuestros niños y adolescentes diagnosticados con Trastorno por Deficit de Atencion (ADD; *Attention Deficit Disorder*)... Quiero decir que esa mierda --porque eso es lo que es-- se está administrando a nuestros niños y adolescentes en las escuelas para que se "comporten bien", para que estén callados y quietos en las aulas, y cuando preguntamos porqué se les da esa droga los administradores responden que ellos tienen una responsabilidad con todos los estudiantes, y que debe existir orden en las aulas... Vale, tal vez, pero también es verdad, creemos, que los ejercicios de clases son aburridos e irrelevantes, tienen poco que ver con el mundo real que les espera después de la escuela.

-Yo mismo y otros directores de Institutos seguimos las directrices de nuestro sistema de escuelas, se lo puedo asegurar...

-No lo dudo, y posiblemente esa política es parte del problema, para empezar... programas obsoletos e irrelevantes que no reflejan las realidades de nuestra cultura y aspiraciones como comunidad India, Hopi o Navajo. A ver, pregunto ¿Cuáles son las oportunidades y alternativas de trabajo y vida para nuestros estudiantes hoy dia? ¿Graduarse con un diploma de Instituto e ir a trabajar para la mega empresa Peabody que explota nuestras tierras y recursos naturales con salarios mediocres por los próximos 30 años, o salir de la reserva para ir a vivir en vecindarios pobres de ciudades donde nuestra gente joven cae fácilmente en el abuso del alcohol y drogas?

-¡El alcohol, eso es... hay mucho **alcoholismo**! -Una adolescente a cuatro sillas de distancia del hombre que estaba hablando exclamó.

-Hay mucho alcohol en nuestras escuelas, dentro y fuera de las reservas... No importa donde vas, sea una fiesta de cumpleaños, un baile, una barbacoa en un rancho, un funeral, en todo. -Añadió la joven.

-Efectivamente, es una situación muy seria --volvió a agarrar el hilo el hombre delgado-- Ya se que todos aquí presentes creemos que el alcoholismo en nuestras escuelas es grave, pero es aun más grave de lo que pensamos. Varios informes de universidades y centros de control de enfermedades muestran que Americanos Nativos tienen 10 causas principales de fallecimiento, y 5 de esas causas están relacionadas con el alcohol, tales como **cirrosis del hígado**... Eso ocurre cuando tu hígado se convierte en puré de patatas, una olorienta papilla amarilla que ya no puede ayudar con la digestión de las comidas... Te quedas sin hígado o riñones y mueres. **Suicidio** y **homicidio** son dos de las otras causas de muertes... ¿Alguien sabe cual es el **índice de suicidios** en nuestras comunidades Indias, por ejemplo?

La pregunta sorprendió al Sr. Middleton, pues en ocasiones anteriores padres y madres articulaban preguntas acerca de tareas, exámenes, y notas recibidas por los estudiantes, sin llegar a estadísticas de índole alguna.

-Dos veces mas alto que el correspondiente a **blancos** en los EE.UU. -Ofreció otra persona adulta, una mujer, en la sala.

Silencio en la sala.

-He oído que *SAF* es también un problema serio en nuestras escuelas, y que está relacionado con el alcohol. -Otra madre joven en una silla en la tercera fila, con dos niños de 3-4 años, comentó.

Esta vez Kathy sabía un par de cosas sobre el *Síndrome de Alcoholismo Fetal (SAF)*, no tanto por parte de su programa de estudios en la Universidad de Arizona, sino por parte de conversaciones con madres de estudiantes en la escuela elemental de Walpi y su propia iniciativa leyendo artículos sobre la materia.

-Tiene Ud. toda la razón, SAF está relacionado con el alcohol, entre otras cosas, y representa una condición de salud muy seria en algunas de nuestras comunidades Indias. Niños afectados con el SAF muy a menudo tienen discapacidades físicas y mentales, representando una situación extrema de angustia y carga económica para los padres por muchos años. Para poner este problema en perspectiva, la tasa de SAF es de 6 por 10.000 nacimientos en los EE.UU., mientras que para Americanos Nativos esa cifra de 6 se eleva al 560... extremadamente alta. -Kathy había hecho su punto.

En ese momento alguien preguntó por la fuente de agua en el edificio, y minutos después dos empleados trajeron tres cajas de botellas de agua a la sala, siendo muy bien recibidas.

Segundo dia de la sentada en el Instituto Flagstaff. Las entregas de bolsas con hamburguesas, sándwiches de gallina, y vasos de cartón de Pepsi-Cola continúan apareciendo enfrente del Instituto, pero esta vez ya no existe la urgencia de un evento desconocido, es solamente una sentada que está llegando a su conclusión. Además, los estudiantes están comiendo bien.

Tercer dia de la sentada. La oficial Crawford comunica a los estudiantes en el edificio que los dos jóvenes *Navajo*, *Ashkii* (18) y *Ata'halne* (19) han sido puestos en libertad por las autoridades civiles del condado de Coconino bajo la condición de servicio a la comunidad durante las siguientes tres semanas dictada por un juez. La lista de peticiones que los estudiantes presentaron en una hoja ha aparecido en dos de los periódicos, y comentada en cuatro de las seis estaciones de radio de la ciudad. Además, la oficial Crawford contó con el apoyo de sus administradores en la estación de policía local y pudo enviar la carta a la Casa Blanca, una carta preparada y firmada por los dieci-seis estudiantes que integraban la sentada, aunque no se podía confirmar que la carta había sido recibida por el **Presidente Obama**.

Los estudiantes desalojan el edificio, concluyó la sentada. Padres, madres, y familiares esperan a la entrada del Instituto gritando, brazos alzados, sonrientes. El encuentro es feliz y estruendoso. Paranoia en azul y rojo. Crawford y su equipo de intermediación han cumplido bien con su especialidad y nadie resultó herido. ¡Hey, algunas veces esta cuestión de "la intermediación" funciona!

Cuatro días han transcurrido desde la conclusión de la sentada en el Instituto Flagstaff y Kathy está de regreso en su oficina de estudiante en la Universidad de Arizona, Tucson, Arizona. Suena el teléfono en su pequeño escritorio.

-Kathy... casi me olvidaba --le dice **Juanita** ("**Lucía**"), la secretaria de su departamento-- recibiste ayer una llamada de la Sra. Binsley del **Departamento de Estado** en Washington, D.C... pidió que le llamases... que no había urgencia pero que le llamases lo antes posible. Aquí está su numero de teléfono.

-Gracias, Juanita, le llamaré ahora mismo.

Dos minutos en la conversación de teléfono.

-... Entonces, Srta. Thompson, por favor díganos cuando le gustaría que vayamos a recogerle a Ud. y su grupo at Aeropuerto J.F. Kennedy para que pueda quedarse en **Washington D.C.** esas dos noches... Está Ud. en nuestra lista de PMI ("personas muy importantes"), y esperamos su visita con mucho entusiasmo. Una vez más, gracias por su trabajo, y por favor llámeme con su decisión antes de las 17:00 horas mañana Jueves. Espero verle pronto.

-¡Sí! ¡Sí!..

-¿Qué es lo que ocurre? -Preguntó Juanita, también gritando desde su oficina de al lado.

-¡Esa persona era la Primera Dama, Michelle Obama!.. Perdón, quiero decir que era la Sra. Binsley quien trabaja en el Departamento de Estado para que vayamos a visitar a Michelle Obama... ¡Nos han invitado a celebrar el **Dia Internacional de la Mujer** (IWD) en el Departamento de Estado la próxima semana!

-¡Fabuloso! ¿Pero porqué... cual es la ocasión?

-Vale... voy a empezar de nuevo... a ver si lo digo bien esta vez. Michelle Obama, la Primera Dama, será la anfitriona del Dia Internacional de la Mujer que se celebrará en el edificio del Departamento de Estado en Washington, D.C., y nosotros cinco estamos en su lista de invitados... el Sr. Middleton, director del Instituto Flagstaff, mis tres estudiantes --los tres estudiantes Americanos Nativos de Mesa Negra-- incluida Catori de quince años. ¡Esa chica Catori va a ser una líder un dia, estoy convencida! ¡Lo sabía!

-¿Sabías el qué?

-¡La carta!

-¿Qué carta?

-La carta que los estudiantes en la sentada querían enviar al Presidente Obama... La Srta. Crawford prometió que la enviaría con las preocupaciones de ellos sobre los derechos de la comunidad de Americanos Nativos, pero nunca recibió confirmación de su entrega a la Casa Blanca... hasta ahora. -respondió Kathy.

-Así que la Srta. Crawford cumplió su palabra.

-!Al pie de la letra... *Casa Blanca y Michelle Obama*, aquí venimos desde *Tucson* y Flagstaff, Arizona!

Capitulo
11

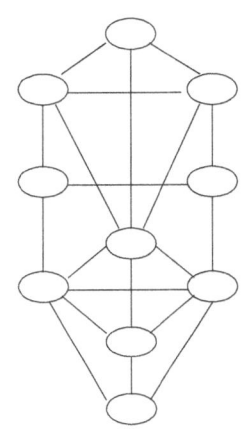

*"Un estado de guerra existe entre el **Papa** y la **Orden de los Jesuitas**...Esa guerra señala el cambio más radical que está ocurriendo dentro de los rangos de la Iglesia Católica Romana en los últimos mil años."*
Los Jesuitas, *de Malachi Martin, 1987.*

Encontrandose por Primera Vez

-Señorita ***Thompson***, tengo conmigo una lista de los libros y documentos sobre ***Judaísmo*** que Ud. pidió y que he recogido en las ultimas semanas de acuerdo con sus instrucciones... ¿Quiere Ud. ver la lista? -Era la Señorita Connelly, ***Emilia Connelly***, en sus cuarentas, la jefa bibliotecaria en la Universidad de Arizona, Tucson, USA.

-Gracias, Srta. Connelly, muy rápido, buen trabajo... tan solo hace un par de días que pasé por su escritorio con una lista de títulos, editoriales, y fechas,... unos 12-14 títulos,...¡Fabuloso!

-Bueno, varios de estos libros y documentos llegaron ayer por la tarde desde la *Librería del Congreso*, en *Washington, D.C.*,... Pensé que tal vez les tomaría una semana en responder, por lo menos, pero aquí están,... ***como por arte de magia***, diría yo.

En las ultimas semanas Kathy tuvo la oportunidad de conocer un poco y apreciar el trabajo y la "magia" de la Srta. Connelly en el curso de hacer varios pedidos de libros, fotografías, y documentos que llegarían de otras universidades en los EE.UU., y en Europa a manera de "prestamos" en la red internacional de bibliotecas. Sí Kathy tenia el titulo, o nombre de autor(a), la fecha de publicación, o el nombre de la editorial, entonces a la Srta. Connelly le era posible trabajar con esa información y encontrar el libro o documento deseado --si existía-- en cualquier lugar del mundo. ¿Y por que no? Al fin y al cabo era su trabajo, le gustaba trabajar con bases de datos y ordenadoras, y le encantaba hacer de "detective" en la búsqueda de documentos antiguos y raros. ¿Tenia la Srta. Connelly "una vida" fuera de la biblioteca, en algún suburbio de Tucson o en algún rancho en las afueras de la ciudad? ¿Pudiera ser que esa mujer alta y madura, de pelo negro y ya con algunas canas, de espejuelos, zapatillas silenciosas, y voz de susurro de paloma tuviera sexo en su vida privada? Pensaba Kathy, y después de dejar que su mente imaginara por unos instantes la variedad de experiencias sexuales que la Srta. Connelly, la bibliotecaria pudiera tener, dentro o fuera de su trabajo, se decía a si misma: "¡Pues claro que si,... es una mujer, puede con todo!", y continuaba con su propio tema de investigación.

Con esa nueva lista de libros y sus códigos de biblioteca, Kathy camina entre las estanterías tratando de localizar aquellos libros que ya están catalogados y existen en la biblioteca de la universidad. Entre estanterías gigantes de tres metros y medio de altura, con ocho baldas o niveles cada una, se encuentra examinando volúmenes en la quinta balda de una pasillo que corresponde a la sección 900, "Historia, Geografía, y Biografía", en la *Clasificación Decinal de Dewey*. Estirándose sobre las puntas de los pies alcanza un libro con su mano derecha, lo agarra, y trata de bajarlo para echarle un vistazo. Al estirarse, parte de su camisa se sale de su cintura, poniendo al descubierto una área generosa de su abdomen y cadera, su piel bronceada y suave, recibiendo y reflejando los calidos rayos del sol que entran por una ventana de la biblioteca. Si en los remotos orígenes del universo la palabra "terciopelo" se inventó para satisfacer un capricho de los dioses, ese capricho debió corresponder a un abdomen como el de Kathy. Si la palabra "oasis" fue creada para recordar a hombres y mujeres mortales de cómo el agua dulce de un pozo y manantial en el desierto puede satisfacer la sed de caminantes en caravana, el hueco de su ombligo bien merece esa palabra. Si la palabra "abundante" fue creada para describir la riqueza de los océanos, la majestad y estruendo del Río Colorado en su viaje por el Gran Cañón de Arizona durante de las lluvias de Abril, y la cornucopia de cosechas en el delta del Nilo durante mil dinastías faraónicas, entonces sus redondas y exquisitas caderas merecen esa palabra. En esa posición estirada y momentáneamente vulnerable Kathy agarró aquel libro para bajarlo hacia si misma. Aquel libro, sin embargo, no quería moverse. Trató una vez mas, con más animo, sin éxito alguno. Por una tercera vez estiró su cuerpo esbelto, pero esta vez el libro se le escapó completamente de su mano, mientras oía una voz al otro lado de la estantería.

-¡Lo siento!

Sorprendida Kathy miró a la altura de la cuarta balda de libros y pudo ver la cara de un hombre joven al otro lado de la estantería, sonriente, sí, pero también sorprendido y queriendo disculparse de algo.

-Lo siento… no sabía que Ud. también quería el libro… este mismo libro,… yo… -Era *Xabier*.

Ha sido un recorrido largo para Xabier desde que salió del seminario de Arantzazu, País Vasco, y varias semanas han pasado desde el asesinato de Padre Muxika, su superior. Tan solo unos días antes de su asesinato, Padre Muxika logro entregarle a Xabier un sobre grande de papel que contenía varias hojas con texto escrito a mano, una lista de nombres, varios recortes de periódicos, y fotografías de grupos de personas, con círculos de tinta negra marcados alrededor de las cabezas de varias de las personas en esas fotografías. El encomendó entregar ese sobre y sus contenidos, personalmente, al Padre Altuna, un Jesuita anciano que lleva años ya trabajando en la reserva India de los Hopi y Navajos en el norte de Arizona, a unas cuatro-cinco horas de camino en automóvil desde Tucson.

-Vale, vale… no hay ningún problema, Ud. lo encontró primero. -Dijo Kathy, sonriendo ligeramente, al mismo tiempo que se echaba un par de pasos hacia atrás y empezaba a alejarse caminando por aquel pasillo formado por dos estanterías contiguas.

-¡Espere, por favor… este es su libro! -En el otro lado de la estantería Xabier también empezó a caminar en la misma dirección, tal que en unos instantes Xabier y Kathy se encontraron al final de aquellos dos pasillos de estanterías, encontrándose y viéndose por primera vez.

Se le veía joven y alto, pensó Kathy. Alto, delgado de cintura y ancho de hombros, pelo negro, piel clara, y manos con dedos largos. Tenia ojos negros, posiblemente. No,… tal vez marrones. Si, eso era, debían ser marrones oscuros. Pero también podían haber sido azules oscuros. Kathy sintió una pizca de curiosidad, y fácilmente podía haberse acercado para mirar de cerca a este extraño, aunque solamente fuera para observar sus ojos y resolver esa duda. Si, definitivamente, había algo diferente en esos ojos y en la forma de moverse de aquel hombre, pensó ella.

Kathy se veía radiante, de aspecto atlético, altura mediana, con una sonrisa y ojos que invitaban a la conversación. Cuencas grandes que abrigan ojos grandes, azules-grises, intensos e intrigantes, pensó Xabier. Pelo liso, arenoso, largo y libre hasta la altura de sus hombros posiblemente, pero aquel dia enredado en trenza y sujetado detrás de su cabeza por un clip metálico o alfiler de hueso. Un alfiler o palillo Chino de colores múltiples y brillantes sujeta toda aquella melena rubia-arenosa. Bastaría con quitar aquel alfiler para que todo aquel pelo largo, sedoso, y abundante se abriese, se desbordarse, y cayera en cascadas hasta cubrir sus hombros redondos y pechos esbeltos, pensó Xabier por un instante, en contra de su voluntad, en contra de la disciplina adquirida durante largos meses de ayuno, oración, y meditación en el Seminario de Arantzazu.

-*Hola, me llamo Xabier*.

-Hola.

-Por favor, llévese este libro,… Ud. lo vio primero,… en serio. -Dijo Xabier, en la esperanza de que ella aceptara su…¿su que? Su oferta, su saludo, su torpeza… ¿O fueron aquellas palabras unas "palabras para ligar" que Xabier balbuceó, a semejanza de su estilo de vida durante los fines de semana en su pueblo de Bergara, País Vasco, antes de entrar en el seminario para empezar una nueva vida?

-Vale, ¡Gracias! -Agarró el libro, sonrió, se dio la media vuelta, y se fue.

-*Sus ojos son verdes, verdes oscuros. -Se dijo a si misma, y ahora sabía*.

Ella era hermosa, sin duda. Todo ocurrió tan rápidamente, pensó Xabier. Él quería saber mas de aquella mujer y hubiera preferido entablar una conversación, por unos minutos, algo así… No, no hubo tiempo para intercambiar mas palabras, aprender su nombre, ver su cara por unos minutos,… nada de ello. *Solamente tres palabras, una mirada rápida a sus ojos, y una aroma breve y fugaz de algo*, posiblemente una combinación de su perfume del dia y la aroma de su piel, algo así. Y ahora, ella se había ido, dejando atrás su aroma de mujer.

Un Picnic

Tal como ha sido la tradición en le *Universidad de Arizona* por muchos años, cada departamento organiza en Abril una fiesta para celebrar la llegada de la primavera y el principio del segundo semestre escolar, la llamada *"¡Fiesta de Primavera!"*. Un paréntesis en el año escolar para dar la bienvenida a todos los estudiantes extranjeros, a ellos y ellas, para saludarse, conocerse, hablar, probar platos y comidas de diferentes países del mundo, y para hacer nuevos amigos. Ese año no es una excepción, y el departamento de Kathy, el *Departamento de Antropología y Estudios Sociales*, está participando en ese evento contando con la participación del **Dr. Finley** como anfitrión en una pequeña ceremonia en la que él presentara a los nuevos estudiantes, becarios, y visitantes de otras universidades. La radio del campus, gestionada por los mismos estudiantes, ha estado anunciando este evento:

> *¡Anímense!... A reunirnos y a conocer a nuestros nuevos estudiantes extranjeros y sus patrocinadores,... a disfrutar de juegos, buena conversación, y platos deliciosos de diferentes países del mundo,...esta fiesta se celebrara en el Parque Reid, en los espacios Ramada 3 y 4, en el lado sur del parque, al lado del Jardín de las Rosas. A disfrutar todo el mundo!*

La tarde es joven, las largas mesas de madera del **parque Reid** lucen ya cubiertas de mantel de papel rojo, y los estudiantes están llegando, cada uno/una trayendo un plato de comida de su propio país. Un universo de platos variados, cada uno con sus propios colores exóticos, texturas, y aromas. Un grupo de estudiantes de *Tailandia* llena cinco enormes contenedores de plástico con botes de soda y cubos de hielo. Otro grupo de estudiantes de *Bolivia* prepara tres fruteras grandes de cristal con un conjunto de mangos, plátanos, rodajas de *papaya*, mitades de *chirimoya* y guayaba, y ramos de *chicozapotes*, mientras otro conjunto de seis estudiantes de *China* han quitado la cubierta de papel de aluminio a tres bandejas largas de cristal repletas de rodajas de salmón ahumado, y proceden a adornarlas con rodajas de naranja y limón. Parrillas al final de cada mesa son alimentadas con ladrillitos de carbón y astillas de *mezquite* que darán a las hamburguesas y los perritos calientes ese aroma acre, ahumado, y único del desierto *Sonorense*. La pequeña ceremonia de presentaciones también ha empezado.

-También con nosotros esta tarde tenemos a **Xabier Elurmendi** del País Vasco, quien va a trabajar en su Master de estudios sociales comparativos sobre los primeros Cristianos y arquitectos de la iglesia, creo, y que pasara su tiempo haciendo investigación con nosotros en el departamento, así como con otras personas en Boise State University,... *Para cualquier pregunta a hacer sobre los ritos sexuales de los primeros Cristianos, pero que tenían miedo de hacer,* ¡Xabier es la persona experta en la materia! ¡Bienvenido, Xabier, a la Universidad de Arizona!

Aplausos.

-Gracias, Dr. Finley,... Gracias a todos,... espero pasar unas semanas y meses muy agradables, conociendo la historia de Tucson, de Arizona, y haciendo algunos amigos, espero,... de nuevo, gracias.

El Dr. Finley continua con las presentaciones, y Xabier camina unos pasos hacia el área donde están los contenedores de botes de soda y los barriles de acero inoxidables de cerveza.

-Bueno, un saludo, *parece que nos volvemos a ver,... mi nombre es Kathy.*

-Oh, hola,... Soy Xabier,... ¡Me alegro que nos volvemos a ver! Siento lo del libro el otro dia en la biblioteca...

-Eh, no pasó nada,... bueno, fue divertido,... pero, por si acaso, voy a esperar a que tu agarres tu bote de soda o cerveza primero y entonces yo agarraré el mío.

Los dos se echan a reír.

-¿Así que vas a investigar la vida sexual de los primeros Cristianos para tu tesis de Master? Parece un tema interesante. -Le pregunta y comenta Kathy, todavía sonriendo, aunque también interesada en escuchar su voz, observar su forma y movimiento de sus manos. Simplemente darle una segunda ojeada de "arriba abajo" con cierta sutileza, de ser posible. Si, Kathy detectaba un acento de algo en su lenguaje, pero su Ingles era bueno, muy bueno, en realidad, pensó ella.

-Bueno, si,... estoy empezando,... tratando de orientarme un poquillo y decidirme por una área concreta de estudio, y es por ello que mi director, el *Padre Muxika*, sugirió seria una buena idea visitar los EE.UU. por un año.

-¿Y tu... también estas haciendo investigación en el departamento?

-Yeah, durante los últimos tres años he trabajado en el departamento con el Dr. Finley, mi director de estudios. Estoy interesada en el *la vida y circunstancias de las llamadas "brujas" de nuestra sociedad,* siglos 17 y 18, en particular. El por qué y cómo aquellas mujeres fueron marginadas por la clase dirigente, muy principalmente *la Iglesia y el Estado,* y las estadísticas sobre el numero de ellas y ellos que fueron quemados en las hogueras.

-Sí, te sigo perfectamente,... fue un periodo horrendo y nefasto en nuestra historia, la historia del Cristianismo,... Estoy de acuerdo contigo en ello.

Todo ese tiempo, y durante esa conversación, Kathy y Xabier caminaron alejándose paso a paso, y casi sin darse cuenta, del espacio de Ramada 3, como si buscasen su espacio propio para escuchar sus propias voces, intereses, y preocupaciones. Otra hora pasaría antes de que llegase la hora de compartir aquellos platos exóticos y suculentos.

-Bueno, no solamente en la historia del Cristianismo, sino que en la historia de todas las sociedades donde las mujeres fueron marginadas por una gran variedad de razones, aunque principalmente para mantenerlas lejos de los centros de poder, sea en las iglesias, o en las *sinagogas,* y la vida publica en general,... y una forma eficiente de hacerlo era llamando "bruja" a toda aquella persona que osaba cuestionar el *status quo.*

¿Sinagoga? Xabier casi nunca había escuchado esa palabra en el curso de una conversación, no en el País Vasco, o en España, se dijo a si mismo.

-Pero ya se han publicado muchos libros y estudios sobre las brujas a través de la historia, en Europa, en los Estados Unidos,... ¿No es ese el caso? -Preguntó Xabier, casi retóricamente, observando a Kathy mientras caminaban juntos, observando su figura y ritmo, con curiosidad y cautela.

-Eso es lo que yo digo también. Se han publicado muchos libros sobre brujas, la caza de brujas, el demonio, exorcismo, y temas relacionados,... pero casi todos erran y no aciertan en el punto principal.

-¿Qué punto principal?

-El punto que estoy tratando de sacar adelante y hacer relucir en mi tesis, --respondió Kathy-- es el hecho de que no se trataba de brujería, del demonio, el cielo y el infierno, y todas aquellas tonterías y disparates, sino que *se trataba de poder, la toma del poder* por parte del hombre para su uso exclusivo, la eliminación de la competencia que la mujer pudiera representar en áreas de religión, medicina, música, la enseñanza, custodia de bibliotecas, oficinas y puestos en la vida publica,... todo ello. Durante cientos de años el hombre en la mayoria de las sociedades ha tratado de controlar el uso del poder en todas sus formas y variedades, como el conocimiento científico, la religión, la fuerza militar, y la educación, empujando a la mujer a actividades secundarias y periféricas --o por lo menos actividades que el hombre consideraba por debajo de su status-- como el trabajo en la cocina, criar y educar a los hijos e hijas, el cuidado de los ancianos, el trabajo del campo, etc. Aquellas mujeres que no se ajustasen al molde, que osaran cuestionar el sistema, que no siguiesen las reglas impuestas, serian quemadas en las hogueras finalmente. Y, para llegar a esa "solución sagrada", las mujeres tenían que ser marginadas, primeramente, denunciadas como heréticas, adoradoras del demonio, marcadas como prostitutas, corruptoras de hombres y niños y, a continuación, excomunicadas, para que de esa forma se pudiera contar con el pueblo y proseguir a ser ahogadas, ahorcadas, y quemadas, finalmente.

-Exactamente,... estoy completamente de acuerdo contigo, Kathy. Mucha gente --hombres y mujeres-- sin embargo, puede ser que no compartan tu punto de vista, muy posiblemente. Sí, es obvio para mi y para muchas otras personas, que son los hombres que operan dentro de la Iglesia Católica y dentro de una gran mayoria de instituciones de religión organizada los que tienen y controlan el uso del poder, dictando términos y condiciones de existencia entre las sociedades de Occidente y Oriente, y manteniendo a la mujer en la categoría de *"ciudadanía de segunda clase"*, como ha ocurrido durante estos dos mil años. Es el hombre el que puede hablar con Dios, la interfase entre Dios y los mortales. El hombre es primero, y después viene la mujer. Dentro de la religión organizada no existe tal cosa como la igualdad entre hombres y mujeres.

-Así lo veo yo, también. Tal vez esa marginación y practicas discriminatorias hacia la mujer no se hayan llevado a cabo con tanta crueldad en otras religiones, pero el intento de mantener a la mujer alejada de la toma de decisiones, fuera de las escuelas, universidades, y **sinagogas** ha ocurrido dentro del Judaísmo, por lo menos ese ha sido el caso hasta hace pocos años, diría yo.

-Si, no me sorprendería, ¿pero como sabes tu? Si me permites preguntarte… ¿Has estudiado Judaísmo?

-Claro que sí, **soy una mujer Judía**. -Le respondió Kathy con total naturalidad.

El corazón de Xabier se saltó un latido. Ahora entendía él porqué las palabras "sinagoga", "judaísmo", y "practicas religiosas" aparecían una y otra vez en la manera de hablar de Kathy. Y tampoco fueron esas palabras la razón principal por las que Xabier quedo sorprendido, pues era la primera vez que él se encontraba cara-a-cara y hablando con una persona Judía, una mujer Judía, además. Aun más. Probablemente nadie en su familia, y nadie en el pueblo de Bergara había conocido y hablado con una persona Judía en los últimos 500 años, desde 1942 para ser exactos, cuando Fernando e Isabel, los "Católicos" reyes de España, los Dominicanos y Franciscanos, Inquisidores por excelencia e infamia, expulsaron a unos 80,000 Judíos -- hombres, mujeres, y niños-- de la península Ibérica. Los Dominicanos se sintieron muy privilegiados en poder servir a las ambiciones del **Vaticano**, de los reyes de España, y su

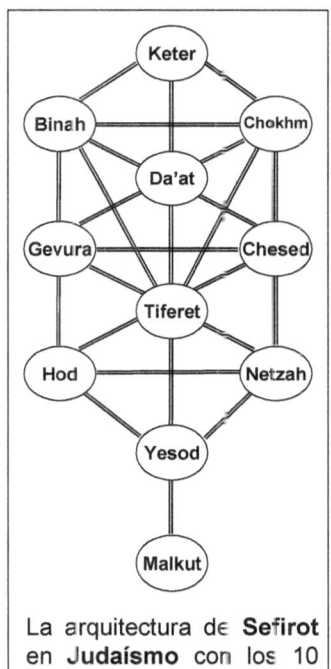

La arquitectura de **Sefirot** en **Judaísmo** con los 10 atributos del Creador.

casta de muchas --no todas-- familias nobles bajo el estandarte de la "cruz verde" de la *Oficina de la **Santa Inquisición*** para juzgar sin defensa alguna permitida y condenar a los Judíos. Metódicamente, de forma rápida y exhaustiva, todas sus propiedades, incluidas sus casas, sinagogas, tierras, ganado, y dineros fueron confiscados para el beneficio de las Coronas de España en la mayor medida, la de Dominicanos, Franciscanos, y familias nobles en menores medidas. No le importaba a aquellas o subsecuentes Coronas que la comunidad Judía llevaba 700 años ya viviendo, trabajando, y muriendo en la península, que sus hombres habían servido en los ejércitos de las Coronas, ocupando los puestos administrativos públicos mas altos, y que su comercio traía continuamente riqueza y prosperidad a pueblos y ciudades. No le importaba a aquellas Coronas y su orden social y político que aquellas comunidades Judías produjesen hijos eruditos --pero no mujeres, ya que la ley Judaica prohibía a las mujeres participar en centros de estudio y conocimiento, así como servir en la vida publica-- que crecerían a convertirse en las mentes mas sabias en áreas de religión, medicina, música, ley fiscal y jurídica, y literatura en universidades en la península Ibérica, así como el mas alto reconocimiento en todo el continente Europeo. Al final, y ante la codicia y soberbia del poder total, no sirvieron aquellos valores humanos. Quinientos años mas tarde muchas familias de *Judíos Sefarditas*, en multitud de países y regiones alrededor del mundo, aun guardan las llaves de hierro de las casas que les quitaron y robaron en la España de 1492, no con enojo y odio, pero con dolor y resignación, en memoria de las familias y vidas que dejaron atrás. Hasta la fecha, no se ha adelantado Corona o gobierno alguno de España para ofrecer disculpa o restitución alguna a la comunidad Sefardita en su diáspora global.

-Por supuesto... *es que yo imaginaba a un Judío, quiero decir una mujer Judía de forma diferente*... y tu te ves... bueno, ¡Tu te ves como una persona Americana! -Xabier supo instantáneamente que había "metido la pata" nada mas terminar sus palabras absurdas y, por primera vez en su vida, no sabía cómo salir del agujero en que se había metido con asombrosa diligencia.

-¡Espero que sí... gracias por decirlo y sacarme de dudas! -Respondió Kathy sorprendida, pero sin perder su sentido del humor, ante las palabras balbuceantes de Xabier.

-O sea, ¿me estas diciendo que nunca conociste a una persona Judía, anteriormente... nunca en tu vida,... es así?

-Pues sí, es verdad... mis disculpas, es mi carencia,... no tenemos gente Judía en el País Vasco o en España... unas muy pocas personas judias... así que no sabía que esperar,... ¡además tu tienes ojos azules!

De vuelta al agujero. Xabier caía en el agujero una segunda vez y, aun peor, parecía incapaz de poder salir de aquel agujero, ocurriendo todo ello delante de una mujer como Kathy.

-Venga Xabier… ¿cómo supones que son las personas Judías? -Le preguntó Kathy, con ojos sonrientes, queriendo darle la oportunidad de recuperar su compostura por si mismo, de ser posible. Al fin y al cabo, el era solo un hombre, Kathy pensó.

-Bueno, sí, ya se por lo que he leído a través de los años, en la escuela y el seminario, que hay Judíos morenos en el mundo… quiero decir Judíos *Sefarditas* originalmente de España y Portugal,… y que también hay Judíos de piel muy clara y ojos azules que se llaman *Ashkenazi*, y que vienen de Alemania, Austria, y de Hungría, principalmente.

-¡Eso es… ahora sí vas bien! -Era la forma de Kathy de ayudar el macho de la especie a salir de su aprieto y torpeza.

A continuación, Kathy compartió con Xabier como fue que su abuelo *Lucien Birdstein* llegó a los EE.UU. desde la vieja Europa como un ingeniero joven, como se llegó a casar con Aloha, una joven hermosa de familia de agricultores de Nebraska, y como finalmente se asentaron en Tucson, Arizona, para tener una familia.

-Una familia Americana Judía, por supuesto. -Añadió Kathy, todavía con ojos sonrientes.

-Claro, lo entiendo muy bien ahora. Lo que pasa es que…

-Entonces…no te preocupes. *¡Bienvenido a las Americas, Xabier!*

-Gracias, Kathy, aprecio tus palabras.

Eran muchas las preguntas que Xabier tenia en su mente acerca de la comunidad Judía en general, su estilo de vida, su religión, su Diáspora, y sobre todo cómo es que esa comunidad ha logrado producir tantas mentes creativas a lo largo de los siglos.

-¿Qué tal es ser una persona Judía en los EE.UU.?... si no te incomoda mi pregunta.

-*¿El ser una persona Judía en general, o el ser una mujer Judía, específicamente?*

-Bueno, ambas, por supuesto.

-El Judaísmo es una de muchas religiones en los EE.UU., y nuestra constitución defiende el derecho de todo ciudadano de practicar cualquier religión. Ahora --eso también-- nuestra sociedad cree en la separación de la Iglesia y el Estado, o Sinagoga y el Estado, como base fundamental. Existen muchas comunidades Judías en la mayoria de ciudades en los Estados Unidos hoy dia, y la gente en esas comunidades van a sus trabajos en tiendas y oficinas, como cualquier otras gentes en el país. Llega el "Sabbath", el Sábado, y un buen numero de Judíos van a las Sinagogas de su denominación preferida a participar en actividades religiosas.

-¿Denominación?

-Efectivamente, existen varias denominaciones de Judaísmo, como **Judaísmo Ortodoxo, Judaísmo Reformista, Judíos Hasidicos, Renovación Judaica**, etc., y cada una de estas denominaciones tiene sus creencias, muchas en común, otras de carácter único,… algo parecido a las diferencias en creencias y practicas entre *Católicos* y *Protestantes*, por ejemplo, así como también…

-¡Por fin os hemos encontrado! ¿Por donde habéis estado toda la tarde? -Eran *Sunrise* y su novio *Cricket*, cada uno con su bote de soda en una mano y su hamburguesa en la otra mano. Kathy no les había visto o hablado con ellos por varias semanas, desde que su fraternidad tuvo su fiesta en el *Rancho Tres Catalinas*, para recoger fondos a favor de la campaña contra el SIDA. El horno Hopi "bajo tierra" tuvo gran éxito y se recaudaron buenos dineros.

-Hola, pareja… hemos estado aquí, caminando y hablando… Xabier y yo pensamos que apareceríais de un momento a otro, así que… ¡Un momento, no os han presentado todavía!... Ellos son *Sunrise* y su novio *Cricket*, también estudiantes en mi departamento,… y este es Xabier, de visita del País Vasco.

-¡¿Del País Vasco?! -Exclamó Cricket, acercándose para saludar y estrechar la mano de Xabier.

-Hemos conocido a otro estudiante internacional del País Vasco,… se llama *Emilio*, y él es de otro departamento… el *Departamento de Economía*, si no me equivoco. ¿Ya os conocéis? Emilio es divertido y muy directo con sus palabras -Añadió Cricket.

Cricket y Sunrise se miraron y sonrieron.

-No, no le conozco, pero me gustaría conocerle, por supuesto. En parte me sorprende saber que hay otro Vasco aquí en Tucson, Arizona, miles de kilómetros fuera de Euskal Herria, País Vasco, pero por otro lado no es una gran sorpresa.

-¿Y cómo es eso?

-En casa nos gusta decir que los Vascos, hombres y mujeres, estamos esparcidos por todo el mundo, y que no importa qué lugar, pueblo o ciudad en el planeta elijas para visitar, allí encontraras a otro Vasco, viajando o viviendo, afortunadamente. -Comentó Xabier. Posiblemente no se le ocurrió a Xabier que Kathy pudiera decir lo mismo de Judíos y su *Diáspora* por el mundo. ¿Tendrían estos *mundos paralelos*, esas dos diásporas paralélas, algunas o muchas experiencias e intereses a compartir?

-¿Y de que temas habéis estado hablando toda esta tarde? Dejarme adivinar: *¿Brujas, posiblemente?* -No era la forma mas sutil de entrar en la conversación, se le ocurrió a Cricket, ya que él y Sunrise ya conocían a Kathy desde hace tres años, y sabían bien que ese tema era uno de sus favoritos.

-En realidad, hablamos de ese tema por un buen rato, pero también empezamos a hablar de la experiencia de ser una persona Judía en los EE.UU., de ser una mujer en la sociedad Judía, más precisamente --y dirigiéndose a Xabier añadió-- ¿No era ese nuestro tema de conversación, Xabier?

-Sí, así es... sé muy poco sobre ese tema, y lo encuentro muy interesante, claro.

-¿Qué es interesante, ser mujer, ser Judía, o los dos? -Sunrise tenia que hacer la pregunta, era parte de su personalidad.

Los cuatro se rieron por unos instantes.

-Os sorprenderá --Kathy observó, todavía sonriendo-- pero no es tan fácil ser una mujer en una sociedad Judía... Para empezar, los hombres organizan y dirigen todas las actividades religiosas ya que *la ley Judía* favorece la participación y liderazgo de los hombres, mientras las mujeres tienen que resignarse y permanecer calladitas a un lado, como floreros en una mesa. Exagerando un poco o bastante, pero básicamente eso ocurre aun hoy dia.

-Me identifico con lo dicho --contribuyo Sunrise-- *siendo, como soy, una mujer de la comunidad Navajo*,... Ha sido siempre así, en lo que recuerdo,... son siempre los hombres los que organizan y dirigen casi todo, ya sean actividades religiosas, el decidir cuantos hijos vamos a tener en cada familia, con quien se quieren casar,... los hombres reuniéndose en un lado de nuestras casas y las mujeres en otro lado, en una lista interminable.

Cricket asintió con la cabeza, aunque sabía que Kathy conocía bien el rol de la mujer en la *sociedad Navajo*, habiendo trabajado ella como maestra a tiempo parcial en la reserva India de los Navajos durante los últimos tres años.

¿Y cuales son algunas de las cuestiones y preocupaciones de la mujer en la sociedad Judía hoy dia? -Continuó Sunrise.

-Muchas, en realidad --respondió Kathy-- Algunas cuestiones tienen que ver con la habilidad que se niega a las mujeres de participar en ceremonias publicas y religiosas, el no permitirles leer el **Torah**, uno de nuestros libros religiosos, el no poder dirigir la palabra abiertamente a participantes en bodas y funerales,... el no poder pedir el divorcio a tu marido, aunque ese marido use la violencia verbal o física, que tenga relaciones sexuales con otra mujer o mujeres, a menos que él este de acuerdo en ese divorcio. Por otro lado, el hombre puede divorciar a su mujer cuando le plazca, y fácilmente, porque nuestra ley Judaica así lo permite. Una mujer Judía no puede divorciarse de su marido a menos que él le de su *get*.

-¿Su qué?

-Su consentimiento... se le llama el "*get*." Es parte de una ley que llamamos *Agunah*, del **Halakha** o conjunto de leyes Judaicas, que dice que la mujer esta "encadenada" a su matrimonio y marido. Para que un divorcio pueda ocurrir, la ley Judaica requiere que el marido libremente dé su *get* a la mujer, sin coacción social o legal alguna. Sin el *get*, ningún nuevo matrimonio puede ser reconocido en una sociedad Judía, y los hijos de ese nuevo "matrimonio" serian considerados *manzerim*, bastardos. El hombre, por su parte, tampoco puede casarse otra vez antes de estar divorciado, pero esa prohibición es menos severa, puede divorciarse de su mujer por iniciativa propia mas fácilmente y, en la ausencia de ese divorcio, sus hijos no serán considerados *manzerim*. ¡Taca!

-¿Qué conveniente para los hombres! Entonces, como puede una mujer conseguir su divorcio, si así lo desea?

-Básicamente, una mujer y miembros de su familia tienen tres opciones. Una, ella debe localizar a su marido, si el **schmuck** ha desaparecido y se encuentra en alguna playa de las Bahamas o escondido en algún agujero de la tierra, y convencerle de que le de su *get*. Dos, presentando evidencia de que su marido ha muerto, por una razón o por otra. Y tres, encontrando un error o defecto en la ceremonia original de matrimonio, en la forma incorrecta de leer el **Torah**, en la forma de escritura y contenidos del contrato de matrimonio, algo que de forma retroactiva pueda anular el matrimonio.

-¿Y qué ocurre si el marido tuvo que dejar su familia para ir a la guerra, si ha sido capturado y es prisionero en alguna cárcel o, aun peor, si muere en esa guerra, pero su cuerpo no es encontrado y devuelto?

-¡Esa es precisamente una de las cuestiones a relucir, ya que ese tipo de circunstancias es responsable en parte por el trato injusto, discriminatorio, y doloroso de la mujer durante siglos... y ese trato continua hoy día en algunas de nuestras denominaciones Judías. Aunque un caso extremo, considerar momentáneamente la tragedia del *holocausto* a finales de la 2da. Guerra Mundial, por ejemplo. Muchos maridos --miles, y cientos de miles, muy posiblemente-- murieron y nunca volvieron a sus casas y familias y, consecuentemente sus viudas se vieron en situaciones de *agunah,* sin saber por años qué hacer con sus vidas, si casarse o no casarse otra vez por temor a ser marginadas dentro de sus propias familias y sociedades. Tratar de encontrar un error o defecto en la ceremonia original del matrimonio tampoco es un paseo por la playa, aunque las posibilidades existen en teoría, por lo menos. Una posibilidad descansa en la validez de los dos testigos requeridos en la ceremonia. Si uno de los dos testigos era menor de trece años, por ejemplo, ello invalidaría el matrimonio. Mas difícil, sin embargo, seria ofrecer prueba de que la mujer no consintió al matrimonio. Entonces, frecuentemente las mujeres no logran obtener un divorcio y se les consideran "victimas de denegación de *get*", por lo menos por parte de algunas organizaciones *feministas* que son corscientes de esa situación.

-¿Puede una mujer rehusar el "aceptar" un *get* de su marido, en efecto "encadenando" ella a su marido, por usar la misma terminología?

Kathy le miró a Xabier por un par de segundos antes de responder a su pregunta.

-Sí, en teoría, sí, pero raramente ocurre en la practica.

-¿Qué sucede si el marido es un criminal, un degenerado, o aun peor, no funciona sexualmente... que puede hacer la mujer? - Preguntó Sunrise.

Esta vez su novio Cricket se quedó con la boca abierta.

-No es fácil --respondió Kathy, siguiendo el hilo de Sunrise-- Han sido varios los Rabis y eruditos, interesantemente, que consideran la repugnancia que una mujer pueda tener por su marido como una razón valida dentro de la ley *halakhica,* entendiéndose que el marido es abusivo física o mentalmente, sucio en su falta de aseo personal, o de practicas sexuales no deseables para la mujer, por ejemplo. Una corte rabínica, de nombre *beth din,* también considera apropiado el presionar al marido no deseado con muestras de rechazo familiar, negándole trato y cortesía en reuniones y actividades de la comunidad, negándose a tener relaciones sexuales y, en casos extremos, metiéndole en la cárcel. La ley Rabínica puede dictar encarcelamiento del marido para "animar" al marido a dar su *get,* aunque las autoridades civiles generalmente no son participes en esa practica, obviamente. Por otro lado, la firma de un "acuerdo prenupcial" para la prevención de la denegación del get (APP), que generalmente estipula que el marido pague un suporte económico a la esposa relativamente alto en caso de denegación del *get,* es recomendado y observado por algunas mujeres Judías hoy dia, feministas o no.

-¿Existen estadísticas sobre denegación del *get*?

-En 2007, un sondeo en *Israel* reveló que existían pendientes un total de 180 denegaciones de *get* en ese país. En contraste, existen 190 casos en los que la mujer rehúsa a "aceptar" una oferta de *get* de su marido, negando un divorcio a su marido, eso es.

-Vale, entonces es mitad-y-mitad en Israel, entendido -- Comento Sunrise, asegurada de poder seguir detalles del *get*-- ¿Y tenemos estadísticas del *get* en los EE.UU. ya que estamos en la materia?

-Pues no... no, que yo sepa,... pero estamos empezando a reunir las estadísticas. Sospechamos que las cifras son mucho mas altas, no porque tenemos una comunidad Judía en los EE.UU. mas numerosa comparada con la población de Israel, pues ambas poblaciones oscilan en los siete millones, sino porque en los EE.UU. tenemos unas 8-10 denominaciones del Judaísmo, cada una con su maleta de idiosincracias. Cada una de estas denominaciones sigue algún aspecto del *Halakja* pero generalmente con diferentes interpretaciones y practicas, algunas siendo mas liberales que otras.

-¿y porqué no cambiar la ley, o parte del *Halakha,* por lo menos?

-Estamos tratando de hacer eso, precisamente, sugiriendo y pidiendo a las varias denominaciones y comunidades Judías que consideren cambios en la ley Judaica para reflejar el hecho de que estamos viviendo en el Siglo 21, y no dos o tres mil años atrás, en el pasado. Mujeres y hombres en la denominación *Renovación Judaica*, por ejemplo, están trabajando para lograr un mejor incorporación de **derechos básicos de la mujer** en sus actividades religiosas y cívicas,... mas mujeres Judías que nunca, de todas las denominaciones, entran el mundo de la política y participan activamente en el desarrollo social y político de sus comunidades, Judías y en general, así como a nivel nacional e internacional.

Una pausa, interrumpida por otra realidad determinante y poderosa.

-Ese olor de carne y salsa de *mezquite* solo puede indicar una cosa... -Sugirió Sunrise, esperando una respuesta.

-¡Que no se quemen las hamburguesas!

Capitulo
12

El Sobre, por Favor

Es una mañana de Lunes en Tucson, fresca pero soleada, y **Xabier** está ya enfrente del edificio *Union de Estudiantes*, campus de la *Universidad de Arizona*, esperando a que **Kathy** y Emilio aparezcan en la camioneta de Kathy, una carcacha *Honda*, remodelada con llantas de desierto, tubo vertical de entrada de aire para pasar riachuelos, radio receptor-emisor y GPS de segunda mano. Color: Barro del dia. El plan es reunirse los tres para desayunar en la taberna *Aguas Frías*, dentro Union de Estudiantes, y conducir hasta el pueblo de **Chinle** en territorio Navajo, Norte de Arizona, donde encontrar y reunirse con **Padre Altuna**, un viejo **Jesuita** que lleva 30-35 años trabajando en una misión con familias Navajo y Hopi.

-**Good morning**, colega, ¿listo para un desayuno de dinosaurio? -Era la forma de Kathy de hacer recordar a Xabier que iba a ser un largo viaje hasta el pueblo de Chinle.

-Buenos días, me alegro en verte,... listo y animado para ese "desayuno de dinosaurio", como tu le llamas.

-Xabier, este es Emilio, el estudiante nuevo en nuestro Departamento, del que te hablamos,... un paisano tuyo. Le hable de tu interés en conocerle, y de tu sugerencia de hacer el viaje juntos a Chinle, ¡Y aquí esta Emilio!

-*Emilio, zer moduz zaude?*

-*Oso ondo, Xabier, urteaskotarako!*

-Berdin, Kathy-k esan dit Laguardiakoa zarela, eta hemen lanean ari zarela zure Masterra ateratzen...

-Bai, alegintzen ari naiz Estatu Batuetan urte bete edo bi egiten Euskal Herrira bueltatu baino lehen eta han lan bat billatu...

-¡Venga, ya veo que requiere una buena cantidad de palabras para decir "Hola" en ese idioma *Euskera* de vosotros! Debe ser un idioma muy florido.

Una vez dentro de la taberna *Aguas Frías*, Kathy propone echar otro vistazo al mapa del Norte de Arizona.

-Venga, una vez más...Salimos de Tucson esta mañana siguiendo la autopista Interstate I-10 Norte, todo arriba hasta llegar a **Phoenix**, unos 160 kilómetros,... estaremos atravesando zonas del desierto muy vistosas en este tiempo del año, dejando a un lado ciudades como **Casa Grande**, Marana, Guadalupe, y Tempe antes de llegar a Phoenix. En Phoenix tomaremos Interstate I-17, todavía en dirección norte hasta llegar a **Flagstaff**, otros 150 kilómetros, aproximadamente... paramos a hacer un "lunch" de media hora y continuamos,... Recomiendo tomemos I-66, esta vez en dirección Oeste por unos 75 kilómetros hasta Holbrook, I-40 Norte-Oeste hasta llegar a White Elephant Chambers,... ya casi llegamos,...y allí tomamos la Ruta 8 Norte por otros 60-70 kilómetros hasta llegar a Chinle... ¡Fácil como un pedazo de pastel¡

-Parece un camino un poco largo hasta Chinle...¿Qué tenemos que hacer en Chinle, en el medio del desierto de Arizona y Nuevo México? -Preguntaba Emilio con cierto aire de resignación, pero también con un pelin de impaciencia.

-Yeah, Chinle se ve como un pueblo bastante remoto, mirando a todos estos pueblos, ciudades, y autopistas en el mapa... mucho mas lejos de cómo lo veía yo desde **Arantzazu**. -Comento Xabier, pretendiendo no haber escuchado la pregunta de Emilio, o no queriendo responder, de momento.

-No esta tan lejos, en realidad, llegaremos a Chinle esta tarde, antes de oscurecer, a tiempo para cenar con mis amigos, *Jodie* y *Paul*, una pareja que vive en *Many Farms*, en las afueras de Chinle... son maestros y trabajan en la *Escuela Primaria de Chinle*,... Nos esperan para cenar y quedarnos a dormir esta noche, y a la mañana siguiente estaremos listos para buscar y encontrar a nuestro amigo, **Padre Altuna**... Siento como si ya le conociéramos.

Xabier y Emilio asintieron con un movimiento ligero de cabeza, resignados a la idea de que sus suertes estaban en las manos de Kathy, una mujer. Acostumbrados a dirigir su propia suerte, como hombres que eran, ¿Cómo pudieron llegar a esa situación en la que una mujer guiaría sus cursos y bienestar durante los siguientes dos-tres días?

Una vez en camino, con Kathy al volante, el desierto se estira y desvanece en la distancia en todas direcciones, con cielos azules-violeta, y franjas rojo, amarillo, turquesa y ocre en el horizonte. Las siluetas de **suguarus** interrumpen ese mar de colores, pero irregularmente y sin perturbar la tranquilidad o el equilibrio entre el espacio dominante y la forma de sus colinas. La brisa del desierto es aun fresca, la autopista es larga y derecha, y solamente ranchos y sus tanques cilíndricos de agua en la distancia interrumpen la monotonía de postes de electricidad en procesión continua en ambos lados de la autopista. La conversación es bienvenida.

-¿Te entendí decir que el Padre Altuna es del País Vasco también? -Era la forma de Kathy de iniciar la conversación, girando la cabeza momentáneamente para mirar a Xabier que estaba sentado a su lado derecho y observando el desierto de Arizona por primera vez.

-No... él no es del País Vasco, aunque su nombre es Vasco... Todavía no le conozco, pero es mi punto de contacto.

-Entonces él es una persona en tu área de investigación,... alguien que quieres entrevistar, y posiblemente alguien con quien colaborar?

-No, el Padre Altuna no está relacionado con mi trabajo de investigación, pero si tengo unos documentos para entregárselos a él, tal como me lo pidió el **Padre Muxika**, mi superior en el Seminario de Arantzazu. Como tu ya sabes, acepté la invitación del Padre Muxika de visitar los EE.UU. durante un año para trabajar en mi Master. -Algo que Kathy ya sabia, pero Xabier repitió esas circunstancias para el beneficio de Emilio, reclinado a sus anchas en el asiento de atrás.

-Pero tu seminario pertenece a la Orden de los Franciscanos, y el Padre Altuna es **un Jesuita**... Mi impresión era que esas dos ordenes no trabajan juntas, que cada una iba por su lado.

-Sí, y no... Quiero decir que aunque estas dos Ordenes generalmente trabajan cada una por su cuenta, de vez en cuando colaboran en la administración de algunas misiones. También suelen enseñar en las mismas universidades, las asignaturas siendo diferentes, claro. Otras veces ambos, Franciscanos y Jesuitas, asisten a las mismas conferencias y talleres de practicas, en mi opinión. -Otra buena pregunta por parte de Kathy, se dijo a si mismo Xabier.

-¿Y que tal en tu caso, Emilio, has estudiado en alguna universidad de Jesuitas o Franciscanos también?

-Yo no, y tampoco nadie en mi familia... ¡y especialmente no en una universidad de Jesuitas!

-¿Y por qué no? Das a entender que tienes algo contra las universidades Jesuitas o los Jesuitas mismos, habiendo sido la Orden de Jesuitas fundada por un Vasco, un tal *Ignatius of Loyola*, si recuerdo bien. -Comento Kathy, contenta consigo misma por recordar ese detalle.

-Puede que haya sido un Vasco, posiblemente, pero para mi fue *"un chupaculos"*, un *"ipurdi mihaztzailea"*, sin duda alguna, y perdonar la expresión. -Dijo Emilio, dándose cuenta un poquillo tarde de que su caracterización de aquel hombre del pueblo de *Loyola*, Gipuzkoa, hubiera podido herir los sentimientos de Xabier, su compatriota.

-¿Que es un *"chupaculos"*? -Preguntó Kathy, cayendo en la cuenta de que uno de los dos estaba a punto de comunicarle algo no muy agradable, basándose en la expresión de sorpresa y disgusto en la cara de Xabier.

-Un *"ass kisser"* y peor -Le comunicó Xabier.

-Pero y cómo así, qué pudo hacer ese hombre para merecer ese calificativo? Quiero decir, ese hombre fundó la *Compañía de Jesus*, la Orden de los Jesuitas, una orden religiosa que tuvo mucho éxito durante siglos...llegando a fundar los Jesuitas universidades por todos los países del mundo, a ser consejeros de reyes y papas, así como haciendo trabajo social en comunidades de Nativos en Latino América y los EE.UU. Aun más, los Jesuitas fundaron el *Bank of America* en los EE.UU., creo yo. -Kathy dijo su parte y se sintió satisfecha consigo misma.

-Para empezar, este hombre de una familia Vasca rica y acomodada del Siglo XVI se metió de *soldado mercenario* al servicio de las Coronas de Castilla para pelear contra otros Vascos, los Vascos de Navarra, el Reino de Navarra en aquel entonces,... eso es lo que hizo aquel bastardo!

Un Silencio. Solo el ruido de motor de la camioneta Honda.

Emilio continuó.

-Ese mercenario *Ignatius* se integró en el cuartel militar de *Irun-Pamplona*, entonces la ciudad principal y capital de la tierra ancestral de los Vascos, y lucho contra esos Vascos Navarros que estaban defendiendo el Reino de Navarra de los ejércitos invasores de Castilla en 1521. Ya, desde muy joven, el poder y la gloria eran mas importantes para él que la vida y libertad de su propia gente. Más adelante, una vez que se convirtió en una figura religiosa, *Ignatius* se puso al servicio no solamente de las Coronas de Castilla, sino también al servicio del Vaticano y su heraquia de obispos, cardenales, y papas. Aquel hombre, como muchos otros Vascos entonces --y aun hoy dia-- no vaciló en trabajar como soldado mercenario y sacerdote para las Coronas y el Vaticano a cambio de riqueza, prestigio, influencia, y poder. Esa ha sido y continúa siendo una de las grandes tragedias de nuestra gente y pueblo Vasco: Una tercera parte de nuestra gente, incluidas familias acomodadas enteras, terratenientes, comerciantes, curas, algunos artistas, y muchos seudo-intelectuales se han vendido y se venden a los intereses de las Coronas entonces, y a los gobiernos de Madrid hoy día, en mi opinión.

-Bueno, Emilio... tal vez estés exajerando un poco. En aquellos tiempos era una practica muy común de la gente joven en el Pais Vasco el dejar sus caserios y pueblos e irse a Madrid a trabajar... -Comentó Xabier.

-Ahora si que estámos en marcha... ¡tenemos un tema a machacar, y horas y kilómetros por delante a negociar!... ¿Así que *Ignatius de Loyola* era un soldado mercenario antes de entrarle la religión? -Una pregunta retórica de Kathy, posiblemente, pero una a la que Xabier decidió responder para hacer su parte y alimentar la llama de la conversación.

-Pues si... --dijo Xabier-- mucha gente sabe que fue durante una batalla en 1521 en la que el capitan Ignatius resultó herido por una bola de cañón que le pegó y le rompió una pierna. Sufrió varias intervenciones quirúrgicas y permaneció en un hospital durante varios meses de tratamiento y recuperación. Fue durante ese periodo de recuperación cuando Ignatius empezó a leer un libro sobre la vida de Jesucristo de un tal *Ludolph de Sajonia*, y a continuación empezó a tener visiones de angeles, el cielo, demonios, y otros bichos... Sí, pero no sabia yo que Ignatius formaba parte del ejercito Castellano luchando contra los Vascos de Navarra, Vascos como él mismo. Los libros de historia que se enseñan en el País Vasco generalmente han sido escritos por autores y maestros que deben trabajar para el Gobierno Español de Madrid o un Gobierno Vasco que se vende o debe trabajar bajo la tutela de ese Gobierno Español... los contenidos representan **una realidad sesgada**, y son selectivos en su descripción de eventos, caracteres, y circunstancias... Entonces, a nosotros los Vascos nos decían en esos libros que Ignatius batallaba en el "lado bueno" de la contienda... Si, parece ser que Ignatius durante su recuperación en el hospital tuvo visiones de los cielos en las que Dios le pedía que iniciase una nueva Orden,... Así nos cuentan la historia esos libros. El hombre tuvo sus visiones de los cielos, diría uno.

-*¿Visiones de los cielos? ¡Y un culo!* --exclamó Emilio— Aquel hombre era un enfermo mental que estaba teniendo alucinaciones, afirmando que veía hermosas serpientes de diferentes formas y colores,... ¡El hombre estaba loco como una cabra, o pensaba que los demas eran idiotas! En aquellos tiempos un buen numero de individuos oportunistas, hombres y mujeres, se ponían a afirmar que tenían visiones de los cielos, de dios y los santos, angeles por doquier,... No importaba, cuanta mas exótica, trastornada, y ridicula fuese la visión, mas credibilidad se le daba al "visionario", especialmente si le convenía a la Iglesia. Estupidez a granel, pero la gente quería creer en esos cuentos de hadas, sin duda alguna.

-¡Pues aquellas visiones debieron hacer su truco, ya que le fue bien, muy bien, a vuestro compatriota Ignatius, parece ser! -No pudo evitar Kathy su pequeña descarga de sarcasmo para seguir animando la conversación.

Por unos momentos los tres ríen, la distancia se acorta, y se pueden apreciar nuevas combinaciones de colores en el horizonte.

Cinco horas mas tarde.

-Perdone Ud., me llamo Xabier Elurmendi, y estoy tratando de localizar al Padre Altuna...

-Le podrá encontrar en su oficina, Bungalo 3, detrás de este edificio, normalmente... aunque para las once de la mañana ya ha salido para reunirse con alguna familia en nuestra comunidad de **Chinle**. -La joven miró al reloj que colgaba de la pared e instó a

Xabier y compañía a darse prisa para llegar al la oficina del Padre Altuna.

Caminando alrededor de aquel edificio principal de dos plantas Xabier observó una placa que leía "Propiedad del Condado Apache" en Bungalos 6 y 7, así como una hoja con eventos patrocinados por la "*Alcohólicos Anónimos.*"

-Este es Bungaló 3, lo hemos encontrado. -Comentó Xabier abriendo la puerta lentamente. Un hombre de unos cuarenta-y-cinco años se veía sentado y escribiendo texto en una computadora portátil, pantalón negro y camisa blanca de manga corta. Una puerta interior parecía comunicase a otra oficina contigua.

-¿Les puedo ayudar?

-Hola, estamos tratando de localizar al Padre Altuna.

-Me llamo Xabier, del Seminario Arantzazu en el País Vasco…

-Ah, entonces Uds. deben estar buscando a mi tío, **Padre James Altuna.** Si, él a menudo habla de sus amigos Vascos, los Franciscanos Vascos,…Tiene muchas buenas memorias de ellos y de los viejos tiempos de trabajo en las misiones de Latino América. Ambos, mi tío y mi padre, su hermano, estuvieron en las misiones de Nicaragua por muchos años… Mi padre, Joseba, conoció a mi madre en Managua. Mas tarde, cuando la guerra entre las fuerzas del gobierno y los guerrilleros escalaron mis padres murieron en el conflicto y mi tío decidió sacarme del país… Desde entonces servimos a la comunidad de Chinle, en este territorio Navajo… hay mucha labor que desarrollar, y aqui estamos. La gente nos llama Padre Altuna, "el tío", y Padre Altuna, "el sobrino", o simplemente "**Walter**"… Allí.

-¿Perdone?

-Allí, en la cima de esa colina, a unos cinco kilómetros, encontraran la casa misional y varias estructuras mas pequeñas de adobe… es un pequeño rancho… Mi tío estará tomando el sol. Denme cinco minutos para recoger unas cosas y les podré acompañar.

Quince minutos mas tarde, Kathy al volante y sus tres pasajeros llegan al rancho que está integrado por tres casas de adobe de una sola planta, un establo con su granero encima, y un pozo de agua a un lado de la colina. Un perro ladra enfrente del establo pero pronto se calma al ver bajar de la camioneta y reconocer a Walter. Sentado en una silla grande de miembre en el porche de una de las casas de adobe se ve a un hombre ya entrado en años, ojeando un libro, posiblemente un diario o libro de notas.

-Hola, *tío James*, estos son el Hermano Xabier Elurmendi del País Vasco y sus dos acompañantes... han venido para visitarte.

-El anciano hizo un esfuerzo por levantarse de su silla, pero sus piernas respondieron lentamente.

-Por favor, Padre Altuna, no hay necesidad. Me llamo Xabier Elurmendi y vengo del seminario Franciscano de Arantzazu, cerca de Oñati, en el País Vasco, y estas...

-Sí, sí, recuerdo bien... Como está mi buen amigo, Padre Muxika, estoy días?

-Desafortunadamente, Padre Muxika ya no está con nosotros, murió en unas circunstancias extrañas... fue asesinado, para ser mas preciso, y esa es una de las razones de mi visita. Me dio un sobre unos días antes de su asesinato para entregárselo a Ud., básicamente.

Xabier procedió a dar su relato de aquel evento trágico y misterioso que ocurrió al segundo dia de celebración del Sexto Congreso Interdenominacional para la Paz en Arantzazu, con representantes de gobierno, la Conferencia Episcopal de Obispos, la Organización Nacional de Juventud Cristiana, el *World Jewish Congress*, y una lista larga de otras organizaciones. Cómo al Padre Muxika se le encontró colgado y ahorcado, y como el informe forense indicaba "contusiones múltiples en la cabeza, quemaduras en áreas de los genitales, escisión y ausencia de la mitad delantera de la lengua."

-¡Un crimen violento, sin duda alguna... pobre Iñaki! --aserto el Padre Altuna y añadió-- ¿Llegó a comentar el Padre Muxika sobre alguna preocupación, alguien o grupo de personas que le sospechaba pudieran hacerle daño por razón o locura alguna?

-Bueno, en sus reuniones y conversaciones con algunos de nosotros en el seminario al Padre Altuna le gustaba hablar de la importancia de 'estar abiertos a nuevas ideas", y de la necesidad de "escuchar a la gente, la gente trabajadora, la sociedad en la que servimos." También se habló de otros temas...

-¿Qué otros temas?

-Otros temas o preocupaciones... Le preocupaba al Padre Muxika que hubiese individuos y organizaciones que desean ver cambios dentro de la Iglesia... cambios sustanciosos y de impacto global... mientras que otros individuos y grupos se oponen radicalmente a cambio alguno… es mas, quieren que la Iglesia sean aun mas conservadora.

-Ohh, no… ¡No otra vez! --balbuceo el Padre Altuna, con expresión de dolor y desaliento en su cara-- ¿Escuche bien cuando dijiste que te dio un sobre para mi, un sobre, una caja, algo?

De su mochila Xabier sacó un sobre "de manila" y se lo entregó al Padre Altuna. Una pagina de notas escritas a maquina contenía el nombre de *Alberto Luciani*, el año 1978, y las palabras "una morte sospetta" escritas en el margen derecho. Un recorte de una pagina de periódico La Stampa con un fotografía del Papa Juan Pablo II, y un relato del asesinato atentado contra el en 1981. También, en un segundo recorte de periódico, una fotografía del **Papa Benedicto XVI** y un articulo sobre su visita a Camerún y Angola en 2009. una segunda nota escrita a maquina con el texto:

> *Querido Hermano Altuna:*
> *Los inviernos son mas fríos cada año, y los lobos bajan de las montañas en manadas mayores buscando presa. Este invierno, sin embargo, tres de nuestras águilas vieron la manada de lobos congregándose cerca del Lago de los Sagrados. Las águilas desean reunirse y piden tu regreso y participación.*
>
> *Hermano Muxika* [firmado]

Con las hojas de notas, los recortes de periódico, y las laminas fotográficas sobre una mesa, Xabier, Emilio, y Walter concentraron su mirada en Padre Altuna esperando un comentario, pregunta, algo.

-Pobre, mi querido Hermano Muxika… No le correspondía sufrir esa suerte y final. Las cosas van de mal en pero, se esta intensificando el acecho… otras gentes van a sufrir también, inocentes o no, es una lastima. ¡Este conflicto tiene que acabar!

-¿Qué conflicto? -Pregunto Xabier.

-Alguien, un grupo o organización esta planificando, tramando, matar al Papa. Pensé… muchos de nosotros pensamos, que habría un periodo de razonamiento, de dialogo… Una tregua.

-*¿Alguien quiere matar al Papa*? ¿Quién puede estar planificando el matar al Papa, y por qué? -Esta vez era Kathy haciendo esa pregunta, dándose cuenta al completarla que posiblemente no le correspondía a ella, esta vez, hacerla.

-Ya son muchos los años y me pesan, me pesan mucho, os aseguro. Años atrás yo hubiera procedido de manera acordada, con rapidez y eficiencia, pero me estoy haciendo viejo. También, el Padre Muxika debió pensar que es tiempo de invitar y tratar de integrar a otras personas,... otras águilas a ser iniciadas e integradas al grupo.

-Pero quienes son esas gentes que quieren matar al Papa, y por qué razones? -Insistió Xabier.

-Son varias las organizaciones de que intentan contra la persona e institución del Papa, creemos. Afortunadamente, tenemos un buen numero de individuos distribuidos en varias ciudades y países, dedicados a la tarea, y que trabajan continuamente para descubrir cualquier tipo de complot. A medida que la información de un posible complot surge, se alerta al Vaticano, se modifican los itinerarios de visita y viaje del Papa, y se avanzan las negociaciones. Hasta ahora hemos tenido éxito en negociar una tregua, pero el proceso de negociación se complica un poco mas cada vez,... las demandas son mas exigentes cada vez, cada año.

-¿Porque no llamar a las autoridades? -Sugirió Emilio.

-Es casi imposible trabajar con gente y recursos convencionales por razones muy practicas. Unas veces porque tenemos poca información a comunicar a agencias de policía en los varios países, mas allá del código de la operación que logramos descubrir sea ese código "Emisario", "Siervo", "Testamento", o algo parecido, ganando de esa forma poca credibilidad y arriesgando mucho en términos de perder la "cubierta" de nuestros propios agentes. Afortunadamente, como ya comente, nuestra organización es capaz, la mayoria de las veces, de hacer contacto con la organización criminal, de índole religiosa o no, solicitar una lista de demandas, y enviar esta lista al Vaticano.

Xabier, Kathy, y Emilio estaban a punto de hacer una siguiente pregunta, algo que el Padre Altuna ya había anticipado.

-Sí, el Vaticano negocia cuando lo considera necesario, prudente, y con posibilidades de éxito. De esa forma, cuando el proceso de negociación llega a tener éxito, el peligro desaparece por meses, incluso por años, hasta que un nuevo conflicto global ocurre o una nueva organización entre en el escenario y resucita ese peligro.

-¿Se puede hablar de cuales son esas organizaciones, como están integradas, y en que países operan, por ejemplo?

-¿Seria este el momento oportuno para continuar esta conversación? -Era **Walter**, quien había permanecido en silencio y escuchando hasta ese momento.

-No hay problema, Walter, … ha llegado el momento de pasar la antorcha, creo yo,… además, recuerda que fue el Padre Muxika quien quiso enviarnos a Xabier.

Una pausa.

-Para empezar, existe un grupo de individuos dentro de la misma Iglesia Católica que han criticado y vociferado contra el **Vaticano II**, contra todo lo que fue discutido y acordado en 1965. Algunos de estos individuos, los llamados *Católicos Tradicionalistas*, han hecho publicas sus acusaciones contra los varios Papas que sucedieron a Juan XXIII. Estos Tradicionalistas están consternados y enfadados por lo que ellos consideran la ruptura de Roma con la tradición, el hecho de que el Vaticano este dispuesto a considerar que la Iglesia Católica no es la única religión verdadera, y que las otras religiones del planeta también tienen su merito y proposito en la tierra. Argumentan que el Vaticano II abrió "la caja de Pandora" permitiendo a los Católicos creyentes a escoger las enseñanzas de la Iglesia que satisfacen su propia moralidad sexual, por ejemplo. Asisten a la misa Tridentina en Latín, se abstienen de comer carne los Viernes, las mujeres deben cubrirse la cabeza durante la misa, y los creyentes deben estar mirando la espalda del sacerdote durante la misa. Extremistas dentro de este grupo van mas allá, y creen que la Iglesia Católica ha sido una "Iglesia sin Papa" desde Vaticano II, y que los Papas que sucedieron aquel concilio son Papas falsos. Argumentan que la Iglesia no debe cambiar para reflejar los tiempos modernos, necesidades, y demandas. En los EE.UU., por ejemplo, existen unos 100.000 Tradicionalistas, y en Toronto, Canadá, pueden existir otros 5.000, de acuerdo con el Hermano **Jean Violette**, Superior de ese distrito en la Sociedad de San Pio X, la sociedad que representa a este grupo. Ahora, como ya he dicho, no son los lideres de esa sociedad los que nos preocupan y vigilamos, lideres como… como…

-¿El Arzobispo **Marcel Lefebvre**?...

-¡Exactamente!... Pues él y otros lideres son hombres de Dios, así como personas respetadas en sus comunidades, así que no nos preocupan... Son los fanáticos, los casos mentales que puedan existir dentro de ese grupo de disidentes que nos causan preocupación.

-Bueno, muchas personas posiblemente entiendan que grupos de disidentes o extremistas como el de los Tradicionalistas quieran romper relaciones con el Vaticano...pero de ahí a desear matar al Papa hay mucha distancia. ¿No estaremos exagerando las cosas un poquillo?

-Tal vez sea así --respondió el Padre Altuna-- pero consideremos por un momento que la idea de matar al Papa ya se le ha ocurrido a varios hombres... Consideremos, por ejemplo, el caso del *Papa Juan Pablo I*, de nombre *Albino Luciani*, el Papa que quería hacer cambios significativos dentro de la Iglesia, como hacer mas transparentes la infraestructura financiera del Vaticano y hacer parte del dominio publico información sobre cuentas secretas bancarias del Vaticano y cantidades de capital en ellas...pues bien, ese Papa duró 33 días en el trono del Vaticano, exactamente en 1978. ¿Cómo murió? La respuesta oficial es que murió de un ataque cardiaco. ¿Ataque cardiaco? *¡Bullshit!* Era un hombre fuerte, fuerte como un caballo, y muchos de nosotros creemos que fue envenenado por alguien dentro de la jerarquía del Vaticano, dentro de su propio entorno, una persona, o conjunto de personas, que no querían revelar información sobre las riquezas secretas de la Iglesia. Eso es lo que ocurrió, aquel buen hombre fue asesinado, segurísimo.

Silencio.

-Un segundo ejemplo,... es el caso de *Karol Wojtyla*, el que fue nuestro *Papa Juan Pablo II*,... recordarán como un hombre trato de asesinarle en la Plaza de San Pedro en 181. Ese Papa perdió unos dos litros de sangre mientras le llevaban corriendo a un hospital. Sí, sobrevivió, pero el atentado fue algo muy real. ¿Y quien era esa hombre que trato de asesinarle?

-Un extremista de un grupo militante *Turco*, creo recordar. -Sugirió Emilio.

-Bueno, sí, y tal vez no...el "instrumento" de aquel atentado de asesinato fue un hombre Turco, eso si, pero la investigación del gobierno de Italia nunca resolvió de manera satisfactoria si el atentado fue por parte de un individuo, una persona independiente, o si una organización estaba detrás del atentado... "un atentado a la vida del Papa por parte de funcionarios de gobierno en la Union

Soviética en reacción y represalia por la participación del Papa en el movimiento **Solidaridad** en Polonia..." fue parte del texto del informe final. ¡**Agua de puerco**! El informe final contenía también testimonio de una docena de personas, mínimo, hombres y mujeres de extracción **Croata** que opinaron que el atentado fue en represalia por el apoyo y participación del Papa Pio XII en Croacia durante la 2da. Guerra Mundia en 1943, cuando los **Croatas Ustashi** orquestaron el genocidio de cientos de miles de Serbios Ortodoxos.

-Entonces, ¿quienes estaban involucrados en ese atentado... Croatas o Serbios?

-Los Croatas Ustashi, posiblemente.

-¿Pero como puede ser así, si el Vaticano estuvo apoyando a los Ustashi durante y después de la guerra con dinero y "pasaportes Vaticanos" para escapar de Croacia y de Europa a Latino América? - Fue la pregunta de Kathy.

-Ahí es donde entran los hijos e hijas de los Ustashi, la siguiente generación... Resulta que algunos de los hijos de los oficiales Ustashi que pudieron salir corriendo para las Americas con pasaportes del Vaticano al final de la guerra, mas tarde se sintieron traicionados por el mismo Vaticano que dio media vuelta y empezó a cooperar con las fuerzas de liberación de los EE.UU. y de la Union Soviética para localizar, extraer, y meter a juicio a los mismos oficiales Ustashi. Eso por un lado.

-¿Y que resultado dio la investigación de los testimonios de los Croatas en el informe final sobre el atentado contra Juan Pablo II?

-¡Ahora si estáis siguiendo el hilo!... esa parte de la investigación nunca ocurrió. ¿Por qué? Pues porque algunos de los personajes en el Gobierno Italiano, durante y después del atentado, estaban involucrados o tuvieron contactos años antes en las organizaciones Fascistas que colaboraron con los Croatas Ustashi, y temían que esa parte de la investigación revelase esa "**conexión Ustashi**" con nombres y apellidos Italianos, así que no se llevó a cabo... se quedó colgando en el aire, muy convenientemente.

Otro momento de silencio

-Un segundo atentado contra la vida de Juan Pablo II --el Padre Altuna continuo-- ocurrió el 12 de Mayo de 1982, un año mas tarde, perpetrado por otro hombre, un sacerdote Español de nombre **Juan Maria Fernandez y Krohn**, que fue ordenado y confirmado por el mismo *Arzobispo Marcel Lefebvre*. Ese hombre trato de apuñalar al

Papa con una bayoneta pero ese atentado fue frustrado por los guardias de seguridad del Papa, afortunadamente. El hombre fue detenido y durante su interrogación y tratamiento se determinó que ese hombre estaba mentalmente trastornado, averiado. Aun más... increíble como parece, existió un tercer atentado contra Juan Pablo II en 1995, trece años después del primero, durante su visita a las *Filipinas*. Su caravana de automóviles procedería al Seminario de San Carlos en la ciudad de Makati, y fue allí donde supuestamente un hombre vestido con la sotana de sacerdote se acercaría con una bomba a detonar enfrente del Papa... todo ello con la financiación de un órgano de *Alqaeda*, se sospechaba, de acuerdo con el informe final. Afortunadamente, el complot fue descubierto una semana antes de la llegada del Papa a las Filipinas.

-Respecto al segundo atentado... en el caso del sacerdote Español... ¿estaba ese hombre relacionado en forma alguna a *ETA, la banda terrorista Vasca*? -Kathy había mencionado la palabra prohibida, "ETA"... aunque como mujer Americana no le inspiraba miedo y terror el pronunciar la palabra.

-No creo, no que yo sepa... nuestra organización, sin embargo, es consciente de la presencia de ETA en el País Vasco, parte de esa actividad, por lo menos, pero nunca nos ha llegado información alguna que nos lleve a concluir que miembros de ETA han estado involucrados en el pasado, o de que estén contemplando asesinato alguno en un futuro próximo contra el Papa, obispos, o cualquier otra persona en la jerarquía de la Iglesia...de todas formas les vigilamos, en lo posible. -El Padre Altuna miro a su alrededor para ver de quien vendría la siguiente pregunta.

-¿Que puede compartir con nosotros sobre Latino América?

-¿Respecto a que tema o lugar?

-Fue en Nicaragua y en El Salvador, si no me equivoco, donde los seguidores del movimiento de la *teología de liberación*, por ejemplo, lograron un impacto significativo en la promoción de cambios en el orden social, económico, y político de esos dos países in los años "80". Un movimiento, por cierto, muy criticado por Juan Pablo II y sus seguidores en el Vaticano... Entonces, ¿Puede haber individuos en ese movimiento, aun hoy dia, que se sintieron ofendidos por la oposición de Juan Pablo II en esos años, y continúan reaccionando de esa manera contra su sucesor, el Papa

Benedicto XVI? -Un aire de anticipación se podía notar en el aire al completar Xabier su comentario y pregunta.

-Ya veo que tu Superior y querido amigo mío, Padre Muxika, te preparo bien para esta reunión --dijo el Padre Altuna dirigiendo la mirada a Xabier-- y que tenia en mente la posibilidad de que nos ayudases en esta misión de proteger al Papa actual… si tu aceptas la invitación, claro. -La invitación sorprendió a Xabier, aunque no a Walter que permanecía en silencio, prefiriendo seguir escuchando.

Antes de que Xabier pudiera responder, el Padre Altuna continuó.

-Muchos de nosotros en la Orden Jesuita participamos con esfuerzo e ilusión en ese movimiento de la teología de la liberación que tu mencionaste, Xabier, en Nicaragua y en El Salvador en los ochentas. Éramos muy jóvenes, idealistas, y queríamos ayudar a los campesinos a obtener mejores condiciones de vida, a aprender a leer y escribir, a reducir su sufrimiento en aquel enfrentamiento entre las fuerzas del los gobiernos y las de los guerrilleros. Los políticos y lideres de organizaciones religiosas en los EE.UU. nos llamaban **Comunistas** porque íbamos contra el status quo y queríamos ayudar a la gente. El hecho es que éramos miembros de la Iglesia y, además, de la Orden de **Jesuitas**, una orden que por la mayor parte de los últimos 500 años ha jurado servir al Papa, a todos los Papas, contra todos los enemigos de la Iglesia y su Vaticano. En ese largo recorrido hemos crecido hasta llegar a tener cerca de 20.000 miembros, hermanos y sacerdotes, distribuidos en 112 países sobre seis continentes. A mediados del Siglo 20, sin embargo, muchos de nosotros empezamos a opinar que la Iglesia se posicionaba al lado de los ricos, de los poderosos, y dictadores en esos países, dejando en un segundo plano millones de gente pobre en el mundo… La Iglesia y su Vaticano hoy dia todavía hablan de salvar almas para el cielo, mientras que muchos de nosotros en aquel movimiento opinábamos que la Iglesia debía estar interesada en el alma y cuerpo de cada persona, así como demostrar una preferencia clara por cuestiones de justicia y derechos humanos básicos para ambos, hombres y mujeres, aquí en la tierra.

-¿Y cual es la situación hoy día… dentro de la comunidad Jesuita?

Esta vez Walter quería hablar.

-Mi tío y otros Jesuitas trabajaron con los campesinos en las misiones de Nicaragua durante muchos años durante los "70" y "80s", frecuentemente corriendo el riesgo de caer en fuego cruzado entre las fuerzas de gobierno del dictador *Anastasio Somoza* y los guerrilleros *Sandinistas*. La situación estaba deteriorando rápidamente en las ciudades y zonas rurales donde las fuerzas del gobierno hacían redadas periódicamente para detener a personas, meterlas en campos de concentración en el interior de la selva, torturarlas, y ejecutarlas, incluidas varias docenas de Jesuitas. Mi tío, aquí sentado, y otros Jesuitas lograron escapar del país con familiares y amigos, y se dispersaron por varios países para iniciar nuevas vidas... Muchos de aquellos Jesuitas, los "*Jesuitas Sandinistas*", como se les llamaba entonces, salieron de aquel conflicto con muy "mal sabor" y experiencias aterradoras, recordando bien como los obispos, arzobispos, y el Papa mismo se alinearon con la familia Somoza, sus matones, y los generales durante treinta años mientras miles de gentes en ambos lados del conflicto era asesinados. Nos preocupa que pueda existir un pequeño grupo o célula de individuos, familiares de segunda y tercera generación de aquellos Jesuitas, que se sintieron traicionados por *Juan Pablo II* y que guarden rencor contra su sucesor *Benedicto XVI* hoy dia.

Las cabezas giraron hacia Xabier.

-¿Cuantas personas puede haber hoy dia en este otro grupo de descendientes y amigos de los Jesuitas Sandinistas, en su opinión?

-Unos cincuenta, posiblemente, contando seguidores, creemos, principalmente en países de Latino América, pero también en los EE.UU.

-Ahh...

Emilio was clearing his throat.

-Ahh... Con su permiso, Padre Altuna, me gustaría saber su opinión sobre inquietudes o cuestiones que puedan existir en la *comunidad Judía en los EE.UU.* respecto a la actuación de la Iglesia Católica durante la 2da. Guerra Mundial --Xabier levantó la mirada para dirigirla a Xabier y Kathy, en caso de que ellos tuvieran alguna objeción a pregunta, y no viendo señal de ello continuó-- Me refiero específicamente a *la presunta colaboración de Pío XII y de la Iglesia con el régimen de Hitler y sus aliados*...Cada dia, parece, se descubre nueva evidencia de la colaboración de Pío XII con las maquinas de guerra y genocidio de Hitler y Mussolini en la exterminación de millones de Judíos en los campos de concentración y sus cámaras de gas durante esa 2da. Guerra Mundial... entonces, la pregunta es: ¿Existen o han existido amenazas contra Benedicto XVI, o papas anteriores, que han surgido de la comunidad Judía, en su opinión?

-Una buena pregunta, por supuesto... Se puede decir sin duda alguna que de todas las comunidades que sufrieron a manos de los Nazis --Serbios Ortodoxos, Romani (Gitanos), Polacos, Eslavos Rusos, otras-- la comunidad Judía es muy posiblemente la que sufrió el mayor numero de atrocidades que resultaron en la muerte y perdida de millones de seres humanos --hombres, mujeres, y niños-- y, sin embargo, los lideres de las comunidades Judías en el mundo entero han demostrado una extraordinaria compostura, así como una apreciación de las circunstancias difíciles en las que la Iglesia Católica navegó durante esos seis años de guerra y genocidio. Sí, el libro sobre *Pío XII* se esta escribiendo todavía, pero también han ocurrido cosas positivas últimamente, como la visita de Juan Pablo II a Israel en el año 2000 para depositar una corona de flores en el *Yad Vashem*, el monumento a las victimas del Holocausto en Jerusalén, y para pedir perdón por las carencias de la Iglesia Católica durante esa guerra. Por parte de la comunidad Judía también es asombroso que saber de algunos de los gestos de reconciliación:

> *Aunque no podemos decir que no existe queja, ofrecemos nuestras gracias, sin duda alguna.*

en las palabras del *Rabí David Wolpe* de la congregación *Templo de Sinai*, Los Angeles, California. Sii, parece ser así, ambos, la Iglesia Católica y la comunidad Judía han hecho gestos admirables de reconciliación... Eso no quita que puedan existir otras consideraciones, ¿no?

-¿Cómo cuales?

-Bueno, adoptando una posición cínica, por un momento, pudiera ser que en los años de la post-guerra el Vaticano y los lideres de las comunidad Judías en el mundo han acordado en un mismo código de respeto y silencio, una tregua,... *una tapadera benigna y de beneficio mutuo, pudiera llamarse... entre los lideres del Vaticano y los de la comunidad Judía...* ellos están en todos los ámbitos de la comunidad global hoy dia, y precisamente porque ambos tienen gente muy inteligente en posiciones de alta visibilidad y de acceso inmediato a los medios de comunicación, líderes en un bando deben tener mucha información y detalle sobre las actividades de los líderes en el otro banco llevadas a cabo en el curso de aquella guerra mundial, y viceversa... Lideres en la comunidad Judía, por ejemplo, muy fácilmente podrían denunciar a los lideres del Vaticano con detalles y documentos de su colaboración con los Nazis de Hitler y su campaña de exterminio. Podrían también salir a los medios de comunicación una y otra vez con detalle de los acuerdos firmados por el Vaticano --los *concordatos*-- con los dictadores Hitler, Musolini, y Franco mediante los cuales el Vaticano se comprometía a alinear sus sacerdotes, obispos, arzobispos, y cardenales en los respectivos países a apoyar las políticas de esos dictadores, a bendecir sus regimenes Fascistas como "Cristianos", "verdaderos salvadores del Cristianismo y la civilización", todo ello a cambio de grandes cantidades de oro, propiedades de tierra, y un trato privilegiado en esos tres países: Alemania, Italia, y España.

¿Y que sacan los lideres Judíos de todo ello?

-Mucho. Después de la destrucción de muchas comunidades Judías en el continente Europa, era urgente reconstruirlas. de ser posible y deseable en los mismos pueblos y ciudades, otras veces en diferentes pueblos y ciudades. El nuevo *Estado de Israel* pronto se dio cuenta de que necesitaría toda la ayuda social y económica que pudiera conseguir. No solamente eso, sino que era importante tratar de evitar el rechazo social, la discriminación racial y religiosa, así como otras formas de *anti-Semitismo*. Si la Iglesia fuera a continuar con la calumnia, campañas difamatorias, y la marginación de los Judíos, como lo estuvo haciendo durante siglos, esos esfuerzos de reconstrucción de las comunidades Judías rendirían unos resultados mínimos y lentos. Las apuestas eran altas, y mucho se podía perder, de no llegar a un acuerdo, por lo que los lideres de ambos lados muy probablemente decidieron adoptar un código de respeto mutuo, de no agresión o, a lo mínimo, de no denunciar y criticar el uno al otro públicamente.

-¡Pensado y dicho bien como un buen *Jesuita*! -Exclamó Xabier, con una pequeña sonrisa visible en su cara.

-Pues sí... *¡pero vosotros los Franciscanos tampoco sois exactamente unos santos!*

Silencio por unos segundos, y a continuación todos los presentes irrumpieron en risa. Se percataron también del mucho trabajo a realizar en las siguientes semanas y meses.

Para las 10:00 horas del dia siguiente, Kathy ya estaba al volante de su destartalada pero fiable camioneta Honda, con Xabier a su derecha ojeando el mapa, y Emilio en el asiento de atrás escribiendo unas notas en lo parecía ser un diario.

-Entonces, ¿Qué fue todo ese rollo anoche con el Padre Altuna y su sobrino Walter, al final de la cena, con eso de "nos pondremos en contacto contigo en cuanto recibamos respuesta de las águilas en la organización"?

-El Padre Altuna estaba diciendo, confirmando, mejor dicho, que él se pondrá en contacto con la gente en su organización… las *"águilas"*… *para comunicarles detalles del asesinato del Padre Muxika,* sus inquietudes y perspectiva sobre los eventos sucedidos… y que después se pondrá en contacto conmigo con comentario e instrucciones, posiblemente…

Mientras Kathy consideraba las implicaciones de lo comentado por Xabier, Emilio adelantó su propia preocupación.

-¿Es ese hombre de fiar? Quiero decir, es ese anciano verdaderamente un Jesuita, ó un charlatán, un fantasma, ó alguien que lleva años aquí escondido entre los Navajos por alguna razón de la cual simplemente no tenemos idea alguna?

-Ese hombre sabía de lo que estaba hablando… no es un fantasma o charlatán… es mas, ese hombre ha vivido todo lo que nos ha contado, en mi opinión. Sabia muchos detalles íntimos de la participación de la Iglesia en Nicaragua, de los lideres mismos de la revolución Sandinista de los "70s", fechas, estadísticas… muchos de los detalles que el Padre Muxika compartió anteriormente conmigo y otros tres Hermanos en el seminario. Ese hombre es… el Padre Altuna debe ser *Francis James Carney, S.J.,* uno de los tres *Jesuitas Americanos* que trabajaron en América Central, uno de los lideres del movimiento teología-de-liberación. Sabemos que ese Jesuita se integró a los guerrilleros Sandinistas que peleaban contra *las brigadas asesinas de Somoza*, pero en Septiembre de 1983 él y su grupo de guerrilleros fueron capturados. Nunca mas se supo del teólogo Carney. Los periódicos informaron de su captura y la de sus guerrilleros, pero nunca se confirmo su muerte. La selva se tragó su cuerpo.

-Entonces... entonces James Carney, el Jesuita Sandinista Americano, en realidad no murió en Nicaragua, sino que logró escaparse... ¿y ha estado viviendo con los Navajos de Arizona, EE.UU., todos estos años?

-Te cuesta un poquillo, Emilio, pero generalmente sales del bosque y encuentras la carretera. -Le dijo Kathy sonriendo y poniendo la camioneta en marcha.

Saliendo de Chinle un par de "sapos cuernudos" se libraron por unos centímetros de ser aplastados por las ruedas de la camioneta.

Ya de regreso a Tucson, y entrada la tarde, Xabier invitó a Kathy a visitarle en **Boise City, Idaho**, y a asistir con él a la **Fiesta Vasca** que se celebraría en tres meses.

Kathy aceptó la invitación.

Chapter
13

Andoni ha Desaparecido

-¡No puedo creerlo!... ¿Qué me dices...Cómo es posible que Andoni haya desaparecido? ¿Estás segura?

-Sí, segura... Es lo que debe haber ocurrido. -Le respondió *Nerea* a Xabier durante esa llamada de teléfono desde Bergara, País Vasco. Xabier todavía se encontraba en Tucson, Arizona, EE.UU.

Han pasado tres meses desde que Nerea visitó a Xabier en el Seminario de Arantzazu para comunicarle que su hermano *Andoni* había salido de SanPru, un *auzoa* de Bergara, para repartir productos de huerta de caserio a clientes en Donosti, y que cinco días después todavía no había regresado a casa.

-Le debe haber ocurrido un accidente a Andoni... No quiero pensarlo pero tal vez ha tenido un accidente de automóvil... ¡Eso es! ¿Se ha encontrado su coche por algún lugar, por ejemplo?

-No tampoco...pero...

-Y la *Ertzaintza*... ¿Habéis hablado en casa con la Ertzaintza? Quiero decir, tus padres, y Maite, su mujer... ¿Os habéis presentado en las oficinas de la Ertzaintza de Bergara para comunicarles de lo ocurrido?

-Ya hicimos todo eso, Xabier, y nos dijeron que no sabían de ningún accidente de automóvil con la placa del automóvil de Andoni... Eso ya lo sabemos... Lo que pasa es que ha ocurrido otra cosa...

-¿Qué otra cosa? -Preguntó Xabier ya un poco desconcertado.

-Hemos recibido una llamada de teléfono o, mejor dicho, *Maite* ha recibido una llamada de teléfono de alguien... ¡Eso es lo que estoy tratando de comunicarte!

-¿Una llamada de teléfono de alguien?... ¿Qué alguien?

-No sabemos todavía, aunque es una mujer, sabemos eso... y cuando habló esa voz, esa mujer, con Maite, le dijo que Andoni muy posiblemente *ha sido secuestrado* por un grupo de personas... que ella --la voz-- está tratando de averiguar más sobre Andoni y su paradero, que volverá a llamar, y colgó el teléfono.

-¿Qué me dices?

-Así es...Y hay más --añadió Nerea-- Hablando con Maite, ella me ha contado lo que ha estado pasando con Andoni todos estos años...Resulta que Andoni no estuvo trabajando de cocinero en Iparralde esos quince años que no aparecía por casa cuando yo era todavía una niña, como me contaba mi madre... No, no fue así. Todos esos años Andoni estaba en una cárcel en Iparralde donde las autoridades Francesas lo tenían encarcelado después de juzgarlo y condenarlo por actuar como "taxista" para varias células de ETA...

-¿Taxista de ETA?

-Bueno... Se le acusó hace veinte años de llevar en su vieja camioneta *Seat* a chicos de Donosti a reuniones en Saint-Jean-de-Luz... en la familia nuestra y en la de Maite aun no sabemos que tipo de reuniones eran aquellas, y Andoni nunca quiso hablar de aquella parte de su vida, aunque él no era una persona violenta o que apoyase actos de violencia... no creemos... Por otro lado, mi hermano era una persona muy idealista, eso sí, y quería hacer algo por el país, "hacer mi parte por Euskal Herria", como solía decir Andoni... Mucho nervio y entusiasmo, eso sí, pero un poco ligero de cabeza a veces, creo yo ahora... No sé que vamos a hacer ahora...

-Tranquila, Nerea, tranquila. --Ofreció Xabier, al mismo tiempo que pensaba de algo que sugerir a Nerea-- Esa voz, esa mujer...

-¿Sí?

-Esa voz... la voz de esa mujer que os llamó por teléfono... ¿Tenia algún acento esa voz... Francés, por ejemplo?

-No... No creo. Nos habló en Castellano, aunque la voz sonaba un poco rara, como si estuviera camuflada por un pañuelo, algo así...pero tenia un tono normal, sin altos ni bajos, normal. Que ella iba a averiguar más sobre el paradero de Andoni, y que le volvería a llamar a Maite. ¿En que estas pensando?

-Un chivatazo.

-¿Cómo?

-Un chivatazo. Estoy pensando de que pudo haber sido un "chivatazo" por parte de alguien que trabaja en algún lugar... un *centro de fuerzas de seguridad*, un centro de información, o centro de coordinación de fuerzas de seguridad, una cárcel... algo así, tal vez. Por otro lado, pudiera ser alguien que esta tratando de sacaros dinero, de sacar dinero a Maite y su familia, y en realidad esa persona no tiene ninguna información. Pudiera ser. -Repitió Xabier.

-*Bai*, te sigo… ¿Qué sugieres se puede hacer? Quiero decir, quiero ayudar a Maite pero no sé que es lo mejor en este momento… Si vamos a la Ertzaintza para decirles que hemos recibido esta llamada nos harán un par de preguntas, nos dirán que ya investigaran, y después nada ocurrirá…

-No, no podéis hacer eso… Todavía no. De ser un chivatazo de alguien que trabaja en un centro de *fuerzas de seguridad en el Estado Francés o en el Estado Español*, habría que esperar, estoy pensando… de lo contrario pudiéramos poner en peligro a ese contacto…

-¿Entonces…?

-Recomiendo hables con Maite sobre nuestra conversación, solo con Maite, y esperad las dos unos días más para ver si recibís una segunda llamada de esa voz, la misma voz… De todas formas, recomiendo esperéis dos semanas, un maximo de dos semanas y me vuelves a llamar, por favor, vale?

Estaban a punto de despedirse cuando en ese momento se le ocurrió a Xabier otra pregunta.

-¿Ha estado tu hermano Andoni en algún otro país además de España y Francia, que tu sepas?

-Sí.

-¿Dónde?

-*Venezuela,… una vez.*

Capítulo
14

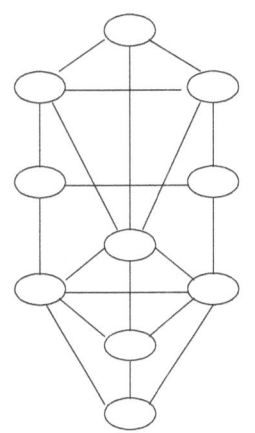

*"Pedimos justicia, pedimos **IGUALDAD**, pedimos que todos los derechos civiles y políticos que pertenecen a los ciudadanos de los EE.UU. nos sean garantizados, a nosotras y nuestras hijas para siempre."*
—Susan B. Anthony, ***Declaración de los Derechos de la Mujer***, Julio 1876

Las Mujeres de la Biblia que los Hombres Inventaron

En su trabajo de investigación en la Universidad de Arizona, *Kathy* ha estudiado los roles de las mujeres que aparecen en el *Antiguo Testamento* de la comunidad Judía y en el *Nuevo Testamento* de la comunidad Cristiana y ha realizado una perspectiva diferente y, posiblemente, ***políticamente y religiosamente incorrectos***, especialmente para sus hermanas "menos liberales." Parte de su trabajo se ha concentrado en esos dos testamentos, el primero con unos cuatro-mil años de existencia, y el segundo con dos-mil años de existencia y uso, como escrituras de historias y narrativas sobre la condición humana que abogan por la marginación de la mujer en los ámbitos social, histórico, cultural, y político de la sociedad, como una entidad de segunda clase, y que ha sido predestinada por un diseño celestial y omnipotente para servir al hombre, y nada menos.

Para apoyar este argumento, Kathy ha explorado los roles de la mujeres en esas dos biblias, roles escritos por hombres, y procede a contrastarlos con los roles y vidas de mujeres en la sociedad moderna, las que pudieran considerarse las "hermanas modernas" de esas mujeres de las dos bíblias. Consciente de los adelantos de la mujer en los últimos setenta-ochenta años, Kathy considera que, sin embargo, mucho más esfuerzo debe ser liderado por la mujer para lograr que los cambios y los derechos de la mujer reivindicados hoy dia sean reflejados plenamente en el sistema jurídico, judicial, de protección social, e igualdad de oportunidad en el ámbito laboral, y sistema de educación pública.

Eva

Empieza la historia de "Eva" con el concepto de "lo bueno", "lo malo", "el hombre", y "la mujer", conceptos descritos por los escritores de esas dos bíblias, todos ellos hombres. Como tal, la entidad "mujer" es caracterizada inmediatamente en las primeras paginas de esas dos bíblias, en forma única, despectiva, y humillante, acusándole de ser la fuente de todo mal, la causa de la perdida del "paraíso", y relegándole a la categoría de mera propiedad del hombre. Y esas son las "buenas virtudes" de la mujer. A continuación, se le acusa de ser destructiva, de ser una entidad que no inspira confianza, confabuladora, traicionera, celosa, y libertina con los placeres de la carne.

> *Yahvéh Dios llamó al hombre y le dijo: ¿Donde estás" Este contestó: "Te oí andar por el jardín y tuve miedo porque estoy desnudo, y por eso me escondí" Él replicó: "¿Quién te ha hecho ver que estabas desnudo? ¿Has comido acaso del árbol del que te prohibí comer?" Dijo el hombre: "La mujer que me diste por compañera me dio del árbol y comí." Dijo, pues, Yahvéh Dios a la mujer: "¿Por qué lo has hecho?" Y contestó la mujer: "La serpiente me sedujo, y comí." Entonces Yahvéh Dios dijo a la serpiente: "Por haber hecho esto, maldita seas entre todas las bestias y entre todos los animales del campo. Y sobre tu vientre caminaras, y polvo comerás todos los días de tu vida. Enemistad pondré entre ti y la mujer, y entre tu linaje y su linaje... A la mujer le dijo: "Tantas haré tus fatigas cuantos sean tus embarazos: con trabajo parirás los hijos. Hacia tu marido irá tu apetencia, y él te dominará..."*
> (Antiguo Testamento, Génesis 3:9-16)

¡Sopa! El mensaje no podía ser mas claro y contundente. En el margen derecho del papel y borrador de trabajo, Kathy ha escrito de su puño y letra:

CRÍMENES contra la mujer: Difamación de carácter.

CRÍMENES de la iglesia: Fraude cometido contra la sociedad proclamando "inspiración divina" a sabiendas de que los contenidos de las dos testamentos fueron escritos por hombres; calumnia y representación maliciosa de la mujer, promoción e institución de la mujer como propiedad del hombre.

Kathy tiene una respuesta a ese mensaje y práctica de la iglesia en la forma y vida de *Maria Gorska* (1898-1989). Nacida en Warsaw, Polonia, se cambió el nombre a *Tamara de Lempicka*[1] y pintó mujeres independientes, reales y no imaginadas, con voluntad propia, y enamoradas de la vida. En 1912 sus padres se divorciaron y Tamara se fue a vivir con su tía Stefa en St. Petersburgo, Rusia. Un año mas tarde, a la edad de quince años, conoció a Tadeusz Lempicki, un hombre al que le gustaba estar rodeado de mujeres, abogado de profesión, de atributos físicos atractivos, y ella decidió casarse con él, algo que ella consiguió finalmente. El año es 1917, en el medio de la revolución Rusa, y los Bolshevitas (ideología Marxista) y los Menshevits (también de ideología Marxista, pero un grupo minoritario) atraviesan las ciudades y estepas en revolución sangrienta, por lo que Tamara y Tadeusz,

Adán y Eva, pintura al óleo de Tamara Lempicka.

ambos de familias acomodadas, deciden escapar a Paris, Francia. Fue durante "los estruendosos 20s" que Lempicka se mezcló con los grupos de artistas frecuentados por Pablo Picasso, Jean Cocteau, Andreé Gide y otros notables. Famosa por sus aventuras amorosas con hombres y mujeres, Lempicka desarrollo un estilo de pintura caracterizado por temas de nudismo, pasión, y seducción. Cuando Tadeusz no pudo soportar mas su estilo de vida la divorció en 1928. Ese mismo año ella ganó una comisión del Barón Raul Kuffner para pintar a su mujer, algo que Tamara hizo, en el lienzo y en la cama. El siguiente año Tamara y el Barón Kuffner, a esas alturas ya su nuevo amante, viajan a los EE.UU. por primera vez y establece su estudio para conquistar al mundo neoyorkino con su talento. Sus pinturas ganan cantidades generosas de dinero y fama. El rey Alfonso XIII de España, la reina Isabel de Grecia, el magnate de petróleo Rufus Bush (si, de la familia Bush, de presidentes), y otros poderosos pagaron para adquirir sus pinturas. Talento, independencia personal, y amor por la vida fueron atributos personales de Tamara Lampicka, sin duda alguna. Los hombres que escribieron las dos bíblias se habrían afligido intensamente de haber sabido la historia de Tamara Lampicka, conjeturamos.

Hagar

Hacia finales de la Edad de Bronce (2000-1550 BC), quita o pon un par de siglos, una joven esclava Egipcia de nombre **Hagar** es entregada por el Faraón de Egipto a un tal **Abraham**, jefe de una tribu Hebrea establecida en un lugar olvidado de la Península de Sinai, como "regalo de bodas" al contraer éste matrimonio con **Sarah**. Las cosas habrían podido ir bien para todos de no haber sido por un pequeño detalle: Sarah no podía concebir un hijo, algo muy mal visto en aquellos días. Los hombres que escribieron esa historia nos cuentan que ante ese percance se le ocurrió a Sarah la gran idea de ofrecer la joven esclava a su marido para que oficiase como madre suplente, para darle un hijo. Una gran idea, y todos vivieron contentos, ¿no? Metedura de pata y grande. La gran señora Sarah pronto se puso celosa de Hagar, le molestó que esta interfiriera en la jerarquía de la casa, y así se lo comunicó a Abraham, el señor de la casa. Sarah insistió que Hagar debía ser arrojada fuera de la casa, preñada como estaba y, de ser posible, fuera de la tribu. Insolente propuesta, sobretodo para un hombre poderoso como Abraham, pero este supo acatar la sugerencia de su mujer y Hagar fue abandonada en el desierto con tan solamente un pedazo de pan y una calabaza llena de agua. Con esos menguados recursos Hagar se adentro en el desierto para tratar de atravesar el desierto de Shur en la Península del Sinaí hacia Egipto, con la esperanza de poder llegar a lugar de sus parientes

Sara, mujer de Abraham, no le daba hijos. Pero tenia una esclava egipcia que se llamaba Hagar y dijo Sarah a Abraham: "Mira, Yahvéh me ha hecho estéril. Llégate pues, te ruego, a mi esclava. Quizás podré tener hijos de ella." Y escucho Abraham la voz de Sarah. Así, al cabo de diez años de habitar Abraham en Canaán, tomo Sarah, la mujer de Abraham a su esclava Hagar la egipcia y diosela

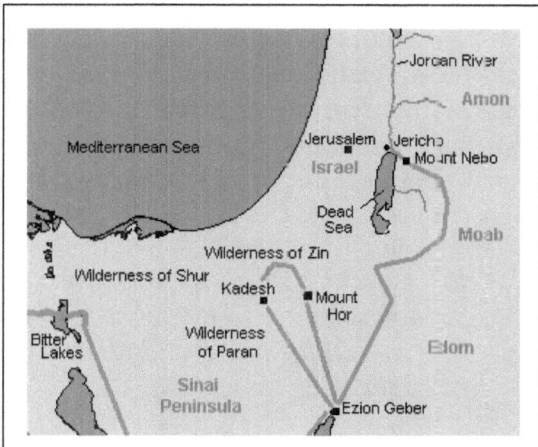

El **Shur**, una gran extensión de terreno semi-desértico en la Península del Sinaí, que la esclava **Hagar** atravesó para llegar a Egipto.

por mujer a su marido Abraham. Llegose pues él a Hagar, la cual concibió. Pero luego al verse ella encinta, miraba a su señora con desprecio. Dijo entonces Sarah a Abraham: "Mi agravio recaiga sobre ti. Yo puse mi esclava en tu seno, pero al verse ella encinta me mira con desprecio. Juzgue Yahvéh entre nosostros dos. Respondió Abraham a Sarah: "Ahí tienes a tu esclava entre tus manos. Haz con ella como mejor te parezca." Sarah dio en maltratarla y Hagar huyó de su presencia.

(Antiguo Testamento, Génesis 16:1-6)

Afortunadamente para **la joven Hagar**, un ángel aparece en el desierto y le pide que regrese a la tribu de Abraham, le dice que va a tener un hijo y, además, que concebirá muchos mas hijos, una nueva nación de hombres y mujeres. Hagar regresa a la tribu, tiene un hijo a quien le llama Ismael, y por un tiempo todo va bien. Bueno, casi todo. Catorce años mas tarde la misma Sarah concibe un hijo con Abraham, le llama Isaac, y dice que esta vez tiene que irse Hagar, seguro, segurísimo, desierto o no desierto. Al desierto salen Hagar y su hijo Ismael, hasta llegar a Egipto donde el joven Ismael crece, se casa con una chica del barrio, y juntos los dos tienen muchos hijos. ¿Fin de esta historia semi-trágica, semi alegre? Pues no, porque como los hombres que escribieron esa historia nos cuentan, las cosas mejoraron mucho, los hijos de Isaac se multiplicaron hasta llegar a crear la gran **Nación de Israel** y sus profetas, mientras que los hijos de Ismael también se multiplicaron hasta llegar a crear la igualmente gran **Nación del Islam**, con **Mahoma**, su profeta.

> *Alá quien ha creado los cielos y la tierra, y envió agua desde las nubes, y después hizo crecer sus frutos como alimento para vosotros, y Él ha hecho los barcos para obedeceros, para que crucen los mares bajo Sus ordenes, y Él ha hecho los ríos para serviros.*
>
> *Y Él ha hecho que el sol y la luna sigan sus cursos, y Él ha hecho la noche y el dia para serviros. Y Él os da todo lo que le pedís; y si contáis todos los favores de Ala no podréis llegar a un numero tan grande; ciertamente el hombre es injusto, sin gratitud. Y cuando **Abraham** digo: "¡Señor! Dar seguridad y protección a esa ciudad y salva a mi y mis hijos de adorar a ídolos: ¡Señor! Seguramente ellos han llevado a muchos otros hombres a la ruina; entonces, quien me siga está conmigo, y quien me desobedezca, aunque Tu eres Indulgente, Piadoso: ¡Oh, nuestro Señor! Seguramente he acampado parte de mis hijos en un valle vacío de fruto cerca de la Casa Sagrada, nuestro Señor! Para que puedan rezar; por lo tanto hacer que los corazones de las gentes se acuerden de ellos y les lleven frutos: ¡Oh nuestro Señor! Seguro que sabes bien lo que escondemos y lo que hacemos publico, y nada en la tierra o en los cielos se puede ocultar de Alá: Alabado sea Alá, Quien me ha dada en mi años avanzados **Ismael** e Ishaq; seguro que mi Señor escucha mis oraciones: ¡Mi Señor! Hacer que yo continúe rezando y acepta mi oración: ¡Oh nuestro Señor!, concede a mis padres y los creyentes protección el dia del juicio final.* (Koran, Abraham 14:32-41)

En **Islam** los peregrinos caminan alrededor del **Kaabah**, el lugar en la Meca donde Dios pidió a Abraham y su hijo Ismael construir un altar, siete veces, e ir y venir siete veces entre

Safa y las montañas de Marwa, tal como la joven esclava Hagar hizo buscando agua. El festival de la peregrinación concluye con la celebración de nombre **Eid-al-Adha**. Esta celebración y una segunda que corresponde con el final del Ramadán y de nombre **Eid-al-Titr**, juntas, son los dos eventos principales del calendario Islámico.[6]

CRÍMENES contra la mujer: Esclavitud, abuso sexual, imposición de maternidad, negación de domicilio y alimento, impago de salario acumulado durante años de esclavitud, violación de los derechos fundamentales de la mujer.

CRÍMENES de la iglesia: Fraude cometido contra la sociedad proclamando "inspiración divina" a sabiendas de que los contenidos de las dos testamentos fueron escritos por hombres, exaltación de la esclavitud como forma de represión contra la mujer, calumnia y representación maliciosa de la mujer, promoción e institución de la mujer como propiedad del hombre, promoción de la violación de los derechos fundamentales de la mujer.

Monticello, la casa que diseñó y construyó **Thomas Jefferson** (1743-1826) en Virginia, EE.UU., y donce vivió con **Sally Hemmings**, su esclava negra, durante 40 años.

Pues bien, unos tres-mil años más tarde, en otras tierras también pobladas por muchas tribus, vivían una esposa, su marido, un terrateniente poderoso, y una joven esclava. El nombre de la esposa era **Martha Wayles Skelton**, su esposo era **Tomas Jefferson** (1743-1826), y la joven esclava era **Sally Hemings**. Marta dio seis hijos a su marido y todos murieron de complicaciones a la hora de nacer; Martha también murió en su último parto. Tomas Jefferson era un terrateniente rico y un político prominente en el estado colonial de Virginia, llegando a ser el principal autor de la Declaración de Independencia de los EE.UU., embajador en Francia, y finalmente Presidente de la nueva Republica de los EE.UU. Sally era la media-hermana de Martha y tan solamente de catorce años cuando Martha murió en 1782 y Tomas entró en su vida. Jefferson llegó a vivir con Sally durante los siguientes cuarenta años, y juntos tuvieron seis hijos de los cuales cuatro sobrevivieron. Recientes pruebas de ADN apoyan la evidencia histórica que apunta a esa larga relación y de sus hijos.[7] Las alegaciones de que Jefferson había sido procreador de esos hijos con Sally no salió a la luz hasta 1802, veinte años mas tarde, a la edad de 59 años, cuando un periodista de nombre J.T. Callender escribió en un periódico de Richmo nd: "Jefferson guarda en secreto, y por muchos años ha guardado en secreto, como su concubina, una de sus esclavas. Su nombre es Sally." Hoy dia miles de personas visitan Monticello, la elegante casa colonial que Jefferson diseño y construyó en su granja de Virginia, a unos doscientos-cincuenta kilómetros al Oeste de Washington, D.C. Mientras un grupo de quince-veinte visitantes se movía de un cuarto exquisitamente decorado al siguiente, escuchando los detalles del guía sobre el diseño y la arquitectura de la mansión, una pareja se quedaba atrás escuchando reclinados ligeramente sobre una de las paredes, y fue entonces que una pequeña puerta se abrió detrás de ellos. Parte de la pared se abrió y giró sobre sus bisagras ocultas. Al concluir el tour guiado, y una vez que todos los visitantes se encontraban ya de vuelta en sus asientos en el autobús alquilado, la pareja preguntó al guía sobre la "puerta secreta." "Ah, esa es una de varias puertas secretas que el Sr. Jefferson diseñó en esta, su casa de Monticello, para que Sally pudiera discretamente llegar a su cuarto y cama por las noches, a su petición." Eh, el hombre sabía como organizar su tiempo y espacio bien.

Ismael, el hijo de Hagar, llegó a procrear una gran nación. Similarmente, los hijos de Sally y sus descendientes son ya parte de una gran nación. Aun así, muchas personas preguntamos hoy dia quien fue Sally Hemings, en realidad, pues sabemos relativamente poco de su vida, sus aspiraciones, temores, y forma de pensar, alguien que dio abundantemente de si misma a su país. Hagar hubiera encontrado regocijo y consuelo en la historia real de Sally, estamos seguros.

Rebeca

Rebeca en Hebreo quiere decir "vaca joven", con la connotación que lleva consigo de ser un símbolo de fertilidad. "¡Oh, gracias, ahora se lo que debo hacer con mi vida!", dijo Rebeca, una niña de diez años, a sus orgullosos padres en Fairfax, Virginia, EE.UU. Ella, como miles de niñas Cristianas, había heredado su nombre de una mujer en el Antiguo Testamento que venía de una familia acomodada en la alta Mesopotámia, en lo que es hoy día una parte del noreste de Siria, una mujer que sería la esposa de Isaac. "Hermosa, blanca de piel, y de espíritu fuerte", como los hombres que Abraham envió a pueblos de desierto para buscar y encontrar una esposa para su hijo Isaac describieron a una joven que se encontraba recogiendo agua de una fuente de su localidad. ¿Aceptarías un anillo de oro de nariz, dos pulseras de oro, y otros regalos como una muestra de la buena voluntad de Isaac? La joven dijo que sí, que aceptaría esos regalos, y su hermano Laban entonces invitó a los hombres de Abraham a quedarse en su casa esa noche. A la mañana siguiente, ¿aceptarías la propuesta de matrimonio de Isaac? Una vez mas la joven dijo que sí, y todos en su casa partieron para conocer a Issac, su padre Abraham, y su madre Sara. Cuando Rebeca e Isaac se encontraron por primera vez se enamorarcn en ese mismo instante, como así lo afirmaron muchos testigos. ¡Ah, el amor, conquistaba una vez mas la sospecha y el temor entre familias, mujeres y hombres de la bíblia! La boda fue un gran éxito en el vecindario. Dos años pasaron, sin embargo, y Rebeca todavía no estaba preñada, nos cuentan los hombres que escribieron la bíblia y la iglesia ante el desconcierto de vecinos. ¿Cómo, una mujer que no cumple con su destino divino de ser una maquina reproductora, propiedad de su marido, y nada más? Cuando quedó preñada, su tamaño era grande a razón de las dos criaturas que engendraba en sus entrañas, produciéndole molestia y dolor. Por otro lado, sus suegros, sirvientes, y vecinos dijeron que se veía radiante y, finalmente, productiva. El dia del parto nacieron *Esau* y *Jacobo*. Con el tiempo estos dos gemelos crecieron y pronto pudo observarse una creciente rivalidad entre los dos, a razón de sus diferentes personalidades y, en parte, debido al trato diferente que recibieron de la madre, según dijo la trabajadora social y psicóloga del vecindario, se rumoreaba. Esau era fuerte físicamente, le gustaba jugar deportes con su padre, y cazar gatos salvajes en las montañas del área. En contraste, Jacobo era delgado, le gustaba escuchar cuentos e historias de su madre, y generalmente un poco mas espabilado. Los hombres escritores de la bíblia demostraban gran talento como guionistas:

> *Ahora bien, Rebeca estaba escuchando la conversación de Isaac con su hijo Esaú. Esau se fue al campo a cazar alguna pieza con su padre, y entonces Rebeca dijo a su hijo Jacobo: "Acabo de oír a tu padre que hablaba con tu hermano Esau diciendo: Tráeme caza y hazme un guiso suculento para que yo lo coma y te bendiga delante de Yahvéh antes de morirme. Pues bien, hijo mío, hazme caso en lo que voy a recomendarte. Ve al rebaño y tráeme de allí dos cabritos hermosos. Yo haré de ellos un guiso suculento para tu padre como a él le gusta, y tu se lo presentas a tu padre que lo comerá para que te bendiga antes de su muerte.* (Antiguo Testamento, Génesis 27:5-10)

La madre, Rebeca, decidió que Jacobo era el mejor hijo de la familia y el más apropiado para heredar los bienes de su padre. Angañosa y manipuladora (era una mujer, después de todo), ella conspiro con Jacobo para que su padre Isaac que ya estaba en su lecho de muerte diera su bendición y propiedades a Jacobo. Esau al enterarse se sintió traicionado por su madre y su hermano y quiso matar a los dos. Rebeca una vez mas manipuló a su marido Isaac, esta vez para que Jacobo pudiese escapar de la casa y viajar al pueblo de su madre Rebeca donde Jacobo pudo casarse con una prima suya, una hija de Laban, un hermano de Rebeca.

CRÍMENES contra la mujer: Se le niega a la mujer oportunidad alguna en su sociedad, otra que la de casarse con un hombre, producir hijos, servir su casa y necesidades personales.

CRÍMENES de la iglesia: Calumnia y representación maliciosa de la mujer como engañosa y manipuladora con su marido y con sus dos hijos, promoción e institución de la mujer como propiedad del hombre, promoción de la violación de los derechos fundamentales de la mujer.

Mujeres. Mujeres hermosas. Mujeres hermosas y preñadas. Se le ocurre pensar a Kathy que la obsesión del hombre por los atributos físicos de la mujer, en ignorancia parcial o total de su inteligencia y talentos, ha sido bien aprendida de las lecciones dispensadas por el Antiguo Testamento e, indudablemente, florece hoy dia en nuestra sociedad moderna, como puede ser el caso del pintor **Gustav Klimt** (1862-1912)[8]. Pintor simbolista y miembro fundador del prominente Vienna Art Nouveau. Klimt nació en Baumgarten, Viena, el segundo de siete hijos e hijas. **Gustav** y su hermano **Ernst** heredaron algunos de los talentos de su padre, un joyero grabador de Bohemia. La madre era **Ana Finster**, una mujer con talento y gusto por el canto y los instrumentos musicales. Con mucho talento y poca economía, los Klimt era emigrantes en la prospera y cosmopolita Viena. Como la suerte suele comportarse, en 1876 Gustav ganó una beca y pudo ingresaren la Escuela de Bellas Artes de Viena donde estudió dibujo y pintura durante los siguientes siete años, con una preferencia por murales pintados en el interior de los grandes edificios públicos de la ciudad. Tal fue su habilidad que en 1888 recibió la Orden del Merito de Oro del emperador Franz Josef I de Austria --este chico ofrecía gran promesa, se estimaba-- "por sus contribuciones a murales pintados en el Burgtheater (teatro de la gente) de Viena." Otras valiosas comisiones de ministerios de gobierno y hombres de negocios con caudal siguieron.

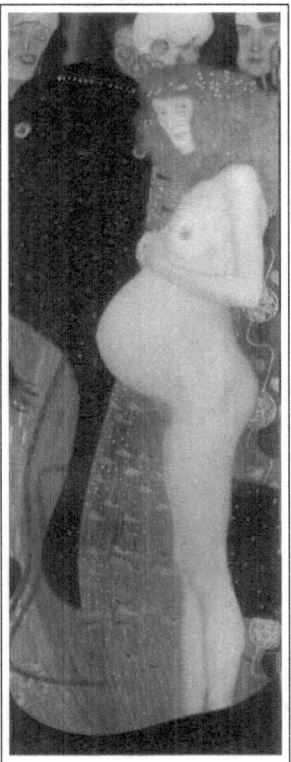

Y entonces, un dia, ocurrió. Conoció a **Emile Flöge**, y su inclinación artística, perspectiva sobre la vida, y status económico cambiaron de ahí en adelante. Algo especial debió tener aquella mujer, porque Gustv y Emile se mantuvieron juntos durante los próximos cuarenta años,

Esperanza I (Hope I), pintura de *Gustav Klimt* (1862-1918).

aunque se desconoce aún hoy dia los detalles de aquella relación, siendo motivo de conjetura la existencia de sexo alguno en la relación. Lo que no es motivo de conjetura, sin embargo, es su rica expresión artística caracterizada por elementos altamente eróticos: La representación artística de la belleza y majestuosidad de la mujer en todas sus dimensiones. Ah, sí, durante aquel periodo artísticamente productivo Gustav Klimt llegó a engendrar 14 hijos e hijos, por lo menos. Elementos de su obra frecuentemente contienen hojas de oro, pétalos de flores, semen, y óvulos femeninos en espera de fertilización como decoración a las figuras de mujeres hermosas y semi-desnudas. Por un tiempo su trabajo artístico fue altamente solicitado por hombres ricos de Viena ansiosos de complacer a sus hermosas esposas Judías. Rebeca hubiera encontrado gran regocijo en el conocimiento de que sus descendientes llegaron a lograr gran riqueza e influencia en la sociedad moderna, en el preámbulo de la I Guerra Mundial. Un informe de la National Public Radio (NPR) de los EE.UU. en 2006 comunicaba que "La Galería Nacional de Austria se ve obligada por un cuerpo de arbitraje nacional a devolver cinco pinturas de Gustav Klimt a una mujer de Los Angeles, la heredera de una familia Judía, que fueron robados por los *Nazis*... las pinturas tienen un valor estimado de $150 millones."[10]

Raquel

Raquel sinifica "oveja hembra", simbolo de prosperidad y seguridad economica para las tribus nómadas Judías. ¿Para que usar nombres de mujer como "Aguila", "Tigresa", o "Estrella" cuando uno puede nombres como "Vaca Hermosa", "Oveja Fecunda", "Queso Redondo", y "Tarta de Mantequilla"? La historia de Raquel comienza con Jacobo que está huyendo de la casa de sus padres, Rebeca e Isaac, porque su hermano Esau quiere matarle, o por lo menos eso nos dices los hombres que escribieron el Antiguo Testamento. Jacobo viaja unos setecientos kilometros hacia el pueblo de Haran, un vecindario de la ciudad de Ur situado en una orilla del *río Eufrates*, en lo que hoy dia es Tell el-Mukayyar, una ciudad moderna de Irak. No una ciudad cualquiera, sino una ciudad donde vive un primo carnal de Raquel. Afortunadamente para Jacobo, a la chica le gustó este joven Jacobo y acepta casarse con él. "Primero, debes trabajar mis campos de cultivo por siete años y despues podras casarte con mi hija", Laban, el padre de la chica, le dice a Jacobo. Durante esos siete años siguientes Jacobo trabaja los campos de cultivo cada dia, como acordó. A continuacion quiere casarse con Raquel. "No tan rapido, joven", le dice Laban, "debes casarte con *Leah*, mi hija mayor, como es nuestra tradicion... Si quieres casarte con Raquel, mi hija mas joven, tendrás que trabajar otros siete años." Sin duda alguna, Jacobo queda muy enfadado al haber sido engañado, en su opinion, pero accepta, trabaja los campos de cultivo, y en ese su segunda boda se casa con Raquel, por lo que ya tiene dos esposas, la no-muy-hermosa Leah, y Raquel, el amor de su vida. Pasan los años y Leah ha dado a Jacobo cuatro hijos: *Ruben, Simon, Levi,* y *Judah*, en ese orden de nacimiento. Esa chica era una campeona. La muy hermosa Raquel (en la otra casa) se ha quedado un poquillo atrás y no pudo concebir inicialmente, por lo que le dio a Jacobo su esclava **Bilhah** como "madre sustituta", quien produjo dos niños: *Dan* y *Naphtali*. Bueno, Leah no quiso ser menos generosa y le dio a Jacobo su propia sirvienta, **Zilpah**, por lo que Jacobo obedientemente contribuyó su parte y Zilpah parió dos hijos: Gad y Asher. Ocho hijos en la cuenta. Jacobo estaba feliz, no podía creer su buena suerte, y a veces soñaba que vivía en un harem de "las mil-y-una noches." Por otro lado, sin embargo, Jacobo estaba un poco preocupado pues sus dos esposas se peleaban ocasionalmente y competian por las atenciones de Jacobo. La no-muy-hermosa Leah pensó que debía ganarse esas atenciones extras, por lo que parió dos hijos más, Assachar y Sebelum, y una hija, Dinah. Diez hijos y una hija en la nueva cuenta. Pero, sorpresa, Raquel finalmente se queda preñada y da luz a dos hijos más, José, primero, y Benjamin, despues, aunque Raquel fallece en ese segundo parto. ¡"Que mala suerte la de Raquel!", dijo una vecina y amiga, "Trabaja toda su vida, su marido tiene otras tres esposas y todos los hijos que le da la gana, y Raquel muere en su segundo parto!" Doce hijos y una hija. Y así es como esos doce hijos y sus descendientes llegaron a formar las "doce tribus de Israel." Dinah no contaba, lo sentimos, era una mujer solamente.

> *Laban tuvo dos hijas. La mayor se llamaba Leah, y la segunda se llamaba Raquel. Los ojos de Leah eran pequeños y debiles, pero Raquel tenía buen cuerpo y era bonita. Jacobo amaba a Raquel. Él dijo, "Te serviré durante siete años por Raquel, tu hija menor." Laban le respondió, "Es mejor que te la de a ti, que se la de a otro hombre. Quedate conmigo." Jacobo sirvió siete años por Raquel. Parecieron esos siete años unos pocos dias, por el amor que él sentía por ella. Jacobo le dijo a Laban, "Dame mi esposa, pues mis dias han sido completados*

para que yo pueda ir a ella." ...Y así fue, cuando Raquel dio luz a José, que Jacobo le dijo a Laban: "Dejame ir para que yo regrese a mi lugar propio, a mi pais. Dame mis esposas y mis hijos por los cuales te he servido, y dejame ir, pues tu sabe cómo te he servido." (Génesis 29:1-4, 35:16-30)

CRÍMENES contra la mujer: Se le niega a la mujer oportunidad alguna en su sociedad, otra que la de casarse con un hombre, debe producir una docena de hijos y posiblemente morir en el ultimo parto, servir su casa y necesidades personales.

CRÍMENES de la iglesia: Calumnia y representación maliciosa de la mujer como inutil, celosa y manipuladora con su marido, promoción e institución de la mujer como propiedad del hombre, promoción de la violación de los derechos fundamentales de la mujer.

Homenaje a un Matrimonio (Memorial to a Marriage), de **Patricia Cronin**, mármol de Carrara, 83x40x27 in., 2003. Cortesia: Grand Arts, Kansas City, EE.UU.

Esa es la historia de Raquel y su hermana, la no-muy-hermosa Leah, dos mujeres que se peleaban por las atenciones de un mismo hombre. Ellas no podían haber vivido por si mismas, no, necesitaban un hombre como razon de ser y vivir, se dijo. Y, en nuestros dias, tenemos tambien la historia de *Patricia Cronin* y su compañera, dos mujeres enamoradas, la una de la otra. Nacida en Brooklyn, Patricia se graduó del Rhode Island College en 1986, y continuó hasta coseguier un segundo titulo en el famoso Brooklyn College dos años más tarde. Su trabajo como escultora exhibe una gran variedad de temas y materiales, incluidos dibujos sensuales y explicitos de mujeres haciendo el amor. Utiliza caballos en sus dibujos y esculturas como simbolos de niñas, mujeres, la sexualidad y poder innatas de ellas. Posiblemente una de sus ultimas esculturas en marmol, de titulo *Homenaje a un*

Matrimonio (*Memorial to a Marriage*), que representa un momento de "extasis post-coital", es de las mas conocidas. El titulo, nos dice Patricia, viene de un libro donde un fotografo esta teniendo una relacion in comete suicidio bebiendo una cantidad de "solucion de fotografías." "Sus vidas fueron intelectuales, romanticas, y tragicas", comentó Patricia en una entrevista.[12] ¿Porqué ese tema en particular? "Mi compañera y yo no podemos casarnos. Tenemos testamentos, poder de abogados, y otros documentos legales, pero todos tienen que ver con la proteccion de nosotras dos si una muere o resulta incapacitada. Así que pensé, lo que no puedo tener en vida, lo tendré en la muerte, para siempre…Utilizó una escultura con un motivo del Siglo 19 en los EE.UU. para atraer atencion a un fallo del sistema federal hoy dia." A continuacion, nos describe Patricia los procesos de modelado y escultura, relacionados pero distintos. La artista empieza haciendo un modelo con arcilla o plastilina con sus propias manos, usando personas o fotografias como objetos a representar. Generalmente, un modelo se construye al mismo tamaño, o bien a escala de dos-a-tres, una actividad que puede requerir varios meses. Antiguamente, como un siguiente paso, la escultora enviaba el modelo de arcilla a un equipo de tallistas en un taller para terminar la obra. En el taller los tallistas usaban cinceles de hierro y martillo para tallar el marmol hasta llegar a reproducir la figura del modelo, en el detalle posible. "Rodin, Saint Gaudens, y Daniel Chester French no trabajaban el marmol, no eran tallistas… otros sí, la familia Piccirilli de seis hermanos trabajaron y tallaron el marmol del monumento a Lincoln en Washington, D.C… tallaron tambien otros monumentos en el cementerio de Woodland", añadió Patricia. Hoy dia, en contraste, es tecnologia de ordenadoras y herramientas hidraulicas las que hacen el tallado en la piedra. Un dispositivo scanner de 3-D es utilizado para tomar medidas precisas del modelo entero, y esas medidas son guardadas en una base de datos. Después, una maquina taladro con cinco ejes de tecnologia digital utiliza las medidas en la base de datos para taladrar agujeros precisos de diferentes tamaños en el bloque de marmol, para darle la textura deseada, para redondear rincones y arrugas, para que la escultora pueda dar los toques finales a la obra. Miguel Angel hubiera disfrutado del trabajo de Patricia Cronin en marmol sobre temas del amor entre mujeres, creemos.

La Mujer de Potiphar

Dos mil años antes de la era de Cristo, el Faraon de Egipto era un tal *Ahmenemhet III* y este gobernaba sobre tierras extensas con el trabajo y sudor de su gente, incluidos los esclavos Judios. Uno de sus generales era Potiphar, quien tambien tenía muchos esclavos, le gustaban los banquetes, y poseía una hermosa esposa, aunque no sabemos su nombre. Eso es, en esta historia de la biblia sus escritores, todos hombres, nos presentan a Potiphar, un hombre poderoso a quien le encanta engullir patos del Nilo asados, y no presta atencion a su hermosa mujer, por lo que los escritores no se molestan en darle un nombre a esa mujer. En nuestro repaso de esa historia, sin embargo, hemos optado por llamar a esa hermosa esposa *Nila* porque creemos que se merecía tener un nombre, y porque creemos que no fue completamente su culpa el quedarse estancada con un grasoso, peludo, y fétido tipo como Potiphar, aunque este tuviese tanto rango y riqueza. Tambien hay una persona esclava, claro, y esta vez no es una mujer sino un hombre de nombre *José, el hijo de Raquel*. Sí, es una coincidencia grande. Todo hubiera trascurrido normalmente en aquellos años, excepto que la pobre Nila no ha tenido hijos, es ignorada continuamente por su marido, y no es capaz de imaginar que puede hacer con su vida (es una mujer solamente), como organizar recorridos por el museo para visitantes de otros paises, adoptar niños y niñas huerfanas de las guerras dirigidas por su marido, o emplear a las hijas de las familias esclavas que construyen las piramides y templos para servir como virgenes en esos mismos templos (contribuier a la tasa de empleo). No, no podía ser así. Por el contrario, Nila decide que le gusta un esclavo joven, musculoso, y hermoso, como lo era José. Las posibilidades estaban allí, pero el joven Jose no quiso jugar ese juego, dejó plantada a la hermosa Nila, y salió corriendo de sus aposentos. Todo un hombre de virtud inquebrantable. Asi fue, la señora Nila era una golfa, una fulana, y el virtuoso José no quería saber nada de sus maquinaciones y placeres baratos, por lo que se fugó.

Tiempo más tarde sucedió que la mujer de su señor se fijó en Jose y le dijo: "Acuestate conmigo." Pero él rehusó y dejó a la mujer de su señor: He aquí que mi señor no me controla nada de lo que hay en su casa, y todo cuanto tiene me lo ha confiado. ¿No es él mayor que yo en esta casa? Y sin embargo no me ha vedado absolutamente que a ti misma, por cuanto eres su mujer. ¿Cómo entonces voy a hacer este mal tan grande, pecando contra Dios?" Ella insistía en hablar a José dia tras dia, pero él no accedió a acostarse y estar con ella. Hasta que cierto dia que entró en la casa para hacer su trabajo y coincidió que no había ninguno de casa allí dentro. Entonces ella le asió de la ropa diciendole: "Acuestate conmigo." Pero él dejandole su ropa en la mano, salió huyendo afuera. (Génesis 39:7-12)

CRÍMENES contra la mujer: Se le niega a la mujer oportunidad alguna en su sociedad, otra que la de casarse con un hombre; la mujer es ignorada por su marido; debe servir su casa y necesidades personales.

CRÍMENES de la iglesia: Calumnia y representación maliciosa de la mujer como inutil, mentirosa, traicionera, adultera, y manipuladora ante su marido; promoción e institución de la mujer como propiedad del hombre, promoción de la violación de los derechos fundamentales de la mujer.

Si los hombres escritores de la biblia y la iglesia nos representan a Nila como inutil y dependiente, su hermana moderna *Freida Kahlo* (1907-1954) era inteligente, con montañas de talento, independiente, y una batalladora que sabía cómo conseguir las cosas de la vida que ella quería y deseaba. Nació en Coyoacán, Mexico, de un padre Hungaro-Ruso Judío y una mujer Mexicana, Católica, tres años antes de estallar la Revolucion Mexicana. Su padre, Carl Hilhelm Khalo nació en Pforzheim, Alemania, el hijo del joyero Jakob Heinrich Khalo y Henriette Kaufmann. Al emigrar a Mexico huyendo de disputas en la familia, Carl se encontró con Maria Cardenas, se casaron, y tuvieron tres hijas. La noche que Maria tuvo su tercera hija murió, y esa misma noche Carl le pidió a un hombre de nombre Antonio Calderon la mano de su hija Matilde. Carl debió sentir prisa en traer su hija Freida al mundo.

Su mundo, sin embargo, no fue generosa con ella. Khalo tuvo polio a la edad de seis años, dejando su pierna derecha más delgada que la otra. A los dieciocho el autobus en el que viajaba a la Ciudad de Mexico se estrelló contra un tranvía causandole serias heridas multiples, incluidas una clavícula rota, once fracturas en su pierna izquierda, su pie derecho fue aplastado, la columna vertebral rota, y una barra de metal peforó su abdomen y útero. Fue durante las muchas horas y multiples operaciones en el hospital que Khalo empezo a pintar. Su obra de 143 pinturas es unica, influenciada por la cultura Mexicana, asi como tambien por el realismo, simbolismo, y surealismo de la vieja Europa. Apreciamos inmediatamente en su trabajo los temas del dolor y el amor por la vida, revelando tambien su matrimonio y pasion por *Diego Rivera*, el celebrado pintor Mexicano de murales. Él reconoció su talento y la motivo a desarrollarlo. Dos artistas, dos fuertes caracteres y voluntades. Se dice de su matrimonio que fue un barco en una tormenta de mar, con

Auto retrato, de **Freida Kahlo** (1907-1954). Cortesía: Nikolas Muray Collection, Harry Ransom Center, Universidad de Texas en Austin, EE.UU.

ambos Diego y Frieda teniendo numerosas relaciones extramaritales; él con mujeres; ella con hombres y mujeres. Él podía soportar los amoríos de Khalo con otras mujeres, se decía, pero era muy celoso de sus aventuras con otros hombres. Ella tampoco podia tolerar la aventura de su propia hermana, Cristina, con Diego, por lo que se divorciaron, y se volvieron a casar e 1940. Juntos pero en cuartos diferentes. Aun así, se querían los dos, y se respetaban profesionalmente. En su autobiografia Diego Rivera dijo que el dia que murió Khalo fue el mas tragico de su vida, añadiendo que "muy tarde él reconoció que la parte mas bella de su vida habia sido amar a Khalo." Aquella mujer no quiso depender de su marido rico y poderoso, quería amarle, sí, pero tambien queria tener su propia vida, a pesar de su cuerpo roto y el dolor que inundaba su ser y su obra.

Tamar

Tamar fue otra mujer atrapada en la sociedad del Antiguo Testamento, con poco espacio de maniobra, carente de oportunidades, sin recursos propios, y cuando finalmente trató de hacer algo por voluntad propia fue acusada de promiscuidad y prostitución. ¿Qué puede hacer una mujer en esas circunstancias? Esta historia escrita por hombres nos dice que *Tamar* se casó con *Er*, el hijo mayor de *Judah* y su esposa, la no-muy-hermosa *Leah*. Aquel matrimonio podía haberse desarrollado bien, pero no fue así, pues el joven Er murió poco tiempo después de la boda. ¿Pero cómo y porqué? Bueno, se dijo que los mayores y vecinos de esta pareja sospechaban que el joven Er incurría en la practica de "salir antes de descargar", de "coitus interruptus", para que la hermosa Tamar no quedase embarazada, algo que Dios consideraba un pecado, así que ese Dios fulminó a Er, lo mató, dice esa historia. Tranquilos todos, no hay razón para temer de la supervivencia de Tamar. Lo único que tenía que hacer Tamar era invocar la *Ley de Levy* (efectivamente, otra ley hecha por hombres, para beneficio de los hombres) para poder pedir a *Onan*, el hermano de Er, que se casara con ella y darle un hijo (o hija) para que el hijo heredase su parte de Juda, su padre. Y así fue. Judah aceptó los términos de la ley, su hijo Onan se casó con Tamar e, increíblemente, Onan murió también poco después. Se descubrió que Onan también estaba practicando el coitus interruptus con Tamar, e igualmente Dios le castigó quitándole la vida.

Desesperada, Tamar volvió a hablar con Judah para pedirle casamiento con un tercer hijo. Judah, sin embargo, le recordó a Tamar que ese tercer hijo todavía era un menor de edad, y le aconsejó que fuese a vivir con sus padres por unos años, y que él la llamaría cuando su tercer hijo se hiciese mayor de edad. El tiempo pasó y el señor Judah no le llamó a Tamar, como él le prometió, por lo que Tamar un dia de verano se puso un brevísimo vestido, un velo para guardar su identidad, se paseó por el vecindario y los campos donde los trabajaban los pastores con sus rebaños "a ver que pasaba." Por coincidencia Judah pasaba por esos alrededores, vio a la bella mujer cubierta con un velo, se acercó, y empezaron a hablar. En esta historia el hombre propuso a la mujer recibir sus servicios, y ella aceptó, por dinero. Judah no llevaba dinero consigo, por lo que ofreció dejar su bastón y sello como un anticipo. Ella aceptó aquel bastón y sello de casa, y reciprocó con sus servicios. Nos sorprenderá, sí, pero unos meses más tarde Tamar estaba embarazada, algo que sus vecinos notaron y en cuestión de días esa noticia llegó a los oídos de Judah, quien se mostró indignado y exigió explicaciones. Aun más, Judah acusó a Tamar de "ser una prostituta", considerando pedir que fuese quemada viva, embarazada o no. Tamar, sin embargo, no era tonta, y envió el bastón y sello a la casa de su suegro, tal que este reconoció el laberinto en el que él mismo se había metido, canceló la idea de la barbacoa que iba a hacer con la hermosa Tamar, se disculpó con ella, y desapareció del barrio por un tiempo.

Ahora bien, como a los tres meses, aproximadamente, Juda recibió ese aviso: "Tu nuera Tamar ha fornicado, y lo que es más, ha quedado encinta a consecuencia de ello." Dijo Juda: "Sacadla y que sea quemada." Pero cuando ya la sacaban, envió ella un recado a su suegro: "Del hombre a quien esto pertenece estoy encinta", y añadía: "Examina por favor de quien es este sello, este cordón, y este bastón." Juda lo reconoció y dijo: "Ella tiene más razón que yo, porque la verdad es que no le he dado por mujer a mi hijo Selá." Y nunca más volvió a tener trato con ella.
(Génesis, 38:24-26)

CRÍMENES contra la mujer: Se le niega a la mujer oportunidad alguna en su sociedad, otra que la de casarse con un hombre; Dios fulmina y mata a su joven marido; Dios fulmina y mata a su segundo joven marido.

CRÍMENES de la iglesia: Calumnia y representación maliciosa de la mujer como prostituta, mentirosa, traicionera, adultera, y manipuladora ante su suegro (Judah); promoción e institución de la mujer como propiedad del hombre, promoción de la violación de los derechos fundamentales de la mujer.

Gabrielle Bonheur "Coco" Chanel nació en la pobreza en 1883 en la pequeña ciudad de Saumor, Maine-et-Loire, Francia. Nacer mujer no era un crimen, pero nacer pobre si lo era. *Coco* nació en un hospicio. Su padre un vendedor viajante, su madre una costurera. A la edad de 12 años muere su madre de tuberculosis y poco después su padre la abandona a ella, a sus dos hermanas, y a sus tres hermanos buscando trabajo. Pasa los siguientes siete años creciendo y aprendiendo a coser en el orfanato Católico de Aubazine. Al cumplir los 18 deja el orfanato, consigue un trabajo en una sastrería para hombres y mujeres, y llega a conocer Etiene Balsan, un "playboy" Francés. Su inteligencia, belleza, y determinación pronto le traen vestidos, perlas, diamantes, y la oportunidad de una buena vida en Paris. El joven Etiene, sin embargo, no está interesado en matrimonio, por lo que Coco decide dejar atrás su relación aunque no sin antes convencer a Etiene de que le dejase usar su apartamento en el centro de Paris. Eh… esta chica tiene *Chutzpah*. Unos años más tarde, en 1913, Coco abre su primer taller de costura en ese mismo apartamento donde vende sombreros, abrigos, y chaquetas a una clientela adinerada. Conoce a un amigo de Etiene, Arthur "Chico" Capel, de familia Judía, y se enamoran. Vale, resulta que Chico es un hombre de dinero, y Coco le convence de prestarle su apoyo económico para abrir un segundo taller en Brittany. Como ya dijimos, esta chica tenía sus habilidades. Mujeres aristocráticas, mujeres de negocios, y mujeres de variados entornos en la sociedad acuden a sus dos talleres y tiendas para conocer y comprar sus nuevos diseños. Es entonces que Coco hizo historia enseñando a otras mujeres como vestirse para complacerse a si mismas, y no solamente para los

Gabrielle ("Coco") **Chanel** (1883-1971), diseñadora de moda para mujeres y creadora de la Casa de **Dior**.

hombres. "Di a las mujeres un sentido de libertad, les ayude a recuperar sus cuerpos, cuerpos que estaban sudando a razón de su ropa interior apretada, corset, y almohadillas."

También desarrolló un gusto por hombres prominentes. En 1920 tiene una relación breve con *Igor Stravisky*. Al principio de la II Guerra Mundial, en 1939, Coco cierra sus tiendas y se muda a un suite en el Hotel Ritz de Paris y tiene una relación con *Hans Gunther Von Dincklage*, un oficial Alemán Nazi. Ese capricho le costó mucho. De ahí en adelante se le acusó de colaborar y fraternizar con los Nazis, y se vio virtualmente aislada y criticada por gran parte de la sociedad de Paris. Aun más, fue detenida por los Aliados en 1943, y no logró su libertad hasta que *Sir Winston Churchill* intervino por ella. Colaboradora con los Nazis, libertina, busca-ricos, y oportunista. Coco, al igual que Tamar, calló a las profundidades de las debilidades humanas en los ojos de algunos hombres y mujeres, y todo ello porque decidió no jugar el juego de los hombres, por no seguir a la letra el modelo de mujer que la sociedad le imponía. En esas circunstancias, Coco dejo Paris y se fue a vivir a Suiza donde vivió hasta su muerte en 1954. Una mujer que hizo historia, que abrió nuevos horizontes para mujeres y hombres en el mundo de la moda, que creo la Casa de Dior, que brilló por su inteligencia, valor ante la vida, y determinación a forjar su propio futuro y lugar en la historia.

Miriam

¿Qué es lo que lo que más necesitaba el líder de un pueblo y su gente en la antigüedad? Una buena mujer. Mejor aun, un sistema de soporte que consistiera de varias mujeres. Y eso es exactamente lo que los hombres que escribieron la biblia pensaron cuando Moisés se preparaba a liderar la salida de la gente Judía fuera de Egipto: su hermana *Miriam* y cuatro otras mujeres, todas ellas con mucho talento, para ayudarle en su empresa, para hacerle un héroe ante su gente. ¿Recibieron esas mujeres el reconocimiento y mérito tan merecidos en esa historia de la biblia? Averigüemos en las próximas paginas.

"¡Tenemos muchos trabajadores inmigrante en este lugar!", dijo el Faraón, y ordenó a las parteras en su imperio matar a todos los niños recién nacidos de las mujeres Judías. Una medida muy drástica para abordar cuestiones de inmigración y fuerza laboral, podría decirse, y fue así que dos parteras, *Shiprah* y *Puah*, decidieron no acatar las ordenes del Faraón. "Las mujeres Judías son muy robustas y rápidas, y generalmente dan luz a sus niños antes de que podamos llegar a sus casas a asistir", dijeron esas dos parteras al equipo de control de natalidad del Faraón. Perturbado y furioso el Faraón ordenó entonces que todos los niños varones recién nacidos de las familias Judías fuesen arrojados al Río Nilo. Y aquí es donde las otras mujeres en el equipo de suporte entran en juego y al rescate del niño Moisés: *Jochebed*, la madre de Moisés, *Miriam*, la hermana de *José*, y la hija del Faraón. Jochebed hizo una cesta entretejiendo ramas, la cubrió de betún y brea, colocó al niño Moisés dentro de la cesta, cubrió esta con telas y mas ramas, y la puso a flotar en la orilla del Nilo. Horas mas tarde, la hija del Faraón descubrió la cesta con el niño dentro, les recogió, y decidió adoptar ese niño. Ah, no, la biblia no da un nombre a esa hija del Faraón, pero en nuestra historia hemos decidido dar un nombre a esa mujer, y de aquí en adelante le llamaremos *Remila*. No solamente ese niño fue salvado y adoptado, sino que Miriam consiguió que Remila contratase a ella y a su madre para cuidar del niño Moisés. ¿Final feliz de esta historia? No, no exactamente. Pasaron los años y, finalmente, llegó el momento de salir de Egipto para Moisés y su gente cruzando el Mar Rojo, un gran pantano de barro y agua más que un mar, muy probablemente.

Los hombres del Faraón con sus caballos y carrozas salieron apresuradamente a la búsqueda del Moisés y su banda de fugitivos, pero pronto se quedaron estancados en el barro y agua de aquel pantano y muchos murieron. Finalmente Moisés y su gente lograron salir del pantano y habrían llegado a la "tierra prometida", convirtiendo a Moisés en un héroe entre su gente. ¿Final feliz de esta historia? Todavía no porque existe un pequeño problema. ¿Problema… qué problema? Los escritores de la biblia, todos hombres, no querían que la historia terminase así, de esa manera, pues Moisés hubiera tenido que compartir su éxito y gloria con… con las mujeres que le salvaron la vida, con su equipo de soporte de mujeres, algo que no era la práctica en aquel entonces, que no era del gusto de los hombres que escribieron la biblia. Las mujeres tenían que desaparecer del guión, Miriam a lo mínimo, de alguna manera. ¿Pero cómo? Esos hombres añadieron más texto a su historia, donde Miriam aparece cuestionando las razones de Moisés por querer casarse con una mujer que no era Judía, así como también cuestionando su autoridad sobre ella y Aarón, un hermano de los dos, dado que Moisés era el más joven de los tres. Bueno, eso era mucho pedir, considerando que *Miriam era solamente una mujer*. Exactamente, debió ser mucho a pedir, y debió pecar con manos y pies, pues al poco tiempo Miriam contrajo la lepra y murió, siendo esa la manera del escritor de decir que Dios castigó a Miriam por su carencia de modestia. De esa manera, entonces, Moisés continuó y pudo brillar en todo su esplendor, habiendo sido aniquilada toda competición a su alrededor.

> *Un hombre de la casa de la casa de Levi se caso con una mujer de su misma tribu. Concibió la mujer y dio a luz un hijo, y viendo que era hermoso lo tuvo escondido durante tres meses. Pero no pudiendo ocultarlo ya por mas tiempo, tomó una cestilla de papiro, la calafateó con betún y pez, metió en ella al niño, y la puso entre los juncos, a la orilla del río. Entretanto, la hermana del niño se apostó a lo lejos para ver lo que pasaba. Bajó la hija del Faraón a bañarse en el río y, mientras las doncellas se paseaban por la orilla, divisó la cestilla entre los juncos, y envió una criada suya para que se la trajese. Al abrirla vio que era un niño que lloraba. Se compadeció de él y exclamó: "Es un niño Hebreo." Entonces dijo la hermana a la hija del Faraón: "¿Quieres que yo vaya y llame una nodriza de entre las Hebreas para que te críe este niño?" "Vete", le contestó la hija del Faraón. Fue, pues, la joven y llamó a la madre del niño. Y la hija del Faraón le dijo: "Toma este hijo y críamelo que yo te lo pagaré." Tomó la mujer al niño y lo crió. El niño creció, y ella lo llevó entonces a la hija del Faraón, que le trató como a un hijo, y le llamó Moisés, diciendo: "De las aguas lo he sacado." (Éxodos, 2:1-10)*

CRÍMENES contra la mujer: Se le niega a la mujer oportunidad alguna en su sociedad, otra que la de servir al hombre; específicamente la de casarse con un hombre y servirle; Dios fulmina y mata a Miriam por abrir su boca y decir lo que ella piensa.

CRÍMENES de la iglesia: Calumnia y representación maliciosa de la mujer como ingrata, persona que cuestiona la autoridad del hombre; promoción e institución de la mujer como propiedad del hombre, promoción de la violación de los derechos fundamentales de la mujer.

Entra en el escenario **Michelle**, una hermana moderna. Los antepasados de *Michelle La Vaughn Robinson* también fueron trabajadores, trabajadores esclavos, en muchas maneras y condiciones muy similares a las de **Miriam** y su gente en las tierras de Egipto. Y gracias en parte a sus talentos, trabajo, y dedicación como abogada en Chicago, su marido es hoy día el Presidente numero 44 de los EE.UU., y ella misma es la primera Africana-Americana Primera Señora de los EE.UU. Michelle Robinson nació en 1964 y creció en la parte sur de la ciudad de Chicago, se graduó de Princeton University con Bachelor de Artes (BA), y después con un doctorado *juris* (Juris Doctor) de la prestigiosa Escuela de Leyes de Harvard (*Harvard Law School*). Por parte de su padre, las raíces de Michelle se remontan a *la gran comunidad de Africano-Americanos en los EE.UU.* en los tiempos antecedentes a la guerra civil de ese gran país, después de "haberse ganado" su derecho a la ciudadanía del mismo tras largos años de trabajo, esclavitud, contribución cultural, sacrificio, y participación en aquella dolorosa

La Primera Señora **Michelle Obama** y su marido **Barack Obama** durante el baile de celebración, campaña presidencial de 2009, Washington, D.C., EE.UU..

guerra civil. Su tatarabuelo, por ejemplo, fue un esclavo en el estado de Sur Carolina, lugar donde algunos de sus parientes viven hoy dia. Durante su estancia en Harvard Michelle participó en manifestaciones políticas a favor de contratar profesores procedentes de las **minorías étnicas de los EE.UU**. En su primer trabajo, ella aceptó la oferta de una empresa de abogados, Sidley Austin. donde aprendió a "jugar y pelear entre las cuerdas", y donde conoció a su futuro marido. Eran varios los Africano-Americanos en esa empresa, incluidos Michelle y Barack Obama, y ocurrió que le asignaron a

Michelle la responsabilidad de tutelar al también joven Barack. Como va esa historia, la relación entre ambos floreció a partir de una reunión y comida de negocios (*business lunch*), seguida por una actividad de organización y servicio a la comunidad, y su primera cita consistió en ver juntos la película *Haz lo que es Correcto* (*Do the Right Thing*) de Spike Lee. Los dos se casaron en 1992. Tan solo cuatro años después, en 1996, Michelle ocupaba ya la posición de Decana Asociada de Servicios de Estudiantes en la Universidad de Chicago; directora ejecutiva de servicios a la comunidad en Hospitales de la Universidad de Chicago en 2002, así como vicepresidente de servicios a la comunidad de la misma comunidad en 2005. Muy significante, también, fue el apoyo que Michelle prestó a su marido durante el esfuerzo de este en la campaña electoral por la presidencia, incluido el discurso principal que se le otorgó a Michelle para abrir la Convención Nacional Demócrata en 2008. No sorprende saber, entonces, que el movimiento *Dia Internacional de la Mujer* reconozca su labor y promesa para el futuro: "Si una mujer simboliza el Dia Internacional de la Mujer para *las mujeres Negra-Americanas* (*Black-American women*) en particular, ella es Michelle Obama, una mujer de carrera exitosa y madre de dos niñas, y que hace seis semanas se convirtió en la Primera Señora."[13] A *Miriam* le hubiera encantado saber que su "hermana moderna", Michelle, contribuyó en tan gran medida al éxito de su marido en convertirse en Presidente de los EE.UU., y que con justicia se le permitió compartir en ese triunfo y evento memorable.

Debora y Yael

¿Qué cuentan los escritores de la biblia cuando un terrateniente descubre que una nueva tribu ha entrada a sus tierras, que sus gentes se están comiendo su ganado, bebiendo el agua de sus pozos, y vaciando sus graneros? La tribu pidió a una mujer que les liderase en una guerra contra el terrateniente, y a una segunda mujer para hacer el trabajo sucio de asesinar al guarda del terrateniente. ¡Qué *chutzpa*! Eso es lo que los hombres escritores de la biblia contaron en la historia de Débora, Baraq, y Yael, una historia de abuso, traición, y crímenes impunes, --con la protección de los cielos, claro-- en el Libro del los Jueces del Antiguo Testamento.

Cuando esta historia empieza, los Israelitas ya han escapado y huido de Egipto, circa 1125 BC, y a continuación están invadiendo las tierras de los Cananitas, los cuales tienen una estructurada y confortable sociedad con ciudades fortificadas, sacerdotes, funcionarios y contables, policía local, tabernas, ganado, tierras de cultivo, y hasta un "distrito de luz roja" para la holgura de sus funcionarios. Un buen chiringuito, un buen rollo. Era solamente cuestión de tiempo para que alguien de afuera llegase a ese chiringuito y lo pusiera patas arriba, destrozado, y comido. Efectivamente, los merodeantes Israelitas estában por todos lados de las ciudades robando las gallinas y saqueando los cultivos, por lo que el jefe de los soldados Cananitas, *Sísara*, decide reunir a sus tropas para salir a dar palos a los chicos malos de los Israelitas. Sí, en esta historia los Israelitas son los chicos malos, pero los escritores de la biblia opinaban diferentemente, por aclarado. Por su parte, los Israelitas se dan cuenta de que se han excedido en su visita y robado demasiadas gallinas, y piden a una de sus jueces de nombre Débora que asesore la situación y que les saque del aprieto de alguna manera. Interesantemente, en aquel grupo de Israelitas una mujer como Débora era considerada un "juez" por su inteligencia y servicio a la comunidad, una persona líder, una persona a quien pedir consejo y liderazgo. Débora inmediatamente se da cuenta de que necesita hacer algo y rápidamente, antes de que los hombres cabeza-de-chorlito en su tribu sean masacrados por los soldados de Sísara, así que les dice a esos hombres: "Eh, chicos, acabo de hablar con Dios y él me dice que esta tarde será un buen dia para batallar a los Cananitas, así que agarrar vuestros palos, hondas y piedras, y cuchillos… ¡Y salir al campo a pelear!" Salen al campo y en cuestión de minutos los Israelitas se ven rodeados por un mayor numero de soldados y empiezan a entender que van a morir por su torpeza, pero… pero es en ese momento que Dios deja caer una gran tormenta de lluvia que convierte a los campos de la batalla en un gran pantano de barro y agua, tal que los carros de guerra y los caballos de los soldados se hunden en el barro y no pueden moverse. El general Sísara no puede creer lo que ven sus ojos, estando sus soldados y caballos estancados en el barro, por lo que dirige su mirada la cielo y maldice al Dios de los Israelitas llamándole "*Schmielkarim*", que en la lengua de Canaán significa algo así como "brujo tuerto", y es entonces que su propio carro de guerra y caballo dieron una vuelta de campana y cayeron en el barro también, por lo que él decide correr y tratar de escapar de aquel pantano y desastre militar. De alguna forma, el general logra escapar hacia una colina donde ve una choza y se adentra en ella buscando escondite y refugio. La señora de la choza, *Jael*, le da agua para calmar su sed y una manta de lana para descansar y dormir. Lo que el general no sabía es que esta mujer era una doble-espía, que trabajaba para los Israelitas en un lado, y para los Cananitas también, cobrando de ambos. El general Sísara le da las gracias por su trabajo y hospitalidad, se cubre con la manta, se acuesta sobre la cama de la choza, y se pone a dormir. Un gran error. Entonces esa mujer Jael agarra un clavo y un martillo (sí, había varios en la choza), y procede a clavar ese clavo en la cabeza del general. Lo último que le pasó por la mente --antes del clavo-- a aquel general Sísara fue su mujer pidiéndole que se detuviese en la tienda del vecindario para comprar una botella de jabón liquido antes de regresar a casa esa noche.

> *Pero Sísara huyó a pie hacia la tienda de **Yael**, mujer de Jéber el Cananita porque reinaba la paz entre Yabín, rey de Jasor...Yael salió al encuentro de Sísara y le dijo: "Ven, señor mío, ven hacia mi, no temas." Se detuvo en su tienda y ella lo tapó con una manta. Él le dijo: "Por favor dame de beber un poco de agua, porque tengo sed." Ella abrió el odre de la leche, le dio de beber y lo volvió a tapar. El le dijo: "Quédate en la entrada de la tienda y si alguno viene te pregunta y te dice: "¿Hay alguien aquí?", respóndele que no." Pero Yael, mujer de Jéber, cogió una clavija de la tienda, tomó un martillo en su mano, se le acercó callando y le hincó la clavija en la sien hasta clavarla en tierra. Él estaba profundamente dormido, agotado, y murió. Cuando llegó Baraq persiguiendo a Sísara, Yael salió a su encuentro y le dijo: "Ven, que te voy a enseñar al hombre que buscas." Entró donde ella, y Sísara yacía muerto con la clavija en la sien." (Jueces 4:17-24)*

CRÍMENES de la iglesia: Calumnia y representación maliciosa de la mujer como una *asesina*; promoción de la violación de los derechos fundamentales de la sociedad Cananita.

Su nombre de clave era "*Cynthia*", y durante la II Guerra Mundial ella aparecía en la lista Nazi de "los mas buscados" espías, mujeres y hombres. *Amy Elizabeth Thorpe* nació en Minneapolis, Minnesota, EE.UU en 1910. Su familia y amigos le llamaban *Betty*, y aseguraban que ella tenía cualidades excepcionales y que destacaría algún día. De su padre, un oficial en la Marina (*U.S. Marine Corps*), ella heredó un amor por viajar y la aventura, así como una lista larga de conocidos en los servicios militares con conexiones a otras personas en la jerarquía social, burocrática, y política de Washington, D.C. Fue en la embajada de Italia en

Washington, por ejemplo, donde Betty, entonces una chica de 18 años, conoció a *Albert Lais*, quien la introdujo a otras gentes en "lugares altos." Cualquiera que tuviera la suerte de conocerla, caería bajo el embrujo de su carisma y belleza. ¿Y porqué no?, Betty era inteligente, hermosa, con conocimientos, de ojos verdes, pelo rubio, y portaba una sonrisa irresistible. Era una mujer con talento y belleza, por lo que la élite de Washington D.C. le abrió sus brazos sin hacer muchas preguntas. En ese su primer año en

Amy Elizabeth Thorpe, espía ("**Cynthia**") en la 2da. Guerra Mundial, en una de las pocas fotografías existentes.

Washington, Betty también conoció a Arthur Pack, un segundo secretario en la embajada Británica, 19 años mayor que ella, con quien se casó, y juntos tuvieron un hijo y una hija.[15] Al estallar la Guerra Civil en España en 1936, Arthur Pack fue asignado a Madrid donde Betty decidió participar en operaciones clandestinas, incluidas el trasporte de provisiones de la Cruz Roja a las tropas de Franco y la evacuación de funcionarios de la Embajada Británica en el País Vasco. ¿Porqué el Gobierno Británico estaba apoyando a Franco y su pandilla de Fascistas en aquel golpe de estado y en otras operaciones posteriores en contra de la (II) República Española que había sido elegida democráticamente, cuando mucha de la ciudadanía Británica se manifestaba a favor de la Republica? Betty consideró esa pregunta, muy seguramente, pero por sus propias razones ella decidió apoyar a los "Nacionalistas" de Franco, se decía. Debió parecer así, de esa manera, por lo menos hasta que otra mujer la denunció y acusó de ser una espía al servicio de las fuerzas Republicanas.[16] ¿Una doble espía? Misiones en la Embajada de Polonia en Paris y en los servicios Británicos de inteligencia en Chile siguieron en los siguientes cuatro años. Hubo una misión, sin embargo, que la puso en la lista de las "súper espías de la 2da. Guerra Mundial": "*Obtener una copia del código Vichy Francés*", como se lo comunicó en 1941 su superior William Stephenson, de las oficinas de Coordinación de Seguridad Británica (*British Security Coordination, BSC*). No nos sorprenderá que para lograr esa misión, Betty utilizó todos sus talentos.

> *La relación de Cynthia [Betty] con Brousse empezó en Mayo de 1941, cuando la BSC le encargó infiltrarse en la Embajada Vichy Francesa en Washington, D.C., para establecer con el embajador, Gaston Henry-Haye, con el consejero de éste, un tal George Bertrand-Vigné, o con Brousse, un asesor del Embajador. Pasándose por una fotógrafa "free-lance", Cynthia pudo obtener una entrevista de dos horas con el embajador y al mismo tiempo pudo lograr conocer a Brousse, quien inmediatamente se sintió atraído hacia esa mujer Americana. Ella hablaba Francés como una persona nativa, y parecía mas interesada en él que en el embajador. El le envió un bouquet de rosas el dia siguiente, resultando en un encuentro en la casa de Cynthia en Georgetown donde los dos hicieron el amor aquella tarde. A partir de ese dia, Brousse se mostró más apasionado por Cynthia, tal que ella se convirtió en su asesora de casos y su amante.* (Hermandad de Mujeres (*Sisterhood of Spies*), página 26, de Elizabeth P. McIntosh, 1999)

Después de la caída de Francia a la Alemania de Hitler en Julio de 1940, el Marshal Philipe Petain y sus seguidores establecieron un gobierno títere en Francia que colaboró abierta y totalmente con los Nazis, incluyendo el acorralamiento de Judíos y la coordinación de medidas de control y fuerzas de seguridad. Las claves de la naval Francesa jugaban un rol importante en las operaciones y usos de *Enigma*, la maquina de codifica y descodificar en el servicio secreto Alemán. En el momento de recibir aquella misión, los EE.UU. todavía era un país neutral y la embajada Francesa en Washington D.C estaba protegida por el FBI y la Oficina de Servicios

Estratégicos (OSS, que más tarde se convertiría en la CIA). Sería más tarde, en el 7 de Diciembre de 1941, cuando los EE.UU. entrarían en esa guerra mundial. "No se puede hacer, los libros son vigilados continuamente..." fue la respuesta de Brousse a la iniciativa de Betty. El asalto se llevó a cabo, finalmente, requiriendo varios atentados. Durante el último atentado, Betty y Brousse llegaron a colarse en el sótano que guardaba los libros de códigos, precisamente en el momento en que el guarda de seguridad entraba en el sótano. Instintivamente Betty se desnudó completamente, quedándose con su collar y zapatos de tacones altos, solamente, al lado de Brousse. Al entrar en el sótano, el guarda de seguridad solamente pudo decir: "¡Lo siento, ruego me disculpen mil veces!", se dio la vuelta, y salió del sótano. Posiblemente nunca sabremos con toda certeza el papel que aquellas copias de los *códigos Vichy* obtenidos por Betty desempeñaron en descifrar mensajes secretos preparados por la maquina *Enigma*, se le comunicó a Betty que jugaron un papel crucial en el desembarco de las fuerzas Aliadas en el Norte de África en Noviembre de 1942.

¿Qué ocurrió con Betty y la gente en su vida? Arthur Pack se suicidó en 1945. Brousse y su mujer se divorciaron, y él y Betty se casaron en un castillo en Francia. Sus nombres aparecieron brevemente en 1963 al morir Betty de cáncer, y en 1973 cuando a Brousse se le encontró muerto, electrocutado, en su cama, por su propia manta eléctrica. Sí, *Débora* hubiera disfrutado, sabiendo que Betty, su "hermana moderna" tomó firmemente en sus manos la oportunidad cuando esta se presentó, disfrutó de los buenos momentos que la vida le ofreció, y supo tomar las consecuencias de sus acciones sin excusas, con gusto, de frente, creemos muchos. Era su propia vida.

Jasmina, la Hija de Jefté

La ingenuidad y determinación del hombre en el Antiguo Testamento (¿y hoy dia?) de servir y ganar el favor de su Dios conocían pocos limites, aun en el caso de tener que pagar por esa ambición con la vida de alguien, no la propia, de ser posible. Si un hombre hace una promesa estúpida a su Dios en un momento de euforia, y si después se da cuenta de que su estupidez va a costarle la vida a su hija, existe un tipo de hombre que tratará de cumplir esa promesa. ¿Pero en realidad existen hombres así, de esa manera, de esa consistencia encefálica? Sí, los hay, pero nos estamos adelantando a la historia a contar.

En esta historia los Israelitas ya han salido de Egipto, han llegada a las tierras de Canaán, y están organizados en bandas que arrasan con los cultivos, el ganado, prenden fuego a los contenedores de basura en pueblos y ciudades, hablan un idioma y visten diferentemente, e insisten en tener su propio orden político y religioso. Como ya sospechábamos, estos Israelitas se comportan de modos políticamente y religiosamente incorrectos. Entonces, en ese contexto socio-político áspero e inhóspito los conceptos de "familia" y "tribu" o "clan" son altamente valorados por variedad de razones, incluidas la necesidad de personas en esa sociedad de poder acudir a un lugar de protección y refugio en caso de persecución por parte de predadores y enemigos. Un hombre de nombre *Jefté* entendía muy bien esos conceptos básicos dado el hecho de que su madre era una prostituta en el *auzoa*, y estaba integrado en una banda de bandidos y fugitivos, robando a caminantes, curas, monjas, y políticos fraudulentos que descuidadamente viajaban de un pueblo a otro, para poder sobrevivir aunque fuese como un indeseable y paria. Sin embargo no era un hombre totalmente destituido, pues tenia una tienda o carpa donde vivía con su hija. En la versión original de esa historia, la hija no tiene un nombre pues frecuentemente los escritores de la biblia, todos hombres, creían que las mujeres no se merecían nombres, pero en esta historia nuestra le damos el nombre de *Jasmina*, porque esa hija se merecía mínimamente ese hermoso nombre. Continuando, pues, una guerra se desató con la tribu vecina de los Ammonitas --se nos comunica sin mucho más detalle-- y los lideres Israelitas en la pequeña ciudad de Galaad decidieron acudir al "todo-terreno" Jefté para solicitar su ayuda sabiendo que este tenía un grupo de seguidores bien adaptados en el uso de hondas con piedras y "calabacines de fuego", el equivalente de los "cocteles Molotov" hoy dia, con los cuales incendiar los cultivos de enemigos. "Hey, chicos, esta es una buena oportunidad para codearnos con los chicos grandes en la sociedad… ¿A qué estamos esperando?", comunicó Jefté a su banda de seguidores. Jefté propone a su banda ser su líder en aquella campaña arriesgada, sabiendo que van a ser altamente superados en numero y recursos por los Ammonitas (Ah, sí, los primeros Israelitas generalmente se resistían y luchaban solamente cuando eran superados en numero y equipo por sus enemigos), pero no sin antes prometer a Dios la vida en sacrificio de la primera persona que entre en su carpa para felicitarle después de ganar la batalla con los Ammonitas, si se le permite ganar la batalla, claro. Exactamente, como el lector(a) ya sospechaba, Jefté y su banda de indisciplinados ganan la batalla, vacían los bolsillos de los soldados Ammonitas descalabrados, les roban los caballos, Jefté empieza a caminar hacia su auzoa y entra en su carpa, y es entonces que su hija *Jasmina* entra en la tienda, corriendo, sonriendo, y cantando de alegría, abrazándole y besándole. Nos podemos imaginar la sorpresa y pena tan grande del *schmock* de Jefté al ver a su hija entrar a la carpa, con los brazos alzados y sonriendo. Es con mucha pena que Jefté entonces le comunica a su hermosa hija Jesmina de su promesa a Dios, y como es que ahora él debe ofrecerla en sacrificio a Dios y cortarle su hermoso y largo cuello. Jasmina, debío ser una mujer muy sabia a pesar de su corta edad, pues en vez de reprocharle su comportamiento irresponsable y criminal, tan solo le pidió a su padre un par de meses para ir a las montañas cercanas, para reunirse con sus amigos, pensar sobre su virginidad, y después darse todos los placeres carnales posibles en ese corto tiempo. A continuación, después de esos dos meses breves, se le cortaría el cuello con un cuchillo y sería abrasada en el fuego como ofrenda de sacrificio al Dios de su padre.

> *Jefté* pasó donde los Ammonitas para atacarles, y Yahvé los *puso en sus manos. Los derrotó desde Aroer hasta cerca de Minnit... Fue una grandísima derrota; así los Ammonitas fueron humillados delante de los Israelitas. Cuando Jefté volvió a Mispá, a su casa, he aquí que su hija salía a su encuentro bailando al son de las panderetas. Era su hija única. Al verla rasgó sus vestiduras y gritó: "Hay hija mía, me has destrozado! ¿Habías de ser tu la causa de mi desgracia? Se me fue la boca ante Yahvéh y no puedo volverme atrás." Ella le respondió: "Padre mío, aunque se te haya ido la boca ante Yahvéh, haz conmigo lo que prometiste, ya que Yahvéh te ha permitido vengarte de los Ammonitas." Después dijo a su padre: "Hazme solo esta gracia: déjame libre dos meses para*

*ir a vagar por las montañas y **llorar con mis compañeros mi virginidad.** "* (Jueces 11:32-37)

CRÍMENES contra la mujer: Se le niega a la mujer oportunidad alguna en su sociedad, otra que la de servir al hombre; específicamente, muerte de ***Jasmine*** cortándole el cuello con un cuchillo y quemándola en holocausto y sacrificio a un dios.

CRÍMENES de la iglesia: Calumnia y representación maliciosa de la mujer como estúpida, indefensa, y animal de sacrificio; exaltación del crimen de un padre que mata y sacrifica a su propia hija, como forma honorable de servir a un dios; promoción e institución de la mujer como propiedad del hombre; promoción de la violación de los derechos fundamentales de la mujer.

Con su altura y figura agraciada, se describía a aquella mujer "de pelo o rubio que le caía hasta las rodillas, una tez radiante, ojos color de avellana que constantemente cambiaban de matiz, pechos llenos y altos, y una gracia natural que le hacían parecer caminar sobre aire." Tal era ***Lucrecia Borgia***, hija de Rodrigo Borgia, un hombre rico y poderoso de Valencia, que más tarde sería elegido y ordenado Papa Alejandro VI, y de Vannozza dei Cattenei, una de sus varias amantes. Su belleza y persona serían utilizadas repetidamente por su padre, el Papa, y sus hermanos para sus propios diseños y planes de intriga, conquista, y robo de dinero y poder en la Italia del Siglo 16.

Lucrezia era el recurso más precioso y valioso del Papa, su padre, en los momentos de establecer alianzas y, a sus venti- seis años Giovanni Sforza, recientemente enviudado de su mujer al dar esta luz, era una selección razonable, dado que su tío, "el Moro", era el señor más poderoso en todo Milán. Alejandro tenía que actuar decisivamente y rápidamente para ganar la amistad del Moro antes de que este hombre estableciera una alianza con el rey de España o el reino de Francia. Alejandro sabia que si el no podía unir las principales ciudades de la península Italiana con las leyes de la Iglesia, el Sultán de Turquía finalmente agarraría una buena parte de la península. Él sabia que si el Sultán tuviera la oportunidad, él avanzaría hacia Roma con la inevitable perdida de riquezas y almas. Aún mas crucial, si el fallara en ganarse la lealtad de sus gentes, si el no pudiese defender Roma de ejércitos invasores, y si él no pudiera usar el poder de la Iglesia para ganar nuevos territorios sería cierto que otro Cardenal Giuliano della Rovere, sin duda alguna, tomaría su lugar como Papa, todos los miembros de la familia Borgia estarian en gran peligro, y el nuevo Papa no titubearía en acusarles a todos en la familia de herejia y desacerse de ellos. Si eso llegase a ocurrir, las grandes riquezas que Alejandro había acumulado a través de los años desaparecerían y la familia de los Borgia caería en la ruina. Seguro que ese fin sería pero que el sacrificio que su hermosa hija Lucrecia pronto tendría que tolerar y asumir. ("*Los Borgias, la Primera Gran Familia del Crimen*", página 51, de Mario Puzo, 2001)

Aunque Lucrezia tenía solamente trece años, ella obedeció a su padre, el Papa, y accedió a casarse con Giovanni Sforza de venti-seis años. Ese matrimonio duró poco, sin embargo, a medida que la familia Sforza perdía poder e influencia, y el joven Giovanni ya no era considerado algo especial en la corte de su suegro, el Papa. Se ha escrito que Lucrezia conspiró con su hermano Cesar para deshacerse de Giovanni, comunicándole a este que el Papa había encomendado su asesinato, a sabiendas de que entonces Giovanni reaccionaría huyendo a Roma y accediendo a un divorcio. Este, sin embargo, rehusó considerar divorciarse de Lucrezia. Alejandro entonces avanzó su manipulación al siguiente nivel y puso presión en la

Se cree que esta pintura de Bartolomeo Veneto, *Retrato de una Mujer*, tuvo como modelo a **Lucrezia Borgia (1480-1519)**, Circa 1515.

familia Sforza, quienes a su vez presionaron a Giovanni para que aceptase el divorcio y una oferta generosa de dinero. Giovanni finalmente caducó y firmo los papeles del divorcio que estipulaban su impotencia como causa del divorcio. Allí y así terminó la parte de Giovanni en esta historia de Lucrezia. Un segundo matrimonio estaba ya en marcha. Esta vez su padre, el Papa, le pidió a Lucrezia que aceptase matrimonio con Alfonso de Aragón cuya familia reclamaba el ducado de Nápoles. Una segunda vez Lucrezia traga su orgullo y contrae matrimonio con Alfonso y, para su sorpresa, se da cuenta de que le gusta y disfruta viviendo con ese Alfonso. Procedamos con cautela. A su hermano Cesar no le agrada ese chico Alfonso y, es más, hace alianza con el rey Luis XII de Francia quien también reclama el ducado de Nápoles. Efectivamente, hasta allí llegó el matrimonio con Alfonso. Nuevamente, poco más tarde, su padre pone en marcha un tercer matrimonio, esta vez Lucrezia casándose con Alfonso d'Este, duque de Ferrara (sí, "Alfonso" era un nombre popular durante esos años), un matrimonio que duró muchos años, interesantemente, en parte porque ambos se permitieron el espacio y acceso a una larga sucesión de amantes. *Al morir en 1519, Lucrezia tenia 39 años*, llegó a tener ocho hijos e hijas, y por lo menos sufrió cuatro abortos. Compartimos una medida de regocijo con Jasmine al repasar esta historia de su "hermana moderna", Lucrezia, en el conocimiento de que ésta finalmente tomó sus "dos meses en las montañas", después de haber dado su vida en sacrificio, como su padre, el Papa Alejandro VI, le había pedido, *y no una sino tres veces*.

Capítulo
15

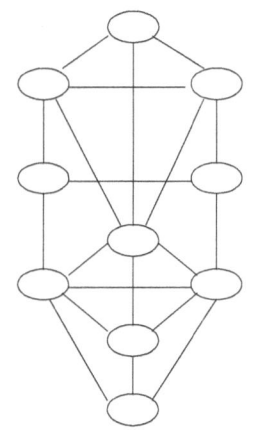

*"Pero, además, señores diputados, los que votasteis por la **República**... ¿Y es en nombre de esa personalidad, que con vuestra repulsa reconocéis y declaráis, por lo que cerráis las puertas a la **mujer** en materia electoral? ¿Es que tenéis derecho a hacer eso? No. Tenéis el derecho que os ha dado la ley, la ley que hicisteis vosotros, pero no tenéis el derecho natural fundamental, que se basa en el respeto a todo ser humano, y lo que hacéis es detentar un poder; **dejad que la mujer se manifieste** y veréis como ese poder no podéis seguir detentándolo.* --Discurso de **Clara Campoamor** en las Cortes, España, 1 de octubre de 1931.*

Orgasmos Múltiples

-¿Entonces, Kathy, todavía crees que existieron *brujas* en la Edad Media en Europa y en los EE.UU., y que ellas adoraban al demonio, envenenaban a la gente, se comían a los niños, y todas esas cosas que tanto asustan a la gente? -Esta pregunta venía de **Sunrise** e iba dirigida a Kathy principalmente, aunque también sentados en la misma mesa del edificio *Union de Estudiantes* ese día se encontraban su novio Cricket, Emilio, y Elena, la hija del Dr. Finley, esperando a que se abriese la cafetería en el interior del mismo edificio. Como buenas amigas les gustaba echarse puntillas mutuamente, de vez en cuando, bromear y darse ánimo ante las exigencias de cada semestre en la universidad. Por su parte, a Kathy le encantaba pincharle a Sunrise preguntándole cuando saldría de la *reserva Hopi-Navajo* para "entrar y competir en el mundo real de *los Anglos* como todo el mundo."

-Bueno, dos cositas... nunca han existido "brujas" desde un punto de vista jurídico moderno... solamente han existido mujeres marginadas y perseguidas por ciertos elementos de la sociedad. Ahora ¿desde un punto de vista histórico-cultural?... bien, sí han existido personas, mujeres en su mayoría aunque también algunos hombres, a quienes se les llamaba y acusaba de ser "brujas"... Estas dos perspectivas son igualmente importantes, pero desafortunadamente es la segunda perspectiva generalmente la que sale a relucir, oscureciendo cuestiones muy relevantes.

-¿Qué cuestiones, por ejemplo?

-Bueno, aquel periodo de las "brujas" fue un periodo nefasto y oscuro de la historia en la que se acusó a miles de mujeres y hombres de hablar con el diablo, de seguir sus ordenes y deseos para hechizar, maldecir, abusar, y envenenar a vecinos,... volar por los cielos, reunirse los Sábados por las noches en prados y cuevas, celebrar orgías sexuales con el diablo

> *La mujer* ha sido y continua siendo hoy dia *una víctima de la injusticia, maltrato, y comportamiento del hombre*, incluidos el temor del hombre a formas y alternativas de pensar, maneras de sentir y pensar (Ej., las mujeres prefieren el diálogo y la negociación al uso de la fuerza y la guerra, la vida de familia y la comunicación, a jornadas de caza, tiro al blanco, reparación de automóviles, etc.) así como su inseguridad y mediocridad ante la capacidad sexual de la mujer y su habilidad de tener *múltiples orgasmos*.
> --**Kathy Thompson**

en forma de cabrio, y otras tonterías imaginadas... todo aquello ello, sin embargo, era una fachada para ocultar los motivos verdaderos detrás de aquellas persecuciones y cazas de "brujas": el poder, control, y la política.

-¿A qué te refieres?

-Estamos hablando de poder y control de las masas por parte de unos pocos individuos... Se trataba de poder y control porque la sociedad medieval de aquellos siglos, principalmente durante los siglos 16 y 17, estaba gobernada por una partida de "señores de la guerra" que imponían sus reglas sobre pueblos, ciudades, y naciones enteras. Estos señores, estos hombres, se peleaban constantemente, robando tierras entre ellos y de otros, extrayendo dineros de la gente en forma de impuestos para mantener sus ejércitos con los cuales poder hacer guerra y batalla. Ejércitos para robar tierras y dinero, dinero para poder mantener los ejércitos. Un círculo vicioso de poder, control, y violencia. Existían varias formas de poder, en realidad.

-¿Nuevas máquinas, nuevos métodos de guerra?

-No, no me refiero a ese poder, aunque las nuevas tecnologías de la guerra, los cañones cada vez más grandes y mortíferos, los avances en la construcción de barcos militares, el uso extenso de la pólvora, y las nuevas tácticas de guerra en tierra y mar también jugaron un papel muy importante y decisivo en el resultado de aquellas batallas. A lo que me refiero es el poder que los hombres ejercían sobre mujeres para mantenerlas a raya, a un lado, y fuera de las posiciones de autoridad, toma de decisiones, e influencia en la Iglesia y el Estado.

> "Si es un crimen el asesinar a una mujer hoy, y si es un crimen cuando el asesinato ocurrió la semana anterior, y si sigue siendo un crimen cuando el asesinato ocurrió el año anterior, o hace diez años,...pero si no se califica de crimen un asesinato cometido hace 400 años, entonces *que alguien me diga, por favor*, dónde y cuando, en qué año en esos 390 años anteriores, tal asesinato dejó de ser un crimen."
> **--Kathy Thompson**

-Eso es... yo te entiendo perfectamente... eran aquellos "Señores de Guerra" los que querían conquistar el mundo, solo los hombres... ¡y por eso las mujeres se aliaron con las brujas para hacer guerra al imperio del mal de aquellos hombres! -Dijo Elena, la hija de catorce años del Dr. Finley.

-¡Eso es Elena, ahora le has dado al clavo! -Desde el otro lado de la mesa *Emilio* animaba a *Elena* con una sonrisa traviesa en su cara.

-No... No exactamente, pero tampoco estás muy equivocada, Elena.

-Nosotras las mujeres siempre hemos podido ver el mundo a nuestro alrededor e interpretarlo de formas y maneras diferentes a través de los siglos... diferentes a las de los hombres, es decir... y esto siempre ha asustado a los hombres, tanto que los hombres *se cagaban los pantalones de miedo, literalmente y figurativamente*, nada más en imaginar las posibilidades de un mundo en el que las mujeres también pudieran pensar, organizarse, y competir... Peor aun, la forma y habilidad de la mujer de ver e interpretar el universo era diferente de la forma de ver y crear el universo de la Iglesia, y eso traía sus consecuencias.

-Puede que tengas razón en ese punto. -Le avanzó *Cricket*, pensando que Kathy quería hablar más sobre el tema, aunque se reflejaban curiosidad y cautela en sus palabras.

-Sea por ignorancia, aislamiento, y superstición, ya que la mujer había permanecido en los márgenes de las sociedades, sin permitírsele aprender a escribir y leer, y relegada a la cocina y la cama para engendrar y parir --Kathy iba a por la vena yugular-- o tal vez porque el cerebro de la mujer es diferente, ella buscó sus propias respuestas a cuestiones de sequía en los campos, de enfermedad y mortalidad, amor y protección, y necesidades de sexo que el hombre no siempre podía cubrir adecuadamente, creando así su propio mundo e interpretación del universo.

-¡Exactamente, Kathy! -Instintivamente, Elena reaccionó, sintiendo el ritmo y la intensidad en las palabras de Kathy. Ella no sabía que fue en el curso de los últimos doscientos mil años en los que las mujeres aprendieron a trabajar en grupos, a protegerse a sí mismas, y finalmente a desarrollar un sentido de "hermandad" en su comportamiento... Ella no necesitaba haber aprendido ese comportamiento, ella simplemente lo sentía, nació con ello, era ya parte de su ser.

-Así que, viéndose marginada y abandonada a sus propios medios, la mujer observó el mundo y universo a su alrededor y empezó a aprender... ¡No solamente aprendió bien, sino que destacó en todo lo que ponía su mente y mano! *Ella aprendió y catalogó el poder curativo de las plantas, descubrió remedios médicos y conocimientos que devolvían la salud a miembros de su familia y vecinos, se convirtió en partera suprema, sabia recolocar los huesos rotos y las carnes desgarradas de los hombres después de las batallas y conflictos tribales, y gestionaba los recursos y economía de su unidad familiar con eficiencia y talento.* Esos fueron los conocimientos y capacidades que hicieron posible a las tribus de hombres y mujeres sobrevivir los muchos períodos de sequía en un continente y edades e hielo en otros continentes, en la milenia evolucionar en las cuevas, y en tiempos modernos la organización de grupos de humanos en sus diversas tribus y sociedades. Empezó el hombre, entonces, a creer que podía prescindir de los conocimientos e instinto de la mujer, mas aun, a apropiarse de esos conocimientos, a hacerlos suyos, construyendo escuelas, universidades, y lugares de "alto conocimiento y verdad" en los últimos cinco mil años en los que se impartirían esos conocimientos, sí, pero... para hombres solamente, claro. Pronto los hombres empezaron a decirse a si mismos y a creer que una vez arrebatado el conocimiento del portador de ese conocimiento, también les convendría deshacerse del portador mismo, la mujer. Más y peor aun, el hombre y su sociedad estimaron que esas mujeres representaban aun vestigios de *"la competición"* que les arrebataba a pacientes, clientes, y seguidores, y que ese titulo de universidad colgado de una pared no era suficiente para que las gentes en pueblos y ciudades dejasen de ver a las parteras, las herbolarias, curanderas, y "mujeres sabias" en general. Esas mujeres y hombres cómplices en su entorno tenían que desaparecer, de alguna manera. ¿Pero cómo? Había que hacerlas partidarias del diablo, primero, demonizarlas y convertirlas en "brujas", segundo, y entonces ya seria posible ahorcarlas y quemarlas, tercero, esta vez con el consenso de las masas.

Silencio.

-Con algunas discrepancias yo también voy por ese tramo... además, eso explica porqué hombres en los gremios, tal como médicos, practicantes de medicina, farmacéuticos, y psicólogos resentían el trabajo y presencia de las mujeres "brujas"... ¿Pero por qué aquellas horribles persecuciones, torturas, y muertes por la hoguera de tantas mujeres en esos siglos,... no podían simplemente ignorar aquella competición? -Preguntó Emilio, ya interesado en el tema.

-La necesidad de acumular poder y dinero se agudizó durante esos tres-cuatro siglos… las apuestas alcanzaron niveles muy altos. -Sugirió Kathy.

-¿Que apuestas… apuestas de poder?

-Efectivamente. Durante milenios las muchas religiones en el planeta se toleraban las unas a las otras, hasta cierto punto, claro. Cada una de las religiones principales competía con las otras e imponían sus creencias y reglas entre sus creyentes y seguidores, pero generalmente se toleraban, como digo, principalmente porque no tenían individualmente gran poder militar. A partir del tercer siglo, y ya definitivamente entrado el siglo trece, el Cristianismo acumuló gran poder en Europa y se preparaba para enfrentarse a dos otras religiones poderosas, **Judaísmo** e **Islam**, particularmente en España, País Vasco, Portugal, y otras partes de Europa donde esos mundos paralelos habían logrado coexistir. Las comunidades Judías y Musulmanas en esos países habían aculado gran riqueza gracias a su comercio intenso y extenso, trabajo, y creatividad, mientras en las comunidades Cristianas la llamada "nobleza" --reyes, príncipes, duques, y todo aquel rollo-- estaba mas interesada en unir fuerzas con los altos sacerdotes de la Iglesia Católica y Romana para arrebatar tierras y riqueza a esas otras comunidades, no a través del comercio, sino por el uso de fuerza en la guerra. Más tierra equivalía a más gente a avasallar, mayores cantidades de dinero a recaudar a través de impuestos, mas soldados a reclutar para los ejércitos, y mas Iglesia significaba mayor poder y control de las mentes de las masas. **Fue una conspiración entre los poderes de la Iglesia y el Estado** que había dado muy buenos beneficios para aquellos "señores de la guerra" durante siglos. Sus ejércitos, sin embargo, requerían grandes cantidades de dinero… dinero para reclutar hombres y entrenarles como soldados, para pagar los salarios de esos soldados, construir barcos, armas, y además poder mantener las extensas infraestructuras de personal medico, carpinteros, equipos de contables, secretaría, carceleros, curas, obispos, y otros tantos equipos de administradores incompetentes. Dinero -- preferentemente en forma de oro y plata-- a procurar de cualquier fuente, en grandes cantidades, por cualquier medio o recurso.

-Vale, ¿pero que tiene que ver esa competición fiera por el poder con la cuestión de las "brujas"?

-Mucho y todo.

-En un principio, las Coronas Castellanas extraían grandes cantidades de dinero de todos los gremios en todas las comunidades de la península Ibérica a través de impuestos, en las *comunidades Judías* en particular, para mantener esos grandes ejércitos con los cuales ir a batallar poderes militares en Francia, los Países Bajos, y en Italia. Cuando esos ingresos finalmente no eran suficientes, como fue el caso frecuentemente, las Coronas recurrieron a préstamos procedentes de los grandes bancos de la Europa, bancos en *Ámsterdam* específicamente, a cambio de hipotecar futuras economías en la península inicialmente, así como propiedades de tierra y minas de oro y plata en la Americas, posteriormente. Sí, sin duda alguna... las irresponsables Coronas de Castilla, sus monarcas y nobleza, estaban constantemente pidiendo y recibiendo prestamos de los bancos del norte de Europa e Italia, a cambio de posesiones de minas de oro y plata en las Americas, para suministrar a sus ejércitos. No importaba que los intereses de esos préstamos fueran muy altos, que la ineficiente administración de los ejércitos alcanzara cimas, y que la corrupción y decadencia administrativa de las Coronas y la clase noble lograse abismos. Ese comportamiento irresponsable y estupido por parte de los *Habsburgos* de las Coronas de Castilla y la nobleza de su entorno continúo por ciento-cincuenta años, de 1515 a 1659, cuando la España finalmente se desmoronó, primero económicamente, y a continuación militarmente y políticamente. A partir de entonces, España ocuparía el último lugar, en la cola, de una larga sarta de economías en Europa... hasta 1977 cuando la democracia fue adoptada en España y esta iniciaba un lento y largo proceso de recuperación y redención... más o menos.

-¿Y que ocurrió con las "brujas" finalmente?

-Ah, sí... las "brujas" llegaron a encontrarse en medio de toda aquella ambición política, incompetencia administrativa, y estupidez militar, y fueron echadas a la parrilla, eso es lo que ocurrió. Como ya os comentaba, las Coronas de Castilla estaban en bancarrota y necesitaban dinero urgentemente, sin importar de donde pudiese venir, así que en concierto con la Iglesia pidieron al Vaticano ampliar los poderes de la Inquisición en España, y esta vez poniendo la Inquisición al servicio y bajo la autoridad directa de las Coronas, a lo que el Vaticano se opuso en un principio. *Fernando "el Católico"* continúo insistiendo, y finalmente el Vaticano aceptó aunque con renuencia. Allí empezó el follón. Fernando y su circulo de apoderados en las Cortes y en la Iglesia, primero, se ensañaron con los Judíos, con la comunidad Judía de las Españas que llevaba ya setecientos años en la península, y los machacaron metódicamente con la nueva *Inquisición*, inicialmente insistiendo en su conversión, y a continuación yendo directamente a por sus dineros y propiedades, hasta desvalijarlos completamente, y finalmente expulsándoles de la península en 1492. La apropiación de dineros ajenos era un objetivo primordial de Fernando y sus secuaces en la Iglesia y su Inquisición, siendo el otro objetivo la apropiación de tierras, incluidas las del *Reino de Navarra*, la tierra ancestral de los Vascos, así como las de los otros seis territorios vascos. Todos estos siendo territorios en los que ambos poderes de Francia y España llevaban doscientos años ya proclamando propiedad territorial y autoridad jurídica. Celoso un poder del otro, ambos invirtieron poder militar y eclesiástico en los territorios Vascos para asegurarse el parcelamiento fraudulento de los mismos, un parcelamiento que continúa aun hoy dia... Bueno, después de que las Coronas y la Iglesia robaron y expulsaron a los Judíos, esas dos entidades piratas se dedicaron a ensañarse con los "*Moriscos*", la población Islámica que también llevaba esos mismos setecientos años siendo parte de las mismas Españas. Una vez más, importó poco que ellos también fuesen Españoles, la Iglesia insistía en que los Moriscos no seguían la verdadera religión, y esa fue una excusa suficiente para finalmente expulsarlos de la península en 1609, después de confiscarles todas sus propiedades, claro.

-¿Y entonces les tocaba a las brujas?

-¡Ahí lo has dicho! --Respondió Kathy a Emilio-- Francia y España seguían competiendo y disputándose el parcelamiento de los territorios Vascos ya entrado un nuevo siglo, el siglo 17, y las "brujas" del País Vasco estaban en el medio de todo ello, y fueron arrasadas o, mejor dicho, abrasadas. Un millar de "brujas", la mayoria mujeres, pero también hombres y algunos curas, fueron perseguidas, torturadas, y quemadas en las hogueras en España y Francia. Sí, los promotores de las cazas de brujas representaban intereses y poderes en estos dos Estados y la Iglesia y, sí, un principal objetivo era la confiscación de dineros de las "brujas" y de cualquiera otra persona en su entorno inmediato, así como "sentar un ejemplo" de la presencia y poder de autoridad civil y eclesiástico para aquellos Vascos no conformes con el proceso de parcelamiento.

El botín derivado de aquellas cazas de "brujas", sin embargo, pronto se reveló ser muy pequeño, aunque representaba un costo alto para las economías regionales de aquellos pueblos que sufrieron el impacto atroz y total de los "autos-de-fe" que orquestaron la Inquisición y las autoridades civiles, en conspiración total y devastadora. Finalmente, las cazas de brujas desaparecieron... Las cacerías y persecuciones de "brujas" en Europa vinieron en olas y así también desaparecieron, dejando detrás pueblos, ciudades, y sociedades azotados por la miseria, rapacidad, e intolerancia humana. Empezaron en el siglo 15, continuaron en el siglo 16, alcanzaron su punto máximo de infamia en el siglo 17, y desaparecieron de ahí en adelante, un periodo de 250 años, aproximadamente. Hablando geográficamente, esa nefasta práctica se extendió por *España, País Vasco, Francia, Inglaterra,* y *Alemania*, especialmente sobre este último país. Se llevaron a cabo unos 12,000 juicios administrados por la *Iglesia* y el *Estado* en cada uno de esos países, de tal forma que fueron ejecutadas unas 35,000-65,000 personas, aunque este numero varia entre autores siendo mujeres el 80% de ese numero, ó sea unas 28,000-52,000 mujeres de todas edades, ancianas, adultas, y niñas, dependiendo de...

-¡Aupa!... están abriendo la cafetería... ¿alguien interesado en "lunch"... o prefieren saltarse la comida de este mediodía? - Retóricamente preguntó Elena.

Reunirse con sus amigos para la comida de mediodía era algo que le venia bien a **Kathy,** siendo un paréntesis bienvenido en el desarrollo de su tesis de Master. Una tesis que consiste de cuatro partes a desarrollar, inicialmente, y a presentar a un jurado de profesores, finalmente, quienes otorgaran o negaran un titulo universitario correspondiente:

*(1) La mujer ha sido, y continúa siendo hoy dia, **una victima de distorsión de su capacidad e imagen así como de maltrato** por parte del hombre en la sociedad como consecuencia de sus carencias, incluidos el temor de éste de considerar formas alternativas de **pensar** (Ej., el hombre prefiere el uso de la fuerza al diálogo y la negociación), variedad de sentimientos y **emociones** (Ej., para muchas mujeres la vida de familia y la comunicación de sentimientos tienen una prioridad y valores mas altos que actividades de caza y*

reparación de automóviles), miedo de o incomodidad con la **abundante capacidad sexual de la mujer** *(Ej., la mujer es capaz de* **tener orgasmos múltiples***, entretener varias relaciones simultáneamente, y capaz de practicar estilos alternativos de vida sexual, si ella así lo desea), la intolerancia por estilos alternativos de comportamiento sexual (Ej., lesbianismo, homosexualidad, celibato, otros), y variedad de entornos de vivienda (Ej., una familia, familias múltiples en la misma vivienda, vivienda multi-generacional, otros)*

(2) No fue tanto **la intolerancia religiosa y temor a la "brujería"** *lo que condujo al hombre y sus instituciones de Iglesia y Estado a la caza de "brujas", persecución, juicios, tortura, y ejecuciones a través de milenia, pero especialmente durante el periodo de los Siglos 15, 16, y 17,* **sino el apetito del hombre por el poder y el control absolutos***, así como su deseo de irradicar cualquier competición que la mujer pudiera representar en la sociedad. Así como las mujeres son capaces de compartir poder y conocimiento, los hombres son reacios a ese comportamiento y prefieren concentrar ese poder en unas pocas manos, generalmente en organizaciones controladas por hombres solamente.*

(3) **La mujer, lejos de ser inferior, es una entidad humana altamente robusta***, frecuentemente con cualidades físicas y mentales superiores que le permiten aguantar y perdurar dolor físico, ansiedad mental, y privación de comida, calor, y agua por largos periodos de tiempo. Además,* **magnifica e increíblemente, ella puede concebir vida, engendrar y criar nuevos seres humanos** *para perpetuar la especie, una asombrosa capacidad que la naturaleza otorga a la mujer, y solamente a la mujer. El hombre, por otro lado, cuenta con un nivel alto de testosterona y gran fuerza física, como atributos complementarios. Esta diferencia de atributos es frecuentemente algo que el hombre no puede o desea entender, y entonces opta por todos los medios a su alcance para desacreditar, demonizar, marginar, subyugar y, si él lo*

considera necesario, aniquilar a la mujer, como la historia lo documenta. Esta **"brecha de capacidades complementarias de genero"** *es cada dia mas evidente en la sociedad moderna, y es esta brecha la que es responsable de un gran numero carencias y la falta de igualdad, incluidos la falta de igualdad en el empleo de mujeres y sus oportunidades de promoción, violencia de genero contra la mujer en sus varios entornos (ej., relación sentimental, prostitucion, otros), y una menor y mínima financiación de la investigación de enfermedades que afectan a la mujer predominantemente (Ej., cáncer de las mamarias de "pecho")*

(4) Finalmente, la mujer ha demostrado tener **una habilidad para observar e interpretar el universo de maneras diferentes** *a las del hombre. Aunque frecuentemente subsistiendo en condiciones sociales y económicas adversas, y aunque excluidas de posiciones de poder, autoridad, e influencia a través de milenia, las mujeres tuvieron la fuerza de voluntad y osadía de reunirse, celebrar sus vidas, e* **imaginar mundos paralelos** *donde seres humanos pueden volar, los animales pueden hablar, las plantas curan enfermedades, y en los cuales los ríos, las tormentas, el relámpago, el fuego, y los vientos (E.g., la naturaleza) pueden ser controlados por fuerzas psíquicas/mentales. La mente de la mujer daba* **espacio y lugar a las infinitas posibilidades del universo**, *mientras que el hombre creó un universo donde se fijaba y limitaba la lista de preguntas y sus respuestas, limitando así el poder de la imaginación y el verbo.*

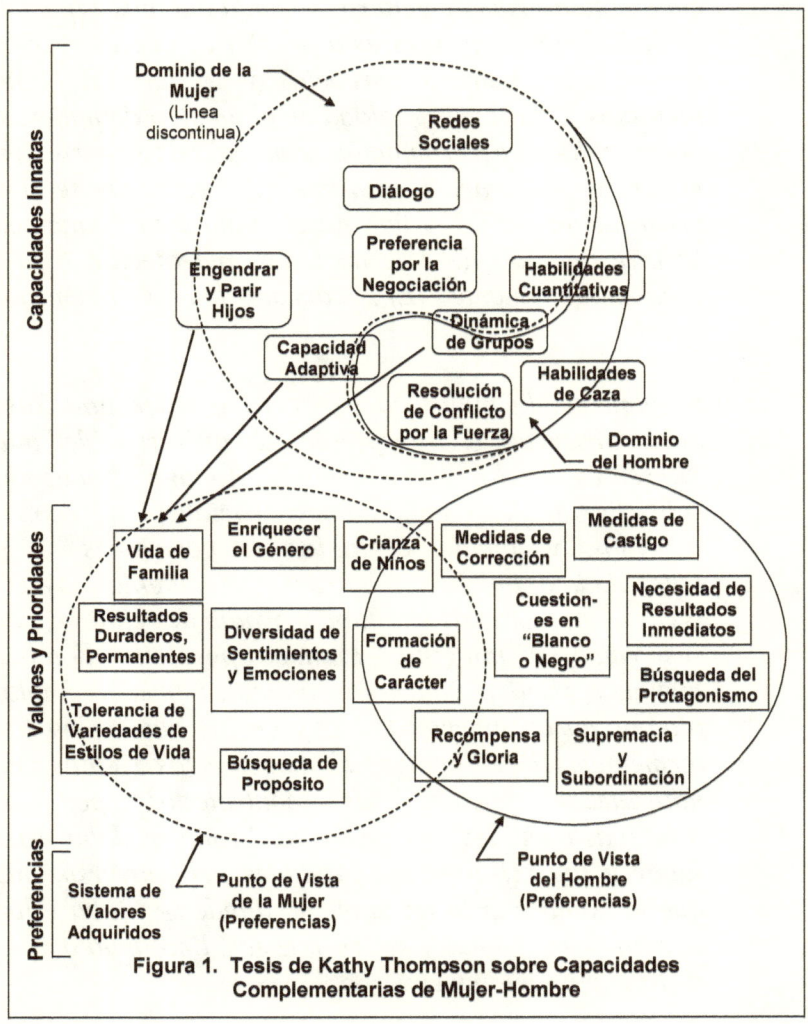

Figura 1. Tesis de Kathy Thompson sobre Capacidades Complementarias de Mujer-Hombre

En una segunda ojeada a la tesis de Kathy aparece un diagrama de los atributos complementarios de la mujer y el hombre. En su opinió n, existen un número de *capacidades innatas*, capacidades que existen en el individuo por nacimiento, sin requerir método alguno de educación, o experiencia de vida. Solamente la mujer, por ejemplo, puede engendrar nueva vida, parir nuevos seres humanos. Similarmente, y por otro lado, los hombres tienen la capacidad de generar grandes cantidades de testosterona y exhiben gran fuerza física, en términos relativos.

Por otro lado, la mujer y el hombre comparten capacidades (e.g., herramientas y mecanismos para aprender y procesar información), habilidades cuantitativas, desarrollo y uso de lenguaje, interacción dinámica de grupo, y otras habilidades que les permite operar y sobrevivir en entornos con elementos de incertidumbre, e.g., sequías, guerras, hombrunas, inundaciones, etc. Estas capacidades, a su vez, pueden apoyar y hacer posible una lista de *valores humanos y sus prioridades* como lo son vida de familia, diversidad de pensamiento, y la búsqueda de proposito. Las diferencias entre mujeres y hombres respecto a esa lista parcial de valores y prioridades son aparentes, aunque pueden variar de una sociedad a otra. La mujer, por ejemplo, generalmente tiene una preferencia por el diálogo y la negociación, mientras que el hombre frecuentemente valora mas altamente el uso de la fuerza; el hombre puede llegar a tener una predisposición mayor para contemplar cuestiones que son "blancas o negras", sin admitir tonos y matices mediantes.

Caza de Brujas en España y el Pais Vasco

Posiblemente uno de los mas violentos y mejor conocidos '*Autos-de-Fe*", llevados a cabo por la *Inquisición* fue aquel orquestado en el pequeño pueblo de *Zugarramurdi*[1] en el norte de *Navarra* en 1610. Cuando finalmente concluyó aquel evento, 13 personas (8 mujeres y 5 hombres) que habían sido acusadas y convictas de "brujas" murieron en las cárceles de *la Inquisición de Logroño* a consecuencia de la malaria que dolorosamente desintegraba sus cuerpos tras meses de infección sin alivio médico alguno, 6 personas (5 mujeres y 1 hombre) fueron quemadas vivas en hogueras "en el otro lado del Río Ebro", a otras 10 victimas, hombres y mujeres, se les acordó sentencias de exilio y cárcel, y a 2 personas "se les permitió renegar del Diablo y volver a la comunión con Cristianos" ("abjuración de Levi").

Miles de personas participaron en el "Akelarre" celebrado en Zugarramurdi, norte de Navarra, en 1998, para recordar a las 19 "brujas", mujeres y hombres, detenidos, torturados, y ejecutados por la Inquisición Española en el Auto-de-Fe llevado a cabo en Logroño en 1610. Cortesía: *National Geographic*.

Es importante recordar que fue *una conspiración total y completa entre ambas instituciones: La Iglesia y el Estado*, y que la división de la labor era premeditada. Era la Iglesia la que acusaba y condenaba a sus victimas, y a continuación "trasladaba" las victimas a las autoridades civiles, o sea los Ayuntamientos, para la tortura y ejecución de las victimas. "La Iglesia no mató a esas gentes" nos dicen los representantes supremos de la Iglesia hoy día, "fueron las autoridades civiles." Los Ayuntamientos involucrados se niegan aun hoy día a aceptar responsabilidad por haber participado en aquella violación de genero, aquella pérdida de vida, aquella violación de los mas fundamentales derechos humanos. Uno se esconde detrás del otro. Existían otras instalaciones de la Inquisición en la Península, pero la de Logroño era de especial interés a las Coronas que pretendían vigilar los territorios Vascos, así como el flujo de Protestantes y comerciantes procedentes de Francia e Inglaterra que vivían o hacían negocio en ciudades como Bilbao y Donosti-San-Sebastian.

"Creemos que Navarra, para la gloria de Dios, esta libre hoy día de esta secta de Protestante", Inquisidor Español *Ybarra* en su informe al Tribunal Supremo (la Suprema) de la Inquisición, 1568 [*Archivo Histórico Nacional (AHN)* de

Madrid, documentos de la Inquisición, Libro 786, Sección 364].

"Respecto a la fe verdadera, la gente de estas tierras es buena, considerando que estas tierras son fronteras con Francia donde existe tanta maldad,...pero las cosas que requieren corrección y castigo generalmente vienen de ese Ordinario [gente] en forma de supersticiones, brujería, encantaciones, y opiniones acerca de brujas sin base o fundamento." Inquisidor Español *Morel* en su informe a la Inquisición después de su visita a Gipuzkoa, 1576 (*Archivo Historico Nacional (AHN)* de Madrid, documentos de la Inquisición, Libro 785, Sección 404v).

"Que Dios nos libre de estos perros rabiosos, esos enemigos de la verdad, esa gente ciega que crucifican a su Dios en una cruz y le llaman hijo, padre, y madre y otras mil mentiras. Con su cruel Inquisición nos tienen atados y silenciados por la fuerza de su opresión...mil veces sea bendecido Ala que nos libro de ellos..." Un refugiado "Morisco" en Túnez, hacia finales del siglo 17 (citado en *Moriscos andalous entunisie*, de *Epalza and Petit*, pagina 131)

Auto-de-Fe, pintura de Francisco Ricci (1683), en el Museo del Prado, Madrid, España.

La tragedia de Zugarramurdi estaba a punto de ocurrir, debido a los intereses de *la Inquisición* y de *las Coronas*, trabajando la una para las otras en los alrededores de 1610. Fue desatada, sin embargo, a razón de **Maria de Ximeldegi**, una mujer de 20 años, que denuncio a varias personas del pequeño pueblo de Zugarramurdi de ser "brujas", aunque los perpetradores fueron la Iglesia y el Estado en conspiración funesta e inhumana. Era oriunda de Zugarramurdi, y había vivido 3-4 años en *Lapurdi* (Labourd, en Francés), donde había participado en prácticas que habrían sido calificadas de "brujerías" por las autoridades de la Iglesia. Hacia el final de su estancia en Lapurdi, se ha dicho que esta mujer joven "se arrepintió" de su participación, y comunico sus inquietudes al sacerdote de la parroquia de Lapurdi, regresando a Zugarramurdi en 1608. Es importante notar que un año mas tarde, en 1609, un funcionario del Estado Francés, llevaría a cabo una caza de "brujas" en Senpere (Saint Pee Sur Neville, en Francés) que culminaría en la ejecución de 200 mujeres y hombres de esa localidad. Andaba también por aquel entonces un tal *Leon de Aranibar*, un abad y monje del pueblo colindante de *Urdax* que aspiraba al titulo de "Comisario" de la Inquisición, y que mas tarde rendiría sus perjuicios e informe al tribunal de la Inquisición de Logroño de 1610. Para entonces Maria de Ximildegi ya estaba asistiendo a algunos de los *"akelarres"* en las cuevas de Zugarramurdi, esta vez para identificar y más tarde delatar a vecinas y vecinos participantes. Aun hoy día las *Cuevas de Zugarramurdi* son impresionantes por su belleza y área extensa, así como por su contenido arqueológico y cultural. A continuación, funcionarios de la Oficina de la Inquisición de Logroño entraron en reclamaron a cuatro personas (nombres?) de Zugarramurdi a que se presentaran en Logroño a servir como testigos de los aquelarres y dar su testimonio. Después del testimonio de estas cuatro personas antes las autoridades de la Inquisición en Logroño, otras seis personas por iniciativa propia viajaron a Logroño y dieron su testimonio, estando incluida *Graciana de Berrenechea*, una anciana de 80 años -- posiblemente de 90 años-- así como *Miguel de Goiburu*, un pastor de ovejas y ganado de 66 años a quien el empezaron a llamar "el Rey del akelarre." Después de oír su testimonio, los funcionarios de la Inquisición decidieron encarcelar a estas seis primeras victimas. Hacia Julio de aquel año de 1609 estas diez personas ya habían "confesado", uno de los Inquisidores había dejado su oficina en Logroño y se había trasladado a Zugarramurdi. En cuestión de meses, tres de esas victimas de Zugarramurdi habían contraído malaria y habían muerto en aquellas cárceles de la Inquisición, en Logroño. Una vez llegado a Zugarramurdi, el Inquisidor ordenó que 15 otras personas fueran detenidas, personas que habían sido "denunciadas" por aquellas 10 primeras personas que se habían llegado a Logroño, siendo incluidos entre los detenidos Fray Pedro de Arburu, un monje de 43 años, así como un primo(a) suyo de

Fuenterrabia, pueblo-ciudad colindante. Cuatro meses mas tarde, en Noviembre de 1609, atrás tres personas de aquellas 10 personas entraron en fiebre y murieron en las cárceles de Logroño. Esas victimas "se habían arrepentido y no habían cambiado sus confesiones, aunque algunas sufrían de dolor de oídos, y mostraban señales de demencia." Un segundo grupo de 15 personas también encarceladas en Logroño fueron menos cooperantes con las autoridades de Logroño, y solamente cuatro llegaron a "confesar." De acuerdo con el informe final de los Inquisidores de Logroño, un total de 17 personas habían sido denunciadas y detenidas en Enero de 1609, de las cuales 12 murieron en las cárceles de fiebre y males relacionados. Seis de las victimas no accedieron a "confesar" y fueron quemadas vivas ("relajadas en persona") en las hogueras de aquel Auto-de-Fe de año siguiente, 1610, específicamente *Maria de Arburu* de 70 años, *Maria Baztan de la Borda* de 68 años, *Graciana Xarra* de 66 años, *Maria de Echachute* de 54 años, *Domingo de Subildegi* de 50 años, y *Petri de Juangorena* de 36 años. Siete de los acusados eran parientes de la anciana *Graciana de Berrenechea*.

Según un informe de la Inquisición en el año siguiente, en 1611, fueron 3 docenas de personas que "confesaron haber practicado brujería" en aquella población de 400 personas, incluídos los habitantes de Zugarramurdi y *Urdax*, y llegando a ser hasta un 40% de esa población que fue denunciada por practicar brujería (*Henningsen 1980*; ver también *Note 14*). Entre los participantes en el Auto-de-Fe, ya en Logroño, asistieron un grupo numeroso de *familiares*, que eran los hombres y mujeres que vivían en los varios vecindarios de la ciudad y que oficiaban de espías para la Inquisición. Estos familiares se ocupaban de denunciar por cuestión de "brujería", "herejía" a todas aquellas personas en la ciudad que consideraban participantes en tales prácticas, siendo su testimonio secreto e impune como así lo requería la Inquisición y lo respaldaban las autoridades civiles (el Estado) de la ciudad.

Creada en 1513 por *Fernando "El Católico"*, la Santa Oficina de la Inquisición tenía como mandato vigilar los varios territorios del Imperio Español y, en nuestro caso, *del reino Vasco de Navarra* que había sido "reconquistada" de los *Moros* en 1512. El Papa se había opuesto en un principio a los deseos de Fernando pero este logro imponerse posteriormente [detalles en *Capitulo 6* de esta novela histórica]. Hacia 1515, la Santa Inquisición se había instalada en *Tudela*, Navarra, pero en 1570 se trasladado a Logroño, entonces una pequeña ciudad en el lado sur del *Río Ebro* y dentro de la región de nombre La Rioja y conocida ya desde tiempos de la presencia *Romana* por sus campos abiertos y abundantes de trigo y viñas, mientras que jurisdiccionalmente pertenecía al *Reino de Aragón*. Su instalación en Logroño, aunque pareciera políticamente acertada, no dejo de tener sus retos de orden económico y estructural. Existía un edificio "ubicado cerca de dos hospitales" que requería ser rehabilitado por las autoridades civiles, y en el cual había espacio para la nueva entidad contando ya con el apoyo de la *Corona* en Madrid. En sus cercanías se encontraba también el *distrito de luz roja* de la ciudad, con su propio edificio y servicios, todo ello sancionado por las autoridades municipales de Logroño. La prostitución era tolerada en aquella sociedad monárquica, como lo es hoy día en las naciones-estados de la Europa moderna, aunque cualquier indicio o señal de "brujería" no era tolerado y debía ser eliminado utilizando la fuerza si esta fuera considerada necesaria por esas autoridades de la Iglesia y el Estado.

Curiosamente ese edificio en el distrito de la luz roja era de interés para la Santa Oficina de la Inquisición debido a su costo bajo de renta comparado con el costo de renta de otros edificios en Logroño. La decisión tomada fue aquella de instalar aquella "sucursal" de la Inquisición en "un edificio-palacio en la parte sur del Río Ebro, aunque un lugar húmedo e insalubre." Dos años mas tarde, en 1572, la autoridad fiscal del Tribunal de la Inquisición propuso la compra de una fortaleza y sus cárceles, que eran propiedad de la Armada Española, a un costo de 5,000 ducados, un lugar menos húmedo y que ofrecía mejores condiciones de vida. Nueve años mas pasaron y la Suprema finalmente aprueba el gasto de 4,500 ducados para la reparación y rehabilitación de las cárceles, no las de la Armada Española, sino las propias de Logroño donde 40 presos y presas ya habían muerte el año anterior por razones no documentadas. Sabemos hoy día, que se desconocía en aquel entonces que la malaria infectaba a los presos y presas en aquellas cárceles insalubres, y que por lo tanto era una de las causas de muerte de aquellas personas.[11] Muchas mas victimas moririán en aquellas cárceles, incluidas las "brujas" de Zugarramurdi, Navarra. Presos y operarios verdugos contraían la malaria y después sufrían muertes espantosamente dolorosas. En un periodo de cien años, en

1540-1560, aquel "tribunal" de Logroño fue responsable de la muerte de 90 personas en aquellas cárceles, aproximadamente.[12]

Entonces, exactamente, ¿donde estaban ubicadas las oficinas y las cárceles de la Inquisición, el lugar donde se erigió y llevo a cabo el Auto-de-Fe, y el lugar o lugares donde se prendieron las hogueras de la Santa Inquisición y de las Autoridades Civiles de Logroño en 1610? Estas son las preguntas que multitud de historiadores en la Península, y muy principalmente en el mundo Anglo-Sajón, se hicieron durante años y siglos sin poder encontrar respuestas. Los informes hechos por la Inquisición sobre aquel funesto evento de 1610, acompañados de mapas de la ciudad de Logroño en aquel año, habían sido guardados en los archivos de Logroño. Desafortunadamente, "el edificio que guardaba aquellos informes fue quemado por las fuerzas en retirada del *ejercito Francés* liderado por *Bonaparte* (1808-1814) con la perdida considerable de documentos," como es citado generalmente en libros sobre aquel evento de 1610. Verídico o convenientemente comunicado así? Esta pregunta es otra de muchas que continúan flotando en el espacio inédito de la memoria histórica. Lo cierto es que Napoleón abolió la Inquisición en la Península, por lo que no tenía interés alguno en destruir documentación de la Inquisición en pueblos y ciudades. Al contrario, creemos, Napoleón y sus gentes probablemente querían saber quienes eran aquellas personas "dignatarias" que formaban parte de la mafia de la Inquisición para contrarrestar su influencia y poder, por lo que deducimos y apostamos que fueron las mismas autoridades de la Iglesia y de los Ayuntamientos las que optaron por quemar y destruir todo rastro de "evidencia." Por otro lado, era de procedimiento por parte de las oficinas de la Inquisición de Logroño de enviar informes sumarios a *la Suprema de la Inquisición* en Madrid y, por lo tanto, considerable documentación existe sobre aquellos hechos en el *Archivo Histórico Nacional* (AHN) de Madrid. Hasta hoy día, sin embargo, no se han encontrado en esos archivos mapas o descripción especifica sobre la ubicación de las oficinas y cárceles de la Inquisición de Logroño, del lugar del Auto-de-Fe, o del lugar donde se construyeron y se prendieron las hogueras. Tampoco sabemos hoy día que disposición se dio y donde se enterraron los restos de las victimas de aquel Auto-de-Fe del Logroño de 1610. Se especula hoy día en las calles de Logroño que las hogueras y la quema de las "brujas" de Zugarramurdi tuvieron lugar "en el otro lado del Río Ebro, al lado del cementerio." Sobre el lugar de descanso final de los restos de aquellas victimas, la ausencia de conocimiento o conjetura alguna es total.

Interesantemente, un libro de 128 paginas, de autor desconocido, contiene un narrativo del Auto-de-Fe de Logroño de 1610, valioso y singular en su documentación como rico y florido en detalle, impreso por la *editorial Collado, Madrid 1820*, aunque escrito por primera vez doscientos años antes, *en 1611*. Este libreto empieza así: *Auto de Fe, celebrado en la Ciudad de Logroño en los días 7 y 8 de Noviembre del año 1610, siendo Inquisidor General el Cardenal Arzobispo de Toledo, Don Bernardo de Sandoval y Roxas. Ilustrado con Notas por el Bachiller Gines de Posadilla, Natural de Terenez.* Contiene este libro singular un estamento de un tal *Fry Gaspar de Palencia* que atestigua la credibilidad de este narrativo "fiel en contenidos a los acontecimientos reales", habiendo sido testigo de aquel Auto-de-Fe, y poniendo su firma con fecha 6 de Enero de 1611, o sea tal solo dos meses después de dicho evento. Un segundo estamento en el mismo libro es de *Vergara de Porres*, un Principal de la Iglesia de *Nuestra Señora de la Redonda* en la Ciudad de Logroño, dando **licencia** a **Juan de Mongaston** para imprimir tal narrativo "sin riesgo de censura", y firmado el día siguiente, el 7 de Enero de 1611. No sabemos si este narrativo fue publicado a continuación o no, pues no sabemos de otras publicaciones anteriores que hacen referencia a este narrativo tan insólito, y solamente conocemos de esta publicación de 1820, doscientos años mas tarde, con esos dos estamentos, y una lista de "notas" por un tal *Gines de Posadilla* que son críticas de aquella orgía de teatro, ostentación de poder, tortura y trato inhumano, y contenidos de humor sarcástico, posiblemente. Esas notas son altamente significantes, curiosamente, pues *nos dan ventana a la forma de pensar y reacción de una persona, un ciudadano de la Ciudad de Logroño de 1820, alarmado, disgustado, y ofendido* por aquel despliegue de poder, crueldad, carencia de justicia e igualdad ostentado por ambas autoridades, las de la Iglesia y el Estado.

Generalmente, un Auto-de-Fe se celebraba en el espacio público de mayores dimensiones físicas de una ciudad o pueblo, tal como la plaza mayor, y atención especial se le prestaba para que coincidiera con un día religioso significante y trascendental en la estimación de la Iglesia. El ritual comenzaba con "la procesión de la **Cruz Verde**", el símbolo de La Inquisición, que duraba uno o dos días. Dependiendo del albedrío de las autoridades eclesiásticas y civiles, los personajes principales vestían sus mejores vestimentas, en opulencia obscena y teatral, ornamentadas con joyas de oro, plata, y esmeraldas que pregonasen su afiliación, rango, posición social, y caudal. Esta procesión de los poderosos y acaudalados de la sociedad seguía, pues, un protocolo bien orquestado, encabezados por el *fiscal* de La Inquisición en caballo y llevando la Cruz Verde. Detrás de el, a pie, le seguían los acusados, mujeres y hombres, llevando largas velas prendidas. A continuación, los curas y monjes de la *Orden de Dominicos*, la *Orden de Franciscanos*, y la *Compañía de Jesús*, los máximos Inquisidores en su función de administradores y ejecutores de La Santa Inquisición. Inmediatamente detrás, seguían docenas de *Familiares*, de los cientos que ya operaban en cada ciudad, soldados a caballo con lanzas y estandartes, así como el *Alguacil*, ornamentado de "pies a cabeza" representando la autoridad civil de la ciudad. Últimos es este sequito fantasmal y teatral estaban representadas docenas de organizaciones religiosas de la ciudad así como aquellas procedentes de ciudades y pueblos vecinos.

AUTO DE FE (Ciudad de Logroño, 1610)

"Este auto de la Fe es de las cosas mas notables que se han visto en muchos años, porque a el concurrió gran multitud de gente[N1] de otras partes de España y de otros Reynos; y sábado del mes de Noviembre se comenzó el Auto con una muy lucida y devotísima procesión, en que iban, lo primero, siguiendo un rico pendón de la Cofradía del Santo Oficio, hasta mil **Familiares**, Comisarios y Notarios de el, muy lucidos y bien puestos, todos con sus pendientes de oro y cruces en los pechos. Después iba gran multitud de Religiosos de las Ordenes de Santo Domingo, San Francisco, la Merced, la Santísima Trinidad y la Compañía de Jesús, de los cuales hay conventos en la dicha ciudad; y para ver el dicho Auto de todos los monasterios de la comarca habían acudido tanta multitud de Religiosos[N2], que vino a ser tan célebre y devota la procesión como jamás se ha visto. Al cabo de ella iba la Santa Cruz verde, insignia de la Inquisición, que la llevaba en hombros el Guardián de San Francisco, que es Calificador del

Santo Oficio, y delante iba la música de cantores y ministriles, y cerraban la procesión dos Dignidades de la Iglesia Colegial y el Alguacil[N3] del Santo Oficio con su vara, y otros Comisarios y personas graves, ministros del Santo Oficio, que todos en muy buen orden llevaron a plantear la Santa Cruz en lo mas alto de un gran cadalso de ochenta y cuatro pies en largo y otros en ancho, que estaba prevenido para el Auto, y con vistosos faroles y Familiares de guarda estuvo toda la noche, hasta que el día siguiente, luego que amaneció, salieron de la Inquisición. Lo primero, cincuenta y tres personas que fueron sacadas al Auto en esta forma. Veinte y un hombres y mugeres que iban en forma y con insignias de penitentes, descubiertas las cabezas, sin cintos y con una vela en las manos, y los seis de ellos con sogas a la garganta, con lo cual se significa que habían de ser azotados. Luego se seguían otras veinte y una personas con sus sambenitos y grandes corazas con aspas de **reconciliados**, que también llevaban sus velas en las manos, y algunas sogas a la garganta. Luego iban cinco estatuas de personas difuntas con sambenitos de **relaxados**, y otros cinco atahudes con los huesos de las personas que se significaban por aquellas estatuas. Y las ultimas iban seis personas con sambenito y corazas de **relaxados**, y cada una de las dichas cincuenta y tres personas entre dos Alguaciles de la Inquisición, con tan buen orden y lucidos trages [trajes], los de los penitentes, que era cosa muy de ver. Tras ellos iba, entre quatro [cuatro] Secretarios de la Inquisición en muy lucidos caballos, una acémila, que en un cofre guarnecido de terciopelo llevaba las sentencias; y en lo último iban a caballo *los Señores Inquisidores, Doctor Alonso Becerra Holguin, Licenciado Juan del Valle Alvarado y Licenciado Alonso Salazar y Frias*, llevando en medio al mas antiguo, acompañados del estado Eclesiástico al lado derecho, y de la Justicia y regimiento al lado izquierdo, y un poco delante iba, en medio de la procesión, el Doctor Isidoro de san Vicente con el estandarte de la Fe, puestos en muy buen orden, que representaba todo[a] grande autoridad y gravedad.

Llegados al cadahalso los penitentes, fueron puestos en unas gradas muy altas que estaban en él, por baxo de la Santa Cruz: *las once personas que habían de ser relaxadas, que eran cinco hombres y seis mugeres*, en la mas alta grada, y luego los reconciliados, y en los mas baxo los que habían de ser penitenciados. Y de la otra parte del tablado, enfrente, se subía por once gradas al sitial donde se pusieron los señores Inquisidores, teniendo el Estado Eclesiástico a la mano diestra, y la Ciudad y Caballeros a la siniestra, y en lo más alto de la grada primera se sentó el Fiscal del Santo Oficio con el estandarte. Y los Consultores y Eclesiásticos se acomodaron en las dichas gradas, que cabrían hasta mil personas. Todo lo restante del tablado estaba lleno de caballeros y personas principales, y en medio se levantaba un púlpito quadrado en que se ponían los penitentes ciando se les leían las Sentencias, que para leerlas se subían en otros dos púlpitos, que estaban en partes cómodas del tablado.

Comenzóse el auto por un sermón que predico el Prior del monasterio de los Dominicos, que es el Calificador del Santo Oficio, y aquel primero día se leyeron las sentencias de las once personas que fueron relaxadas a la Justicia seglar, que por ser tan largas y de cosas tan extraordinarias ocuparon todo el día hasta que quería anochecer, que la dicha Justicia seglar se entregó de ellas, y se las llevó a quemar, seis en persona, y las cinco estatuas con sus huesos, por haber sido **negativas**, convencidas de que eran bruxas y habían cometido grandes maldades. Excepto una, que se llamaba **Maria de Zozaya**, que fue **confidente**, y su sentencia de las más notables y espantosas de cuantas allí se leyeron. Y por haber sido maestra y haber hecho bruxos a gran multitud de personas, hombres y mugeres, niños y niñas, aunque fue confidente, se mandó quemar por haber sido tan famosa maestra y dogmatizadora.

El lunes siguiente, quando [cuando] amaneció, estaban ya puestos en el cadahalso todos los demás penitentes, y debaxo de su dosel los Señores Inquisidores con el Estado Eclesiástico y Ciudad; y todo lo demás dispuesto en la forma que estuvo el día atrasado, y se volvió a proseguir al Auto por un sermón que predicó el Provincial[N4] de la Orden de San Francisco, que es también Calificador del Santo Oficio. Y luego se comenzaron a leer las sentencias de dos famosos embusteros, que fingiendo ser Ministros del santo Oficio, habían cometido[N5], grandes maldades. Uno de ellos fue desterrado de todo el distrito de la Inquisición, y el otro que pagase y restituyese gran cantidad de dinero que había estafado con embustes y maldades que cometió socolor del Santo Oficio: dieronsele doscientos azotes, y fue desterrado perpetuamente de todo el distrito de la Inquisición, y los cinco años a las galera, a remo y sin sueldo. Otros seis fueron castigados por blasfemos con diversas penas. Otros ocho, por diversas proposiciones heréticas, fueron castigados, con **abjuración de levi**, destierro y otros castigos, conforme a la gravedad de sus delitos. Otros seis, cristianos nuevos de **Judíos**, los quatro de ellos porque guardaban los sábados, y en ellos se ponían camisas y cuellos limpios y mejores vestidos, y hacían otras ceremonias de la ley de Moyses, apuración de levi con destierro y otras penitencias; y otro porque había cantado diversas veces este cantar:

Si es por venir, no ha venido.
El Mesías prometido
que no ha venido.

y por otras proposiciones erróneas que había dicho, fue castigado con la misma pena. El otro, por haber sido **judío judaizante por tiempo de veinte** y cinco años, y haber perdido misericordia con lágrimas y demostración de arrepentimiento, fue admitido a **reconciliación**, con sambenito y cárcel, en la casa de la penitencia del Santo Oficio. Un moro que confesó haberlo sido con **apostasía**, fue reconciliado con sambenito y cárcel perpetua. Otro por haber sido luterano, creyendo y teniendo proposiciones de la seta [secta] de Lutero, fue también reconciliado con sambenito y cárcel perpetua, y se le dieron cien azotes. Las diez y ocho personas restantes fueron todas reconciliadas por haber sido toda su vida de la se(c)ta de los bruxos, buenas confitentes, y que con lagrimas habían pedido misericordia, y que querían volverse a la fe de los cristianos. Leyéronse en sus sentencias cosas tan horrendas y espantosas, quales nunca se han visto, y fue tanto lo que hubo que relatar que ocupó todo el día desde que amaneció hasta que llego la noche, que los Señores Inquisidores fueron mandando cancelar muchas de las relaciones porque se pudiesen acabar con el día. Con todas las dichas personas se usó de mucha misericordia[N6], llevando consideración mucho mas al arrepentimiento de sus culpas, que a la gravedad de sus delitos y al tiempo en que comenzaron a confesar: agravándoles el castigo a los que confesaban mas tarde, según la rebeldía que cada qual había tenido en sus confesiones.

Acabado el Auto al punto que anochecía, las veinte y una personas que habían de ser **reconciliadas** fueron llevadas a las gradas de la parte donde estaba el dosel y Tribunal del Santo Oficio, y puestos de rodillas en la grada mas alta, se hizo un solemnísimo y devotísimo acto, con que fueron recibidas a reconciliación y absueltas de la excomunión en que estaban por el señor Doctor Alonso Becerra y Holguin, Inquisidor mas antiguo; y esto se hizo con tan grande gravedad y autoridad que toda la multitud de genta estaba admirada y suspensa con la grande devoción. Y luego que se acabó el dicho solemne acto el dicho Señor Inquisidor mas antiguo quitó **el sambenito** a una de las bruxas, que se llamaba Maria de Yurreteguia, diciendo que se lo quitaba porque fuese exemplo a todos la misericordia que con ella se usaba por el dolor con que había sido buena confitente, y el ánimo con que había perseverado en se defender de las grandes molestias que los bruxos la habían hecho para la volver a reducir a su seta y bandera; lo que causó tan gran devoción y piedad en todos que no cesaban de dar mil bendiciones[N7] y alabanzas a Dios y al Santo Oficio, con que se acabó aquel semejante acto. Y el Chantre de la Iglesia Colegial llevó sobre sus hombros la Santa Cruz a la Iglesia con mucho acompañamiento y música, que iban cantando el *Te Deum Laudamus* (sp.,?) tras todos los penitentes, que acompañados de *Familiares*, fueron vueltos a la Inquisición, y el Estado Eclesiástico y la Ciudad volvieron también acompañando a los Señores Inquisidores; y se acabó todo buen rato después de haber anochecido.

Notas hechas por el bachiller *Gines de Posadilla* y publicadas en el mismo libro:

N1. Y por otros motivos también.
N2. Asueto y mula y holgura de tres semanas; y engullir sin término, y beber sin medida. ¡Y en Logroño!

N3. Ya hemos visto en Madrid a los nietos de los Infantes de la Cerda honrarse con esta dignidad, y ocuparse, acompañados de otros esbirros y de sus robustos lacayos, en asaltar de noche guardillas y zahurdas, y arrastrar a los calabozos de la Inquisición tunos, libertinos, frayles y viejas. ¡Extraordinaria degradación de la nobleza más ilustre de Europa! ¡Vergonzoso empleo que apetecían como blasón hereditario de su casa los descendientes de Alfonso el Sabio!

N4. ¡Que dos piezas de elocuencia se ha posteridad, el sermón del Padre Provincial y el del Padre Prior! Tan berso seria el procomo[?] el otro. ¡Y como resplandecer en los dos [?] el espíritu de tolerancia, de mansedumbre [?] de caridad evangélica!

N5. Procurarían imitar bien lo que fingieron.

N6. Yo lo creo. ¡Que tribunal ha habido jamás tan piadoso! El no hacia otra cosa que aprisionar, atormentar, desterrar, confiscar, afrentar, excomulgar, azotar, ahorcar y quemar a los miserables que cogía debaxo(sp.,?¿). Si se le morían en los calabozos, los condenaba en estatua y les quemaba los huesos: y los nombres, apellidos y patria de estos y de aquellos los ponía en letras bien gordas a la entrada de las iglesias, para que todo el supiera leer lo leyese y durasen por siglos en las familias que dexaban los afectos de su clemencia clerical. Ni estos debieron llamarse tribunales, sino congregaciones filantrópicas.

*N7. Es axioma corriente que a Dios se le debe dar gracias por todo; y en efecto, bien podremos nosotros dárselas por habernos hecho nacer un poco mas tarde, y no ser contemporáneos del **Doctor Vergara del Porres**, ni del **Doctor Alonso Becerra y Holguin**.*

Como Gines de Posadilla ya se percató, aquel Auto-de-Fe fue preparado y presentado de la forma mas teatral posible, y no solamente para el beneficio politico de la Iglesia y el Estado, sino tambien para el beneficio economico de la infraestructura de restaurantes, hoteles, hostales, mataderos, bodegas de vinos, comercio de ropas, etc., de la ciudad y sus alrededores. Durante meses antes del Auto-de-Fe la ciudad de Logroño debió convertirse en un hervidero de actividad comercial, con hoteles y restaurantes compitiendo por una clientela de recursos y apetitos notables venidos de todos puntos de la peninsula. Verdaderamente debió una orgía de colores, pronunciamientos soberbios, desbordamiento de emociones, muerte de mujeres y hombres vilmente quemados vivos, todo ello seguido por despliegues de poder y gula.

La Tragedia Humana

La siguiente **Tabla 4** reúne las estadísticas penosas y macabras de las víctimas de aquel Auto-de-Fe de 1610 en Logroño.

Tabla 4. Sentencia y Ejecución de las "Brujas" de Zugarramurdi, Navarra, en 1610. (Fuentes: Museo de Zugarramurdi; descripción de eventos de Editorial Collado, 1820; archivos del **Library of Congress, Washington, D.C., EE.UU.**)

Nombre:	Descripción:	Sentencia y Castigo:	Número de personas
Sequito de la Oficina de la Santa Inquisición, Autoridades de la Iglesia y Civiles (el Estado).			
Monjes y Curas, Orden de Dominicos	Sociedad de Santo Domingo		2-5, Investiga-ción en Curse (IC)
Monjes y Curas Franciscanos	Sociedad de San Francis		2-5 (IC)
Monjes Mercederios	Orden de la Merced		2-5 (IC)
Monjes Trinitarios	Orden de la Sagrada Trinidad		2-5 (IC)
Monjes y Curas Jesuitas	Sociedad de Jesucristo (S.J.)		2-5 (IC)
Bernardo de Sandoval y Roxas	General Inquisidor, y Cardenal **Arzobispo de Toledo**		1
Doctor Alonso Becerra Holguin	Inquisidor y Fiscal Principal de La Santa Inquisicion; **"del Habito de Alcantara"** (Mongaston, pg. 9).		1
Licenciado Juan del Valle	Inquisidor, Fiscal Principal de la		1

Tabla 4. Sentencia y Ejecución de las "Brujas" de Zugarramurdi, Navarra, en 1610. (Fuentes: Museo de Zugarramurdi; descripción de eventos de Editorial Collado, 1820; archivos del **Library of Congress, Washington, D.C., EE.UU.**)

Nombre:	Descripción:	Sentencia y Castigo:	Número de personas
Alavarado	Santa Inquisicion, e "**Inquisidor del Reino de Navarra**" (Mongaston, pg. 9);		
Licenciado Alonso Salazar y Frias	Inquisidor, Fiscal Principal de la Santa Inquisicion, e "**Inquisidor del Reino de Navarra**" (Mongaston, pg. 9);		1
Nombre (?), Investigacion en Curso (IC)	**Calificador** de la Santa Inquisicion, Prior del Monasterio Dominicano ubicado en Logroño (dio el semon de apertura del Auto-de-Fe).		1
Nombres (?), Investigacion en Curso (IC)	Consultores		2-4 (IC)
Nombres (?)	Eclesiasticos		2-4 (IC)
Nombres (?)	Dignitarios de La Santa Inquisicion		10-20 (IC), Archivos de la Inquisicion, Madrid
Nombre (?)	**Alguacil** of the La Santa Inquisicion		1 (IC)
Nombres (?)	Comisarios		4-6 (IC), Archivos de La Inquisicion, Madrid
Names (?)	**Familiares** de		50-75 (PG),

Tabla 4. Sentencia y Ejecución de las "Brujas" de Zugarramurdi, Navarra, en 1610. (Fuentes: Museo de Zugarramurdi; descripción de eventos de Editorial Collado, 1820; archivos del **Library of Congress, Washington, D.C., EE.UU.**)

Nombre:	Descripción:	Sentencia y Castigo:	Número de personas
	vecindarios de Logroño		Archivos de la Inquisicion, Madrid.
Las Victimas, Sentencias, y Castigos (Un total de 53 mujeres y hombres)			
Maria de Arburu (70 años)	"Bruja", mujer, **"Reina del Akelarre"**, de Zugarramurdi	**"Relajada"**[2] **quemada viva** en la hoguera, "en el otro lado del Rio Ebro", Logroño.	1
Maria Baztan de la Borda (68)	"Bruja", mujer, Zagarramurdi	"Relajada", **quemada viva.**	1
Graciana Xarra (66)	"Bruja", mujer, Zugarramurdi	"Relajada", **quemada viva.**	1
Maria de Echachute (54)	"Bruja", mujer, Zugarramurdi	"Relajada", **quemada viva.**	1
Petri de Juangorena (36)	"Bruja", mujer, Zugarramurdi	"Relajada", **quemada viva.**	1
Domingo de Subildegui (50)	"Brujo", hombre, Zugarramurdi	"Relajado", **quemado vivo.**	1
Maria de Echalecu (40)	"Bruja", mujer, Zugarramurdi	**"Relajada en Efigie"**, murio de **malaria**[1] en las carceles de La Inquisicion de Logroño, y sus huesos quemados en las hogueras.	1
Estevania de Petisancena (37)	"Bruja", mujer, Zugarramurdi	"Relajada en Efigie", murio de **malaria** en las carceles de La Inquisicion de Logroño, y sus huesos	1

Tabla 4. Sentencia y Ejecución de las "Brujas" de Zugarramurdi, Navarra, en 1610. (Fuentes: Museo de Zugarramurdi; descripción de eventos de Editorial Collado, 1820; archivos del **Library of Congress, Washington, D.C., EE.UU.**)

Nombre:	Descripción:	Sentencia y Castigo:	Número de personas
		quemados en las hogueras.	
Juanes de Etxegui (68)	"Brujo", hombre, Zugarramurdi	"Relajada en Efigie", murio de **malaria** en las carceles de La Inquisicion de Logroño, y sus huesos quemados en las hogueras.	1
Juanes de Odia y Berechea (60)	"Brujo", hombre, Zugarramurdi	"Relajada en Efigie", murio de **malaria** en las carceles de La Inquisicion de Logroño, y sus huesos quemados en las hogueras.	1
Maria de Zozoya y Arramendi (80)	"Brujo", mujer, "Bruja maestra de todas" y "Confidente", Zugarramurdi.	"Relajada en Efigie", murio de **malaria** en las carceles de La Inquisicion de Logroño, y sus huesos quemados en las hogueras.	1
Maria de Jaureteguia (22)	"Bruja", sentenciada como "Confidente".	**"Reconciliada"** y 6 meses de exilio.	1
Estevania de Navarcorena (80, possibly older)	"Bruja", anciana mujer, "segunda en el mando."	**"Reconciliada en Efigie"**, murio de **malaria** en las carceles de la Inquisicion de Logroño.	1
Maria Perez de	"Bruja", mujer,	**"Reconciliada**	1

Tabla 4. Sentencia y Ejecución de las "Brujas" de Zugarramurdi, Navarra, en 1610. (Fuentes: Museo de Zugarramurdi; descripción de eventos de Editorial Collado, 1820; archivos del **Library of Congress, Washington, D.C., EE.UU.**)

Nombre:	Descripción:	Sentencia y Castigo:	Número de personas
Barrenechea (46)	"tercera en el mando".	**en Efigie**", murio de **malaria** en las carceles de la Inquisicion de Logroño.	
Juana de Telechea (38)	"Bruja", mujer.	**"Reconciliada**", 1 año de carcel.	1
Graciana de Berrenechea (80, possibly 90)	"Bruja", mujer, "Reina del Akelarre".	**"Reconciliada en Efigie**", murio de **malaria** en las carceles de la Inquisicion de Logroño.	1
Maria de Yriarte (40)	"Bruja", mujer, Zugarramurdi.	**"Reconciliada en Efigie**", murio de **malaria** en las carceles de la Inquisicion de Logroño.	1
Estevania de Yriarte (36)	"Bruja", mujer Zugarramurdi.	**"Reconciliada en Efigie**", murio de **malaria** en las carceles de la Inquisicion de Logroño.	1
Maria Prenosa ("70 and older")	"Bruja", mujer, Zugarramurdi.	**"Reconciliada**", 1 año de carcel.	1
Miguel de Goiburu (66)	"Brujo", hombre, "Rey del Akelarre", Zugarramurdi.	**"Reconciliado en Efigie**", murio de **malaria** en las carceles de la Inquisicion de Logroño.	1
Martin Vizkar	"Brujo", hombre,	**"Reconciliado**	1

Tabla 4. Sentencia y Ejecución de las "Brujas" de Zugarramurdi, Navarra, en 1610. (Fuentes: Museo de Zugarramurdi; descripción de eventos de Editorial Collado, 1820; archivos del **Library of Congress, Washington, D.C., EE.UU.**)

Nombre:	Descripción:	Sentencia y Castigo:	Número de personas
("80 and older")	"Alcalde de los niños en el Akelarre", Zugarramurdi.	**en Efigie**", murio de **malaria** en las carceles de la Inquisicion de Logroño."	
Mari Juanto (60)	"Brujo", hombre, Zugarramurdi.	**"Reconciliado en Efigie**", murio de **malaria** en las carceles de la Inquisicion de Logroño."	1
Maria de Echegui (40)	"Bruja", mujer, Zugarramirdi.	**"Reconciliada"** [2], y prision perpetua.	1
Maria Chipia de Barrenechea (52)	"Bruja", mujer, Zugarramurdi.	**"Reconciliada"**, y prision perpetua.	1
Beltrana de la Fargua (40)	"Bruja", mujer, Zugarramurdi.	**"Reconciliada"**, 6 meses de carcel.	1
Juanes de Sansin (20)	"Brujo", hombre, "Atabalero del Akelarre".	**"Reconciliado"**, y prision perpetua.	1
Juanes de Lambert (27)	"Brujo", hombre, Zugarramurdi.	**"Reconciliado"**, y exilio por vida.	1
Juanes de Goiburu (37)	"Brujo", hombre, "Tamborilero del Akelarre", Zugarramurdi.	**"Reconciliado"**, y carcel perpetua.	1
Juanes de Yribarren (40)	"Brujo", hombre, "Verdugo del Akelarre", Zugarramurdi.	**"Reconciliado"**, 1 año de carcel y exilio por vida.	1
Fray Pedro de Arburu (43)	"Brujo", hombre, Zugarramurdi.	**Abjuracion de Levi**, y 10 años de carcel.	1
Juan de la	"Brujo", hombre,	**Abjuracion de**	1

Tabla 4. Sentencia y Ejecución de las "Brujas" de Zugarramurdi. Navarra, en 1610. (Fuentes: Museo de Zugarramurdi; descripción de eventos de Editorial Collado, 1820; archivos del **Library of Congress, Washington, D.C., EE.UU.**)

Nombre:	Descripción:	Sentencia y Castigo:	Número de personas
Borda y Arburu (34)	Zugarramurdi.	**Levi**, y 10 años de carcel.	
Nombre (?)	"El Mentiroso", hombre, posaba como ministro de la Santa Inquisicion para robar a sus vecinos.	Exiliado por vida de toda la jurisdiccion de la Inquisicion.	1 (IC)
Nonmbre (?)	"El Mentiroso", segundo hombre, posaba como ministro de la Santa Inquisicion para robar a sus vecinos.	Doscientos azotes, exiliado por vida de toda la jurisdiccion de la Inquisicion, y cinco años (a remar) en las **galeras** sin pago.	1 (IC)
Nombres (?)	Seis hombres acusados de **blasfemia.**	"Castigados con varias sentencias."	6 (IC)
Nombres (?)	Ocho hombres acusados de **herejias.**	Castigado con **"Abjuration of Levi"** que implicaba exilio y "otros castigos."	8 (IC)
Nombres (?)	Seis hombres Judios **Jewish "Conversos"**, que observaban el **Sabbath.**	Castigado con **"Abjuration of Levi"** que implicaba exilio y "otros castigos."	6 (IC)
Nombre (?)	Hombre **Judio "Converso"**, "por cantar oraciones y por pronunciar estamentos erroneos."	Castigado con **"Abjuration of Levi"** que implicaba exilio y "otros castigos."	1 (IC)

Tabla 4. Sentencia y Ejecución de las "Brujas" de Zugarramurdi, Navarra, en 1610. (Fuentes: Museo de Zugarramurdi; descripción de eventos de Editorial Collado, 1820; archivos del **Library of Congress, Washington, D.C., EE.UU.**)

Nombre:	Descripción:	Sentencia y Castigo:	Número de personas
Nombre (?)	Hombre **Judio** **"Converso"**, "acusado de ser un judaizante de otras personas durante 25 años."	**"Reconciliado"**, con "Sambenito" y "enviado a la carcel de la Inquisicion."	1 (IC)
Nombre (?)	Hombre **Moro** (Arabe), por ser un **"apostata"**	**"Reconciliado"**, sentenciado a carcel por vida.	1 (IC)
Nombres (?)	18 personas acusadas de pertenecer a la secta de "Brujas", y que terminaron como **"Confidentes"** ("se arrepintieron").	**"Reconciliado"**, con "Sambenitos", y sentenciado a recibir 100 latigazos.	18 (IC)
Publicacion de la Narrativa del Auto-de-Fe			
Autor (?)	No sabemos quien fue el autor(a) de la narrativa a forma de libro con titulo *Auto de Fe celebrado en la ciudad de Logroño, 7 y 8 de Noviembre del Año 1610*, 128 paginas; Sabemos, sin embargo, que la narrativa fue aprobada como verídica por la misma Inquisición el 6 de Enero de 1611		
Juan de Mongaston	Editor e impresor del libro *Auto de Fe celebrado en la ciudad de Logroño, 7 y 8 de Noviembre del Año 1610*, 123 pages, publicado posiblemente en 1611, despues de recibir "licencia" de la Iglesia y su Inquisicion el 7 de Enero de 1611.		
Ginés de Posadilla	Autor contribuidor, añadió siete notas/apuntes (N1-N7) que aparecen al completarse el narrativo en el libro impreso por Mongaston en 1820; "Bachiller Gines de Posadilla, Natual de Tebenez" (no se puede leer muy bien el nombre del pueblo o villa), como aparece al principio del libro.		
Doctor Vergara de Porres	"Cura de la Colegial e Iglesia de Nuestra Señora de la Redonda de la ciudad de Logroño, Vicario por el		

Tabla 4. Sentencia y Ejecución de las "Brujas" de Zugarramurdi, Navarra, en 1610. (Fuentes: Museo de Zugarramurdi; descripción de eventos de Editorial Collado, 1820; archivos del **Library of Congress, Washington, D.C., EE.UU.**)

Nombre:	Descripción:	Sentencia y Castigo:	Número de personas
	Señor Obispo de Calahorra y la Calzada, Don Pedro Manso"; esta es la persona que da "licencia" a Mongaston para publicar el dicho libro "sin incurrir en pena de censura alguna" en **7 de Enero, 1611**; esta persona fue testigo del Auto-de-Fe en Logroño y fue la persona que llevaba el estandarte de la Cruz Verde de la Inquisicion en ese Auto-de-Fe de 1610 (Mongaston, Nota, pg. 11);		
Fry Gaspar de Palencia	"...yo Guardian de Convento de San Francisco de la dicha ciudad de Lgroño, y **Consultor** del Santo Oficio, ví y examiné una Relacion de los procesos y sentencias que se relataron en el Auto..."; de acuerdo con la nota en el libro de Mongaston, esta persona dio su "**Aprobacion**" a la Narrativa del Auto-de-Fe con su firma el 6 de **Enero de 1611**; esta persona fue sido comisionada por el Doctor Vergara de Porres para examinar la Narrativa y dar o no dar su aprobacion; esta persona tamibien fue testigo del dicho Auto-de-Fe, y tambien habia llevado el estandarte de la Cruz Verde de la Inquisicion en dicho Auto-de-Fe de 1610 (Mongaston, Nota, pg. 11);		
Cristobal de Enciso	**Notario** de Fry Gaspar de Palencia.		

Notas de esta Tabla:
(1) **Juan Manuel Tudanca**, arquitecto y arqueólogo de la ciudad de Logroño responsable del estudio y documentación de las ruinas del convento Dominicano y las Cárceles de la Inquisición: "Sabemos ahora que aquellas mujeres de Zugarramudi que murieron en las cárceles de La Inquisición de Logroño murieron de malaria, pues las cárceles están muy próximas al Río Ebro, llenas de humedad...una enfermedad muy dolorosa y fatal..."; conversación de **Ambrosio Goikoetxea y Edurne Altuna** con **Juan Manuel Tudanca** en Logroño el 20 de Agosto 2003;

(2)La "**relajación**" se hacía con base en que **el Tribunal no condenaba a nadie a muerte, pues "hacía lo posible por salvarlo"**, que era fin **principal**, y cuando no lograba el arrepentimiento del inculpado "*no le quedaba más remedio*" que entregarlo al brazo secular para que **la autoridad civil lo ajusticiara conforme a las leyes civiles.**

Relaxed in person ("Relajada en persona"): La victima era cuemada

Tabla 4. Sentencia y Ejecución de las "Brujas" de Zugarramurdi, Navarra, en 1610. (Fuentes: Museo de Zugarramurdi; descripción de eventos de Editorial Collado, 1820; archivos del **Library of Congress, Washington, D.C., EE.UU.**)

Nombre:	Descripción:	Sentencia y Castigo:	Número de personas
	viva en la hoguera "para librarla del demomio."		

Relajada en Efigie: Término usado por la Inquisición para denominar así a su propia victima, padecida en las cárceles de la misma institución de la Iglesia, y cuyos huesos eran entonces llevados en procesión en el Auto-de-Fe, y a continuación entregados a las Autoridades Civiles las cuales se encargaban de llevar esos huesos, junto con su "efigie", y arrojarlos a las hogueras prendidas por las Autoridades y donde generalmente se estaban quemando vivas a otras victimas; la **"efigie"** era una muñeca hecha de piedra, cartón, o materiales similares para representar a la victima en el acto publico del Auto-de-Fe.

Reconciliada: La victima "reconocía sus actos de brujería" y entonces se libraba de la muerte en la hoguera; a continuación estas victimas recibían otras sentencias, ej., cárcel, confiscación de propiedad, exilio, etc.

Reconciliada in effigy: la victima que había sido acusada(o) de brujería, que también "reconocía sus actos de brujería, pero que mas tarde había muerto en la cárcel; entonces sus huesos junto con su efigie eran arrojados a las hogueras (Monter, 1990, pagina 184).

Abjuration of Levi ("Abjuracion de Levi"): La victima renegaba del diablo y de ahí en adelante hacia comunión con otros Cristianos.

Esta cacería de "brujas" fue organizada y llevada a cabo por la Santa Inquisición Española desde su base en Logroño, una ubicación seleccionada por las *Coronas de Castilla* y la Santa Oficina de la Inquisición ***para mantener su dominio sobre los territorios históricos Vascos de Alava, Bizkaia, Gipuzkoa, y Navarra,*** asi como también para vigilar y controlar brotes de herejía por parte de *Judíos, Moros (Árabes),* y *Protestantes* en esos territorios.

Capitulo
16

Logroño, Cuatro Siglos Después

-Debe ser por esta calle… debemos continuar buscando por esta calle estrecha de Logroño. -Sugirió *Itziar* a su novio *David*, aunque más que una sugerencia, era un ruego, un favor que ella le pedía, pues los dos llevaban ya tres horas caminando por las calles estrechas dentro del *casco antiguo* de la Ciudad de Logroño, cansados y agotados, buscando una inscripción, una placa, piedra o algo que diera testimonio del *auto-de-fe* que se llevó a cabo en esa ciudad de La Rioja, España, hace cuatrocientos años, en 1610.

Nada. No había vestigio alguno a encontrar de aquella tragedia humana, de aquel auto-de-fe perpetrado por la Iglesia y las autoridades civiles del Ayuntamiento de Logroño en 1610. Si hubo alguna vez una piedra que marcaba el lugar al lado del Río Ebro donde las cinco mujeres y un hombre de Zugarramurdi fueron quemados vivos por la *Inquisición* después de ser acusados de *"brujas"*, esa piedra ya no existía. Su hubo alguna vez una placa metálica de cobre o estaño que marcaba el lugar donde estaban las cárceles de Logroño y donde murieron otras ocho mujeres y cinco hombres de malaria y trato inhumano, también del pueblo de Zugarramurdi, esa piedra ya no existía. Si hubo alguna vez una inscripción en una pared que recordaba a las otras noventa-y-cinco victimas supervivientes de aquel auto-de-fe, incluidos Judíos, Musulmanes, Protestantes, y ciudadanos de Logroño, esa inscripción ya no existe. Itziar y su novio David, sin embargo, no sabían que esa piedra, esa placa, y esa inscripción no existían y, muy probablemente, que nunca existieron en la ciudad de Logroño.

Ese verano, *Anton* y *Edurne Beistegi* de Virginia, EE.UU., *Vasco-Americanos de 3ra. generación*, le habían sugerido a su hija, *Itziar*, visitar la bella ciudad de Logroño ya reconocida en la región de La Rioja, en España, y en ámbitos internacionales, por sus vinos aromáticos y robustos, sus trigos y árboles frutales, así como por su rica y variada arquitectura como ciudad moderna, una ciudad que hace tiempo se desbordó por encima y sobre sus murallas medievales para saltar a la campiña Riojana y allí construir escuelas, universidades, parques y espacios de recreo, corredores extensos de viviendas, y estadios de deporte que rivalizan fácilmente a sus predecesores, los puentes y coliseos Romanos de la antigüedad. Originalmente, la familia de Antón Beistegi emigró a los EE.UU. procedente de Laguardia-Biasteri, como tantas otras familias que emigraron después de sufrir la violencia de la 3ra. Guerra Carlista. De niño creció en Fairfax, Virginia, EE.UU., escuchando a sus padres **Frank** y **Andrea** hablar de las muchas contiendas entre los seguidores *Carlos Maria Isidro de Borbón*, pretendiente al trono de España y representando un poder absoluto, y los *liberales* que habiendo conocido ideas heredadas de la Revolución Francesa (1789-1799) aspiraban a una sociedad laica y demócrata. Ya de joven, Antón logró su sueño de regresar a Laguardia-Biasteri para conocer a las familias y vecinos que sus abuelos habían dejado atrás y, ya de paso, ingreso por un año en el **Colegio de Escolapios** de *San Jose de Calasanz* de la ciudad de Logroño como estudiante "internado", a tan solo quince kilómetros al sur de Laguardia. Fue un año fugaz, pero también lleno de aventuras memorables para aquel adolescente, "el Americano", como le llamaban sus compañeros. Debió dejar memorias indelebles en su mente, pues años mas tarde Antón recomendó a su hija Itziar visitar a parientes lejanos en Laguardia y, "ya de paso", pasearse por las calles de Logroño.

Aquella tarde de un Agosto, *Itziar* y David se acercaron a la fachada de un edificio viejo, vacío, y abandonado en la Calle del Marques de San Nicolás, y desde su puerta abierta miraron al interior del edificio donde se encontraban tres hombres "con pico y pala" excavando un agujero en el suelo y bajo la dirección de un cuarto hombre que portaba un rollo de papel a manera de capataz o ingeniero.

-Lo siento, no pueden entrar en este edificio… estamos haciendo unas obras para el Ayuntamiento de Logroño y es peligroso acercarse a estos edificios en ruinas… además estamos a punto de cerrar esta área.

-Ah, sí… le entendemos… es que estamos buscando las oficinas de la *antigua Inquisición* en la ciudad, y pensamos que pueda existir alguna placa o inscripción en las paredes de algún edificio viejo que denote su presencia.

-Pues tiene Ud. mucha suerte porque precisamente el año pasado completamos un trabajo arqueológico de investigación en esta área, donde aparecieron restos del antiguo edificio de la Oficina de la Inquisición de 1610 en un espacio cercano al *Convento de Valbuena* de los antiguos *Dominicanos*… Sí, de momento el Ayuntamiento ha decidido cubrir esos restos y ruinas para una investigación posterior, y ese espacio sirve ahora de área de aparcamiento de automóviles a un lado de la torre "Revellín" y el *Portal del Camino*… Soy el arquitecto *Juan Jose Mudanca*, jefe del equipo de arqueología.

-Pero… ¡no me lo puedo creer! --balbuceó Itziar-- llevamos tres días ya dando vueltas por estas calles estrechas de la ciudad, sin encontrar indicio físico de la presencia de la Inquisición… Estábamos a punto de regresar a Laguardia y olvidarnos de este proyecto…y ahora…

-Pues sí, estamos ahora preparando un informe…

-Perdone, perdone… una cosita relacionada… ¿Se sabe algo de las cárceles de la Inquisición… donde estaban localizadas… y como es que murieron tantas personas en esas cárceles… se les trataba mal a los presos, hombres y mujeres, se les torturaba y después morían, por ejemplo? -Esta vez era David haciendo la pregunta.

-No, ¡que va… no fue eso! Esas pobres gentes murieron de *malaria*… eso es, malaria… Unas 145 personas, hombres y mujeres, murieron de malaria en las cárceles de Logroño durante un periodo de unos 130 años, incluidas las mujeres y hombres de Zugarramurdi que detuvieron en las cárceles durante meses y meses del largo proceso contra las "brujas" que culmino en el auto-de-fe de 1610…

-¿Malaria?

-Así es… sabemos ahora que las cárceles del Ayuntamiento de Logroño se encontraban en los sótanos de unos edificios muy cercanos al lado sur del *Río Ebro*… la humedad era muy alta en esas cárceles debido al agua del río que se filtraba por sus paredes y suelos… ello, añadido a las malas condiciones higiénicas dentro de las cárceles contribuyeron a que esas cárceles estuvieran repletas del mosquito que acarrea esa enfermedad… unas muertes muy dolorosas, por lo que tengo entendido... sin tratamiento la enfermedad se propaga por todo el cuerpo lentamente y dolorosamente,... por los órganos vitales hasta llegar al cerebro y convertirlo en puré de patatas... le llamaban la "enfermedad negra", debido a la sangre negra que brotaba de los oídos, narices, y partes genitales de las victimas... Ahora sabemos que fue malaria. - Aseguró el arquitecto Mudanca antes las caras atónitas de Itziar y David.

Itziar y David no podían creer sus oídos. Durante los últimos 400 años escritores e historiadores en el mundo Anglo-sajón, en el País Vasco, en España, y en el resto de Europa habían conjeturado de formas muy diversas sobre la ubicación de las oficinas de la Inquisición en Logroño, de las cárceles del Ayuntamiento de la misma ciudad, y la causa de la muerte de aquellas 8 mujeres y 5 hombres del pueblo de Zugarramurdi que murieron en esas mismas cárceles... ¿Fueron envenenadas esas trece personas? ¿Fue el demonio que estaba dentro de los cuerpos de esas trece personas, como afirmaban los agentes y fiscales de la Inquisición, el que les "comía las entrañas" como castigo por dejarse caer en manos de la Santa Inquisición?... Fue la malaria, ahora se sabe definitiva y finalmente, la infección responsable de los gritos de dolor de las victimas, de la sangre negra que fluía de sus cuerpos, de la muerte lenta y tormentosa de las mujeres y hombres detenidos en las cárceles de Logroño. Gracias a un accidente de la historia moderna y el trabajo del arquitecto Mudanca ahora esas incógnitas se estaban resolviendo.

-Increíble, increíble...

-¿Perdone?

-Estaba pensando en voz baja, solamente --contestó Itziar-- Estaba pensando como algunas veces estos y otros pequeños "misterios" de la historia continúan sin resolución por cientos de años y después un dia... Increíble... ¿Y como es que su equipo a logrado encontrar el lugar exacto que las oficinas de la Inquisición y que las cárceles del Ayuntamiento ocupaban en 1610? ¿Recibieron una pista de algún informe de la Inquisición escondido hasta estas fechas?

-No, no fue así... todo ha sido un accidente, realmente --contestó el arquitecto Mudanca-- El actual Ayuntamiento de Logroño comisiono hace un par de años unos dineros a nuestro equipo de arqueología para realizar unas excavaciones en el entorno de la torre del **Revellín** y su estructura contigua conocida con el nombre de **Puerta del Camino**... se sospechaba que existieran ruinas de edificios y muros que pudieran tener un valor histórico, que pudieran contribuir al patrimonio histórico de la ciudad... Había interés también en examinar los cimientos de un antiguo convento de Dominicanos que se conocía con el nombre de *Convento de Valbuena*. El caso es que a medida que progresaba la labor de excavación nos dimos cuenta de que habíamos encontrado algo que no habíamos anticipado, algo que no podíamos haber anticipado...

-¿Las Oficinas?

-Exactamente, las Oficinas de la Inquisición de 1610. Para estas fechas ya hemos reconstruido algunos eventos y estamos encontrando las "piezas del rompecabezas" que faltaban. Hacia 1515, la Santa Inquisición se había instalada en *Tudela*, Navarra, pero en 1570 se trasladó a Logroño, entonces una pequeña ciudad en el lado sur del *Río Ebro* y dentro de la región de nombre **La Rioja** y conocida ya desde tiempos de la presencia *Romana* por sus campos abiertos y abundantes de trigo y viñas, mientras que jurisdiccionalmente pertenecía al *Reino de Aragón*. Su instalación en Logroño, aunque pareciera políticamente acertada, no dejó de tener sus retos de orden económico y estructural. Existía un edificio "ubicado cerca de dos hospitales" que requería ser rehabilitado por las autoridades civiles, y en el cual había espacio para la nueva entidad contando ya con el apoyo de la *Corona* en Madrid. En sus cercanías se encontraba también el **distrito de luz roja** de la ciudad, con su propio edificio y servicios, todo ello sancionado por las autoridades municipales de Logroño. La prostitución era tolerada en aquella sociedad monárquica, como lo es hoy día en las naciones-estados de la Europa moderna, aunque cualquier indicio o señal de "brujería" no era tolerado y debía ser eliminado utilizando la fuerza si esta fuera considerada necesaria por esas autoridades de la Iglesia y el Estado. Curiosamente ese edificio en el distrito de la luz roja era de interés para la Santa Oficina de la Inquisición debido a su costo bajo de renta comparado con el costo de renta de otros edificios en Logroño. La decisión tomada fue aquella de instalar aquella "sucursal" de la Inquisición en "un edificio-palacio en la parte sur del Río Ebro, aunque un lugar húmedo e insalubre." Dos años mas tarde, en 1572, la autoridad fiscal del Tribunal de la Inquisición propuso la compra de una fortaleza y sus cárceles, que eran propiedad de la Armada Española, a un costo de 5,000 ducados, un lugar menos húmedo y que ofrecía mejores condiciones de vida. Nueve años mas pasaron y la Suprema finalmente aprueba el gasto de 4,500 ducados para la reparación y rehabilitación de las cárceles de Logroño donde 40 presos y presas ya habían muerte el año anterior por razones no documentadas. Sabemos hoy día, que se desconocía en aquel entonces que la *malaria* infectaba a los presos y presas en aquellas cárceles insalubres, y que por lo tanto era una de las causas de muerte de aquellas personas. Muchas mas victimas moririían en aquellas cárceles, incluidas las "brujas" de Zugarramurdi, Navarra. Presos y operarios verdugos contraían la malaria y después sufrían muertes espantosamente dolorosas. En un periodo de cien años, en 1540-1560, aquel "tribunal" de Logroño fue responsable de la muerte de 90 personas en aquellas cárceles, aproximadamente.

-¿Y el convento de Valbuena?

-Ah, sí… lo siento, me perdí con la malaria aquella… Resulta que durante la excavación de los cimientos y ruinas de este convento de los Dominicanos y su basílica, uno junta a la otra, y a unos doscientos metros al noroeste del Revellín, nos encontramos con las ruinas anteriores de las Oficinas de la Inquisición… Como digo, buscábamos unas estructuras de posible valor histórico en el área del Revellín y nos encontramos con las Oficinas, algo que no buscábamos.

-¿Y cual es actualmente la disposición del espacio descubierto y que corresponde a las Oficinas de la Inquisición de Logroño?

-*Un aparcamiento…*

-¿Perdone?

-Hoy dia es una área de aparcamiento para automóviles… eso es. Ese espacio donde se encontraron las ruinas de las Oficinas de la Inquisición, un espacio entre las ruinas del Convento de Valbuena y el Revellín, aparecía ya como una área de aparcamiento antes de nuestro proyecto de excavación. Una vez que nuestro equipo estudió y documentó ese espacio de las Oficinas, el Ayuntamiento decidió que debíamos rellenar el espacio y dejarlo como aparcamiento "hasta que nuevos dineros se puedan presupuestar para continuar el proyecto de excavación."

-¿Entonces, ahí queda el proyecto... las ruinas de las Oficinas de la Inquisición de Logroño de 1610 enterradas debajo de un aparcamientos de automóviles hoy dia?

-Efectivamente, esa es la situación actual...

-¿Y el informe sobre ese estudio arqueológico? -Pregunto Itziar.

-Hemos logrado publicar un primer informe sobre el Convento de Valbuena, pero un segundo informe con detalles de la ubicación y dimensiones de las Oficinas de la Inquisición está pendiente.

-¿Pendiente?

-Sin poder darle detalles, Srta. Itziar, puedo compartir sin embargo que la composición política de los funcionarios del Ayuntamiento de Logroño hoy dia ha resultado en una decisión de no extender el presupuesto del proyecto, de momento, y de no autorizar la publicación de ese segundo informe de nuestro equipo arqueológico.

-¿Los políticos y funcionarios del Partido Popular (PP) en el ayuntamiento de Logroño no permiten a los políticos y funcionarios del Partido Socialista (PSOE) en el mismo publicar ese segundo informe? -Sugirió David.

-Ahí no les puedo ser de ayuda... mi trabajo es estrictamente técnico- Comentó el arquitecto Mudanca, con profesionalidad y sabiduría.

En las semanas siguientes, Itziar y su novio David decidieron hacer una visita al pueblo de **Zugarramurdi**, en el norte de Navarra, no muy lejos de Laguardia-Biasteri donde estaban hospedados con primos de Itziar. No era una gran coincidencia, o cuestión de suerte, que ambos pueblos estuviesen relativamente cercanos el uno del otro, a unas dos horas de camino en automóvil, ya que Laguardia se conocía anteriormente como "*La Guardia de Navarra*" cuando el municipio de Laguardia-Biasteri pertenecía a Navarra, hasta finales de la Guerra Civil de Navarra (1451-1461) y Laguardia fue "incorporada" a Castilla en 1463, victima de la rapiña de Fernando el Católico a expensas del Reino de Navarra.

-"¡No os van a hacer caso!" --Le comunicó abiertamente **Koro** a Itziar-- "Han pasado 400 años y en todo ese tiempo ni el Ayuntamiento de Logroño ni el Estado Español han hecho un esfuerzo mínimo por reunirse con nosotros, los vecinos y vecinas de Zugarramurdi."

Koro era una de la mujeres con las que Itziar logró comunicarse en esta ultima visita a Zugarramurdi. Durante esa visita a Zugarramurdi, Itziar instintivamente empezó a preguntar por grupos de mujeres que estuviesen familiarizadas con la historia de su pueblo y, particularmente, con su triste y trágico interludio con la Inquisición y el auto-de-fe de Logroño en 1610. En cuestión de unos minutos Itziar pudo asesorar que la gran mayoria de los 283 habitantes de Zugarramurdi, en la falda de una pequeña cordillera de montañas, sabían de la Inquisición y de aquel auto-de-fe que robaron la vida de 19 de sus mujeres y hombres en aquel nefasto año. No parecían estar conscientes, sin embargo, de la magnitud y totalidad de la trascendencia de aquel evento trágico, pero sabían que "los Inquisidores se llevaron a muchas de nuestras mujeres y hombres a Logroño para torturarles y quemarles en aquel auto-de-fe." Aun más, visitando las pocas calles del pueblo, Itziar y David se toparon con el museo del pueblo, y este ya ofrecía una rica representación de la cadena de eventos que culminó en el proceso de 74 mujeres y 29 hombres procedentes de Zugarramurdi y pueblos del alrededor como Urdax y Santesteban, sus nombres, edades, sentencias, y formas de ejecución, ya fueran estas de malaria y muerte lenta en las cárceles del Ayuntamiento de Logroño, o en las hogueras del auto-de-fe construidas y prendidas por las autoridades del mismo Ayuntamiento. Koro pertenecía al *Grupo Akelarre*, una organización de mujeres y hombres de Zugarramurdi que velan por las tradiciones e historia del pueblo organizando actividades culturales, pequeñas obras teatrales que presentan sus interpretaciones de los aquelarres dentro de la inmensidad de las *cuevas de Zugarramurdi*, y concursos de artesanías que generalmente atraen gentes de los alrededores haciendo posible la recaudación de unos ingresos modestos.

-¿Nunca ha habido un encuentro?

-Nunca. -Respondió *Gonzalo*, un concejal del Ayuntamiento de Zugarramurdi, también miembro del Grupo Akelarre.

-¿Podríamos contar David y yo con el "permiso" de vosotros en el Grupo Akelarre y en el Ayuntamiento para hablar con la gente en el Ayuntamiento de Logroño y proponerles una reunión inicial y un plan de actividades?

-Si, podéis, pero es que todo esto es... *¿Nola esaten da?*... todo esto es un ejercicio "académico", porque no os van a hacer caso, ni a vosotros ni a nadie.

Ese Viernes de la semana siguiente, Itziar está subiendo las escaleras para llegar al segundo piso del Ayuntamiento de Logroño. Esa mañana Itziar y David "bajaron" de Laguardia a Logroño en automóvil con la idea de que Itziar trataría de hablar con alguien en el Ayuntamiento mientras David llevaba el automóvil a un centro comercial donde comprar neumáticos nuevos para las ruedas de delante del vehiculo. "Concejal de Cultura", "Concejal de Urbanismo"... leían los letreros en sus respectivas puertas de oficia en aquel segundo piso... "Concejal de Igualdad"... este ultimo le pareció el titulo mas apropiado a Itziar. Llamó a esa ultima puerta, espero unos segundos, y prosiguió a abrirla para entrar.

-Hola...

-¿Sí, como puedo ayudarle?

-Me llamo Itziar... busco al Concejal o Concejala de Igualdad...

-Soy yo, *Concha Arribas Llorente*, dígame Ud...

-Quería ver a una persona como Ud. en el Ayuntamiento porque este año se cumplen 400 años del *Auto-de-Fe* de la Inquisición que tuvo lugar en esta ciudad de Logroño en 1610 para procesar a gentes del pueblo de Zugarramurdi acusadas de...

-¿Auto de qué y de qué pueblo dice Ud.?

-Auto-de-Fe de la Inquisición... fueron procesadas unas ciento-y-veinte personas acusadas de ser "brujas" procedentes de un pueblo del norte de Navarra que se llama Zugarramurdi.

En ese momento entró en la habitación una tercera mujer joven.

-Esta es mi administradora, *Maite Seoane Sánchez*,.. por favor continúe.

-Si, como decía, todas esas personas, mujeres y hombres, fueron acusados de ser "brujas", interrogados, detenidas en las cárceles de Logroño, y finalmente cinco mujeres y un hombre fueron quemados vivos en las hogueras al lado del Río Ebro.

-Maite, ¿tu habías oído de este auto-de-fe de la Inquisicion y de la quema de mujeres y hombres de un Zugarramurdi en las hogueras en 1610?

-No, creo que no.

-Pues yo tampoco... ¿Srta....?

-Itziar.

-Yo tampoco recuerdo, Srta. Itziar, haber oído aquí en Logroño de tal evento, y ciertamente no aquí, en el Ayuntamiento... ¿Se les acusó a esas personas de robar o matar a alguien?

-No, no, se les acusó de ser "brujas" y herejes... de reunirse con el demonio, de volar por los tejados, de comerse a niños... peor aun, se les acusó de actuar y pensar en maneras que la iglesia Católica castigaba.

Durante los siguientes 15-20 minutos Itziar procedió a comunicar sus hermanas Concha y Maite las circunstancias relacionadas con el auto-de-fe, incluidos los interrogatorios de las 103 personas de Zugarramuredi, como trece de esas personas sufrieron y murieron de malaria en las cárceles de Logroño, y como otras cinco mujeres y un hombre fueron quemados vivos en las hogueras "al otro lado del Río Ebro." Concha y Maite continuaron haciendo preguntas y poniéndose al corriente por primera vez de los acontecimientos de aquel auto-de-fe.

-Ahora le entendemos, Srta. Itziar... ¿Y que es lo que propone... que podemos hacer nosotras en este Ayuntamiento?

-Una muestra de acercamiento a la gente de Zugarramurdi, a los descendientes de aquellas gentes que fueron procesadas... una pequeña estatua o un pequeño monumento aquí en Logroño que nos ayude a todas y todos a recordar a aquellas personas que fueron injustamente sentenciadas, torturadas y --como les ocurrió a algunas de esas personas-- ejecutadas... algo que diga algo de la gente de Logroño y su Ayuntamiento, un Ayuntamiento que ofrece una muestra de responsabilidad moral por lo que ocurrió, por aquella tragedia humana... No podemos pretender construir una sociedad moderna donde la mujer y el hombre finalmente disfrutan de condiciones de respeto e igualdad si insistimos en que los errores del pasado continúen en no ser reconocidos como tal, diría yo. -Itziar se sorprendió a si misma con aquellas palabras. Si quería contribuir a hacer posible una reunión, un encuentro, entre las gentes de Zugarramurdi y Logroño, pero ahora estaba haciendo una conexión en su mente entre *"responsabilidad moral"* por la tragedia del auto-de-fe de la inquisición en 1610 y "respeto e *igualdad* entre hombres y mujeres." ¿Existía tal conexión, y era esa la ocasión apropiada para tratar averiguar si tal conexión pudiera existir?

Concha y Maite, su administradora, se miraron la una a la otra por unos instantes, y a continuación Concha dirigió su palabra a Itziar.

-No le puedo prometer nada, de momento, Srta. Itziar, pero hablare con las personas en mi equipo y otras personas en nuestro Ayuntamiento... Y, sí... estamos de acuerdo en que los derechos humanos de aquellas personas fueron violados... Estaremos en contacto con Ud., Itziar, gracias por venir a nuestra oficina. - Prometió Concha, la concejala de Igualdad.

Cuatro semanas mas tarde, en una comunicación de correo electrónico: "*Srta. Itziar, hemos decidido responder a su sugerencia con un evento de solidaridad, posiblemente una placa de metal conmemorativa... envieme Ud. una lista de sugerencias para continuar avanzando este tema. Firmaba*: **Concha**.

La suerte parecía sonreír a Itziar y sus nuevas amigos, Koro y Gonzalo de Zugarramurdi.

Una y otra vez Itziar envió una lista de actividades a Concha vía correo electrónico durante las siguientes cuatro semanas. Una lista sugería reunir cuatro personas del Ayuntamiento de Zugarramurdi y otras cuatro personas del Ayuntamiento de Logroño en alguna sala de este para hacer un par de discursos que repasaran los eventos y circunstancias del Auto-de-Fe en los días 8 y 9 de Noviembre de 1610, seguir estos con unos bailes folklóricos, visitar los lugares donde se llevaron a cabo el auto-de-fe y la quema de las "brujas", continuar con una comida en Logroño o en *Laguardia*, darse todas y todos unos abrazos, y despedirse en concierto y armonía, por ejemplo.

-¿Has oído algo de la gente de Logroño? -Le preguntó Koro a Itziar por teléfono

-No, todavía estoy esperando respuesta de Concha respecto a una lista de actividades que ella solicitó... Continuaré llamando a su oficina para ver si logro hablar con ella...

Algo extraño estaba ocurriendo. Cada vez que Itziar llamaba a la oficina de Concha y Maite en el Ayuntamiento de Logroño una recepcionista le indicaba que esas dos personas estaban en una reunión en esos momentos y que les dejaría su mensaje. Esas llamadas de teléfono no eran devueltas. Algo estaba ocurriendo contrario a lo acordado. Itziar estaba empezando a pensar que la propuesta había sido rechazada finalmente, pero ¿Por qué, cómo y quien estaba detrás de todo ello?

Nuevamente Itziar llamó por teléfono al Ayuntamiento de Logroño, esta vez para hablar con el alcalde, el *Sr. Tomas Santos*, y solicitar una corta visita.

-Hola, Srta. Itziar, el *Sr. Tomas Santos* no está disponible en este momento... soy *Rafael Caballero*, su Jefe de Gabinete, y yo le podría atender con mucho gusto.

Se acordó la fecha de esa visita e Itziar nuevamente recupero su animo. Tal vez todo iba bien, era cuestión de llevar a cabo esa visita ese dia y recoger el hilo, pensó ella.

-Este tiempo del año, Febrero, también tiene su encanto -- comentó Itziar mientras David conducía el automóvil desde Laguardia a Logroño para asistir a la visita con el Sr. Caballero-- Sí, hace un poquillo de frío, pero los cielos están despejados y la campiña de La Rioja se puede ver claramente contra su largo horizonte de colinas y antiguas atalayas.

Una vez en Logroño, David estacionó el automóvil en el aparcamiento subterráneo del Ayuntamiento, y de ahí se dirigió a la *Biblioteca de La Rioja* en el centro de la ciudad para tratar de localizar un par de libros, tal como Itziar le había pedido. Se despidieron con un beso, e Itziar subió las escaleras hasta el segundo piso para localizar la oficina del Sr. Caballero. Llegó con veinte minutos de anterioridad, por lo que decidió pasar por la oficina de Concha y Maite para verles, de ser posible. Se encontró con Maite quien le saludo y le dijo que Concha regresaría de una reunión en unos minutos muy posiblemente. Fue entonces, mientras Itziar esperaba en una mesa contigua echando una ojeada a una revista que alguien le toco su hombre derecho, y al mirar hacia atrás reconoció la figura de un hombre en sus "cincuentas."

-Un saludo para Ud., Srta. Beistegi.

-Un saludo --respondió Itziar, estrechando la mano de esa persona-- Ud. es... Ud. debe ser el alcalde, el *Sr. Tomas Santos*... entonces quiero darles las gracias por su servicio a la gente de Logroño...

-Es Ud. muy amable, gracias por su visita. -Y con una leve sonrisa e inclinando su cuerpo ligeramente hacia delante se despidió de Itziar, desapareciendo ante una sorprendida Itziar.

Ya en frente de la oficina del Sr. Rafael Caballero.

-¿Srta. Beistegi? Pase, pase por favor... -Le recibió el Sr. Caballero en su espaciosa oficina, ofreciendo a Itziar una silla alrededor de una mesa redonda mientras él se sentaba en otra silla en la misma mesa.

-Un placer conocerle, Sr. Caballero...

-Le comento, **Srta. Beistegi**, el Ayuntamiento ha decidido que debe ser una ceremonia "seria, de buen gusto, sin bailes e instrumentos de música"... queremos invitar a varias personas del Ayuntamiento de Zugarramurdi para que nos visiten y se reúnan con nosotros en el Ayuntamiento de Logroño en unas pocas semanas mas, para que así todos podemos hacer un primer encuentro. . el **Sr. Carlos Navajas**, responsable de la Concejalia de Cultura será la persona responsable de liderar este evento... creo que todas las personas involucradas van a quedar contentas y satisfechas.

Pasaron 10-15 minutos y el Sr. Caballero continuaba con sus descripcion de las actvidades que el Ayuntamiento de Logroño tenia en mente para ese dia historico. Otros 5-10 minutos debieron pasar y, finalmente, el Sr. Caballero cedió la palabra a Itziar.

-Le agradezco el hecho de compartir todo este buen detalle conmigo, Sr. Caballero, y aunque considero estas activicades y muestras de apreciacion muy importantes y necesarias creo que no son suficientes...

El Sr. Caballero mostró sorpresa en su rostro. Itziar continuó.

-Además de esas actividades es importante también, en mi opinión, Sr. Caballero, que las autoridades civiles del Ayuntamiento de Logroño empiecen a asumir **responsabilidad moral** por la perdida de vida, por la tragedia humana que ocurrió en aquel Auto-de-Fe de 1610 en esta, nuestra ciudad de Logroño... es importante decir públicamente, ante la ciudadanía: Lo sentimos, aceptamos parte de esa responsabilidad moral, nos equivocamos... estamos interesados en iniciar un proceso de reconciliación moral, completo, y transparente... en mi opinión.

Por unos instantes el Sr. Caballero optó por retener sus palabras, y a continuación respondió.

-Le repito una vez mas, **Srta. Beistegi**, que este va a ser **un evento cultural y turístico**, entre las autoridades del Ayuntamiento de Zugarramurdi y nuestro Ayuntamiento de Logroño, solamente... y el proyecto será liderado por la Concejalia de Cultura y no por la Concejalia de Igualdad.

-Le escucho, Sr. Caballero, pero permítame decir que me sorprende que esta haya sido la decisión del Ayuntamiento, sabiendo todos, como sabemos, que *los temas a abordar son violencia de genero y defensa de los derechos humanos de ciudadanas y ciudadanos, incluidos la libertad de pensamiento, de conciencia, y religión*... temas a abordar dentro de *la Concejalia de Igualdad y no dentro de la Concejalia de Cultura*, como Ud. me comunica.

Increíblemente, el Ayuntamiento de Logroño había quitado la responsabilidad a *las mujeres de la Concejalia de Igualdad* y había transferida esa responsabilidad al Sr. Carlos Navajas, responsable de la Concejalia de Cultura. Itziar le recordó también al Sr. Caballero que el Auto-de-Fe y aquella tragedia humana que la Iglesia y el Estado perpetraron en 1610 fue un evento muy publico, con pre-meditación y diseño, y que ciudadanos comunes y organizaciones cívicas en Logroño y otras ciudades y pueblos en el entorno geográfico debían tener la opción de participar y contribuir a este evento conmemorativo, en ese año de 2010. Esas palabras de suplica fueron en vano, pues unos minutos mas tarde el Sr. Caballero se excusaba para asistir a otra reunión en el laberinto de salas de recepción, oficinas, y salas de prensa del Ayuntamiento de Logroño. Esa visita y reunión debió durar unos sesenta minutos, principalmente con el Sr. Caballero hablando e Itziar escuchando pacientemente, aunque en los últimos quince minutos Itziar decidió abordar los temas de "*responsabilidad moral*" e "*Igualdad*" entre hombres y mujeres, temas que no encontraron eco y entusiasmo en la disposición del Sr. Caballero.

-Hola Itziar, soy **Koro**... --decía la voz por teléfono-- las mujeres del Grupo Akelarre y Gonzalo queremos incluirte en el programa de actividades para este 29 de Junio, aquí en Zugarramurdi... es algo que llevamos haciendo cada año, durante los últimos 15-20 años...

-Claro que sí, con mucho gusto... ¿Pero como puedo participar... como podemos David y yo participar?

-Una presentación tuya... una charla... cuéntanos a todas y todas como han ido tus conversaciones con la gente del Ayuntamiento de Logroño... la conexión que tu ves entre la "responsabilidad moral" que pudiera asumir el Ayuntamiento de Logroño un dia y la "igualdad de la mujer" hoy dia... como tu dices... hemos seleccionado tres ponentes para el programa de ese dia: Un ponente de Iparralde que compartirá un tema en el auditorio del museo del pueblo en **Francés**, un segundo ponente que compartirá otro tema relacionado en **Euskera**, y tu como nuestra tercera ponente con tu tema **Castellano e Ingles**... ¿Podemos contar contigo?

-¡Por supuesto que sí! ... puedo preparar una pequeña colección de diapositivas, por ejemplo, con detalles de mi trabajo de investigación, fechas de reuniones con la gente del Ayuntamiento de Logroño, observaciones contribuidas por el arquitecto Mudanca, etc....

-¡Excelente!.. De esta forma serán dos las actividades en el programa contribuidas por la gente de Laguardia para ese dia...

-¿Qué dos actividades?

-Ah... claro... es que creía que ya sabias... Resulta que la **Sociedad Amigos de Laguardia** ha ofrecido la participación del grupo de **dantzariak** de Laguardia, que nos parece fabuloso... ¿No estabas enterada?

Llega el 29 de Junio y el pueblo de Zugarramurdi está abarrotado de gente, con mesas de artesanías a lo largo de varias calles, autobuses trayendo gente de Iparralde, Donosti, Bilbo, y otras ciudades. El grupo de dantzariak de Laguardia, compuesto de una docena de niñas y niños de 10-12 años, luce sus trajes regionales con colores de blanco y rojo mientras realizan una dantza tras otra en la plaza del pueblo. La gente aprecia su presencia, aplaude, y animan al grupo a repetir su repertorio.

-¿Qué os ha parecido el grupo de dantzariak? -Eran las hermanas **Estitxu** y **Mari Carmen**, coordinadoras de la **Sociedad Amigos de Laguardia**.

-¡Ey, Estitxu y Mari Carmen... Que buena sorpresa! Un detalle muy bonito...

-Originalmente iba a venir el grupo de dantzariak de 15-18 años, un total de catorce jóvenes, entre chicos y chicas, pero tenían ya una presentación en otro pueblo, por lo que este grupo mas joven se ofreció a venir a Zugarramurdi... hemos venido todos en un autobús, los dantzariak, padres, y abuelos... ¿A que hora es tu presentación y donde será? -Preguntó *Estitxu*.

-En el auditorio del museo, a las 16:00 horas.

Unas 120 personas están ya sentadas en las butacas del auditorio del museo de Zugarramurdi, la mayoria de esas personas siendo mujeres, naturalmente. *Itziar* y *David* se encuentran sobre la plataforma, enfrente de un telón blanco, y alrededor de una mesa conectando una ordenadora portátil y un proyector de diapositivas. Con gran anticipación por parte de las personas asistentes, Itziar inicia su presentación con micrófono en mano y con el titulo de esa presentación apareciendo en el telón blanco detrás de ella: *"El Auto-de-Fe de Logroño de 1610 en el contexto de la Evolución de Valores Sociales, Jurídicos, Culturales, y Económicos de la Sociedad del Siglo 21."* Durante los siguientes 80 minutos Itziar procedió a comunicar el texto y graficas en cada una de las diapositivas. Itziar comunicaba los resultados de su investigación y los contenidos aportados por otras personas, mientras David sentado en la mesa con el portátil iniciaba una nueva diapositiva a petición de Itziar hasta completar la presentación. Una presentación de 45 minutos había sido anunciada previamente, pero fueron tantas las preguntas y comentarios contribuidos por los asistentes, que la presentación se extendió por otros treinta minutos. Aplausos, intercambio de teléfonos, correos electrónicos, y abrazos. Un equipo de televisión, *Zero Gravity*, grabó la presentación como parte de un documental sobre el mismo tema, con la autorización de la administración del museo y de Itziar.

Una hora mas tarde en el comedor del Jatetxea *Sorgina*. El grupo de dantzariak, padres, madres, y abuelos, así como otros 35-40 visitantes se reunían para comer un bocadillo durante el intermedio previo a la visita guiada de las *cuevas de Zugarramurdi*. Sí, el volumen --por no decir ruido-- en aquel comedor era alto, y las seis camareras volaban de la cocina a las mesas trayendo platos con los que poder reponer las energías de aquellos dantzariak hambrientos.

-¡Bueno, bueno, Itziar, *Zorionak*!.. Me han dicho que tu presentación fue todo un éxito… que les encantó a la gente de afuera, pero que dejaste a la gente de Zugarramurdi un poco sorprendidos… ¿Qué les dijiste?.. Yo no pude asistir, como ya te comente, porque me tocaba coordinar las otras actividades en la plaza del pueblo.

-¡*Fue el "meteorito"*! -Grito una niña de diez años desde una mesa adyacente, al mismo tiempo que su madre le pedía que bajase su voz.

-¿Qué meteorito? -Preguntó Koro dirigiendo su mirada a Itziar.

-Bueno, ¿te acuerdas que te pedí por correo electrónico la lista de todas las personas empadronadas hoy dia en Zugarramurdi, con sus nombres y apellidos...?

-Sí.

-Pues metí en mi ordenadora esa lista de las 283 personas empadronadas hoy dia en Zugarramurdi para comparar sus dos primeros apellidos con los apellidos de las 19 victimas que se llevaron los Inquisidores al Auto-de-Fe de Logroño en 1610...

-Bien, y ¿que me quieres decir?

-En ese pequeño análisis David y yo no pudimos encontrar un solo apellido de las 19 victimas que todavía existe y pertenece a alguna familia en Zugarramurdi hoy dia...

-¡No me digas! Entonces...

-¡*El meteorito*! -Volvió a gritar la niña de diez años.

-¿Pero qué es esto del meteorito?

-Bueno --continuó Itziar-- en una de las diapositivas mostré una esfera grande para representar la tierra, y en la superficie de la tierra se podía ver un puntito rojo que representaba este pueblo de **Zugarramurdi**... a continuación David apretó un botón en el portátil y las personas en el auditorio pudieron ver como una bola de fuego y humo avanzaba desde un lado del telón hasta el otro lado y finalmente impactando contra el puntito rojo... Era "el meteorito" de aquel auto-de-fe, echando fuego y humo en su trayectoria y acercándose a la tierra a miles de kilómetros por hora... David apretó nuevamente un botón en su ordenador para producir una siguiente diapositiva que mostraba como el puntito rojo de Zugarramurdi se rompía en mil pedazos y volando estos por el espacio para representar el hecho de que todos los habitantes de Zugarramurdi en 1610 debieron de salir corriendo de Zugarramurdi, escapando del horror de la Inquisición y su Auto-de-Fe para nunca más volver...

-Entonces...¿Quieres decir que...?

-Exactamente... mi investigación preliminar indica que todos los habitantes de Zugarramurdi en 1610 --alrededor de 175 habitantes distribuidos en un total de 47 casas y caseríos, aproximadamente-- huyeron del pueblo a otros pueblos y ciudades vecinas a consecuencia de ese auto-de-fe que procesó a 103 personas y se cargó a 19 de ellas en las cárceles y en las hogueras de Logroño en 1610... *Debió quedar vacío este pueblo*... Debió quedarse el cura del pueblo y nadie más... Una tragedia humana de proporciones increíbles, y que va más allá, mucho más allá, de la tragedia de aquellas 19 victimas...

-Entonces, también...

-Así es... *muy probablemente ninguno de los habitantes de Zugarramurdi hoy dia sois descendientes directos de aquellas familias a las que pertenecían aquellas 19 victimas*, o de cualquier otra familia... pues aquellas familias huyeron del terror para nunca más volver... Debió ser en las décadas siguientes que nuevos individuos y familias de pueblos y ciudades en el entorno emigraron y repoblaron este pueblo de Zugarramurdi.

-¡Que horror!... Quiero decir, que horror y pánico debieron sufrir aquellas familias que huyeron de su Zugarramurdi,... y tener que empezar nuevas vidas en otros pueblos y ciudades... Espero les fue mejor que a *Maria de Ximeldegi*, la joven que huía de Donibane y Sampere en Iparralde, donde unas 200 mujeres y algunos hombres fueron acusados de "brujas" el año anterior, en 1609, y fueron ejecutados en las hogueras por el criminal *Pierre de Lancre*[18] y sus secuaces al servicio del rey de Francia... Como ya sabes, esa joven huía de la caza de brujas en Iparralde y fue a caer en Zugarramurdi con su propia caza de brujas...

-¡Ahí lo has dicho bien! Además... -Itziar no pudo completar sus palabras.

-¡Por fin os encuentro! -Era Gonzalo, ya de vuelta después de hacer sus rondas por el pueblo, ayudando también con la coordinación de actividades.

-¿Todo va bien, Gonzalo? -Le preguntó Koro, mientras quitaba su chaqueta de una silla para que Gonzalo pudiera sentarse a comer.

-Sí, y no... Quiero decir, la gente lo esta pasando bien, muchos adultos, pero también muchos niños y niñas, y esto es siempre muy buena noticia... pero...

-¿Pero qué?

-La gente del *Gobierno de Navarra* nos ha llamado para decirnos que debido a recortes de presupuesto no podrán asignar a nuestro Ayuntamiento los 145.000 euros que nos prometieron para mejorías de alumbrado en las cuevas y programas de cultura y turismo cuando tuvimos la reunión y visita con la gente de cultura y turismo de Logroño y del Gobierno de la Rioja hace unos meses... que será una cantidad menor...

-¿Qué cantidad menor?

-Bueno, hace dos semanas nos comunicaron que tendría que ser una cantidad menor... unos 75.000 posiblemente... pero la economía debe ir muy mal porque ahora solo nos pueden dar 7.000 euros...

-¿Qué? Esos dineros solo sirven para comprar un par de ordenadoras para su uso en el museo y tres meses de nomina para un municipal...

-¿Problemas...? -Pregunto Itziar a Koro que empezaba a alzar sus manos al aire en tono de frustración.

-Nos prometieron mucho --respondió Koro-- algunas cosas... esos políticos del *Gobierno de Navarra* al principio de nuestras conversaciones con los políticos y funcionarios del Ayuntamiento de Logroño... ¿Y total para qué?.. Fuimos todas y todos a Logroño, nos dieron de comer, nos enseñaron una placa, *y ahora estamos de vuelta en Zugarramurdi con 7.000 euros y nada más...*

-Algunas gentes y cosas no cambian mucho, aun 400 años después.

Capitulo
17

Kathy y su Defensa

En tan solo unas semanas más Kathy se verá enfrente de un "panel" de profesores, escritoras, periodistas, y estudiantes para defender su tesis doctoral. El éxito de su trabajo de investigación en esos últimos cuatro años dependerá de su preparación sobre los temas a tratar, y de sus argumentos a presentar en esa sesión. Representados en ese panel estarán el **Dr. Finley** mismo, su director de disertación doctoral, cuatro otros profesores, uno de los cuales desempeñara el rol de presidente(a) de ese panel, y una persona invitada, posiblemente un escritor(a), periodista, o estudiante. Hacia el final de la sesión --que puede llegar a durar 4-6 horas-- estudiantes y personas particulares también pueden participar con preguntas y comentarios. Sí, exactamente, una sesión para indagar, averiguar, inquirir a fondo sobre temas acordados, no completamente diferente de un proceso de inquisición, pues la universidad aun hoy dia retiene procesos reminiscentes de la Edad Media.

Tres de esos cuatro profesores pudo elegirlos Kathy, porque así lo permite ese proceso, mientras que el cuarto profesor, **Dra. Angelica Flemmings**, fue nominada por el Colegio Superior, un cuerpo de administradores y profesores de varios departamentos en la universidad. Un proceso bastante rutinario el de seleccionar a los integrantes de un panel de disertación doctoral, ¿no es así? Conclusión incorrecta. Muchos obstáculos tienen que ser negociados, innumerables campos de minas a atravesar, y un universo de interés profesionales y personales a reconciliar. Cada profesor invitado por Kathy a participar tiene que ver su propio beneficio profesional en ese proceso, un proceso que va a requerir su disponibilidad durante los doce meses anteriores para leer secciones de la disertación y comentar con crítica y sugerencias para su mejoría. ¿Qué beneficios para un profesor? En el caso de Kathy, su tópico de investigación debe estar relacionado de forma alguna con el trabajo de investigación de ese profesor(a) quien entonces podrá comentar como experto en la materia, ver sus propias publicaciones referenciadas y listadas en la bibliografía de la nueva disertación. Además, y posiblemente mas significante en la practica, esa participación puede resultar en nuevas propuestas de investigación entre Kathy y uno o mas de los profesores que integran el panel, propuestas que generan nuevos dineros de investigación. ¿Dineros? Sí, la investigación y dineros para su financiación van juntos, a la par. Sin dinero para pagar salarios de estudiantes becarios, ordenadoras y otros elementos de capacidad informática, no hay investigación, o seria muy limitada. ¿Dinámica de grupo? Los profesores participantes pueden estar de acuerdo o no con los contenidos de la disertación durante esos doce meses de trabajo preliminar, especificando sus razones, y Kathy respondiendo a estas hasta alcanzar un acuerdo, generalmente. Durante la sesión de defensa, cada uno de los integrantes del panel asiste ese dia con su propia lista de 4-6 preguntas, a las que Kathy debe responder con argumentos convincentes. Si la pregunta no correspondiese al tema principal y "estuviera fuera de línea" en la opinión del Dr. Finley, este intervendría en la sesión y pediría al profesor correspondiente que modificase la pregunta o iniciase otra pregunta diferente y relevante de su lista. Un profesor hace una pregunta, Kathy responde con sus argumentos durante 5-10 minutos, otro profesor hace otra pregunta, Kathy responde y así sucesivamente hasta que todas las preguntas han sido hechas y respondidas satisfactoriamente, idealmente.

La **Dra. Angélica Flemmings**, sin embargo, es una incógnita, un "cañón sin dueño" que el sistema académico a proposito ha requerido en el panel de disertación para "abrir el abanico de preguntas relevantes." Esta profesora viene del *Departamento de Estudios Medievales y Reformistas*, y pudiera ser ese "cañón-sin-dueño" o un defensor valioso de los temas principales en la disertación, dependiendo de un numero de circunstancias. Ambos, Kathy y el Dr. Finley, saben relativamente poco sobre la Dra.

Flemmings y su trabajo profesional, no pueden anticipar la naturaleza de sus preguntas, y ello les preocupa, comprensiblemente.

Una semana antes. Dia de ensayo.

-Kathy, al principio de tu disertación tu afirmas que:

> *La mujer ha sido, y continua siendo hoy dia, **una victima de distorsión de su capacidad e imagen así como de maltrato** por parte del hombre en la sociedad como consecuencia de sus carencias, incluidos... el miedo de o incomodidad con la **abundante capacidad sexual de la mujer**,...su habilidad de tener orgasmos múltiples...*

¿Cómo defiendes ese estamento? ¿Has realizado sondeos para hacer esa pregunta y obtener respuestas de hombres y mujeres, por ejemplo, y cuales han sido los resultados de esos sondeos? -La pregunta venia del Dr. Finley a forma de empezar aquella sesión de ensayo. Alrededor de la mesa en una sala de conferencias también se encontraban Sunrise, su novio Cricket, Emilio, y otros dos estudiantes, cada uno escuchando y esperando su turno para hacer sus propias preguntas.

-Bueno, es una teoría mía solamente, y no, no he realizado sondeo alguno, todavía. Aun así, es un tópico que debería ser discutido en foros para promocionar un mejor conocimiento de cuestiones básicas de sexualidad entre hombres y mujeres... En nuestros tiempos modernos aun hay personas en nuestras sociedades que se oponen a una instrucción básica sobre la sexualidad humana. Peor aun, muchos crímenes de violencia contra las mujeres, violencia de genero, perpetrado por hombres esta vinculado con ignorancia, miedo, y falta de conocimiento de las diferencias de sexualidad entre hombres y mujeres, en mi opinión. Similarmente, avanzo la propuesta, una segunda teoría, de que la naturaleza dio a las mujeres una capacidad sexual mayor que la del hombre, precisamente porque la naturaleza pone en la mujer principalmente su apuesta por la procreación de la especie... Una manifestación de esa capacidad puede observarse cuando contrastamos la manera del hombre de tener sexo con la manera de la mujer al respecto. El hombre aborda esa actividad metiendo su pene dentro de la vagina de la mujer, dentro y fuera, dentro y fuera, un acto mecánico, generalmente. El síndrome de "meter y sacar", como yo le llamaría. No estoy diciendo que este comportamiento mecánico corresponde a todos los hombres, absolutamente que no. El comportamiento sexual de la mujer, en contraste, es mucho mas complejo en enfoque y realización, llegando a requerir un periodo extenso de cortejo durante el cual variedades de sentimientos, un lenguaje de cuerpo, la conversación, y visitas con miembros de la familia se llevan a cabo antes del *coito*, ese acto sexual. A continuación, durante el coito, *muchas mujeres son capaces de tener no solamente uno, sino dos, tres y posiblemente más orgasmos en una misma sesión de coito,* mientras su pareja, si es un hombre, es capaz de alcanzar un solo orgasmo, muy generalmente. Sí, aun con esa diferencia de capacidad sexual, la naturaleza sigue bien su curso, así que algo funciona bien, afortunadamente.

Unas sonrisas y miradas cautelosas alrededor de la mesa.

-Mi punto de vista principal aquí es que el hombre, desde tiempos primordiales viviendo en cuevas, a través de la Edad Media, y llegando a nuestra sociedad moderna-- ha intuido que la mujer tenía y podía mostrar su mayor capacidad sexual, que podía recibir una actividad sexual mayor que la que un solo hombre puede ofrecer, si así lo quisiera ella, porque su cuerpo y cerebro son diferentes, capaces de responder a oportunidades de sexo con proposito de reproducción o placer en maneras innumerables, maneras y formas capaces de "*acojonar*" a muchos hombres en una sociedad, no a todos claro. Característicamente, el hombre respondía creando sus propias reglas y tabus con el proposito de limitar la capacidad sexual de la mujer o, peor aun, someterla a ella a practicas y abusos sexuales en los que el, el hombre, pudiera percibirse como "el ganador", "*el semental prodigio*", "el que daba y otorgaba el placer", y "el creador de la vida." Esa falta de conocimiento, ese miedo, esos temores y manipulaciones por parte del hombre continúan hoy dia y se pueden hallar en la raíz de muchos comportamientos en nuestra sociedad, incluidos la violencia contra mujeres, elementos de la prostitucion de la mujer, y la "calidad de ciudadana de segunda categoría" de muchas mujeres, particularmente en sociedades donde no se les permite entrada a universidades o participación en la vida publica y política, y son relegadas a la cocina y la cama. Se necesita mas investigación, mas financiación para estudiar esta área de diferencias y practicas sexuales entre mujeres y hombres que conduzca a un mayor respeto, igualdad, entendimiento entre ellos. Menos abuso sexual, menos crimen, y mas tolerancia en nuestra sociedad. Eso es lo que estoy tratando de comunicar en mi tesis.

Una pausa, un silencio.

-Te escucho, Kathy… Personalmente yo creo que estas sacando a relucir unos puntos muy importantes… pero esta parte de tu investigación requiere mas profundidad… resultados de sondeos, por ejemplo, que apoyen tu posición… en mi opinión.

-Estoy de acuerdo. -Reconoció Kathy.

-Ahh… Disculpen. -Una garganta trataba de facilitar el flujo de saliva en su sistema en aquella sala. -Era Emilio, queriendo hacer una pregunta.

-Sí, Emilio, adelante con tu pregunta, por favor. -Sugirió y facilitó el Dr. Finley.

-Gracias… En realidad es mas un comentario que una pregunta. Mientras escuchaba, no pude dejar de pensar de un personaje en la tesis de Kathy sobre un tal *Pierre de Lancre*, aquel juez Francés que persiguió, torturó, y quemó vivas en las hogueras a unas 200 mujeres y hombres en el puerto de *San Juan de Luz* en 1609… Bien, pues me parece que fue aquel un caso claro de un hombre en una posición de poder en el sistema judicial de Francia que se deleitaba en interrogar, manosear, y torturar a aquellas mujeres jóvenes y hermosas, y así escuchar como se acusaban las unas a las otras durante semanas y meses antes de enviarlas a las hogueras para quemarlas vivas… ¡*Que hijo de puta o, mejor dicho, hijo de puto padre*! En su propio libro De Lancre habló repetidamente de aquellas mujeres que él llamaba "brujas"… de la forma de vestirse enseñando las varias partes de sus cuerpo hermosos, que si sus cabezas se mostraban rapadas en parte o totalmente, de cómo les gustaba mostrar "sus cabellos largos y negros", el hecho de que les gustaba bailar medio desnudas en la playa, y de cómo a esas mujeres les gustaba tener sexo con marineros y hombres casados… Quiero decir, aquel hombre era un enfermo mental, un psicópata, y de lo único que podía pensar era mujeres, bailes, y sexo en la playa. Tanto así, que en varios pueblos del País Vasco la gente lo recuerda hoy día y le llaman "*el Gran Masturbador*", porque se dice que después de aquellos largos interrogatorios de las mujeres, se retiraba a sus aposentos en el *Castillo de Sampere* y allí se masturbaba ciego, pensando en aquellas doncellas en agonía, con sus cuerpos desnudos, colgando de cadenas, y pidiendo clemencia a gritos.

Frecuentemente, aquel bastardo empezaba las sesiones de interrogatorio y tortura invitando a las mujeres a bailar "esos bailes Vascos que vosotras sabéis" para su placer y el de los secuaces que le servían en el castillo, escribiendo después "*la influencia del diablo y su poder sobre la victima puede reconocerse cuando los movimientos de baile son particularmente atractivos y exóticos*", afirmaba el cabrón. A De Lancre también se le conoce en Biasteri-Laguardia como "**botas brillantes**" porque a menudo él regresaba a la siguiente sesión de interrogatorio y tortura sin limpiarse su propio semen de sus botas, algo que los otros magistrados y testigos notaban con bochorno...

-¡Vale, vale, Emilio...gracias por tu comentario! Creo que ya vemos tu punto de vista. El caso del juez De Lancre, su sadismo, crueldad, y perspectiva de amor-odio hacia las mujeres han sido bien documentados en el pasado, aunque no tenía yo conocimiento de estos contenidos anecdóticos que tu, Emilio, en forma tan privilegiada, compartes con todos nosotros en esta mesa.

Risas.

-¿Puedo? -Era Sunrise, levantando su mano derecha y mirando a ambos, el Dr. Finley y Kathy.

-Adelante, Sunrise, por favor.

-Kathy, en otra sección de tu tesis dices:

*No fue tanto **la intolerancia religiosa y temor a la "brujería"** lo que condujo al hombre y sus instituciones de Iglesia y Estado a la caza de "brujas", persecución, juicios, tortura, y ejecuciones a través de milenia, pero especialmente durante el periodo de los Siglos 15, 16, y 17, **sino el apetito del hombre por el poder y el control absolutos**, así como su deseo de irradicar cualquier competición que la mujer pudiera representar en la sociedad...*

¿Todavía eres del punto de vista de que la cuestión de poder tenia mas peso que la cuestión de religión para los hombres a través de la historia y, de ser así, cuales son los dos-tres argumentos que presentas en tu tesis para defender ese punto de vista?

-Buena pregunta...trataré. Un punto que yo quiero hacer, comunicar, es que a través de la historia el hombre ha insistido en poseer, retener, y usar el poder, en sus varias formas, en la sociedad, ya sea en el hogar donde rehusaba a compartir decisiones con la mujer, en los concilios de tribus y pueblos donde a la mujer no se le permitía participar, o en ceremonias religiosas donde el hombre, y solo el hombre, inventaría y crearía la religión como un medio principal de controlar su sociedad. Para ese proposito, en esa creación, en esa religión, el hombre, su creador, se aseguro que Dios, su Dios, declarara a la mujer una sirvienta de sus necesidades, poco mas que una criada, una concubina, carente de intelecto alguno, y propicia al adulterio, al engaño, y la brujería.

Painting "**Examination of a witch**" by Thomkins H. Matteson, 1853, Collection of the Peabody Essex Museum, Massachusetts, USA.

Considerar la historieta de *Adan y Eva* en el *Antiguo Testamento*, por ejemplo, sin ir muy lejos. Ese tipo de religión y ese trato se encargarían de mantener a la mujer "en raya", conjeturaron aquellos hombres. La competición por parte de la mujer no seria tolerada.

-Gracias, Kathy.

Otra mano en el aire.

-Sí, Cricket.

-Leyendo las varias secciones en tu tesis note un desequilibrio, posiblemente... un desequilibrio en tus fuentes de información...me explico. En tu texto citas casos como el de las "brujas" de **Salem**, Massachusetts, EE.UU. donde las autoridades de la Iglesia y el Estado torturaron y ejecutaron a veinticinco personas --veinte mujeres y cinco hombres-- y detallas como años mas tardes representantes de esas dos autoridades pidieron perdón, y ofrecieron actos de restitución de carácter y propiedad, simbólicos, si, pero tomaron ese paso inicial de arrepentimiento y redención. A continuación citas a escritores y sus publicaciones en el mundo Anglo-Sajón... EE.UU., Inglaterra, Canadá, etc.... pero no incluyes escritores en Francia, España, Alemania, País Vasco, y otros países en Europa d onde pudieron ocurrir actos similares, peticiones de restitución de carácter y patrimonio por parte de individuos, organizaciones, representantes de la Iglesia y el Estado. ¿Pudiera ser este un desequilibrio en tu documentación... algo que las personas que integran tu panel de tesis notarían el dia de tu defensa de la tesis?

-Te entiendo, Cricket... tu observación es correcta... La razón por ese desequilibrio, es que no pude encontrar en mi trabajo de investigación eventos similares de restitución en esos países Europeos. Es mas, pensé que esa situación refleja una dicotomía entre culturas en el mundo Anglo-Sajón, predominantemente Protestantes, y varias culturas Europeas, predominantemente Católicas o, posiblemente una dicotomía entre la cultura de España y las otras culturas del mundo Occidental.

Un silencio.

-¿A que te refieres? -Preguntó el Dr. Finley.

-A ver... escritores e historiadores pueden escribir sobre lo que ha ocurrido en un país... no escriben sobre lo que no ha ocurrido, generalmente. Una escritora Americana o un historiador Ingles puede escribir sobre eventos de "peticiones de restitución" y "esfuerzos de reconciliación" porque esos eventos han ocurrido en sus propios países, como hemos notado en el caso de Salem. Por otro lado, ni escritores Españoles, ni historiadores Franceses, ni historiadores Vascos pueden escribir acerca de "peticiones de restitución" o "esfuerzos de reconciliación" porque esos eventos no han ocurrido en sus respectivos países. ¿Por qué? Me atrevo a avanzar la hipótesis de que en las sociedades del mundo Anglo-Sajón a su ciudadanía, o mas específicamente, *a la mujer se le escucha mejor que a su hermana en la cultura y mundo de la Europa*. La mujer y la ciudadanía en la historia de Europa no ha logrado ser escuchada por los poderes de la Iglesia y el Estado en la reivindicación de miles de mujeres y hombres que fueron acusados de ser "brujas" y ejecutados en los siglos 16, 17, y 18, básicamente...

-En realidad, Kathy, estás sacando a relucir algunos puntos interesantes... posiblemente... pero este no es el momento adecuado --Adelantó el Dr. Finley-- Mi consejo es no dejar este ultimo punto de vista para otra ocasión. ¿Por qué? Porque ya tienes suficiente material de interés y relevancia en tu tesis. Mi sugerencia con referencia a ese "desequilibrio" que Cricket ha observado, es responder diciendo que hasta el momento no has encontrado otras fuentes similares de documentación por parte de escritores Europeos. Corto y dulce.

Parque-Monumento dedicado a las mujeres y hombres de Salem (**Salem Witch Trials Memorial**), Massachusetts, EE.UU., con muralla y bancos de piedra con el nombre de cada victima (1692).

-Pues sí... estoy de acuerdo, sería también menos...

-¿Un comentario cortito?

Todos las miradas se fijaron en Emilio.

-¿Puedo decir algo?

Nadie quiso decir ni "Si" ni "No"

-Estoy de acuerdo con Kathy un cien-por-ciento...

Todos los ojos rodando en sus cuencas.

-Este pasado verano regresé al País Vasco para visitar a familiares y amigos, y uno de ellos me pregunto: ¿Cuál es la mayor diferencia, en mi opinión, entre nuestra sociedad en el País Vasco y la sociedad en general en los EE.UU.? Acepté que era una pregunta razonable, pero no pude dar una respuesta en ese preciso momento. Quiero decir, la gente vive relativamente bien en cada una de estas dos sociedades... la gente tiene vivienda, casas con comodidades, automóviles, buenas vacaciones, etc. ¿Cuál es una mayor diferencia, entonces, si es que existe?, me pregunté a mi mismo. Y fue en ese momento que me vino la respuesta. En los EE.UU., por ejemplo, la gente puede solicitar un permiso para hacer una manifestación por un buen numero de causas y las autoridades proporcionan ese permiso. Por el contrario, la gente en mi país, el País Vasco, no pueden organizar y asistir a manifestaciones sin ser acusados por parte de las autoridades del Estado Español de ser "simpatizantes de terroristas" o pertenecer a alguna organización que hace coalición con ETA, la banda terrorista. Si la gente en los EE.UU. desea honrar a sus caídos en la guerra de *Vietnam*, por ejemplo, con una estatua, dando el nombre de un veterano de guerra a una calle o parque, solicita el permiso, se recaudan los fondos, se construye el monumento, y hecho. Mi gente en el País Vasco o en España no pueden recuperar su *memoria histórica* referente, por ejemplo, a los miles de hombres y mujeres que murieron en la ultima guerra civil de 1936-1939, y cuyos cuerpos permanecen enterrados en fosas comunes y de paradero desconocido. Ningún monumento existe hoy dia a aquellas mujeres acusadas de ser "brujas", torturadas, y quemadas en las hogueras, o a aquellas mujeres de la Segunda Republica Española perseguidas y violadas... Periódicos como *Egunkaria* 1990-2003 son reprimidos, perseguidos judicialmente, y cerrados finalmente... Una ciudadanía a la que se le invita a votar por sus partidos políticos durante campañas electorales, pero a la cual después se le niega una "participación ciudadana" en la practica de la política cotidiana... entonces, ¿Cómo puede haber, entonces y ahora, ciudadanos que hagan "peticiones de restitución" a las autoridades de la Iglesia y el Estado, cómo puede haber monumentos, y cómo puede haber escritores e historiadores sobre estos temas cuando hay tan poco o nada que escribir sobre la materia...?

-OK, Emilio, gracias... te escuchamos, pero tenemos que concluir... -Comentó el Dr. Finley, y añadió-- Quiero agradecer a todos vosotros y vosotras por estar aquí esta tarde con esas muy buenas preguntas y comentarios.

-Pero se me ocurre...

-Otro dia, Emilio...

-¡Gracias a todos, un beso muy fuerte!

-¡Gracias a ti, Kathy, buena suerte.

Tres semanas han pasado, y el "dia D" ha llegado.

Son ya las 10:05 horas de la mañana, en la misma sala de conferencias. Cinco sillas en un lado de la mesa larga y rectangular, mirando hacia la pared con una "pizarra" blanca en el otro lado de esa mesa. Sentados de izquierda a derecha se encuentran a *Dra. Margaret Weber*, *Dr. George Szidarovszky*, y el *Dr. Winston Wymore* del Departamento de Kathy, este ultimo actuando como presidente del panel de tesis, el *Dr. Finley*, y la **Dra. Angélica Flemmings**. Kathy lleva ya una hora respondiendo a preguntas en la primera ronda de esa sesión. Cada vez que un profesor hace una pregunta, Kathy toma unos segundos para organizar sus ideas, y a continuación responde dirigiéndose a ese profesor. Durante la respuesta, que puede ser breve o requerir 5-10 minutos Kathy también dirige la mirada hacia los otros profesores para observar en sus caras si ellos(as) siguen los detalles de su respuesta o, posiblemente estarán pensando en otras cosas mas mundanas, como una siguiente reunión ese dia con el decano, una comida con un representante de una editorial, o el automóvil que quedo en un lugar del parking del campus limitado a dos horas…"Muy bien, gracias", "Si, vale, pero explique también porque…", o "No, no es esa mi pregunta…" pueden ser varios de los comentarios. No es exactamente una sesión de la Inquisición del Siglo 17, pero parecido.

-Muy bien, hemos completado todos y todas la primera ronda de preguntas, cada participante ha dirigido una pregunta o dos a Kathy, y ahora empezamos la segunda ronda.

-Kathy, en la cuarta parte de tu tesis escribes:

> *La mujer ha demostrado tener* **una habilidad para observar e interpretar el universo de maneras diferentes** *a las del hombre… e* **imaginar mundos paralelos…**

¿Cómo es ese mundo interpretado de maneras diferentes, y como defiendes ese estamento? -Esa pregunta venía de la **Dra. Margaret Weber**.

-En mi tesis estoy tratando de comunicar que desde tiempos primordiales los hombres han construido sistemas jerárquicos de dioses, poderes, y conocimientos, niveles múltiples de autoridad, y mundos subterráneos de oscuridad y tinieblas…es decir, **una estructura vertical de dioses y poderes** en la cual son los hombres por excelencia los que mandan, los que dirigen, en exclusividad, en un mundo de "unos pocos super poderosos". En contraste, las mujeres han optado en su interpretación del universo por **una estructura horizontal** de diosas y poderes… una estructura "mas llana y mas amplia" de los conocimientos y poderes en el universo, una estructura donde el conocimiento y el poder son distribuíos entre "unas muchas no muy poderosas personas", mujeres y hombres. Esta visión y concepto de la mujer es tal que puede mas fácilmente tolerar variedades de religiones y creencias, al mismo tiempo que permite al individuo una gama mas amplia de roles en su sociedad, sea como persona soltera, casada, sacerdotisa, astróloga, herbolaria, poeta, partera, trabajadora social, etc., teniendo amplia latitud para elegir y vivir libremente lo que yo llamo su rol propio de "función social." También, ese vista y percepción del universo permite una mas amplia gama de formas de comunicación y relaciones entre individuos, físicamente, psicológicamente, y emocionalmente... Estos mundos paralelos se deben al hecho de que los dos cerebros son diferentes --el cerebro de la mujer, y el cerebro del hombre-- en forma y función... un mejor conocimiento de esas diferencias de forma y función cerebral es vital en el futuro desarrollo de nuestra sociedad, en mi opinión.

-¿Y como apoyas esta opinión y posición tuya en la tesis?

-Bueno... ya he documentado estas diferencias en mi tesis con la ayuda de una lista extensa de historiadores, escritores, e informes de la comunidad científica, pero también he aludido a la necesidad de un numero mayor de mujeres en la comunidad de escritores, de historiadores, y de la ciencia. Estas *nuevas arquitectas de la sociedad* aportaran nuevas perspectivas, sensibilidades, y profundidad a temas en todas las disciplinas, incluidas las ciencias sociales, medicina, ciencias políticas, literatura, leyes, las artes... Afortunadamente, ya en esta primera década del nuevo siglo estamos contemplando, como testigos, de cómo un mayor numero de mujeres están llegando a posiciones de liderazgo en nuestra sociedad y comunidad de naciones, como maestras, abogadas, presidentas de corporaciones, como alcaldesas, ministras, vicepresidentas y presidentas de gobiernos.

-Gracias, Srta. Thompson.

-Siguiente pregunta, por favor. -El Dr. Finley, manteniendo el ritmo de la sesión.

-En términos generales puedo estar de acuerdo --empieza su pregunta la *Dra. Angélica Flemmings*-- con tu afirmación y posición sobre la Iglesia y el Estado, como entidades de autoridad y poder que han colaborado extensamente para controlar sociedades en una mayoria de las culturas de Occidente... Sin embargo, no está muy claro en mi mente que esas dos entidades poderosas dirigieron sus esfuerzos contra la mujer, específicamente contra la mujer, para *"eliminar la participación y competición de la mujer en nuestra sociedad",* tal como tu afirmas en tu tesis. Por mi parte yo veo a estas dos entidades batallando para conseguir más poder, mayor control, mas territorios, y mayores ingresos derivados de impuestos a sus poblaciones, de forma indiscriminada, batallando igualmente a organizaciones y ejércitos de hombres, de uno y otro país o región. Las mujeres simplemente, y desafortunadamente, se encontraban en ese "cruce de fuegos", diría yo. ¿Cómo documentas y defiendes tu posición?

-Gracias, aprecio su pregunta... Varias secciones de mi tesis documentan como desde los principios de la historia la "religión organizada" ha relegado a la mujer a roles secundarios en nuestra sociedad. Mi análisis sobre los roles asignados a la mujer en el Antiguo y Nuevo Testamentos demuestra un claro proposito y estrategia en esa dirección, en mi opinión. La función asignada a la mujer era la de sirvienta en la cocina, la de concubinas, y la de esposas en la cama para engendrar hijos, básicamente. Hacia la Edad Media, y antes, afortunadamente, un numero de mujeres adquirieron conocimientos sobre las cualidades medicinales de plantas, la fisiología del cuerpo femenino, astrología, las matemáticas, y ciencias en general, tal que pudieron asumir tareas y funciones como parteras, herbolarias, astrólogas, y trabajadoras sociales en sus comunidades. En algunas de esas áreas la mujer llegó a superar el conocimiento y habilidad del hombre, por lo que ambos mujeres y hombres acudían a ella, la mujer, para aliviar su condición física, mental, emocional, o económica. Tanto fue así que las clases gobernantes de los hombres decidieron demonizarlas, primero, perseguirlas como "brujas", ahorcarlas y quemarlas, finalmente. En ese sentido, propongo en mi tesis, *la Iglesia y el Estado unieron fuerzas y conspiraron para irradicar las ideas e interpretaciones alternas de la mujer sobre el universo.*

-¿No llegaron a participar mujeres también en esa "conspiración" de la Iglesia y el Estado?

-Efectivamente, algunas mujeres también participaron en esa conspiración contra sus hermanas... si, pero fueron los hombres de la Iglesia y el Estado los que controlaban el poder y dictaban el comportamiento de hombres y mujeres en aquellos infames actos-de-fe, en las cortes de reyes y reinas, en la conspiración nefasta y secreta de los *"familiares"* de la Inquisición.

-¿Y, Srta. Thompson, acaso no hubo hombres también que se opusieron a los métodos y practicas de la Iglesia y el Estado en defensa de la razón, los puntos de vista, y derechos de la mujer?

-Así es, exactamente... y no solo unos pocos hombres, sino muchos hombres en las varias clases sociales se alzaron finalmente contra los excesos de la Iglesia y el Estado, como ya he documentado en la caza de "brujas" de Salem, y el periodo de 250 años de la Inquisición en Francia, España, y País Vasco.

-Gracias, Srta. Thompson.

Una pausa, seguida por otra pregunta.

-En tu tesis afirmas:

> *...el miedo o incomodidad del hombre con **la abundante capacidad sexual de la mujer**... particularmente con su capacidad de poder tener **múltiples orgasmos**...y estilos alternativos de comportamiento sexual...*

Tengo curiosidad por saber cómo derivaste esa percepción y, segundo, que relación puede tener esa percepción con la conspiración de la Iglesia y el Estado, como tu alegas en tu tesis. -

-Gracias por la pregunta, ***Dr. Szidarovszky***... En primer lugar, quiero tomar un minuto para asegurar que no es la intención de mi tesis la de demostrar o presumir de forma alguna una superioridad sexual de la mujer... de ninguna forma... Es un objetivo principal, sin embargo, el de unir fuerzas con personas y organizaciones para reclamar una educación sexual básica, como mínimo, pero también mas exhaustiva y responsable en nuestras escuelas y universidades para ambos niños y niñas, hombres y mujeres. Eso es lo que trato de comunicar, principalmente. La ***violencia contra las mujeres***, por ejemplo, debería recibir mas estudio desde varias perspectivas, incluidas medica, económica, legal, y jurídica. De forma similar, las cuestiones de la prostitucion y la pornografía... estas actividades deberían ser tratadas con mas recursos legales y jurídicos para la protección de las victimas involucradas, mujeres y hombres, y menos "moralidad hipócrita." Miles de mujeres, posiblemente millones de mujeres, de países pobres y regiones que han sufrido desastrosas guerras civiles caen en las redes de crimen organizado y gestionado por hombres, principalmente. Aparte de ello, en ausencia del crimen organizado, con igualdad de oportunidades económicas, acceso a centros de educación, y edad legal yo personalmente no tengo objeción a esas dos actividades entre adultos de voluntad y consentimiento propios. La estructura legal correspondiente también tendría que estar ahí, en la sociedad, para la protección de las personas involucradas y sus derechos fundamentales, claro.

-Gracias, Kathy...

-*Profesor Wymore*, por favor. -Se adelantó el Dr. Finley, notando que el Dr. Wymore estaba "limpiando" su garganta.

-Me gustaría saber como Ud. llega a la conclusión:

> *La mujer, lejos de ser inferior, es una entidad humana altamente robusta, frecuentemente con cualidades físicas y mentales superiores que le permiten aguantar y perdurar dolor físico, ansiedad mental, y privación de comida, calor, y agua por largos periodos de tiempo. Además, magnifica e increíblemente, ella puede concebir vida, engendrar y criar nuevos seres humanos para perpetuar la especie, una asombrosa capacidad que la naturaleza otorga a la mujer, y solamente a la mujer.*

... Tengo un entendimiento del concepto del "*Súper Hombre*" de **Nietzsche**, aunque a un nivel básico, sí, y me resulta interesante tropezarme con el concepto de la "*Súper Mujer*" que Ud. parece avanzar en su tesis. ¿Podría Ud. elaborar sobre su concepto de "Súper Mujer"?

-Aprecio la pregunta, *Dr. Wymore*... Mi intención, sin embargo, no es la de promocionar un concepto o idea de una mujer superior, como una entidad superior a la del hombre, *aunque si es mi intención la de abogar por una entidad de la mujer que no es inferior a la del hombre*... Varias diferencias eisten en mi concepto con el de Nietzshe, también, como ahora me explico. El "súper hombre" de Nietsche es un ser humano que quiere rechazar al dios del Cristianismo como la fuente del bien y el mal, para confiar en su propia intuición como método de alcanzar proposito y éxito en la vida. Bien. Mi concepto de "súper mujer" no resta al concepto de "súper hombre" de Nietzsche... al contrario, acepta esa base propia de valores, intuición, y proposito, pero eso sí, sobre una base estructural y *única* de la mujer que además posee algunos atributos físicos y mentales que son *superiores* a los del hombre... La naturaleza --y el proceso de evolución como un mecanismo de transformación dentro de ese entorno que llamamos "naturaleza"--

ha diseñado y permitido a la mujer evolucionar de tal forma que ella sea *robusta* y capaz de aguantar largos periodos de privación física y mental para poder proveer adecuadamente a su prole y unidad familiar durante sequías, plagas, hombrunas, y otros cesastres naturales, así como en situaciones de menosprecio, aislamiento, y rechazo en su entorno social. En el otro lado de la moneda, reconozco bien que el hombre tiene una fuerza física superior, aunque esta fuerza física es a corto plazo, y puede desmoronarse en circunstancias mentalmente agudas, muy específicamente, pudiendo requerir un proceso largo de recuperación. Cuando el hombre "se cae", se desmorona física y mentalmente, le toma esfuerzo considerable para "levantarse". La mujer, asombrosamente, puede llegar "caerse" en esas circunstancias de aislamiento, perjuicio, y rechazo social, repetidamente, y logra levantarse cada vez En ese sentido la entidad de la mujer es *robusta*. Si, poco o mucho de ello es debido a un acondicionamiento social y cultural, pero también al hecho de que su cerebro y constitución física y mental son diferentes, en mi opinión. Ahora, si añadimos la capacidad única de la mujer de concebir vida, engendrar y parir prole, entonces tenemos ya --propongo-- algo muy especial...

-¡Gracias, Srta. Thompson, estoy completamente de acuerdo! Pero, por favor, no diga nada de esto a mi mujer... ¡Ella ya es la jefa en nuestra casa y, además, tenemos dos hijas adolescentes que están listas para conquistar el mundo!

Risas en la sala de conferencias.

-Gracias, Dr. Wymore... y gracias a todos y todas aquí presentes. Entonces, si no hay más preguntas, le vamos a pedir a Kathy que salga de esta sala mientras los demás deliberamos sobre los resultados de esta defensa de tesis, recogemos comentarios y recomendaciones que nos permitirán en los próximos días alcanzar un veredicto.

Capítulo
18

Circulo de las Mujeres Sabias

-Xabier, un momento, por favor, hay alguien en la puerta...
debe ser la Sra. Gonzalez que viene a hacer la limpieza... Le diré
que venga otro dia, me tomará un minuto...

Es una noche joven, calida y seca en *Tucson, Arizona*, y *Kathy*
está hablando en el teléfono con *Xabier* en Boise City, Idaho,
cuando suena el timbre de la puerta.

Kathy abre la puerta de su apartamento. Sorpresa.

-¡Srta. Connelly, es Ud.! ¡Qué sorpresa tan agradable!

-Hola, Kathy, perdona que no te pude localizar en el teléfono
anteriormente, pero tengo una cuestión de cierta importancia y me
gustaría hablar contigo por unos minutos... si tienes tiempo.

De forma muy característica, Kathy reacciona con energía y
entusiasmo e invita a *Emily Connelly*, su bibliotecaria en la
Universidad de Arizona a entrar.

-Pase, entre, por favor, Srta. Connelly... por aquí, por favor...
yo estaba hablando por teléfono, pero le diré a mi amigo que me
llame mas tarde... entre por favor.

Dos minutos mas tarde, Kathy y la Srta. Connelly están en la
sala del pequeño pero agradable apartamento, Kathy sentada en un
sofá y la Srta. Connelly sentada en un sofá largo haciendo esquina.
Un aire de anticipación se podía notar.

-Kathy, queremos ayudar.

-¡¿Disculpe?!...

-Como tu bibliotecaria y tu "ayudanta semi-oficial de
investigación", si me permites, he estado siguiendo tu línea de

investigación, una línea que es de gran interés para nuestra organización.

-No entiendo…

Emily Connelly giro su cabeza ligeramente para asegurarse de que el teléfono en aquella sala estaba colgado y continuó.

-Pertenezco a una organización internacional… una organización de mujeres que vela por los intereses de la mujer en nuestra sociedad hoy día… una organización que ha luchado contra los abusos de la Iglesia y el Estado en todas las edades, y tu trabajo merece nuestro apoyo, si decides aceptar nuestro apoyo, claro.

-¿Qué?

-Estamos dispuestas a ayudar, Kathy… a ti y al Dr. Finley… en vuestra tarea de entrar en los *Archivos Secretos del Vaticano*, de buscar y encontrar el texto completo del "*Evangelio de Getsemaní*"…

-¿Pero cómo?... ¿Cómo sabe Ud. de…?

-Sabemos… Sabemos de los contenidos de los dos CDs.

-¿Saben Ud. de los CDs?.. *¡Shmutzik!* ¿Que mas sabe Ud. o, mejor dicho, que no sabe Ud. todavía?

-Mis disculpas, Kathy… Como ya te he comunicado, somos una organización de mujeres que vigila y vela por los intereses de la mujer en muchas comunidades, en muchos países… Nuestra gente esta estratégicamente colocada en muchos "lugares altos" ya, lugares donde recogemos información y ganamos nuevos conocimientos…

-¿Qué clase de conocimientos?

-Mis hermanas y yo queremos invitarte a ti, Kathy, y al Dr. Finley a reuniros con algunas de nosotras en una casa privada en la montañas Catalinas, en las afueras de Tucson, para hablar de un plan… un plan para entrar en los Archivos Secretos del Vaticano.

-Y porqué esta interesada tu organización en ayudar .. Que sacáis de beneficio de todo esto? -No era una pregunta retórica, y Kathy quería saber donde se estaba metiendo.

-Bueno, podrás averiguar más in en detalle en la reunión de esta noche. Te llamaré a las 10:00 horas de esta noche a tu móvil con direcciones para llegar a la reunión, tu y el Dr. Finley, solamente.

Emily Connelly sonrió y se despidió de Kathy.

Diez minutos mas tarde, Kathy esta hablando por teléfono con Xabier, una vez más.

-¿Qué tipo de bibliotecaria es esta Emily Connelly? Ya sabe tu numero de móvil y probablemente sabe también la cantidad exacta de tu factura de móvil para este mes. -Sugirió Xabier.

-Ya, ya veo... se me ponen los pelos en punta, un poquillo... y yo que creía que era una bibliotecaria con gafas y nada más...Al mismo tiempo Emily has sido extremadamente profesional y útil estos últimos tres años de investigación... ¿Qué opinas de todo esto, Xabier?

-Habla con tu director, el Dr. Finley, y si el esta de acuerdo aceptar la invitación... aunque eso sí, ten cuidado...

"Ten cuidado." Xabier se quedó escuchando sus propias palabras y empezó a comprender que algo le estaba pasando a él. ¿Era que sus sentimientos por Kathy estaban saliendo... saliendo a flor de piel, de su piel? ¿Eran esos sentimientos ahora más aparentes, mas tangibles, mas reales? ¿Y si fuera así, no debía él estar más preocupado por la seguridad personal de Kathy yendo a una reunión con un grupo de personas desconocidas en horas de noche, aunque fuese acompañado por el Dr. Finley? Empezaba a darse cuenta, a ser consciente, de sus sentimientos por Kathy, sus sentimientos de hombre hacia *Kathy, una mujer hermosa e inteligente, y ello le inquietaba y asustaba al mismo tiempo*. Apenas había pasado un año desde su decisión de entrar al seminario de Arantzazu para convertirse en sacerdote un dia, y ahora... ahora empezaba a conocer a Kathy. Hace un año era una fuerza poderosa y única dentro de su ser, la de llegar a ordenarse como sacerdote y servir dentro de la Iglesia, desarrollar aquella necesidad que sentía dentro de su mente, aunque no supiera su proposito... Ahora... y ahora que conocía a Kathy empezaba a sentir *dos fuerzas colosales dentro de cuerpo y mente*, y cada una parecía llevarle en direcciones distintas. Se sintió excitado y al mismo tiempo atormentado por esa ambivalencia suya, la de querer seguir la dirección que su nueva fe le dictaba, y la de considerar emociones de la mente y placeres de cuerpo que la sola presencia de Kathy suscitaba ya en él.

Con Kathy al volante, ella y el Dr. Finley se dirigen a las montañas Catalina a unos diez minutos al norte, en las afueras de Tucson, a la dirección proporcionada por Emily Connelly. Es un vecindario bien conocido por los residentes de Tucson, en realidad, una población esparcida sobre un extenso espacio semi desértico, con un mezcla de "familias trabajadoras", ranchos, y "casas de gente rica" con cercas y jardines de cactus *suguarus*. Al encontrarse este vecindario desplegado sobre la falda de las Catalinas, desde esa localidad se puede apreciar la "ciudad de luces" que es Tucson al anochecer, con un fondo y horizonte de franjas color orange, violeta, y azul cobalto.

-Hemos llegado... creo. -Dice Kathy, mientras las luces de su camioneta iluminan una casa de estilo "rancho", con un porche amplio, y un letrero grande sostenido por dos postes con las letras "Rancho Cielo Azul, Bienvenidos". Ocho-diez automóviles son visibles y ya estacionados enfrente de esa residencia.

Kathy toca el timbre y seguidamente se abre la puerta, Es Emily Connelly, sonriendo e invitando a Kathy y al Dr. Finley a entrar.

-Hola, bienvenidos... llegáis a tiempo, pasar, por favor.

-Hermanas, les presento a Kathy y el Dr. Finley de la Universidad de Arizona...

Un coro de "¡Holas!" podía oírse de lado a lado de aquella sala donde trece mujeres se hallaban de pie esperando a saludar a Kathy y el Dr. Finley. Mujeres en sus treinta y cuarenta años, principalmente, incluidas dos mujeres en los "70s" y una joven de 20-23 años. A continuación, Emily invitó a todas las personas allí presente esa noche a sentarse. Una vez mas, Emily hablo dirigiéndose a Kathy y el Dr. Finley.

-Nuestra organización en una organización muy antigua, aunque nuestros miembros son todas jóvenes y hermosas, por supuesto.

Un coro de sonrisas.

-Ha existido por miles de años en muchas culturas en el mundo Occidental, aunque tenemos una "memoria estructurada" de nuestra organización durante los últimos tres mil años solamente. -Al completar esta introducción, Emily dirigió su mirada hacia las dos mujeres mayores, como si estuviera verificando aprobación.

-Nuestra razón de ser, nuestro proposito y meta, ha sido cuidar y proteger el bienestar de nuestras hermanas, las mujeres, en una sociedad dominada por los hombres. Durante miles de años las mujeres han subsistido como entidades secundarias al servicio de los hombres, relegadas a hacer trabajos "de casa", concebir, parir, y criar hijos... sin poder participar en la toma de decisiones en el tejido social de sus pueblos y ciudades... acusadas de ser la causa de sequías, enfermedades, y toda clase de plagas por los sacerdotes de muchos cultos y religiones, aunque muy especialmente por los sacerdotes de la religión Cristiana... Ha sido tan solo en los últimos tres-cuatro siglos en los que nuestras hermanas han logrado surgir como lideres en nuestras sociedades, ganándose entrada en universidades y centros de conocimiento, liderando el esfuerzo de masas de trabajadoras en fábricas, a la cabeza de manifestaciones por las calles de New York, Madrid, Londres, y otras ciudades del mundo exigiendo el voto para la mujer, optando por una condición de igualdad entre mujeres y hombres, básica y esencialmente. Hoy dia, contamos con muchas hermanas en "lugares altos" en nuestras sociedades, finalmente y afortunadamente.

Una pausa.

-De vez en cuando, y en circunstancias apropiadas, nuestra organización opta por intervenir para ayudar, para prestar el *"apoyo colectivo, puro y duro"*, como nosotras le llamamos, a personas y causas que representan un rol critico en el avance de la condición de la mujer, como es el caso tuyo, Kathy. Tu trabajo de investigación ofrece un gran abanico de posibilidades para avanzar la causa de la mujer hoy dia, creemos, pero en el proceso te encaminas en una trayectoria de grandes riesgos y peligros, sabemos. Vemos esos peligros con preocupación. No es nuestro *modus operandi* intervenir abiertamente, delatando nuestra hermandad, y preferimos permanecer en el fondo, en el lado invisible, por decirlo así. De esta forma, cuando se oye de un evento o descubrimiento en la historia que ha logrado cambiar el curso de la humanidad de forma positiva, nuestro "apoyo colectivo" puede haber jugado un rol significante y decisivo en ese cambio. En más de una ocasión, por ejemplo, cuando las pestes en Europa arrasaban y mataban a miles y millones de personas en ciudades y regiones enteras, esa mortalidad alcanzaba un cima alta y sostenida durante meses y años y a continuación, por razones inexplicadas, la plaga amainaba y finalmente desaparecía. ¿Por qué y como? Pues bien, en varias ocasiones la desaparición de esa plaga se debía a un remedio en forma de dieta, tratamiento medico, o suero medicinal "descubierto" de alguna forma o, aun mas interesantemente, el resultado de un "milagro", cuando en realidad ese remedio fue el resultado de nuestro "apoyo colectivo", en esos casos derivado de conocimiento ancestral de nuestras herbolarias, mujeres que arriesgaron ser acusadas de ser "brujas" con el fin de proveer la continuidad y disponibilidad de la sabiduría de la hermandad.

En el fondo de aquella sala se alzaba una mano.

-Si, Hermana Nancy...

-En otras ocasiones en la historia nuestras hermanas optaron por intervenir abierta y decisivamente, invitando a personas específicas a integrarse en nuestra hermandad, generalmente mujeres, aunque también llegaron a ser hombres... -Una de las hermanas mayores movió su mano derecha ligeramente, trazando un signo en el aire, lo que motivo a Emily a continuar.

-Ah, sí... una razón principal de nuestra reunión esta noche es la invitar a vosotros dos, a ti, Kathy, y al Dr. Finley, a ser *miembros asociados* de nuestro **Circulo de Mujeres Sabias**, el "**Circulo**", como comúnmente llamamos a nuestra organización.

-No sabemos que decir...

-Si, apreciamos la invitación, pero no sabemos que hacer o decir en este momento... quiero decir, ¿Qué se supone que debíamos hacer ahora? -Respondió Kathy, dirigiendo su mirada al Dr. Finley, primero, y a continuación hacia Emily y las otras hermanas en la sala.

-Simplemente continuar con vuestro plan de acceder a los Archivos Secretos del Vaticano, algo que es prácticamente imposible dadas las numerosas medidas de seguridad instaladas en ese recinto. Nuestro "apoyo colateral", sin embargo, cuenta con un numero de personas ya integradas y posicionadas dentro de esa infraestructura de seguridad, y que intervendrán en los momentos apropiados. Una vez dentro de los Archivos, es esencial que encontréis el código completo del "*Evangelio de Getsemani*", fotografiarlo en detalle, y salir sin ser detectados. En los meses siguientes será crucial el estudio del código, la traducción, y la publicación de esos contenidos para su conocimiento en la comunidad global. Los contenidos del código serán muy reveladores, creemos.

-¿Qué quiere decir?

-Nosotras estuvimos allí... --Emily continuó-- Nuestras hermanas estuvieron en el *Jardín de Getsemani* con **Jesucristo**, el hombre-mujer, el profeta... formaban parte del grupo de mujeres que acompañaban a Jesucristo en su recorrido de **Galilea** para comunicar el mensaje de valores y conocimientos de los siguientes cinco mil años, *"el mensaje de las dos esferas complementarias de conocimiento y sabiduría"*, como Jesucristo y aquellas mujeres llamaban al mensaje. Aquel mensaje comunicaba las dos esferas, también llamadas *"las dos iglesias"*, con una iglesia integrada y dirigida por hombres, y una segunda iglesia integrada y dirigida por mujeres. Jesucristo no iba a los campos de Getsemani para estar solo y rezar, como los hombres usurpadores, los auto-denominados sacerdotes de la iglesia, afirmarían mas tarde. No, no fue así. Jesucristo y su entorno de algunos de sus discípulos, incluidas nuestras mujeres, se reunían en Getseamani para diseñar y crear un nuevo orden, un nuevo orden en el que se proclamaba la *igualdad* entre los hombres y las mujeres con un solo dios. Aquel mensaje brillaba claramente entre los primeros Cristianos. Igualdad entre hombres y mujeres al servicio de un solo Dios. Simple, claro, y practico... un mensaje que todo el mundo podía entender y aceptar. Un mundo sin obispos, arzobispos, cardenales, sin misterios sagrados para ocultar la estupidez de un dogma absurdo, y sin Papas,... sin estructuras y jerarquías de poder.

-Nosotros dos, Kathy y yo, también sabemos ahora de ese mensaje... ahora que hemos logrado descifrar y traducir parte del código de Getesemani grabado en los dos CDs que nos llegaron a la universidad... ¿Entonces, eran aquellas hermanas en el "circulo" de Getsemani Cristianas también? -Preguntó el Dr. Finley.

-No, no eran Cristianas... no eran de la religión Judaica tampoco, o de cualquier otra religión "organizada" de entonces... Ellas tenían su propia forma de entender el mundo, la naturaleza, observando las leyes de la naturaleza, como las cosechas respondían a la energía del sol y los elementos. Ellas tampoco trataban de acumular poder y conocimiento para usarlos contra otras mujeres y hombres. Al contrario, ellas pretendían comunicar y distribuir ese conocimiento en su universo, para que existiesen cientos y miles de centros de conocimiento y sabiduría en sus varias formas de justicia social.

-¿Una utopía? -Sugirió Kathy.

Otra mano se alzó sobre las cabezas de los asistentes.

-Hermana Abigail, por favor...

-Sí, una utopía, muy posiblemente, aunque las hermanas en el Circulo siempre han comprendido bien la necesidad y lo inevitable del cambio en nuestra forma de entender el universo a nuestro alrededor, mientras el principio de igualdad y compromiso mutuo entre hombres y mujeres ganaría reconocimiento y aprobación con cada generación, en cada siglo, con cada milenium... Muchas de los antiguas escrituras y códigos, primero dentro del marco del *Judaísmo*, y después dentro de marco del *Cristianismo*, ya hablaban de *ese principio de igualdad entre hombres y mujeres*, pero eso no gustaba a los hombres, particularmente al grupo de hombres que pretendían usar la nueva religión del Cristianismo como un mecanismo para recoger, acumular poder, y usarlo para someter a los demás. No les gustaba compartir el poder, y optaron por retenerlo y distribuirlo entre unos pocos de ellos para convertirse en los supremos sacerdotes del universo. Hacia ese fin, reunieron todos los códigos conocidos, seleccionaron unos pocos para su conveniencia y beneficio, y quemaron el resto.

-¿Es eso lo que el *Obispo Ireneo de Lyón*, *Francia*, hizo en los alrededores del segundo Siglo del Cristianismo? -Preguntó Kathy, para seguir la idea general que la hermana Abigail proponía.

-¡Exactamente! -Contribuyó Emily, que estaba a su lado, no en alta voz, y no desde una posición de autoridad, sino en un gesto de consensos.

-¿Entonces, este "código de Getsemani", o "Evangelio de Getsemani" mencionado en los contenidos de los CDs, debe ser uno de los pocos evangelios que se salvaron de la quema de códigos de Ireneo?...

-Si, eso es lo que creemos en la hermandad... De alguna forma ese código sobrevivió aquel proceso de Ireneo y su entorno de fanáticos que diseñaron y crearon la nueva iglesia Cristiana. Posiblemente fue su curiosidad y gusto morboso que le inclino a guardar ese código con la idea de echarle un vistazo de vez en cuando y después quemarlo. No sabemos, solamente podemos conjeturar. Lo cierto es que se debió quedar con ese código y los otros cuatro evangelios, y ordeno quemar los otros 40-60 evangelios y escrituras. Todas creíamos que tal código nunca existió, hasta ahora. Alguien en los Archivos Secretos del Vaticano quiere ese documento a la luz del dia, por razones que desconocemos, de momento.

-¿Entonces vosotras también queréis que ese código vea la luz del dia, que se divulgue?

-Así es... Ese documento ofrece la posibilidad de cambiar el curso de la Iglesia... una Iglesia que todavía hoy día desea que la mujer sea servil al hombre, una Iglesia dominada por los hombres que se opone a la igualdad entre hombres y mujeres como Jesucristo proclamó y fue escrito en ese código.

-Nosotros estamos de acuerdo... ¿En que forma podemos ayudar? -Preguntó Kathy y el Dr. Finley asintió con un movimiento de cabeza.

-Una vez que lleguéis a Roma, nosotras estaremos cerca para prestar el "apoyo colectivo" del que hemos hablado anteriormente. Con un poco de suerte, o mucha, todo podría salir bien de acuerdo con el plan que tu, Kathy, y el Dr. Finley estáis preparando, en cuyo caso nosotras en el Circulo no tendríamos que intervenir. Como ya hemos dicho, preferimos no intervenir, de ser posible. -Añadió Emily con una sonrisa.

-¿Y como sabremos donde estaréis con ese "apoyo colectivo" si algo sale mal?

-Oh, allí estaremos y cerca, segurísimo... nuestras hermanas estarán allí estratégicamente colocadas... una hermana pudiera ser la mujer que os recibe en el aeropuerto *Leonardo da Vinci-Fiumicino* en *Roma*, o la taxista que os lleva del hotel al recinto del Vaticano, o la guía dentro del Vaticano que os da un "tour" de los Archivos Secretos, o bien la joven que os sirve un *gelato de fresas* en una mesa al aire libre de un restaurante en frente del Vaticano, mientras vosotros estudiáis el horario de cambio de guardas del mismo.

-Gracias, Hermana Sabia Connelly. -Ofreció Kathy.

-Simplemente Hermana *Cornelia*, nada más.

Capitulo
19

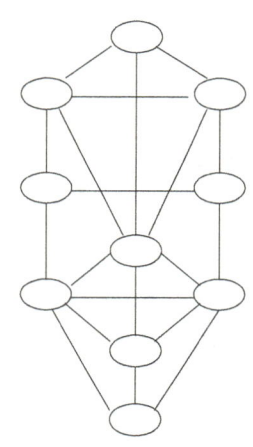

*"Los Vascos no son aislacionistas. Ellos nunca quisieron salir de Europa. Querían ser Vascos, solamente. Posiblemente serán los Franceses y los Españoles, los recién llegados relativamente hablando, los que desaparecerán en otros 1.000 años. Pero los Vascos todavía estarán allí, haciendo sus deportes raros, hablando un idioma de "ks" y "xs" que nadie más entiende, dando nombres a sus casas y orientándolas hacia la salida del sol en el Este en una tierra de leyendas, sobre empinadas montañas verdes, y cerca de un mar de azul cobalto --Sobreviviendo, aguantando por virtud de lo que Juan San Martín llamaba **Euskaldun bizi nahia**, la voluntad de vivir como un Vasco."*
   La Historia Vasca del Mundo, *de Mark Kurlansky*, 1999.
   [Cap 19, Cap 20, Cap 21]]

Un Restaurante Vasco en Boise City

-Perdone, Srta., ¿me puede Ud. decir donde está la Terminal de **US Airways**? -La joven en el "booth" de información en el aeropuerto de **Boise City** quitó sus ojos de la pantalla de la ordenadora para dirigirse al joven y su pregunta.

-*Yes, of course*... Por favor siga este corredor hasta el final, tome las escaleras mecánicas hasta el siguiente nivel, y allí encontrará varias terminales incluida la de US Airways.

Xabier sabía que llegaba media hora antes de lo previsto, y que el avión de **Kathy** no llegaría hasta las 4:55 horas de la tarde, pero prefirió no arriesgarse con las incertidumbres del tráfico esa tarde, se subió en su automóvil alquilado, y se dirigió al aeropuerto para recoger a Kathy que venía desde Tucson, Arizona. Una vez en la Terminal, compró un café que ya venia en su vaso de cartón, encontró un asiento, y se puso a leer el *Idaho Statesman*, el periódico de aquel estado. Terminó la primera página pero no pudo continuar. No podía olvidar su alegría y emoción al recibir la llamada de Kathy tres días antes y le daba vueltas a esa visión, esa película en su mente, repetidamente. Kathy había aceptado su invitación para reunirse con él en **Boise City**, **Idaho**, y asistir al **Jaialdi**, la **Fiesta Vasca**, que se celebra cada cinco años, y ese año tocaba. ¿Pero por qué ella esperó tres meses para llamarle y asegurarle que venía? Juntos se conocieron en la Universidad de Arizona, al principio del año escolar durante la presentación de los nuevos estudiantes y profesores, hablaron de temas de interés común, y la atracción era mutua, desde un punto de vista profesional, claro. No solo en aquella ocasión, sino que mas tarde durante el recorrido en la *reserva India de los Hopi y Navajo* para encontrar al Padre Altuna la experiencia había sido notablemente agradable. ¿Entonces, por qué esperó ella esos tres meses para llamarle, simplemente para charlar unos minutos en el teléfono, y mantener la llama ardiente? Tenía que ser cuestión de diferencias de religión, ella siendo Judía y Xabier un seminarista en el seminario de Arantzazu visitando los EE.UU. por un año. ¿Qué otra cosa pudiera ser? Xabier comprendía que era una situación fuera de lo ordinario, una amistad nutrida por intereses profesionales similares y nada más, aunque también podía ver en Kathy cualidades muy atractivas. Durante esas ultimas tres semanas Xabier encontró motivo y ocasión para estar disgustado consigo mismo, por extrañar la compañía de Kathy, por recordar sus ojos azules claros, su risa contagiosa, su osadía y determinación en su trabajo de investigación. Disgustado consigo mismo por no poseer una fe más fuerte que le guiase en cada momento en su tarea de reunir materiales para su titulo de Master. *¿Por qué no podía ser él como otros hombres de fe*, con una determinación absoluta y una visión lucida que guiase sus pasos, sin dudar, con convicción, sin vacilar, con entusiasmo, sin remordimientos? Tal vez era un diseño del Señor, su Dios --pensó Xabier-- para probar su fe, sin descartar la posibilidad de un demonio que pretendía debilitar esa fe tentando su carne débil con visiones de una mujer, una mujer única como Kathy.

De repente se abrieron las puertas y los pasajeros empezaron a desembarcar, entrando en la sala de espera donde Xabier estaba sentado con los brazos cruzados y mirando al suelo.

-¡Xabier! -Fue Kathy quien le reconoció primero.

-Hola Kathy, ¡Qué gusto en...! -Pero no pudo completar sus palabras al arrojarse Kathy a sus brazos, abrazándole, y sonriendo.

-¡Te ves fabulosa!

-Bueno, tu no te ves mal, tampoco... hasta parece que has agarrado un bronceado...¿Te van bien las cosas en Boise City?

-Pues sí, en realidad... la gente que he conocido es muy agradable, me han invitado a sus casas, a sus fiestas con barbacoas,... y también he estado jugado pelota después de mis horas largas en la biblicteca... sí, buena gente.

-¿Mejor gente y amigos que en *Tucson*, Arizona?

-No, no... imposible... pero muy buena gente también.

Por unos instantes se miraron sin decir nada, simplemente luciendo sonrisas y satisfacción en sus caras.

-Te hemos reservado una habitación en el campus de la *Boise State University*, en las *Torres Bronco*... espero te guste. Esa fue la parte fácil, conseguir esa habitación. La parte difícil va a ser llevarte allí atravesando el trafico en una tarde como esta, en un Viernes, cuando los estudiantes dejan los dormitorios de la universidad para reunirse con padres y amigos durante el fin de semana, y cuando cantidad de gente de otras ciudades y pueblos vienen a Boise City a asistir a la Fiesta Vasca... no va a ser fácil, pero lo vamos a intentar.

Y así fue. Una salida de automóvil que normalmente requería quince minutos se convirtió en una experiencia frustrante. aunque diferente y hasta interesante, atravesando todo aquel mar de automóviles, luces, estudiantes acarreando maletas, autobuses, y camiones cargados de contracciones de feria y fiesta. Una vez en el lobby de una de las tres Torres Bronco, Kathy mostró su licencia de conducir, el único carnet de identidad requerido en los EE.UU., y en cinco minutos recibia las llaves de la habitacion 823.

-Tranquila, disfruta de tu habitacion... Estaré de vuelta aquí en el lobby para llevarte a cenar al *Gernika Jatetxea*, un restaurante Vasco en la calle South Capital Boulevard, en el centro de la ciudad... podremos hablar y ponernos al corriente...te va a gustar, espero.

-¡Estoy segura de que me va a gustar! ¿A qué hora?

-¿20:30 horas, OK?

Dos horas mas tarde en el **Gernika Jatexea**.

-*Arratsalde on*, muy buenas tardes, adelante... ¿Cuantas personas , por favor? -Era *Jon Ansotegi*, el dueño del restaurante, vistiendo una chaqueta azul claro, camisa blanca, pantalón negro, y una sonrisa de oreja a oreja.

-Dos... nosotros dos.

-¿Y les gustaría sentarse en una de las mesas largas de familia, o prefieren una pequeña mesa para Uds. dos solamente.

-Una pequeña mesa nos iría muy bien, de ser posible. -Pidió Xabier, notando que las seis mesas del restaurante estaban casi llenas, y que quedaban dos mesas pequeñas debajo de una escalera de cemento y madera.

Competición de *Aizkolari* en la **University of Nevada at Reno**, Nevada, EE.UU. Cortesía: www.euskosare.org

-Síganme, por favor.

Le sorprendió a Xabier el darse cuenta de que aunque las seis mesas largas estaban casi llenas de gente, incluidos adolescentes y niños, el ruido y volumen de aquellas conversaciones era relativamente bajo comparado con restaurantes similares en el País Vasco. ¿Serian los materiales de construcción de aquel edificio los responsables de aquella notable mejoría acústica? Una vez sentados, una joven vestida con camisa blanca y bordados, falda roja con franjas negras, medias blancas, y zapatos negros les saludó. Era una vestimenta que le recordaba a Xabier de los vestidos de chicas y mujeres en Bergara en días de fiesta.

-*¡Ongi etorri gure jatetxera*! Como ya saben, pueden pedir cursos de platos por separado, así como otros platos que vean llegar a las mesas grandes, o bien el menú del dia. -Sugirió la joven sonriendo.

-Kathy miró al menú del dia donde aparecía sopa de pescado con trozos de langostino, ensalada de espárragos y corazones de alcachofa con rebanadas de jamón de Virginia, o un surtido de tajadas delgadas de salmón ahumado con rodajas de quesos Colby del estado de Wisconsin como primer plato; tajadas de cordero asado en salsa de ajo con patatas de Idaho bronceadas al horno y mermelada de menta, una ración generosa de salmón a la brasa con zanahorias cocidas en agua de almíbar, o una porción casera de trozos de ternera, patata, zanahoria, y cebolla cocidos en cerveza y después rociados en vino dulce de Moscatel de California, como segundo plato. Para postre flan casero, pedazo de pastel de chocolate con tres bolitas de helado de vainilla, o bowl de fresas con yogurt y mermelada de naranja. Café incluido en un precio moderado que no incluía el "tip" o propina, algo dejado al albedrío del cliente pero que generalmente es el diez-por-ciento del precio. Fácil.

-Vino de mesa, gaseosa, agua, y café incluidos en el mismo precio. -Ofreció la joven camarera, muy probablemente una estudiante del Boise State University, trabajando a tiempo parcial.

Xabier dirigió la mirada a Kathy para ver que le apetecía

-Me gustaría probar los espárragos con corazones de alcachofa y el cordero asado a continuación...

-Para mi el surtido de salmón ahumado, y el plato casero de ternera con trozos de zanahoria, por favor.

-¿Y para beber?

-¿Te parece bien vino de casa y una jarra de agua, Kathy?

¡Super!

Por supuesto, Xabier y Kathy tuvieron que esperar unos minutos, veinte minutos, pero una vez que llegó a la mesa el plato de espárragos con las alcachofas, el resto de los platos aparecieron en la mesa con facilidad, uno tras el otro. Buen ambiente, música de *Pantxo ta Peio*, espacio, y tiempo para hablar.

-Pudiste leer todo aquel correo de cartas y paquetes que recibiste del *Ministerio de Cultura en Madrid* sobre... --Xabier vaciló un momento-- ...¡Brujas e Inquisidores del Siglo 16, creo! El recordaba exactamente la naturaleza de los contenidos de aquel correo, de una conversación anterior, pero era su manera aquella noche de poner en marcha a Kathy sobre el tema, así también porque quería escuchar su voz, y ver sus manos trazar figuras en el aire dando énfasis a sus palabras.

-Sí... ya te iba a comentar... el Dr. Finley y yo, los dos, leímos y examinamos toda esa correspondencia que nos llegó del Ministerio sobre la *Inquisición Española*, incluidos los informes de varios fiscales de la propia Inquisición... los encarcelamientos, la tortura, y la ejecución de trece mujeres y seis hombres del pueblo de **Zugarramurdi**, País Vasco, en el proceso y Auto-de-Fe de Logroño en 1610. Seis de esas personas fueron quemadas vivas en las hogueras de la Inquisición ubicada en Logroño. Sí, ahora conocemos mas detalles de aquel evento trágico, un evento que fue bastante bien documentado pero sobre el cual quedaban muchas incógnitas, como muchos historiadores y escritores en el mundo Anglo-sajón han notado. Sabemos ahora, por ejemplo, que ocho de esas mujeres y cinco hombres de Zugarramurdi fueron detenidos por la Inquisición en las cárceles de la ciudad de **Logroño** durante meses donde finalmente murieron de una "enfermedad misteriosa". Los inquisidores divulgaron que el demonio envenenó sus cuerpos para que no pudiesen delatar a mas "brujas", pero las autoridades civiles del Ayuntamiento debieron saber bien que ese no era el caso, pues en años anteriores ya habían muerto unas noventa personas en esas mismas cárceles en circunstancias similares, debido a la "muerte negra".

-¿Y qué ha ocurrido recientemente?

-Hemos tenido suerte, básicamente. El año pasado el Dr. Finley y yo nos encontramos con una pareja de **Virginia, USA**, que visitó el País Vasco ese verano, así como la ciudad de Logroño donde tuvieron la suerte de toparse con el arqueólogo de esa ciudad. Ese arqueólogo y su equipo acababan de completar un estudio arqueológico de un **convento Dominicano** en una área de la ciudad donde, por casualidad y accidente, también encontraron los restos de las oficinas de la Inquisición, así como las cárceles del Ayuntamiento de Logroño en 1610. "Fue malaria lo que mató a las mujeres y hombres que fueron encerradas en las cárceles de Logroño", pudo compartir el arqueólogo con aquella pareja de Virginia.

-¿**Malaria**?

-Sí, de acuerdo con la descripción de ese arqueólogo las cárceles estaban ubicadas fuera del recinto amurallado y medieval de la ciudad de Logroño, en proximidad a la orilla sur del Río Ebro, cuestión de una distancia de unos 50-75 metros, aproximadamente. El agua del río se filtraba mas allá de sus orillas hacia los sótanos de un edificio que servia de cárcel, manteniendo esos sótanos húmedos constantemente, una situación propicia para la propagación de mosquitos infectados con el parasito **Plasmodium falciparum**, el causante de la enfermedad que llamamos malaria. Era cuestión de semanas y unos meses y las victimas de malaria morían muertes horriblemente dolorosas.

-¿Y que les ocurrió a las otras personas detenidas? Mencionaste otras seis personas...

-Esas seis personas --cinco mujeres y un hombre-- fueron quemadas vivas en las hogueras construidas por las autoridades del Ayuntamiento de Logroño como parte de la macabra procesión de eventos de aquel Auto-de-Fe. Sabemos que fueron quemadas en las hogueras, pero no sabemos exactamente donde fueron construidas las hogueras. El mismo arqueólogo mencionó a esa pareja de Virginia que debió ser en "el otro lado del Río Ebro", es decir en la orilla norte del río, algo que no fue resultado de su reciente trabajo arqueológico, pero que se rumoreaba en la ciudad... un lugar adyacente al actual cementerio de la ciudad, precisamente en la orilla norte de la ciudad y a unos cincuenta metros del "puente de hierro" de hoy dia.

-¿Sabemos algo sobre cómo el Ayuntamiento de Logroño está respondiendo a estos acontecimientos? Quiero decir, este ayuntamiento, como todos los ayuntamientos a partir de 1610, es un sucesor legitimo, en una cadena continua y sin interrupción, de aquel ayuntamiento de 1610 que colaboró en el asesinato de aquellas 19 personas de Zugarramurdi... ¿Están asumiendo *responsabilidad moral* alguna esas autoridades del Ayuntamiento de Logroño... así como los Dominicos, los Franciscanos, Jesuitas, y las otras ordenes religiosas que también colaboraron con el Estado en aquel crimen?

-Increíblemente no, todavía no... Nos ha comentado esa pareja de Virginia --una chica *Itziar* y su novio *David*-- que lograron convencer a las autoridades del Ayuntamiento de Logroño invitar a las autoridades del Ayuntamiento de Zaugarramurdi a venir a Logroño y comer juntos un dia, algo que llegaron a hacer... pero que no ofrecieron disculpa alguna y que la cuestión de responsabilidad moral, o cualquier otro tipo de responsabilidad, no ha sido asumida por el Ayuntamiento de Logroño... todavía no.

-Las heridas continúan abiertas...

-Me temo que así es --dijo Kathy-- respecto a ese tema, aunque hay más trabajo por delante.

-¿Qué se puede hacer ahora ante esa actitud tan retrograda por parte del Ayuntamiento de Logroño?..

-Estamos en ello, pero hay más trabajo… me refiero a un segundo tema… el paquete venía de **Roma**, Italia… de los **Archivos Secretos del Vaticano**, muy posiblemente.

-¿De dónde? -Preguntó Xabier incrédulamente.

-De los Archivos Secretos, sí… aunque todavía estamos averiguando quien envió ese paquete, y si esa persona lo hizo de una manera oficial o se trata de alguien que está pasando documentos sin autorización alguna.

-¿Cuál es el problema?

-Encontramos dos CDs dentro del paquete, sin una carta de presentación, nada, solamente una pequeña nota, nada más… el sobre no tenia dirección de remitente… aunque sabemos que el paquete viene de la oficina de correos en la **Via Giuseppe Mazzini**, en el vecindario de **Monterotondo** en las afueras de Roma.

-Una "nota" dijiste…

-Solamente una nota de papel, un "post it" adhesivo, pegado sobre la caja de plástico que contiene los dos CDs:

> *Dentro de la cueva de la Cúpula se encuentra el Mandato, buscar dentro del estomago del León, "el fuego que consume por dentro."*

-¿Y eso…?

-No sabemos de que trata esa nota, todavía, pero miramos los contenidos de los dos CDs y encontramos texto escrito en Óptico… **Cóptico Egipcio**.

-¿En qué?

-La antigua caligrafía del Cóptico Egipcio… fue muy difícil de identificar correctamente. En un principio creíamos que se trataba de **Griego** antiguo, **Etiope**, o **Akadiano** antiguo, así que enviamos una muestra de esa escritura en un correo electrónico a un colega en la Universidad de **Tel-Aviv** en Jerusalén, y al cabo de unos días recibimos contestación… es Cóptico Egipcio mezclado con algunas palabras en Griego antiguo. Una vez que empezamos a traducir ese texto al Ingles, una historia o cuento muy peculiar, por no decir increíble, está saliendo. El texto pretende ser testimonio de tres discípulos de Jesucristo con sus instrucciones para crear **dos Iglesias** dentro de la nueva religión: Una iglesia llamada **Tabernáculo de los Hombres Sabios**, que seria organizada y gobernada por hombres, solamente, y una segunda iglesia llamada **Tabernáculo de la**

Mujeres Sabias, que seria organizada y gobernada por mujeres, solamente mujeres. El texto continua diciendo que Jesucristo entendía de cómo el Padre había creado al hombre y a la mujer con habilidades diferentes, a proposito, y que entonces seria necesario también crear esas dos iglesias, independiente la una de la otra pero "en igualdad de responsabilidad y autoridad"... "Dos Iglesias, independiente la una de la otra, pero complementarias en función, creatividad, dogma, toma de decisiones, guía espiritual, y servicio a la sociedad en el Reino de la Tierra." Dos Iglesias con una misma figura principal máxima --sin comunicar que fuera hombre o mujer-- que sería elegida y nombrada por un termino de siete años, y de tal forma que dicha figura alternaría de hombre a mujer, y viceversa, de un termino a otro...

-¡Dos Iglesias y una "figura máxima" que puede ser un hombre o una mujer!... ¿Y habéis logrado averiguar quien envió esos dos CDs?

-No hay forma, todavía... Si tratamos de averiguar quien envió los CDs contactando directamente con el Vaticano, podríamos poner en peligro la carrera profesional de esa persona u organización. Sospechamos que esa persona no cometió un error en la dirección de correo, que no fue un accidente o descuido administrativo y, por el contrario, sospechamos que esa persona quiere que un par de investigadores en nuestra universidad sepa de los contenidos de ese texto, opinamos el Dr. Finley y yo.

-¡*Hau izugarria da*!

-¿Qué?

-Oh, nada... es una expresión en Euskera... Es que estoy pensando que si esos CDs contienen texto de algún "evangelio perdido", entonces el impacto sobre nuestra creencia acerca de los principios de la Iglesia Cristiana podría ser enorme... ¡Quiero decir, esas revelaciones podrían impactar los propios cimientos de la Iglesia y su futuro, la dirección de su futuro!

-Pudiera ser así, si, por ello es que...

Perdonen Uds., ¿están listos para el siguiente plato? -Era la joven camarera.

-Sí... el plato de cordero para ella, y la ración de pescado para mi, ***eskerrik asko***.

Ambrose Goikoetxea

Se podía observar un equipo de camareras saliendo y entrando al comedor trayendo una gran variedad de platos al mismo tiempo que la música de *Pantxo ta Peio* inundaba el lugar.

-¿Y que me cuentas de ti, Xabier, de tu trabajo de investigación?... ¿Te estas reuniendo con la gente que tu querías ver en Boise?

-Sí, afortunadamente, sí... despacio, pero ahí vamos. Me tomó un tiempo orientarme, pero la gente en el **Eusko Etxea de Boise** me ha ayudado mucho, llevándome a conocer lugares en la ciudad y presentándome a familias, estudiantes, y algunos profesores en **Boise State University**, la universidad de esta ciudad, así como presentándome también al grupo de organizadores de esta Fiesta Vasca de Boise... Una gente maravillosa, de verdad. Todas estas familias empezaron con muy poco, emigrando del País Vasco en la década de 1890 y años siguientes con una segunda ola de emigrantes en los años de 1936 y en los 60s, escapando del ejercito de Franco y su Guardia Civil. Llegaron a California, Idaho, y Nevada como pastores para trabajar en los ranchos de ovejas de esos estados, y luego construyendo sus propios negocios de restaurantes y pequeños hoteles de "pensiones". Algunos de sus hijos e hijas, los "Vasco-Americanos de primera generación", se hicieron escritores, otros llegaron a ser profesores de universidades, y algunos de ellos entraron en la política de esos estados.

-Ya te entiendo... estas Fiestas Vascas, restaurantes, y mesas largas de comida ayudan a traer votos, ¿No?

-¡Seguro que ayudan mucho, estoy de acuerdo!

Se podía notar como el volumen de ruido en el comedor aumentaba con la llegada de los platos principales del dia.

-Entonces, ¿Cómo van a ser estos próximos días de Fiesta Vasca aquí en Boise City?.. Podré estar aquí hasta el Domingo, pero para el Lunes tendré que estar de vuelta en Tucson, Arizona, como ya sabes.

-Bueno, mañana Martes nos reuniremos con varios estudiantes. Pensé que seria una buena experiencia para ellos el conocerte.

-¡Eh, me encanta la idea! ¿Y que más hay en la agenda de estos días? -Esta vez una sonrisa amplia se podía ver en la cara de Kahy, al mismo tiempo que echaba su pelo rubio y largo hacia atrás, mientras Xabier se daba cuenta que no era solo una amiga, sino también una mujer inteligente y hermosa que le hacia la pregunta.

-¡Los juegos... claro, los juegos en el Festival! El plan es recogerte a las 9:30 horas todas las mañanas, desayunar en este y otros restaurantes, conducir y llegar al parque donde tendrá lugar la Fiesta Vasca, ver la actuación de los *Jaialdi Dancers*, comer pintxos de txorixo y morcilla, beber galones de vino tinto, y conocer a mucha gente, así como bailar un poco al final de cada dia. ¿Qué te parece?

-I love it, we'll have a great time!

-¿Qué?.. ¡Lo siento, hace mucho ruido! -Xabier se acercó, esperando que Kathy repitiese sus palabras en medio del ruido, voces y risas, la música del comedor aquella tarde-noche.

Y entonces sucedió.

Al acercarse Xabier para escuchar mejor sus palabras, Kathy le besó en los labios. Primero fue una caricia, un roce de labios, seguido de una encuentro de ojos, y a

Pete **Cenarrusa** (1917-), un Vasco-Americano, Senador y Secretario del Estado (1967-2003) de Idaho, fundador de la Fundación para la Cultura Vasca en *Boise, Idaho,* EE.UU. Cortesía: www.eitb24.com

continuación sus labios se volvieron a tocar, esta vez con proposito, con curiosidad, imaginación, y deseo.

Mito, Realidad, Salchichas, y Cerveza

-Entonces, cómo va a ser esta *Fiesta Vasca* en *Boise City* esta tarde y durante los próximos cuatro días? Estaré aquí hasta el Domingo y después tengo que regresar a Tucson, como ya te comenté. -Le preguntó Kathy.

La competición entre los *aizkolaris* cortando dos filas de troncos de árbol estaba a punto de empezar, y Kathy y Xabier se hallaban sentados en una larga mesa de madera con bancos en ambos lados, a una distancia cómoda de la multitud de gentes que asistían a la feria en aquel parque.

-Bueno... como ya te comenté anteriormente... en una hora aproximadamente vendrán a reunirse con nosotros *Izaskun Larrañaga*, una estudiante en la universidad de este estado, Boise State University, *Idoia Mendizabal*, otra estudiante de la Universidad de Nevada, y *Arkaitz Erkiaga*, un guía de parques naturales de este estado también, todos co-organizadores de esta Fiesta Vasca que se celebra cada cinco años. Pensé que seria una buena oportunidad para ellos de conocerte a ti, Kathy, y enterarse un poquillo de tu trabajo de investigación, tu activismo en defensa y promoción de los derechos básicos de la mujer, así como tu trabajo como voluntaria en la *reserva India Hopi en Arizona*,... algo así. Izascun tiene veintitrés años, sacando su titulo en Ciencias Políticas, le encantan los caballos, y le gustaría visitar el País Vasco cuando se gradúe de la universidad en Mayo del próximo año. Arkaitz tiene veinticuatro años, estudia ingeniería forestal, y ha estado en Brasil dos veranos trabajando de voluntario en un proyecto forestal en el delta del de Río Amazonas. Ambos son *Vasco-Americanos* de 3ra. generación. E *Idoia*... ella es de *Goizueta*, un pequeño pueblo en el norte de Navarra, una estudiante de sociología de la Universidad Pública de Navarra, trabajando en un proyecto para conocer mejor a las comunidades Vascas en los EE.UU. Idoia nos comentó a los tres que estaba tratando de alejarse de su novio quien está empeñado en casarse, que ella no quiere casarse, y que de momento tampoco quiere tener hijos,... que tiene que ver el mundo, primero, algo así.

-OK... gente interesante, me gustaría conocerles, sí.

-¡Voten por *Joseph Arostegi* para alcalde de Boise City! ¡Es un hombre del pueblo,... si quieren empleo en la comunidad, y si quieren viviendas para familias jóvenes voten por Arostegi, el próximo Alcalde de Boise City! La voz venia de unos altavoces colocados sobre un autobús que hacia su ronda por el parque donde se celebraba la fiesta.

-¡Oye, me gusta eso! Parece que vosotros los Vascos no perdéis el tiempo... llegáis aquí, a las Americas, de pastores y en un par de generaciones ya estáis metidos en la política... como todos los demás, ¿no?

Xabier asintió con un ligero movimiento de cabeza y sonrió, mientras continuaba tomando sorbos de cerveza de un vaso de plástico.

Kathy continuó.

-Si, he oído que hay un buen numero de familias Vascas en el Medio Oeste que se han metido en la política... y ello tal vez sea bueno para toda la comunidad...

-¡Claro que es bueno! Cualquier minoría étnica o grupo en los EE.UU. que no tiene sus propios representantes políticos no va a tener sus propios intereses bien representados, ni en el Ayuntamiento ni el Congreso en Washington D.C., ¿No es verdad? -Comentó Kathy.

-Pues sí, tienes razón... un buen punto --Respondió Xabier, y añadió-- Despacio, poco a poco, estamos logrando que algunas de nuestras gentes nos representen en las legislaturas de algunos estados, aquí y allá, unos cuantos escritores e historiadores nuestros... pero principalmente gentes y familias trabajando y ganándose la vida, diría yo.

-¿Algún senador Vasco de Estado por ahí?

-Hemos tenido a **Pete T. Cenarrusa**, un hombre que fue elegido como Secretario del Estado de Idaho en 1967, y después fue re-elegido siete veces seguidas, por un total de treinta-y-seis años hasta 2003... anteriormente fue elegido y sirvió en la Casa de Representantes de Idaho durante dieciséis años... un hombre muy trabajador.

-Parece que la gente le apreciaba...

-Sí, por cierto... Nació en el pueblo de **Carey**, aquí en Idaho, así que es también un *Vasco-Americano de primera generación.*

-¿Escritores?

-Varios de ellos y ellas... pero posiblemente el mejor conocido es **Robert Laxalt** de Nevada... escribió *Dulce Tierra Prometida* en 1957, un libro sobre las experiencias de los pastores Vascos y emigrantes en Nevada. Cuarenta-y-siete años mas tarde se jubiló y regresó al País Vasco, pero no sin antes fundar el *Programa de Estudios Vascos* en la *Universidad de Nevada.*

-No está mal...

-Ah, sí... un hermano menor, **Paul Laxalt**, fue governador del Estado de Nevada (1967-1971) y después Senador de los EE.UU. (1974-1987).

-¡Un gobernador Vasco en el Estado de Nevada! ¡Eh, vosotros los hombres Vascos estáis haciendo cosas interesantes en los EE.UU.... ahora, si además me dices que hay mujeres Vascas de gobernadoras y senadoras en los EE.UU. me vas a dejar muy impresionada.

-¡Ese es el siguiente paso en el plan! -Era *Izascun* llegando a la reunión en la feria, con una sonrisa, y acompañada de *Arkaitz*.

Abrazos, sonrisas, y mas abrazos.

-¡Eh, son Izascun y Arkaitz! Habéis llegado temprano. Mejor, para poder encontrar aparcamiento en la feria, ¿No?

-Pues sí…

-¡Fabuloso! Izascun y Arkaitz, esta es Kathy Thompson, la chica de Tucson que os comentaba.

-Gracias por venir… Xabier me habló de vosotros dos y vuestro trabajo en la universidad… muy interesante, en mi opinión --Dijo Kathy quien añadió-- Tengo entendido de que estáis haciendo un sondeo sobre la experiencia y roles de la mujer Vasca en la sociedad Americana, y especialmente de los EE.UU., si recuerdo correctamente…

-Pues sí… --Dijo Izascun-- estamos a mitad de camino en este proyecto en la universidad, pero algunos resultados están saliendo ya, así que estamos entusiasmados.

A Xabier le habría gustado que la conversación hubiese empezado con los resultados del trabajo de investigación que Kathy estaba realizando sobre la "brujería" y la represión de la mujer durante la Edad Media en los EE.UU. y Europa, pero también le agradaba la idea de Izascun hablando de su trabajo. Dos mujeres intercambiando resultados, ideas, y opiniones sobre los roles de la mujer en la sociedad. Eso le gustaba, le encantaba. Ahora el podía sentarse, escuchar, relajarse, y disfrutar.

-¿Entonces, que resultados estáis sacando de esos sondeo? - Preguntó Kathy.

-Bueno… desde un principio diseñamos los sondeos para averiguar cómo han evolucionado los roles de las mujeres Vascas en los EE.UU. en las tres ultimas generaciones, específicamente. Sabíamos, por ejemplo, que cuando nuestras abuelas y abuelos emigraron desde el País Vasco, ya sea desde el "lado Español" o el "lado Francés", ellas eran las que trabajaban en la cocina, las que daban de comer y preparaban a los niños para ir a la escuela, las que cuidaban a los mayores, etc.… ellas eran las gestoras de la casa en sus nuevas comunidades, básicamente. Los hombres, por otro lado, trabajaban en los ranchos como pastores y mano de obra… Llevaban los rebaños de ovejas desde los valles y praderas a las montañas en el verano para que los rebaños comiesen pastos verdes durante meses... a continuación, en el invierno, los hombres y sus perros bajaban los rebaños al valle donde el clima era mas benigno, para cuidarles, engordarles, para que pariesen las crías, etc., y prepararles para el mercado el próximo verano. Esta parte ya la conocíamos bien, es decir sabíamos ya de las costumbres de aquella generación, y era cuestión de documentar nombres, apellidos, números de familias, y lugares donde residían en el nuevo continente. Hemos podido documentar también con buen detalle que eran las mujeres, principalmente, las que tomaron la responsabilidad de guardar y promocionar la cultura Vasca... las que enseñaban y transmitían el *Euskera* a la siguiente generación, haciendo la mayor parte del trabajo en los Eusko Etxeak preparando comidas, motivando a las niñas y niños a practicar y aprender los bailes Vasco tradicionales, a tocar el txistu, y a cantar aprendiendo el estilo de los *bertsolariak*.

-¿Así que es una sociedad matriarcal?

-Sí, se puede decir eso muy bien.

-¿Y como están cambiando estos...?

-¡*Kaixo!*.. ¡¿*Zer modus zaudete?!*

Era *Idoia*. Llevaba una gorra en colores rojo-verde-y-blanco con las letras "Basque Pride" --que literalmente se traduce en "Orgullo Vasco", aunque el mensaje es más algo así como "Contento de ser Vasco"-- y traía un paquete de seis latas de cerveza en una mano, mientras saludaba con la otra.

-¡Que bien que has podido venir! -Le respondió Xabier, quien procedió a presentar a cada persona.

Pronto cada persona tenía en su mano una cerveza o una coca-cola en un vaso de cartón, excepto por Arkaitz que tenia una lata de cerveza y decía algo sobre "no usar papel para salvar a los árboles"... algo así parecido.

-Pero continuar, por favor...

-¿*Están cambiando los roles de la mujer Vasca*? -Preguntó Xabier mirando a Kathy

-Ah, sí... ¿Cómo están cambiando esos roles?

-No están cambiando los roles de las mujeres mayores... las que llegaron a los EE.UU. como adultas... ellas continúan haciendo las mismas cosas ya mencionadas. Por ejemplo, cuando preguntamos en el sondeo si es importante para la mujer Vasca participar en la vida publica y política de la comunidad, la mayoria de las mujeres mayores --abuelas, principalmente-- respondieron que "la política no es una actividad buena", y que tenían muchas otras actividades más importantes que hacer en casa, en los Eusko Etxeak, y en la comunidad en general. Aun así, un buen numero de esas primeras mujeres extraordinarias fundaron la **Sociedad de Estudios Vascos en América** en **New York**, con su propia revista científica con la cual publicar artículos sobre temas de interés social, cultural, y lingüístico. Una historia muy increíble, en realidad. Las mujeres Vascas ya nacidas en los EE.UU. --Vascas-Americanas de primera generación-- por otro lado, ya salen de los roles tradicionales de sus madres y trabajan en bancos como contables y gerentes, dueñas de inmobiliarias, y trabajadoras en fabricas, mientras que las hijas de estas --las Vascas-Americanas de segunda generación-- asisten a universidades y se gradúan como maestras, veterinarias, ingenieros, dentistas, y abogadas.

Un levantador de piedras Vasco (*harrijasotzailea*) en competición. El competidor que levanta el mayor peso más veces, en un tiempo acordado gana la competición. Entre los más notables se encuentra *Iñaki Perurena (1956-)* de Leitza, Navarra, País Vasco.

-Eso tiene mucho mérito... Claramente los roles de la mujer Vasca están cambiando de una generación a la siguiente --Comentó Kathy, y continuó con una siguiente pregunta-- ¿Y que dicen estas mujeres de la situación política actual en el País Vasco?, por ejemplo.

-Las respuestas varían --Contestó *Izascun*-- La gran mayoria de las mujeres mayores leen las tres opciones en el sondeo de "no cambiar", "auto-determinación", e "independencia" y se declaran por una de las dos primeras opciones, mientras que las mujeres Vascas de primera y segunda generación se deciden por una de las dos ultimas opciones, estamos encontrando.

-Entonces, ¿dirías que nuestra gente en los EE.UU. están al tanto de la actualidad social y política en el País Vasco?

-No, no exactamente... los resultados del sondeo no apuntan en esa dirección, pero son muy reveladores.

-¿Qué quieres decir?

-Bien... Estamos averiguando que en los últimos 20-25 años -- cuando nuestras familias en los EE.UU. viajan al País Vasco, de vacaciones, por ejemplo-- estas personas tratan de entender algo sobre la situación política, algo que finalmente les es de gran dificultad y llega a resultar en una experiencia de desagrado y confusión. Muchos partidos políticos en el País Vasco, para empezar, mucha interferencia y manipulación política por parte del Gobierno de Madrid, asesinatos de gente por parte de la organización terrorista *ETA*, mas represión desde Madrid declarando fuera de la ley a partidos y organizaciones políticas Vascas pro-independencia, prohibición de manifestaciones por derechos humanos, gente joven Euskalduna detenidas y encarceladas, la dispersión de los prisioneros políticos Vascos, acusaciones de tortura hacia personas acusadas de colaborar con ETA, mas asesinatos por parte de ETA, mas represión desde Madrid... Es *un circulo vicioso de violencia*, en ambos lados de la contienda, desde la perspectiva de las familias y personas que visitan el País Vasco, el país de sus abuelos. No es de extrañar, entonces, que muchas de estas personas opten por querer saber de algunos aspectos de la vida social y cultural del País Vasco y... ¡Y nada más!

-Entonces, les preocupa... Quiero decir, parece que a las mujeres Vascas en los EE.UU. les preocupa la situación política en el País Vasco, pero que prefieren no seguir ese tema, y que solo siguen la parte cultural...

-Ese es el caso, tal como sale en nuestros sondeos. -Comentó Izascun.

-Y la política sucia y engañosa no ayuda tampoco... -Se oyó otra voz, la de Idoia.

-¿Cómo dices?

-Lo que quiero decir es que nuestras comunidades Vascas aquí en los EE.UU. han sido consistentemente engañadas por los políticos del *Partido Nacionalista Vasco* (PNV) empotrados en el liderazgo del Gobierno Vasco, y por los políticos y representantes del Estado Español... Me explico. Los políticos y representantes del PNV son de los pocos a los que el gobierno de Madrid permite viajar a los EE.UU. para visitar a los Eusko Etxeak, unos treinta-y-cinco de estos, y predicar el mismo cuento de hadas cada vez: *"Todo va bien en Euskadi, no existen problemas con el Estado Español, no existen violaciones de los derechos humanos de los prisioneros políticos Vascos, estamos avanzando como País Vasco...hablemos de actividades sociales y culturales en nuestro Euskadi."*

-Ya, te sigo...

-¿Habéis visto o recibido políticos de otros partidos políticos u organizaciones en los **Eusko Etxeak** de **Boise City** en Idaho, o en los Eusko Etxeak de **Elko** en Nevada, por ejemplo? -Preguntaba Idoia mientras miraba a Izascun y Arkaitz.

-No... en realidad no.

-Mas específicamente... ¿Habéis recibido en los Eusko Etxeak hombres o mujeres de organizaciones políticas pro-independencia como **Herri Batasuna (HB)**, o procedentes de partidos políticos como **Acción Nacionalista Vasca (ANV)**, por ejemplo?

Silencio.

-Claro que no... Y eso es así porque la practica del Estado Español ha sido la de quitar o negar pasaportes a los "disidentes" y "terroristas" para que no puedan viajar fuera del País Vasco y de España al extranjero... Cualquier persona u organización pro-independencia que no está de acuerdo con las políticas del Estado Español y sus partidos políticos corre el peligro de ser designada "terrorista" o "simpatizante de terroristas" por el Estado Español, en mi opinión.

Xabier hubiera podido contribuir su propia perspectiva sobre la materia, pero prefirió escuchar... escuchar y observar como las mujeres eran muy capaces de considerar y discutir todo tipo de cuestiones, especialmente cuestiones políticas sin recurrir a gritos, insultos, y amenazas. Seguro, sus voces podían alcanzar niveles altos y crescendos muy coloridos, pero raramente las mujeres recurrían a insultos y amenazas, pensó.

-Yeah, se puede ver que sería muy difícil para cualquier persona, mujer u hombre, tratar de entender lo que está ocurriendo en una situación política tan manipulada como la del País Vasco. -dijo Kathy, en un tono de resignación.

-En el sondeo… ¿Habéis puesto una pregunta sobre un posible "rol" que la comunidad Vasca en los EE.UU. pudiese tomar para ayudar en la resolución del "conflicto político" en el País Vasco, y cuales han sido las respuestas? -Ese era Arkaitz, hasta ese momento escuchando solamente.

-Sí… sí preguntamos, pero no hemos obtenido muchas sugerencias de roles a considerar, desarrollar, y tratar de implementar… Vascos-Americanos con doble nacionalidad, por ejemplo, pueden votar en los EE.UU. y en el País Vasco, y algunas respuestas aludieron a ello. Especificamente, no hemos recibido muchas respuestas a favor de un *"Lobby Vasco"* en **Washington D.C.**, organizado y financiado por personas en la comunidad Vasca-Americana que defendiera y promocionase intereses sociales y políticos de los Vascos y Vascas en el País Vasco. El interés, conciencia, o recursos económicos no parecían acompañar a las respuestas.

-No me sorprende completamente --dijo Arkaitz-- Es muy probable que nuestras comunidades Vascas en los EE.UU. no estén bien informadas o, mejor dicho, que se les ha comunicada información equivocada intencionadamente respecto a lo que está ocurriendo políticamente en el País Vasco, por un lado. Si esos políticos Vascos del PNV y del Partido Socialista Español Obrero (PSOE) que visitan los EE.UU. comunican a nuestra gente que "todo va bien en Euskadi", tal como lo llevan haciendo, cómo va a ser posible que nuestros lideres en la comunidad Vasca-Americana sientan la necesidad de tener un "Lobby Vasco"?

-Ah, sí… ¡"Arkaitz, el organizador"! -Dijo *Izascun* sarcásticamente y en broma, pues los dos eran buenos amigos.

-También es posible --insistió Arkaitz-- que nuestra comunidad Vasca-Americana no esté lista todavía, no ha logrado una madurez política todavía… Después de todo, *estamos ahora en las Americas, trabajando y viviendo relativamente bien…* podemos votar por los candidatos políticos de nuestro gusto, somos dueñas y dueños de negocios, podemos enviar a nuestras hermanas y primos a las universidades, pagamos las hipotecas de nuestras casas, y aun nos queda un dinerillo para viajar al País Vasco de vacaciones y reunirnos con nuestras gentes… ¿No es así? Entonces, si nos parece que vivimos bien, y mejor que nuestros abuelos, en los EE.UU., nuestra "nueva y dulce tierra prometida" y, si además, nos dicen esos políticos comprados-y-vendidos que "todo va muy bien en Euskadi", entonces porqué nuestra gente va a querer un "rol" de apoyo al País Vasco diferente a "un rol social y cultural"?... ¿Me explico?

-Sí... parece que existe un problema de percepción o conocimiento grande aquí en la comunidad Vasca de los EE.UU... --respondió Kathy-- Quiero decir, el País Vasco claramente está en una situación de conflicto y agitación política hoy dia, y vuestra comunidad Vasca aquí en los EE.UU. no se demuestra muy preocupada o dispuesta a canalizar recursos que puedan servir para aliviar esa situación... Y no es que vuestra comunidad sea indiferente por naturaleza, no, no creo que ese sea el caso, porque todos vosotros sois personas de gran sensibilidad profesional y personal... Es más un caso de mala información, inadecuada y manipulada, como ya se ha comentado, creo.

Silencio.

Entonces, ¿que otras preguntas salieron en el sondeo?

-También queríamos saber si parientes, amigos, y vecinos... gente en general... en el País Vasco se mantenían al corriente de la vida social, cultural, y política de la comunidad Vasca en las Americas, los EE.UU. específicamente.

-¿Y...?

-Sí, hicimos esa pregunta... En el sondeo dirigido a la comunidad Vasca en los EE.UU. preguntamos si creían que sus parientes, amigos y vecinos en el País Vasco estaban al tanto de las actividades sociales, culturales, y políticas en la comunidad Vasca de los EE.UU. y las respuestas que nos llegan son "No, no están al tanto", "No, ...tienen poco interés", y "No, no se preocupan para nada de nuestras vidas"... esa parte del sondeo y proyecto ha sido penosamente desgarradora.

-¡Anda! Parece que os ha sorprendido mucho esa parte.

-Muy penosa... -Comentó Izascun.

-Y en tu caso, Idoia... ¿Cual ha sido tu experiencia en las comunidades Vascas en los EE.UU. y Latino América donde están tus parientes y amigos? -Esta vez la pregunta venía de Arkaitz.

-La misma experiencia, en realidad... *nuestra gente en el País Vasco está totalmente desconectada de nuestra gente en la Diáspora Vasca...* Siento decirlo, pero saben muy poco o nada...

-¿Apatía?, ¿Ignorancia?, o ¿Señales cruzadas?... Pudieran ser todas estas razones. Cada dos años, o algo parecido, oímos en la radio o la tele que el Gobierno Vasco esta organizando una conferencia internacional en Gasteiz-Vitoria sobre la Diáspora Vasca, pero ese tipo de conferencia está diseñada para unas pocas gentes académicas, solamente... sin tener algún alcance o relevancia con el resto de la gente en las comunidades Vascas... una actividad muy típica de los elitistas y seudo-intelectuales del PNV, sin duda alguna... -Observó Idoia.

-Pero ¿Cómo?... ¿No saben los Vascos que la *Diáspora Vasca* es una de las mayores en la comunidad global, en el mundo hoy dia?... con unas 60.000 personas en los *EE.UU.*, cerca de 4.000.000 de Vascos y sus descendientes en *Argentina*, representando un 10% de su población total, otros 1.600.000 Vascos y descendientes en *Chile*,... similarmente en *Uruguay*, sin olvidar la gran población Vasca en *México*... ¿La gente no sabe de la Diáspora Vasca? - Preguntó Kathy, ya un poquillo chamuscada.

-¿Qué Diáspora? Muchos, si no la gran mayoria de nuestra gente en el País Vasco, nunca han oído la palabra "diáspora", y tampoco saben de las estadísticas que has mencionado, Kathy, en mi opinión --comentó *Idoia*-- Con la excepción de unas pocas personas y organizaciones, nadie sabe de estas estadísticas, y los Gobiernos Vascos de los últimos 30-35 años liderados por los políticos del PNV nunca se han molestado de hacer algo, de construir algo, sobre el tema de la inmensa Diáspora Vasca, mas allá de una conferencia cada dos años... Sí, seguro, aquí en los EE.UU. una se entera de la existencia de la Diáspora Judía, del Lobby Judío en New York, del "Lobby Irlandés", de la Diáspora Armenia y su lobby internacional, y así... pero no existe un Lobby Vasco en Washington, D C. o en ciudad alguna en Latino America.

-¿Y por qué no... Qué es lo que está ocurriendo?

-Muy principalmente, nuestros lideres políticos en el PNV se han vendido a Madrid desde los últimos 25-30 años a cambio de favoritismo partidista, salarios e hipotecas múltiples... han vendido a la gente de su propio pueblo... eso es lo que está ocurriendo... no es lo "políticamente correcto" a decir, pero eso es lo que está ocurriendo en el País Vasco hoy dia, de una y muchas formas, estén o no estén en el poder los del PNV... Se han perdido eso 25-30 años, sí... esperamos que la gente y los nuevos partidos políticos de los próximos 25 años en el País Vasco lleguen a conocer a su Diáspora, a entablar relaciones, y a reconstruir el País y su sociedad. -Añadió *Idoia*.

-Mi opinión --dijo Izascun, queriendo dar sus cinco centimos-- no es tanto sobre el PNV en este caso, sino sobre nuestra sociedad en general en el Pais Vasco... estamos muy liados con problemas de día a día... encontrar un trabajo, sacar un titulo de la universidad, comprar un automovil, ahorrar para comprar un piso... y por otro lado "las Americas" parecen estar tan lejos... Bueno, no creo que la crítica al PNV es acertada en este caso.

Xabier se sintió relajado y a gusto. Él estaba ahí, en el medio de todo ello, escuchando a las mujeres describir en detalle sus experiencias personales, los resultados y estadísticas del sondeo... Ellas continuaron su conversación.

-¡Muy reveladora esa encuesta, aunque esos resultados probablemente no van a gustar a muchas personas !

-¡Ahí lo has dicho! Este año como estudiante en los EE.UU. ha sido una experiencia muy increíble para mi... ¡Durante este año aquí en los EE.UU. he aprendido más sobre lo que es ser una mujer Vasca, una persona Vasca, y sobre nuestra cultura Euskalduna que durante todos mis veinticinco años en el País Vasco!

-Bueno, bueno, Idoia... entonces voy a tomar tu comentario como un agasajo... ¡Gracias! -Dijo Kathy.

-*Ez horregatik* --y añadió Xabier-- ¿Otra ronda de salchichas y cerveza?

Capítulo
20

Jesuscristo y su Bisexualidad

Es el cuarto día de la Fiesta Vasca en Boise, Idaho, y la gente que ha querido participar en la larga lista de deportes Vascos, o en bailar con el grupo *Oikiri Dancers,* ha tenido su buena oportunidad. Los adultos se han reunido con parientes procedentes de otros *Eusko Etxeak* en California, Nevada, Montana, New York, y Washington State, han comido cantidades prodigiosas de salchichas, chuletas de cordero, y langosta, y han consumido cantidades generosas de vino y cerveza. Los niños también han participado y ganado premios en concursos de acordeón, baile, y *bertsolariak*, han comido todo tipo de "chuchearías", han hecho nuevos amigos, y han prometido mantenerse en contacto vía correo electrónico y sus teléfonos móviles. Es un buen dia, además, para probar los muchos caminos y senderos en la periferia del parque, y eso es lo que Xabier y Kathy están haciendo esa tarde, el ultimo dia de la fiesta, caminando sobre el césped verde-azul, a lo largo de una fila de pinos, bajo el cielo claro y azul de Boise City. Kathy sabia que tenia varias opciones para animar a Xabier a hablar de su vida, para llegar a conocerle mejor, pero en esa ocasión optó por preguntarle sobre su Master, su mas reciente obsesión.

-Entiendo un poquillo tu interés por conocer detalles de la vida de los primeros Cristianos, y quienes fueron aquellos primeros "arquitectos", creo... ¿Pero cómo se puede hacer ese tipo de investigación sobre algo que ocurrió hace dos mil años? -Le preguntó Kathy.

-Bueno, he tenido esa curiosidad por mucho tiempo, y es una obsesión, lo admito... Veo muchas cosas en las dos biblias, en el Antiguo Testamento y en el Nuevo Testamento, cómo unas veces son contradictorias, otras veces muy reveladoras, y aun otras veces innecesariamente complejas, diría yo...Eventos que aparecen en los evangelios y libros "de la nada", sin saber exactamente sus causas, su proposito y razón de ser. Considera, por ejemplo, la figura de Jesucristo, su caminar continuo, su comportamiento, su forma de responder a la adversidad, su grupo de seguidores, etc., y pregúntate si era un hombre, una mujer, o ambos.

-¿Qué quieres decir?

-Quiero decir que cuando me encuentro con las palabras de Jesucristo en la Biblia, como nos informan sus discípulos y seguidores, esas palabras podían muy bien venir de la boca de un hombre o de una mujer y, como tal, tienen valor y significado vengan de una mujer o un hombre... su valor y significado son independientes del sexo del comunicador, diría yo. Las cosas que supuestamente él dijo tienen sentido para muchos de nosotros porque abordan una emoción humana especifica, ya sea enojo, sed, miedo, compasión, amor al prójimo, rabia, perdón, etc., y no porque esas palabras y cosas fueron dichas por un hombre, o una mujer, si ese fuese el caso. Es por ello que me pregunto porque era tan importante en un principio, y porque es tan importante para la Iglesia hoy, insistir en que "Jesus era un hombre", "Jesus, el hijo de Dios", y "el Padre, el Hijo, y el Espíritu Santo"... También me gustaría hacerte esa misma pregunta, Kathy: ¿Es tan importante que el mensaje de Dios venga de un hombre y no de una mujer, por ejemplo? ¿Qué es más importante, el mensaje o el sexo del mensajero, sea este hombre o mujer?

-Bien, sí, puede ser solamente una pregunta para ti, pero puede ser una herejía en los oídos de muchas gentes y en los de esos sacerdotes en la Iglesia, la Iglesia Católica y Romana, como vosotros le llamáis. *Además, considera, yo soy una mujer, y no un hombre, por lo que mi opinión y perspectiva puede ser diferente...* Muy probablemente no soy la mejor persona para tratar de responder a tu pregunta.

-Tienes razón, por supuesto... Solamente estoy compartiendo mis pensamientos y preocupaciones contigo... No tengo muchas personas a mi alrededor con las que puedo compartir estas preocupaciones sin ser sancionado severamente.

Una pausa. *Kathy* prefirió escuchar.

-Simplemente, considera por un momento esta palabras de Jesucristo:

> *"Trata a otras personas exactamente de la forma que a ti te gustaría que ellos te tratasen --Esta la esencia de una religión verdadera."* (Mateo 7:12)

> *"Fue después de la detención de Juan que Jesucristo vino a Galilea, proclamando el Evangelio de Dios, diciendo: "El momento ha llegado finalmente --El reino de Dios ha llegado. Debéis cambiar vuestros corazones y mentes y creer en la buenas noticias."* (Marcos 1:14-15)

> *"Entonces el les dijo: "Es correcto hacer el bien en el Sábado, o hacerles mal!? Es correcto salvar vidas o matar?"* ¡Marcos 3:4)

-Entonces, pregunto yo: *¿Perdería valor el mensaje en esas palabras si estas viniesen de una mujer y no de un hombre?*

-Te escucho bien, Xabier, pero yo no soy la mejor persona en el mundo para tratar de responder a esa pregunta. Como tu ya sabes, soy **una mujer Judía**, y una persona que cree que todo eso de "el hijo de Dios", "el Padre en el cielo" y "el hijo del hombre" es materia de dominio chovinista y machista, aparezca en el Antiguo o en el Nuevo Testamento... Es más, si me preguntas a mi voy a decir que **Dios es una mujer**, en mi opinión.

Notando la mirada de Xabier hacia el horizonte, Kathy continuó.

-Pero debe haber más en la figura de Jesucristo, que tu ves, Xabier, y eso debe estar machacando las células de tu cerebro...

-Sí, hay más.

-Pues habla...

-Este hombre al que llamaban Jesucristo debió ser una persona muy sensible, capaz de hablar igualmente bien a hombres y mujeres. Y aunque los hombres que escribieron los evangelios nos dicen una y otra vez que su identidad era la de un hombre, las dimensiones y cobertura de sus actos de bondad, clemencia, buena voluntad, y mensaje de esperanza tienen que ver más con una totalidad de cualidades en ambos, el hombre y la mujer... No se si me explico bien.

-¿Que quieres decir con "una totalidad de cualidades en ambos"?

-Que aquella persona debió ser hombre y mujer, al mismo tiempo.

-¿Una persona *hermafrodita*, quieres decir? ¿Estas proponiendo que *Jesus era una persona hermafrodita*?

-Lo único que estoy diciendo es que la figura de Jesucristo exhibe características de hombre y mujer, en su forma de hablar y relacionarse con personas y eventos en su entorno... No me preocupa qué etiqueta se quiera asignar a esa condición humana. Lo importante era el mensaje y no su condición humana, diría yo.

-OK, te sigo, creo.

-Dos posibilidades, por lo menos, aunque ninguna de las dos altera el valor de su mensaje. O bien Jesucristo era un hombre, un hombre con una barba, un hombre que llevaba un vara o pica en su camino de un pueblo a otro, un hombre que apreciaba la compañía y comida de hombres y mujeres, pero que debió tener sus momentos de deseo reservados para mujeres solamente, aunque en los evangelios finalmente es descrito como una entidad hombre-y-mujer que carece de deseo y obra carnal. O bien, *Jesucristo era bisexual*, en el sentido positivo, con apreciación genuina de las necesidades y aspiraciones de hombres y mujeres, capaz de desear ambos, a medida que las circunstancias permitiesen desarrollar esa capacidad, pero los hombres que escribieron los evangelios decidieron no reflejar esa dimensión bisexual en sus textos y concentrarse en el mensaje. Desde mi punto de vista, entonces, cualquiera de estas dos posibilidades no altera el valor de su mensaje.

-Pero hay más, ¿No es así?

-Sí... Pudiera ser que el verdadero Jesucristo, el que llevaba una barba, el que se apoyaba en una vara y caminaba entre hombres y mujeres abiertamente, tenia un mensaje a comunicar que no excluía preferencias sexuales, llegando a esa dimensión humana, estoy pensando. Puede que Jesucristo no estuviese opuesto a la bisexualidad, por ejemplo, fuera esa mostrada por un hombre o una mujer. ¿Y por que iba a estar Jesucristo a favor de una orientación sexual y en contra de otra, u otras, de una persona, fuese esta hombre o mujer? Después de todo, él o ella tenia un mensaje mayor a comunicar: La salvación de hombres y mujeres a través del perdón y el amor mutuo. Y, siendo ese el caso, no veo el porqué la Iglesia debe estar hoy dia contra la bisexualidad, la homosexualidad, en contra de relaciones gay y lesbianas... Eso es lo que estoy tratando de decir.

-Ah, sí, ahora te entiendo mejor. ¿O sea que ahora estás castigando a la Iglesia por declararse contra la homosexualidad, no es así?.. Un momento. ¿Estas castigando a la Iglesia Católica solamente, o a todas las iglesias Cristianas, o a todas las religiones que estén en contra de la bisexualidad? ¡Por ese camino vas a la hoguera, seguro, segurísimo! ¿Ya te das cuenta de lo que estas "tratando de decir"?

Para ese entonces Kathy empezaba a disfrutar la perspectiva de Xabier, ciertamente no por la seriedad de sus palabras, sino por la facilidad con la que él adoptaba una posición inicialmente razonable y a continuación se metía en una secuencia enrevesada de hipótesis, presuposiciones, y contra hipótesis sin aparente salida fácil. Por otro lado, le era evidente a Kathy que Xabier sufría en su discurso. Su mente batallaba con las posibilidades de la naturaleza humana de Jesucristo, pues de su entendimiento de esa naturaleza dependía su decisión de aceptar o rechazar la posición de la Iglesia contra la homosexualidad, en los primeros siglos, y en tiempos modernos. Xabier exhibía una sinceridad en su discurso y búsqueda de respuestas, una sinceridad dolorosa, pensó Kathy.

-Hay momentos en los que mi mente hierve, me quemo por dentro... mi estomago y vísceras arden buscando respuestas... En realidad, estoy pensando, que existe una tercera explicación... Pudiera ser que Jesucristo fue un hombre con barba, que se apoyaba en una vara caminando de pueblo en pueblo, que se quedaba en un lugar por un par de días para hablar a las gentes, para comer y descansar con sus seguidores, ambos hombres y mujeres, y después continuar hacia otro pueblo, si, pero pudo ser que él no era el único...

-¿Qué quieres decir que "no era el único"?

-Eso mismo. *Pueda ser que Jesucristo no fue único y, por el contrario, existieron docenas, hasta cientos de "Jesucristos" caminando de pueblo en pueblo*, cada uno con su barba y vara, mendigos y charlatanes, enfermos mentales y desquiciados. Pudieron ser también hombres y mujeres comunes que querían un cambio en sus vidas y se "echaron a caminar", hablando de sus tragedias personales, de su visión de un futuro mejor. Aquellos eran tiempos difíciles en los que los ejércitos Romanos insistían brutalmente en la dominación de los campos y pueblos de Judea y Palestina, campos que producían trigo y aceite para Roma, y pueblos que parían hombres y mujeres para los ejércitos Romanos. Después de tantas luchas y batallas muchos debieron ser los soldados, mujeres, y campesinos rotos de cuerpo y alma, caminando aquellos caminos para volver a sus casas, parando en pueblos para recuperar sus cuerpos, hablando de lo que habían visto y de lo que habían oído decir. Pueblos y ciudades en llamas, campos de trigo y fruta arrasados por el fuego de los ejércitos de Roma... caballos, mulas, y vacas yaciendo muertos y pudriéndose en ambos lados de aquellos caminos... Muchos de esos hombres y mujeres en harapos, enjutos de carne y hueso, predicando y delirando sobre lo que habían visto y oído, mendigando de regreso as sus casas, pueblos, y familias... cada uno debió ser un "Jesucristo" en los ojos y oídos de los escritores de los evangelios quienes, a su vez, no fueron cuatro, sino también docenas y cientos de hombres con hojas de papiro y tinta. Los Jesucristos fueron muchos porque los evangelios fueron muchos, en primer lugar. ¿Cómo podía haber sido diferente? Era el año 70 de la nueva era Cristiana, hacia el final de la *Primera Guerra Judía-Romana*, y los ejércitos romanos liderados por *Tito* y *Tiberio* estaban sitiando la ciudad de Jerusalén, capturándola finalmente, destruyendo su templo, matando a miles de Judíos y sus aliados, esclavizando a 80.000 seres humanos. El caos, el horror, el hambre, la miseria, la desesperación, y la destrucción de la fibra social, económica, y política de aquellos pueblos y ciudades. Debió parecer a muchas personas, hombres y mujeres, ser el fin del mundo, el preludio a la llegada del *Mesías*... Muchas personas debieron ver a un hombre "aquí" predicando sus historias, una mujer mendiga "allá" maldiciendo a los soldados Romanos, otro hombres y mujeres "mas allá" hablando a las gentes de "un hijo de Dios" que vendría para salvar a los hijos e hijas de Israel y enviar a los soldados Romanos y sus *centuriones terroristas* derechos al infierno. Suficiente miseria, sufrimiento, crueldad, e innumerables actos de heroísmo para inspirar mil evangelios en los trescientos años siguientes, como mínimo.

-¿Cientos de evangelios, as dicho?

-Sí, como mínimo. En aquellas circunstancias, durante y a continuación de la destrucción de Jerusalén, muchas gentes debieron escribir sobre lo que vieron, pero muy principalmente sobre las historias contadas por otros. Así fue que doscientos años mas tarde empezaron a salir a la luz códigos en *Aramaico*, en *Griego* antiguo, de cuevas en las montañas, de tinajas enterradas… cada uno de esos códigos era un "evangelio", cada uno con su historia de un "Jesucristo", y cada "Jesucristo" diferente, aunque todos ellos venían de un mismo pero diverso fondo de tragedia humana, sabiduría, y orden social y político.

-¿Estas intentando llegar a algún punto especifico, no es así?

-Sí… me pierdo a veces, pero sí, estoy intentando. Con tantos evangelios, los nuevos Cristianos iban en varias y muchas direcciones diferentes, cada una con su lista de creencias y practicas, cada una con una apreciación diferente de su sociedad y visión de un futuro, cada una con un concepto diferente del poder y el control de las masas que una religión podría engendrar, el poder de crear nuevas naciones y estados. Es ahí, en esa encrucijada de posibilidades, donde aparece *Ireneo*, un obispo del pueblo de *Lyon*, la Francia actual, y es con ese hombre que todas aquellas visiones alternas de religión, iglesia, control y poder se tropiezan con un final abrupto y destructivo. Se dice que Ireneo ordenó la quema de los 40-60 códigos y sus historias que llegaron a sus manos, salvando solamente cuatro historias de las hogueras, cuatro historias que los primeros Cristianos llamarían "evangelios" con el nombre de sus supuestos autores: *Mateo, Marcos, Lucas, y Juan*. A los seguidores de los códigos quemados, los Cristianos les llamaban *gnósticos*, clasificados como "heréticos" y, por lo tanto, perseguidos, capturados, torturados, y ejecutados… hombres, mujeres, y niños. El Cristianismo, su Iglesia, y su jerarquía de hombres de poder absoluto nacía con Ireneo sobre los cuerpos rotos, vida, y muerte de cientos de miles de *gnósticos*, también los primeros Cristianos.

-¿Has terminado?

-Casi… *Ireneo* y su banda de *"obispos guionistas de Lyonwood"* tenían delante de ellos una tarea monumental, la de estudiar esos 50-60 códigos, en su gran mayoria divergentes en contenido y visión, frecuentemente portadores del mandato de igualdad entre hombres y mujeres, y generalmente uniformes en misticismo, y a continuación destilar de ellos una nueva religión, coherente en sus orígenes, dogma, lista de hombres como actores principales, jerarquía de poder, derecho de ser, y autoridad absoluta sobre todas otras religiones. Seleccionando un código, partes de otros códigos, creativamente "cosiendo" esas partes, metódica y diligentemente hasta llegar a crear el objeto de su visión y deseo. Eventos, caracteres, cuentos, historias, y estamentos debían reflejar y apoyar el nuevo dogma creado por Ireneo y sus primeros Cristianos. Primero a crear el dogma y la estructura de poder deseados, y a continuación redactar y crear las escrituras e historia que justificase ese dogma y estructura. Unas cuantas iteraciones... Bien, en ese proceso creativo e iterativo decidieron crear un solo "Jesucristo" con las partes cosidas de varios de los muchos "Jesucristos" de aquellos 50-60 evangelios hasta crear un "Frankenstein", un *"Jesucristo Frankensteino"*, si me permites la expresión... un Jesucristo de todos los sabores, de vainilla y chocolate, hecho de partes de hombres y partes de mujeres que aparecían en aquellos evangelios. Tan diligentes, entusiastas, y fraudulentamente creativos fueron aquellos obispos guionistas de Ireneo en la creación de los cuatro evangelios "canónicos" y sus epístolas que lograron crear un "Jesucristo para todos las estaciones del año", un "Jesucristo para todos los hombres y mujeres", un *"Jesucristo de vainilla y chocolate"*... Todas estas preguntas y posibilidades revolotean en mi mente, y por eso digo que mi fe es débil, que la duda quema en mis entrañas...

-Ah, la palabra "duda" sale a relucir una vez más --Kathy hizo destacar-- No hablas como un creyente, Xabier, una persona que está dispuesta a aceptar todas las preguntas y respuestas que la madre Iglesia ofrece, y solamente esas preguntas y respuestas, sino que hablas como una persona que cuestiona "el sistema", una persona que rehúsa a crear la totalidad de las cosas que la Iglesia quiere que tu y la humanidad entera crea al pie de la letra... No hablas con una fe total... ¿Es que no eres un hombre de fe total, Xabier?

-Bueno, es que algunas veces me pongo a pensar y...

-Xabier, no tienes que responder a mi pregunta traviesa y juguetona. Yo solamente estaba intentando sacarte de tu racha tristona y oscura… intentando hacerte reír un poco. Tal vez todos estos meses lejos de tu familia y amigos en "el viejo país", de soledad y mucho trabajo, están empezando a secar un poquillo las células de tu cerebro. Quiero decir, todas y todos tenemos dudas sobre muchas cosas en la vida, ¿No es así? Por ejemplo, yo estaba empezando a dudar si te volvería a ver…

-¿Ah, si?

-¡Claro que sí!.. --Añadió Kathy, instintivamente y sin misericordia alguna-- ¿Qué te parece si subimos a mi cuarto en las Torres de Boise, tomamos una taza de café, y seguimos hablamos un poco más?

Capitulo
21

Fe, Seducción, y Champán

El **Río Boise** que serpentea y parte la ciudad en dos mitades verdes y prósperas no podía verse mas hermoso, sereno, y atractivo aquel día, especialmente desde el octavo piso y estudio de las *Torres Boise de Residencia* en el *campus* donde Kathy estaba hospedada.

-¿Te gustan los atardeceres aquí en **Boise City**? -Preguntó Xabier a Kathy, mientras los dos se encontraban de pie frente a la ventana larga de aquel "estudio" recientemente remodelado, siendo una de varias unidades reservadas para profesores residentes y visitantes. En la pequeña cocina una maquina de café y una botella de champán reposaban sobre la encimera de mármol rojo.

-Ah, sí… me hacen recordar a las puestas de sol en Tucson, Arizona, aunque estas tienen ese algo extra… un color naranja con un tono azul cobalto que se extiende de Este a Oeste como en una acuarela gigante… ¿No te parece? -Y mientras Kathy extendía su brazo izquierdo de un lado al otro del horizonte en frente de ellos, ella colocó su brazo derecho detrás de Xabier, alrededor de su cintura.

Xabier no se resistió a aquel pequeño apretón de Kathy. ¿Sorprendido? Si, un poco. Él no recordaba a ninguna de las chicas de Bergara, País Vasco, apretándole a él primero, cuando él era un joven y hombre libre antes de ingresar en el seminario de **Arantzazu**. Instintivamente, el giró su cabeza a la izquierda para mirar la cara de Kathy. Ella estaba sonriendo, empezando a sonreír, y sus labios se abrieron mostrando un juego perfecto de dientes blancos. Más que eso. Xabier también podía sentir el pecho derecho de Kathy contra sus costillas, su lado izquierdo, y se sintió vulnerable por primera vez en su vida. ***Una mezcla de*** *vulnerabilidad y deseo*, algo diferente, algo que él nunca había sentido y que le gustaba, pensó. De joven y después como hombre él siempre inició la acción... la primera persona en extender la mano para saludar, la primera invitación a una *neska* para ir al cine, y la primera invitación a una fiesta o cena. Él siempre estuvo en control de la situación. Pero ese atardecer, esa noche, era diferente y *Kathy dio el primer paso, algo que Xabier no pudo o no quiso resistir*. Había sido un dia largo en la Fiesta Vasca, con ríos de gentes entrando y saliendo, la música de los txistularis, todas aquellas mesas y parrillas cubiertas de carnes de mil sabores, jarras y vasos de vino rojo y blanco para acompañar aquellos platos variados y, muy especialmente, al lado de Kathy.

Todavía sonriendo, Kathy jaló ligeramente de Xabier para acercarle a ella. Ella miró a sus ojos, primero, por unos instantes, bajó su mirada para observar sus labios, y nuevamente levantó sus ojos para ver los de Xabier, verde oscuros. Si Xabier iba a rehusar su juego y seducción, ese era el momento, pero Xabier no se movió. No quería moverse. Entonces Kathy se acercó aun más, poniendo sus labios enfrente de los de el, todavía sin tocar, y permitió el paso de unos segundos, como para poder oler su cuerpo una vez mas, como para que sus labios continuasen deseando, para permitir que sus dedos sintiesen el sudor de Xabier resbalando en gotas detrás de su cuello, alrededor de sus hombres anchos, corriendo y bajando por su espalda y pecho hasta llegar a su cintura.

A continuación, Kathy cerró sus ojos y acercó sus labios, con cautela, sin prisa. Al tocarse los labios una reacción-en-cadena de emociones se desató, y *Kathy y Xabier ya no serían los mismos de ese momento en adelante.* Sus labios eran jugosos y firmes, aunque maleables, descubrió Kathy. Invitaban a los suyos pero no eran sumisos y desprovistos de vida, permitían el filo de sus dientes pero no eran blandos ni secos, podían ser saboreados, jalados, y arrastrados pero solo con su propia voluntad. Insistió en ir mas adelante y ella descubrió que podía saborear y morder sus labios, sin que él se opusiera y, al contrario, él confiaba en ella arriesgando que sus labios fuesen perforados por sus dientes afilados.

Su pelo. Su pelo largo, negro, y lustroso. Peinado hacia atrás y detrás de sus orejas, largo aunque no hasta tocar sus hombros. Kathy a menudo entretenía la idea de correr sus dedos en aquella melena, estrujando mechones de su pelo para sentir su textura y espesor, así que decidió ir a por ello. Mantuvo su brazo izquierdo detrás y alrededor de la cintura de Xabier, y lentamente deslizó su mano derecha por su espalda, hacia arriba, sobre su cuello musculoso, dentro de su melena hasta tocar su cuero cabelludo, abriendo ahora su mano y bajando su brazo para sentir aquel pelo correr entre sus dedos cual arenas negras de volcán, una y otra vez.

Aquellos hombros anchos y aquel pecho sobresaliente suyo. Si tan solamente ella pudiera ahora tocar aquellos músculos de sus hombros, acariciando en círculos, apretando y aflojando, recorriendo las pradera amplias de su pecho hasta llegar al otro hombro y allí sus manos y dedos nuevamente saciar su sed.

-¿Debes hacer mucho deporte, no?

-Si, algo… aunque no mucho últimamente… Pero si me gusta *la pelota a mano*, el baloncesto, y también…

No pudo terminar su frase, pues Kathy lo jaló hacia sí para renovar sus besos voraces. Sus manos descansaban sobre su pecho, y sus dedos pulgares empezaron a acariciar los pectorales y pezones de Xabier en movimientos circulares. A Kathy le pareció sentirlos firmes e indomables como borradores de lapicero, aunque sensibles y receptivos al contacto de sus dedos, sobresaliendo a través de su camisa el logo "*Polo*".

Una música empezó a oírse, proveniente de algún rincón en la habitación, y Xabier trató de alertar a Kathy apuntando a una bolsa que descansaba sobre un sofá cercano, pero Kathy no estaba interesada en aquella llamada de su móvil. Al contrario, ella agarró su camisa Polo por la cintura y procedió a tirar hacia arriba lentamente, a sacarla por encima de su cinturón y pantalones, sobre sus hombros y cabeza, pero solamente si Xabier no ponía resistencia. No hubo tal resistencia y la camisa salió volando. Como una leona sedienta y voraz que finalmente acorralaba a su presa, Kathy se acercó, o mejor dicho, se apretó a Xabier para continuar saciando sus sentidos y calmar su necesidad. Dejando una estela mojada sobre su piel, su lengua se alejó de su boca, hacia su hombro izquierdo pasando por su cuello, unos círculos en el deltoide, otra media vuelta y rumbo al pezón en su pectoral izquierdo, donde su lengua inició una serie de círculos concéntricos alrededor de su pezón, acercándose con cada circulo, hasta finalmente reposar encima de ese pezón con la punta de su lengua. Fue entonces que Kathy empezó a soplar sobre ese pezón húmedo y calido, sabiendo bien que su aliento lo haría endurecer y sobresalir de su pecho aun más. De forma similar procedió con el otro pezón. Finalmente los labios jugosos y boca de Kathy descendieron sobre aquellos pezones erectos de Xabier para besarlos, chuparlos, morderlos, y reducirlos a *pulpa* de fruta Hawaiana en dulce abandono y frenesí.

En varias ocasiones Xabier imaginó como seria el ser seducido por una mujer, después de su propio rol seductor durante años, algo esperado de un hombre joven creciendo en la pequeña ciudad de Bergara. No era tanto que él nutriese esa idea con entusiasmo, especialmente después de entrar en el seminario de Arantzazu para tomar los hábitos de sacerdote un día, pero él ahora estaba averiguando que no era fácil suprimir esa emoción, superar la tentación y el deseo que corría por su cuerpo como un tifón -- estruendoso, salvaje, y deliciosamente perverso. Se hubiera contentado permaneciendo el objeto de su seducción durante la noche entera, dando licencia a Kathy para conquistar valles, picos, y praderas de piel a su gusto y fantasía, pero sus palpitantes pechos ansiaban y merecían alivio y atencion, pensó Xabier, habiendo esperado tanto tiempo encerrados dentro de su sujetador y camisa de seda. Un botón, y un segundo botón. Sus ojos clavados en los de Kathy. Un tercer boton, y un cuarto y ultimo. Sin resistencia alguna. No solamente no ponía resistencia Kathy, sino que sus ojos y sonrisa invitaban. Al quedar abierta la camisa de Kathy, Xabier hizo una pausa para contemplar la maravilla antes sus ojos. Punto de decisión. Decidió palpar los pechos de Kathy, cada uno con una mano, antes de soltar y quitar el sujetador, suavemente empujándolos hacia arriba, un pecho en cada mano, para así permitir a la gravedad delatar su peso en oro de veinticuatro quilates. Obedeciendo a su deseo, y consciente de su tarea, Xabier empezó a acariciar los pechos y pezones de Kathy, con su manos primero, con sus labios y lengua a continuación, todavía sin soltar y sin quitar aquel sujetador afortunado, pero sí suavemente tirando de ambas tazas para "vaciarlas" y así empujar el sujetador por encima de aquellos pechos gloriosos y ahora deslumbrantemente visibles. Instintivamente Kathy --aun de pie-- dejó caer su cabeza hacia atrás cerrando sus ojos, para volver a abrirlos, mirar a Xabier en sus ojos, y besar sus labios. Dos seres humanos, una mujer y un hombre en esta ocasión, de pie y juntos, sonriendo, desnudos de cintura para arriba, y disfrutando de las maravillas de sus cuerpos tras dos millones de años de evolución, aquella noche, en aquel momento.

-¿Te gustaría una copa de champán?

-¡Me parece una idea muy refrescante! -Exclamó Xabier, recordando la botella del efervescente sobre la encimera de la cocina.

Mientras Xabier quitaba la red metálica que cubría el corcho de la botella de champán, *Kathy sacaba dos copas de champán de una armario.* Se escucho un "¡Bam!" ruidoso seguido de un corto "¡Pom! al salir disparado el corcho, chocando contra el techo de la cocina y después rebotando sobre una pequeña mesa.

-¡A la vida y tu éxito en la universidad!

-¡A la vida y que encuentres lo que estas buscando, Xabier!

A continuación ambos acercaron sus copas y mirándose a los ojos empezaron a beber aquel néctar de los dioses. Fue entonces -- cuando Xabier todavía bebía de su copa-- que *Kathy levantó su copa e inclinando esta comenzó a vertir su jugo sobre sus pechos.* Riachuelos de champán corrieron sobre esos pechos hasta llegar a sus pezones donde se formaron dos pequeños saltos de agua, mientras el resto del champán corría entre sus pechos suculentos y abundantes, como el Nilo corre entre las pirámides de Babilonia, hasta llegar a su vientre liso, llenando el oasis de su ombligo, y así desaparecer dentro de su cinturón blanco y pantalones de seda. Sin duda alguna, Kathy seguía dictando la acción aquella noche, y Xabier aceptaba su parte deliciosamente. Para ello, Xabier puso ambos brazos alrededor de Kathy, y no a la altura de su cintura, sino alrededor de su culo hermoso, y la levantó lentamente, suficientemente para poder beber aquel champán… que brotaba de sus pezones. Nunca antes hubo una Diosa que regaló tan generosamente sus atributos carnales a un mortal, hasta aquel momento. Nunca antes Xabier supo que la seducción perpetrada por una mujer pudiera ser tan embriagadora y exquisita. La visión de un *Sansón* seducido y cayendo a su suerte en los brazos de *Dalila* cruzó su mente como un fogonazo o chispa. ¡Entonces eso fue lo que le ocurrió a Sansón! Finalmente Xabier comprendió lo que le ocurrió a Sansón cuya fuerza física no pudo igualar la magia y belleza de Dalila en todo su esplendor de mujer resuelta. Es más, pensó Xabier, Sansón era un hombre inteligente y debió saber qué suerte y final pudieran esperarle, y aun así no le importó. ¡Tan fuertes y deliciosamente embriagadores debieron ser el olor, textura, y sabor de los jugos de Dalila! Su suerte ya determinada --para aquella noche, por lo menos-- Xabier continuó bebiendo aquel champán de los pechos y pezones de Kathy, de su liso y plano vientre, de su ombligo y amplias caderas que se abrían calidas y fértiles como el delta del Nilo en su carrera milenaria hacia el Mediterráneo.

En su lento descenso de las nubes, por un rabillo de su ojo, Kathy la vio sobre el suelo. Era una alfombra que parecía estar hecha de piel de *oso polar*, aunque esa apariencia contrastaba con la fibra artificial anunciada en la etiqueta de la alfombra, entre un sofá y la mesita de la sala. Lentamente recobró su equilibrio, todavía con su brazos alrededor de Xabier, e inició su curso hacia aquella alfombra, dejando la cocina atrás, llevando a Xabier con ella. Una vez más, Kathy iniciaba la acción sobre aquella alfombra, y Xabier era el objeto de su seducción. Las manos de Kathy buscaron y encontraron la hebilla de su cinturón, que no era cualquier hebilla, sino una de plata y piedras de turquesa que Kathy compró en la reserva India de los Hopi y Navajos y regaló a Xabier. Ella hubiera podido fácilmente desabrochar aquella hebilla y continuar explorando el cuerpo de Xabier, pero se conformó con sacar el cinturón de su trevilla de cuero, al mismo tiempo que miraba a Xabier para notar su reacción. Quería que ese fuese también otro punto de decisión para Xabier. Este respondió besando a Kathy en los parpados de sus ojos. Ello lo dijo todo, y la luz para Kathy no podía ser mas verde. Un cinturón ancho de cuero con hebilla gigante de plata y piedras de turquesa, pantalones Levy, sombrero y botas vaqueras de Boise, una combinación formidable pero Kathy estaba decidida. Afuera la hebilla y el cinturón, y el primer botón de los Levys. Un botón más, y otro más para así llegar al punto de no retorno, pensó Kathy. Sin quitar la mirada de los ojos de Xabier, Kathy continuó desabrochando aquellos pantalones, un tercer, cuarto y ultimo botón, al mismo tiempo que doblaba una rodilla primero, y después la otra, para apoyarlas en aquella alfombra de piel de oso polar. Estaba a punto de liberar la virilidad de Xabier y poseerla entre sus manos, cuando a Kathy le vino a la memoria un viaje anterior a Bosque Nacional de los Sequoias en California.

-¡Me encantan esos Sequoias gigantes!

-¿Qué?

-Ella sonrió, bajó aquellos calzoncillos de algodón, y tomó posesión de su trofeo, firme ya, aun ganando forma y longitud, cálido, y vibrante.

-¡No lo cambiaria por una mar de *gelato* y montañas de chocolate en una playa del Borneo Occidental!

-¿Dónde?

Xabier continuó reaccionando con su elocución monosilabita, pero cerrando sus ojos para permitir el impacto total de aquella actividad sensorial que emanaba de su pene preso ya de los labios calidos y jugosos de Kathy, una mujer entregada en cuerpo y alma, totalmente. Para intensificar aquel placer, Xabier tan solamente tenia que abrir sus ojos para contemplar los de Kathy, para apreciar sus pechos firmes y oscilantes, para maravillarse ante la sublime redondez de su culo desbordante, todavía cubierto y esperando su liberación en una noche aun joven, bajo la luna de Boise City.

Seis horas mas tarde los cuerpos de Kathy y Xabier yacían desnudos sobre aquella alfombra de piel de *oso polar*, entrelazados, todavía sudando, y exquisitamente gastados.

De Boise City a Roma

-¿Más café? -Le preguntó Kathy a Xabier, quien estaba devorando un *desayuno Americano* de salchichas, huevos revueltos con pedacitos de "bacon", tortitas dulces de harina de trigo a la sartén (*pancakes*) con mermelada de arándonos azules, y una jarra de café en aquella mañana clara y soleada de Boise City.

-Sí, por favor, una taza más.

Mientras Kathy llenaba la taza, ella pensó que sería ese un buen momento para preguntarle a Xabier acerca de sus planes para las siguientes semanas y meses. Se volverían a encontrar, ella esperaba, pero no habían hablado todavía los dos de donde y cuando.

-¿Volverás al País Vasco y al seminario de Arantzazu pronto?

Xabier comprendía también que el momento había llegado para hablar del trabajo que quedaba por hacer más delante, y que a Kathy le gustaría saber de que forma encajaba ella en esos planes, pues no era razonable mantenerle en suspenso, indefinidamente. Un año lleno de experiencias increíbles, de sucesos trágicos, de lugares inimaginables por la belleza de sus tierras, horizontes, y gentes. No solamente logró en su empresa de buscar y encontrar al Padre Altuna en el medio de la reserva **Hopi-Navajo** en Arizona, EE.UU., sino que ahora él formaba parte de una red de personas en la comunidad internacional con la responsabilidad de salvar la vida del Papa en los siguientes meses. ¿Pero quienes eran los asesinos a identificar y delatar, y cuando recibiría un mensaje del Padre Altuna con instrucciones específicas sobre su papel y participación? A veces todo ello le sonaba como una historia fantástica, una fantasía, algo que había leído en algún libro, pero que nunca existió, nunca ocurrió, que no se podía tocar con los dedos y las manos. Y, sin embargo, lo único que tenia que hacer era recordar lo real y violento que fue el asesinato del Padre Muxika en el Seminario de Arantzazu, y como antes de su muerte le recordó a Xabier de los varios atentados contra Papas anteriores, para darse cuenta de que él ahora estaba metido en ello de pies a cabeza, y era parte del drama que se desenvolvía delante de sus propios ojos. Y ahora Kathy estaba allí. Ella apareció en su vida, y llevaba meses siendo parte de su vida. Juntos habían emprendido muchos retos, y muchas fueron las horas que

Tortitas de harina ("pancakes") con **arándanos**, plato típico en un desayuno Americano.

Xabier gastó deliberando sobre su fe, o falta de fe, y su proposito dentro de la iglesia; las veces que él estuvo a la altura de una fe profunda y piadosa, así como las veces que su fe se tambaleó y cayó a los abismos del placer carnal; esas veces en las que su fe y espíritu se tambalearon ante una mujer como Kathy, su inteligencia embriagadora, la belleza de su cuerpo y juventud, la fuerza de sus convicciones por un nuevo orden social, el aroma de su piel cual campo de hiervas y frutos de mil colores. Y entonces le vino un pensamiento infantil y travieso a la mente: Kathy quería salvar a la humanidad, y el debía salvar la vida del Papa. Nada más y nada menos. Sí, también se le ocurrió que todo ello pudiera ser infantil y ridículo, así como entretenido e intrépido, pero también muy arriesgado y peligroso.

-Sí, necesito regresar a Arantzazu e informar a mis superiores de mis impresiones sobre los programas de nuevas vocaciones en los seminarios Franciscanos en los EE.UU.... los dos seminarios que he visitado, quiero decir.

-¿Y seguirás en contacto con el Padre Altuna para tratar de hacer un seguimiento sobre lo que se habló en la reserva Hopi-Navajo?

-Sí, por supuesto... le debo todo eso al Padre Muxika, mi maestro y amigo, aunque no existe un calendario de eventos, un mapa a seguir, todavía. Voy a concentrarme en las cosas que puedo hacer, en las formas y maneras de mejorar condiciones en el Seminario de Arantzazu para atraer a unos cuantos seminaristas. El numero de vocaciones actualmente es muy pequeño, prácticamente cero, tal que si logro atraer a una persona, dos o tres... mi participación entonces llegue a alcanzar una meta, un diseño, un algo.

Xabier hizo una pausa y después continuó.

-Pero tu y yo tenemos algunas cosas que hacer también, que completar, ¿No te parece?

-¿Ah, sí...cómo qué? -La cara de Kathy se iluminó con una gran sonrisa.

-¡*Los Archivos Secretos del Vaticano*! Tenemos que hallar la forma de meternos en los Archivos Secretos, encontrar *el código de Getsemani*, sacar fotos del código completo, y salir con vida... ¿No es eso lo que queremos hacer?

-¡Claro que sí... por supuesto!.. ¿Pero de verdad quieres meterte en ese lío? Quiero decir, el Dr. Finley y yo vamos a necesitar toda la ayuda posible en el planeta para tratar de colarnos dentro de los Archivos Secretos, guardados como son por la Guarda del Vaticano, veinticuatro horas al dia, cada día del año, para encontrar el código, sacar una copia completa, y salir corriendo... Con ese documento, que en realidad pertenece a toda la humanidad, nuestro grupo de investigación en la Universidad de Arizona podrá continuar su trabajo… Claro que nos gustaría, pero probablemente no vas a tener tiempo con todas las otras cosas y proyectos que tienes en mente…

-¡Lo podemos hacer, y sacaré el tiempo necesario! Después de todo lo que hemos hecho y logrado juntos, ¿Cómo puedes dudar? Somos un equipo, tu y yo. ¿No tienes fe en la gente en tu alrededor? -Le preguntó Xabier con un poco de sarcasmo y una sonrisa grande.

-OK, OK… somos un equipo, es verdad. -Ambos Kathy y Xabier se abrazaron, estando de pie en la cocina del apartamento de Kathy, en la Torres Boise. Se abrazaron y se besaron.

En ese momento Kathy se acordó de la reunión que ella y el Dr. Finley tuvieron hace unas semanas con Emily Conrely, la "bibliotecaria", y su *"circulo de mujeres sabias"*… cómo ellas propusieron ayudarles en la tarea de colarse dentro de los Archivos Secretos del Vaticano. Quiso comunicarle los detalles y acuerdos de aquella reunión, pero Xabier se adelantó con otra pregunta.

-¿Has oído algo de la gente en tu comité de doctorado de la universidad y, en ese caso, cual ha sido su decisión?

-Sí, aparentemente mi defensa de la tesis salió bien, les gustó, y pronto podrán rendir una decisión, aunque todavía existen algunas preguntas por parte de uno o mas profesores en el comité.

-¿Te está causando problemas aquella **Dr. Angélica Flemmings**, como tu comentaste que existía esa posibilidad?

-Bueno, ella quiere ver algo más de documentación sobre un par de cuestiones… El Dr. Finley, mi director, cree que todo ello es rutinario y que pronto el comité llegará a una decisión, en un par de semanas, muy probablemente.

-Lo vas a conseguir, Kathy, vas a lograr tu doctorado. -Dijo Xabier nuevamente abrazando a Kathy.

-¿Tu crees… Cómo lo sabes?

Xabier sonrió y le respondió:

-*Tengo fe en ti.*

Ambrose Goikoetxea

NOTAS

Una nota al lector(a): Los contenidos de texto y gráficas en esta sección de NOTAS tiene como objetivo ayudar al lector(a) en su interés por profundizar en los varios temas presentados en este libro. Generalmente el contenido proviene de otros libros, documentos, y artículos citando para ello su fuente como autor(a) o lugar URL en la Internet. Es la responsabilidad del lector(a) determinar si estos materiales son útiles, correctos, validos, y suficientes para su uso personal, o si bien debe investigar el tema a mayor profundidad por cuenta propia.

Capítulo 1: Punto de Ebullición, País Vasco

[1] *AHT gelditu:* En http://www.intelpage.info/forum.

[2] *Denok Terroristak?* (Todos somos Terroristas?): En http://www.durangokoelkarlana.info/

[3] *Neska Dantzariak*: En http://www.flickr.com/photos

Capítulo 2: La Zanahoria y el Palo

[1] *La Primera Guerra Carlista (1833-1839):* "La Primera Guerra Carlista se llevó a cabo en tres frentes: País Vasco, Aragón, y Catalunya. Mientras los Carlistas entraban en batalla cantando canciones de Ignatius de Loyola, los Liberales lo hacían quemando iglesias y monasterios." (Kurlansky, *La Historia Vasca del Mundo*, paginas 148-151).

[3] *Juan Carlos Alfonso Víctor María de Borbón y Borbón-Dos Sicilias (1938-):* Rey de España, hijo de Juan Carlos de Borbón y Maria de las Mercedes de Borbón y Orleans, princesa de Dos Sicilias. Nacido en Roma, Italia, en exilio desde la proclamación de la II Republica en España en 1931. Nieto de Alfonso VIII.

[4] *Mari, diosa, y bruja buena:* En la mitología Vasca pre-Cristiana, Mari era la entidad femenina que habitaba las cuevas y cimas de

montañas recibiendo el nombre de cada montaña. Es mejor conocida como "la bruja buena de Anboto", siendo Anboto una montaña al lado del pueblo de Arrasate, Gipuzkoa.

[6] *Escritor Arturo Pérez-Reverte (1951-):* Escritor Español, empezó como periodista en radio y televisión Española (TVE) cubriendo una gran variedad de conflictos internacionales. Desde 1991 escribe comentarios de una pagina en XL Semanal. Entre sus muchas novelas destacan: *Con ánimo de ofender* (2001), *La Reina del Sur* (2002), *No me cogeréis vivo* (2005) y *El pintor de batallas* (2006), así como las de la series Las Aventuras del Capitán Alatriste: *El capitán Alatriste* (1996), *Limpieza de sangre* (1997), *El sol de Breda* (1998) y *El oro del rey* (2000), El caballero del jubón amarillo (2003) y Corsarios de Levante (2006). Fue admitido en la Real Academia Española en 2003.

[7] *Cipayo*: Este nombre viene del Farsi, la lengua de Irán, *sepâhi*, que significa soldado mercenario. En el imperio Británico un cipayo (sepoy en Inglés) era un nativo de la India reclutado para servir a los poderes Británicos. El termino, en términos derogatorios, fue usado también por los Portugueses y los Franceses in sus conquistas coloniales. Aparece en el titulo del libro del escritor *Joxean Agirre*: *"Cipayos ¿Policía Vasca o Fuerzas Armadas del PNV? (2007).*

[11] *El PNV se rinde a las fuerzas de Franco en Santoña (1939):* El Ejercito Republicano se desmorona bajo el ataque de tropas de Franco, artillería, y unos 250 aviones de combate y bombardeo. Docenas de miles de soldados y ciudadanos corren al puerto de Santoña en Santander para tratar de huir de las fuerzas de Franco. En consultas secretas entre el Gobierno Vasco y las fuerzas Italianas aliadas de Franco, al primero le permiten rendirse bajo condiciones de que la industria pesada del País Vasco y su económica sean dejadas intactas y protegidas por el PNV hasta que las fuerzas de Franco logren controlar la totalidad del País Vasco. Unos 25.000 soldados, 3.000 oficiales, y varios cientos de funcionarios del Gobierno Vasco entregan sus armas, y a continuación esos cientos de funcionarios, el Lehendakari Agirre y otros miembros del Gobierno Vasco suben a barcos Italianos para huir. Para muchos

Republicanos ese evento es conocido como la traición de Santoña por parte de los lideres del PNV en el Gobierno Vasco.

[12] *Bombardeo de Durango y Gernika (1937):* El bombardeo de Durango y Gernika representó el primer bombardeo contra ciudadanos, no-militares, en Europa. A petición de Franco y su gabinete, Gernika fue bombardeada por la Legión Condor Nazi el 26 de Abril de 1937. Pablo Picasso pintó su famoso "Gernika" para recordar a las victimas de aquel bombardeo.

[13] *Edurne Pasaban, escaladora*: En
http://www.edurnepasaban.net

Capítulo 3: Un Toque Teutónico

[13] *Ejecución de curas y monjas por las fuerzas Republicanas:* Se estima que 13 obispos, 4184 curas diocesanos, 2365 hombres religiosos (incluidos 114 Jesuitas), y 283 monjas fueron ejecutadas. (http://wapedia.mobi/en/Spanish_Civil_War?t=5.)

[17] *Detenciones por parte de la Ertzaintza (1971-1981)*: páginas 53-55, Joxean Agirre, *Cipayos ¿Policía Vasca o Brazo Armado del PNV?*

[18] *Cuatro Concordatos firmados entre el Vaticano y el Estado Español en 1977:* Ver http://www.concordatwatch.eu

[40]   *Amy   Winehouse:*   En
http://es.wikipedia.org/wiki/Amy_Winehouse

Capítulo 4: La Promesa

Capítulo 5: Un Lugar de Nombre Arantzazu

[2] *Iñigo Velez de Guevara, Conde de Oñati (1566-1644):* Sabemos poco del "Conde de Oñati" que dio licencia al monje Pedro de Arriaran para construir la primera estructura del monasterio de Arantzazu circa 1493, pero Iñigo Velez de Guevara y Tassis , sétimo Conde de Oñati, pudo ser uno de sus nietos. Iñigo fue hijo de Pedro Velez de Guevara y de Maria de Tassis, y nieto de Raimundo de Tassis (c. 1515-1579), nombrado Correo Mayor de España por Felipe II. Sirvió en las guerras de España en Flandes (Países Bajos,

Holanda) donde fue tomado prisionero. Sirvió también en misiones diplomáticas en las Cortes de Emmanuel de Saboya en Hungría y del Emperador Matías en Viena.

[3] *Tribunal de Rota*: El más alto tribunal de apelación del rito Latino y de varias de las Iglesias Católicas Orientales, así como el segundo más alto tribunal eclesiástico del Vaticano. "Rota" viene de "rueda", porque los jueces de este tribunal antiguamente se reunían en una sala redonda para oír los casos.

[4] *Financiación de la Basílica de Arantzazu*: "Fue el Gobernador Civil Barón de Benasque quien hizo la convocatoria de la reunión del 13 de Diciembre de 1949, en la que se constituyó la nueva comisión por nueva Basílica, y en la que se anuncio el concurso de Anteproyectos..." Comienza así la publicación de *Fray Manolo Pagolas* con un informe detallado de los ingresos principales en el periodo 1950-1962 donde informa que un total de 19.6 millones de pesetas fueron obtenidos como principales ingresos provenientes de varias fuentes en las categorías de entidades publicas, bancos, diputaciones, entidades en Cuba y Venezuela, e industria (familia Patricio Etxebarria), en su obra *La Nueva Basílica de Arantzazu, su Construcción y Financiación*, paginas 277-279.

[6] *Seminarios de la Iglesia Católica están casi totalmente vacíos en el mundo hoy dia:* "Las estadísticas muestran otra caída del 10% en el numero de hombres y mujeres en las ordenes religiosas, hasta bajar a un millón, entre 2005 y 2006. Durante la vigencia de Juan Pablo II el numero de monjas en el mundo se mermó por 25%... La Iglesia Católica sufre de una situación en la que la gran mayoría de curas y monjas son de edad avanzada... las nuevas novicias y seminaristas son pocos y no llegan a reemplazar las monjas y curas que han muerto o deciden abandonar sus votos." (BBC NEWS, 5 Feb 2008: http://news.bbc.co.uk/go/pr/fr/-/2/hi/europe/7227629.stm).

[7] *Declive de las vocaciones en los EE.UU.:* Desde 1965 está ocurriendo un declive rápido y sostenido en el numero de vocaciones en al Iglesia Católica de los Estados Unidos, como lo demuestran las estadísticas recogidas por *Kenneth Jones (2004)*. Artículo de Patrick J. Buchanan en

http://www.wnd.com/news/article.asp?ARTICLE_ID=29948;
también, ver las estadísticas en *Index of Leading Catholic Indicators: The Church Since Vatican II*, 116 paginas, de Kenneth Jones, 2004.

[8] *Estadísticas de declive de vocaciones en el País Vasco:* La realidad del declive de seminaristas en el País Vasco:

	Número de Seminaristas	
Ciudades:	1966	2008
San Sebastian	453	0
Bilbao	537	3
Gasteiz-Vitoria	403	1

[24] "*Salvando a la Criatura*": Artículo de Donald J. Sanborn, "Herejías y Errores de Benedicto XVI", 7 páginas, 2005, en: http://www.traditionalmass.org/articles/article.php?id=71&catname=15

[44] *Pueblo de Assissi, Italia*: En www.wikipedia.org/wiki/Assissi

Capítulo 6: La Visita de Nerea
Capítulo 7: El Oro Nazi de los Ustashi

[27] *Arzobispo Alojzije (Aloysius) Stepinac (1898-1960)*: "Prelado Católico Croata, arzobispo de Zagreb. En 1937 una corte de Belgrado lo juzgó y lo halló culpable de colaborar con los Ustashi en la conversión forzada de Serbios Ortodoxos al Catolicismo. Fue sentenciado a 16 años de cárcel y puesto en libertad 5 años mas tarde.

[28] *Ante Pavelic (1889 1959)*: "Jefe (*Poglavnik*) y miembro fundador del movimiento revolucionario Ustashi en la década de 1930. Un fascista títere de Hitler y los poderes del Eje. Murió en Madrid en 1959.

[29] *Miroslav Filipović (1915-1946):* Un nacionalista Croata y Católico fanático, expulsado de la Orden de Franciscanos, convicto de crímenes de guerra por una corte militar Alemana y una corte civil Yugoslava. Filipovic participó en la masacre de 2.300 ciudadanos Serbios --hombres, mujeres, y niños-- en las poblaciones de Motike y Sargovac con pistola, hacha, y cuchillo. Comandante del campo de concentración Jasenovac donde perecieron 20-30 mil prisioneros. En 1946 una corte en Belgrado lo encontró culpable de crímenes de guerra y recibió la pena de muerte. Murió ahorcado vistiendo su bata de Franciscano.

[34] *Milovan Zanitch, Ministro de Justicia*: Citado por Avro Manhattan, *The Vatican Holocaust*, página 48.

Capítulo 8: Las Reservas Indias Hopi y Vascas

[1] *Tucson y la gente O'odham:* "Los **Tohono O'odham**, tambien conocidos como los **Papago**, son un grupo de Americanos Nativos que residen en el desierto de Sonora en suroeste de los EE.UU. y noroeste de México. (http://en.wikipedia.org/wiki/Tohono_O'odham).

[7] *Dos jugadores de cartas y un tabernero:* La parcela de tierra sobre la que se fundó y construyó la Universidad de Arizona (UdeA) en Tucson, Arizona, fue donada por dos jugadores profesionales de cartas, E.B. Gifford y Ben C. Parker, y un tabernero, W.S. "Billy" Read en 1886. (http://www.arizona.edu/tours/history/index.php).

[8] *Francisco Vázquez de Coronado y Luján (1510-1554):* Conquistador Español que dirigió una expedición a través de Nuevo México en el suroeste de los EE.UU. en busca de las "ciudades de oro de Cibola" en el periodo 1540-1542. http://en.wikipedia.org/wiki/Francisco_Vazquez_de_Coronado

[11] *John Sterling Boyden:* El abogado de "dos caras" que representó a un grupo de "renegados" Hopi para la firma de un contrato con la compañía Peabody Western Coal, para la extracción en masa de carbón de piel-de-tierra en las tierras Hopi y Navajo en Arizona, mientras también tenía contrato de trabajo con la compañía

Peabody, como sacó a la luz *John Dougherty, Una Gente Traicionada (A People Betrayed),* 1977. (http://www.phoenixnewtimes.com/content/printVersion/163905)

[13] *Premio a Peabody Group (1998):* "Por las prácticas excelentes utilizadas en las minas y tierras de Black Mesa y Kayenta, se entrega este premio de Excelencia en Programas de Reclamación en 1998 por la oficina U.S. Office of Surface Mining", publicado en la revista *Mineral Information Institute* (MII). (www.mii.org/blackmesa/blackmesa.html)

[14] *Vernon Masayesva, Tribu Hopi(1990-1994):* Antiguo jefe (*former chairman*) de la tribu Hopi, fundador y director ejecutivo del Black Mesa Trust. (www.blackmesatrust.org)

[15] *Soberanía de las Tierras de Americanos Nativos:* "Un derecho inherente de las tribus Indígenas para gobernarse ellas mismas, un poder que no es derivado de o delegado por actos del Congreso de los EE.UU." (http://en.wikipedia.org/wiki/Tribal_sovereignty).

[40] Pope, Americano Nativo: En http://en.wikipedia.org/wiki/Popé

Capítulo 9: Oro Negro y Agua Clara
Capítulo 10: Plumas Rotas
Capítulo 11: Encontrándose por Primera Vez
Capítulo 12: El Sobre, por Favor
Capítulo 13: Andoni ha Desaparecido
Capítulo 14: Mujeres de la Bíblia que los Hombres Inventaron

[1] *Tamara Lanpicka (1898-1980):* Su nombre era Maria Gorska y nació en Warsaw, Polonia, cambió su nombre a Tamara de Lampicka y pintó oleos de mujeres, principalmente mujeres independientes y enamoradas de la vida. (http://en.wikipedia.org/wiki/Tamara_de_Lempicka)

[6] *Meca en el Corán*: Ver: http://www.islam-guide.com/es/frm-references.htm

[7] *Thomas Jefferson y Sally Hemings*: Ver: http://en.wikipedia.org/wiki/Thomas_Jefferson

[8] *Gustav Klimt*: Ver: http://en.wikipedia.org/wiki/Gustav_Klimt

[10] *Pinturas de Klimt robadas por los Nazis:* Ver narrativa en High Court Clears Way for Suit on Looting by Nazis, de Nina Totenberg, National Public Radio (NPR), http://www.npr.org/templates/story/story.php?storyId=1943758

[12] *Escultura por ordenadora:* De "Making the Personal Monumental: A Conversation with Patricia Cronin", *Sculpture Magazine*, Febrero 2003, http://www.sculpture.org/documents/scmag03/janfeb03/cronin/cronin.shtml

[13] Michelle Robinson Obama (1964-): Ver http://en.wikipedia.org/wiki/Michelle_Obama

[14] Dia Internacional de la Mujer: Ver http://en.wikipedia.org/wiki/International_Women%27s_Day

[15] *Amy Elizabeth Thorpe (1910-1963):* De "Cynthia: Amy Elizabeth Thorpe", by H. Montgomery Hyde, 1965

[16] *Amy Elizabeth thorpe (1910-1963):* from "Siterhood of Spies", by Elizabeth McIntosh, Random House publishers, 282 pages, 1999.

Capítulo 15: "Brujas" y Mujeres Sabias

[1] *Zugarramurdi*: Una población de 285 habitantes en el norte de Navarra, País Vasco, censo 2008. En 1610 un total de 13 mujeres y 6 hombres de esta población fueron ejecutadas en el Auto-de-Fe llevado a cabo por la Inquisición Española y las autoridades civiles de Logroño, La Rioja, España. (http://www.zugarramurdi.es)

[2] *Alonso Salazar y Frias, Inquisidor y Fiscal (1564-1635):* Miembro de la Inquisición Española, jugó un papel principal en el Auto de Fe de Logroño en 1610. Nacido en Burgos en 1564, se graduó de la Universidad de Salamanca, ascendió a Procurador de la Iglesia Española en Roma, y fue elegido Inquisidor. Posterior a 1610 criticó la conducta de la Inquisición.

[3] *Numero de convicciones en los juicios de "brujas":* En *The Witch-hunt in early Modern Europe*, de Brian Levack, 2da. edición, 1995.

[11] *La cárcel de Logroño usada por la Inquisición Española:* En 1587 la "Suprema" de la Inquisición en España acuerda en gastar 4.500 ducados para rehabilitar y usar las cárceles municipales de Logroño, lugares en los que 40 presos ya habían muerto en un mismo año debido a las condiciones inhumanas de falta de salubridad. No se conocía entonces que la **malaria** era un agente muy principal en las muertes de los presos, pero si se sabía que al entrar las victimas en esas cárceles morirían en cuestión de meses, con certeza. *Archivos Historico Nacional de Madrid (AHN),* Inquisition records, Book 787, Sections ("folios") 182-184v; Book 328, Sections 340v-341, 16 May 1587.

[14] *Zugarramurdi, Brujería y la Inquisición*: Gustav Henningsen es el autor de El Abogado de las Brujas: Brujería Vasca y la Inquisición, Alianza, Madrid 1983; Henningson ha publicado también un articulo sobre el proceso de Zugarramurdi en *Saioak, Revista de Estudios Vascos*, 2 (1978), pp. 182-195.

[18] *Pierre de Lancre (1553-1631):* Un juez Francés de Bordeaux que condujo un proceso de brujería en Donibane (St. Jean de Luz) y Sampere, País Vasco Francés, llegando a ejecutar hasta 200 personas, la mayoría mujeres, en 1609. Su abuelo, Bernard de Rostegui, un Vasco de la Baja Navarra, cambió su nombre de familia por el de "de Lancre" al emigrar a Bordeaux. Esta regación del nombre de familia debió inspirar su odio hacia todo lo Vasco, se conjetura. Consideraba a la gente Vasca ignorante, supersticiosa, orgullosa, y carentes de religión. Todos estos prejuicios se reflejan en su obra *Tableau de l'Inconstance des Mauvais Anges et Demons*, publicada en 1613.

Bibliografía

Agirre, Joxean, ¿*Cipayos? Policía Vasca o Brazo Armado del PNV*) 375 páginas, Txalaparta editorial, Tafalla, Nafarroa, Euskal Herria, 2007.

Epalza y Petit (Editores), *Moriscos andalous entunisie*, p. 131, Dirección General de Relaciones Culturales, Madrid, 1973.

Forbes, J.D., *Apache, Navajo, y Español*, University of Oklahoma Press, Norman, Oklahoma, 1960.

Goicoechea (Goikoetxea), A., L. Duckstein, y M.M. Fogel, "Estudio de la Cuenca de Charleston y Río San Pedro en Arizona" ("Multiobjective Programming in Watershed Management: A Case Study of the Charleston Watershed"), *Water Resources Research*, 12(6), pp. 1085-1092, 1976.

Goikoetxea, A., *Euskal Herria Estado-Nacion en el Siglo 21- Una nueva Arquitectura Socio-Politica*, 535 paginas, *Editorial Euskal Herria Siglo 21*, Arrasate 2007 (Distribuido por ELKAR, www.elkar.com)

Gilles Neret, *Gustav Klimt (1862-1918)*, Taschen, 1993, 2005. ISBN 978-3-8228-5980-3

Gollin, James, *Riquezas de este Mundo, la Riqueza y Poder de la Iglesia Católica de los Estados Unidos, el Vaticano y los Hombres que controlan el Dinero*, [*Worldly Goods, The wealth and power of the American Catholic Church, the Vatican, and the men who control the money*], 531 paginas, New York, primera edicion, 1971.

Henningsen, Gustav, *The Witches' Advocate: Basque Witchcraft and the Spanish Inquisition*, Reno, USA, 1980.

Hutton, Ronald (1954-), *Counting the Witch Hunt*, ensayo, profesor en University of Bristol, England, 1991.

Herder, Harry, *Italy: A Short History*, Cambridge University Press, 2000.

Inquisicion Española, informe del inquisidor Español **Ybarra** al Tribunal Supremo (la Suprema) de la Inquisición, 1568, *Archivo Histórico Nacional (AHN)* de Madrid, documentos de la Inquisición, Libro 786, Sección 364.

Inquisicion Española, informe del inquisidor Español **Morel** en su informe a la Inquisición después de su visita a Gipuzkoa, 1576, *Archivo Historico Nacional (AHN)* de Madrid, documentos de la Inquisición, Libro 785, Sección 404v.

Jones, Kenneth, *Index of Leading Catholic Indicators: The Church Since Vatican II*, 116 paginas, Oriens Publishing, New York, 2003.

Kurlansky, Mark, *La Historia Vasca del Mundo (The Basque History of the World)*, 387 paginas, Walker and Company, New York, ISBN 0-8027-1349-1, 1999.

Levack, Brian P., *The Witch Hunt in Early Modern Europe*, 2nd, edition, London and New York, Longman, 1995.

Martin, Malachi, Los Jesuitas, 525 paginas, Simon & Schuster, New York, ISBN 978 0 671 54505 5, 1987.

Manhattan, Avro, *Murder in the Vatican*, Ozark Books, Springfield, Mo., 1958.

Manhattan, Avro, *Vatican Holocaust*, Ozark Books, Springfield, Mo., 1988.

McClosky, Fr. C.J., "State of the US Catholic Church at the Beginning of 2006", article in http://www.catholicity.com/mccloskey/state_of_the_church_200 6.html

Mongaston, Juan de (Editor e Impresor), *Auto de Fe, celebrado en la Ciudad de Logroño en los días 7 y 8 de Noviembre del año 1610, siendo Inquisidor General el Cardenal Arzobispo de Toledo, Don Berardo de Sandoval y Roxas*, 128 páginas, ilustrado con notas por el Bachiller Gines de Posadilla, edición de 1820, Imprenta Collado, Madrid 1820.

Monter, W., *Fronteras de la Herejía* (*Frontiers of Heresy)*, pgs. 175-177, 1990.

Montgomery, H., *Cynthia - the Story of the Spy Who Charged the Course of the War*, Hamish Hamilton, 1965.

Montaner, Carlos Alberto, *International justice begins at Home*, Miami Herald, August 4, 2003, http://www.firmaspress.com/285.htm).

Pagola, Fray Manolo, *La Nueva Basílica de Arantzazu: Su Construcción y Financiación*, 285 páginas, impreso en Gertu (Oñati), ISBN 84 7240 208 8, 2005; arantzazu-ef@euskalnet.net, Tel 943 78 09 51, también: http://issuu.com/arantzazugaurfundazioa/docs/name7d5c74.

Puzo, Mario, *Los Borgias, la Primera Gran Familia del Crimen*, Planeta Internacional, ISBN 84-08-04067-7 397 páginas, 2001.

Rodriguez, Pepe, *Mentiras Fundamentales de la Iglesia Católica*, editorial Biblos, ISBN 84-666-1720-5, Barcelona, España, 2007.

Seymor, Deni J., "Evaluating Eyewitness Accounts of Native Peoples along the Coronado Trail from the International Border to Cibola", *New Mexico Historical Review*, 2008.

Tamayo, J.J., "Juan Pablo II y el Opus Dei", 31 Mayo 2005, en *Voltaire*, edicion internacional, Red de Prensa No Alineados, en http://www.voltairenet.org/article125522.html#article125522.

Tudanca, Juan Manuel, y Carlos Lopez de Calle, *El Convento de Valbuena, Estudios Arqueológicos en Logroño, Parte I*, 307 páginas, ISBN 978-84-934402-0-6, Ayuntamiento de Logroño, Julio Soto Editorial, 2007.

Vidal, Cesar, *Las Checas no tienen piedad*, 365 paginas, Belaqua, Madrid 2004. Tambien en: http://www.firmaspress.com/235.htm

Williams, Paul L., *Murder, Money, and the Mafia: The Vatican Exposed*, Prometheus Books, 2003, tambien ver: www.prometheusbooks.com

Agradecimientos

Quiero expresar mi más profunda gratitud a un número significante de personas que han contribuido a esta novela-trilogía, inicialmente con relatos de experiencias personales, sugerencias de temas a abordar, y lugares a visitar, así como después con sus comentarios de los varios temas y capítulos elaborados en la novela.

Muy especialmente agradezco a *Aloña Altuna*, mi compañera de trabajo y vida, el escuchar una y otra vez ideas y teorías que surgían en mi mente con cada capítulo. Ella ha soportado y escuchado mi retórica una y otra vez a medida que esas ideas o teorías se iban formando, y sus preguntas me sirvieron muchas veces para profundizar en temas, eventos, y posibilidades. *Eli Altuna*, su hermana, por leer varios de los capítulos y solicitar, por no decir requerir, reuniones para discutir los contenidos y sus fuentes de información; mi agradecimiento, en particular, por su demostrado interés en lograr un mayor conocimiento de las vidas de "mujeres y hombres corrientes y normales" en la sociedad diversa de los EE.UU.

A medida que los borradores de los capítulos tomaban forma los enviaba a *Lucien Duckstein*, mi maestro doctoral de la escuela de ingeniería de la Universidad de Arizona, *EE.UU.*, mi muy estimado y fiable amigo de muchos años, y ahora residente en la bella ciudad de Paris con *Yolanda*, su compañera leal de muchos años, para lograr su crítica aguda y comentario certero. "Ambrose, esta sección encaja mejor en el capitulo 12...", "esta sección va en un apéndice...", ó "Ambrose, esto no se entiende bien, explícate mejor..." Lucien leía y comentaba sobre los capítulos en Inglés, mientras Yolanda comentaba sobre algunos de los capítulos en castellano que yo simultáneamente traducía para ediciones paralelas. Sí, escribí la trilogía primero en Inglés, en parte porque de esa manera no tendría que lidiar con acentos que me parecía entorpecian mi labor de pensar y escribir, para así a continuacion traducir esos capitulos a sus verisiones en Castellano y Euskera. Mas allá de los acentos, aprecio sumamente las capacidades y peculiaridades unicas de cada una de estas tres bellas lenguas en el curso de mi trabajo como escritor.

Durante los últimos veinte años he visitado el pueblo de *Zugarramurdi*, en el norte de Navarra, para ver sus cuevas donde pudieron celebrarse aquellos "akelarres" que tanto preocupaban a los Inquisidores de principios del siglo 17 y posteriormente, pero con mayor prioridad para conocer a su gente, sus mujeres y hombres, conscientes hoy dia del impacto fatal de aquel "meteorito", de aquel Auto-de-Fe de 1610 que causó tanto daño y devastación a Zugarramurdi y su entorno, como así presento en este libro. *Koro Irazoki*, y *Gonzalo Garmendia*, ambos miembros de la Asociación Akelarre, una asociación que vela por los valores sociales y culturales de la villa, envolvieron a Aloña y a mi con su amistad y generosidad, invitándonos a participar en actividades sociales y culturales de la villa. En 2010, con motivo del cuarto centenario de las mujeres y hombres que perecieron en aquel acto criminal, *Estitxu y Maria Beistegi de Laguardia* hicieron posible la actuación de un grupo de dantzariak, 10-14 años, y *su líder Raul*, en Zugarramurdi. Un voto de agradecimiento muy especial a *Ainhoa Aguirre*, directora del Museo y Cuevas de Zugarramurdi, y su dedicado equipo de mujeres de soporte administrativo por la aportación de la lista completa de victimas procesadas en aquel Auto de Fe, y por acordar en invitar a este autor a dar una charla sobre los resultados de investigación de este autor, incluidos la comparación de apellidos de las victimas con los apellidos de la población actual de la villa, visitas y dialogo de este autor con los funcionarios del Ayuntamiento de Logroño con el objetivo de reunir representantes de ambos ayuntamientos y la ciudadanía de Zugarramurdi y Logroño en 2010, el cuarto centenario de aquel proceso. A todas ellas y ellos mi *Eskerrik asko*.

No quise prescindir de comentarios sobre los varios capítulos por parte de *Mari Karmen*, *Nerea Arostegi*, y otras vecinas de Arrasate-Mondragon, mi querido pueblo adoptado y "base de operaciones" en la preparación de esta trilogía. Algunos temas podrían llegar a herir las sensibilidades de algunos vecinos del pueblo, y por ello solicité su lectura y comentario. "Ambrose, no puedes decir eso en capitulo tal-y-tal… la gente es muy sensible en ese tema…" efectivamente, varias veces regresé a un tema o capitulo para profundizar en los contenidos, para incluir puntos de vista diferentes a los míos.

Emilia Doyaga del Eusko Etxea de **New York** generosamente me proporcionó tiempo y energía en la distribución de una encuesta entre tres generaciones de mujeres en la comunidad Vasca de ese estado. Los resultados de esa encuesta fueron clave en los temas de un capitulo donde los protagonistas de la novela presentan y comentan sobre esos los resultados. No estaba muy claro en mi mente que las mujeres en las comunidades Vascas en ambos lados del Atlántico se mantenían en contacto, que no se habían olvidado de la tragedia de la Guerra Civil, del horror Fascista y el dolor de la gente de Gernika, y que sus nuevas vidas en las Americas les daba espacio y libertad para extender la cultura de su Euskal Herria. Gracias a las respuestas contribuidas sabemos ahora que la labor a seguir desarrollando en la Diaspora Vasca es aun más grande de lo anticipado. **Mila esker zuei emakume denoi Estatu Batuetan!**

Un voto muy especial de gratitud a **Sam Zengotitabengoa**, editor del Journal of the Society of Basque Studies in America (SBSA), y su dedicado equipo editorial en **Brooklyn**, New York, EE.UU. por publicar tres artículos míos con mis preocupaciones sobre nuestra sociedad en el País Vasco hoy dia. Mi regreso, después de vivir toda una vida en los EE.UU., percibía una realidad socio-política en el País Vasco que contrastaba con la realidad en la sociedad del mundo anglo-sajón en varias áreas y dimensiones, algo que llevé al papel y traté de publicar en el País Vasco. Inicialmente no me fue posible publicar esa percepción en mi propio pais, pues chocaba y no se ajustaba a la realidad impuesta y la historia escrita desde Madrid. Afortunadamente Sam y su grupo editorial de SBSA dieron generosamente de su tiempo, energía, y espacio para publicar en la comunidad Vasca de los EE.UU. lo que vi al regresar a Euskal Herria, su realidad hoy dia, el mito, y la lucha de su gente hacia el cambio y la libertad.

Afortunado soy, también, por haber contado con los recursos de libros y documentos del **Kultur-ate** de Arrasate, sus dedicadas y hermosas administradoras, una fuente rica e indispensable para cualquier escritor que pretenda reflexionar sobre la gente e historia del País Vasco, como es el caso de este caminante, este escritor.

Agradezco profundamente a **Juan Manuel Tudanca**, arqueólogo de Logroño, el tiempo y la información que nos brindó, a Aloña y este autor, al encontrarnos una tarde en el verano de 2008, cuando caminábamos por las calles del "casco antiguo" buscando algún indicio de las oficinas de la Inquisición de 1610, y ese arqueólogo salía de un edificio derrumbado por el tiempo y donde conducía un trabajo arqueológico. "Pues tienen Uds. suerte, porque el año pasado mi equipo completó un trabajo arqueológico sobre el convento Dominico de Valbuena y sobre el Revellín...", y fue a partir de ese encuentro y trabajo realizado que pudimos profundizar en la historia del Auto-de-Fe de 1610, así como actualizar su realidad en conversaciones en los meses siguientes con funcionarios del Ayuntamiento de Logroño.

No me olvido de **Mireille Molette**, amiga, vecina y mi maestra de Francés en Fairfax, Virginia, EE.UU. por su interés en leer y comentar sobre capítulos a medida que estos tomaban contenido y forma.

Mención especial a **Valentín Goikoetxea** y **Asun Beistegi** de Laguardia por su lectura de varios capítulos, por su deseo de conocer mayor detalle sobre las mujeres líderes de la Segunda Republica y de hoy dia en nuestros pueblos, ciudades, y diferentes partidos políticos en el País Vasco.

La suerte y buena fortuna quisieron que me pudiera encontrar con **Juanjo Hidalgo**, editor de la revista AUNIA (www.aunia.org) quien ofreció publicar los resultados de mi investigación sobre el Auto de Fe de 1610 en esa prestigiosa revista. A **Marta Brancas**, historiadora y periodista, quien había publicado en AUNIA anteriormente, e hizo posible una reunión con Juanjo. A ambos mi gracias sinceras por su confianza y generosidad.

Como novela histórica, este primer libro de la novela-trilogía precisó una considerable y larga tarea de investigación. Tengo una gran deuda con los autores, ellos y ellas, mencionados en mi bibliografía, muy especialmente con **Mark Kurlansky** por su narrativa histórica *La Historia Vasca del Mundo (1999)*, un libro que demuestra un profundo conocimiento de la cultura e historia del pueblo Vasco, así como las contribuciones de este pueblo a las culturas de otros pueblos en la comunidad global. Mi admiración por Mr. Kurlansky también refleja la oportunidad de haberle conocido brevemente en el **Eusko Etxea** de **New York** en 2003 durante la ceremonia en la cual se le integraba a la lista de personas ¿*Hall of Fame*) que en mayor medida han contribuido a la cultura y nación de Euskal Herria. Me añado a otra lista, la lista larga de personas que hemos aprendido de Mr. Kurlansky y de sus obras a apreciar la historia compleja de nuestro pueblo, con sus triunfos y derrotas, sus virtudes y muchas faltas, su ética de trabajo, su canto, su música, sus derechos y aspiraciones por un pueblo libre e independiente en el curso de nuestras vidas.

Otros Libros del Autor

Para la compra de estos libros la persona interesada puede ponerse en contacto con la distribuidora, o con el autor directamente en: agoikoetxea1@telefonica.net ó visitando el sitio Web: www.euskalherriasiglo21.org donde podrá descargar artículos en esta siguiente lista:

(1) Euskal Herria Estado-Nación en el Siglo 21: Una Nueva Arquitectura Socio-Política (en Castellano), 535 paginas, *Editorial Euskal Herria Siglo 21*, Arrasate 2007 (Distribuido por ELKAR, www.elkar.com)

(2) Arquitecturas Empresariales y Administración Digital: Planificación, Diseño, y Evaluación (en Inglés), 526 paginas, *World Scientific Press*, New York, 2007 (Distribuido por World Scientific, http://www.worldscibooks.com/business/6239.html)

(3) Los Zapatos Rojos del Papa, Libro 2 de la Serie "Mujeres, las Nuevas Arquitectas de la Sociedad", 515 páginas, *Editorial Euskal Herria Siglo 21,* ya escrito, en proceso de publicación.

> *Sinopsis: ¿Y si el Cristianismo fuese una copia pirateada del Budismo?* Nuestros protagonistas Kathy y Xabier exploran esta posibilidad, ayudados por un aliado anónimo en los *Archivos Secretos del Vaticano*. Mientras tanto, Nerea, Emilio, y Joanne, una estudiante Americana, debaten los orígenes del *"problema político Vasco" y soluciones posibles dentro del marco de la Unión Europea; antes, sin embargo, Kathy, Xabier, y el inspector Belluci de INTERPOL se enteran de un plot para asesinar al Papa Benedicto XVI durante su visita a los EE.UU. y recurren a la ayuda de las "Águilas del círculo" para salvar al Papa.*

(4) Asalto a los Archivos Secretos del Vaticano, Libro 3 de la Serie "Mujeres, las Nuevas Arquitectas de la Sociedad", *Editorial Euskal Herria Siglo 21,* ya escrito, en proceso de publicación.

> *Sinopsis:* Este Libro 3 de la trilogía revela la logística y los detalles del asalto a los Archivos Secretos del Vaticano en Roma, llevado a cabo por Xabier y Kathy con la ayuda de las

"Mujeres Sabias del Circulo", obteniendo copias de los *códigos de Getsemani* que revelan el verdadero origen del Cristianismo; Xabier y Kathy viajan al *Beijing, Tibet, Nueva Delhi (India)* y *Jerusalén, (Israel, Palestina)*, a lo largo de la antigua *Ruta-de-la-Seda*, para encontrar una clave que descifre esos códigos, perseguidos por agentes de *"Monte Hermón"*, una sociedad secreta de cristianos ultra-conservadores que no descarta el asesinato para poder recuperar los códigos.

(5) **"Conclusiones de un Vasco-Americano en el País Vasco Hoy Día: Engaño, Realidad, y Cambio"** (*"Findings of a Basque-American in Euskal Herria Today: Betrayal, Reality, and the Winds of Change"*), artículo, paginas 27-42, Journal of the Society of Basque Studies of America, Volumen XXVIII, New York, 2008. Se puede descargar gratis de: www.euskalherriasiglo21.org; más detalles en: www.societyofbasquestudiesinamerica.com

(6) **"Brujas y Brujos de Zugarramurdi, Auto de Fe de Logroño en 1610"**, artículo aceptado para publicación en *AUNIA* en 2011, Bilbao, País Vasco; consultar www.aunia.org para número de ejemplar y fecha de publicación.

(7) **"Cuarto Centenario de la Quema de Mujeres y Hombres de Zugarramurdi en el Auto de Fe de Logroño en 1610"**, artículo aceptado para publicación (en Inglés) en *Journal of the Society of Basque Studies of America*, New York, 2011. Se puede descargar gratis de: www.euskalherriasiglo21.org; más detalles en: www.societyofbasquestudiesinamerica.com

(8) **Poemas de Amor: Pinturas y Retratos con Palabras**, 275 páginas, una colección de 45 poemas en Inglés, Catalán, Euskera, y Castellano, *Editorial Euskal Herria Siglo 21*, Laguardia-Biasteri, País Vasco, 2011.

Ambrose Goikoetxea Martínez

Ambrose Goikoetxea Martínez (1952-), es originalmente de **Biasteri-Laguardia**, Alava, Pais Vasco, aunque ha vivido toda su vida personal y profesional, practicamente, en varias ciudades y estados de los **EE.UU.**, integrado en la **Diaspora Vasca** de ese gran país, su segundo país y casa. De familia de carpinteros por parte del padre (los *Goikoetxeas*), y de agricultores, monjas y monjes por parte de la madre (los *Martinez*), con "Liberales" y "Carlistas" en ambos lados de la familia, por generaciones. Despues de la Guerra Civil, a la edad de cinco años, emigra a Mexico con sus padres y un hermano donde donde viven durante cinco años; regresa al Pais Vasco, ingresa en el "internado" del **Colegio de Escolapios de Logroño** durante tres años formativos y a continuacion, a la edad de 13 años, emigra a los **EE.UU.** donde la familia se va incorporando a una larga lista de comunidades Euskaldunas y Españolas durante los proximos 40 años en California, Arizona, Nevada, Virginia, y Washington, D.C. Ejerce como profesor en varias universidades y como ingeniero en varias corporaciones en los Estados Unidos hasta 2004 cuando regresa al Pais Vasco y La Rioja, esta vez para aplicar sus conocimientos y experiencia a necesidades en entornos sociales y politicos en la sociedad Vasca. Actualmente ese hermano suyo es doctor de medicina en San Diego, una hermana es profesora de Inglés y trabajadora social en Simi Valley, California, un hijo es investigador

de SIDA y miembro de la facultad en la universidad de San Diego, y un segundo hijo es diseñador de software y arquitecto de sistemas informaticos en Boston, Massachussetts, EE.UU..

Fundador y Director (a tiempo parcial) de la **Fundacion Euskal Herria Siglo 21** con base en Laguardia (Alava), y representacion en Arrasate-Mondragon (Gipuzkoa), Pais Vasco, y Boston, Massachusetts, EE.UU. desde Febrero de 2007, una organización que trabaja con ciudadanos y ciudadanas en la tarea de reconstruir la fibra social y politica en el Pais Vasco y en España hacia la promocion de un marco de derechos de la mujer, procesos democraticos, y bienestar social, economico, y cultural comunes; proyectos de cooperation con los Eusko Etxeak de New Yok, Boise (Idaho), Mexico D.F., y Argentina. Anteriormente, en Febrero 2004 se integró al Departamento de Informatica, *Universidad de Mondragón* (MU), donde enseñó cursos de ingenieria del sosftware, diseño con procesos y herramientas UML (Unified Modeling Language) y arquitecturas empresariales de la información, así como de la administración digital. Como Director del proyecto e-Democracia, su equipo en MU prestó apoyo técnico a miembros del Parlamento Vasco que lideraban este proyecto para lograr una encuesta e información sobre el uso de las tecnologías de la información y comunicación (TICs) en los 74 parlamentos y regiones con capacidad legislativa en la Union Europea (UE). Organizador y Program Co-Chair del congreso internacional *International Association for Development of the Information Society* (IADIS, ver pagina Web www.iadis.org/ac2006, y www.iadis.org/wbc2006) desde Mondragon Unibersitatea en colaboracion con la Universidade Aberta de Portugal, 25-28 Febrero 2006, en Donostia-San Sebastián, Pais Vasco con la participacion de 250-300 personas de más de 25 paises, siendo ese el primer congreso internacional co-organizado desde Mondragón Unibersitatea.

De 1999 a 2004 ocupó la posición de Ingeniero Principal de Sistemas de Información en el Software Engineering Center de la empresa MITRE en Reston, Virginia, USA, contribuyendo en el diseño de arquitecturas de informática y bases de datos para la modernización del Internal Revenue Service (IRS), Defense

Message System (DMS), y el Global Combat Support System (GCSS). De 1997 a Abril de 1999 ejerció la posición de Jefe de Sección de simulación y diseño de sistemas en el Global Transportación Network (GTN) en la compañía Lockheed Martin en Manassas, Viginia. Anteriormente, ofició como Presicente y Director Técnico de Integrated Technologies and Research, 1995-1997, contribuyendo al diseño de sistemas de decisión (DSS) para el U.S. Army Corps of Engineers y otras agencias en el Departamento de Defensa. Profesor Asociado en el Departamento de Sistemas de Ingeniería e Informática, *George Mason University*, así como NASA-ASEE Research Fellow, 1985-1999; diseño de sistemas de decision para proyectos del Goddard Space Flight Center, NASA; 1979 *NASA-ASEE Research Fellow*, Jet Propulsion Laboratory *(JPL)* del California Institute of Technology (Cal-Tech); evaluacion y seleccion de plantas solares, y systemas urbanos de transportacion.

Organizó y presentó la IX-a Conferencia Internacional de Decisión y Evaluación Multicriterio (MCDM) en Fairfax, Virginia, Agosto 5-8, 1990 con 160 ponencias por personas de 38 países. Desde 1990 al presente, el Dr. Goikoetxea es Profesor Asociado en la Escuela de Ingeniería así como en la Escuela de Negocios y Administración de *George Washington University*, Washington D.C., USA. Co-organizador de la serie de conferencias "Arquitecturas de Información y Gerencia en Sistemas de Larga Escala en el Gobierno y la Industria" en la compañía MITRE en 2003.

Fundador y Co-Director de la nueva *Editorial Euskal Herria Siglo 21* en 2007. Autor de cinco libros de ingeniería, más de 35 artículos técnicos, y 4 libros de ciencia socio-política; estos libros estan siendo usados en departamentos de ingeniería, economia, e informática en 20-25 universidades en Europa, Latino América, y China.

Voluntario en *Green Peace* en temas de proteccion ambiental, en organizaciones de promocion de ***derechos humanos de la mujer***, disfruta de ciclismo y del arte de la cocina (estudiante), vive en Arrasate-Mondragon, Gipuzkoa, con su mujer Aloña, haciendo estancias frecuentes a Laguardia-Biasteri (Alava), Boston (Massachussets), y San Diego (California), EE.UU. para visitar a familia y amigos.